Irving Wallace, 1916 in Chikago geboren, arbeitete nach seinem Studium als freier Journalist. Er veröffentlichte zwölf Romane, darunter den »Chapman-Report« und »Der Preis«, die beide verfilmt wurden. Fast alle Romane von Wallace standen lange Zeit an der Spitze der amerikanischen Bestsellerlisten. Die als Knaur-Taschenbücher erschienenen Romane »Die sieben Minuten«, »Palais Rose« und »Die drei Sirenen« gehören zu seinen brisantesten und engagiertesten Werken.

Von Irving Wallace erschienen außerdem
als Knaur-Taschenbücher:

»Palais Rose« (Band 482)
»Die drei Sirenen« (Band 586)

Vollständige Taschenbuchausgabe

Titel der amerikanischen Originalausgabe
»The Seven Minutes«

Ins Deutsche übertragen von Norbert Wölfl
Umschlaggestaltung Typobild Günter Becker
Gesamtherstellung Ebner Ulm
Printed in Germany · 11 · 5 · 482
ISBN 3-426-00316-3

Gesamtauflage dieser Ausgabe: 85 000

Irving Wallace:
Die sieben Minuten

Roman

Knaur

Mrs. Digby erzählte mir, daß damals, als sie noch mit ihrer Schwester Mrs. Brooke in London lebte, Dr. Johnson sie von Zeit zu Zeit mit seinem Besuch beehrte. Kurz nach der Veröffentlichung seines unsterblichen Tagebuches sprach er eines Tages bei ihnen vor. Die beiden Damen überschütteten ihn mit Komplimenten. Reiches Lob spendeten sie ihm vor allem dafür, daß in diesem Buch keine schlüpfrigen Ausdrücke vorkamen. »Aha, meine Lieben, dann haben Sie also danach gesucht«, sagte der Moralist.

H. D. Best, *Personal and Literary Memorials* (London, 1829)

I

Gegen elf Uhr vormittags war die Sonne herausgekommen und hatte die sommerlich gekleideten Hausfrauen von Oakland zum Einkaufen in das Geschäftsviertel gelockt.
Der schlagartig dichter werdende Verkehr zwang das grüne, zweitürige Ford-Coupé mit der häßlichen Beule in der vorderen Stoßstange schließlich zu einem langsameren Tempo.
Otto Kellog, der anfänglich bequem auf dem Beifahrersitz gelehnt hatte, richtete sich mit unwilligem Knurren auf und sah sich um. Er haßte derartige Verzögerungen, die ausgerechnet dann auftraten, wenn er eine Sache rasch hinter sich bringen wollte.
Ein durchdringendes Kreischen war zu hören, als Iverson, der Fahrer des Wagens, heftig auf die Bremse trat und schimpfte: »Frauen am Steuer!«
»Ja, wenn sie nur zufahren wollten«, sagte Kellog.
Auf dem Rücksitz lehnte Eubank, der dritte Insasse des Coupés. Er war älter und duldsamer als seine beiden Begleiter, kam nicht so oft wie sie mit der Außenwelt in Berührung und schien den Aufenthalt beinahe zu genießen. Er hatte sich vorgebeugt und sah über Iversons Schulter hinweg durch die Windschutzscheibe.
»Das ist also Oakland«, sagte er. »Hübsch. Ich weiß nicht, wie oft ich schon hier durchgekommen bin, aber ich habe nie richtig darauf geachtet.«
»Nichts Besonderes dran«, entgegnete Iverson und nahm den Fuß von der Bremse. »Gehört immer noch zum County Los Angeles.«
»Möglich, aber hier wirkt alles wohlhabender und gesetzter«, meinte Eubank.
»Vielleicht nicht mehr lange«, sagte Iverson. »Heute werden wir sie ein bißchen aufscheuchen.« Er sah Kellog an und griente. »Was meinst du dazu, Otto? Alles klar?«
»Alles klar«, knurrte Kellog. »Falls wir jemals ankommen.« Er kniff die Augen hinter der Sonnenbrille zusammen. »Third Street, das ist die nächste Kreuzung. Dann nach rechts.«
»Ich weiß«, antwortete Iverson.
Die Verkehrsstauung löste sich wieder auf. Das grüne Coupé rollte zusammen mit den anderen Fahrzeugen den Center Boulevard entlang und bog dann scharf in die Third Street ein.
Hier auf der Nebenstraße herrschte weniger Verkehr. Der Mann am Steuer zeigte sich erleichtert. »Da vorn ist es schon. Ihr seht das Firmenschild gleich hinter dem Juweliergeschäft Acme: Fremont's Büchermagazin. Wie gefällt euch der Name ›Magazin‹?«
»Anscheinend kann man hier überall parken«, sagte Eubank. »Ich habe schon befürchtet, daß wir in der Nähe keinen Parkplatz finden.«

»Sobald man vom Center Boulevard runter ist, gibt's immer genug Platz«, erwiderte Iverson. Geschickt parkte er den Wagen vor dem Juweliergeschäft. Als er nach dem Zündschlüssel griff, erblickte er eine junge Blondine in knappsitzendem Pulli und Shorts. Sie trat vor den Wagen und wollte die Straße überqueren. Iverson stieß einen leisen Pfiff aus. »Junge, Junge, seht auch mal den Vorbau an. Auch sonst gar nicht übel, aber ich hab' immer was für 'n tollen Busen übrig. Schön groß muß er sein, und hüpfen muß er.« Er schien sich die Zustimmung seines Beifahrers zu erhoffen. »Was meinst du, Otto?«

Aber Kellog interessierte sich in diesem Augenblick nicht für den Geschmack seines Freundes. Er beschäftigte sich immer nur mit einer Sache, das aber gründlich. Mit seiner rechten Hand fummelte er unter der linken Achsel seines Sportsakkos herum. Dann hob er den Kopf, schloß den mittleren Knopf, richtete den Hemdkragen und fragte Iverson: »Alles in Ordnung? Sieht man's?« Sein langes Gesicht wirkte ernst und verschlossen.

»Nichts sieht man«, entgegnete Iverson. »Otto, du siehst aus wie'n Versicherungsvertreter oder Buchhalter, der sich einen halben Tag freigenommen hat, weil er für seine Frau was einkaufen muß.«

»Hoffentlich.«

»Doch, wirklich.«

»Wie spät?«

»Elf Uhr vierzehn.«

»Dann mache ich mich jetzt auf den Weg.« Er drehte sich halb um. »Fertig, Tony?«

Eubank klopfte auf den geöffneten Deckel des Koffers, der auf dem Rücksitz stand. »Alles startklar.«

Kellog wandte sich wieder an den Fahrer: »Du rührst dich nicht von der Stelle?«

»Keinen Zoll.«

»Okay. Ich brauche höchstens zehn Minuten.«

Er öffnete seine Wagentür, kletterte steifbeinig heraus, blieb einen Augenblick stehen und rückte sich den Sakko gerade. Dann schlenderte er an dem Juweliergeschäft und dem Eingang zum Büchermagazin vorbei und blieb vor dem Schaufenster stehen. In der linken unteren Ecke war Pegasus abgebildet; daneben stand zu lesen: ›Ben Fremont's Büchermagazin, gegr. 1947.‹ In der anderen Ecke war mit Klebestreifen die ganzseitige Zeitungsanzeige für einen neuen Roman befestigt. Kellog überflog den Text.

MORGEN IN EINER WOCHE
WIRD LITERATURGESCHICHTE GEMACHT!

Nach 35 Jahren Unterdrückung wird der Öffentlichkeit endlich der am meisten geschmähte und gepriesene Roman der Literaturgeschichte zugänglich gemacht, das Werk eines amerikanischen Emigranten.
Das müssen Sie lesen –

»Das am häufigsten verbotene Buch aller Zeiten.«

Osservatore Romano, Rom

Das müssen Sie lesen –

»Das obszönste Stück Pornographie seit Gutenbergs Erfindung ... Gekonnt als privates Bekenntnis, aber unverzeihlich als öffentliche Beichte.«

Le Figaro, Paris

Das müssen Sie lesen –

»Eines der ehrlichsten, empfindsamsten und großartigsten Kunstwerke, die je in der modernen westlichen Literatur geschaffen wurden.«

Sir Esmond Ingram, *Times*, London.

VOLL STOLZ UND FREUDE PRÄSENTIERT
DAS VERLAGSHAUS SANFORD
AMERIKA UND DER GANZEN WELT
DIE UNGEKÜRZTE ORIGINALFASSUNG
DES KLASSIKERS DER MODERNEN
UNDERGROUND-LITERATUR – DEN ROMAN

DIE SIEBEN MINUTEN
von
JJ JADWAY

Den übrigen Text ersparte sich Kellog. Er hatte bereits alles in der Sonntagszeitung gelesen.
Das Schaufenster enthielt viele Bücher. Drei hochgetürmte Bücherpyramiden. Aber alle diese Bücher trugen ein und denselben Titel. Sie hatten alle den gleichen weißen Schutzumschlag mit der künstlerischen Darstellung einer nackten weiblichen Gestalt auf der Titelseite. Sie lag auf dem Rücken und hatte ihre angewinkelten Beine breit gespreizt. Über der Gestalt stand in kunstvoller Schreibschrift, in Rot, zu lesen: *Die sieben Minuten,* darunter *von JJ Jadway.*
Jot-Jot-Jadway, ohne Punkte hinter den Initialen.
Kellog schob seine rechte Hand unter das Sportsakko. Sie berührte das kalte Metall unter der Achsel. Er war bereit.
Rasch betrat er den Laden. Das Geschäft war hell, freundlich, ein bißchen überladen. In der Mitte standen rechteckige Tische, auf denen Neuveröffentlichungen gestapelt waren. Kellog blieb am ersten Tisch mit einem Turm von *Die sieben Minuten* stehen und sah sich um. Weiter hinten stöberte ein älterer Mann unter dem Schild PAPERBACKS herum, eine Mutter suchte in der Abteilung JUGENDBÜCHER. In der Nähe der beiden Kunden packte eine gewichtige Frau im Arbeitskittel Bücher aus einem Karton auf den nächsten Tisch.
Dann bemerkte Kellog, daß noch jemand im Laden war. Drei Schritte links von ihm waren Bücherregale rechtwinklig zur Wand aufgestellt und bildeten so eine Nische. Quer davor stand eine Verkaufstheke mit einer Registrierkasse und einer weiteren Pyramide des neuen Buches darauf. Hinter der Theke saß ein schmäch-

tiger Mann von etwa vierzig Jahren und blätterte in Rechnungen. Dichte braune Koteletten machten das wett, was ihm an Haupthaar fehlte. Seine dicken Gläser in dem metallenen Brillengestell ließen seine Augen unnatürlich groß erscheinen. Er hatte eine Hakennase, ein vorspringendes Kinn und eine ungesunde rötliche Gesichtsfarbe. Seine braune Strickjacke war unordentlich zugeknöpft.
Kellog hatte den Mann noch nie gesehen, aber Iverson hatte ihn beschrieben. Kellog holte tief Luft und ging hinüber zu der Registrierkasse. Dann war er wieder der Versicherungsvertreter, der sich einen Vormittag zum Einkaufen freigenommen hatte.
»Guten Morgen.«
Der schmächtige Mann blinzelte ihn kurzsichtig an, lächelte verbindlich und grüßte höflich: »Guten Morgen, Sir.« Er glitt von seinem Stuhl, schob das Bündel Rechnungen beiseite und erkundigte sich: »Kann ich Ihnen irgendwie behilflich sein, oder wollen Sie sich lieber ein wenig umsehen?«
»Ich suche Mr. Fremont. Ben Fremont.«
»Ich bin Ben Fremont.«
»Ah – nett, Sie kennenzulernen. Ich überlege gerade, ob ich schon einmal hier war. Sehr hübsch. Man sollte mehr Zeit zum Lesen haben. Aber wenn man den ganzen Tag unterwegs ist . . . Dafür liest meine Frau um so mehr. Sie ist Kundin bei Ihnen. Das heißt, sie kommt ab und zu mal herein.«
»Das freut mich«, murmelte Ben Fremont. »Ich würde mich bestimmt an ihren Namen erinnern.«
»Nein. Sie kommt nur gelegentlich mal vorbei. Tja, und für ein Dauerkonto bin ich nicht. Sie wissen doch, wie die Frauen sind.«
»Aber sicher.«
»Jedenfalls hat sie mich hergeschickt. War eine böse Nierenkolik, aber jetzt ist der Stein raus. Es geht ihr wieder besser, aber sie liegt noch drüben im St.-John's-Krankenhaus und möchte etwas zu lesen.
»Wir haben es dem Fernsehen zu verdanken, daß heutzutage mehr Menschen Bücher lesen als je zuvor«, stimmte ihm Fremont ernst zu. »Nichts ist mit einem guten Buch vergleichbar, wie Ihre Frau offenbar weiß.«
»Ein gutes Buch«, wiederholte Kellog. »Ja, so etwas möchte ich ihr besorgen.«
»Nun, wir haben für jeden Geschmack etwas. Wenn Sie mir einen Anhaltspunkt geben könnten . . .«
Kellog trat dichter an den Buchhändler heran. »Sie ist eine ausgesprochene Leseratte und liest sogar Geschichtsbücher. Aber ich glaube, am liebsten liest sie Romane. Jedenfalls würde ich sagen, daß es für das Krankenhaus nichts allzu Schweres oder Trauriges sein sollte. Vielleicht etwas, das sich leicht und angenehm liest und spannend ist. Und neu muß es sein, damit ich nicht ein Buch anschleppe, das sie bereits von irgendwelchen Freunden bekommen hat. Ich hab' sie gestern abend gebeten, mir einen Tip zu geben. Wissen Sie, was sie sagte: ›Otto‹, sagt sie, ›überrasch mich lieber damit. Und wenn du nicht weiterweißt, dann geh zu Ben Fremont und laß dich beraten.‹ Da bin ich also.«

»Hm, ich bin sicher, daß wir etwas Geeignetes . . .«
»Natürlich«, unterbrach ihn Kellog und lehnte sich über die Theke. »Sie hat bestimmt nichts dagegen, wenn es ein Buch so richtig mitten aus dem Leben ist. Wissen Sie, ein bißchen mit dem – hm . . .«
»Klar, ich verstehe.«
»Damit Sie mich nicht falsch verstehen: Sie hat auch was für Literatur übrig, fürs Intellektuelle. Aber *Lady Chatterley* hat ihr eine Menge Spaß gemacht. Das war eine tolle Sache, Sie verstehen schon, wie ich das meine. Ein klassischer Roman, aber trotzdem nicht langweilig. Da sie nun im Krankenhaus liegt . . . Wenn Sie etwas da hätten, was nur halb so gut ist und noch dazu brandneu . . .«
»Halb so gut?« Fremont wurde lebhaft. »Als Sie mir den Geschmack Ihrer Frau beschrieben, ist mir gleich das Richtige eingefallen. Hören Sie, ich habe etwas Funkelnagelneues da, noch nicht einmal offiziell veröffentlicht. Und es ist zehnmal so gut wie *Lady Chatterley*, vielleicht hundertmal besser. Das sag' ich jeder Frau, die in mein Geschäft kommt, und ich empfehle bestimmt nicht jedes x-beliebige Buch. Ich gehe jede Wette ein, daß in vierzehn Tagen jede Frau in Oakland, in ganz Los Angeles dieses Buch verschlingen wird.« Fremont nahm ein Exemplar von dem Stapel neben seiner Registrierkasse. »Da ist es. Sie liegt im Krankenhaus? Dann ist es genau das, was ihr der Onkel Doktor verordnet hat!«
Kellog griff nach seiner Sonnenbrille. »Was steht da auf dem Umschlag?«
Fremont deutete auf den Titel. *»Die sieben Minuten* von JJ Jadway. Ein Buch, das keine Frau vergessen wird. Ihre Frau wird es spannend finden, richtig spannend, und dabei ist es doch Literatur.«
»Ach so – Literatur. Hm, ich weiß nicht recht, ob es dann das . . .«
»Entschuldigen Sie, damit hab' ich mich vielleicht nicht richtig ausgedrückt. Ich will damit nur sagen, daß man sich als belesener Mensch, wie es Ihre Frau ist, wegen dieses Buches nicht schämen muß. Die meisten Leute, die weniger gebildet sind, werden daran vielleicht Anstoß nehmen. Aber wenn man das Leben kennt, weiß man einen solchen Roman zu schätzen. Was mich betrifft, so können mir alle gestohlen bleiben, wie sie auch heißen: Cleland, Lawrence, Harris, Miller. Im Vergleich zu Jadway sind das nur Ammenmärchen. Die haben ja keine Ahnung von Sex. Keiner hatte eine Ahnung, bis Jadway kam. Er hat den Sex erst erfunden – in den *Sieben Minuten*. Nur daß es sich hier um etwas wirklich Echtes handelt.«
»Sie haben das Buch gelesen?«
»Zweimal. Das erste Mal in Paris. In der Ausgabe Étoile. Die Franzosen haben die französische Ausgabe verboten, und die Vereinigten Staaten und Großbritannien haben die englische Ausgabe verboten. Es gab also nur den Pariser Privatdruck für Touristen. Und dann hab' ich diese erste Ausgabe für die breite Öffentlichkeit gelesen. Ist Ihnen die große Anzeige in der Zeitung am Sonntag nicht aufgefallen? Das meistverbotene Buch aller Zeiten.«

»Warum wurde es denn immer wieder verboten?« fragte Kellog. »Ist es so obszön?«

Fremont legte die Stirn in Falten. »Das Buch wurde verboten, weil es . . . Ja, das stimmt vermutlich: Es wurde in allen Ländern verboten, weil man es für obszön hielt. Bis dann ein großer New Yorker Verlag den Mut besaß zu sagen, vielleicht ist die Welt inzwischen ein wenig erwachsener geworden, vielleicht ist es jetzt an der Zeit, es herauszubringen. Denn wie man das Buch auch bezeichnet hat – ob obszön oder nicht – ein Meisterwerk ist es auf jeden Fall.«

»Wie kann denn ein Buch obszön und trotzdem ein Meisterwerk sein?«

»Dieser Roman ist wirklich beides.«

»Halten Sie das Buch für obszön, Mr. Fremont?«

»Wie soll ich das beurteilen? Das ist doch nur so ein Ausdruck. Es gibt Worte, die halten manche Leute für schmutzig, andere für schön. Genau darum geht es. Manche Leute, vielleicht sogar die meisten, werden sagen, dieses Buch ist schmutzig. Aber es wird auch viele geben, die es großartig finden.«

»Sie meinen die gebildeten Leser.«

»Richtig. Denen ist die Frage der Obszönität gleichgültig, wenn sie etwas so Großartiges lesen, das ihnen neue Erkenntnisse und ein neues Verständnis der menschlichen Natur vermittelt.«

»Und wovon handelt das Buch überhaupt?«

»Der Inhalt ist einfach, wie immer, wenn es sich um echte Kunst handelt. Eine junge Frau liegt im Bett und denkt über die Liebe nach. Das ist alles.«

»Und deshalb das ganze Tamtam? Sie hatten mich fast schon überzeugt, aber wenn Sie's so ausdrücken – das finde ich langweilig.«

»Langweilig? Hören Sie mir einen Augenblick zu. Ich habe zwar gesagt, sie liegt im Bett – aber mit einem Mann. Sie liegt die ganze Zeit auf dem Rücken und denkt. Jadway zeigt uns, was sie darüber denkt, ich meine, über diesen Mann, mit dem sie gerade schläft. Über die anderen Männer, die sie schon gehabt hat oder haben wollte. Und wie er das macht – man kann richtig verrückt dabei werden.«

Kellog grinste. »Das klingt schon besser. Und Sie glauben, so etwas würde meiner Frau gefallen?«

Fremont grinste ebenfalls. »Es wird sie bestimmt von ihrem Nierenstein ablenken.«

»Was kostet es?«

»Sechs Dollar fünfundneunzig Cents.«

»Eine Menge Geld für so ein dünnes Buch.«

»Dynamit gibt's auch in kleinen Packungen«, entgegnete Fremont. »Und glauben Sie mir: Das da ist wirklich Dynamit. Offiziell erscheint das Buch erst nächste Woche. Wir bekommen unsere Lieferungen immer etwas früher. Ich mußte sie auspacken und ins Fenster legen lassen, weil seit der Anzeige am Sonntag eine solche Nachfrage herrscht. Jadway ist jetzt schon unser Bestseller.«

»Dann packen Sie es mir ein. Sie haben mich überzeugt.«

Kellog zückte seine Brieftasche. »Können Sie mir einen Zehner wechseln?«
»Klar.«
Kellog wartete, bis Fremont den Betrag in die Kasse getippt, das Wechselgeld herausgegeben und dann den Bon zusammen mit dem Buch in gestreiftes Papier eingewickelt hatte.
»Tut mir leid, daß ich Ihnen so viel Mühe gemacht habe«, entschuldigte sich Kellog.
Fremont reichte ihm lächelnd das gestreifte Päckchen über den Ladentisch. »Mir sind die wählerischen Kunden am liebsten. Wenn man ab und zu jemanden überzeugen muß, bleibt man fit. Keine Sorge, das Buch ist bestimmt richtig. Es wird Ihre Frau im Nu wieder auf die Beine bringen. Guten Tag.«
Kaum stand Kellog wieder draußen im grellen Sonnenschein, da schob er die Hand unter die linke Achsel und legte einen Schalter auf dem Kästchen um. Rasch ging er auf das wartende Ford-Coupé zu und hob dabei das gestreifte Päckchen hoch. Sofort stieg Ike Iverson aus. Er hielt ein ähnliches Päckchen in der Hand. Vor dem Juweliergeschäft trafen sie sich.
»Wie hat's bei Eubank auf dem Rücksitz geklappt?« fragte Kellog.
»Ist laut und deutlich hereingekommen. Du hast ziemlich lang gebraucht.«
»Gespräche über Literatur brauchen eben ihre Zeit«, entgegnete Kellog augenzwinkernd. »Aber dafür ist die Sache jetzt gelaufen. Duncan wird sich freuen. Vergleichen wir mal.«
Kellog nahm sein Exemplar von *Die sieben Minuten* aus dem gestreiften Papier. Er holte seinen Kugelschreiber hervor, klappte das Buch auf und kennzeichnete den vorderen Schmutztitel mit seinen Initialen und dem Datum. Iverson hielt sein Exemplar des Buches bereit.
»Klar? Bringen wir's hinter uns«, sagte Iverson. »Der gleiche Schutzumschlag, der gleiche Titel?«
»Richtig.«
»Der gleiche Verlag – Copyright?«
»Richtig.«
»Die gleiche Anzahl von Druckseiten?«
»Genau.«
»Dann vergleichen wir die markierten Seiten in meinem Buch mit den entsprechenden Seiten in dem Exemplar, das du gerade gekauft hast.« Die beiden Männer verglichen ein halbes Dutzend Seiten.
»Stimmt genau«, stellte Iverson fest. »Womit bewiesen ist, daß die beiden Bücher identisch sind?«
»Einwandfrei.«
»Dann sollten wir Mr. Fremont noch einen Besuch abstatten.«
Kellog griff noch einmal unter seinen Sportsakko und schaltete das tragbare Tonbandgerät ein. »Band läuft.«
Mit festen, energischen Schritten betraten die beiden Männer Fremonts Büchermagazin. Der Buchhändler saß immer noch hinter seiner Registrierkasse und goß

sich gerade Coke in einen Pappbecher. Kellog ging, dicht gefolgt von Iverson, auf ihn zu.

Fremont führte gerade den Becher an die Lippen. Da erkannte er seinen Kunden von eben. »Hallo ...«

»Mr. Fremont«, begann Kellog. »Sie sind doch Ben Fremont, der Besitzer der Firma Fremonts Büchermagazin?«

»Was soll das heißen? Natürlich bin ich das.«

»Mr. Fremont, ich möchte uns hiermit offiziell vorstellen. Ich bin Sergeant Kellog, zur Zeit dem Sittendezernat des Sheriff's Office für das County Los Angeles zugeteilt.« Er zeigt ihm seine Dienstmarke und steckte sie wieder ein. »Mein Kollege ist Ike Iverson von derselben Dienststelle.«

Der Buchhändler machte einen verwirrten Eindruck. »Das – das versteh' ich nicht«, stammelte er und stellte den Becher so hart hin, daß der Inhalt überschwappte. »Was hat denn das ...«

»Ben Fremont«, sagte Kellog, »Sie werden wegen Verstoßes gegen Paragraph 311 Absatz 2 des Kalifornischen Strafgesetzes verhaftet. Nach diesem Gesetz macht sich jeder strafbar, der wissentlich obszöne Schriften und andere Dinge anbietet oder vertreibt. Gemäß Paragraph 311 a bedeutet obszön in diesem Zusammenhang, daß das fragliche Objekt nach heutigen allgemeinen Maßstäben auf den Durchschnittsbürger als Ganzes überwiegend sexuell aufreizend wirkt. Das heißt, das Werk geht in den Beschreibungen über das übliche Maß an Offenheit hinaus und erfüllt keinerlei sozialen Zweck. Nach Auffassung des zuständigen Bezirksstaatsanwalts würde das Buch *Die sieben Minuten* von JJ Jadway bei einer gerichtlichen Überprüfung diesen Tatbestand erfüllen. Sie werden daher wegen des Verkaufs dieses Buches festgenommen.«

Ben Fremont hörte ihm mit offenem Mund und aschgrau im Gesicht zu. Er klammerte sich an die Kante der Theke und suchte krampfhaft nach Worten. »Einen Augenblick, so warten Sie doch! Sie können mich doch nicht einfach verhaften! Ich tu' doch nichts weiter als Bücher verkaufen wie Tausende anderer Buchhändler auch. Das geht doch einfach nicht.«

»Mr. Fremont«, sagte Kellog streng. »Sie sind verhaftet. Ich würde Ihnen in Ihrem eigenen Interesse raten, uns keine Schwierigkeiten zu machen. Wir brauchen sämtliche Rechnungen des Sanford-Verlags, die sich auf Lieferungen dieses Buchs beziehen. Wir müssen sämtliche hier vorhandenen Exemplare des Buchs *Die sieben Minuten* beschlagnahmen und unter Verschluß nehmen. Außerdem werden wir das Zeitungsinserat aus dem Schaufenster entfernen und jegliches andere Werbematerial mitnehmen, das sich auf dieses Buch bezieht.«

»Und ich?«

»Ich dachte, Sie wissen noch, wie das vor sich geht. Schon gut. Wir haben einen Dienstwagen draußen stehen. Sie haben uns zum Büro des Sheriffs in der West Temple Street zu begleiten.«

»Sheriff's Office? Aber weshalb denn? Verdammt, ich bin doch kein Verbrecher!«

Kellog verlor die Geduld. »Weil Sie ein obszönes Buch verkauft haben. Haben Sie mir nicht selbst vor gut zehn Minuten gesagt ...«
Iverson trat rasch vor und legte seinem Kollegen beruhigend die Hand auf die Schulter. »Augenblick, Otto. Erst möchte ich den Herrn auf seine verfassungsmäßigen Rechte hinweisen.« Er wandte sich an den Buchhändler. »Mr. Fremont, alles, was Sie vor Ihrer Verhaftung sagten und alles, was Sie jetzt sagen, wird über einen kleinen Sender aufgezeichnet, den Sergeant Kellog bei sich trägt und der mit einem Bandgerät in dem Polizeifahrzeug draußen in Verbindung steht. Vor Ihrer Verhaftung brauchten Sie nicht auf Ihre Rechte hingewiesen zu werden. Jetzt, nachdem Sie verhaftet wurden, muß ich Sie pflichtgemäß belehren, daß Sie keine Fragen zu beantworten brauchen und schweigen dürfen, und daß Sie berechtigt sind, einen Anwalt zu verständigen. Damit wurde die Rechtsmittelbelehrung ordnungsgemäß erteilt. Es bleibt Ihnen überlassen, ob Sie Fragen stellen oder solche beantworten wollen.«
»Verdammt, ich sag' kein einziges Wort mehr, zu keinem von euch!« schrie Fremont. »Kein Wort, bevor ich nicht mit einem Rechtsanwalt gesprochen habe.«
»Sie dürfen ein Telefongespräch führen«, sagte Kellog ruhig. »Sie können Ihren Anwalt anrufen und ihn ersuchen, zum Büro des Sheriffs zu kommen.«
Schlagartig war Fremonts Zorn verraucht. Übrig blieb nur seine Angst. »Ich – ich hab' doch keinen Anwalt. Ich meine, ich kenne keinen. Ich hab' nur einen Steuerberater. Schließlich bin ich nichts weiter als ...«
»Dann wird Ihnen das Gericht einen Pflichtverteidiger ...« begann Kellog.
»Nein, nein, warten Sie!« unterbrach ihn Fremont. »Da fällt mir gerade etwas ein. Als mir der hiesige Vertreter des Verlags die Bücher verkaufte, hat er gesagt, ich soll ihn sofort anrufen, wenn's irgendwelchen Ärger geben sollte. Der Verlag steht voll und ganz hinter seinem Buch, hat er gesagt, und der junge Sanford – das ist der Verleger –will sich persönlich einschalten und uns einen Anwalt besorgen. Ich werde den Vertreter anrufen. Geht das?«
»Rufen Sie an, wen Sie wollen, aber schnell«, sagte Kellog.
Fremont griff nach dem Telefon. Aber bevor er zu wählen begann, starrte er die beiden Beamten an. Ihm war ein neuer Gedanke gekommen, und er wußte nicht recht, ob er ihn aussprechen sollte oder nicht. »Hört mal, wißt ihr denn überhaupt, was ihr da macht?« fragte er mit zitternder Stimme. »Für euch ist das ein kleiner Fisch. Ihr verhaftet einen kleinen, unbedeutenden Buchhändler, und damit basta. Aber vielleicht stimmt das nicht. Wißt ihr, was ihr in Wirklichkeit tut? Ihr verhaftet einen toten Schriftsteller und sein Buch. Ein *Buch* verhaftet ihr! Das, was der Tote zu sagen hatte! Ihr steckt eine eurer demokratischen Freiheiten ins Kittchen, und wenn ihr denkt, das ist nichts, dann wartet nur ab! Ihr werdet schon noch sehen, was alles passieren kann!«

Erst als er über den Wilshire Boulevard fuhr, auf halbem Wege zwischen dem Anwaltsbüro, das er gerade verlassen hatte, und seiner Wohnung in Brentwood, wurde Mike Barrett in vollem Umfang bewußt, was das für ihn wirklich bedeutete.

Nach all den Jahren des Kämpfens war er endlich frei.

Er war unabhängig. Er hatte es geschafft.

Aus den Augenwinkel sah er den Karton auf dem Beifahrersitz. Vor einer Stunde hatte er die persönlichen Dinge hineingepackt, die sich in seinem Walnußschreibtisch angesammelt hatten – in dem Schreibtisch, an dem er als Angestellter zwei Jahre lang gesessen hatte. Der Inhalt des Kartons symbolisierte gewissermaßen die unbefriedigende, zweitrangige juristische Karriere, die zehn von seinen sechsunddreißig Jahren umfaßte. Der Karton selbst und die Tatsache, daß er ihn mit fortnahm, bedeuteten einen Sieg, auf den er in schlaflosen Nächten voller Selbstvorwürfe schon nicht mehr zu hoffen gewagt hatte.

Das mußte eigentlich gefeiert werden, mit einem Festzug, einem Triumphbogen, zumindest mit Girlanden. In seinem Herzen waren sie vorhanden, aber es ging trotzdem nicht ganz ohne äußere Feier ab. Er hielt das Lenkrad mit einer Hand fest und band sich den Schlips ab. Dann öffnete er den Hemdkragen. Ohne Krawatte mitten an einem gewöhnlichen Werktag. Eine Majestätsbeleidigung im Reich der US-Anwaltskammer – es sei denn, man selbst ist die Majestät. Dann fiel ihm ein lateinisches Sprichwort ein: Rex non potest peccare – der König kann nichts Übles tun.

Gott, was für ein herrlicher Tag. Wie schön, diese Sonne. Wie schön, die Stadt der Engel – Los Angeles. Wie schön die Menschen auf den Straßen, seine Untertanen. Schön auch die Osborn Enterprises, Faye Osborn. Und alle Freunde. Nein, vielleicht doch nicht alle. Jedenfalls nicht Abe Zelkin. Es konnte leicht sein, daß diese Freundschaft schon in ein paar Stunden nicht mehr existierte. Dieser Gedanke war wie ein Wermutstropfen im Becher der Freude.

Der ehrliche, aufrichtige Abe. Wer braucht schon ein eigenes Gewissen, wenn er einen aufrechten Freund wie Abe hat?

Seltsamerweise war es gerade Abe Zelkin gewesen, der an dem heutigen Tag schuld war; daran, daß aus Zelkin & Barrett jetzt Osborn & Barrett wurde. Er ging alles in Gedanken schrittweise durch, um sich auf ein Plädoyer vor Zelkin beim Mittagessen vorzubereiten.

Wo hatte es begonnen? In Harvard? Nein. Damals war er mit seinem Freund Phil Sanford zusammengewesen. Es mußte wohl später gewesen sein, in New York. Nicht in jener großen, fabrikartigen Anwaltsfirma, in der er angefangen hatte; dort hatte es ihm nie gefallen, weil er immer an der Verteidigung menschlicher Rechte interessiert war und nicht nur an Besitzrechten. Rückblickend sagte er sich, daß er eben ein unreifer Idealist war. Dann die nächste Station, das Institut für Bürgerrechte, wo man als Gehalt Flicken für die Ellbogen der durchgewetzten Jacken und Zitate von Cardozo und Holmes bekam, Hinweise auf die hehre Aufgabe des Rechts. Dieses Institut war die Gründung von zwanzig großen Konzernen, die mit guten Taten das eigene schlechte Gewissen zu beruhigen suchten. Sechs Jahre Kampf gegen ein paar vermeintliche Mißstände bei kargem

Lohn, bis man schließlich einsehen mußte, wo das wirkliche Übel zu suchen war, und daß man gegen Windmühlenflügel kämpfte. Das Institut war nichts weiter als eine Public-Relations-Aktion für die Gründer. Sechs Jahre bis zur Erkenntnis, daß die guten Werke Schwindel waren. Sechs Jahre, bis man die Wahrheit erfuhr: daß man von den Mächtigen manipuliert worden war.

Sobald er und Abe Zelkin das gemerkt hatten, waren sie ausgeschieden.

Barrett kündigte als erster. Beim Tod seiner Mutter waren ihm sämtliche Illusionen über das Institut vergangen. Er hatte einige Hinweise bekommen, daß das Medikament, das seine Mutter am Leben erhalten sollte, in Wirklichkeit rascher zum Tod geführt hatte. Wie ein Pointer hatte er die Fährte aufgenommen und herausgefunden, daß noch andere Patienten an einer frühzeitigen aplastischen Anämie, der Nebenwirkung dieser Droge, gestorben waren. Das war genau der richtige Fall für das Institut! Das Memorandum, das Barrett für seinen Direktor zusammenstellte, bedeutete ein vernichtendes Urteil über eine der führenden pharmazeutischen Großfirmen Amerikas. Dann ließ ihn der Direktor zu sich kommen und eröffnete ihm, die Leitung des Instituts hätte sich gegen die Durchführung eines Verfahrens entschieden. Die Beweise reichten dafür nicht aus. Außerdem war das nicht einer jener klaren Fälle, die das Institut lieber durchfocht. Barretts Enttäuschung und Fassungslosigkeit währten nur achtundvierzig Stunden. Dann erfuhr er die Wahrheit: Der Konzern, gegen den er vorgehen wollte, war einer der Mitbegründer und wichtigsten Geldgeber des Instituts.

Am nächsten Tag hatte Barrett dem Institut für Bürgerrechte fristlos gekündigt.

Kurz danach trat auch Abe Zelkin nach einer ähnlichen Enttäuschung aus.

Dann mußten sie beide eine Entscheidung treffen. Daran erinnerte er sich noch ganz genau. Zelkin entschied sich zuerst: Er übersiedelte nach Kalifornien, bekam die Zulassung als Rechtsanwalt und einen Posten bei der Amerikanischen Bürgerrechtsunion in Los Angeles.

Aber Barrett hielt seine böse Erfahrung davon ab, es Zelkin gleichzutun. Seine Entscheidung fiel anders aus. Er sagte sich: Wenn du sie nicht bekämpfen kannst, dann mach mit. Er tat den Schritt in die Welt der Macht, des Big Business, der großen Politik. Wenn er schon Gutes tun wollte, dann in erster Linie für sich selbst. Das Spiel der Erwachsenen hieß Geld. Er wollte endlich erwachsen sein. Schluß mit den Achttausend-Dollar-Gehältern und dem Bewußtsein, sich selbst treu zu bleiben. Nun begann ein neues Leben mit achtzehntausend im Jahr und einem neuen Ziel: auf irgendeine Art und Weise – durch Osmose, Übung oder Anpassung – einer von ihnen zu werden, einer der Mächtigen.

Das neue Leben begann mit einer Anstellung als Juniorpartner einer großen Anwaltsfirma in der Madison Avenue. Dieser summende Bienenstock von vierzig Anwälten war auf Körperschaftsrecht spezialisiert. Zwei langweilige Jahre vergingen mit eintöniger, mühsamer Routinearbeit. Er bekam kaum einmal einen Klienten zu sehen und nicht ein einziges Mal einen Gerichtssaal, jene Arena, in der er sich früher immer so wohl gefühlt hatte. In seiner Freizeit

hatte er nach Vorschrift seiner Vorgesetzten am gesellschaftlichen Leben New Yorks teilzunehmen. Gelegenheiten für fühlbare Gehaltsaufbesserungen ergaben sich kaum. Dieses Dasein machte ihn unruhig, unglücklich und launisch. So fiel auch sein bescheidenes Privatleben unbefriedigend aus. Er machte zwei Liebesaffären durch, eine mit einer attraktiven Brünetten, einer geschiedenen Frau, die andere mit einem intelligenten rothaarigen Mannequin; beide Verhältnisse waren zwar körperlich befriedigend, mehr aber auch nicht. Da er sich langweilte, ödeten ihn auch alle anderen an.
Seine Lage klärte sich. Er hatte versucht, die andern nicht mehr zu bekämpfen, sondern auf ihre Seite überzuwechseln, einer der Ihren zu werden. Ja, sie hießen jeden, der zu ihnen überging, mit offenen Armen willkommen, umwarben ihn mit großartigen Versprechungen, brachten ihm bei, Kuchen statt Brot zu essen; dann teilten sie ihm seine harte Arbeit in den Sielen des Körperschaftsrechts zu, ließen ihn Fusionen und Steuerprobleme ausarbeiten, sperrten ihn ein und warfen den Schlüssel fort. Darüber war er sich jetzt im klaren. Man durfte den Mächtigen dienen, aber es war nicht leicht, zu ihnen vorzudringen, weil oben an der Spitze wenig Platz war, weil jemand ihnen dienen mußte und weil ihr Zauber nicht so leicht auf andere abfärbte. Diesen Eindruck hatte Barrett jedenfalls in seinen verzweifelten Stunden – damals.
Eine drastische Änderung wurde fällig, und eines Tages bot sich die Gelegenheit dazu. Abe Zelkin hatte in einem seiner monatlichen Briefe von den vielen gutbezahlten Stellungen berichtet, die sich fähigen Anwälten in Los Angeles boten. Man hatte auch Zelkin einige Angebote gemacht, aber er hatte der Versuchung widerstanden, auch wenn die Verlockung in ein oder zwei Fällen, wie er selbst zugab, groß war. So wurde für Barrett das schöne Kalifornien immer mehr zu einem lockenden Ziel. Kurz darauf traf er seine Entscheidung und übersiedelte. Er bestand die Zulassungsprüfung als Anwalt und bezog kurz darauf ein kleines, aber hübsch eingerichtetes Büro als einer von vierzehn Anwälten der erfolgreichen Beratungsfirma Thayer and Turner am Rodeo Drive in Beverly Hills. Alle Klienten waren entweder berühmt oder reich oder auch beides. Die fühlbare Nähe des sichtbaren Erfolgs gab Barrett erneut die Hoffnung, doch noch fündig zu werden.
Nach fast zwei Jahren anstrengender Arbeit in seinem Büro, in der Fachbibliothek der Firma, in Gerichtssälen und den Büros wohlhabender Klienten hatte sich Barrett zwar zum Spezialisten für Steuerrecht entwickelt, aber er war gleichzeitig zu dem Schluß gelangt, daß er nicht zu denen gehörte, die das Schicksal für den Gipfel der Pyramide ausersehen hatte.
Er besaß viele Vorzüge, die er ganz nüchtern einschätzte. Auch wenn er im klassischen Sinne nicht gerade ein gut aussehender Mann war, so hatte er doch ein angenehmes, wettergebräuntes Gesicht, geprägt von ein paar Sorgenfalten und Linien, die das Zusammenziehen der Augenbrauen, das Verengen der Augen aus Skepsis und Enttäuschung hinterlassen hatten. Er hatte einen schwarzen Haarschopf, rastlose Augen, eine kurze, gerade Nase, eingefallene Backen, ein eckiges

Kinn. Er war einsachtzig groß, besaß kräftige, etwas hängende Schultern und den sehnigen Körper eines Schwimmers. Nach außen hin wirkte er lässig, salopp, gleichgültig, fast schlampig, aber er wußte, daß noch ein anderer in ihm steckte, und der war hellwach, gespannt, sprungbereit geduckt wie ein Sprinter, der den Startschuß erwartet. Nur daß kein Startschuß kam.

Barrett war ein ernsthafter, pflichtbewußter, zuverlässiger Arbeiter. In seiner Freizeit konnte er, wenn seine Laune gut war, sehr unterhaltsam sein. Er hatte einen ausgeprägten Sinn für eine sarkastische Art von Humor und einen untrüglichen Instinkt für die Gefühle anderer Leute; er verstand die Gründe ihres Verhaltens. Wenn er wollte – was nicht mehr oft vorkam – konnte er ein amüsanter, fesselnder Erzähler sein. Er war belesen, hatte Literatur studiert, dann aber auf Jura umgesattelt, weil sich hier mehr praktische Aussichten boten. Er verfügte über zwei einmalige Vorzüge, die sich gerade im Juristenberuf großartig bewährten: Ein geradezu unheimliches Gedächtnis, das fotografisch genau alles registrierte und bereithielt, was er sah und hörte, und einen niemals ruhenden, scharfen Verstand, der sein Vergnügen an Geheimnissen, Rätseln, Spielen und ungelösten Problemen fand. Er wußte, daß er sich für den Beruf des Juristen eignete, und die Aussicht auf immer neue Aufgaben regte ihn an. Neben dem Recht war die Literatur nur ein Privatvergnügen, ein Stöbern im Vergangenen.

Aber trotz dieser oberflächlichen Vorzüge waren zweifellos auch gewisse versteckte Mängel und Fehler vorhanden, die ihm am deutlichsten zu Bewußtsein kamen, wenn er um drei Uhr morgens darüber nachgrübelte. Er war für seinen Beruf begabt, aber ihm fehlte es an finanzieller und sozialer Aggressivität. Bei aller schöpferischen Veranlagung verstand er es nicht, sich selbst ins rechte Licht zu setzen und die Früchte seiner Arbeit für sich zu beanspruchen. Er war zu klug und intelligent, vielleicht auch zu selbstkritisch, um sich oder sein Tun öffentlich zu bekunden. Er war weder extrovertiert noch introvertiert, sondern beides: zugleich furchtlos-selbstbewußt und unsicher-zurückhaltend. Er sagte sich, daß sein Ego gelitten haben mußte, als er vom polnisch-irisch-walisischen Stammbaum gepurzelt war.

Barrett glaubte kaum, daß ihn seine beiden Chefs, Thayer und Turner, für eine einmalige Persönlichkeit, einen unentbehrlichen Mitarbeiter hielten. Am schlimmsten war jedoch – heimlich gestand er sich das offen ein –, daß er nicht an das glaubte, was er machte. Wenn man davon absah, daß ihn dieser Beruf bequem ernährte, so hielt er seine Arbeit nicht für wichtig. Auch wenn das sein Geheimnis war, so konnten die Radarantennen seiner Arbeitgeber diesen Mangel an Hingabe vielleicht doch aufgefangen haben. Er fühlte sich fehl am Platze. Ein verhinderter Idealist, der sich schließlich als Steueranwalt niedergelassen hat. Ja, genauso war es.

Schon vor einigen Monaten hatte er sich gesagt, daß er in eine Sackgasse geraten war. Die Arbeit war so mühsam und eintönig geworden wie das Erwachen an jedem Morgen, und Los Angeles war in seinen Augen – wie es eine verwandte

Seele einmal formuliert hatte – nichts weiter als ein gottverdammter Sonnentag nach dem anderen. In seiner Verzweiflung hatte er es sogar mit vier Fünfzigminutensitzungen bei einem Psychoanalytiker versucht, aber davon war nichts besser geworden. Er hatte sich geweigert, über seine verstorbenen Eltern zu reden oder sich mit seinem Unterbewußtsein und seinem angeknackten Selbstgefühl zu beschäftigen, und schließlich die fünfte Verabredung abgesagt.

Dann war plötzlich über Nacht ein kleines Wunder geschehen, als hätte sich der Nebel aufgelöst und den Blick freigegeben zu dem Schatz am Fuße des Regenbogens. Einige Wochen später war aus dem kleinen Wunder ein großes Wunder geworden, eine echte Offenbarung, und aus dem Schatz an Hoffnung war nun ein richtiger Goldschatz geworden.

Die Hoffnung war von Abe Zelkin ausgegangen. Inzwischen hatte sich Abe fest etabliert. Er verfügte über gute Beziehungen und hatte beschlossen, seine Stellung bei der Amerikanischen Bürgerrechtsunion aufzugeben, um eine eigene Anwaltspraxis zu eröffnen. Die Aussicht auf Klienten war nicht schlecht, auf Fälle, die vielleicht nicht gerade die Brieftasche, aber doch das Leben reicher machen würden, Aussichten auf lohnende Auseinandersetzungen mit Ungerechtigkeit und Unmenschlichkeit und Bigotterie. Für die eigene Praxis suchte Zelkin einen Partner. Er wollte Barrett haben.

Die Aussicht, wieder jung zu sein, gute Werke zu tun, jedem Tag einen Sinn zu geben, hatte Barrett fasziniert. Er würde unabhängig sein. Wieder lebendig werden. Anderen helfen. Alles haben – nur das nicht, wovon er so lange geglaubt hatte, daß es ihm am meisten bedeutete, nämlich Reichtümer, die gleichbedeutend waren mit Macht.

Barrett war an dem Angebot interessiert, sehr interessiert sogar, aber er zögerte noch. Er brauchte Bedenkzeit. Sein nächster Schritt mußte der richtige sein, er mußte deshalb überlegt sein. Aber es war keine schlechte Idee: Zelkin & Barrett, Rechtsanwälte, Spezialisten für Idealismus. Ja, er würde es wahrscheinlich machen. Zelkin drängte ihn nicht, weil er vorher eine Reihe von Fällen zu klären hatte. Er wollte wieder an Barrett herantreten, wenn alles bereit war – und wenn dann auch Barrett bereit war, konnten sie ihr Firmenschild aufhängen.

Das war die Hoffnung, die Zelkin hieß. Vier Wochen später tauchte wie eine Fata Morgana der wahre Goldschatz auf, der sich Osborn nannte. Und da wußte Barrett, daß er es geschafft hatte, endlich geschafft.

Er tauchte aus seinen Reminiszenzen auf und stellte überrascht fest, daß er automatisch vom Wilshire Boulevard in den San Vicente Boulevard eingebogen und fast zu Hause war. Er fuhr über die Barrington Avenue zu dem sechsstöckigen Apartmenthaus mit dem schönen Namen ›Torcello‹ – der Besitzer hatte offenbar niemals seinen Italienurlaub vergessen –, einer gewaltigen Wohnanlage, die sich um einen Patio mit Swimmingpool gruppierte. Dort hatte er sich nach seinem ersten Jahr in Los Angeles eine Dreizimmerwohnung gemietet.

Barrett steuerte seinen Wagen in die gähnende Öffnung neben dem Eingang und hinunter in die Kellergarage. Beim Aussteigen sah er auf die Uhr. Noch eine

Stunde bis zu seiner Verabredung mit Abe Zelkin. Reichlich Zeit zum Duschen und Umziehen und zum Einüben der kleinen Rede, die er Zelkin halten wollte.

Er ging um das Kabrio herum, hob den schweren Karton voll Vergangenheit heraus und fuhr im Lift zum dritten Stock hinauf. Er schlenderte den Korridor entlang, schloß seine Wohnungstür auf und verstaute den Karton in einem dunklen Winkel des kaum benutzten Gästeschranks.

Die Fensterläden im Wohnzimmer schlossen die Sonne aus. Es war angenehm kühl in der Wohnung. Er fühlte sich hier zwar nicht mehr ganz so zu Hause, nicht mehr so gemütlich wie früher, aber er mußte zugeben, daß das Zimmer gewonnen hatte. Daran war Faye schuld. Wie so viele reiche Frauen mit überschüssiger Freizeit fühlte sie sich zur Innendekorateurin berufen. Beim ersten Blick auf seine möblierte Wohnung hatte sie sich geschüttelt. »Was für einen abscheulichen Geschmack diese Vermieter doch haben. Was soll das denn für ein Stil sein? Frühes San-Fernando-Tal?« Schon bald wurde das hauseigene, schlichte, weiche Sofa durch eine teure Imitation eines strengen Chippendalesofas mit geschwungener Lehne ersetzt. Dann bekamen die Wände eine Rupfenbespannung, die Beleuchtung verschwand hinter Blenden, ein spätviktorianischer Schreibsekretär und ein französischer Landhausstuhl aus Nußbaum und Geflecht beherrschten die eine Ecke. Nachdem der gute Geschmack erst einmal Fuß gefaßt hatte, breitete er sich unaufhaltsam aus. Er mußte sich mit einem Couchtisch aus Stahl und Glas abfinden, der zu nichts zu gebrauchen und höchstens insofern nützlich war, als er sich allmorgendlich das Schienbein daran stieß und dadurch erst richtig aufwachte. In jüngster Zeit war das Telefon unpraktischerweise in einem geschnitzten Holzschrank verschwunden, der irgendwie aus dem Schweizer Viertel in Paris in die Einrichtungshäuser am Robertson Boulevard gelangt war. Auf dem Schrank standen eine Lampe und zwei zerbrechliche Nippfiguren aus Limoges. Wenn Barrett – wie jetzt – allein war, mußten die Limogesfiguren und das Telefon regelmäßig die Plätze tauschen.

Barrett holte das Telefon aus dem Schrank, stellte die beiden Figuren hinein und wählte die Nummer der Hausvermittlung unten in der Empfangshalle.

»Hier Mike Barrett. Irgendwelche Anrufe für mich?«

»Schön, daß Sie wieder hier sind, Mr. Barrett. In der letzten halben Stunde kamen zwei dringende Ferngespräche, beide vom gleichen Teilnehmer. Ein Mr. Philip Sanford aus New York. Sie möchten sofort zurückrufen, wenn Sie nach Hause kommen. Er hat die Nummern seines Büros und seiner Wohnung hinterlassen.«

»Augenblick – in New York ist es erst zwanzig nach drei. Versuchen Sie es im Büro.«

Er stand von dem Sofa auf, zog sein Hemd aus, warf es in eine Ecke und holte sich aus der winzigen Einbauküche etwas zu trinken. Dabei wanderten seine Gedanken zu Philip Sanford. An den aufeinanderfolgenden Anrufen war zweierlei seltsam. Erstens rief Sanford mehrmals im Jahr in längeren Abständen an, dann aber immer am Abend. Zweitens waren diese Gespräche niemals dringend, sondern nur die Hand, die man dem fernen Freund hinstreckt, um sich der alten Freundschaft zu vergewissern. Der arme Sanford empfing wenig Wärme von seiner Frau und gar keine von seinem tyrannischen Vater. Aber diesmal handelte es sich offenbar nicht darum, daß Sanford einmal mit ihm plaudern wollte. Barrett überlegte sich, was so dringend sein mochte.

Barrett trank einen Schluck von der kühlen Limonade. Seine Freundschaft mit Philip Sanford war älter als die mit Abe Zelkin, wenn auch nicht so unbeschwert. Als er und Philip nach dem Studium in Harvard beide nach New York gekommen waren – er, um eine Karriere als Wohltäter zu beginnen, Sanford, um als Lektor in das renommierte Verlagshaus seines Vaters einzutreten –, hatten sich die alten Studienkameraden oft gesehen. Barrett mochte Phil nicht nur gern, er verdankte ihm auch viel. In dem Krisenjahr nach dem Tod seiner Mutter hatte Phil selbstlos geholfen. Auch nach Phils Heirat traf Barrett seinen Freund immer noch einmal in der Woche zum Essen im Baroque Restaurant, und gelegentlich besuchten sie gemeinsam eine Sportveranstaltung im Madison Square Garden. Seit seiner Übersiedlung nach Kalifornien hatte Barrett ihn erst ein halbes dutzendmal gesehen. Barrett dachte ungern daran zurück. Phil Sanford hatte stets mit einer gewissen Hoffnungslosigkeit über seine Frau, seine beiden Kinder und sein hoffnungsloses Sklavendasein im Sanford-Verlag gesprochen, den sein Vater autokratisch leitete.

Ihr letztes Zusammentreffen vor weniger als drei Monaten war fröhlicher verlaufen. Barrett hatte für einen Tag geschäftlich in New York zu tun, und sie hatten im Oak Room des Plaza zu Abend gegessen. Kurz zuvor hatte sich Phils Leben von Grund auf verändert. Zum erstenmal durfte er beweisen, was er konnte. Er steckte voller Ängste, aber auch voller Begeisterung.

Wesley R. Sanford, diesen Giganten im Verlagsgewerbe, hatte ein Schlaganfall getroffen. Er war zwar glimpflich verlaufen, stellte aber doch eine ernste Warnung dar und zwang ihn, sich vom Geschäft zurückzuziehen. In den Augen des gefällten Riesen war das Verlagshaus Sanford, seit so langer Zeit Entdecker und Förderer von Autoren, die mit dem Nobelpreis für Literatur, dem Pulitzerpreis und dem Prix Goncourt geehrt wurden, nun ein führerloses Haus. Phil Sanford, dem einzigen Erben, hatte der mächtige Vater immer nur Herablassung, sogar Abneigung entgegengebracht. Der Gigant aus eigener Kraft hatte wohl seit jeher gewußt, daß er keinen ebenbürtigen Nachfolger hervorbringen konnte. So betrachtete er seinen Sohn als Geisteszwerg, als Schwächling, als totalen Versager. Das war Phils Kreuz, das er zu tragen hatte. Die Tatsache, daß er sich diese Behandlung so lange hatte gefallen lassen, ohne wegzulaufen, hatte nun auch seine Frau davon überzeugt, daß er ein haltloser Feigling war.

Die Nachricht, daß Wesley R. Sanford ohne Hinterlassung eines zufriedenstellenden Nachfolgers aus einem blühenden Verlagsunternehmen ausgetreten war, hatte sich bald bis zur Wall Street herumgesprochen. Mächtige Nachrichtenkonzerne, die ihren Besitzstand auf eine breitere Basis stellen wollten, waren begierig, diese Firma mit ihrem wertvollen Verlagsprogramm und dem klingenden Namen zu erwerben. Es hatte auch den Anschein, als sei Wesley R. Sanford, der sich von seinem Schlaganfall nur teilweise erholte, zum Verkauf bereit. Aber da war Philip an sein Bett getreten und hatte – zum erstenmal in seinem Leben – um eine Chance gebeten. Ob nun die Krankheit den Giganten geschwächt oder er vielleicht nur auf eine solche Bitte seines Erben gewartet hatte, jedenfalls hatte er sich knurrend bereit erklärt, seinem Sohn die erbetene Chance einzuräumen.

Philip Sanford sollte zwei Jahre Zeit bekommen, seine Fähigkeiten als selbständig handelnder Verleger zu beweisen. Wenn es ihm gelang, den Ruf der Firma zu wahren und zu fördern, dann sollte der Verlag im Familienbesitz bleiben. In diesem Falle wurde Phil Präsident und künftiger Eigentümer. Sollte sich jedoch Phils Geschäftsführung während dieses Zeitraums als schlecht erweisen, dann mußte er das Chefbüro wieder räumen, und der Verlag würde mit allem Drum und Dran an einen der Konzerne verkauft werden, die sich darum bemühten.

Philip Sanford war es nicht gewöhnt, Entscheidungen zu treffen. So war der Anfang wenig vielversprechend. Von den zwanzig Büchern, die während des ersten Jahres seiner Geschäftsführung verlegt worden waren, erwiesen sich die meisten als Ladenhüter. Nur einige wenige brachten die Kosten wieder ein oder erzielten kleinere Gewinne. Nicht eines dieser Bücher konnte man als bedeutend bezeichnen, keines war zu einem Bestseller geworden. Nicht eines war gewinnbringend an Buchclubs oder Taschenbuchverlage weiterverkauft worden. Schließlich hatte Phil mit dem Mut der Verzweiflung den Schritt getan, der ihn aus dem Schatten seines Vaters herausführen und selbständig machen sollte. Er hatte beschlossen, das zu veröffentlichen, was er für richtig hielt, und nicht das, was sein Vater vielleicht veröffentlicht hätte. Er hatte einen Roman angekauft, den er auf einer Seereise von Le Havre nach New York einmal gelesen und bewundert hatte, ein Buch, das noch in keinem englischsprachigen Land der Welt hatte erscheinen dürfen. Es nannte sich *Die sieben Minuten*, und von seinem Verkaufserfolg hing Philip Sanfords ganze Zukunft ab.

Bei dem letzten gemeinsamen Essen in New York hatte Sanford begeistert von den Chancen dieses Romans erzählt. Er hatte behauptet, daß das allgemeine Klima zum erstenmal in der Geschichte der modernen Literatur für ein solches Buch günstig sei. Eine westliche Welt, die sich endlich mit *Lady Chatterley* und *Fanny Hill* abgefunden hatte, war auch reif genug für *Die sieben Minuten*. Das Buch war bereits im Druck. In der ganzen Branche stieg die Spannung. Es versprach ein Rekord-Bestseller zu werden. Dann würde Philip Sanford seinen Verlag bekommen, seinen Platz im Leben, seine Zukunft. Darüber hatten sie fast den ganzen Abend gesprochen. Erst in den letzten zehn Minuten kam das Thema Mike Barrett auf. Er hatte sich über seine eigene mäßige Karriere bei Thayer & Turner beklagt. Als die einzigen Lichtblicke hatte er Abe Zelkins Angebot und die Zuneigung von Willard Osborns Tochter angeführt.

Und nun wollte ihn Sanford plötzlich so dringend sprechen. Er kannte Sanford gut genug – welches Problem von solcher Dringlichkeit konnte sich wohl ergeben haben?
Das Telefon neben ihm läutete.
»Hallo?«
»Mike?« Es war Sanfords Stimme. Nicht die einer Sekretärin. »Bist du dran, Mike?«
»Klar. Was gibt's denn, Phil? Tut mir leid, daß ich vorhin deine Anrufe verpaßt habe. Ich bin gerade erst nach Hause gekommen. Wie geht's denn?«
»Wie immer, wenn du die werte Familie meinst. Aber da ist noch etwas Geschäftliches, Mike. Ich bin so erleichtert, daß du mich gleich angerufen hast.«
Barrett fiel sofort der nervöse, gehetzte Unterton auf. »Das klingt ja fast, als hättest du Sorgen. Wenn ich dir irgendwie . . .«
»Ja, du kannst mir helfen.«
»Schieß los.«
»Mike, du erinnerst dich doch, was ich dir erzählt habe, als du zuletzt hier warst: daß meine Bücher – meine eigenen, nicht die von Wesley R. übernommenen – nicht so recht einschlagen wollten?«
Phil hatte seinen Vater immer ›Wesley R.‹ genannt. Er brachte es nicht über sich, ihn ›Vater‹ zu nennen. »Das schon, aber du warst doch recht optimistisch . . .«
»Genau. Es ging um einen Roman meines Verlagsprogramms. *Die sieben Minuten* von JJ Jadway. Ich setzte alles auf dieses eine Buch. Alles oder nichts – erinnerst du dich?«
Barrett nickte dem Apparat zu. »Richtig. Der Roman, an den sich seit fünfunddreißig Jahren kein Verleger herangetraut hat. Ich habe am letzten Sonntag die Ankündigungsinserate gesehen. Ich muß sagen: Toll gemacht.«
Sanfords Stimme klang besorgt. »Du hast das Buch doch gesehen, wie? Ich ließ dir ein Vorausexemplar zuschicken.«
Schuldbewußt warf Barrett einen Blick hinüber zur Schlafzimmertür. Das Vorausexemplar war tatsächlich vor ungefähr drei Wochen angekommen, aber es lag noch immer ungeöffnet auf seinem Nachttisch. Er hatte sich zwar vorgenommen, es zu lesen, damit er seinem Freund ein paar ermutigende Zeilen schicken konnte, aber es war ihm so vieles dazwischengekommen, daß er einfach noch keine Zeit dafür gefunden hatte. Der Teufel soll die guten Vorsätze holen.
»Ja, Phil, ich hab's bekommen. Es liegt neben meinem Bett. Ich hab' mir täglich vorgenommen, mich zu bedanken und dir damit alles Gute zu wünschen, aber ich hab' einfach bis an die Ohren in anderen Dingen dringesteckt. Ich hab' das Buch aber durchgeblättert und muß sagen, daß du nicht übertrieben hast. Das Ding ist ein richtiger Schlager.«
»Ist es auch«, bestätigte Phil aufgeregt. »Es zeichnet sich jetzt schon ab, daß es der größte Bestseller des Jahres, vielleicht sogar des Jahrzehnts wird. Du kannst

dir nicht vorstellen, was bei den Großhändlern und Buchläden los ist. Bis zur offiziellen Freigabe sind es noch ein paar Tage, und wir müssen schon die zweite Auflage drucken. Zweihunderttausend haben wir aufgelegt, hundertdreißigtausend sind bereits verschickt. Ist dir klar, was das bedeutet, Mike? Du verstehst doch eine Menge vom Verlagsgeschäft, nachdem du mir jahrelang geduldig zugehört hast. Nimm mal einen durchschnittlichen Roman. Wenn's ein Erstling ist – und das ist bei Jadway der Fall, weil er nichts anderes geschrieben hat –, dann drucken wir zunächst einmal viertausend. Die Vertreter schließen vielleicht zweitausend ab. Die schickt man los, weiß aber nicht, wieviel davon als Remittenden zurückkommen. Ein halbes Jahr später sind dann vielleicht siebenhundertfünfzig Stück verkauft. Das ist die Seite des Verlagsgeschäfts, die hinter dem ganzen Werberummel steckt und von der die Öffentlichkeit nichts weiß. Aber wenn man Glück hat, dann erwischt man alle paar Jahre einmal einen richtigen Schlager, einen Erstling, der sofort wie eine Rakete losgeht. Zum Beispiel *Die sieben Minuten*. Natürlich war die Ausgangsposition gut. All die Verbote. Das Gerede, daß der Inhalt obszön ist, was übrigens nicht stimmt. Zum erstenmal seit fünfunddreißig Jahren können sich die Leute nun mit eigenen Augen davon überzeugen, was dahintersteckt. Bis zum Wochenende werden die zweihunderttausend weg sein. Aber das ist erst der Anfang, Mike. Wenn das Buch erst einmal überall in den Schaufenstern liegt und die Leute darüber reden, wird die Mundpropaganda überwältigend sein. In ein paar Monaten könnten wir dreihunderttausend oder vierhunderttausend erreichen. Mindestens. Dann schreiben wir das Buch zum Nachdruck aus. Wenn wir erst einmal gezeigt haben, daß es sich um ein achtbares Werk handelt, daß es akzeptiert wird, dann werden sich die Taschenbuchverlage gegenseitig wegen der Nachdruckrechte überbieten. Das kann für den Anfang eine Million Dollar bedeuten, künftige Auflagen und Auslandsrechte noch gar nicht berücksichtigt. Und vergiß nicht, daß unserem Verlag fünfzig Prozent der Nachdruckhonorare zustehen. Verstehst du nun, Mike? Unbegrenzte Möglichkeiten. Weißt du, wie hoch die Auflage von *Lady Chatterley* nach den neuesten Meldungen ist? Sechs Millionen Exemplare, wenn man die Taschenbuchausgaben mitrechnet. Inzwischen werden es vermutlich fast sieben sein. Genauso etwas haben wir, nur vielleicht noch größer, viel größer. Und du kennst meine Lage, Mike. Wesley R. kann noch so krank sein, das wird ihn aufhorchen lassen, und ich bin dann endgültig im Geschäft. Du weißt, was das für mich bedeutet, Mike. Außerhalb der Familie weiß es keiner besser als du.«
Der fast hysterische Wortschwall brach plötzlich ab. Über die Fernleitung war nur noch das schwere Atmen zu hören.
»Ja, ich weiß«, sagte Barrett. Weiß ich es wirklich? fragte er sich. »Anscheinend hast du wirklich ein großartiges Zugpferd.«
»Ein Spitzenreiter ist es, Mike! Falls nichts schiefgeht.«
Ohne viel nachzudenken, beinahe automatisch, fragte Barrett: »Aber was könnte denn schon . . .«
»Die Zensur«, unterbrach ihn Sanford. »Ich bin erledigt, wenn die Polizei den

Verkauf des Buches nicht zuläßt, wenn niemand es lesen darf. In diesem Falle geht mir nicht nur der Erfolg durch die Lappen – ich bin restlos ruiniert. Wesley R. wird mich hochkant hinauswerfen, genau wie meine liebe kleine Betty. Ich verliere meinen Job und die Kinder. Mir bleibt dann nichts als ein bißchen Geld von meiner Mutter. Und glaub mir, Mike, das reicht nicht zum Leben und zum Sterben.«
Das Unken seines Freundes ging Barrett langsam auf die Nerven. »Phil, du hast da eine prächtige Sache gestartet. Warum redest du von einer Katastrophe, wenn nicht damit zu rechnen ist? Zensur? Höchst unwahrscheinlich. Wir leben jetzt in einem anderen Zeitalter. Man redet über alles viel offener. Jeder weiß, daß auch eine Königin Beine hat. *Fanny Hill* kann man in jedem Supermarkt kaufen. Weißt du noch, wie wir uns in der Schule gegenseitig hektografierte Auszüge ausgeliehen haben? Diese Bücher erzielen jetzt Millionenauflagen, und so wird es auch noch eine Weile bleiben. Vielleicht für immer, falls die Leute nicht der Wahrheit müde werden und wir wieder mit Sternchen und Auslassungen arbeiten. Aber das hat Zeit. Heutzutage haben die Leute weniger Angst vor Sex, besonders dann, wenn Sex kunstvoll präsentiert ...«
»Jadways Buch ist nicht nur wegen des Sex unterdrückt worden«, unterbrach ihn Sanford. »Auch deshalb, weil einige Sexstellen als Sakrileg angesehen wurden.«
»Das ist doch auch egal! Eine ganze Reihe von Fachleuten haben das Buch gelesen und als Kunstwerk deklariert. Du hast nichts zu befürchten. Man soll nicht Probleme sehen, wo keine sind.«
»Mike, deshalb habe ich ja gerade versucht, dich zu erreichen. Weißt du ...«
Ein plötzlicher Verdacht überfiel Barrett. Es war die Eigenart seines Freundes, mit seinen Gedanken in der Zukunft zu leben, sich künftige Erfolge und Gefahren vorzustellen, wie manche Leute dauernd in der Vergangenheit leben. Es war eine von Sanfords schlimmsten Untugenden, weil er es nicht fertigbrachte, offen und ehrlich über die Gegenwart zu reden.
»Augenblick, Phil!« unterbrach ihn Barrett. »Du sagst immer wieder, daß du's geschafft hast, falls nichts schiefgeht.« Er hielt inne. »Ist denn schon etwas schiefgegangen?«
Nach einem kurzen Zögern kam es: »Ja.«
»Warum hast du das nicht gleich gesagt?«
»Ich wollte dir nur klarmachen, wie wichtig das alles für mich ist.«
»Was ist denn passiert?«
»Vor zwei Stunden wurde drüben bei dir ein Buchhändler wegen des Verkaufs von *Die sieben Minuten* verhaftet. Vielleicht sehe ich alles zu schwarz, weil ich nervös bin. Wahrscheinlich ist alles halb so schlimm. Trotzdem will ich sichergehen, daß nicht mehr dahintersteckt.«
»Schieß los!«
»Unser kalifornischer Vertreter bekam einen verzweifelten Anruf von einem Buchhändler namens – Augenblick, ich hab' ihn mir irgendwo aufgeschrieben –

Ben Fremont. Besitzer einer Buchhandlung, die sich ›Fremont's Büchermagazin‹ nennt.«
»Wo?«
»Oakwood.«
»Oakwood ist eine ziemlich große Gemeinde in West Los Angeles, gehobener Mittelstand, zwischen Westwood und Brentwood, ungefähr zehn Minuten von meiner Wohnung entfernt. Es gehört nicht mit zur Stadt Los Angeles, sondern nur zum County Los Angeles. Schön. Was ist denn geschehen?«
»Fremont ist ein recht guter Kunde. Er hat keinen Anwalt. Deshalb rief er unseren Vertreter an und bat um Unterstützung. Natürlich müssen wir dem Mann helfen. Mein Vertreter rief mich an, und ich rief dich an. In Oakwood scheint es einen Verein zu geben, der sich KDA nennt – Kraft durch Anstand. Diese selbstgerechten Namen! Die Vorsitzende, eine Mrs. St. Clair, hat das Buch gelesen und sofort beim Bezirksstaatsanwalt von Los Angeles Anzeige erstattet. Er dürfte zuständig ...«
»Stimmt. Für das County Los Angeles sind der hiesige Staatsanwalt und das Sheriff's Office des County Los Angeles zuständig.«
»Nach Mrs. St. Clairs Anzeige forderte der Staatsanwalt beim Sheriff eine Untersuchung an. Als sie vorlag, stellte er Strafantrag und schickte zwei Beamten des Sittendezernats los, Ben Fremont zu verhaften. Alle noch vorhandenen Exemplare des Buchs – ungefähr achtzig – wurden beschlagnahmt.«
»Weiter. War da sonst noch etwas?«
Sanford gab mit raschen Worten die wenigen Tatsachen über die Verhaftung wieder, die sein Vertreter von Fremont erfahren hatte. Dann fuhr er fort: »Fremont sitzt nun schon seit einigen Stunden im Gefängnis und wartet darauf, daß er gegen Hinterlegung einer Kaution herausgeholt wird. Ich möchte, daß das sofort geschieht. Für die Kaution und alle anderen Kosten stehen natürlich wir gerade. Ich würde gern einen unserer eigenen Anwälte hinschicken, aber erstens dauert das zu lange, und zweitens kennen sie sich nicht so gut im kalifornischen Strafrecht aus. Ich brauche jemanden, der in Los Angeles sofort etwas unternehmen kann, und der sich dort auskennt. Einen Mann, der kapiert, was für mich auf dem Spiel steht. Mike, ich darf nicht zulassen, daß dieser kleine Zwischenfall unverhältnismäßig aufgebauscht wird. Die Sache muß sofort und geräuschlos bereinigt werden. Dann weiß der Buchhandel wenigstens, daß wir hinter dem Buch stehen und jeden schützen, der es verkauft. Die Leute werden beruhigt sein und weiterverkaufen. Vielleicht kommen noch ein oder zwei ähnliche Verhaftungen vor. Dann müssen wir genauso vorgehen. Es kommt nur darauf an, daß das Buch in den größten Geschäften und Filialen der Großstädte angeboten wird. In ein paar Wochen oder Monaten, wenn es erst einmal in aller Munde ist, wird uns kein Staatsanwalt mehr Steine in den Weg legen. Dann sind wir sicher. Deshalb möchte ich, daß diese alberne Verhaftungsgeschichte rasch und in aller Stille geklärt wird, bevor die großen Geschäfte kopfscheu werden. Es soll so wenig wie möglich in die Zeitungen kommen. Natürlich hab'

ich dabei sofort an dich gedacht, Mike. Ich weiß, daß du angestellt bist, aber...«

»Ich habe heute morgen bei Thayer and Turner aufgehört, Phil. Ich hab' jetzt etwas viel Besseres im Auge. Das erzähle ich dir bei anderer Gelegenheit. Aber im Augenblick bin ich zufällig frei. Ich werde das gern übernehmen.«

»Großartig! Das ist wirklich fein, Mike. Ich brauche jemanden, dem ich vertrauen kann, der weiß, was das für mich bedeutet. Ich bin sicher, daß du diese Sache über Nacht in Ordnung bringen kannst.«

Barrett hatte sich Kugelschreiber und Notizblock bereitgelegt. »Dieser Ben Fremont sitzt im Zentralgefängnis? Wir werden dann heute noch eine Kaution für ihn hinterlegen müssen. Wie willst du dich dazu einstellen?«

»Wie meinst du das? Ob wir uns schuldig bekennen oder nicht?«

»Ja. Wenn er sich für unschuldig bekennt, dann zieht das eine Gerichtsverhandlung nach sich.«

»Himmel, nein! Ich will ihn rasch und in aller Stille aus der Geschichte herausholen, damit die anderen Buchhändler sehen, daß sie sich keine Sorgen zu machen brauchen. Aber hol ihn mit einem Minimum an Aufsehen heraus.«

»Dann werden wir uns schuldig bekennen. Soweit ich mich erinnere, handelt es sich im Bundesstaat Kalifornien nur um ein einfaches Vergehen, wenn man als Unbescholtener wegen Verbreitung von Pornographie belangt wird. Das bedeutet möglicherweise eine Geldstrafe in Höhe von tausend Dollar zuzüglich fünf Dollar für jedes angetroffene Stück obszönen Materials. Fremont hatte achtzig Bücher, das macht zusammen vierzehnhundert Dollar. Oder sechs Monate Gefängnis. Im Rückfall ist es ein Verbrechen: Zweitausend Dollar, plus die vierhundert, oder ein Jahr Kittchen. Ist das Fremonts erste Straftat?«

»Seine zweite, Mike, die zweite. Er wurde schon einmal verhaftet – das ist so lange her, daß nicht einmal er sich genau daran erinnert. Damals hatte er einen kleinen Laden in der City von Los Angeles. Ich glaube, damals ging es um ein Magazin, oder dergleichen. Wenn es als Verbrechen deklariert wird, bedeutet das ein Jahr Gefängnis? Ich kann doch einen Buchhändler, der unser Buch verkauft, nicht so lange ins Kittchen wandern lassen.«

»Nun, die andere Möglichkeit wäre ein Nichtschuldig und eine Gerichtsverhandlung.«

Sanford stöhnte. »Das ist genauso schlimm.«

»Es gibt noch eine weitere Möglichkeit«, sagte Barrett. »Wenn diese Verhaftung nicht allzu bekannt wird...«

»Das glaube ich nicht.«

»Nun, in diesem Fall könnte ich die ganze Geschichte vielleicht rasch und schmerzlos erledigen: Wir erklären uns für schuldig, bezahlen die Strafe und sorgen dafür, daß die Gefängnisstrafe zur Bewährung ausgesetzt wird.«

»Das wäre am besten!«

»Ich denke schon, daß ich das hinkriege. Elmo Duncan, unser hiesiger Bezirksstaatsanwalt, ist ein sehr anständiger, ehrlicher Mann. Aber ein Realist. Er weiß

genau, wann man ein wenig nachgeben muß. Ich denke schon, daß er mit sich reden läßt. Ich bin ihm ein paarmal auf Partys bei Osborn begegnet. Sicher wird er sich daran erinnern. Er weiß auch, daß ich mit Osborns Tochter befreundet bin. Ich denke schon, daß er vernünftig sein wird.«
»Mike, du weißt nicht, wie sehr ich . . .«
Mike hätte ihn am liebsten unterbrochen und ihm gesagt, daß er diesen kleinen Gefallen, den er Phil tun wollte, nur als geringe Abzahlung auf eine längst überfällige Schuld betrachtete, die er nie vergessen hatte. Aber er ließ Sanford weiterreden.
». . . es zu schätzen weiß, daß du mir den Gefallen tun willst. Ich hab' mir wirklich Sorgen gemacht, aber jetzt fühle ich mich schon sehr erleichtert. Mike, du bist ein Zauberer.«
»Abwarten«, sagte Mike trocken. »Erst muß ich sehen, ob der Staatsanwalt mitspielt. Aber ich denke schon. Weißt du was? Ich rufe Elmo Duncan an und versuche, für heute nachmittag einen Termin zu bekommen. Dann setze ich mich mit einem Bondsman in der Hill Street in Verbindung, den ich ganz gut kenne. Der hinterlegt die Kaution, und ich sorge dafür, daß dein Buchhändler freikommt.« Während er sprach, machte er sich Notizen. »Dann kümmere ich mich um diesen Mann. Ben Fremont aus Oakwood, stimmt's? Ich lasse mir genau erzählen, wie das alles war und beruhige ihn. Dann kann ich nur noch hoffen, daß beim Staatsanwalt alles klappt.«
»Mike, tu, was du für richtig hältst. Mir geht's nur darum, daß du die Sache übernimmst.«
»Hab' ich schon. In achtundvierzig Stunden können wir uns wieder unbesorgt über angenehmere Dinge unterhalten.«
»Danke, Mike.«
»Ich melde mich wieder«, sagte Barrett.
Nachdem er aufgelegt hatte, trank er nachdenklich sein Glas leer. Dann merkte er, daß er hungrig war, und seine Verabredung mit Abe Zelkin fiel ihm wieder ein. Sie wollten sich im Brown Derby in Beverly Hills treffen. Dieses Lokal lag für beide gleich günstig: Nur zwanzig Minuten von Barretts Wohnung und fünfzehn Minuten von Zelkins Büro in einem Neubaukomplex im Osten von Beverly Hills entfernt.
Vor dem Anrufen bei dem Bondsman und dem Staatsanwalt rief Barrett Zelkins Sekretärin an und ließ Abe bitten, eine halbe Stunde später zu kommen und eine Fotokopie jenes Teils des kalifornischen Strafgesetzes mitzubringen, das sich mit der Weitergabe von obszönem Material beschäftigt. Auf diese Weise hatte er wenigstens noch ein anderes Gesprächsthema, ehe er mit Zelkin zur Sache kam. Diese Unterredung würde nicht leicht werden. Wenn er Abe die Sache nur mit schlichten Worten erklären könnte: Sieh mal, Abe, arm und anständig zu sein, das ist eine gute Sache, aber glaub mir, Abe: anständig und reich sein, das ist noch weitaus besser.
Ob Zelkin das verstehen würde? Oder ob er ihm wenigstens verzeihen konnte?

Sie saßen in einer gemütlichen, halbrunden Nische unter den gerahmten Karikaturen berühmter Persönlichkeiten aus dem Schaugeschäft, tranken ihre Gläser leer und hatten bis zu diesem Zeitpunkt eigentlich noch nicht viel miteinander geredet. Das Brown Derby war ziemlich gut besetzt. Inmitten des allgemeinen Stimmengewirrs gehörten sie zu den wenigen Schweigsamen.
Mike Barrett tat so, als studiere er noch einmal den fotokopierten Auszug aus dem Strafgesetz und beobachtete dabei sein Gegenüber. Abe Zelkin nippte an seinem Martini und war in die umfangreiche Speisekarte vertieft. Sein zufriedener Gesichtsausdruck steigerte noch Barretts Schuldbewußtsein. Natürlich wußte Barrett genau, daß Zelkin immer entspannt und zufrieden wirkte, sogar harmlos – damit täuschte er seine Gegner, denn hinter der Maske lauerte ein Tiger, besonders dann, wenn er einen Fall verfocht, an den er wirklich glaubte. Barrett mußte jetzt wieder daran denken, daß er Zelkins Kopf einmal mit einem kleinen, dicken Kürbis verglichen hatte, den ein wirrer Haarschopf und eine winzige, eiförmige Nase mit übergroßer Brille zierte. Zelkin war ein kleiner Mann mit rundem Bäuchlein. Auf seiner Weste fanden sich stets Spuren von Zigarrenasche. Große, starke Männer fühlten sich immer genötigt, ihn zu beschützen, große, kräftige Frauen bekamen in seiner Gegenwart Muttergefühle, und die meisten merkten nicht, daß sich in diesem liebenswerten Miniaturmann ein Verstand verbarg, der teils Raketendetektor, teils Raketenabschußbasis war.
Zelkin hatte zwei ausgefallene Eigenarten und eine Leidenschaft. Er war anderen und auch sich selbst gegenüber absolut aufrichtig, koste es was es wolle; die zweite Eigenart war seine bedingungslos anständige Ausdrucksweise – er fluchte so gut wie nie, und wenn er aufgebracht war, gebrauchte er die gestelzten Schimpfworte aus Jungmädchenbüchern. Seine Leidenschaft waren die Bürgerrechte der amerikanischen Verfassung und ihre Einengung. Er zitierte gern eine Äußerung von Chefrichter Warren, der einmal gesagt hatte, es sei sehr zweifelhaft, ob der Kongreß die Bill of Rights verabschieden würde, wenn sie heutzutage als neue Gesetzesvorlage eingebracht würde.
Ein Kellner trat näher. »Möchten die Herren schon bestellen?«
Zelkin ließ die Speisekarte sinken. »Was meinst du, Mike? Noch ein Drink vorher?«
Barrett deckte eine Hand über sein Glas Scotch mit Wasser. »Nein, danke, ich passe. Essen wir lieber. Was nimmst du?«
»Wenn's nach mir ginge, wüßte ich schon, was ich möchte.« Zelkin streifte seinen Bauch mit einem bedauernden Blick. »Aber erst gestern abend ist mir meine Jüngste auf den Schoß geklettert und hat mich gefragt: Papa, kriegst du ein Kind? Ich weiß nicht, ob sie das im Kindergarten oder im Fernsehen gelernt hat, jedenfalls hat mich die Bemerkung bedenklich gestimmt.« Er zuckte die Achseln. »Gegrilltes Steak, mittelgar, keine Kartoffeln, keine Beilage. Dazu schwarzen Kaffee.«
»Zwei Kaffee«, sagte Barrett. »Für mich einen gemischten Salat mit Mayonnaise.«

Der Kellner ging. Sie waren allein. Aber Barrett war auf den Augenblick der Wahrheit noch nicht vorbereitet. Vorhin hatte er Philip Sanfords Anruf und Ben Fremonts Verhaftung kurz erwähnt. Dieses Problem bot immer noch eine willkommene Ablenkung. Er deutete auf die Fotokopien. »Wenn man hier die Definition von ›obszön‹ liest, kann einem schwindelig werden. Es gibt keine eindeutigen Anhaltspunkte.«
Zelkin lächelte. »Richard Kuh, der frühere Stellvertretende Bezirksstaatsanwalt von New York, sagte einmal: Den Begriff obszön zu definieren, das ist ein ebenso aussichtsloses Unterfangen, als wollte man einen Pudding an einen Baum nageln. Richter Curtis Bok meinte, es sei ebenso schwierig, als wollte man ein eingeöltes Schwein einfangen. Er könne Obszönität nicht definieren, aber auf jeden Fall erkennen, wenn er darauf stieße.«
»Möglich«, murmelte Barrett zweifelnd. »Da bin ich mehr der Meinung, die Havelock Ellis vertrat: Wie kann man einen Begriff definieren, der so nebelhaft ist, daß er nicht in der betrachteten Sache selbst, sondern nur im Kopf des Betrachters existiert? Zeig einem Mann das Bild einer nackten Frau, und er wird dir sagen: Kunst. Zeig dasselbe Bild einem anderen, und er wird darin dreckige Pornographie sehen.«
»Lieber Mike, eine nackte Frau ist immer Kunst!«
Barrett lachte. »Dieses Problem hast du also gelöst. Wenn's nur bei einem Buch genauso einfach wäre! Auf der einen Seite steht Sanford, der – abgesehen von allen wirtschaftlichen Erwägungen – das Jadway-Buch für saubere Literatur hält, und auf der anderen Seite Elmo Duncan als Hüter der öffentlichen Moral, der allein schon durch seine Maßnahme von heute morgen das Buch als schmutzig verurteilt hat. Einerseits beteuert Sanford, das Buch sei von sozialer Bedeutung, andererseits beharrt Duncan auf der Meinung – wie heißt es da? –, es spreche nur ein ›schandbares und morbides Interesse‹ an. Der arme Buchhändler sitzt hoffnungslos zwischen diesen beiden Meinungen gefangen.«
Zelkin trank seinen Martini aus. »Nun, manchmal bedeutet eine gut geführte Gerichtsverhandlung mit den möglicherweise nachfolgenden Berufungsverfahren einen großen Schritt in Richtung auf eine zufriedenstellendere Definition.«
»Aber nicht in diesem Fall«, sagte Barrett. »Ich weiß, daß Sanford kein öffentliches Verfahren will, aber ein Schuldbekenntnis schmeckt ihm ebenso wenig. Er will nur erreichen, daß die ganze Sache stillschweigend vertuscht wird. Vermutlich hat er damit recht. Jedenfalls bin ich um halb vier mit dem Staatsanwalt verabredet.« Er hielt inne. »Hoffentlich ist er hinter seinem Schreibtisch genauso verträglich wie bei einer Dinnerparty.«
»Wie gut kennst du ihn?«
»Nun, wir reden uns nicht beim Vornamen an. Er war ein paarmal bei Osborn eingeladen, wenn ich mit Faye auch da war.«
»Das kann nicht schaden.«
»Nein, sicher nicht.« Barrett sah sein Gegenüber an. »Und wie gut kennst *du* ihn?«

»Duncan? Ach, recht gut. Wir sind nicht gerade Busenfreunde, aber nach seiner Wahl – ich war damals noch bei der Bürgerrechtsunion – traf ich ihn regelmäßig vor Gericht und auch privat.« Zelkin entfaltete die Serviette und breitete sie auf seinen Schoß. »Mir gefällt er. Ich weiß nicht, ob ich dir einen nützlichen Tip geben kann. Willst du mehr über ihn wissen? Vietnam-Kämpfer mit hohen Auszeichnungen. Zweiunddreißig Jahre alt. Sehr häuslicher Typ. Vier Kinder. Fähiger Jurist, ehrlich, anständig, geradeheraus. Ein dynamischer Redner, kommt auch im Fernsehen gut an, kein Schwätzer, sondern direkt und überzeugend. Aber ein Politiker aus Instinkt. Er weiß, daß er ein Zugpferd ist. Er wurde mit der größten Mehrheit gewählt, die es bei Lokalwahlen je gegeben hat. Elmo Duncan weiß, daß er noch mehr erreichen kann als seine gegenwärtige Stellung. Neuerdings hört man, daß das auch eine maßgebliche Persönlichkeit weiß. Schon mal von Luther Yerkes gehört?«
»Von den Global Industries? Luftfahrt und Elektronik. Klar. Ich hab' in ›Fortune‹ etwas über ihn gelesen. Über ihn selbst wurde nicht viel gesagt, mehr über seine Beteiligungen und sein Geld. Es muß sich um Millionen oder gar Milliarden handeln. Ich wußte gar nicht, daß er hier in der Gegend wohnt.«
»Luther Yerkes hat ein Haus in Malibu, einen Dreißig-Zimmer-Bungalow in Bel-Air und einen Besitz in Palm Springs. Man erfährt nicht viel davon, weil Yerkes den Öffentlichkeitsrummel verabscheut. Macht ist ihm lieber. Auf den Ruhm pfeift er. Sehr vernünftig. Jedenfalls möchte Yerkes nach einem glaubwürdigen Gerücht gern seinen eigenen Senator in Washington sitzen haben – nicht den Senator Kaliforniens, sondern einen Yerkes-Senator. Wie du weißt, muß sich unser jetziger Mann, Senator Walter Nickels, bald wieder zur Wahl stellen. Und er hat sich mit dem Geldsack Yerkes angelegt. Anscheinend drängt Senator Nickels im Kongreß darauf, Vorsitzender eines Untersuchungsausschusses für die Luftfahrtindustrie zu werden. Angeblich hat man Onkel Sam mit zu hohen Rechnungen und auch auf andere Weise übers Ohr gehauen. Und Luther Yerkes bekommt mehr Regierungsaufträge als sonst einer. Er sieht es nicht gern, wenn ihm ein eingebildeter Senator dabei Ärger macht. Wie verhindert man also, daß eine solche Untersuchung eingeleitet wird? Zuerst beseitigt man natürlich den führenden Kopf. Das ist gleichzeitig eine Warnung an dessen Anhänger. Sie merken dann, was ihnen passieren kann, wenn sie aus der Reihe tanzen. Und wie entledigt man sich des führenden Kopfes? Indem man eine publikumswirksamere Persönlichkeit ausfindig macht, sie systematisch aufbaut und Nickels bei den Wahlen dann schlägt. Du weißt schon, von wem ich rede. Elmo Duncan, der junge, aufstrebende Staatsanwalt. Ich kann's mit Fotos beweisen. Ich höre das Gras wachsen. Und ist dir noch nicht aufgefallen, daß sich Duncan in letzter Zeit zu einem wahren Universalgenie entwickelt? Wenn irgendwo jemand eine Rede hält, dann ist es gewiß Elmo Duncan. Kurz gesagt, Mike, unser lieber Elmo hat es im Augenblick darauf abgesehen, sich bei jedermann beliebt zu machen, insbesondere bei den Leuten, die etwas zu sagen haben. Dazu gehört auch dein Willard Osborn. Und Faye Osborn ist seine Tochter.

Du bist Fayes Verlobter. Nun bittest du Elmo Duncan um einen kleinen Gefallen. Nach meiner Meinung wird er ihn dir erweisen, also mach dir keine unnötigen Sorgen.«

»Ich fühle mich schon viel wohler«, sagte Barrett.

Zelkin hatte seine Brille abgenommen und putzte sie mit der Serviette. »In gewisser Weise ist es schade«, murmelte er, »daß du Ben Fremonts Verhaftung auf diese Weise unter den Teppich kehren willst. Wenn dieser Fall vor Gericht käme, wäre es ein ausgezeichneter Anfang für die Anwaltsfirma Zelkin & Barrett. Eine gute Sache, Mike, eine lohnende Aufgabe, ein Fall für die Öffentlichkeit. Aber macht nichts, auf uns warten genug andere Fälle.« Zelkin setzte seine Brille wieder auf und blinzelte Barrett an. »Du wirst doch sicher bei Thayer and Turner aufhören, wie?«

Barret spürte den Kloß in seiner Kehle. Er schluckte. »Ich hab' schon aufgehört, Abe. Heute morgen.«

Zelkin klatschte in die Hände. »Prima!« rief er. »Herr im Himmel, warum spannst du mich dann auf die Folter? Warum hast du mir das nicht gleich gesagt?«

Barrett spürte, wie ihm der Schweiß auf die Stirn trat. Er mußte sich zusammennehmen. »Nun, Abe, zuerst möchte ich dir gern erklären . . .«

»Verzeihung, die Herren.« Der Kellner rollte den Servierwagen mit den Speisen herbei. »Tut mir leid, daß es eine Weile gedauert hat. Das Steak . . . Alles frisch und heiß, vielleicht sogar der Salat.«

Zelkin hatte die Serviette beiseite gelegt und zwängte sich aus der Nische. »Eine Sekunde, Mike«, rief er in ausgelassener Stimmung. »Will nur mal für kleine Jungen. Bin gleich wieder hier. Ich will alles ganz genau erfahren.«

Unglücklich sah ihm Barrett nach, wie er mit beschwingten Schritten in Richtung auf die Bar im Hintergrund verschwand.

Ohne auf den Kellner zu achten, der gerade servierte, lehnte er sich zurück, schloß die Augen, suchte sich an alles zu erinnern, was geschehen war – und sich vorzustellen, wie es auf seinen Freund wirken mußte. Oder seinen ehemaligen Freund.

Alles hatte mit einem Kunden namens Osborn begonnen.

Willard Osborn, Präsident der Osborn Enterprises Inc., besaß die Aktienmehrheiten von vierzehn Fernseh- und Radiostationen in Los Angeles, Phoenix, Las Vegas, San Francisco, Seattle, Denver und in anderen Städten des amerikanischen Westens. Allein seine Beteiligung an diesen Stationen machte ohne seine Anteile bei Filmgesellschaften, Tonbandherstellern, Vergnügungsbetrieben und Hotels zusammen zweiundvierzig Millionen Dollar aus. Osborn war zwar kein Supermagnat wie Luther Yerkes, aber doch immerhin ein recht wohlhabender Mann. Und ein ehrgeiziger Mann dazu. In seinem Expansionsstreben hatte Osborn komplizierte Verhandlungen über eine riesige Neuerwerbung aufgenommen. Diese Verhandlungen waren ins Stocken geraten, weil bei dem neuen Geschäft ein verwickeltes steuerliches Problem aufgetaucht war. Osborn hatte sich mit der Frage an die Beratungsfirma Thayer & Turner gewandt, ob dieses Problem lösbar sei. Thayer & Turner hatten, wie das bei ihnen so üblich war, das steuertechnische Hindernis in mehrere Teilfragen aufgesplittert und diese den jüngeren Mitarbeitern zur Lösung übertragen. Wie viele Kollegen daran arbeiteten, wußte Mike nicht. Er wußte nur, daß er einer von denen war, die all ihre Zeit darauf verwendet hatten, eine Lösung zu konstruieren, die Osborns Verhandlungen wieder in Gang bringen konnte.

Das Problem hatte sich als unerwartet schwierig erwiesen. Es gab keinen Feierabend mehr, keine freien Wochenenden, nur Rückenschmerzen vom vielen Sitzen und rauchende Köpfe. Auch wenn Barrett inzwischen die Steuergesetze haßte, der Fall Osborn hatte ihm Spaß gemacht, weil er ihn nahe an jenen Punkt heranführte, an dem die Anatomie der Macht seziert wird. Zum erstenmal sah er sie aus nächster Nähe. Juristische Fakten und Umsatzziffern verwandelten sich in Villen und königliche Gärten – das faszinierte ihn und spornte sein schöpferisches Denken an. Nur widerwillig hatte er seine Unterlagen, seine Ergebnisse und Empfehlungen eingereicht, um wieder unter einfachen Menschen und Problemen zu leben, aber er hatte zumindest seinen Teil der Aufgabe erfüllt.

Dann hatte er monatelang nichts mehr von dem Osborn-Projekt gehört, bis der alte Thayer nach vier Monaten bei einer Mitarbeiterbesprechung bekanntgab, der Arbeitsbericht der Firma hätte die Osborn Enterprises in die Lage versetzt, erfolgreich einen epochemachenden Millionenabschluß auf dem Nachrichtensektor zu tätigen. Dann dankte er allen Beteiligten im Namen der Firma Thayer & Turner für ihre aufopfernde Arbeit.

Drei Tage nach dieser Besprechung ließ der alte Thayer Mike allein in sein Büro kommen. Er bot ihm einen Sherry an. Das war ungewöhnlich. Dann eröffnete er Barrett, daß ihn Willard Osborn an diesem Nachmittag kurz zu sehen wünsche. Nein – nicht im Osborn-Hochhaus, sondern in seinem Privathaus in Holmby Hills, nördlich vom Sunset Boulevard.

Am Nachmittag fuhr Barrett zu Osborns Besitz im Bergland hinaus. Einige Kollegen, die bereits das Glück hatten, von Osborn eingeladen zu werden, hatten ihn zwar auf eine großzügige Anlage vorbereitet, doch die spanische Hazienda übertraf noch Barretts Erwartungen. Osborn hatte das Gut, wie Barrett gehört hatte, nach dem Vorbild des Palacio Liria, des Stadthauses der Albas nahe der Plaza de España in Madrid, umbauen lassen. Prächtige Gartenanlagen begleiteten die langgezogene Auffahrt, ein Ziegeldach schützte Adobemauern und dorische Säulen.

Stark beeindruckt ließ sich Barrett von einem Hausmädchen in makelloser Uniform durch die gewaltige Halle und über einen breiten, langen Korridor in die hohe Bibliothek führen. Hier erwartete ihn Willard Osborn, umgeben von Gemälden flämischer Künstler, mit einem herrlichen Goya im Hintergrund. Er saß auf einem Sofa hinter einem geschnitzten Tischchen und spielte mit einem freundlichen Schäferhund. Als Barrett erschien, erhob sich Osborn sofort und schüttelte ihm die Hand. Der hochgewachsene, leicht gebeugte Mann mit dem

weißlichen Haar wirkte sehr aristokratisch. Er bot Barrett auf dem Sofa einen Platz an seiner Seite an.
Nach einer Pause, in der er Barrett eingehend betrachtet hatte, begann er: »Nun, Mr. Barrett, Sie werden sich vielleicht fragen, warum ich Thayer veranlaßt habe, Sie herzuschicken. Erstens wollte ich mich persönlich bei Ihnen bedanken. Zweitens wollte ich mir einmal den jungen Mann ansehen, der mir zwei Millionen Dollar an Steuern erspart hat.«
Barretts Augenbrauen hoben sich unwillkürlich, als er diesen Betrag hörte. Osborn lächelte belustigt und fuhr fort: »Es stimmt, Mr. Barrett. Es war nicht leicht herauszufinden, wessen Verdienst das war. Thayer & Turner wollten es sich selbst zuschreiben oder aber dem Teamwork, aber mit solchem Unsinn lasse ich mich nicht abspeisen. Ich habe sie festgenagelt. Dabei stellte sich heraus, daß von den vielen vorgelegten Ideen Ihr Vorschlag der originellste und praktikabelste war. Er bildete dann auch das Kernstück der Empfehlung. Ein kluger juristischer Schachzug – meine Freunde vom Fernsehen würden es einen Trick nennen – und noch dazu sehr einfallsreich. In dieser Zeit der Mittelmäßigkeit habe ich nicht oft das Glück, einen jungen Mann wie Sie kennenzulernen. Ich möchte zu gern erfahren, wie Sie dieses Besteuerungssystem konstruiert haben. Aber trinken Sie zuvor eine Tasse Kaffee mit mir?«
Zum Kaffee waren sie dann zu dritt. Faye Osborn, das einzige Kind des Gastgebers, war gerade vom Tennisplatz zurückgekommen und hatte in die Bibliothek hereingeschaut, um ihren Vater an eine gesellschaftliche Verabredung zu erinnern. Barrett wurde ihr vorgestellt. Als sie von seiner Leistung hörte, fragte sie, ob sie mit ihnen Kaffee trinken dürfe.
In der nächsten halben Stunde wurde es für Barrett immer schwieriger, sich auf Steuerfragen zu konzentrieren. Faye ließ keinen Blick von ihm. Sie schien ihn mit der kühlen Sachlichkeit einer Pferdekennerin für einen Derbysieger zu studieren, der in nächster Zeit als Zuchthengst versteigert werden soll. Barrett wurde ständig durch die unterkühlte Schönheit von Fayes Gesicht und ihre vollkommene Figur abgelenkt. Ihr sonnengebleichtes Haar wurde im Nacken von einem roten Band zusammengehalten. Ihr Profil war feingeschnitten, fast griechisch. Die offene Tennisbluse ließ den Ansatz ihrer festen Brüste erkennen. Die lässig übereinandergeschlagenen Beine waren lang und wohlgeformt. Barrett schätzte sie auf ungefähr achtundzwanzig. Er tippte auf ein teures Schweizer Internat. Und verzogen war sie natürlich auch.
Nach dem Kaffeestündchen begleitete ihn Faye Osborn zur Tür. Sie sagte: »Am Samstagabend habe ich ein paar interessante Leute zu einem Imbiß eingeladen. Ich würde mich sehr freuen, wenn Sie kommen könnten.«
»Es wird mir ein Vergnügen sein.«
»Das ist fein.« Sie sah ihn prüfend an. »Möchten Sie jemanden mitbringen?«
»Nicht unbedingt.«
»Dann kommen Sie allein. Ich werde meine Verabredung absagen. Hätten Sie etwas dagegen, sich um mich zu kümmern?«

»Ich hatte es mir erhofft.«
Im Laufe der nächsten beiden Monate wurde Mike Barrett als Fayes Begleiter Dauergast im Hause Osborn. Als sie eines Abends von einem Symphoniekonzert zurückkamen, wollte Faye seine Wohnung sehen. Nach dem zweiten Drink kuschelte sie sich an ihn und eröffnete ihm, daß sie ihn liebe. Er gestand ein, daß er für sie dasselbe empfände.
»Warum hast du mir das nie gezeigt?« flüsterte sie.
»Wie meinst du das?«
»Du hast mich noch nie zu dir eingeladen. Und das Schlafzimmer habe ich immer noch nicht zu sehen bekommen.«
»Ich hatte Angst davor. Du hast zu viel Geld.«
»Wenn ich nun eine kleine Sekretärin oder ein Ladenmädchen wäre?«
»Dann hätte ich dich beim ersten Rendezvous ausgezogen.«
Ihre Hand streichelte ihn zärtlich. »Mike, du verdrehter Snob – dann zieh mich bitte aus.«
Von diesem Abend an traf er sich vier- bis fünfmal in der Woche mit Faye. Manchmal war Willard Osborn dabei, und Barrett bekam das Gefühl, daß Vater Osborn ihn prüfend musterte. Wenn Barretts Arbeit allzu monoton wurde, ertappte er sich häufig bei Tagträumen über das, was vielleicht sein könnte. Allein diese Tagträume ließen ihn zögern, als Abe Zelkin vor einem Monat anrief. Barrett war schon entschlossen gewesen, mit dem Sklavendasein Schluß zu machen und in Zelkins Firma einzutreten, aber nun zögerte er wieder. Möglich, daß er für Faye nichts weiter war als eine ihrer Launen und daß er Osborns Absichten falsch interpretierte. Aber die Tagträume setzten sich fort, und er schützte gegenüber Zelkin Arbeitsüberlastung vor. Er bat Zelkin um eine weitere Frist. Der antwortete: »Aber nicht mehr lange, Mike. Ich kann nicht warten. Ich habe bereits gekündigt und richte mein eigenes Büro ein. Das schaffe ich nicht ohne Teilhaber. Ich kenne ein paar tüchtige Jungs, die mitmachen wollen, aber keiner ist wie du, Mike. Weißt du was? Ich behelfe mich einen Monat lang allein und halte dir deinen Schreibtisch frei. Dann wirst du hoffentlich ja sagen. Ich erwarte deinen Anruf.«
Diesen Anruf schob Barrett immer wieder auf. Vor drei Tagen sagte er sich dann, seine Liebe zu Faye sei zwar echt, jedoch die Hoffnungen, die er auf ihren Vater gesetzt hatte, seien eben ziemlich unrealistisch gewesen; er beschloß, Zelkin anzurufen und zuzusagen. Vor zwei Tagen hatte dann Faye angerufen. Ihr Vater wünsche ihn abends nach dem Dinner geschäftlich zu sprechen.
Geschäftlich. Seine Hoffnungen führten einen wilden Tanz auf, bis er ihrer Herr wurde und sie verbannte.
Am Abend saßen sie dann wieder einmal zusammen in der Bibliothek.
»Michael«, begann Osborn, »ich halte Sie für so klug, daß Sie sicher bemerkt haben, wie ich Sie im Auge behielt. Ich habe nur den richtigen Augenblick abgewartet. Der ist nun gekommen, und meine Entscheidung ist gefallen. Sie haben mich sicher über die Fernsehsender im Mittelwesten sprechen hören, die

demnächst zum Verkauf stehen. Ich könnte sie bekommen, wenn sich gewisse steuerliche Fragen klären lassen. Für die Verhandlungen brauche ich genau den richtigen Mann. Ich stand vor der Entscheidung, ob ich einen meiner alten Mitarbeiter befördern oder einen neuen Mann dafür einstellen sollte. Ich habe mich für den neuen Mann entschieden. Nur eine Bedingung muß ich stellen: Der neue Mann müßte Anfang nächster Woche zur Verfügung stehen. Michael, wären Sie bereit, als Vizepräsident mit einem Anfangsgehalt von fünfundsiebzigtausend im Jahr in die Osborn Enterprises einzutreten?«

Endlich, endlich der Haupttreffer!

Auf die Unterredung folgte eine lange Nacht, in der er vor Erregung nicht schlafen konnte. Den fröhlichen Karnevalsreigen seiner Gedanken störte nur ein gefährlicher Dämon: Er arbeitete gerade an einem Projekt, dessen Ausarbeitung noch Wochen dauern konnte, und er hatte mit seinen Arbeitgebern vereinbart, daß er ohne ihre ausdrückliche Zustimmung das Projekt nicht abgeben würde. Gestern morgen hatte er dann Thayer in dessen Büro erwartet und war gleich mit Osborns phantastischem Angebot herausgeplatzt. Thayer hatte ihn laut schnaubend angehört. Als Barrett dann Widerstand erwartete, sagte der alte Thayer nur: »Ich schicke Ihnen Magill. Weisen Sie ihn ein, dann kann er Ihre Aufgabe übernehmen. Sie können morgen früh aufhören. Viel Glück. Es ist unser Grundsatz, niemals irgend jemandem im Weg zu stehen.« Dieses »Irgend jemandem« betonte er auf eine Weise, daß Barrett genau spürte: Nicht er war damit gemeint, sondern Osborn.

Und seit heute morgen war er ein freier Mann.

Eigentlich hatte er vor, sofort Faye und dann ihren Vater anzurufen und den Posten offiziell anzunehmen. Statt dessen hatte er sich mit Zelkin zum Essen verabredet, weil er es nicht fertigbrachte, ihm am Telefon alles zu sagen. Natürlich wollte er immer noch bei Osborn anrufen, aber sein Sinn für Chronologie und Ordnung zwang ihn, die richtige Reihenfolge einzuhalten. Erst mußte er diese unglückliche Sache mit Zelkin bereinigen, dann erst war er wirklich frei.

Da saß er nun mit Abe Zelkin.

Barrett kehrte allmählich wieder in die Gegenwart zurück und öffnete die Augen. Zu seinem Erstaunen sah er Zelkin lächelnd in der Nische sitzen.

»Ich hab' mich schon gefragt, wann du wohl aus deiner Trance wieder aufwachen würdest«, sagte Zelkin. »Für einen Mann, der nur Gutes zu berichten hat, siehst du ziemlich belämmert aus. Oder war das eine Yogaübung, eine Meditation? Na, ich fühle mich jedenfalls sehr wohl in meiner Haut, Mike.« Er griff nach dem Besteck und begann zu essen. »Hat auch lange genug gedauert, bis wir beide zusammenkamen.«

»Abe, ich möchte ...«

»Entschuldige. Du wolltest mir ja erzählen, wie alles gekommen ist.«

»Ja, ich werde dir am besten alles erzählen.« Barrett stocherte in seinem Salat herum. »Es beginnt mit dem Tag, an dem ich Faye Osborn kennenlernte. Erinnerst du dich noch?«

»Feines Mädchen, diese Faye.«
»Ja, aber darum geht's jetzt nicht. Ich meine ihren alten Herrn. Unterbrich mich nicht, Abe. Laß mich ausreden, deshalb bin ich ja gekommen.«
Behutsam berichtete Barrett die Entwicklung seines Verhältnisses zu Willard Osborn, die Ereignisse, die er vorhin rekapituliert hatte. Schließlich kam er zu dem Punkt, an dem Faye ihm mitteilte, ihr Vater wolle ihn unter vier Augen sprechen. Er erzählte von dem Gespräch in Osborns Bibliothek vorgestern abend. Als er das Angebot eines Postens in der Geschäftsleitung mit fünfundsiebzigtausend Dollar pro Jahr erwähnte, wich er Zelkins Blick aus.
Trotzdem bemerkte er, wie Zelkin seinen Kürbiskopf hob und wie sich seine Backenmuskeln unter der Fettschicht spannten. Er hörte zu essen auf.
Es hatte keinen Sinn, dem verletzten Blick auszuweichen. Barrett hob den Kopf. »Morgen abend bin ich bei Osborn. Ich werde den Posten annehmen. Tut mir leid, Abe, aber ich muß. Ich kann nicht anders. So gern ich auch mit dir zusammengearbeitet hätte – ein Angebot wie das von Osborn wird einem nur einmal im Leben gemacht. Da muß man zupacken. Ich – ich hoffe, du wirst mich verstehen.«
Geistesabwesend tupfte sich Zelkin mit der Serviette an die Lippen. »Ach, zum Teufel, was soll ich dazu sagen? Was die materielle Seite betrifft, so kann ich nicht behaupten, daß ich dir Besseres zu bieten hätte. Im Vergleich zu diesem Posten sind es nur Brosamen, was unsere Anwaltskanzlei für dich abwerfen würde. Auch in dreißig Jahren würdest du fünfundsiebzigtausend kaum in drei Jahren zu sehen bekommen, geschweige denn in einem. Und unsere hübschen Büros werden dir im Vergleich zu dem, was dir Osborn bieten kann, wie kahle Lagerräume vorkommen. Und die Klienten – du weißt selbst genau, daß die Hilflosen zu uns kämen, Armenhäusler im Vergleich zu den Leuten, mit denen du jetzt zusammenkommen wirst. Es fragt sich nur, was dein Ziel ist.«
Nur nicht weich werden, sagte sich Barrett. »Ich weiß genau, was ich will, Abe.«
»Wirklich? Für mein Gefühl hast du das nie genau gewußt, auch damals nicht, als du aus dem Institut ausgetreten bist, um schnell reich zu werden. Schließlich hattest du doch ernsthaft vor, mit mir zusammenzuarbeiten.«
»Stimmt, und das war ehrlich gemeint. Aber das war vor Osborns Angebot. Das ist die Gelegenheit, auf die ich seit vielen Jahren warte.«
Zelkin schüttelte den Kopf. »Ich bin immer noch nicht überzeugt, daß du das wirklich willst. Vergiß den Wohltäter in deiner Brust. Natürlich kannst du auch für die Reichen Gutes tun. Liebling sagte einmal über den Publizisten Westbrook Pegler: ›Pegler ist ein mutiger Vorkämpfer für Minderheiten – zum Beispiel für die Leute, die hohe Einkommensteuern bezahlen.‹ Verzeih mir, Mike. Ich wollte dich damit nicht verletzen. Es sollte witzig klingen, aber es kam eben bitter heraus. Laß es mich so ausdrücken, Mike: Du bist Rechtsanwalt, aber was du da vorhast, ist keine Arbeit für einen Juristen, sondern für einen Kaufmann. Du bist im Begriff, ein Geschäftsmann zu werden. Zugegeben, für die anderen

wirst du sehr erfolgreich sein. Aber wenn du ehrlich bist, Mike, dann wirst du bald feststellen, daß die Aufgaben ganz andere sind als in unserer Art von Juristerei. Du wirst es nicht mit den wirklichen Menschen zu tun haben, und du kannst ihnen nicht auf dieselbe Weise helfen, wie wir denen helfen könnten, die zu uns kämen. Was hast du denn davon?«

»Geld«, antwortete Barrett unumwunden. Niemand, nicht einmal Abe Zelkin, durfte ihn zu einem selbstlosen Wohltäter stempeln. »Ehrliches Geld, ehrlich verdient. Milton drückt das etwa so aus: Geld bringt Ehren, Freunde, Eroberungen und Besitz.«

Zelkin erwiderte leise: »Und Thackeray meint, wir kaufen Geld meistens allzu teuer.«

Plötzlich verlor Barrett die Geduld. »Abe, lassen wir das Zitieren. Um es mit meinen eigenen Worten auszudrücken: Verschone mich mit diesem Quatsch! Ich will dir noch etwas sagen, worüber ich nie ganz offen gesprochen habe. Meine Mutter hat mühsam jeden Penny zusammengekratzt, damit ich studieren konnte. Sie und mein Vater sind als Kinder auf den Zwischendecks von Einwandererschiffen in dieses Land gekommen, sie sind voller Angst und einsam groß geworden und immer herumgestoßen worden, weil sie arm waren. Als sich meine Eltern in Chicago kennenlernten, arbeitete mein Vater fünfundzwanzig Stunden am Tag, um sich über Wasser zu halten und ein paar Kröten für schlechte Zeiten auf die hohe Kante zu legen. Als er dann umkam, lag für Mutter und mich eine Summe bei der Bank, die nach unseren heutigen Begriffen lächerlich war.«

»Mike, das kenn' ich doch alles«, sagte Zelkin. »Bei meinen Eltern war's nicht viel anders.«

»Schön, dann solltest du alles übrige um so leichter begreifen können. Als ich nämlich die Highschool hinter mir hatte, da setzte meine Mutter alles auf eine Karte, weil jeder vom Geld redete und sie sich sagte, wer es zu etwas bringen will, der muß etwas können. Und dafür war die beste Schule gerade gut genug. Deshalb schickte sie mich nach Harvard. Einiges davon weißt du bereits.«

»Natürlich weiß ich es, und ich verstehe auch ...«

»Du kannst es gar nicht richtig begreifen, Abe, denn es gibt da etwas, was du nicht weißt. Und wenn du dir's angehört hast, dann verschon mich mit dem Freudschen Unsinn über Mütter und Söhne und was ihre Opferbereitschaft aus mir gemacht hat. Ich bin nämlich ebenso erwachsen wie du, und ich halte auch eine Menge von Freud, aber ich hab' die Schnauze voll von einer ganzen Generation von Klugscheißern, Leuten, die jeden für einen neurotischen Spinner halten, der etwas Gutes über seine Mutter sagt, der sie verteidigt oder der erklärt, daß er in ihrer Schuld steht. Verdammt nochmal, ich sage mit Konfuzius, daß ich tief in ihrer Schuld stand. Sie hat das alles nicht getan, damit ich es ihr eines Tages zurückzahle. Sie hat's gern getan, weil sie wußte, daß ich eines Tages in den Augen der Gesellschaft mehr sein würde, als sie und Vater waren. Ich stand tief in ihrer Schuld, und als dann die Zeit kam, es ihr zu vergelten, als sie in Not geriet, da konnte ich ihr nichts zurückzahlen, weil ich mich nicht um Besitz

gekümmert hatte. Ich hatte nichts weiter als den trügerischen Schein des Idealismus.«
»Mike, ich wollte doch nicht ...«
»Laß mich ausreden!« fuhr ihm Barrett dazwischen. »Ich will's kurz und bündig machen. Nach der Schule habe ich einige gute Gelegenheiten ausgelassen und bei dem Institut angefangen, weil ich die Welt verbessern wollte. Das war die Zeit, als wir uns kennenlernten. Meine Mutter wurde schwerkrank. Um am Leben zu bleiben, brauchte sie die besten Chirurgen, die denkbar beste Pflege – das Beste überhaupt. Sie brauchte Geld. Aber wo war das Geld? Ich rede jetzt nicht von Luxus und Überfluß, sondern von dem Geld, das über Leben und Tod entscheidet. Wo war es? Kein Notgroschen mehr da. Sie hatte alles in mich investiert. Und ich war mit guten Werken zu beschäftigt, um auch nur einen Penny zurücklegen zu können.«
»Du hast den Weg eingeschlagen, den du gehen mußtest. Du warst doch erst am Anfang ...«
»Abe, bitte keine wohlfeilen Rechtfertigungen für meine Schuld! Ich habe mich nämlich gedrückt, die Augen vor der Wirklichkeit, vor meiner Verantwortung verschlossen, mich in meine eigene kleine Anarchie verkrochen und nicht einsehen wollen, daß es draußen die wirkliche, die echte große Welt gab, mit der ich mich auseinanderzusetzen hatte. Bleiben wir bei den Tatsachen, Abe. Ich hätte rasch viel Geld gebraucht, und ich hatte es nicht. Ich wurde gelobt, ich hatte meine Auszeichnungen, aber die waren kein gültiges Zahlungsmittel. Das einzige Zahlungsmittel war Geld, und ich war entschlossen, mir welches zu besorgen. Weißt du, wo ich es suchen ging?«
»Keine Ahnung, Mike«, sagte Zelkin ruhig.
»Ich hatte nur einen einzigen Draht zur Welt der Reichen: Phil Sanford. Zu ihm bin ich gegangen. Schon einmal, lange vor diesem Zeitpunkt, hatte er mich gebeten, in seinen Verlag einzutreten und anständig zu verdienen. Ich tat, als hätte er mir einen Job in einem Haus der Sünde zugemutet. Schließlich war ich doch Rechtsanwalt, und meine Aufgabe war es, draußen in Freiheit für das Recht zu arbeiten! Nun stand ich da, mit dem Hut in der Hand, und sagte ihm, ich hätte es mir anders überlegt und gegen einen besser bezahlten Posten nichts mehr einzuwenden. Ich werde es Phil nie vergessen, daß er damals spürte, was los war und den Grund meines plötzlichen Sinneswandels wissen wollte. Erst wollte ich nichts sagen, aber nach ein paar Gläsern hab' ich mir alles von der Seele geredet. Nun, er wollte nicht, daß ich mich von meinem Beruf abbringen ließ, nur weil ich Geld brauchte. ›Wenn's weiter nichts ist als Geld‹, sagte er und drängte mir die Summe auf, die ich brauchte. Als Darlehen. Damit bezahlte ich die besten Chirurgen. Mutter wurde gerettet und bekam für die kurze Zeit, die ihr noch verblieb, die denkbar beste Pflege. Daraus hätte ich lernen sollen. Geld beruhigt. Geld rettet. Mit Geld bist du ein freier Mann. Aber wenn man jung ist, dann genügt eine solche Lektion nicht. Ich begriff erst, als die zweite Krise kam und Mutter mit dem Medikament behandelt wurde, das man eigentlich

hätte verbieten müssen. Diesen Teil der Geschichte kennst du. Nachdem sie daran gestorben war, erfuhr ich, daß die Wohltäter der Menschheit dann nicht mehr bereit waren, Gutes zu tun, wenn es um eine ihrer Geldquellen ging. Und da faßte ich meinen Vorsatz. Du bist ein Sklave, sagte ich mir, und nur Geld kann dich frei machen. Sollte eines Tages die große Chance kommen, dann würde ich zupacken. Das schwor ich mir. Deshalb muß ich die Stelle bei den Osborn Enterprises annehmen.«

Zelkin saß ganz still da und starrte in seine Kaffeetasse. Endlich nickte er. »So ist das also. Nun, ich kann's verstehen.«

»Etwas möchte ich noch hinzufügen, damit du es auch wirklich begreifst«, sagte Barrett. »Ich habe einige Leute aus Hollywood kennengelernt. Die haben ein Sprichwort, das mag grob klingen, aber es drückt alles mit einem einzigen Satz aus: ›Du hast es geschafft, wenn dich die anderen alle können.‹ Wenn du zu jedem Schweinehund auf Gottes Erdboden sagen kannst: ›Du kannst mich mal!‹, dann hast du genug Geld, um ein freier Mann zu sein. Das will ich. Ich will endlich mein eigener Herr sein.«

Zelkin zeigte ein mattes Lächeln. »Kapiert, Mike. Nur – es gibt verschiedene Wege, sein eigener Herr zu werden.«

»Zugegeben.« Barrett holte seine Kreditkarte aus der Brieftasche und legte sie auf die Rechnung. »Laß dich einladen, Abe. Schließlich werde ich jetzt Vizepräsident.«

»Okay. Dann bin ich das nächste Mal dran.«

Barrett fühlte sich plötzlich erleichtert. »Ich bin froh, daß du das sagst – nächstes Mal. Ich hatte es gehofft. Ich wollte nicht, daß unsere Freundschaft daran kaputtgeht.«

»Keine Sorge«, sagte Zelkin. »Ich bin auch für reiche Freunde.«

Barrett zeichnete die Rechnung ab, legte ein Trinkgeld darauf und sah auf die Uhr. »Ich muß mich beeilen. In einer knappen halben Stunde muß ich im Gericht bei Mr. Duncan sein. Nimmst du es mir übel, wenn ich Hals über Kopf aufbreche? Vergiß nicht, das ist zugleich meine Abschiedsvorstellung als Wohltäter – als Menschenfreund, der auch seine letzte Schuld bereinigen will.«

Drei Minuten vor der vereinbarten Zeit ging Mike Barrett mit langen Schritten auf das alte Gebäude zu, in dem Bezirksstaatsanwalt Elmo Duncan über die 260 Juristen seines Amtes herrschte. Über dem hohen Bogen des Portals waren die achtunggebietenden Worte in Stein gemeißelt: HALL OF JUSTICE.

Barrett rannte eine kurze Treppe hinunter, an dem wohlvertrauten Wandelgang mit den vielen Verkaufsautomaten vorbei, und erwischte einen freien Lift. Im sechsten Stock erreichte er über einen weiteren Flur eine Glastür mit der Aufschrift: ›Elmo Duncan, Bezirksstaatsanwalt‹.

Er gelangte in einen mittelgroßen Büroraum mit zwei Schreibtischen. Auf dem Tisch links stand ein Namensschild ›Lt. Hogan‹. Barrett wußte, daß dies Duncans Fahrer und Leibwächter war. Der Stuhl dahinter war leer. Auf der anderen

Seite, hinter mehreren Stühlen und einem Vervielfältiger, stand der andere, mit Papieren überhäufte Schreibtisch. Dieser war besetzt. Die Sekretärin klapperte auf ihrer Maschine und hob erst den Kopf, als Barrett unmittelbar vor ihr stand und sich vorstellte. Nach einem raschen Blick auf den Terminkalender nickte sie und teilte Barrett mit, Mr. Duncan erwarte ihn im Büro von Mr. Victor Rodriguez, seines Assistenten und Leiters der Berufungsabteilung. Sie würde ihn schon telefonisch anmelden.

Barrett ging den Korridor wieder zurück bis zur Berufungsabteilung. Als er eintrat, erhob sich ein hübsches, braunhaariges Mädchen von der Schreibmaschine.

»Mr. Barrett? Bitte kommen Sie, der Herr Staatsanwalt erwartet Sie.«

Sie öffnete ihm die Tür zum nächsten Büro. Barrett bedankte sich und trat ein. An den Schreibtisch schloß sich ein kleinerer Tisch an. Hier standen zwei Männer, in eine Unterhaltung vertieft. Barrett erkannte Elmo Duncan sofort. Er war der größere von beiden, etwa genauso groß wie er selbst. Er hatte glattes blondes Haar, eng zusammenstehende blaue Augen, eine schmale Nase und ein derbes Kinn. Seine helle Haut wies ein paar Sommersprossen auf. Er trug einen geschmackvollen blauen Maßanzug und ein blauweiß gestreiftes Hemd. Sein etwas untersetzter Kollege hatte rabenschwarzes lockiges Haar und ein bräunliches Gesicht mit einer auffallenden Nase über einem vollen, aber sorgfältig gestutzten Schnurrbart.

Die Tür hatte sich hinter Barrett kaum geschlossen, da hob Duncan den Kopf, brach die Unterhaltung ab und kam mit breitem Lächeln und ausgestreckter Hand auf ihn zu. Händeschüttelnd sagte er: »Nett, Sie zu sehen, Mr. Barrett. Entschuldigen Sie, daß Sie so herumlaufen mußten, aber meine Arbeit wird nur dann erledigt, wenn ich mich aus meinem Büro davonschleiche. Victor und ich ... Ach, Sie kennen sich wohl noch nicht. Victor Rodriguez, mein Assistent – Mike Barrett, einer unserer erfolgreichsten Rechtsanwälte.«

Barrett drückte Rodriguez die Hand.

»Mr. Rodriguez hat eine auswärtige Verabredung und wird uns alleinlassen, falls Sie ihn nicht brauchen. Sie wollten doch über den Fall ... Wie hieß der Bursche doch?«

»Ben Fremont«, antwortete Rodriguez.

»Richtig, Fremont«, sagte Duncan. »Victor Rodriguez bearbeitet unsere Pornographie-Delikte. Natürlich gehen sie, wie alles andere auch, über meinen Schreibtisch, aber wenn Sie Mr. Rodriguez lieber dabeihaben möchten ...«

»Das wird nicht nötig sein«, sagte Barrett.

Rasch verabschiedete sich Rodriguez. Duncan deutete auf die beiden Ledersessel vor dem Schreibtisch. »Nehmen Sie Platz, machen Sie es sich bequem.«

Barrett zog sich den einen Sessel näher an den Schreibtisch heran. Duncan war um den Schreibtisch mit der Glasplatte herumgegangen und ließ sich auf seinem gepolsterten Drehstuhl nieder. Er hielt Barrett eine Zigarettenpackung hin.

»Wenn Sie nichts dagegen haben, bleibe ich lieber bei meiner Pfeife«, sagte Barrett.

Duncan zündete sich eine Zigarette an, während sich Barrett damit beschäftigte, seine englische Briarpfeife zu stopfen und anzuzünden.
»Ich denke, es ist das erste Mal, daß wir uns außerhalb von Willard Osborns kleinem Palast begegnen«, begann Duncan. »Wie geht es Willard eigentlich? Ich selbst habe für Fernsehen keine Zeit, aber sonst scheint alle Welt vor dem Kasten zu sitzen. Also müßte es ihm recht gut gehen.«
Barrett lächelte. »Abgesehen von der Einkommensteuer dürfte er wohl kaum ernstere Probleme haben.«
»Ich wollte, das wäre meine einzige Sorge«, sagte Duncan gutgelaunt. »Wissen Sie, Willard Osborn gehört zu den wenigen reichen Leuten, die ich kenne und die mir auch sympathisch wären, wenn sie kein Geld hätten.«
Barrett gab ihm recht. Er war versucht darauf hinzuweisen, daß er bald Vizepräsident der Osborn Enterprises sein würde. Aber schon bei den nächsten Worten merkte er, daß er Duncan nicht mit seiner Verbindung zu Osborn zu beeindrucken brauchte. Elmo Duncan tat es für ihn. Der Staatsanwalt erwähnte mehrere Partys, an denen auch Barrett teilgenommen hatte. Nach einigen schmeichelhaften Worten über Faye erzählte er eine langatmige Anekdote über einen Rechtsstreit, in den Osborn verwickelt war und der ein typisches Beispiel für Osborns Gerissenheit darstellte.
Die Zeit verging. Plötzlich brach Elmo Duncan ab, zündete sich am Stummel seiner Zigarette eine neue an, fuhr mit seinem Drehstuhl dicht an den Schreibtisch heran und sagte: »Genug davon. Sie möchten sicher zur Sache kommen. Was kann ich für Sie tun, Mr. Barrett?«
Barrett nahm die Pfeife aus dem Mund und klopfte sie im Ascher aus. »Sie könnten mir einen Gefallen tun.«
»Gern. Innerhalb vernünftiger Grenzen.«
»Ich bin nicht in Willard Osborns Auftrag hier, sondern ich vertrete einen guten alten Freund aus New York: Philip Sanford, Chef des Verlagshauses Sanford, in dem das Buch *Die sieben Minuten* ...«
»Ich weiß. Der Fall Ben Fremont.«
»Genau.« Barrett musterte den gutaussehenden blonden Mann hinter dem Schreibtisch. »Darf ich Sie fragen, Mr. Duncan, ob Sie das Buch gelesen haben?«
»Um ganz ehrlich zu sein – nein.«
»Ich auch nicht«, sagte Barrett. »Aber eine Anzahl prominenter Kritiker und Professoren haben es gelesen und gelobt, lange bevor es in den Vereinigten Staaten erschienen ist. Hier handelt es sich nicht um primitive Pornographie irgendeines schmierigen Winkeldruckers, der seinen Schmutz aus rein kommerziellen Erwägungen in die Buchläden und Drugstores pumpt. Dies ist das Lebenswerk einer legendären Gestalt aus den dreißiger Jahren, herausgebracht von einem der angesehensten Verlagshäuser unseres Landes. Diese heutige Polizeiaktion war für meinen Klienten peinlich und kann für ihn beträchtliche finanzielle Nachteile bringen. Deshalb dachte ich mir, daß es am vernünftigsten sei, selbst herzukommen ...«

»Lassen Sie mich mal sehen«, sagte Duncan und nahm einige Schnellhefter von der Schreibtischkante. »Worum geht's hier eigentlich? Hier haben wir's: Ben Fremont, Paragraph 311.«
Er zog den einen Ordner hervor und legte die übrigen wieder weg. Bevor er ihn aufschlug, sagte er: »Natürlich ist Ihnen klar, daß wir solche Verhaftungen nicht aus dem Handgelenk vornehmen. Ihnen geht stets eine gründliche Voruntersuchung voraus. Ich weiß mit Sicherheit, daß nach Eingang der Anzeige sowohl Rodriguez als auch sein Mitarbeiter Pete Lucas, ein Spezialist für Pornographie und noch dazu ein fähiger Anwalt, das Buch sorgfältig gelesen haben. Hm, lassen Sie mich sehen.« Er klappte die Mappe auf und begann in den Seiten zu blättern.
Barrett wartete schweigend und beschäftigte sich mit seiner Pfeife.
Als Duncan das Aktenstück durchgeblättert hatte, legte er es wieder auf den Tisch und rieb sich das Kinn. »Hm, was ich Ihnen jetzt sage, bleibt unter uns. Es hat sich etwa folgendes zugetragen. Mrs. Olivia St. Clair, die Präsidentin des Bundes KDA in Oakland, hat die Anzeige erstattet. Wie gesagt haben dann Pete Lucas und Victor Rodriguez das Buch gelesen. Sie zweifelten nicht daran, daß es sich um Pornographie handelt. Für sie ging es nur noch darum, ob es nach geltendem Recht und allgemeinen Moralbegriffen unsittlich, obszön, war.«
Barrett warf rasch ein: »Sehen Sie, früher einmal hat man auch *Madame Bovary* als obszön betrachtet – heute ist das nur noch eine sanfte, ziemlich traurige Geschichte über eine treulose Ehefrau. Kürzlich las ich sogar die seriös aufgemachten Memoiren eines viktorianischen Gentleman – der Titel lautete *Mein heimliches Leben* –, worin der Autor in allen Einzelheiten beschreibt, wie er – und das ist sein eigener Ausdruck – zwölfhundert Frauen aus siebenundzwanzig Ländern gevögelt hat. Ich glaube, nur eine Lappländerin fehlte ihm in der Sammlung.«
Duncan rutschte unruhig hin und her und zwang sich zu einem Lachen. Barrett fuhr fort: »Als der Autor dieses Buch schrieb, bekam er keinen Verleger. In unserer Zeit ist es ein Bestseller, und ich glaube nicht, daß ein einziger Leser davon graue Haare bekommen hat. Die Zeiten haben sich geändert. Wie es ein Professor ausdrückte: Sexuelle Betätigung läuft nicht mehr den vorherrschenden Moralbegriffen zuwider. Ich glaube, Anatole France war es, der einmal gesagt hat: Von allen sexuellen Verirrungen ist Keuschheit die abwegigste.«
Duncan lächelte kaum merklich, sagte aber nichts.
Da Barrett offenbar immer noch das Wort hatte, nutzte er die Gelegenheit aus. »Ich bin auch nicht der Meinung, daß sexuelle Offenheit jemandem geschadet hat. Dr. Steven Marcus schrieb über diese neue Strömung: ›In meinen Augen deutet sie nicht auf moralische Laxheit, Ermüdung oder Verkommenheit von seiten der Gesellschaft hin. Man könnte daraus vielmehr schließen, daß die Pornographie ihre alte Gefahr, ihre Macht verloren hat.‹ Damit stimme ich voll überein.«

Der Staatsanwalt regte sich. »An dem, was Sie da sagen, mag vieles wahr sein, aber ich kann Ihnen dennoch nicht völlig zustimmen. Vielleicht hat ein Teil der Pornographie ihre Gefährlichkeit eingebüßt, aber ich fürchte, das gilt nicht durchweg. Mit diesem höchst komplizierten Problem könnten wir uns einen ganzen Tag, eine Woche lang beschäftigen.«

»Entschuldigen Sie«, sagte Barrett. »Ich wollte Ihnen keine Vorlesung halten. Wir alle lassen uns zuweilen von der eigenen Begeisterung mitreißen. Aber bleiben wir beim Jadway-Buch. Ich will zugeben, daß man *Die sieben Minuten* in den dreißiger, vierziger, fünfziger Jahren vielleicht für obszön gehalten hätte. Aber heute? Mr. Duncan, waren Sie kürzlich einmal im Kino? Haben Sie nicht selbst gesehen, wie auf der Leinwand nicht nur der Beischlaf, sondern auch Selbstbefriedigung, Homosexualität und sonst noch was vorgeführt wird? Ich will damit nur sagen, daß nach der heutigen allgemeinen Moralauffassung das Buch von Jadway nicht deutlicher ist als manches andere Werk von geringerem künstlerischem Wert. Weshalb also die Verhaftung?«

»Nun ja, das war der strittige Punkt. Aber trotzdem sind unsere Fachleute dann zu dem Schluß gekommen, daß sie es aus zwei Gründen tun mußten. Die Anzeige stammte von einer großen Gruppe durchschnittlicher, auf das Wohl der Allgemeinheit bedachter Frauen. Das zeigte, daß dieses Buch über die Grenzen des nach allgemeiner Moralauffassung noch Vertretbaren ...«

»Halten Sie Frauen, die sich zu einem Sittlichkeitsverein zusammenfinden, für repräsentativ?« unterbrach ihn Barrett.

»Aber selbstverständlich«, antwortete Duncan überrascht. »Es sind doch ganz gewöhnliche Frauen. Sie heiraten, sie bekommen Kinder, sie tun ihre Hausarbeit, haben Gäste, lesen Bücher. Typischer können sie doch gar nicht sein.«

Barrett war versucht, dem Bezirksstaatsanwalt zu widersprechen, aber er dachte an Zelkins Worte; der hatte Duncan als ehrlich und geradeheraus bezeichnet. Es hatte wenig Sinn, den Mann zu verärgern. Also schwieg Barrett.

»Und wenn ein solcher Frauenverein, eine sehr, sehr große Organisation ...«

Also doch ein Politiker, dachte Barrett. Eine sehr große Organisation, das bedeutete viele Wählerstimmen.

»... wenn so viele das Buch als anstößig empfinden, dann weist das doch darauf hin, daß es in Oakwood vielleicht noch mehr Leute mit einem ausgeprägten Empfinden für Sitte und Anstand gibt, als Ihre Kinobesucher schließen lassen. Der zweite Grund war jedoch wichtiger. Nach unserer Meinung mußte diesem ganzen Strom von schockierender Literatur, diesem ekelerregenden sadomasochistischen Schund, endlich ein Riegel vorgeschoben werden, damit es vor allen Dingen nicht die leicht zu beeindruckende Jugend in die Hände bekommt. Die Zeiten mögen sich geändert haben, aber gewisse Grenzen muß es doch geben. Vielleicht hat der Pfarrer recht, der neulich sagte, unser Land leide an einer Orgie der Aufgeschlossenheit. Ich erinnere mich lebhaft an eine Rede von Oberrichter Michael Musmanno aus Pennsylvania. Darin sagte er: ›Ein breiter Strom von Dreck überflutet unser Land, beschmutzt die Ufer und verbreitet überall einen penetranten Gestank. Am bedrückendsten ist jedoch, daß gerade die Leute nichts riechen, deren Nasen für eine solche Beleidigung am empfindlichsten sein müßten. Damit meine ich die Bezirksstaatsanwälte und die Strafverfolgungsbehörden im ganzen Land.‹ Diese Worte habe ich nie vergessen, Mr. Barrett. Ich bin einer jener Staatsanwälte, die den Gestank spüren.«

»Gewiß, jeder möchte gern die anrüchige, primitive Pornographie beseitigen . . .«

Duncan hob abwehrend die Hand. »Nein. Die miesen Winkelhändler harter Pornographie sind es nicht, die uns Sorgen bereiten. Uns macht besorgt, daß dieselbe Art von Unsittlichkeit durch angesehene Verlagshäuser wie Sanford salonfähig gemacht wird und Einzug in die großen Buchhandlungen hält. Gerade wegen Sanfords gutem Ruf haben wir das Jadway-Buch herausgegriffen. Es soll für die seriösen Verleger ein Warnsignal sein, daß jetzt eine äußerste Grenze erreicht ist. Das war der Grund für die Verhaftung von heute morgen. Aber, Mr. Barrett, ich will weder die Sache noch meine Einstellung übertreiben. Was diesen Ben Fremont angeht, so habe ich nichts gegen ihn. Ich ereifere mich über den ganzen Trend in Literatur und Filmindustrie, was aber nicht heißt, daß ich den Fall Ben Fremont ins Rampenlicht rücken will. Wir haben uns um wichtigere Verbrechen zu kümmern. Fremont ist ein relativ kleiner Fisch.«

»Nun, dann . . .«

»Es geht um diese Frauen von Oakwood. Sie sind – mit einiger Berechtigung – sehr eindringlich bei uns vorstellig geworden, und wir mußten etwas unternehmen. Dafür haben Sie sicherlich Verständnis.«

»Und das ist mit Fremonts Verhaftung geschehen.«

»Richtig. Wir haben unsere Pflicht getan. Aber auch Sie haben gegenüber Ihrem Klienten Ihre Pflicht zu erfüllen. Innerhalb gewisser Grenzen bin ich bereit, Ihnen entgegenzukommen. Die Anklage wurde nun einmal erhoben. Sie haben ihn gegen Kaution freibekommen. Wie soll die Sache nach Ihrer Vorstellung nun weiterlaufen?«

Barrett zog an seiner Pfeife und blickte der Rauchwolke nach. Dann beugte er sich über den Schreibtisch. »Ich will ebenfalls vernünftig sein, Mr. Duncan. Damit ist auch mein Klient einverstanden. Ich möchte darauf hinwirken, daß sich Ben Fremont schuldig bekennt und eine Strafe von zweitausendvierhundert Dollar entrichtet, daß dafür aber seine verwirkte Gefängnisstrafe von einem Jahr zur Bewährung ausgesetzt wird. Mit einer solchen Regelung wären wir einverstanden.«

»Hm, wenn die Sache so geregelt würde, ist Ihnen doch klar, daß dies ein Verbot von *Die sieben Minuten* im ganzen Bereich Oakwood bedeuten würde? Alle anderen Buchhandlungen hätten Angst vor dem Frauenverein und unseren Gegenmaßnahmen.«

»Oakwood interessiert uns nicht«, entgegnete Barrett. »Meinetwegen soll das Buch dort verboten werden. Dann sind wenigstens die Frauen von KDA zufrieden. Da Oakwood zu Ihrem Amtsbezirk, aber nicht zur Stadt Los Angeles gehört, würde das bedeuten, daß es zwar hier aus dem Verkehr gezogen, aber sonst im County Los Angeles überall verkauft werden könnte?«

»Richtig.«

»Nun gut. Mein Klient ist nur an den Auswirkungen interessiert, die eventuelle Maßnahmen in Los Angeles selbst auf den Buchhandel im ganzen übrigen Land haben könnten. Uns kommt es darauf an, daß das Buch im größten Teil des Countys im Verkauf bleibt. Wenn jemand aus Oakwood es kaufen will, dann muß er eben ein paar Straßen weiter nach Brentwood oder Westwood oder an den Stadtrand von Los Angeles fahren. In ein bis zwei Wochen ist das Buch in allen Großstädten des Landes im Handel und hat sich durchgesetzt. Das wird den anfänglichen Schock mildern, und es wird keine weiteren Schwierigkeiten geben. Das wär's, Mr. Duncan.«

Barrett wartete.

Elmo Duncan drückte seine Zigarette aus, erhob sich bedächtig, schob die Hände in die Hosentaschen und wanderte ein paarmal gedankenvoll zwischen seinem Schreibtisch und dem Wandregal mit dicken juristischen Nachschlagewerken hin und her. Dann blieb er ruckartig stehen.

»Mr. Barrett, was Sie da vorschlagen, erscheint mir ganz vernünftig.«

»Gut.«

»Die Damen haben wir dann zufriedengestellt. Was Lucas und Rodriguez betrifft, so glaube ich manchmal, daß sie allzu empfindlich auf das reagieren, was sie lesen. Das ist natürlich verständlich, weil sie praktisch täglich Anzeigen behandeln müssen. Eigentlich könnten wir uns gleich an Ort und Stelle einigen, aber nachdem meine Mitarbeiter soviel Zeit mit dem Fall verbracht haben, halte ich es für anständiger, wenn ich die Sache vorher pro forma mit ihnen bespreche. Ich stimme mit Ihnen darin überein, daß es sich hier um eine lästige Routineangelegenheit handelt, die wir nicht aufbauschen wollen. Lassen Sie mir bis morgen Zeit, Mr. Barrett. Ich werde die Gemüter beruhigen, dann können Sie Ihr Schuldbekenntnis zu Protokoll geben, und ich werde mit dem Richter reden. Ich verspreche Ihnen, daß nicht mehr als die Geldstrafe und Gefängnis auf Bewährung dabei herauskommt. Einverstanden?«

»Einverstanden.« Barrett erhob sich.

Mit raschen Schritten kam der Staatsanwalt um seinen Tisch herum, drückte Barrett die Hand und begleitete ihn an die Tür. »Rufen Sie mich auf alle Fälle morgen etwa um diese Zeit wieder an.«

»Ich werde es schon nicht vergessen.«

Duncan schien noch etwas einzufallen, als Barrett schon in der offenen Tür stand. »Übrigens, falls Sie demnächst einmal Willard Osborn sehen sollten . . .«

»Ich bin für morgen abend zum Essen mit ihm verabredet.«

»Nun, dann vergessen Sie nicht, ihm meine Grüße auszurichten. Sagen Sie ihm, ich hätte mich sehr darüber gefreut, wieviel Sendezeit mir seine Fernsehstationen in letzter Zeit widmen. Sie können ihm auch sagen, daß ich das sehr zu schätzen weiß.«

Eine Hand wäscht die andere, dachte Barrett. So geht's überall.
»Ich werde es ihm ausrichten.«
Duncan sah auf die Wanduhr. »Ich muß wieder an die Arbeit, ich hab' einen anstrengenden Nachmittag und einen noch anstrengenderen Abend vor mir.«

Nach dem warmen Sommertag frischte abends der Westwind auf, und es wurde kühl, insbesondere an der Küstenstraße.
Fröstelnd lehnte sich Elmo Duncan tiefer in die Ecke des Cadillac, den ihm Luther Yerkes nach dem Abendessen geschickt hatte. Mit einem Blick stellte Duncan fest, daß die Fenster geschlossen waren. Er wollte den Fahrer schon bitten, die Heizung einzuschalten, da merkte er, daß es nur noch fünf Minuten bis Malibu waren.
Nach dem langen, anstrengenden Tag, der ihm kaum Zeit für ein paar Worte mit Frau und Kindern und ein Abendessen in seinem neuen Heim im Bezirk Los Feliz gelassen hatte, empfand er die Fahrt zu Yerkes' Strandbungalow als doppelt unangenehm. Er wünschte, Yerkes würde für solche Besprechungen eines seiner günstiger gelegenen Häuser verwenden, zum Beispiel das riesige französische Landhaus in Bel-Air. Aber das Strandhaus hatte natürlich auch seine Vorzüge. Es war abgelegen. Yerkes legte großen Wert auf Privatleben und wollte auf keinen Fall, daß sich die Öffentlichkeit über gewisse Vorgänge hinter den Kulissen Gedanken machte.
Diese regelmäßigen Treffen zwischen dem Bezirksstaatsanwalt von Los Angeles und Kaliforniens reichstem Industriellen hatten vor einigen Monaten als wöchentliche Besprechung begonnen. Seit nun Harvey Underwood und Irwin Blair hinzugezogen worden waren, fanden sie zwei- bis dreimal in der Woche statt. Später würde das Bündnis Duncan–Yerkes natürlich bekannt werden, aber dafür war es noch zu früh. Die Opposition, nämlich Senator Nickels' politische Freunde, durften nichts ahnen. Heute abend kannten außer den Beteiligten nur zwei Menschen Duncans Ziel: seine Frau und sein Polizeichef.
Während Duncan die Strandbungalows vorbeiflitzen sah, kam ihm wieder einmal der Gedanke, daß er von Glück reden konnte, von einem ›Königsmacher‹ für Größeres ausersehen worden zu sein. Es wäre ganz nett, selbst auch so einen zweiten Wohnsitz zu haben. Und es mußte wunderbar sein, Macht zu besitzen.
Elmo Duncan war in Glendale in bescheidenen, bürgerlichen Verhältnissen aufgewachsen – ohne Armut, aber auch ohne Luxus. Im Kastensystem seiner Jugendzeit hatten ihn seine Eltern stets davor gewarnt, über seine Verhältnisse zu leben oder zu vergessen, wohin man gehörte. Er hatte schon früh gegen ein Leben rebelliert, in dem sich alles ums Sparen drehte (man dachte hauptsächlich an Geld, weil man es brauchte) und um Bescheidenheit (man mußte immer anderen, reicheren Leuten zuhören, während diese einem nie ihr Ohr leihen mußten). Alles in allem hatte er es weit gebracht. Als er von seinem überwältigenden Wahlsieg erfuhr, hatte er geglaubt, nun den absoluten Gipfel des Erfolges

erklommen zu haben. Erst nach zwei dramatischen Prozessen, die er mit viel Überzeugung und Geschicklichkeit durchfochten hatte und die seinen Namen in Los Angeles zu einem Begriff machten, hörte man gewisse Leute von größeren Chancen raunen. Der legendäre Luther Yerkes streckte die Hand aus und protegierte ihn. Und Elmo Duncan wußte, daß Yerkes nie auf einen Verlierer setzte.

Die Erinnerung an jenes goldene Wochenende – das war im letzten Winter in Yerkes' Versteck bei Palm Springs – erwärmte Duncan und ließ seine Müdigkeit verfliegen. Bei seiner Ankunft am Freitagabend hatte er sich noch Gedanken über den Hintergrund dieser Einladung zum Wochenende gemacht. Yerkes brauchte keinen kleinen Bezirksstaatsanwalt um einen Gefallen zu bitten. Es mußte also etwas anderes dahinterstecken. Als dann der Freitag und Samstag sowie der größte Teil des Sonntags vorüber war, ohne daß sich etwas getan hatte, verflüchtigten sich Duncans Hoffnungen.

Vor dem Dinner an jenem letzten Tag in der Wüste – gleich danach sollte Duncan wieder zurückfahren – machte er sich noch Vorwürfe wegen seiner unrealistischen Erwartungen; er verübelte Yerkes, daß er ihn anscheinend zum Narren gehalten hatte. Der Mann war ihm unsympathisch.

Luther Yerkes war nur einsfünfundsechzig groß, wog aber achtzig Kilogramm. Er hatte einen runden Schädel, gekrönt von einem seltsamen kastanienfarbenen Haarteil. Sein dickes Gesicht war ausdruckslos und wirkte auf den ersten Blick fast wohlwollend. Aber wenn man Yerkes näher kannte, dann ließ man sich von den rundlichen Formen und dem mehrfachen Kinn nicht mehr täuschen. Am Fernschreiber, beim Telefonieren oder im Gespräch verbargen die bläulich getönten Gläser, die Yerkes auch im Raum stets trug, nicht mehr die marmorne Härte der Augen, das fleischige Gesicht ließ dahinter einen gerissenen, eingebildeten, arroganten Mann erkennen. Auch die femininen, mit Ringen geschmückten Hände und der gezierte Gang täuschten einen dann nicht mehr, denn die Hände konnten Todesurteile unterschreiben, und mit dem eigenartigen Gang balancierte er auch über Leichen hinweg.

Am letzten Abend dieses Winterwochenendes in der Wüste aßen sie allein. Gleich nach der Vorspeise begann Luther Yerkes mit seiner abgehackten, etwas heiseren Stimme zu sprechen und redete fast eine halbe Stunde mit nur kurzen Pausen weiter. Er hätte Duncan eingeladen, weil er viel Vorteilhaftes über ihn erfahren hatte. Zuvor hätte er seinen bisherigen Lebenslauf, sogar den seiner Angehörigen, durchleuchten lassen. Darüber hinaus wollte er ihn von Freitag bis Sonntag beobachten.

Jetzt teilte er Duncan mit, er sei geeignet. Geeignet wofür? Nun, er könne der nächste Senator Kaliforniens werden. Senator Nickels würde sich zweifellos zur Wiederwahl stellen, doch der sei nicht mehr der richtige Mann. Er würde verlieren. Aber nur der richtige Mann konnte ihn schlagen. Yerkes war zu dem Schluß gelangt, daß Elmo Duncan dieser richtige Mann war. Bei gewisser Anleitung werde Elmo Duncan in den Senat der Vereinigten Staaten gelangen.

›Anleitung‹ bedeutete in diesem Falle, daß er mitzuspielen hatte und nie vergessen durfte, wem er dieses hohe Amt verdankte.
Duncan hatte sich schon immer viel auf seine Integrität zugutegehalten. Er hatte auch gelernt, daß man als Politiker Freunde nie vergessen durfte und in Kleinigkeiten Kompromisse eingehen mußte, um größere Ziele zu erreichen. Dabei konnte die Integrität, oder doch ein guter Teil davon, durchaus intakt bleiben. Yerkes schien genau zu wissen, bis zu welchem Punkt Duncan bereit war, sein Gefolgsmann zu werden. Auf dem Weg zum Wagen willigte Duncan ein. Yerkes sollte sein Mentor und Beschützer werden.
Auf der dreistündigen Rückfahrt nach Los Angeles hatte Duncan vor Freude laut vor sich hingesummt.
Doch einige Tage danach kam er auf die Idee, Auskünfte über Yerkes einzuholen, wie Yerkes es auch bei ihm getan hatte. Daß Yerkes reich und mächtig war, wußte Duncan bereits. Nun wollte er genau wissen, wie weit Yerkes' Macht und Reichtum gingen. Duncans Frau Thelma hatte die Auskünfte besorgt. Die Interessen und Beteiligungen Luther Yerkes' auf dem Sektor der Raumfahrt und Elektronik waren so gigantisch, daß ein Laie sie nicht zu überblicken vermochte. Er finanzierte sogar zusammen mit ausländischen Firmen Projekte im Nahen Osten und in Lateinamerika.
Yerkes war sechzig Jahre alt und hatte seit seiner Scheidung vor fast vierzig Jahren nicht wieder geheiratet. Seine Hobbys waren Angeln und ein berühmtes Baseballteam, das von ihm finanziert wurde. Er sammelte französische Impressionisten und alte Rolls Royce und Bentleys. Von seinen politischen Interessen erfuhr die Öffentlichkeit nie etwas. Er hatte jedoch vier Kandidaten für die Präsidentschaft, sechs für den Senat und drei für den Posten des Gouverneurs finanziell unterstützt. Soweit Duncan feststellen konnte, war bisher auch jeder von Yerkes geförderte Kandidat gewählt worden. Seine Leidenschaft war das Geld. Er stand hinter keiner bestimmten Partei, sondern ging nur von der Devise aus: Jeden vernichten, der dem freien Wettbewerb Steine in den Weg legen möchte.
Elmo Duncan wurde es schwindlig bei dem Gedanken, daß Yerkes nicht nur finanziell, sondern sogar persönlich daran interessiert war, ihn als Bewerber für den Senat aufzubauen.
»Wir sind da, Sir«, verkündete der Fahrer.
Jetzt erst merkte Duncan, daß sie die Küstenstraße längst verlassen hatten und in Malibu auf den weitläufigen Besitz von Luther Yerkes eingebogen waren. Er stieg aus, ohne sich von dem Mann helfen zu lassen. Der böige Wind zerzauste sein Haar und preßte ihm den Trenchcoat gegen die Beine. Er schritt über den Steinweg zum Eingang, drückte auf die Klingel und ließ sich von dem schottischen Butler den Mantel abnehmen.
»Sie warten im Billardzimmer, Mr. Duncan.«
»Danke.«
Rasch durchquerte er den kühlen Innenhof mit dem geheizten, nierenförmigen Schwimmbecken. Drüben auf der anderen Seite lagen Umkleidekabinen und

Sauna. Er kam durch die weite Wohnhalle mit dem mächtigen Konzertflügel und ging die drei Stufen hinunter in das gemütliche Billardzimmer. Im Mittelpunkt stand nicht ein Billardtisch, sondern ein antiker Spieltisch.
Harvey Underwood, der mit seinem nachdenklichen Blick und dem unvermeidlichen englischen Tweedanzug an einen würdigen Reiher erinnerte, legte sich gerade die Bälle zurecht. Irwin Blair, ein Mann mit welligem Haar und schlechtsitzendem, beigefarbenem Dacronanzug, kreidete sein Queue und erklärte, den Trickstoß bringe er höchstens jedes dritte Mal zustande. Luther Yerkes schob sich ein Pfefferminzbonbon in den Mund – er hatte sich erst kürzlich das Rauchen abgewöhnt – und beobachtete die beiden uninteressiert. Er trug ein kariertes Sporthemd, eine lehmfarbene Hose und lächerlich wirkende, knöchelhohe indianische Wildlederschuhe.
Duncan fuhr sich flüchtig mit dem Kamm durch das zerzauste Haar, steckte ihn wieder weg und hüstelte dezent. Yerkes hob den Kopf, blinzelte ihn durch die bläuliche Brille an und kam sofort auf ihn zu.
»Elmo, es freut mich, daß Sie es doch noch geschafft haben.«
»Wir sind durch den starken Verkehr auf dem Sunset Boulevard aufgehalten worden – entschuldigen Sie die Verspätung.« Die beiden anderen riefen ihm Grüße zu. Er hob die Hand. »Hello, Harvey – Irwin.«
»Gehen wir ins Wohnzimmer und kommen wir gleich zur Sache«, sagte Yerkes. »Es ist fünf nach zehn. Es soll nicht die ganze Nacht dauern.«
Blairs ausdrucksvolles, von Aknenarben gezeichnetes Gesicht zeigte seinen Unwillen. »Wollt ihr denn meinen Trickstoß nicht sehen?«
»Doch«, antwortete Yerkes mit einem Anflug von Sarkasmus. »Aber Ihre Tricks sehe ich lieber bei der Arbeit. Kommen Sie jetzt.«
Yerkes führte die kleine Prozession die drei Stufen hinauf in die Wohnhalle. Die gewaltigen Dimensionen dieses Raums wurden etwas gemildert durch mächtige, teure Barockmöbel, vergoldete Spiegel und Tische, geschnitzte Stühle und einen alten Sekretär mit wunderschönen Elfenbeinintarsien. Das gedämpfte Rauschen des Meeres paßte eigentlich nicht in eine solche Umgebung.
Die Sitzecke bestand aus einem Dreimetersofa und zwei tiefen Sesseln mit einem niedrigen Tisch dazwischen. Yerkes steuerte den einen Sessel an, winkte Duncan auf den anderen, und Underwood und Blair ließen sich automatisch auf dem Sofa nieder. Erst jetzt fiel auf, daß Underwood ein paar gelbliche Seiten aus einer dünnen Aktenmappe nahm.
Der Butler trat geräuschlos ein und servierte von einem Tablett die Getränke. Er wußte genau, was jeder bevorzugte: Armagnac in einem Cognacschwenker für Yerkes und dasselbe für Duncan; er hatte bei seinem ersten Besuch hier Armagnac bestellt, weil auch sein Gastgeber einen trank, nur stand neben seinem Glas eine Wasserkaraffe; ein Whisky on the Rocks für Underwood und ein Coca-Cola für Blair.
Das übliche Ritual schrieb vor, daß jeder einmal an seinem Glas nippte, dann war die Sitzung eröffnet.

Duncan genoß die angenehme Wärme, die sich in seinem Magen ausbreitete. Er beobachtete die beiden auf dem Sofa. Sie waren grundverschieden. Underwood war ein ruhiger, sachlicher Mann, das Produkt des Computer-Zeitalters. Blair war ein ausgesprochen lebhafter Mensch voller ausgefallener Vorstellungen, der ideale Imagemacher desselben Zeitalters. Zuerst sagten Fakten und Zahlen in einem wöchentlich erscheinenden Bericht aus, womit sich die Menschen beschäftigten; diese Informationen wurden sodann mit Leben und Phantasie erfüllt, damit die Leute auch ungefähr das bekamen, was sie haben wollten. Die beiden bildeten gemeinsam das Gehirn der Underwood Associates. Underwood leitete eines der prominentesten amerikanischen Meinungsforschungsinstitute für Politik und Industrie. Er war der Gründer von Underwood Associates. Später hatte er Blair als Partner aufgenommen, weil er spürte, wie wichtig für seine Kunden eine solche Ergänzung der von ihm zusammengestellten Fakten war.
Blair hatte als Publicity-Manager in Hollywood begonnen, aber seine Begabung war so groß, daß er sich auf die Dauer nicht mit dem Schaugeschäft zufriedengeben mochte. Als sich dann einer der von ihm betreuten Schauspieler entschloß, für das Repräsentantenhaus zu kandidieren, hatte ihn Blair auch dabei gemanagt. Der Mann war charmant, er kam gut an und war außerdem ein wirklich begabter Schauspieler; Blair ließ ihn deshalb ungezählte Hände schütteln und so oft wie möglich in der Öffentlichkeit auftreten. Aber weil er – eben als Schauspieler – nicht sonderlich schlagfertig und nur oberflächlich informiert war, sorgte Blair dafür, daß er den Mund hielt. Er erfand ein halbes Dutzend Schlagworte, die er seinem Klienten in den Mund legte. Sie wurden von Anzeigen, Broschüren und auf Plakaten in ihrer schlichten Eindringlichkeit ständig wiederholt. Dann machte sich Blair daran, den Gegenkandidaten zugrundezurichten. Er ließ die Vorzüge des Lebens in Kalifornien durch dreißig Zeichnungen darstellen. Jede hübsche Szene wurde dann mit einem dicken schwarzen Balken überschmiert. In diesen Balken druckte er ein entstelltes Zitat des Opponenten. Blairs Mann gewann die Wahlen mit überwältigender Mehrheit. Dadurch stieg Blair vom Werbefachmann zum Berater für politische Persönlichkeiten auf. Schon bald schloß er sich Underwood an.
Vor drei Monaten hatte Luther Yerkes die Firma Underwood Associates gegen eine astronomische Gebühr für seinen Kandidaten Elmo Duncan engagiert.
Während Duncan nun die beiden betrachtete, überfiel ihn wieder ein ungutes Gefühl. Er haßte es, wenn andere oder auch er selbst manipuliert wurden. Es war der Beruf dieser Männer, die Gefühle und Wünsche der Öffentlichkeit zu ergründen und sich ihnen anzupassen. Im Rahmen dieser Verschwörung kam sich Duncan nur wie ein Werkzeug vor. Das Geschäft war nicht ehrenrührig, aber er kam sich dabei unehrlich vor. Er machte nur mit, weil seine Frau ihm gesagt hatte, er sei wieder einmal viel zu anständig; und er wollte in seinem Leben mehr erreichen als nur den wenig bedeutenden Posten eines Bezirksstaatsanwaltes auf dem Lande.
Underwood raschelte mit seinen gelben Blättern. Gleich würde er verlesen, was

seine geschulten Meinungsforscher bei einer Repräsentativbefragung von tausend Personen in Kalifornien – streng wissenschaftlich nach Geschlecht, Alter, Konfession, Rasse und Beruf ausgewählt – herausgefunden hatten. Aus diesen Ergebnissen hatten sie zu viert die Themen ausgewählt, mit denen sich Duncan in seinem gegenwärtigen Amt und bei seinen immer häufigeren Ansprachen und Referaten zu befassen hatte. Blairs Aufgabe war es sodann, der Öffentlichkeit klarzumachen, daß Duncan ihre ureigensten Interessen vertrat und jederzeit bereit war, dafür zu kämpfen.
Das erste Ziel bestand, wie Yerkes vor drei Monaten erklärt hatte, darin, Elmo Duncans Namen bei allen Wahlberechtigten bekannt zu machen. Man mußte seinen Namen ebenso gut kennen wie den seines Gegners Nickels. War das erst einmal erreicht, bestand die nächste Aufgabe darin, sein Image positiver zu gestalten, das des Gegners negativer. Aber noch war die Publizierung von Duncans Namen die vordringliche Aufgabe. Im südlichen Kalifornien war er durch die hervorragend geführte Anklage im letzten Mordprozeß bekannt geworden, aber für die Großstädte Fresno, San Francisco, Sacramento und die weiter entfernten Teile des Landes war er immer noch das, was Yerkes einen ›Provinzhelden‹ nannte.
»Elmo braucht einen großen Fall, der allgemein Schlagzeilen macht«, sagte Yerkes zu Underwood. Er wiederholte diese Forderung nun schon seit Wochen. »Es muß Ihnen etwas einfallen, Harvey, ein wirklich durchschlagender Fall.«
Duncan nickte zustimmend.
Ein großer Fall, bei dem es um eine lebenswichtige Frage ging. Das war es.
Underwood raschelte wieder mit seinen Blättern. »Ich kann keine Fakten verändern, Mr. Yerkes. Hier habe ich unsere neuesten Ergebnisse. Zu internationalen Problemen befragen wir die Öffentlichkeit noch nicht. Wir beschränken uns noch auf die lokalen Sorgen der eingetragenen Wähler. Ich muß in diesem Zusammenhang darauf hinweisen, daß sich unsere Öffentlichkeit die weitaus größten Sorgen mit mehr als dreißig Prozent Vorsprung gegenüber Steuern und Bildungspolitik – wegen der Gewaltakte der Strafe macht. Das heißt, man sorgt sich um Gesetzlosigkeit, Unsicherheit, Unruhe – nicht nur im Zusammenhang mit dem Rassenproblem und dem organisierten Verbrechen, sondern überhaupt um die Gewaltdrohung, die von der unbeherrschten jüngeren Generation ausgeht. Sie wissen selbst, daß ich nie verallgemeinere. Unsere Zusatzfragen versuchten zu ermitteln, welche Ursachen die Befragten für diesen Zustand verantwortlich machen. Es werden immer noch dieselben Argumente angeführt. Zwei davon haben wir herausgegriffen, konnten aber daraus für Mr. Duncan keinen brauchbaren Fall konstruieren. Vor vierzehn Tagen griffen wir die dritte Ursache heraus, nämlich das Gefühl, daß die gewaltsamen Neigungen der Jugend durch die offenkundige Unmoral in Büchern, Zeitschriften, Filmen, Theaterstücken und im Fernsehen provoziert oder gefördert werden. Wir kamen zu dem Schluß, daß Elmo einen solchen Fall aufgreifen sollte. Gleichzeitig erschien dieses Buch, über das Elmo unterrichtet wurde. Wir beschlossen zu versuchen, die

Zensurbestimmungen des kalifornischen Strafrechts anzuwenden und das Buch zu einem wichtigen Fall aufzubauen, in dem es um Elmos Kampf gegen die – die . . .«
»Die subversive Mafiamoral der Verleger«, half ihm Irwin Blair aus.
»Richtig«, sagte Underwood. »Durch diese Maßnahme und die eventuell nachfolgende Gerichtsverhandlung würde Elmo als Beschützer der Jungen und der Alten, als entschiedener Gegner einer zur Anarchie führenden Literatur bekannt. Wir haben uns auf diesen Versuch geeinigt . . .«
»Wir waren uns nicht einig!« unterbrach ihn Duncan. »Sie drei waren dafür. Ich war von Anfang an dagegen.«
»Aber zuletzt haben Sie sich bereit erklärt, es doch zu versuchen«, erinnerte ihn Yerkes freundlich.
»Natürlich, aber . . .«
»Und nun habe ich erfahren, daß Sie es tatsächlich versucht haben«, schloß Underwood. »Mr. Yerkes erzählte mir, daß Sie heute morgen endlich eine Verhaftung vornahmen. Meinen Sie nicht auch, daß wir vor einer Diskussion über weitere Schritte abwarten sollten . . .«
»Nein«, sagte Duncan hart. »Ich bin in der Absicht hergekommen, über diese Zensur zu diskutieren, und zwar gleich. Ich wiederhole, daß mir die Sache von Anfang an nicht gefallen hat, und sie schmeckt mir auch jetzt noch nicht. Die Reaktion der Presse hat mir recht gegeben. Es müßte uns allen einleuchten, daß es ein Schlag ins Wasser ist. Lassen wir also die Finger davon und wenden wir uns lieber aussichtsreicheren Dingen zu.«
Irwin Blair hob abwehrend die Hand. »Stop, Elmo. Ist das nicht ein bißchen voreilig? Vielleicht bewährt sich der Trick mit Paragraph 311 doch noch. Ich gebe zu, die Sache ist nicht gerade wie eine Rakete hochgegangen . . .«
»Ein Blindgänger war das!« erklärte Duncan mit Nachdruck. Unwillkürlich stand er auf, weil er stehend freier sprechen konnte. »Sie legen großen Wert auf Fakten, Harvey. Ich auch. Was ist geschehen? Wir verhaften einen Buchhändler gemäß Paragraph 311 wegen Verbreitung unzüchtiger Schriften. Von den vier Zeitungen, die ich heute morgen gelesen habe, erwähnten drei die Verhaftung mit ein paar dürren Worten, die vierte überhaupt nicht.«
Irwin Blair schoß so rasch hoch, daß er fast vom Sofa fiel. »Wenn das ein Vorwurf gegen mich sein soll«, wehrte er sich, »dann muß ich darauf hinweisen, daß ich mir redliche Mühe gegeben habe. Ich habe die Presse alarmiert und die Zusage bekommen, daß man den Fall bringen würde. Was der Lokalredakteur dann endgültig durchläßt, kann ich auch nicht bestimmen. Die Meldung wurde vermutlich durch wichtigere Dinge verdrängt. Aber mindestens zwei Nachrichtensprecher erwähnten die Sache im Fernsehen.«
»Beruhigen Sie sich, Irwin«, warf Yerkes ein. »Niemand macht Ihnen einen Vorwurf, weil die Verhaftung nicht mehr Aufsehen erregt hat. Verschwenden wir nicht unsere kostbare Zeit für Streitigkeiten untereinander. Wir müssen bei den Tatsachen bleiben.«

Blair lehnte sich gekränkt zurück. Duncan trat hinter seinen Sessel und wandte sich seinen Zuhörern zu. »Jawohl, meine Herren – Tatsachen! Tatsache ist, daß es sich bei der Zensur um kein brennendes Problem handelt, weil der Mann auf der Straße vielleicht über die Gefahren von Schmutz und Schund schimpft, aber ein Buch nicht mit den Gewaltakten in Verbindung bringt. Ein Buch ist eine Sache. Zunächst gibt es nicht einmal genug Leute, die Bücher lesen. Und wenn sie es doch tun, können sie sich nicht vorstellen, inwiefern bedruckte Seiten ihre Sicherheit oder ihr Privatleben bedrohen sollten. Einige mögen uns sogar verübeln, daß wir ihnen gewisse Bücher oder den Kitzel, den sie daraus empfangen, vorenthalten wollen. Durch unser Eingreifen haben wir nur eine Handvoll Tugendapostel und prüde alte Tanten beruhigt, die zahlenmäßig eine Wahl nicht beeinflussen können. Sehen Sie, ich bin zwar ehrlich der Meinung, daß manche geilen Machwerke, die heute als Literatur gelten, wirklich übel und bedrohlich sind. Meine Behörde gibt sich auch alle Mühe, bei den schlimmsten Auswüchsen durchzugreifen. Aber ich glaube nicht, daß man die Frage der Zensur, des Verbots eines Buches zu einem so bedeutenden Problem hochspielen kann, daß sich die öffentliche Meinung daran entzündet. Außerdem sind solche Eingriffe kaum gut fürs Image. Was erreicht man damit bestenfalls? Der verantwortliche Staatsanwalt einer Großstadt wettert gegen einen kleinen Winkelbuchhändler und ein paar gedruckte Obszönitäten, die wahrscheinlich nur einer unter Tausenden lesen wird. Wir schießen mit Kanonen auf Spatzen, meine Herren, ich mache mich nur lächerlich. Zum Glück werden draußen nicht viele davon erfahren, weil die Presse den Fall zu uninteressant fand. Ich würde sagen, der Fall ist tot, und wir sollten ihn schleunigst begraben. Ich habe dem Verteidiger des Buchhändlers sogar schon halb versprochen, den Fall kurz und schmerzlos abzuschließen. Sie müssen mir glauben, meine Herren, daß man nicht Millionen Wähler mit der Behauptung auf die Barrikaden treiben kann, ein Buch könnte ihnen ernstlich schaden.«
»Aber ein Buch kann doch wirklich schweren Schaden anrichten«, wandte Harvey Underwood ein. »Darüber habe ich eben nachgedacht, Elmo. Bücher haben schon wahre Erdbeben ausgelöst, sie haben Menschenmassen, ganze Zivilisationen dazu getrieben, Böses zu tun, die Welt zu verändern oder gute Menschen zu werden. Wie viele Millionen mußten wegen des Buches *Mein Kampf* von Adolf Hitler sterben? Wie viele wurden wegen des Buches *Das Kapital* von Karl Marx versklavt? Wieviel Unruhe entstand durch ein dünnes Buch von Thomas Paine mit dem Titel *Common Sense*, durch Henry Thoreaus Essay *Über die Pflicht zum Ungehorsam gegen den Staat*, durch den Roman *Onkel Toms Hütte* von Harriet Beecher Stowe?« Er hielt inne. »Unterschätzen Sie nicht die zündende Kraft eines Buches, Elmo?«
Duncans Finger umkrampften die Sessellehne. »Ich widerspreche Ihnen nicht, wenn es um bestimmte Werke geht. Aber Sie haben dabei einen Faktor ausgelassen. Alle Bücher, die Sie da erwähnt haben, trugen deshalb zu Gewalttaten, Revolutionen und Kriegen bei, weil sie ganz unmittelbar ein Bedürfnis der Mas-

sen ansprachen. Sie entflammten, weil sie sich mit höchst aktuellen Problemen befaßten. Hitlers Buch erklärte den Deutschen die Gründe ihrer Not, es zeigte ihnen einen Ausweg. Marx' Buch zeigte dem hungernden Rußland, das für eine Revolution reif war, wie es wieder zu essen bekommen konnte. Thoreaus Schriften gaben Gandhi eine Waffe in die Hand, mit der er sein Land befreite, und derselbe Thoreau half der amerikanischen Jugend mittels derselben Waffe, sich gegen die Militärclique in den USA aufzulehnen. Selbstverständlich kann ein explosives Buch zu Dynamit werden. Aber womit haben wir es denn zu tun? Mit einem unsittlichen Sexroman eines längst toten Autors. Bei uns fürchten sich die Leute vor Gesetzlosigkeit und Terror. Können wir diesen Leuten einreden, daß sie sicherer leben werden, wenn wir das Buch verdammen? Natürlich könnten wir das behaupten, und es würde sogar ein Körnchen Wahrheit darinstecken, nur würde es uns niemand glauben. Ohne Gläubige kann man keinen Kreuzzug machen. Und ohne Kreuzzug gibt es keinen Helden.« Duncan trat langsam an den Couchtisch heran und blieb davor stehen. »Deshalb sind wir doch zusammengekommen, nicht wahr?« fragte er in halb scherzendem Ton, um seine Verlegenheit zu verbergen. »Wollen wir nicht aus Elmo Duncan einen Helden machen?«

»Elmo, setzen Sie sich«, sagte Luther Yerkes. »Sie haben Ihre Rede gehalten. Jetzt setzen Sie sich wieder hin, trinken Sie aus und lassen Sie mich zu Wort kommen.« Er nahm bedächtig seine bläuliche Brille ab und blinzelte die anderen an. »Ich habe mir Ihre Argumente angehört, Harvey und Irwin. Ich habe Ihre Einwände gehört, Elmo. Lassen Sie mich den Richter spielen.« Er wandte sich an die beiden auf dem Sofa. »Elmo Duncan hat alles getan, worum wir ihn gebeten haben. Wir haben angeregt, die Zensurgeschichte als Versuchsballon zu starten und zu sehen, was daraus wird. Als Bezirksstaatsanwalt hat Elmo gehandelt, aber unser Strafgesetz bedeutete für ihn gegenüber der öffentlichen Meinung ein ernstes Hindernis. Er zielte auf das Buch, das Großwild, aber das Gesetz zwang ihn, auf den Händler zu schießen, auf das Kaninchen. Das machte keinen Eindruck auf die Presse. Was die beiden kurzen Meldungen im Fernsehen betrifft, so will ich ehrlich zugeben, daß eine davon arrangiert war. Ich ließ Willard Osborn über seine Sekretärin wissen, daß ich eine Nachricht begrüßen würde. Die spontane Reaktion blieb aus. Ich bin deshalb der Auffassung, daß Elmo Duncan auf der ganzen Linie recht hat. Ein dürftiges Argument ist ein schlechtes Pferd, man soll nicht darauf herumreiten. Man muß es abstoßen, Luft holen und sich einen besseren Gaul besorgen.«

»Wie Sie wollen, Mr. Yerkes«, sagte Underwood.

»Ich will es«, sagte Yerkes. »Vertrauen wir Elmos Instinkt. Er ist der geborene Politiker und hat ein Gespür dafür, was ihm hilft und was ihm schadet. Ein solcher Instinkt ist, wenn man seine Wähler verstehen will, wertvoller als alle Computer der Welt. Wenn Elmo sagt, wir sollten die Sache fallenlassen und uns etwas suchen, was Millionen aufhorchen läßt, dann stimme ich ihm zu. Was läßt sie aufhorchen? Ein Buch nicht, das wissen wir. Was sonst? Dabei fällt mir etwas ein, das ich irgendwo gelesen habe: Da hieß es, Mordgeschichten seien deshalb so beliebt, weil Mord das einzige nicht wiedergutzumachende Verbrechen ist. Mord ist etwas Endgültiges. Geraubte Juwelen kann man wiedererlangen, aber nicht ein Menschenleben. Das gilt in gewisser Weise auch für uns. Elmo ist Politiker und unser Bezirksstaatsanwalt. Er braucht einen Fall, den man in einem öffentlichen Prozeß groß herausstellen kann. Ein großes, unwiderrufliches Verbrechen, das den Mann auf der Straße und die Frau in der Küche erschreckt. Im Vergleich dazu ist das Verbot eines Buches ein lächerlicher Vorgang, wie der Diebstahl einiger Schmuckstücke. Ein paar Leute reden zwar darüber, aber es berührt die Massen überhaupt nicht. Unsere Aufgabe ist es heute abend, den großen Fall zu finden. Stimmen Sie darin mit mir überein?«

Duncan und Underwood nickten.

Blair sagte: »Dann wollen wir uns wieder an die Arbeit machen.«

»Gut«, sagte Yerkes. Er griff nach seinem Schwenker, betrachtete den Rest der Flüssigkeit darin und faßte nach einer Weile zusammen: »Aus Harveys letzten Umfrageergebnissen erfahren wir wieder einmal, daß es der Öffentlichkeit in erster Linie um den Terror der Straße geht, die Taten und Nöte der Jugend, die Besorgnis, die all das bei der älteren Generation auslöst. Also gut. Wir haben hier eine Großstadt, in der es alle nur denkbaren Menschentypen gibt. Elmo wird zugeben, daß keine Minute vergeht, in der nicht irgendeine Unruhe, eine Störung oder ein Gewaltverbrechen vorkommt. Was stand im letzten FBI-Jahresbericht? Alle dreißig Minuten eine Vergewaltigung in den USA. Das ist nur ein Verbrechen. Weiß Gott wieviel andere jede Minute begangen werden, jetzt in diesem Augenblick und auch weiterhin. Wir müssen nur im richtigen Moment den richtigen Vorfall aufs Korn nehmen, ihn herausgreifen und in Elmos Hände legen. Dann können wir ihm sagen: Hier hast du deinen Fall, und wir werden dafür sorgen, daß er von einem Ende des Bundesstaates bis zum anderen bekannt wird. Harvey, wir möchten jetzt alle Einzelheiten der letzten Umfrage hören. Dann müssen wir mit Phantasie und gesundem Menschenverstand herausfinden, welcher Einzelfall es lohnt, herausgegriffen und zu einem Musterprozeß für den Bezirksstaatsanwalt gemacht zu werden – für den nächsten US-Senator aus Kalifornien. Eine Gewalttat in der Größenordnung eines Mordes, das ist es, was wir brauchen ...«

Großer Gott, dachte er, wenn jemals ein Mensch die Wahrheit erfährt, wenn einer dahinterkommt, dann bringe ich mich um.

Am liebsten hätte er gleich an Ort und Stelle Selbstmord begangen.

Drei Stunden waren vergangen, seit es geschehen war. Erst hatte Jerry geglaubt, es würde ihm nach einer Weile wieder besser gehen, aber das war ein Irrtum. Die Zeit hatte ihm nicht geholfen. Auch nicht das Hasch. Nicht das Zusammensein mit anderen. Nichts. Nur das Zittern, das hatte vielleicht etwas nachgelassen. Jetzt fühlte er sich betäubt, ihm war schlecht, er hätte am liebsten laut losgeheult. Er wünschte sich nichts sehnlicher als Vergessen.

Über die Hände hinweg, die weißlich das Lenkrad des Rover umkrampften, ging sein Blick nach vorn auf die Straße.
Er hörte George Perkins neben sich sagen: »He, geht's auch wirklich wieder besser?«
»Denke schon«, antwortete Jerry Griffith. »Ist schon wieder okay.«
»Sieht aber nicht danach aus. Du siehst aus wie ein Roboter.«
»Ich bin schon wieder okay«, behauptete Jerry Griffith.
Er bog in die Kelton Avenue ein, nicht weit von der Universität entfernt. Dort hatte sein Freund George zusammen mit zwei anderen eine kleine Wohnung.
»Mußt dir keine Sorgen machen«, sagte George und kratzte sich unter seinem Bart. »Denk nicht mehr dran. Tu als wäre gar nichts passiert. Dann ist es auch nicht passiert. Versetz deinen Verstand auf eine andere Ebene, wie beim Yoga oder so. Verstehst du, was ich meine?«
»Ich bin schon wieder okay«, wiederholte Jerry.
»He, langsam, alter Junge. Du fährst an meiner Bude vorbei.«
Jerry trat mit einem Bein, das sich wie ein toter Stumpf anfühlte, hart auf die Bremse. Sein Brustkasten krachte gegen das Lenkrad, aber er spürte keinen Schmerz. »Entschuldige«, murmelte er, während sich George vom Armaturenbrett abstieß.
Er wartete. Aber George blieb neben ihm sitzen und starrte ihn an. Er strich sich über seinen Bart und starrte ihn nur an.
»Jerry, nur eins . . .«
Er wartete.
»Wie ich dir schon den ganzen Abend sage, bist du aus dem Schneider. Keiner weiß, daß du dort warst.«
»Sie weiß es.«
»Sie kennt deinen Namen nicht.«
»Das hab' ich vergessen.«
»Du bist also frei«, sagte George. »Nur eins: Wenn etwas schiefgeht . . .«
»Du hast doch gesagt, es kann nichts schiefgehen.«
»Kann's auch nicht, wenn du es nicht schiefgehen läßt«, sagte George bedeutungsvoll. »Ich hab' dir schon immer gesagt, du selbst bist dein schlimmster Feind. Zu Hause wohnen.«
»Ich weiß, George . . .«
»Klar, ich weiß über deinen Alten und dich Bescheid. Das ist das einzige, was mir Sorgen macht. Du rennst dort mit 'nem Gesicht wie sieben Tage Regenwetter herum, und er reitet auf dir herum, bis er weiß, was los ist. Und das Prachtstück, deine angebliche Cousine, diese Maggie . . .«
»Hör auf damit, George.«
»Ich muß ausspucken, was mich drückt. Dich martert diese Sache, aber wenn du ihr etwas anvertraust, dann schaufelst du dir das eigene Grab.«
»Ich hab' dir doch gesagt, das bleibt unter uns.«
»Hoffentlich«, sagte George. »Wenn nicht, wenn etwas schiefgeht, dann merk

dir eins: Du warst solo. Ich war nicht dabei. Nur du warst dort. Wenn du nämlich einem Menschen sagst, daß ich dabei war, dann ist das in meinen Augen Verrat. Dann muß ich sagen, daß du's getan hast. Ob mit Absicht oder nicht, du warst es jedenfalls. Klar? Ich war nicht dort. Deshalb kann ich auch nicht sagen, daß du dort warst. Kapiert?«

»Okay, George.«

George Perkins öffnete die Wagentür, zögerte und wurde wieder freundlicher. »Aber wie gesagt: Mach dir keine Sorgen. Die Sache ist nie passiert.«

»Okay.«

»Behalt sie nur gut in Erinnerung. Ich tu's auch. Du mußt doch zugeben, daß sie 'ne tolle Puppe war.«

»Ja.«

»Kannst dich bei mir bedanken, daß ich sie dir gelockert hab. Sie war zu wie 'ne Auster, wie ich mein Ding reingeschoben hab'. Aber wie ich erst mal drin war, da ging's wie geschmiert. Wie sie gebissen und herumgeschlagen hat, ich wär' fast runtergerutscht. War prima.«

»Großartig war's«, sagte Jerry. »Wenn nur . . .«

»Das übrige mußt du vergessen«, unterbrach ihn George. »Du kennst doch meine Philosophie. Die guten Erinnerungen behalten und den Dreck abschütteln. Denk dran, alter Junge.«

»Okay.«

»Fährst du jetzt gleich nach Hause?«

»Sofort.«

»Dann bis morgen. Nach der Literaturvorlesung.«

»Bis dann.«

George Perkins stieg aus, lief die Treppe hinauf, indem er jeweils zwei Stufen nahm und verschwand im Eingang.

Jerry Griffith nahm seinen gefühllosen Fuß von der Bremse und stellte ihn vorsichtig aufs Gas. Über die Veteran Avenue und den Sunset Boulevard fuhr er nach Hause, nach Pacific Palisades.

Es war der kürzeste Heimweg, und er wollte auch auf dem schnellsten Weg nach Hause, weil er sich einsam fühlte und dieses Alleinsein nicht lange aushalten konnte, nicht heute abend. Ihm war noch übler als zuvor, und er dachte immer noch an Selbstmord.

Aber unterwegs kam ihm eine Erkenntnis.

Er war gar nicht allein. Sie war bei ihm, dieses keuchende, schreiende Mädchen. Sheri Moore, achtzehn Jahre alt.

Nur schrie sie jetzt nicht mehr. Sie war still wie eine Leiche, gab keinen Laut von sich, rührte sich nicht.

Jerry hielt sich für einen visuellen Typ. Sein Erinnerungsvermögen funktionierte hauptsächlich fotografisch, er dachte in Bildern und nicht in Worten wie viele andere. Er wäre jetzt lieber allein gewesen, aber er war nicht allein. Er verwünschte seine visuelle Begabung, aber sie war nun mal vorhanden.

Es war da, das eine Bild, das ihm nicht aus dem Kopf ging.
Das Mädchen lag flach auf dem Rücken, splitternackt, auf dem Teppich neben dem Bett. Sie lag mit ausgebreiteten Armen und Beinen da, schlaff, locker, die milchweißen Schenkel kraftlos gespreizt, so daß man den Hügel mit dem Spalt in der Mitte sehen konnte. Er schimmerte durch das Schamhaar wie seitlich gestellte Frauenlippen. Die kleinen, hellen Brüste flach, als hätte jemand die Luft herausgelassen, der Mund halb offen, die Augen geschlossen. Rotes Blut sickerte immer noch aus ihrem wirren Haar.
Das Bild.
Er versuchte das Bild zu verdrängen. Es gelang ihm auch vorübergehend, aber andere Bilder drängten sich in den Vordergrund, weil er eben visuell veranlagt war.
Er sah alles vor sich. George und sich mit ihren Colaflaschen im ›Underground Railroad‹, ihrer Stammkneipe in der Melrose Avenue. George hört das Mädchen sagen, daß sie nach Hause möchte. George, wie er sie ansprach und erwähnte, sein Freund hätte einen Wagen, und wenn sie in dieselbe Richtung müßte, würde er sie gern absetzen. Ihr Name war Sheri. Sie wohnte mit ihrer Freundin Darlene am Doheny Drive, gleich oberhalb des Santa Monica Boulevard. Es war kein Umweg.
Das nächste Bild.
Sie standen vor dem Haus. George saß mit ihr auf dem Rücksitz und fummelte an ihr herum. Das Baumwollkleid war ihr hochgerutscht. Jerry sah die weiße Haut und hätte ihr am liebsten die Kleider vom Leib gerissen und die ganze Nacht mit ihr geschlafen. Er stellte sich das alles vor. Dann stieg George aus, und sie stieg aus. George gab ihm ein Zeichen und sagte, sie wollten nun beweisen, daß sie Gentlemen seien und sie hinaufbegleiteten.
Dann das nächste Bild in der Wohnung. Sie war im Bad neben dem Schlafzimmer. George strich sich augenzwinkernd über die Hose und raunte Jerry zu, daß sie es sich bestimmt wünsche, auch wenn es ihr vielleicht noch nicht klar sei. Er wolle deshalb im Schlafzimmer auf sie warten, und sobald er fertig sei, könne Jerry sie haben.
Im nächsten Bild schloß sich die Schlafzimmertür hinter George. Er selbst trank Bier aus einer Dose, die sie ihm hingestellt hatte. Dann ging die Tür wieder auf. George stand da, splitterfasernackt, haarig und mit einem mächtigen Penis. Grinsend sagte er: »Wollte nur sagen, daß ich immer noch auf sie warte. Soll 'ne Überraschung für sie werden.« Dann ihre protestierende Stimme aus dem Zimmer. Sie sagte etwas von Darlene. Dann rangeln und ... Er rannte hin und schloß die Tür, weil er es einfach nicht mehr hören konnte.
Das nächste Bild, verschwommen. Sie lag jetzt nackt auf dem Bett, er war auch nackt, zwischen ihren Schenkeln schimmerte es feucht, er drückte ihr die Hand auf die Lippen.
Dann wie er aufstand und die Hose anzog. Sie ging auf ihn los, er versuchte sie abzuwehren, sie sprang zurück, der Teppich rutschte unter ihren Füßen weg, sie

krachte mit dem Kopf gegen die scharfe Kante des Bettischchens, glitt zu Boden, versuchte aufzustehen, fiel auf den Rücken.
Nun folgte eine Montage mehrerer Bilder, diesmal mit Text unterlegt. George kam hereingerannt und machte ihm heftige Vorwürfe. Er antwortete hilflos stammelnd, daß es nur ein Unfall war. Georges Stimme: Er solle sich rasch anziehen. Er beugte sich über sie, schimpfte und meinte dann, es sei gut, daß sie wenigstens noch atme. Er wollte einen Arzt anrufen. George riß ihm das Telefon aus der Hand und rief, er sei wohl wahnsinnig geworden, sich auf diese Weise schnappen zu lassen. Er wollte den Arzt anonym anrufen, aber George war dagegen und meinte, die Zimmerkollegin müsse jeden Augenblick heimkommen. Sie kann alles andere machen. Die Kleine ist okay. Und nichts wie weg von hier.
Dann wieder das erste Bild. Wie er auf den nackten, ausgebreiteten Leib herabsah.
Alle anderen Bilder waren unterbelichtet und unklar. Ein paar Dialogbrocken, neue Einstellungen. Im Wagen. George am Steuer. Seine Stimme: Du bist jetzt nicht in der Verfassung, nach Hause zu gehen. Gehen wir in die Garage. Es war eine richtige Garage, die George und ein paar andere gemietet und für Haschpartys und dergleichen eingerichtet hatten. Er war mit allem einverstanden, was George vorschlug. Also gingen sie hin, und George sagte, er hätte sich alles genau überlegt, und es sei in Ordnung. Wenn Sheri nämlich wieder zusammengeflickt wurde, würde sie den Mund halten, weil sie sonst erklären mußte, wie sie sich ein paar Jungs aufgegabelt hatte, und schließlich gab es ja keine Beweise dafür, daß jemand in ihre Wohnung eingedrungen war, um sie zu überfallen, und wenn sie übel dran war, oder wenn es noch schlimmer sein sollte, dann könne sie ohnehin nicht mehr reden. Noch drei andere Jungs waren in der Garage, dazu ein paar Mädchen und jede Menge Hasch. Man roch das Zeug trotz des Weihrauchs, und er genehmigte sich selbst einen Joint und atmete den süßlichen Rauch tief ein, bis er etwas ruhiger wurde. Nicht viel, nur ein wenig. Nicht genug. Dann gingen er und George spazieren, bis er imstande war, sich wieder ans Steuer zu setzen, und schließlich fuhr er George nach Hause.
Dann wieder, schon wieder, das erste Bild. Das nackte Mädchen flach ausgestreckt neben dem Bett mit dem feuchten Schoß und dem blutverklebten Haar.
Wenn er sich jetzt nicht zusammenriß, gab es ein Unheil. Er sah auf die Uhr – fast Mitternacht. Seine Eltern würden schon schlafen. Maggie wohl auch. Es konnte ihm nichts passieren.
Er bog vom Sunset Boulevard ab, gab Gas und fuhr die Steigung zu seiner Einfahrt hinauf. Zwischen den hohen Hecken schaltete er die Scheinwerfer aus und ließ den Wagen möglichst lautlos auf dem weiten betonierten Parkplatz vor den Garagen ausrollen. Der Bentley seines Vaters war bereits auf dem Stammplatz geparkt. Er stellte den Rover daneben.
Erst als er schon auf die Haustür zuging, merkte er, daß hinter den Vorhängen

im Wohnzimmer noch Licht brannte. Seine Mutter war krank und lag sicher schon zu Bett, aber vielleicht hatte Vater noch Besuch. Höchstwahrscheinlich war es nur Maggie, die mit einem Buch wachgeblieben war. Er mußte ganz normal wirken, so wie immer.

Die Bilder waren verschwunden. Er fühlte sich wohler, sicherer.

An der Haustür ließ er den Autoschlüssel in die Manteltasche gleiten und suchte in der Hosentasche nach dem hübschen, gravierten Schlüsselring, den ihm Maggie zu seinem letzten Geburtstag geschenkt hatte. Er hielt Wohnungs- und Autoschlüssel getrennt, weil der Rover Maggie und ihm gehörte; sie verlegte andauernd ihren Schlüssel und lieh sich dann seinen aus.

Aber der Schlüsselring war nicht da. Jerry suchte in der anderen Tasche. Auch nichts. Hastig kramte er die Taschen des Jacketts durch. Nichts. Plötzliche Angst ließ ihm die Brust eng werden. Panik griff nach ihm.

Er hörte rechts im Gebüsch ein Rascheln. Der grelle Strahl einer Taschenlampe blendete ihn. Vor ihm ragte ein hochgewachsener Mann in Polizeiuniform auf.

Mit der freien Hand hielt ihm der Beamte eine silbrig schimmernde Scheibe hin, von der an einer Kette mehrere Schlüssel baumelten.

»Suchst du das, mein Sohn?« fragte der Beamte und beleuchtete den Schlüsselring. Jerry schaute blinzelnd auf das Silber mit seinem eingravierten Namen.

»Sie sind doch Jerry Griffith, junger Mann?« erkundigte sich der Beamte in dienstlichem Ton.

»Ja.« Er begann am ganzen Leib zu zittern und streckte unwillkürlich die Hand nach seinen Schlüsseln aus, aber die Faust schloß sich. »Wo – wo haben Sie das gefunden?«

»Wir haben sie jedenfalls gefunden, Jerry. Schon vor zwei Stunden. Auf dem Fußboden eines Schlafzimmers am Doheny Drive, dicht neben einem jungen Mädchen, das Sie heute abend vermutlich vergewaltigt haben. Schlimme Sache, Jerry.«

»Ich hab' niemanden vergewaltigt!«

»Nein? Nun, die Zimmerkollegin fand Miss Moore und rief die Ambulanz an. Miss Moore kam für eine halbe Minute wieder zu sich und erzählte ihrer Freundin, daß sie überfallen und vergewaltigt worden sei. Bei der Einlieferung lag sie im Koma. Schädelbruch. Ihr Zustand ist ernst.«

»Es war ein Unfall!« platzte Jerry heraus. »Sie ist ausgerutscht, hingefallen, und dabei ist sie mit dem Kopf ...«

»Oder hat ihr vielleicht jemand einen Hieb über den Schädel gegeben, weil sie Widerstand leistete? Halt, das sollte keine Frage sein. Sie brauchen bis zur Ankunft Ihres Verteidigers kein Wort zu sagen.« Der Beamte sah an Jerry vorbei. In der Nähe wurden Schritte laut. »Nat!« rief der Beamte. »Hier ist der Junge! Wollen ihn lieber durchsuchen.« Er hörte jemanden hinter sich. Dann tastete ein geübtes Händepaar seine Taschen ab.

Die Taschenlampe war wieder in sein Gesicht gerichtet. »Waren Sie allein?«

»Ich – ich ... Ja, ich war allein. Hören Sie ...«
Aber der Mann sah wieder an ihm vorbei. »Was gefunden, Nat?«
»Brieftasche. Kleingeld. Noch ein paar Schlüssel. Taschenmesser.«
Der Polizist mit der Taschenlampe nickte. »Ein Messer. Aha. Hab' ich mir doch gedacht. So was haben die immer einstecken, wenn sie sich allein über eine Frau hermachen.«
Jerry wurde rot. Die Knie gaben nach. »Hören Sie doch. Das ist nur ein Andenken aus der Schweiz. Ich war ... Es ist alles dran, Schere, Nagelfeile ...«
»Und Klingen, wie?« ergänzte der Beamte. »Wofür sind die anderen Schlüssel?«
»Für – für den – für meinen Wagen.«
»Hast du das gehört, Nat? Geh die Kiste mit 'nem feinen Staubkamm durch. Ich bringe ihn schon mal ins Haus. Komm nach, sobald du fertig bist, Nat.« Er packte Jerrys Arm. »Wir gehen hinein, Jerry.«
»Nein!«
»Machen Sie mir keinen Ärger, junger Mann! Sie stecken schon tief genug in der Klemme. Ihre Angehörigen sind vollzählig versammelt, sie warten auf Sie und den Familienanwalt. Kommen Sie. Wenn die Anklage tatsächlich auf Vergewaltigung lautet, in Verbindung mit schwerer Körperverletzung, dann wird's für Sie nicht leicht werden. Los, Jerry, gehen wir hinein.«

Luther Yerkes zog sich die schwergoldene Uhr vom Handgelenk und hielt das Zifferblatt dicht vor die blaue Brille.
»Halb eins«, sagte er. »Mir kam es gar nicht so spät vor. Ich denke, für heute haben wir genug gearbeitet.«
Elmo Duncan stand auf und streckte sich gähnend. »Ich bin völlig erledigt.«
Underwood hatte seine Akten wieder in der schmalen Mappe verstaut.
»Hoffentlich sind wir einen Schritt weitergekommen.«
»Sollen wir uns in ein paar Tagen wieder zusammensetzen?« fragte Irwin Blair und erhob sich ebenfalls. »Wir haben jetzt schon eine lange Liste von Ideen beisammen.«
»Ich kann nicht mehr ganz klar denken«, gab Duncan zu. »Ich weiß nicht, ob uns etwas wirklich Konstruktives eingefallen ist. Aber ich bin Ihnen für Ihre Mühe dankbar.«
Yerkes trank den Rest seines Armagnac aus. »Wir werden nicht aufgeben, Elmo.« Plötzlich legte er den Kopf schräg. »Jetzt noch ein Anruf?«
Aus dem Billardzimmer hörte man ein leises Klingeln und dann die unterdrückte Stimme des Butlers.
»Vermutlich meine Frau«, sagte Duncan mit kurzem Lachen.
»So meine Herren, ich will dann lieber ...«
Der Butler stand im Türbogen.
»Ein Anruf für Sie, Mr. Duncan.«
»Hab' ich's nicht gesagt?«

»Polizeichef Patterson wünscht Sie zu sprechen, Sir«, fügte der Butler hinzu.
Duncan stöhnte. »Dienstlich – das ist noch schlimmer.«
»Sie können das Gespräch auch hier annehmen, Elmo. Falls es nicht vertraulich ist. Wir haben hier für Konferenzgespräche ein Mikrofon und einen Lautsprecher einbauen lassen . . .« Yerkes deutete auf zwei kleine grüne Kästchen, die auf dem Tisch zwischen den Sesseln standen.
»Wird schon nicht vertraulich sein. Schalten Sie bitte ein, Luther, dann sehen wir weiter.« Yerkes beugte sich vor und drückte auf einen Knopf. Duncan nickte ihm dankend zu und sagte laut: »Hallo, Tim. Hier Elmo. Was gibt's?«
Die Antwort kam laut und blechern aus dem Kasten. »Tut mir leid, wenn ich Sie um diese Zeit störe, Elmo. Ist eigentlich nichts Ungewöhnliches. Notzucht am Doheny Drive in West Hollywood. Das Opfer liegt nach schwerer Schädelverletzung im Koma, drüben im Mount Sinai. Reine Routine, nur ist jemand von den oberen Zehntausend in die Sache verwickelt. Deshalb wollte ich Sie lieber verständigen.«
»Wer denn, Tim?«
»Der Täter ist ein einundzwanzigjähriger Junge. Hat schon alles gestanden, soweit ist es klar. Nur – er ist der Sohn von Frank Griffith.«
»Der Griffith von der Werbeagentur?« fragte Duncan.
»Derselbe.«
Luther Yerkes war aufgesprungen und gab Duncan ein Zeichen. »Elmo, fragen Sie ihn, ob er das ganz sicher weiß. Die Werbeagentur Griffith arbeitet eng mit mir zusammen. Ich kenne Frank Griffith. Es kann doch nicht . . .«
Duncan wandte sich wieder dem Mikrofon zu. »Das war Mr. Yerkes, Tim. Haben Sie verstanden?«
»Ja«, schallte es aus dem Lautsprecher. »Es ist tatsächlich der Sohn dieses Frank Griffith . . .«
»Ich kann's nicht glauben«, warf Yerkes ein. »Kennen Sie Griffith denn überhaupt? Er hat eine der bekanntesten Agenturen und genießt einen hervorragenden Ruf. Vor Jahren war er Olympiasieger im Zehnkampf. Heute ist er einer der geachtetsten Bürger seiner Gemeinde. Es kann unmöglich sein Sohn gewesen sein.«
Duncan beugte sich über das Mikrofon. »Haben Sie das gehört, Tim? Sind Sie ganz sicher, daß es sich wirklich um Frank Griffith' Sohn handelt?«
»Meine Männer haben den Jungen festgenommen, als er nach Hause kam. Frank Griffith war dabei und hat seinen Anwalt Ralph Polk eingeschaltet. Wie gesagt, der Junge hat das Notzuchtverbrechen bereits eingestanden.«
Duncan sah zuerst Yerkes, dann den Lautsprecher an. »Ein Geständnis? Gut. Zusätzliche Beweise?«
»Das Opfer ist eine Miss Sheri Moore, achtzehn Jahre alt. Als ihre Zimmerkollegin heimkam, fand sie Miss Moore halb bewußtlos vor. Sie rief die Polizei, als die Freundin von Vergewaltigung sprach. Die Schlüssel des jungen Jerry Griffith mit seinem eingravierten Namen wurden neben dem Opfer gefunden.

Er behauptet, keine Mittäter zu haben. Da wir ein Messer bei ihm fanden, stimmt das vermutlich. Nach dem Bericht des Krankenhauses ist das Mädchen zweifellos mißbraucht worden. Nach der Festnahme wurde der Wagen des Jungen durchsucht. Wir fanden einen Zigarettenstummel mit Lippenstiftspuren. Das Labor wird ihn gleich am Morgen untersuchen. Außerdem im Kofferraum vier Bücher. Drei davon sind Lehrbücher für die Uni, das vierte lag unter dem Ersatzreifen. Ob Sie's glauben oder nicht, es handelt sich um den Schundroman, wegen dem wir am Morgen den Buchhändler aus Oakwood kassiert haben. Wie war doch gleich der Titel? Ach ja. *Die sieben Minuten.* Außerdem haben wir ...«

»Tim, soll das heißen, daß Sie dieses Buch im Wagen des Jungen entdeckt haben?«

»Ja. Versteckt unter dem Reservereifen. Ich dachte ...«

Yerkes sprang auf und packte Duncan bei der Schulter. »Elmo, verabschieden Sie sich, Sie können später alles mit ihm besprechen«, flüsterte er drängend. »Ich will den verdammten Apparat ausschalten.«

Duncan gehorchte. Yerkes benahm sich, als wäre der Veitstanz über ihn gekommen. Er zog Underwood und Blair zu sich heran. Dann sah er Duncan seltsam erregt an.

»Elmo – begreifen Sie denn nicht?« fragte Yerkes.

»Ich denke schon. Das Buch – der Junge – aber ich bin nicht sicher, ob wir ...«

»Aber ich bin sicher! Absolut sicher!« schrie Yerkes. »Griffith' Sohn, dieser arme Kerl, hat kein Notzuchtverbrechen begangen, keine Körperverletzung. Er hat's nicht getan, und er ist auch nicht verantwortlich dafür. Wissen Sie, wer die Verantwortung trägt? Wissen Sie, wer der eigentliche Verbrecher ist? Das ist dieses scheußliche, dreckige Buch, *Die sieben Minuten.* Da haben Sie Ihren wahren Verbrecher, der einen Jungen aus gutem Hause zu einer Vergewaltigung angestiftet hat. Da haben Sie die einwandfreien Beweise dafür, was unsere Jugend zu Gewalttaten treibt, was sie gleich Horden wilder Tiere auf die Straßen gehen läßt, wo sie dann die schlimmsten Verbrechen begehen. Dieses gemeine Buch, Elmo – das ist Ihr wahrer Verbrecher!«

Underwood und Blair nickten immer wieder wie hypnotisiert. Duncan zwang sich dazu, ebenfalls überzeugt zu wirken und zustimmend zu nicken.

»Herr im Himmel, Luther, da haben Sie recht«, stieß Duncan hervor. »Ich glaube, daß es möglich ist ...«

Yerkes hatte sich die getönte Brille vom Gesicht gerissen. Seine Augen waren fanatisch funkelnde Punkte. Er senkte die Stimme.

»Elmo, diese Verhaftung heute morgen – das ist jetzt kein Juwelendiebstahl mehr, über den sich keiner aufregt. Wollen Sie wissen, was daraus geworden ist? Der Mord, das Unwiderrufliche, die Tat, die in Kalifornien und in ganz Amerika Millionen in Erregung versetzen kann. Elmo, vergessen Sie jetzt den Schlaf und alle Bedenken. Fahren Sie jetzt gleich zu Frank Griffith, und zwar auf dem schnellsten Wege. Nehmen Sie den Fall persönlich in die Hand. Wissen

Sie, worum es hier geht? Endlich haben wir den Fall, nach dem wir gesucht haben, das große Aufsehen, das Problem, das Ihr Image aufbauen wird! Machen Sie das Beste daraus. Nehmen Sie diese Scharfmacher auseinander, Glied um Glied. Schützen Sie die Öffentlichkeit vor solchen unsittlichen Büchern, die lüstern machen und zu Terror führen. Wenn Sie das tun, dann haben Sie's geschafft. Dann haben wir's alle geschafft, Senator Elmo Duncan!«

2

Er träumte gerade, daß er sich an Bord seiner weißen Jacht, die vor Cannes ankerte, in der Rivierasonne aalte; da zerfetzte eine plötzliche Explosion den Traum und schleuderte ihn zurück in sein Bett in West Los Angeles.
Er lag mit geschlossenen Augen da und hörte immer noch den Nachhall der Explosion, leiser jetzt, aber ganz in der Nähe.
Je klarer seine Gedanken wurden, um so deutlicher war das Geräusch zu hören. Dann merkte er, daß es das Läuten seines Telefons war.
Er öffnete die Augen, drehte den Kopf zur Seite und stellte fest, daß es sieben Uhr morgens war. Er stützte sich auf einen Ellbogen und griff nach dem Hörer. Dabei ging es ihm mehr darum, das verhaßte Klingeln zu beenden, als um den Wunsch zu telefonieren.
»Mr. Michael Barrett?« fragte eine kühle Sekretärinnenstimme.
»Ja«, krächzte er in seinem heiseren Vorfrühstückston.
»Mr. Philip Sanford ruft Sie aus New York. Augenblick, ich verbinde.« Er packte den Hörer fester, schlug die Decke zurück und schwang die Beine über die Bettkante. Dann war Phil Sanford am Apparat.
»Mike, entschuldige die frühe Störung, aber länger konnte ich den Anruf nicht mehr aufschieben.«
Barrett fiel der erregte Ton der Stimme auf. »Macht nichts, Phil. Ist etwas ...?«
»Hast du gehört, was letzte Nacht drüben bei euch passiert ist? Hast du schon die heutigen Zeitungen gesehen, die Titelseiten?«
»Nein, noch nicht.«
»Dann will ich dir eine der Schlagzeilen vorlesen. Es ist nicht gerade der Haupttitel, steht aber auf der ersten Seite, und das ist schlimm genug.« Er holte tief Luft und las laut vor: »›Sohn eines prominenten Werbemannes gesteht Notzuchtverbrechen; schuld ist angeblich Pornobuch.‹ Hast du das gehört? Unserem Buch gibt er die Schuld!«
Barrett war mit einem Schlag hellwach. »Worum geht es hier überhaupt?«
»Alle Zeitungen berichten ausführlich darüber. Auch die führenden Fernsehkommentatoren verbreiten sich darüber. Man könnte meinen, das wäre die erste Vergewaltigung, die jemals vorgekommen ist.«
»Phil, würdest du mir bitte erklären ...«

»Entschuldige. Gestern glaubte ich schon Grund zur Aufregung zu haben – aber nach diesem verdammten Pech ... Ein Junge hat ein achtzehnjähriges Mädchen aufgegabelt und nach Hause gefahren. In ihrer Wohnung hat er sie mit einem Messer bedroht und vergewaltigt. Anscheinend leistete sie Widerstand, und er schlug ihr etwas über den Schädel. Sie liegt jetzt bewußtlos im Krankenhaus. Beim Anziehen hat der Junge etwas aus seiner Tasche verloren, wodurch ihm die Polizei auf die Spur kam. Was meinst du, was man bei seiner Verhaftung fand, versteckt in seinem Auto? Richtig geraten! Ein Exemplar von *Die sieben Minuten*. Der Junge gab die Vergewaltigung zu und schob alle Schuld auf das Buch. Eine der Agenturmeldungen zitiert ihn: ›Ich habe darin gelesen und wurde immer erregter. Dann gab es einen Knacks in meinem Kopf, und ich muß wohl durchgedreht haben. Ja, es war der Roman, der mich zu meiner Tat anstiftete.‹«

»Dieser letzte Satz stammt mit Sicherheit nicht von ihm«, sagte Barrett. »Kein Junge gebraucht das Wort ›anstiften‹. Das ist Polizeijargon oder die Sprache eines Presseagenten. Das klingt ganz so, als hätte man den Jungen vorbereitet.«

»Auf jeden Fall hat er es getan, und man fand unser Buch in seinem Wagen.«

»Das habe ich auch nicht angezweifelt. Ich meinte etwas anderes: Wie die Tatsachen dargelegt werden. Jedenfalls ...«

»Mike, jetzt sitzen wir in der Tinte. Ich mache mir Sorgen. Ich hab' ja nichts dagegen, wenn das Buch ins Gerede kommt, aber nicht auf diese Weise! Diese Art von Reklame wird jedermann gegen uns einnehmen. Wesley R. versucht schon den ganzen Morgen mich anzurufen. Es kommt sonst nicht häufig vor, daß mein – mein – mein Vater mich überhaupt zur Kenntnis nimmt. Ich lasse mich verleugnen.«

»Was ist das für ein Junge, der das Mädchen überfallen hat?«

»Ein Junge aus allerbester Familie. Soll ich dir die Meldung vorlesen?«

»Das wird wohl am besten sein. Zumindest die Agenturmeldungen.«

Fünf Minuten lang las Phil Sanford mit schwankender Stimme Zeitungsmeldungen vor. Dann schloß er: »Da hast du's. Ich weiß auch nicht, weshalb die Sache so hochgespielt wird. Vielleicht, weil es sich um den Sohn des bekannten Frank Griffith handelt.«

»Nein, das ist es nicht«, widersprach Barrett. »Es liegt am Zusammentreffen zweier Vorkommnisse: des Notzuchtverbrechens und der Verhaftung des Buchhändlers wegen des Verkaufs eines unsittlichen Buchs. Jede Meldung einzeln wäre uninteressant. In Verbindung miteinander scheinen beide Vorgänge an Bedeutung zu gewinnen und einen bekannten Ausspruch von Bürgermeister James J. Walker zu widerlegen.«

»Was für einen Ausspruch?«

»Jimmy Walker soll einmal gesagt haben: ›Ich habe noch nie gehört, daß ein Mädchen von einem Buch schwanger wurde.‹«

»Den Satz hab' ich schon gehört.«

»Gut. Der Ausspruch scheint jetzt widerlegt zu werden. Die Presse hat den Fall sehr hübsch kombiniert. Die Ursache: Ein Buch stiftet einen Jungen zu einer Vergewaltigung an. Die Wirkung: Mädchen wird durch ein Buch zugrundegerichtet.«
Sanford wurde immer erregter. »Mich interessiert daran nur, wie sich das für uns auswirkt. Was wird nun mit Ben Fremonts Verhaftung, die du stillschweigend beilegen wolltest? Du hast doch mit dem zuständigen Staatsanwalt gesprochen?«
»Hab' ich, aber immer schön der Reihe nach«, sagte Barrett ruhig. Er ordnete seine Gedanken. »Zunächst einmal die Frage, wie sich das auf unsere Bemühungen für Ben Fremont und dein Buch auswirkt. Ich sagte vorhin, daß die Presse versucht, zwei verschiedene Ereignisse zu koppeln und eines daraus zu machen. Das ergibt vielleicht eine Sensation, aber noch lange keinen Beweis. Streng juristisch haben die beiden Fälle nichts miteinander zu tun. Lassen wir die Presse außer acht. Beschäftigen wir uns lieber mit dem Gesetz. Ben Fremont wurde verhaftet, weil er unsittlichen Lesestoff verbreitete. Das ist das eine. Jerry Griffith wurde verhaftet, weil er sich an einem Mädchen verging und es verletzte. Das ist das andere. Nach dem Gesetz hat Griffith' Lektüre absolut nichts mit den Beschuldigungen gegen Fremont zu tun. Die Tatsache, daß Jerry Griffith das Buch *Die sieben Minuten* gelesen hat, ist belanglos und nebensächlich für die Anschuldigung, *Die sieben Minuten* stelle als überwiegend obszönes Werk einen Verstoß gegen Paragraph 311 des Kalifornischen Strafgesetzbuchs dar. Nach dem Gesetz wird der Fall Fremont für sich allein behandelt.«
»Aber wir haben es nicht nur mit dem Gesetz zu tun«, wandte Sanford ein. »Wie steht's mit der öffentlichen Meinung?«
Das war die große Frage. Barrett wußte es und hatte diese Frage vorausgesehen, aber es war noch zu früh, sie zu beantworten. Vielleicht später – möglicherweise heute noch, aber nicht jetzt in dieser Stunde. »Kommt Zeit, kommt Rat«, sagte er. »Beschränken wir uns jetzt auf die rechtliche Seite, mit der wir uns auseinandersetzen müssen. Das bringt mich zur zweiten Frage. Ich habe mit Staatsanwalt Elmo Duncan gesprochen, Phil. Er zeigte sich freundlich und entgegenkommend. Auch er empfand die Zensurfrage und Fremonts Verhaftung als lästig und ließ durchblicken, daß er an einem kostspieligen und langwierigen Verfahren ebensowenig interessiert sei wie wir. Er fand unseren Vorschlag ganz vernünftig: Ben Fremont sollte sich schuldig bekennen und die zweitausendvierhundert Dollar Strafe zahlen, dann würde die ebenfalls verwirkte Gefängnisstrafe von einem Jahr zur Bewährung ausgesetzt. Dein Buch sollte in Oakwood nicht verkauft werden, wohl aber im ganzen übrigen County Los Angeles.«
»Das war also geregelt?«
»Nein, noch nicht endgültig. Deshalb habe ich noch nicht zurückgerufen. Ich wollte die Sache erst unter Dach und Fach haben. Das ist praktisch schon der Fall. Der Staatsanwalt wollte die Sache nur noch der Form halber mit seinen Mitarbeitern besprechen, um sie nicht vor den Kopf zu stoßen. Ich sollte ihn

heute wieder anrufen, dann würde er sein Einverständnis offiziell aussprechen. Das ist die augenblickliche Lage.«

»War es, Mike«, verbesserte Phil Sanford. »Das war der Stand von gestern. Heute kann alles ganz anders aussehen.«

»Phil, ich kann nur wiederholen, daß sich juristisch seit gestern nichts verändert hat. Duncan ist als Jurist mindestens ebenso erfahren wie ich. Er weiß genau, daß er ein Notzuchtverbrechen in keiner Weise mit einem Verstoß gegen Paragraph 311 in Verbindung bringen kann. Er wird den Fall Fremont getrennt behandeln. In diesem Fall wird er zu unserer gestrigen Verabredung stehen. Da bin ich ziemlich sicher.«

Es rauschte in Barretts Hörer, so erleichtert atmete Sanford auf. »Danke, Mike. Jetzt fühle ich mich schon wieder wohler. Noch etwas. Meine Sekretärin hält mir dauernd Aktennotizen unter die Nase. Unsere Vertriebsabteilung bekommt ununterbrochen Anfragen von Buchhändlern aus ganz Amerika, die wissen wollen, wie wir uns zur Beschlagnahme des Buches verhalten wollen. Ich möchte den Leuten gern mitteilen, daß sie nichts zu befürchten haben, daß wir Fremont ohne Schwierigkeiten freibekommen haben, daß nun jeder das Buch verkaufen kann. Je eher wir das sagen können, um so besser. Kannst du das Problem heute noch klären?«

»Ich habe es vor«, antwortete Barrett. »Eigentlich sollte ich den Bezirksstaatsanwalt nur anrufen, aber es ist doch wohl besser, wenn ich in die City fahre und ihn selbst kurz spreche. Ich bin schließlich selbst sehr daran interessiert, die Sache möglichst schnell abzuschließen. Ich habe dir gestern schon gesagt, daß ich nicht mehr bei Thayer & Turner bin und etwas viel Besseres in Aussicht habe. Ich werde nämlich Vizepräsident bei den Osborn Enterprises.«

»Wie großartig, Mike! Herzlichen Glückwunsch!«

»Danke. Jedenfalls wird das heute abend perfekt gemacht, und eine der Bedingungen ist, daß ich ab sofort zur Verfügung stehe. Deshalb will ich den Quatsch mit dem Buchverbot so rasch wie möglich erledigen. Es wird schon gehen. Ich rufe dich wieder an, sobald alles geklärt ist.«

Seit Maggie Russell nach Kalifornien zur Familie Griffith gekommen war, war ihr, als hätte die Erde aufgehört, sich um ihre Achse zu drehen. Irgendwie schien das Leben stillzustehen. Ein Tag folgte dem anderen, rasch, geräuschlos, gleichförmig. Man merkte es kaum, wenn wieder ein Monat oder eine der Jahreszeiten verstrichen war. Leben war das in ihren Augen eigentlich nicht, aber doch ein recht friedliches Dasein, das ihr in diesem Stadium ihrer Jugend sehr willkommen war. Nachdem sie in kurzen Abständen ihre Eltern verloren, eine Zeitlang bei Verwandten in Alabama gelebt und dann versucht hatte, sich mit Arbeit das Universitätsstudium in North Carolina und Massachusetts zu verdienen, nachdem sie mehrmals hintereinander ihre Heimat hatte aufgeben müssen, vermittelten ihr diese Ordnung und Regelmäßigkeit, mit der alles ablief, ein wunderbares Gefühl der Sicherheit.

Deshalb empfand sie den Schock doppelt schwer. Sie saß klein und verloren auf der Fensterbank im Wohnzimmer und beobachtete das hektische Treiben, das sich vor ihren Augen abspielte.
Was sie so getroffen hatte, war der plötzliche, unerwartete Einbruch in das ruhige, geordnete Familienleben bei Griffith. Es war ihr nicht ganz leicht gefallen, sich anderen anzupassen, insbesondere einen so angesehenen und anspruchsvollen Verwandten wie Onkel Frank. Tante Ethel und Vetter Jerry waren allerdings stets Muster an Freundlichkeit gewesen; ihnen gegenüber empfand sie eine unerschütterliche Zuneigung. Insgesamt war dieses Haus aber doch ein schützender Kokon für sie gewesen, und nun stand diese heile Welt plötzlich kopf.
Außer ihr saßen noch fünf Menschen im Wohnzimmer und redeten unablässig. Drüben am Fuß der Treppe, in der Nähe des Aufzugs, der eigens für Tante Ethel eingebaut worden war, stand deren leerer Rollstuhl. Maggie war froh, daß der Arzt Tante Ethel mit einem starken Beruhigungsmittel ins Bett gesteckt hatte. Letzte Nacht mit der Polizei und später dem Staatsanwalt war es schon schlimm genug gewesen, aber diese Szene hätte Tante Ethel noch mehr aufgeregt als Maggie selbst. Sie betrachtete Jerry, der bekümmert und verschreckt zwischen den Männern saß. Vor einer Viertelstunde war er von der ersten offiziellen Vernehmung zurückgekommen.
Maggie Russell beobachtete die Männer im Zimmer.
Zwei davon waren ihr fremd. Einer von ihnen trug allerdings einen Namen, den sie schon oft gelesen und den Onkel Frank häufig erwähnt hatte: Luther Yerkes. Sie war ihm vorhin vorgestellt worden und von seiner ungewöhnlichen Erscheinung sowie seinem Ruf fasziniert. Sie spürte, wie wichtig er für Onkel Frank war, denn dieser sonst so kurz angebundene, befehlsgewohnte Mann begegnete dem Industriellen mit ungewöhnlicher Ehrerbietung. Sie versuchte die Motive dieser seltsamen Haltung zu ergründen. Lag es nur daran, daß Yerkes einer der wichtigsten Kunden von Griffith' Werbeagentur war? Oder an der Tatsache, daß ein so wohlhabender und einflußreicher Mann in der Stunde der Not einem Geschäftsfreund zu Hilfe eilte?
Maggie hatte von Luther Yerkes den Eindruck, daß er vielleicht mit seinem Geld, bestimmt aber nicht mit seiner Zeit großzügig umsprang. Trotzdem hatte sie erst vor ein paar Minuten seine Bemerkung gehört, er sei entschlossen, alles in seiner Macht Stehende für Griffith' Sohn zu tun und dafür zu sorgen, daß gegen den eigentlich Schuldigen vorgegangen werde, nämlich dieses schmutzige Buch.
Neben Yerkes saß ein Mann, der überhaupt nichts sagte, sondern sich nur ständig Notizen in ein schwarz eingebundenes Büchlein machte. Er war als Yerkes' Public-Relations-Berater vorgestellt worden. Den Vornamen hatte sie nicht genau verstanden, aber mit Familiennamen hieß er Blair. Sein Haar war wirr, seine Stimme klang wie eine Trompete. Er war der zweite Unbekannte, und welche Rolle er hier spielte, war ihr nicht ganz klar.
In der Mitte saß ein Mann, den sie schon gelegentlich gesehen hatte: der Fami-

lienanwalt Ralph Polk, ein zurückhaltender, erzkonservativer Mensch, der – hier in Kalifornien! – mit Homburg, steifem Kragen und Fliege herumlief.
Dann war noch Onkel Frank da, sonst ein Energiebündel, nun aber unnatürlich still. Er kaute ununterbrochen auf seiner kalten Zigarre herum. Frank Griffith hatte sie vom ersten Tag ihrer Anwesenheit an eingeschüchtert. Das lag nicht nur an seinem sagenhaften Erfolg. In der Familie wußte man, daß Frank Griffith seine kometenhafte Karriere mit den wohlangelegten Ersparnissen seiner Braut begonnen hatte. Die Ersparnisse ihrer eigenen Mutter waren, wie Maggie längst vermutet hatte, von ihrem Vater verschleudert worden, der Rest durch unglückliche Spekulationen verlorengegangen. So hatte die Familie Griffith sogar die Beerdigungskosten für ihre Mutter übernehmen müssen. Aber eines mußte man Frank Griffith lassen: Er hatte das Vermögen seiner Frau und seinen Ruhm als Olympiasieger erfolgreich genutzt. Inzwischen besaß er eine angesehene Werbeagentur in der Madison Avenue mit aufstrebenden Filialen in Chicago und Los Angeles. Maggie sollte zwar in erster Linie Tante Ethel als Gesellschafterin zur Verfügung stehen, aber sie hatte auch gelegentlich für Onkel Frank spät abends noch Schreibarbeiten erledigt und wußte, daß seine Agentur jährlich über achtzig Millionen Dollar umsetzte, davon sieben mit Luther Yerkes.
Nicht diese Seite an Frank Griffith war es, die Maggie von Anfang an so einschüchterte, sondern seine wahrhaft herkulische Energie und seine unglaubliche Selbstsicherheit. Selbst wenn man ganz genau wußte, daß er im Unrecht war, konnte er einen noch davon überzeugen, daß er recht hatte. Jeden Morgen trainierte er mit beinahe religiösem Eifer in seiner privaten Turnhalle unter gerahmten Fotos und Schränken von Trophäen, Beweisen seiner physischen Leistungsfähigkeit. Er spielte Golf und Tennis, er besaß eigene Pferde auf einer Ranch bei Victorville und ein privates Lear-Düsenflugzeug. Und er war ständig in Aktion: Clubs, Bankette und Festessen in Los Angeles, regelmäßige Reisen nach Chicago, New York, London.
Das genügte für jeden normalen Sterblichen, sagte sich Maggie, sich so klein und unscheinbar zu fühlen wie Toulouse-Lautrec. Zumindest physisch.
Sie betrachtete ihn jetzt, diesen Mann mit dem fleischigen, aber energischen Gesicht, der kräftigen Figur in dem leichten schwarzen Flanellanzug, den starken Händen mit dem mächtigen Siegelring am Finger. Da stand er nun, das Idealbild des erfolgreichen Bürgers, des vollkommenen Erfolgsmenschen, des untadeligen Familienvaters.
Da stand er nun, gedemütigt und geduckt durch einen Erben, der in einem schwachen Augenblick durch seinen Fehltritt nicht nur sich selbst, sondern den Ruf der Familie in Gefahr gebracht hatte. Maggie fragte sich, ob seine Besorgnis nur der väterlichen Verwirrung entsprang, was bei einem so wohlerzogenen Sohn schiefgegangen sein konnte? Drehte sich seine Besorgnis um die Frage, wie sich ein Skandal auf sein Geschäft und seinen guten Ruf auswirken mochte? Oder war es wirklich die väterliche Sorge um die Zukunft seines Sohnes?

So gut Maggie ihn auch kannte, sie hatte nie Zugang zu seinem Innenleben gefunden und ihn noch nie in einer Krisensituation erlebt. Deshalb war sie sich der richtigen Antwort auf ihre Fragen ganz und gar nicht sicher.
Und schließlich war da noch derjenige, bei dem sie sich überhaupt keine Fragen stellte: der Erbe selbst.
Ihre Aufmerksamkeit konzentrierte sich nun auf Jerry, den Griffith, den sie am besten kannte und am liebsten mochte. Er saß verängstigt und nervös auf einem Stuhl mit Rückenlehne und schlug die Beine abwechselnd nach rechts und nach links übereinander. Er sah mitleiderregend jung und verloren aus. Sie wußte, daß er einundzwanzig war und sie vierundzwanzig, aber diese Zahlen logen. In Wirklichkeit war Jerry für sie immer zehn Jahre jünger, und sie war zehn Jahre älter. Er war ein Junge, sie war eine Frau. Er war klug, aber schüchtern und in sich zurückgezogen, voller ungelöster Probleme – wie alle seine Altersgenossen, dachte sie. Ihm fehlte ein wirklicher Vertrauter: Seine Mutter war zu sehr mit der eigenen Krankheit beschäftigt, sein Vater hatte keine Zeit, seine Freunde waren zu unstet. Da Maggie ein ruhiger Mensch war, verständnisvoll, tolerant, manchmal sogar weise, da sie Jerrys Selbstkritik und trockenen Humor schätzte, war sie seine Vertraute, seine beste Freundin geworden. Eigentlich ersetzte sie ihm nicht nur den Freund, sondern auch noch Vater und Mutter.
Sie hatte stets geglaubt, Jerry in- und auswendig zu kennen, doch auf sein Verhalten von gestern nacht war sie in keiner Weise vorbereitet gewesen. Sie kannte zwar seine Probleme, konnte sich aber nicht vorstellen, daß er einem Mädchen Gewalt angetan haben sollte. Er war nicht verklemmt oder für Mädchen unattraktiv. Mit seinen einsachtundsiebzig und dem hageren Körperbau wirkte er neben seinen bulligen Kommilitonen kleiner, als er in Wirklichkeit war, aber er konnte durchaus auf Mädchen wirken.
Welcher böse Geist hatte ihn dazu getrieben, dieses nichtssagende Mädchen zu überfallen? Das Buch war schuld, hatte der Staatsanwalt gestern nacht festgestellt. Jerry hatte sich schließlich zu den schlüpfrigen Gedanken bekannt, die das Buch in ihm wachgerufen hatte.
Sie konnte sich kaum vorstellen, daß dieses Buch – oder irgendein Buch – wie ein Frankenstein solche Bösartigkeit hervorrufen konnte. Aber die Tatsache blieb bestehen, daß er es gelesen und zugegeben hatte, wie sehr es ihn erregte. Da sie nicht wußte, was in seinem Innern wirklich vorging, mußte sie ihm glauben. Außerdem war man im Laufe der Nacht darauf zu sprechen gekommen, daß Jerry wegen des bösen Einflusses dieses Buches sicher mehr Sympathie finden und daß dadurch seine Strafe milder ausfallen könnte. In Maggies Augen wog dieses Argument schwerer als irgendein anderes Motiv, es zerstreute jeglichen Zweifel. Jerry tat ihr leid. Aber auch das Buch tat ihr leid, das sie beide betrogen hatte.
Sie sah Jerry an. Unmöglich. Sexualverbrecher sehen wie Sexualverbrecher aus, das wußte sie aus den Zeitungen und grobkörnigen Pressebildern. Und wie hatte ein solcher Unmensch auszusehen? Gemein, heruntergekommen, krank,

verdreht. Aber Jerry sah noch immer wie Jerry aus, wie der Junge, mit dem sie so manchen heimlichen Spaß geteilt, mit dem sie *Alice im Wunderland*, Hermann Hesse und *Vivekananda* gelesen hatte. Eines Abends hatten sie auch über Thoreau und den Nonkonformismus gesprochen, und Jerry hatte aus dem Kopf zitiert: ›Wenn ein Mensch mit seinen Kameraden nicht Schritt hält, dann liegt es vielleicht daran, daß er auf einen anderen Trommler hört.‹ Aber gegenüber der Öffentlichkeit hatte Jerry niemals zu erkennen gegeben, daß er auf einen anderen Trommler hörte. Welchem hatte Jerry dann gestern abend gelauscht? Einem Trommler namens J J Jadway, hatte Jerry behauptet.

Arme Sheri. Und armer Jerry, armer Jerry.

Das war ein Kriminalfall ohne Kriminelle, nur mit Opfern.

Sie überlegte, was nun aus ihm werden sollte. Dann ging ihr auf, daß dieser Gedanke durch die rhetorische Frage eines der Anwesenden ausgelöst worden war.

Es war Rechtsanwalt Ralph Polk. Maggie hörte ihm aufmerksam zu.

»Lassen Sie mich unser Vorgehen noch einmal rekapitulieren. Gestern abend wurde Jerry in Untersuchungshaft genommen, bis ich die Kaution arrangiert hatte. Trotz allem, was Jerry bisher im Stadium höchster Erregung gesagt haben mag, ist er dennoch unschuldig, bis ihm das Gegenteil nachgewiesen wird. Damit will ich sagen, daß uns das Gesetz immer noch verschiedene Möglichkeiten offenläßt, die ich ausnutzen werde, bis wir ganz sicher sind, daß sich Jerry wirklich schuldig bekennen will.«

»Soll das etwa heißen, daß er immer noch auf nichtschuldig plädieren kann?« fragte Frank Griffith.

»Selbstverständlich. Lassen Sie mich das erklären. In einem solchen Fall kommt es zunächst zu einer ersten Vorführung. Unser liebenswürdiger Bezirksstaatsanwalt hat es so eingerichtet, daß sie heute morgen stattfinden konnte. Dabei wurde Jerry die Anschuldigung verlesen und das Datum für eine Vorverhandlung festgesetzt. Zweck dieser Vorverhandlung ist es für das Gericht, festzustellen, ob das Belastungsmaterial für eine Anklage ausreicht. Ich hätte sodann die Möglichkeit, das vorgelegte Beweismaterial, die Zeugen der Anklage und so weiter anzufechten. Wenn sich der Richter bei der Vorverhandlung vom Belastungsmaterial überzeugen läßt, dann wird gegen Jerry das Hauptverfahren eröffnet. Es beginnt mit einer zweiten Vorführung. Bei dieser Gelegenheit würde man ihn fragen, ob er sich schuldig bekennt oder nicht. Bekennt er sich schuldig, ergeht wenige Wochen später das Urteil. Bekennt er sich nicht schuldig, wird ein Termin für die Hauptverhandlung festgesetzt. Wie Sie wissen, kann das Urteil, falls er sich schuldig bekennt, zwischen drei Jahren und lebenslänglich Gefängnis lauten. Der Richter hat einen ziemlich breiten Ermessensspielraum. Unter gewissen Umständen kann es zur Mindeststrafe kommen. Andere Umstände, beispielsweise eine bleibende Schädigung der jungen Dame, würden zur Höchststrafe führen. Dann . . .«

»Ich tu's nicht!« schrie Jerry. »Welchen Sinn hat denn das?«

Frank Griffith drehte sich zu seinem Sohn um und fuhr ihn zornig an: »Halt den Mund und unterbrich uns nicht!«

Maggie war in dem instinktiven Bestreben aufgesprungen, Jerry gegen die anderen in Schutz zu nehmen. Aber dann sah sie, wie er schwer atmend seinen Vater anstarrte und sich schließlich beherrschte. Polk drehte sich halb um und wandte sich nun an Jerry, aber zum Teil auch an den sorgenvollen Luther Yerkes.

»Ich wollte gerade erklären, warum wir alle sich uns bietenden Möglichkeiten ausschöpfen sollten. Ich weiß, das wird hart für Sie, Jerry, aber ich bin der Anwalt Ihrer Familie und werde für Sie tun, was in meiner Macht steht. Deshalb möchte ich meine Strategie näher erläutern. Zunächst weiß ich als Anwalt aus Erfahrung, daß ein Klient im Stadium der Verwirrung nach einer scheinbar kriminellen Handlung oft alles mögliche eingesteht und auf einem Schuldbekenntnis beharrt. Nach einer gewissen Abkühlung ist der Klient dann nicht mehr so sicher oder kommt gar zu der Erkenntnis, daß er unschuldig ist. Dann haben wir Gelegenheit ...«

»Ich bin aber schuldig und habe das auch zugegeben!« unterbrach ihn Jerry.

»Jerry, ich warne dich. Wenn du nicht den Schnabel hältst ...« mischte sich Frank Griffith ein.

»Schon gut, Frank«, sagte Polk geduldig. »Ich möchte gern, daß er es begreift.« Er richtete das Wort wieder direkt an Jerry. »Vieles davon mag Ihnen unsinnig und nutzlos erscheinen, Jerry. Ich wollte auch nicht sagen, daß wir die Schuld abstreiten und es auf eine Verhandlung ankommen lassen. Ich sagte lediglich, daß diese Möglichkeit besteht. Der Bezirksstaatsanwalt will ebenfalls einem Verfahren aus dem Weg gehen. Er ist mit Arbeit überlastet, und ein Strafprozeß bedeutet zusätzliche Arbeit für ihn und Mehrkosten für den Steuerzahler. Aber wir könnten so tun, als wollten wir es auf die Verhandlung ankommen lassen und damit eine geringere Strafe aushandeln. Ich stimme mit Ihnen darin überein, daß beim augenblicklichen Stand der Dinge ein Nichtschuldig nicht nur unehrlich, sondern auch vergeblich wäre. Der Prozeß wäre eine vergebliche Mühe, die ich Ihnen dann nicht zumuten wollte. Unter uns gesagt: Ich habe die Absicht, bei der zweiten Vorführung ein Schuldbekenntnis abzulegen. Diese Verzögerungstaktik geht von zwei Unterhaltungen aus, die ich mit dem Staatsanwalt sowie mit Mr. Yerkes führte.«

»Das ist wichtig für Sie, Jerry«, sagte Yerkes. »Sie sollten sich das anhören.«

»Reden wir doch offen miteinander«, fuhr Polk fort. »Hinter verschlossenen Türen kann der Bezirksstaatsanwalt großen Einfluß auf den Richter ausüben, der das Urteil zu fällen hat. Staatsanwalt Duncan und Mr. Yerkes sind übereinstimmend der Meinung, daß Sie, Jerry, ein Opfer dieses Schundromans *Die sieben Minuten* geworden sind. Wahrhaft schuld ist der Einfluß dieses Buches auf die leicht zu beeindruckende Jugend. Nach kalifornischem Recht wurde gegen das Buch ein Verfahren eröffnet. Die Öffentlichkeit soll erkennen, daß sich viele Gewaltverbrechen vermeiden lassen, wenn man dafür sorgt, daß ein solches Buch nicht der Jugend zugänglich ist. Ihr das begreiflich zu machen, dauert einige Zeit. Dann wird sich jedoch eine Stimmung ausbreiten, die für Sie günstiger ist und die den Richter in Ihrem Falle zu einem milderen Urteil veranlassen könnte. Daher will ich Zeit gewinnen.«

Jerry schüttelte immer nur den Kopf. »Mr. Polk, mir ist egal, was aus mir wird. Mir ist jetzt alles egal.«

Polk lächelte mitfühlend. »Kann ich verstehen, Jerry.« Er wandte sich an Frank Griffith. »Damit kommen wir zum nächsten Punkt, Frank. Jerry soll zwar mitentscheiden, aber angesichts der Verfassung Ihres Sohnes würde ich empfehlen, einen weiteren Milderungsgrund mit ins Spiel zu bringen. Ich möchte bei der Verteidigung anführen, daß Jerry vorübergehend unzurechnungsfähig war, als er dieses Verbrechen angeblich beging. Dazu bedürfen wir eines hervorragenden Psychiaters – wie zum Beispiel Dr. Roger Trimble.«

»Ich tue alles, wenn es nur meinem Sohn hilft«, entgegnete Frank Griffith. »Glauben Sie, daß Sie bei Trimble eine Verabredung mit Jerry bekommen können?«

»Dr. Trimble ist mit Mr. Yerkes und mir befreundet. Ich denke . . .«

»Nein!« schrie Jerry. Er war aufgesprungen und stand zitternd da. »Vielleicht mach' ich alles andere, aber ich laß mich nicht von so einem Schrumpfkopf . . .«

Griffith stand auf und sah auf seinen Sohn herab.

Bei diesem Anblick zuckte Maggie unwillkürlich zurück. Aber dann fiel zu ihrer Überraschung Griffith' Ton zum erstenmal versöhnlicher aus.

»Jerry, wir wollen dir doch nur helfen«, sagte Frank Griffith. »Ich bin entschlossen, zu diesem Zweck alles nur Menschenmögliche zu tun.«

»Ja, ich weiß, Vater, aber . . .«

»Ralph Polk kennt die Gesetze. Wenn er sagt, eine Unterredung mit einem Psychiater kann dir vor dem Richter helfen . . .«

Auch Polk war aufgestanden. »Das kann es wirklich, Jerry. Der Richter wird mitberücksichtigen, daß Sie bisher völlig unbescholten sind. Ein Bewährungshelfer wird sich mit Ihrem Lebenswandel befassen und bei Verwandten, Bekannten, Freunden und Lehrern alle erdenklichen Auskünfte einholen. Wenn der Beamte dann berichtet, daß Sie sich bei Dr. Trimble in Behandlung befinden, könnte das seine Empfehlungen günstig beeinflussen.«

Jerry schüttelte schon wieder den Kopf. »Mr. Polk – nein, das kann ich nicht. Ich will keinen Psychiater. Was Sie auch meinen, ich bin nicht verrückt. Es war nur – nur eine vorübergehende Sache. Das hat gestern abend sogar der Staatsanwalt gesagt. Auch er war der Meinung, daß es nur an dem Buch gelegen hat.«

Polk zuckte die Achseln. »Natürlich kann Sie niemand dazu zwingen, mit dem Psychiater zu reden. Aber klug wäre es schon.«

Frank Griffith trat vor und legte seinem Sohn einen Arm um die Schultern, während er zu Polk sagte: »Keine Sorge, Ralph. Jerry wird sich schon davon überzeugen lassen, was für ihn am besten ist. Treffen Sie ruhig die Verabredung mit Dr. Trimble. Jerry, du hast jetzt genug mitgemacht. Geh doch hinauf und leg dich ein bißchen hin. Alles andere können wir auch alleine regeln.«

Jerry starrte seinen Vater an, riß sich dann los und rannte ohne ein weiteres Wort zur Treppe.

Maggies Blick folgte ihm. Die Männer setzten sich allmählich wieder und zündeten sich Zigarren und Zigaretten an. Sie schlenderte unauffällig auf den Flur hinaus. Als sie außer Sichtweite war, rannte sie so rasch wie möglich die Stufen hinauf.

Am oberen Ende der Treppe holte sie Jerry ein.

»Jerry . . .« Er blieb stehen und versuchte vergeblich zu lächeln.

»Tut mir leid, daß sie dir das antun mußten.«

Er schwieg immer noch.

»Ich bin sicher, daß sie dir auf ihre Weise nur helfen wollten.«

Jerrys Hände fuhren nervös am Pullover auf und ab. »Mir ist es egal, ob mir jemand helfen will. Ich hab' etwas Falsches, etwas Wahnsinniges getan – sollen sie mich dafür doch bestrafen, ich hab's verdient. Aber sonst will ich meine Ruhe haben. Ich will mich nicht durch Gerichtssäle schleppen lassen. Das heute morgen reicht mir. Ich will auch nicht, daß mir Psychiater den Verstand auseinandernehmen. Sie sollen mich nur alle miteinander in Ruhe lassen.«

»Gut, Jerry.«

»Das ist, als müßte ich in aller Öffentlichkeit die Hose herunterlassen.«

»Ich weiß.«

»Ich hab' etwas Falsches getan, also sollen sie mich dafür bestrafen. Ich will meine Ruhe haben. Damit bist du nicht gemeint, Maggie – aber alle anderen. Ich will nur meine Ruhe haben und meine gerechte Strafe.« Er forschte in ihrem Gesicht. »Du verstehst das. Kannst du es nicht auch den anderen begreiflich machen?«

»Ich – ich werde es versuchen. Vielleicht nicht heute. Bei passender Gelegenheit.«

»Danke. Mir ist wirklich hundsmiserabel. Ich leg' mich doch lieber hin.«

»Ja, ruh dich aus, wenn du kannst.«

»Okay.«

Er wandte sich ab und ging auf sein Zimmer. Als sich die Tür hinter ihm geschlossen hatte, schritt Maggie langsam und sehr nachdenklich wieder die Treppe hinunter.

Dann hörte sie die Stimmen und fühlte sich von ihnen angelockt. Leise ging sie zur Tür des Wohnzimmers und blieb dort stehen. Die anderen waren zu sehr in ihre Unterhaltung vertieft, um ihre Anwesenheit zu bemerken.

Ralph Polk nickte zustimmend zu einer Bemerkung, die Luther Yerkes machte, dann sagte er: »Ja, Mr. Yerkes, daran besteht überhaupt kein Zweifel. Dieses Pornobuch ist unser schlagkräftigstes Argument zu Jerrys Gunsten. Es ist, wie Sie sehr richtig sagten, der entscheidende Faktor im vorliegenden Fall. Schon aus diesem Grunde möchte ich den Jungen gern in Dr. Trimbles Behandlung sehen. Ich bin ziemlich sicher, daß Dr. Trimble schon in wenigen Sitzungen etwas über das Trauma herausfinden könnte, das Jerry durch die Lektüre dieses Schundromans erlitten hat. Das wäre für uns von unschätzbarem Wert.« Er warf Yerkes ein knappes Lächeln zu. »Es wird auch für unseren Bezirksstaatsanwalt von Wert sein, falls er ein Verfahren gegen das Buch eröffnet.«

Yerkes' Augen waren hinter den getönten Gläsern verborgen, und seine Miene blieb unbewegt. »Das könnte ich mir auch denken, aber ich habe keine Ahnung, was Elmo Duncan vorhat. Ich kann Ihnen allerdings verraten, was ich beabsichtige.« Er erhob sich, und sofort stand Blair neben ihm. Yerkes fuhr fort: »Meine Anwesenheit in diesem Haus, mein Eindruck aus erster Hand, die Erkenntnis, welches Unglück ein solches Stück Dreck, als Literatur getarnt, bei einem anständigen Jungen, einer ordentlichen Familie, in einer Gemeinschaft anrichten kann – das alles hat mich erneut davon überzeugt, daß dieses Land Chaos und zunehmenden Terror erleben wird, wenn wir nicht eine Zensur einführen. Ich werde mich für diesen Kampf einsetzen, und ich habe Ihr Versprechen, daß auch Sie es tun werden – nicht nur, weil es Ihrem Fall nützt, sondern weil es für die Zukunft unserer Gesellschaft und die Sache des Rechts von Segen sein wird.«

»Sie haben mein Wort, Mr. Yerkes«, erklärte Griffith eifrig.

»Und Sie haben das meine«, sagte Yerkes. »Von diesem Augenblick an werde ich meine Kraft und alle mir zur Verfügung stehenden Mittel dafür einsetzen, unsere schöne Heimat von diesen korrumpierenden, die Seele tötenden Schmutzfinken zu befreien. Wissen Sie, was wir nun gemeinsam tun werden? Wir werden sie mit diesem Buch – ihrem eigenen Buch – schlagen und diese habgierigen Geldwechsler und Sittenstrolche ein für allemal aus dem Tempel treiben!«

Mike Barrett war nicht einmal sonderlich überrascht, als er hören mußte, der Bezirksstaatsanwalt könne ihn eigentlich gar nicht empfangen, er sei zu sehr beschäftigt, und wenn, dann nur für ein paar Minuten.

Die Zeit hatte Elmo Duncan eindeutig festgesetzt: Er gab seiner Sekretärin Anweisung, alle Telefongespräche für drei bis vier Minuten fernzuhalten.

Auf der Fahrt zum Justizgebäude war in Barrett wieder eine kleine Hoffnung erwacht, die den Optimismus rechtfertigte, den er bei seinem Ferngespräch mit Sanford an den Tag gelegt hatte. Er war noch sicher gewesen, daß Duncan sein gestriges Versprechen halten und sich nicht durch die neue Entwicklung beeinflussen lassen würde.

Die Privatsekretärin des Bezirksstaatsanwalts führte Barrett in Duncans geräumiges, helles, hypermodernes Büro. Dabei bemerkte Barrett, daß die Tür zu Duncans gemütlichem Besprechungszimmer offenstand. Er fragte sich, ob der Staatsanwalt ihn wohl hier hereinbitten würde. Aber der deutete nur mit einer Handbewegung auf einen der beiden lederbezogenen Sessel vor dem schönen schwedischen Schreibtisch. Also wollte er sich strikt auf das Geschäftliche beschränken. Barretts Hoffnungen verflogen allmählich.

Barrett erkannte auch sofort, daß dies nicht derselbe Duncan war, der ihn gestern so liebenswürdig empfangen hatte. Seine Miene drückte Spannung, Ungeduld aus. Die amerikanische Flagge, die im Hintergrund um einen kurzen Mast drapiert war, schien geradewegs aus seinem Kopf herauszuwachsen.
Der Bezirksstaatsanwalt spielte nervös mit einigen Papieren auf seinem Schreibtisch herum, warf einen Blick auf Wasserkaraffe und Telefon, dann auf die Regale mit den hübsch eingebundenen Büchern dahinter. Widerwillig kehrte sein Blick zu Barrett zurück. »Ich hatte nicht erwartet, daß Sie persönlich kommen würden«, sagte er. »Ich glaubte, Sie wollten mich anrufen. Mein Terminkalender ist leider ziemlich gedrängt.«
Dann wartete Duncan ab.
»Ich hielt das für einfacher«, sagte Barrett. »Ich werde mich kurz fassen. Wir wollten die Angelegenheit Ben Fremont regeln.«
»Ja.«
Der Staatsanwalt kam ihm keinen Schritt entgegen. Barrett wurde klar, daß er ohne Umschweife zur Sache kommen mußte.
»Ich habe natürlich die Zeitungen gelesen. Die Sache mit dem jungen Griffith und dem Jadway-Buch. Stimmen die Berichte?«
»Sie stimmen.«
»Aha. Dem Ton nach, den die Zeitungen anschlagen, könnte man entnehmen, daß JJ Jadway das Notzuchtverbrechen begangen hat.«
Duncan griff nach einem ziselierten Brieföffner aus Toledo. Er betrachtete ihn eingehend. Ohne den Blick von dem säbelförmigen Instrument zu heben, sagte er: »Von unserem Amt werden der Fall Fremont und der Fall Griffith als getrennte und voneinander unabhängige Verbrechen behandelt. Nicht die Presse führt die Ermittlungen durch, Mr. Barrett, sondern wir.«
Barrett blieb auf der Hut. »Soll das heißen, daß die beiden Fälle für Sie nichts miteinander zu tun haben und daß Sie der Sache Fremont noch ebenso unvoreingenommen gegenüberstehen wie gestern?«
Die Toledoklinge blitzte im Licht. »Das habe ich nicht gesagt«, erklärte Duncan. »Ich sagte nur, daß wir die beiden Fälle nach dem Gesetz einzeln und entsprechend den jeweils vorliegenden Beweisen behandeln. Uns ist vollkommen klar, daß es sich um getrennte Vorgänge handelt. Andererseits ist uns natürlich auch klar, daß für die Öffentlichkeit vielleicht ein einziger Fall daraus wird.«
»Wollen Sie damit andeuten, daß die öffentliche Meinung Sie vielleicht veranlassen könnte, die beiden Fälle nicht mehr getrennt zu sehen?«
Duncan beugte sich vor und stützte die Ellbogen auf die Schreibunterlage. Seine Augen wurden eng. »Mr. Barrett, uns liegt eine Anklage gegen den Verkäufer eines unsittlichen Buches vor. Außerdem die Anklage gegen einen jungen Mann, der ein Notzuchtverbrechen in Verbindung mit schwerer Körperverletzung begangen hat und dazu durch die Lektüre eben dieses Buches angestiftet wurde. Darauf hat die Öffentlichkeit im ganzen Land spontan und leidenschaftlich reagiert. Die Vollzugsorgane brauchen zwar nicht jeder Laune der Öffentlichkeit

zu folgen, aber sie müssen sich dann aufgeschlossen zeigen, wenn die Forderungen der Öffentlichkeit mit den eigenen Maßnahmen übereinstimmen. Sie dürfen nie vergessen, Mr. Barrett, daß das Gesetz ein Instrument des Volkes ist, vom Volk zu seinem eigenen Schutz geschaffen. Was ich auch sonst sein mag, Mr. Barrett, eines bin ich gewiß: ein Diener des Volkes!«

Barrett saß regungslos da. Duncan hatte ihm von oben herab die Meinung gesagt wie einem dummen Schuljungen. Sein Vortrag war doppelzüngig. Jedes nur erdenkliche Motiv konnte sich dahinter verbergen.

Auch Barrett gab sich nun keine Mühe mehr, gewinnend zu wirken. »Mr. Duncan, gestern noch waren Sie als Diener des Volkes bereit, dem Gesetz und der Öffentlichkeit dadurch zu entsprechen, daß Sie die Vorwürfe gegen Ben Fremont als einen kleinen, vielleicht sogar fragwürdigen Verstoß gegen die Vorschriften betrachten wollten. Sie haben mir praktisch zugesagt, für den Fall eines Schuldbekenntnisses und der Entrichtung der Geldstrafe die Gefängnisstrafe zur Bewährung auszusetzen und es dabei bewenden zu lassen. Sie wollten nur Gelegenheit haben, die Sache fairerweise mit Ihren Mitarbeitern zu besprechen. Jetzt bin ich hier, um Ihre offizielle Entscheidung entgegenzunehmen. Geldstrafe und Gefängnis auf Bewährung. Bleibt es dabei?«

Der Staatsanwalt warf den Brieföffner auf die Tischplatte. »Ich fürchte, nein«, antwortete er. »Ich habe mit meinen Leuten darüber gesprochen. Seit gestern haben sich neue Belastungsmomente gegen das Buch *Die sieben Minuten* ergeben. Ich habe mir das Buch selbst und die erhobenen Vorwürfe genauer angesehen und bin zu dem Schluß gelangt, daß wir es hier nicht mit einem bloßen Vergehen zu tun haben, sondern mit einem Verbrechen, das weitreichende Auswirkungen auf die öffentliche Sicherheit haben könnte.«

»Meinen Sie damit eine Lawine von Vergewaltigungen?« fragte Barrett.

Duncan fand die Bemerkung nicht lustig. »Ich meine die Verbreitung eines bedrohlich obszönen Werks mit dem Titel *Die sieben Minuten.*« Er sah Barrett eiskalt an. »Sie können Ihren Klienten davon in Kenntnis setzen, daß wir, wenn sich Ben Fremont für nichtschuldig erklärt, mit allen uns zu Gebote stehenden Mitteln seine Schuld beweisen werden. Im Falle eines Schuldbekenntnisses wird der Angeklagte die Höchststrafe für dieses Verbrechen bekommen – Geldstrafe zuzüglich zwölf Monate Gefängnis. Keine Nachsicht, keine Kompromisse, Mr. Barrett.«

Und auch keine Angst mehr vor Barretts Freundschaft mit Willard Osborn, fügte Barrett in Gedanken hinzu. Dem selbstbewußten Ton des Staatsanwalts war zu entnehmen, daß hinter ihm ein reicherer, stärkerer, mächtigerer Mann stand als Osborn.

»Sie beabsichtigen aber immer noch, die beiden Fälle getrennt zu behandeln?« erkundigte er sich.

»Es sind doch zwei völlig getrennte Fälle«, erklärte Duncan harmlos. Dann fügte er hinzu: »Natürlich könnten wir uns gezwungen sehen, bei unserem Verfahren gegen das Buch Jerry Griffith als Zeugen aufzurufen.«

»Als Zeugen, Mr. Duncan?«
»Wenn ein junger Mann in leicht beeinflußbarem Alter durch die Lektüre eines Buches, wie er selbst eingestanden hat, zu einem scheußlichen Verbrechen angestiftet wurde, dann würde ich doch sagen, daß dies ein einschlägiger Beweis für unsere Behauptung ist, daß es sich hier um ein gefährliches Buch handelt, das verboten werden sollte, daß die Verbreitung eines solchen Buches eine strafbare Handlung darstellt. O ja, ich bin sicher, daß alles von unmittelbarer Bedeutung für den Fall sein wird, was uns Jerry Griffith über das Buch und die Wirkung des Buches auf ihn sagen kann.«
Barrett schüttelte unwillkürlich den Kopf. Er wollte Einwände vorbringen, aber dies hier war kein Gerichtssaal. Der Staatsanwalt hatte auf Umwegen aus zwei Strafverfahren eins gemacht. Ein Diener des Volkes, dachte Barrett verbittert, der der Stimme des Volkes gehorcht. Oder vielleicht auch Luther Yerkes' Stimme.
Nein, sagte sich Barrett, er wollte Duncan keine Gelegenheit bieten, das Recht vor einem Gericht in dieser Weise zu entstellen.
»Das ist dann wohl Ihr letztes Wort?« fragte er.
»Ja«, sagte Duncan. Aber er blieb sitzen. »Und nun hätte ich gern *Ihr* letztes Wort gehört, Mr. Barrett. Wie werden Sie sich entscheiden? Schuldig oder nichtschuldig?«
»Wenn die Entscheidung darüber allein bei mir läge, würde ich sie jetzt an Ort und Stelle treffen.« Barrett erhob sich. »Ich muß mich mit meinem Klienten in New York besprechen.«
Auch Duncan erhob sich und sagte ruhig: »Sie werden ihm sicherlich klarmachen, daß es keinerlei Kompromisse geben kann. Geht ein Schuldbekenntnis ein, landet Fremont für ein Jahr im Gefängnis, und das Buch darf in Oakwood nicht mehr verkauft werden – das ist nur der Anfang. Heißt es nichtschuldig, haben Sie noch eine Chance, dafür zu sorgen, daß der Buchhändler und das Buch möglicherweise freigesprochen werden. Aber das Risiko des Prozesses werden Sie dafür eingehen müssen.«
»Ich werde es ihm klarmachen«, versprach Barrett. Darauf kannst du Gift nehmen, fügte er in Gedanken hinzu. Ich werde Phil Sanford klarmachen, daß wir diesen Schweinehunden keine Gelegenheit bieten werden, auf unsere Kosten eine große Schau abzuziehen.
Er ging zur Tür und öffnete sie. »Sie hören heute von mir.«
Elmo Duncan stand hinter seinem Schreibtisch und wirkte jetzt nicht mehr so distanziert. Er lächelte sogar. »Ich erwarte dann Ihren Anruf.«

Da keine Zeit zu verlieren war und Phil Sanford auf Bescheid wartete, beschloß Mike Barrett, sofort New York anzurufen. Den Telefonen in der Halle des Justizgebäudes traute er nicht. Er ging zu Fuß hinüber zur Temple Street, betrat das prächtige Stadtarchiv und fand eine leere Telefonzelle.
Die Verbindung kam rasch zustande, und auch Sanford wurde sofort verständigt,

aber es dauerte endlos, bis der junge Verleger sich meldete. Er entschuldigte sich zerstreut damit, daß es in seinem Büro zugehe wie auf dem New Yorker Zentralbahnhof. Mike Barrett war verärgert. Er fiel ihm ins Wort und kam sofort zur Sache.
Barrett ließ Sanford kaum Zeit, ihn mit einer Frage oder einer Bemerkung zu unterbrechen. In einem Zug berichtete er von seiner Unterredung mit dem Bezirksstaatsanwalt und dessen hinterhältiger Kehrtwendung. Dabei machte er Sanford noch eindringlicher, als Duncan sich das erhoffen mochte, die Vor- und Nachteile sowie die rechtlichen Konsequenzen eines Bekennens oder Ableugnens der Schuld klar.
Mike Barrett hatte von der engen Telefonzelle aus mehrere Minuten lang ohne Pause auf Sanford eingeredet, aber er war noch nicht fertig.
»Worauf läuft das also hinaus?« fragte er, als suche er selbst nach einer Klärung. »Ich will dir sagen, worauf es hinausläuft, und dann laß dir von mir raten. Duncan wollte mit allen Mitteln erreichen, daß wir uns nicht für schuldig bekennen und es auf ein Verfahren ankommen lassen. Er braucht den Gerichtssaal als Bühne, von der aus er seinen Kreuzzug vor aller Öffentlichkeit starten kann. Das Manuskript für die große, publikumswirksame Schau ist bereits geschrieben. Ich will damit nicht behaupten, daß er nur so tut, das wäre ihm gegenüber unfair. Wahrscheinlich ist er persönlich davon überzeugt, daß das Buch unabsehbaren Schaden anrichten kann. Der Fall Griffith hat ihn davon überzeugt, welches asoziale Verhalten durch ein Buch ausgelöst werden kann. Ich bin überzeugt, daß er daran glaubt. Natürlich ist das selbstgefällig von ihm. Irgendwo stehen auch handfeste persönliche Interessen dahinter. Aber es bleibt die Tatsache bestehen, daß Duncan mit dem jungen Griffith als Hauptbelastungszeugen einen Prozeß aufziehen wird, der über literarische und intellektuelle Fragen weit hinausgeht und in der Öffentlichkeit eine Menge Staub aufwirbeln wird. Wenn ihm das gelingt, ist sein Name in aller Leute Mund. Er scheint seiner Sache sicher zu sein, und ich stimme in diesem Punkt fast mit ihm überein.«
»Was sagst du da, Mike? Soll das heißen, daß er den Prozeß gewinnen kann?«
Barrett hielt sich die Muschel dichter vor den Mund. »Ich will dir nichts vormachen, Phil. Ja, nach den bisher bekannten Tatsachen spricht alles für einen Schuldspruch. Ich habe dir zwar noch heute morgen gesagt, die Vergewaltigung hätte juristisch nichts mit der Zensurfrage zu tun. Das stimmt immer noch. Auch Duncan gab es zu. Aber bei meiner Besprechung mit ihm wurde mir klar, welche anderen Kräfte da noch mit im Spiel sind. Die öffentliche Meinung und der Druck der Presse. Die feste Entschlossenheit, den jungen Griffith sozusagen durch die Hintertür als Belastungszeugen in das Verfahren einzuschleusen. Die politischen Ambitionen des Staatsanwalts oder seiner Hintermänner. Bei dieser Gesamtsituation wird es ihm vermutlich gelingen, die beiden Fälle als einen Fall erscheinen zu lassen. Und dann dürfte es so gut wie ausgeschlossen sein, von einem Gericht einen Freispruch zu erlangen. Was in aller Welt soll man da noch

zur Verteidigung anführen? Du sagst, es handelt sich um ein Kunstwerk. Du berufst dich auf die Verfassung und die für jedes Kunstwerk garantierte Pressefreiheit. Die anderen weisen nur auf das arme Mädchen hin, das im Koma liegt und das bedauernswerte Opfer eines durch dieses Buch ausgelösten Überfalls wurde. Wie würdest du dann entscheiden? Daher mein Rat: Es ist ausgeschlossen, die Schuld abzustreiten und einen Prozeß zu riskieren. Die ungünstige Presse und der fast unvermeidbare negative Prozeßausgang werden dafür sorgen, daß dein Buch in allen Großstädten des Landes verboten wird. Du bist erledigt, Phil . . .«

»Augenblick, Mike. Hör mir mal zu . . .«

»Laß mich erst ausreden!« fuhr ihm Mike scharf dazwischen. »Tu, was ich dir sage. Erkläre Ben Fremont, wie die Dinge liegen. Er wird's verstehen. Er wird auch nicht all die unerfreulichen Vorbereitungen mit aller Aufregung durchmachen wollen, um dann doch ins Gefängnis zu wandern. Die Geldstrafe wird für ihn bezahlt. Schön, das Jahr Gefängnis ist auch kein Vergnügen, aber du wirst ihn dafür irgendwie entschädigen. Bei einem Schuldbekenntnis nimmst du Duncan den Wind aus den Segeln, und dein Buch hat wieder einige Aussichten. Die Presse wird noch eine Weile über den Fall Fremont schreiben, aber dann wird er in Vergessenheit geraten. Wenn es an anderer Stelle ähnliche Verfahren geben sollte, werden sie wenigstens nicht mit einem Notzuchtverbrechen gekoppelt sein. Danach kannst du den Verkauf des Buches überall mit Ausnahme von Oakwood wieder aufnehmen. Du bist doch sicher meiner Meinung. Wir müssen uns für schuldig bekennen. Soll ich Duncan gleich anrufen und ihm unsere Entscheidung mitteilen?«

»Mike . . .«

»Einverstanden?«

Es folgte eine unendlich lange Pause. Barrett lauschte, aber er hörte nur Sanfords harten Atem dreitausend Meilen entfernt.

Dann meldete sich Sanford wieder. »Es – es ist zu spät, Mike. Das wollte ich dir vorhin sagen. Es ist jetzt zu spät.«

»Was soll das heißen?«

»Ich habe bereits öffentlich bekanntgegeben, daß wir uns nichtschuldig bekennen werden. Ich habe angekündigt, daß wir für Ben Fremont und *Die sieben Minuten* vor Gericht gehen werden. Es ist passiert.«

Barrett traute seinen Ohren nicht. »Höre ich recht? Das soll doch wohl kein Witz sein, wie? Die Sache ist nicht zum Spaßen.«

»Ich habe vor knapp einer Stunde eine Stellungnahme veröffentlicht. Wir gehen vor Gericht, Mike, und wir . . .«

»Weißt du, was du nötig hast? Eine Zwangsjacke und ein Dutzend guter Psychiater.«

»Mike, du hast mich nicht ausreden lassen. Du kannst dir nicht vorstellen, was hier los war, oder du willst es nicht begreifen. Nach unserem Telefongespräch heute morgen wurde ich mit Telegrammen und Anrufen aus allen Teilen des

Landes überschüttet. Von allen Seiten hagelte es Telegramme. Alle unsere Großabnehmer haben sich gemeldet, und es lief immer wieder auf dieselbe Frage hinaus: Was werden wir für Ben Fremont tun? Wenn wir Ben Fremont im Stich lassen, dann lassen wir gleichzeitig *Die sieben Minuten* im Stich. Wenn wir kampflos zugeben, daß Fremont schuldig ist und seine Gefängnisstrafe verdient hat, würde das wie ein Eingeständnis wirken, daß unser Buch tatsächlich unsittlich ist und aus dem Verkehr gezogen werden müßte. Wir würden damit gleichzeitig jedem anderen Buchhändler klarmachen, daß wir ihm im Falle einer Verhaftung nicht zu helfen gedenken. Es war, als hätte der amerikanische Buchhändlerverband einstimmig auf mich eingeredet: Entweder Kampf gegen die Zensur und ihr weiteres Überhandnehmen – oder das Buch einstampfen. Wenn sich das Verlagshaus Sanford nämlich nicht zum Kampf stellt, wird es niemand wagen, das Buch anzubieten.

Mike, wir wissen doch, was in einer ähnlichen Situation schon einmal passiert ist. Als Grove Press damals Henry Millers *Wendekreis des Krebses* herausbrachte, kam es zu mehr als sechzig Strafverfahren gegen Buchhändler. Und obgleich sich der Verlag bereit erklärte, diese Buchhändler zu verteidigen, waren andere Kollegen doch so verschreckt, daß sie dreiviertel Millionen von den zwei Millionen Exemplaren der ersten Auflage wieder zurückschickten. Putnam gab bei der Veröffentlichung von *Fanny Hill* keine derartige Garantie. Aber als es dann zu einer Welle von Verhaftungen und Verboten kam, erkannte auch dieser Verlag, daß kaum ein Buchhändler das Buch ohne Unterstützung durch den Verlag vertreiben konnte. Also wurde der Kampf gegen die Zensoren in drei wichtigen Städten durchgefochten: Hackensack, Boston und New York. Ergebnis? Das Buch überlebte die Verbotswelle, es durfte auch weiterhin verkauft und gelesen werden. In gewisser Hinsicht sind wir besser dran, Mike. Bisher liegt gegen uns nur ein Verbotsantrag vor – ein einziger. Vielleicht ein sensationellerer und verwickelterer, aber wenn wir ihn gewinnen, wird das andere Staatsanwälte abhalten, gegen uns vorzugehen. Und wenn wir uns nicht zum Kampf stellen? Nun, dann würden mir Groß- und Einzelhändler Tausende und aber Tausende von Exemplaren des Buches vor die Füße werfen. Unser Buch wäre tot, noch bevor es richtig geboren wurde. Das ist mir heute klargemacht worden.

Was blieb mir denn übrig, Mike? Ich war so verzweifelt, daß ich schließlich doch bei Wesley R. zurückrief. Weißt du, was er mir an den Kopf geworfen hat? Er hätte schon immer gewußt, daß ich ein Narr bin, aber nun hätten ihn die Zeitungen – andere – restlos davon überzeugt, daß ich ein Vollidiot sei, weil ich den Jadway herausgebracht habe. Und willst du seinen väterlichen Rat für mich hören? ›Im eigenen Saft garkochen!‹ Und wenn ich dann restlos erledigt sei, sagte er, dann hoffe er nur, daß von der Firma noch genug übriggeblieben sei, um sie an jemanden verkaufen zu können, der wirklich etwas vom Verlagswesen versteht. Nun, ich habe trotzdem noch gezögert und gehofft, daß du dich mit dem Staatsanwalt einigen würdest, aber schließlich habe ich an die wichtigsten Großhändler und Agenten, an Presse und Fernsehen die Mitteilung herausgegeben, daß wir nach wie vor an den literarischen Wert von *Die sieben Minuten* glaubten und uns verpflichteten, das Buch gegen alle bigotten Angriffe in Schutz zu nehmen. Wir würden uns hinter Ben Fremont und Jadways Buch stellen und nicht nur den Einwohnern von Los Angeles, sondern der ganzen Welt in dem kommenden Prozeß beweisen, daß wir recht haben. Ich habe mein Wort gegeben, Mike, und ich werde mit all meinen Kräften dazu stehen.«

»Fast dieselben Worte hat vorhin der Staatsanwalt mir gegenüber gebraucht.«

»Das – habe ich erwartet«, antwortete Sanford stockend. »Als du vorhin sagtest, wir hätten vor Gericht keine Chance – da hast du das doch nicht ernstgemeint, wie?«

Barrett empfand plötzlich Mitleid mit seinem Freund. »Ich hab' vielleicht etwas übertrieben, um dich zu überzeugen. Damit wollte ich nur sagen, daß ich niemanden gern als Angeklagten vor Gericht sehe. Solche Prozesse sind scheußlich, kostspielig, und sie können gemein werden. Nachher ist oft nicht mehr festzustellen, wer gewonnen hat und wer nicht. Dieser Fall ist besonders schwierig. Die Anklage hat ein paar schwere Geschütze aufzufahren. Aber bis zur Hauptverhandlung kannst du vielleicht auch noch ein paar eindrucksvolle Argumente auf die Beine stellen. Ich werde also Duncan anrufen und ihn von deiner Entscheidung unterrichten. Ich tu's ungern, aber dir blieb vermutlich kaum etwas anderes übrig.«

»Ich konnte wirklich nicht anders handeln«, wiederholte Sanford. »Wenn ich hier einen Rückzieher mache, dann öffnen sich alle Schleusen. Es wäre das Ende der Meinungsfreiheit in unserem Land.«

»Das war also deine größte Sorge, Phil – die Meinungsfreiheit?«

»Also schön, du Schuft: Mir ging es auch um den eigenen Kragen.«

Barrett mußte nun doch lächeln. »Das klingt schon besser. In diesem Falle laß dir noch einen Rat geben, und den solltest du diesmal befolgen. Du stehst unter Beschuß und mußt dir den besten Strafverteidiger Amerikas besorgen.«

»Den hab' ich schon.«

»Sehr gut. Wen denn?«

»Dich, Mike. Oder hast du vergessen, daß ich dich gestern beauftragt habe?«

»Ausgeschlossen, Phil«, antwortete Barrett sachlich. »Ich bin nur kurzfristig für einen bedrängten Verleger eingesprungen, als es um die Erledigung einer technischen Frage ging. Jetzt steht ein Prozeß an und ich bin gebunden.«

»Du hast doch bei Thayer and Turner gekündigt. Wenn du nicht frei wärst, hätte ich nie darauf bestanden.«

»Phil, ich bin nicht frei«, antwortete Barrett. »Ich hab' dir doch schon zweimal erzählt, daß ich nur gekündigt habe, weil ich einen neuen Posten bei den Osborn Enterprises antrete. So eine Chance bekommt man nur einmal im Leben. Bedingung ist jedoch, daß ich sofort anfange.«

Aber dann schob er seine Müdigkeit beiseite und erklärte ihm noch einmal alles ausführlicher als am Morgen. Er schloß: »Jetzt weißt du, warum ich deine Rechtsberatung nicht übernehmen kann.«

Sanford ließ sich nicht erweichen. »Du kannst doch zu Osborn gehen und ihm sagen, daß du bei ihm anfängst, sobald der Prozeß ausgestanden ist.«
»Ich kann doch Osborn keine Bedingungen stellen. Ich muß froh sein, wenn er mich überhaupt nimmt. Sieh mal, Phil, in Amerika gibt es rund dreihunderttausend Anwälte, und mindestens zweihunderttausend davon würden sich die Finger nach diesem Prozeß ablecken. Sie sind besser als ich. Phil, ich habe doch überhaupt keine Erfahrung in solchen Verfahren.«
»Du hast doch früher bei dem Institut genug Verfahren durchgeführt, in denen es um die Garantien des Ersten Zusatzes zur Amerikanischen Verfassung ging. Das hier ist nicht mehr und nicht weniger. Spielt es denn eine Rolle, ob es um eine politische oder eine literarische Sache geht? Verteidigt wird doch nach wie vor das Recht auf Freiheit . . .«
Er wußte sehr wohl, was es zu verteidigen galt. Er wußte, was auf dem Spiel stand. Flüchtig hatte er das Plakat mit den Grundsätzen der Amerikanischen Bürgerrechtsunion vor Augen, das in seinem Büro gehangen hatte. Er wurde daran erinnert, daß in einer lebendigen Gesellschaft oft Grundsätze aufeinanderprallen. In gewissen Punkten gab es allerdings keine zwei Auffassungen. Niemand durfte das Recht haben, andere zu schädigen, zu betrügen, zum Aufruhr aufzuwiegeln oder die Gefahr von Sexualdelikten, von Revolution und Sabotage herbeizuführen. Dann fiel ihm wieder der Wortlaut ein: ›Aber im Rahmen dieser Einschränkungen müssen die Bürger das Recht haben zu sagen, was ihnen beliebt, und sei es noch so unpopulär und noch so unqualifiziert. Ansonsten könnte es leicht geschehen, daß die Mehrheit schon bald auch deine Ansichten für anstößig erklärt.‹
»Zugegeben, Phil«, sagte er. »Schön, ich könnte es vielleicht machen. Das ändert aber nichts an der Tatsache, daß ich nicht frei bin. Ich kann dir jederzeit ein paar Anwälte besorgen, die den Fall gern übernehmen und sich eifrig dafür einsetzen werden.«
»Nein«, sagte Sanford schlicht. »Du bist der einzige, dem ich meine Zukunft anvertraue. Nur du kennst mich genau. Du weißt, was auf dem Spiel steht. Dir wäre es nicht gleichgültig, du würdest für mich kämpfen wie um dein eigenes Leben. Du wärst für mich nicht nur der Anwalt, sondern mehr noch: der Freund. Du kennst die New Yorker Verleger ebenso gut wie das Kalifornische Recht. Und du verstehst etwas von Büchern. Außer dir kenne ich keinen anderen Rechtsanwalt, dem die Literatur genauso viel bedeutet wie die Gesetze.« Nach einer eindrucksvollen Pause fügte er hinzu: »Mike, das bist du dir selbst schuldig – dir und mir.«
Barrett zögerte. Sein Freund hatte da ein Wort gebraucht, dessen Bedeutungen Barrett nur zu gut kannte. Verschuldet sein. Eine Verpflichtung gegenüber jemandem haben. Seine unbezahlte Schuld bei Sanford hatte er stets als drükkende Last empfunden. Auch nach so vielen Jahren war dieses Gefühl nicht geschwunden. Als er verzweifelt versucht hatte, seine Mutter zu retten, war nur ein einziger Mensch bereit gewesen, ihm zu helfen. Das Geld, das er Sanford

schuldete, hatte er ihm längst zurückgezahlt. Aber niemals die Zinsen. Die waren nur in anderer Währung zahlbar: In Form von Freundschaft, ein Gefallen für den anderen. Niemand auf der ganzen Welt hilft aus purer Nächstenliebe. Jeder erwartet etwas dafür, und sei es Liebe, Treue – oder rechtlichen Beistand.

Dennoch brachte es Barrett nicht über sich, gleich nachzugeben. Sanford hatte gesagt, er schulde es sich selbst und ihrer alten Freundschaft, diesen Fall zu übernehmen. Vielleicht wollte er damit sagen, er sei es sich selbst schuldig, anständig zu kämpfen. Oder einem Freund in Not beizustehen – ein so oft mißbrauchter Ausdruck.

Aber Barrett wußte selbst, was er sich schuldig war: Das Recht, ein für allemal auf eigenen Beinen zu stehen, frei zu sein, alle Schuldkomplexe abzuschütteln, die Zinsen auf zurückgezahlte Schulden für nichtig zu erklären. Er war es sich selbst schuldig, Sanford eine Absage zu erteilen, wie er gestern Zelkin abgewiesen hatte, um zu Willard Osborn zu gehen. Er durfte es nicht wagen, die von Osborn angebotene Stellung zu gefährden. Andererseits konnte er aber auch nicht mit einem Freund brechen.

»Bist du noch da?« hörte er Sanford fragen.

»Ja, ich versuche nur nachzudenken.«

Die Stimme aus New York klang jetzt gekränkt, flehend. »Mike, du kannst mich doch nicht in einer solchen Patsche im Stich lassen. Ich brauche dich.«

»Du setzt mir die Pistole auf die Brust, Phil«, sagte Barrett. »Wollen mal sehen, was sich machen läßt. Verbleiben wir so: Ich versuche, was du vorgeschlagen hast. Ich werde Osborns Angebot heute abend annehmen und gleichzeitig versuchen, einen Aufschub zu bekommen. Aber wenn er ablehnt, Phil, dann nehme ich den Posten an. Ich suche dir hier einen guten Anwalt. Das wirst du sicher verstehen.«

»Ich verstehe nur eines«, sagte Sanford mit der Tyrannei des Schwächeren. »Freundschaft geht vor. Wenn du in Not wärst, würde ich es mir nicht zweimal überlegen. Ich würde dir helfen und dafür jedes Opfer bringen.«

Das ging Barrett unter die Haut. Er gab sich Mühe, sich den Ärger nicht anmerken zu lassen. »Du weißt sehr genau, daß ich dir auch jederzeit helfen würde – innerhalb vernünftiger Grenzen. Ich habe ja gesagt, daß ich es heute abend versuchen werde. Nur eins kann ich nicht, wenn es hart auf hart kommt: Meine ganze Zukunft ruinieren. Wenn du das nicht begreifen willst, Phil, dann tut's mir leid.«

»Ich erwarte deine Nachricht«, sagte Sanford und legte auf.

Wütend hängte Barrett ein. Er wäre am liebsten aus der höllisch engen Telefonzelle geflohen, aber einer Pflicht mußte er sich vorher noch entledigen.

Er warf eine neue Münze ein und wählte die Nummer der Staatsanwaltschaft. Sein Anruf wurde anscheinend bereits erwartet. Er wurde augenblicklich mit Elmo Duncan verbunden.

Er berichtete, daß er mit seinem Klienten in New York beraten und zusammen

mit ihm eine Entscheidung getroffen hätte. Er wolle gleich nach Oakwood hinüberfahren, um Ben Fremont davon zu unterrichten.
»Wir werden uns für nicht schuldig erklären«, sagte Barrett.
»Nicht schuldig? Gut. Sehr gut.« Es klang fast jubelnd. »Dann sehen wir uns vor Gericht.«
Eigentlich wollte Barrett erwidern, daß Duncan vor Gericht einem anderen Anwalt, nicht ihm, gegenüberstehen würde. Aber er wiederholte nur wie ein Echo: »Vor Gericht.«
Er hoffte beinahe, daß Osborn die Verschiebung des Antrittstermins ablehnen würde, daß er die Verteidigung nicht würde übernehmen können.
Für die Verteidigung bedeutet in einem solchen Prozeß der Gerichtssaal ein offenes Schlachtfeld, in dem es keine Deckung gibt. Ein Friedhof, der sich nicht verteidigen läßt.
Sein ganzes Leben lang war er verschiedenen Hinterhalten immer nur mit knapper Not entronnen.
Er konnte sich keine vernichtende Niederlage leisten.

Barrett war von Osborn zu einem frühen Dinner eingeladen worden, weil er zusammen mit Faye im Music Center, in der City, die Aufführung eines gastierenden Balletts besuchen wollte.
In dem fast schon rustikalen Eßzimmer mit den rohbehauenen Deckenbalken und den sechseckigen Bodenplatten war ein köstliches Essen serviert worden. Nun wurde der Tisch mit der roten handgewebten Decke aus Mexiko abgeräumt, bis nur noch in der Mitte der antike schmiedeeiserne Leuchter stehenblieb. Ein Diener erschien mit einer geöffneten Zigarrenkiste. Willard Osborn bediente sich, Barrett lehnte mit einem Hinweis auf seine Pfeife ab. Er begann sie aus dem ledernen Tabaksbeutel zu stopfen.
Ihm gegenüber steckte sich Faye gerade eine frische Zigarette in die goldene Spitze. Ihr blondes Haar war hochgekämmt, damit die Perlenkette besser zur Geltung kam. Sie blinzelte Barrett verstohlen zu und machte eine leichte Kopfbewegung in Richtung auf ihren Vater. Jetzt war der Augenblick gekommen. Osborn saß am Kopfende der Tafel, hatte seine Zigarre abgeschnitten und ließ sich vom Diener Feuer geben.
Die drei waren allein. Das Tischgespräch vorhin, das überwiegend von Faye bestritten wurde, hatte sich hauptsächlich um Gesellschaftsklatsch und die schönen Künste gedreht. Kein Wort vom Geschäft. Barrett begriff, daß sich nach Willard Osborns Grundsätzen ein gutes Essen und geschäftliche Dinge nicht miteinander vereinbaren ließen – das wäre ein Zeichen für schlechte Manieren gewesen.
Nun war das Essen vorüber, und in zwanzig Minuten mußten er und Faye wegfahren.
Willard Osborn hatte sich aufgerichtet und betrachtete Barrett unter seinen buschigen Augenbrauen hervor.

»So«, sagte er, »nachdem wir nun über Gott und die Welt geredet haben, bleibt eigentlich nur noch ein Thema übrig – das wichtigste von allen: die Vizepräsidentschaft. Ich nehme an, Michael, daß Sie mir heute abend etwas über Ihren Entschluß sagen können und, falls dieser positiv ausfällt, auch darüber, wie sich der berufliche Wechsel vollziehen kann. Sind Sie bereit, darüber zu sprechen?«
Barrett lächelte. »Ich habe nur Ihre Frage abgewartet. Natürlich sage ich zu. Mein Entschluß stand schon in dem Augenblick fest, als Sie mir das Angebot machten. Thayer and Turner war das einzige Problem. Glücklicherweise ließ es sich regeln. Ich habe gestern aufgehört.«
»Großartig, Mike!« rief Faye froh.
»Nur . . .«
»Das freut mich sehr«, unterbrach ihn Willard Osborn. »Ich wußte, daß Sie einen Weg finden würden. Sehr gut. Jetzt können wir wie geplant vorgehen. Ihr Büro steht ab Montag für Sie bereit. Sie können sich erst ein wenig umsehen und mit Akten und Kollegen vertraut machen. In einer Woche führen Sie Ihr kleines Heer dann nach Chicago und nehmen die Verhandlungen über die Fernsehgesellschaft auf.«
Barrett war es nicht gelungen, Osborns begeisterten Redeschwall zu unterbrechen. Er fühlte sich überhaupt nicht wohl in seiner Haut und mußte einfach etwas sagen, ehe Osborn weiterredete. »Da wäre nur noch ein Hindernis zu überwinden, Willard.«
»Hindernis?«
»Ja. Sehen Sie, einer meiner besten Freunde will, daß ich ihn bei einem Prozeß vertrete, der in Kürze in Los Angeles stattfinden soll. Ich konnte ihn nicht dazu überreden, sich einen anderen Anwalt zu besorgen. Er glaubt einen Mann haben zu müssen, der ihn kennt, der ihn versteht, dem er vertrauen kann. Ich würde nie daran denken, die Sache zu übernehmen, wenn dieser Mann nicht mein Freund wäre und ich ihm so viel verdankte.«
Osborn hatte seine Zigarre weggelegt und war näher an den Tisch herangerutscht. »Ich fürchte, das begreife ich nicht ganz, Michael. Was könnte schon wichtig genug sein, um einen solchen Aufschub zu rechtfertigen? Was ist denn an diesem Fall so besonders, daß ausgerechnet Sie ihn übernehmen müssen und sonst niemand?«
Barrett rutschte ungemütlich hin und her. »Nun – die ganze berufliche Zukunft meines Freundes hängt von diesem Fall ab. Aber bevor ich das erkläre, möchte ich lieber einige Worte über meine Beziehung zu meinem Freund sagen, wenn Sie nichts dagegen haben.«
Barrett senkte den Blick auf die Pfeife in seiner Hand und berichtete in kurzen, hastigen Sätzen – ohne ein einziges Mal aufzublicken –, wie er Philip Sanford kennengelernt hatte, die gemeinsamen Studienjahre, Sanfords bereitwillige Hilfe, als Barretts Mutter schwerkrank war, seine Schwierigkeiten mit dem berühmten Vater, die Übernahme der Verlagsleitung auf der Basis einer Probezeit. Dann streifte er mit wenigen Worten das umstrittene Buch, Ben Fremonts

Verhaftung und Sanfords Entschlossenheit, vor Gericht für den Buchhändler und das Buch einzutreten.
»Heute habe ich weisungsgemäß dem Bezirksstaatsanwalt mitgeteilt, daß wir uns nichtschuldig bekennen werden«, schloß Barrett. »Vermutlich mußte das sein. Ich habe Phil versprochen, daß ich mein möglichstes tun würde, die Verteidigung übernehmen zu können.«
Als er fertig war, hob er den Kopf und sah Faye an, die ihm genau gegenübersaß. Aber er sah nur ihr Profil. Sie betrachtete besorgt ihren Vater. Barrett zwang sich dazu, seinen Blick in dieselbe Richtung zu lenken.
Wenn es wirklich so etwas wie einen sprechenden Gesichtsausdruck gibt, dann sagte jeder Zug in Willard Osborns blassem Patriziergesicht das eine Wort »entsetzt«.
»Dieses Buch.« Osborn sprach das Wort aus, als handle es sich um schmutzige Obszönität. »Sie haben die Absicht, dieses scheußliche Buch zu verteidigen? Das kann doch nicht Ihr Ernst sein.«
Etwas in Barrett sträubte sich. »Ich habe keine Ahnung, ob das Buch obszön ist oder nicht. Nur unser Bezirksstaatsanwalt behauptet das. Die andere Seite wurde noch nicht gehört. Ich habe es noch nicht gelesen, aber es verdient jedenfalls ...«
»Nichts verdient es!« fauchte Osborn. »Man sollte es zerreißen und in die Mülltonne stopfen. Sie wissen nicht, ob das Buch obszön ist? Ich bin überrascht, daß sich ein Mann von Ihrer Intelligenz zu einer solchen Bemerkung hinreißen läßt. Man braucht ein Buch doch nicht gelesen zu haben, um zu wissen, daß es Schmutz ist. Das riecht man. Vieles weist darauf hin. Ich kenne unseren Bezirksstaatsanwalt. Sie sind ihm selbst hier in diesem Haus begegnet. Er ist ein anständiger Mensch und gewiß nicht prüde. Wenn er es für richtig hält, *Die sieben Minuten* als unsittlich anzuklagen, verlasse ich mich auf sein Urteil. Und wenn Ihnen das noch nicht genügt, dann bedenken Sie die Herkunft dieses Buches. Heute morgen hat alles in den Zeitungen gestanden. Mit Ausnahme eines schmierigen Underground-Druckers in Paris war drei Jahrzehnte lang kein Verleger der ganzen Welt der Meinung, daß dieses Buch erscheinen sollte. Und als Ihr sogenannter Freund, dessen Moralbegriffe sich offenkundig durch die krankhafte Abneigung seines Vaters verwirrt haben – als Ihr Freund sich aus opportunistischen Gründen entschloß, dieses Buch herauszubringen, was geschah da? Frank Griffith' Junge bekam das Buch in die Hände, es zerstörte seine gesunden Hemmungen und verleitete ihn zu einem Gewaltverbrechen.«
»Dafür haben wir keinen weiteren Beweis als die Aussage des Jungen«, sagte Barrett, erschüttert von Osborns Heftigkeit.
»Sein Wort genügt mir«, sagte Osborn. »Michael, ich kenne Frank Griffith seit vielen Jahren. Er hat bei mir für seine zahlreichen Kunden ungezählte Werbeminuten im Fernsehen bezahlt. Seine Kunden kommen aus den allerersten Kaufmannskreisen Amerikas, und sie arbeiten mit ihm zusammen, weil sie ihn achten. Er ist ein untadeliger Bürger und hat seinen Sohn nach seinem Beispiel

erzogen. Nichts anderes hätte einen jungen Mann aus diesen Kreisen so korrumpieren können als nur ein verbrecherisches, pornographisches Buch. Sie kennen mich jetzt ein wenig, Michael. Sie werden mich kaum einen Puritaner nennen. Sie wissen, daß ich gegen die Leute bin, die unsere Freiheiten einschränken wollen. Ich stemme mich täglich im Fernsehen gegen sie. Aber selbst die Freiheit muß gewisse Grenzen haben. Sonst würden habgierige, niederträchtige Elemente diese Freiheit gegen uns mißbrauchen und nicht nur diese Freiheit, sondern auch unsere unschuldige Jugend zugrunde richten. Ich bin dafür, einer anständigen, sauberen Aufklärung Tür und Tor zu öffnen. Aber für ein scheußliches Monstrum wie *Die sieben Minuten* muß diese Tür verschlossen bleiben. In Ihrem eigenen Interesse, Michael, nicht einmal so sehr im Interesse unserer künftigen Zusammenarbeit – in Ihrem Interesse hoffe ich doch sehr, daß Sie nicht ernsthaft die Absicht hatten, dieses Buch zu verteidigen.«

Beim Zuhören hatte Barrett Angst bekommen. Nicht Angst vor Willard Osborn, sondern vor der ungezügelten Wut, die er in seiner Brust aufsteigen fühlte, Angst davor, daß dieser Zorn über seine Vernunft siegen und ihn zu Worten verleiten würde, die seine strahlende Zukunft vernichten mußten. Er wußte nicht, was er sagen sollte. Glücklicherweise brauchte er auch nichts zu sagen, weil sich Faye an ihren Vater wandte.

»Dad, ich will dir nicht widersprechen, aber ich glaube, du hast gar nicht bemerkt, was Mike eigentlich sagen wollte. Ob es ihm mit seiner Absicht ernst ist oder nicht – er hat jedenfalls von Anfang an erklärt, daß er die Verteidigung nur wegen einer alten Freundschaft übernehmen würde. Er versucht dir zu erklären, daß er an die Übernahme dieses Falles nicht wegen des Buches, sondern nur wegen Mr. Sanford denkt.«

»Nun, das mag schon sein. Aber allein der Gedanke, daß Michael in eine solche Sache verwickelt . . .« Er wandte sich an Barrett. »Ich habe durchaus Verständnis für Freundestreue. Sie ist etwas Großartiges. Aber ich weiß auch aus langer Erfahrung, daß man sich von Freundschaft nicht auffressen lassen darf. Die meisten von uns leisten der Freundschaft unseren Tribut. Aber das darf nie so weit führen, daß wir uns dafür zugrunde richten. Vergessen Sie das nicht, Michael.« Er zündete sich die Zigarre wieder an. »Nun zu Ihrem Posten bei den Osborn Enterprises. Ich sagte, wir brauchen Sie sofort. Aber vielleicht können wir einen Kompromiß schließen. Wie lange würden Sie für diese – für diesen Prozeß brauchen?«

»Das läßt sich jetzt noch nicht absehen. Vielleicht einen Monat. Vielleicht etwas mehr.«

Osborn schüttelte den Kopf. »Unmöglich. Das wäre zuviel verlangt. So lange kann ich den Posten nicht unbesetzt lassen. Ich müßte mich nach einem anderen Mann umsehen. Um ganz offen zu sein, mir wäre auch eine andere Seite dieser Sache mit Sanford äußerst unangenehm. Alles weist auf einen schmutzigen Sensationsprozeß hin. Etwas von diesem Dreck würde automatisch an Ihnen klebenbleiben. Und wenn Sie einer unserer Vizepräsidenten würden, so könnte es sogar auf die Osborn Enterprises abfärben. Wir alle kämen bei gewissen peniblen Konservativen, die bei uns werben, in ein schiefes Licht. Es würde mir äußerst schwerfallen, zu erklären, warum ich Ihnen einen so verantwortungsvollen Posten in einem Massenmedium zugewiesen habe, das auf die Jugend großen Einfluß ausübt.« Er drückte die Zigarre aus. »Ach, zum Teufel, Sie wissen genau, was ich sagen will. Sie sind klug genug. Deshalb möchte ich Sie ja bei uns haben.«

Osborn stand auf und schob seinen Stuhl beiseite. Mit einem Schlag wirkte er wieder gelassen und wohlwollend. Er bedachte erst seine Tochter mit einem kleinen Lächeln, dann Barrett mit einem breiteren.

»Ich weiß, Michael, daß ich mich auf Ihr Urteilsvermögen verlassen kann«, sagte er. »Dieser Prozeß paßt gar nicht in Ihre Richtung. Es gibt wichtigere und attraktivere Dinge, die Sie beschäftigen müßten. Ich gebe Ihnen deshalb den Rat, diesen Abstecher in den Gerichtssaal zu vergessen. Sagen Sie Ihrem Freund Sanford, daß Sie es versucht haben, daß ich mich aber nicht erweichen ließ. Sie können ihm sagen, daß ich Sie nicht entbehren konnte und daß Sie die älteren Rechte der Osborn Enterprises achten mußten. Wenn er das erst einmal begriffen hat, wird er keinen weiteren Versuch mehr unternehmen, Sie einzusetzen. Er wird das tun, was er gleich hätte tun sollen: Er wird sich irgendeinen Winkeladvokaten suchen, der darauf spezialisiert ist, Unmoral und Gemeinheit zu verteidigen. Einen Mann, der nicht so integer ist wie Sie, Michael. Sie möchte ich in unserer Mannschaft haben. Dort gehören Sie hin: Unter die Leute, die es zu etwas bringen. Ich erwarte Sie frisch und munter am Montagmorgen. Und jetzt fort mit euch beiden, macht euch einen schönen Abend. Schließlich gibt's für euch eine Menge zu feiern.«

Das russische Ballett bekam ein Dutzend Vorhänge. Als sie wie üblich an der verstopften Parkplatzausfahrt warten mußten, war es zwanzig vor elf. Dann kam Barrett schneller voran.

Faye Osborn redete immer noch über die ausgezeichnete Aufführung. Ihm wurde klar, daß er davon nur wenig bewußt wahrgenommen hatte. Während Tänzerinnen und Tänzer oben auf der Bühne elegante Pirouetten drehten, waren ihm schwerere, beunruhigendere Gedanken durch den Kopf gegangen.

»Diese neue Ballerina«, sagte Faye. »Ich meine die Darstellerin der Aurora – ich kann die schrecklichen russischen Namen nicht behalten – glaubst du, daß sie es zu etwas bringen wird?«

»Ja.«

»Wirklich anregend. Man möchte selbst schweben oder zumindest swingen. Hier ist das ›Whisky-a-Go-Go‹. Hättest du Lust, Mike?«

»Lust? Wozu?«

»Zum Tanzen. Du hast mir nicht einmal zugehört. Ich glaube, du bist nicht in der rechten Stimmung.«

»Nein, heute abend wirklich nicht, Liebling. Wir holen es ein andermal nach.«

Sie hatten Beverly Hills erreicht und schwiegen.
Sie streckte ihre Hand aus und berührte zärtlich seinen Arm. »Mike, mein Lieber . . .«
Er sah sie an. Auf ihrer makellosen Stirn war Besorgnis zu lesen. Es war, als hätte feines Porzellan Sprünge bekommen.
»Mike, was bedrückt dich denn so? Du hast dich den ganzen Abend in dich zurückgezogen. Ist es Dad? Hat er dich so aufgeregt?«
Sie war immerhin die Tochter ihres Vaters, und er mußte mit seinen Worten vorsichtig sein. Bisher hatte ihn Willard Osborn allerdings immer sehr freundlich behandelt, er konnte sich nicht beklagen. Aber er kannte nur den Vater seiner Verlobten, den Gastgeber, den künftigen Chef. Den Menschen Osborn kannte er eigentlich nur von Faye. Manchmal fragte er sich, ob das wirklich Osborn war, den er da sah – oder doch nur Faye. Deshalb war er auch bei den seltenen Gelegenheiten, wo ihn Faye mit Vorurteilen oder Bemerkungen geärgert hatte, von denen er nicht wußte, ob es ihre eigenen oder die ihres Vaters waren, sehr vorsichtig gewesen.
Aber heute abend war er mit dem echten Osborn zusammen gewesen, und seine Ablehnung war nicht geringer geworden. Er mußte es sich von der Seele reden, jetzt, auf der Stelle. Er würde dabei nicht leichtsinnig werden, sondern nur aufrichtig. Schließlich gab es sehr enge Bande zwischen ihm und Faye, die doch zählten.
»Hat er dich verärgert?« fragte Faye. »Ist es das?«
»Ja, wahrscheinlich«, antwortete Barrett. »Ich muß immer wieder an das denken, was er nach dem Essen gesagt hat. Dabei geht es gar nicht nur um deinen Vater.«
»Und was ist mit ihm?«
»Ich habe wahrscheinlich kein Ultimatum von ihm erwartet. Entweder – oder. Als ich ihm mein ganzes Dilemma ehrlich darlegte, meine Freundschaft zu Sanford, meine Verpflichtung ihm gegenüber, da hoffte ich, daß er mich verstehen würde. Aber er hat mich nicht verstanden. Oder er wollte mich nicht verstehen.«
»Sei doch ehrlich, Mike, ich war schließlich auch dabei. Trotz seiner Einstellung zu diesem Buch und dem Prozeß, trotz seines Mitgefühls für Frank Griffith hat dir Dad Verständnis entgegengebracht. Er war bereit, ein wenig nachzugeben, weil er dich mag und dir den Erfolg wünscht, den du verdienst. Er hat dich gefragt, wieviel Zeit du für den Prozeß brauchst.«
»Genau! Er wollte mir so viel Zeit lassen, wie er für richtig hielt. Wenn es sich um einen anderen Prozeß gehandelt hätte, wäre er sicher nachgiebiger gewesen. Aber der Umstand, daß es um dieses Buch ging, setzte seiner Großzügigkeit Grenzen. Die Geste hat er zwar gemacht, aber er stellte unmögliche Bedingungen. Er weiß sehr wohl, daß man einen Prozeß nicht innerhalb weniger Tage vorbereiten und abwickeln kann. Wenn er mich wirklich am Montag hier und eine Woche später in Chicago so unbedingt gebraucht hätte, wäre er überhaupt

nicht bereit gewesen, mich zu beurlauben. Aber er wußte genauso gut wie ich, daß man nicht wegen eines einzigen Projekts einen Vizepräsidenten einstellt. Wenn einem ein Mann wirklich wichtig ist, dann nicht nur für kurze Zeit, sondern auf Dauer. Deshalb bin ich davon überzeugt, daß er mir keinen Stein in den Weg gelegt hätte, wenn es sich um eine andere Sache gehandelt hätte, einen Zivilprozeß für einen Freund, ein Steuerproblem, eine Frage aus dem Firmenrecht – irgendeinen anständigen, sauberen, gut-amerikanischen Rechtsstreit. Was ihm nicht paßte, war die Art von Prozeß, in die ich hineingezogen werden sollte. Deshalb machte er es mir unmöglich, diese Möglichkeit überhaupt in Betracht zu ziehen – es sei denn, ich wäre bereit, die angebotene Stelle zu opfern.«

Faye hatte ihn ausreden lassen. Sie biß sich auf die Lippen und sagte dann sofort: »Mike, es hat dich schwer getroffen, deshalb bist du zornig und siehst alles entstellt. Keiner kennt Dad so gut wie ich. Glaub mir, er wollte dich nicht zu seiner Einstellung zwingen. Er war nur um dich, um deine Zukunft besorgt. Er weiß, wie man Menschen ausnutzt. Er konnte viel objektiver erkennen, was Sanford mit dir vorhat. Er wollte nicht, daß dein guter Name beschmutzt wird, indem du dich mit diesem Schundroman abgibst.«

»Aber ich ...« Vorsicht, sagte sich Barrett, du hast deinen Text bereits aufgesagt. Immer mit der Ruhe. »Vielleicht hast du recht, Faye. Es ist unfair, Überlegungen über die Motive anderer anzustellen. Sagen wir, am meisten störte mich seine Voreingenommenheit gegenüber einem Buch, das er nie gelesen hat und über das er nur das weiß, was ein Staatsanwalt, der die Werbetrommel für sich zu rühren versteht, der Presse mitgeteilt hat.«

»Und du, Mike? Du hast doch zugegeben, das Buch auch noch nicht gelesen zu haben, und trotzdem bist du voreingenommen – für das Buch.«

Er tat, als ziehe er einen nicht vorhandenen Hut vor ihr. »Vollkommen richtig, mein Schatz. Ich nehme alles zurück – oder doch fast alles. Immerhin weiß ich von Phil Sanford wenigstens ...«

»Mike, es geht doch gar nicht darum, ob man es gelesen hat oder nicht. Ich wundere mich über dich. Vor manchen Dingen warnt uns doch der schlechte Ruf, der ihnen vorangeht. Wenn jemand, der etwas davon versteht, auf eine Flasche das Schild ›Vorsicht Gift!‹ klebt, genügt das nicht? Muß dann erst jeder das Gift probieren, bevor er die Finger davon läßt?«

»Das ist etwas ganz anderes«, sagte Barrett. »Gift kann man wissenschaftlich analysieren und von vornherein als gefährlich deklarieren. Das ist bei einem Buch nicht so einfach.«

»Aber Mike! Dieser Schundroman wurde doch vor unseren Augen wissenschaftlich getestet. Man benutzte zu dem Experiment ein menschliches Versuchskaninchen. Jerry Griffith. Und er wurde vergiftet.«

»Du sprichst von Jerry Griffith. Sehen wir uns den Jungen mal näher an. Ich bin Rechtsanwalt, Faye. Ich habe gelernt, Menschen und Dinge nicht als das zu nehmen, was sie auf den ersten Blick zu sein scheinen. Wenn man genauer hinsieht, stellt man oft fest, daß dahinter ganz andere Motive stecken. Vielleicht war das Buch *Die sieben Minuten* ausschließlich für sein Verbrechen verantwortlich – kann sein. Aber vielleicht gab es für sein Verbrechen noch andere Gründe, und das Buch war nur der auslösende Faktor. Wenn er es nicht in die Hand bekommen hätte, dann hätte eben etwas anderes die Geschichte ausgelöst. Ich bin nicht bereit, ein Urteil über das Buch abzugeben, es zu verdammen, wenn das der einzige Beweis ist. Am meisten überrascht und bedrückt mich dabei die Tatsache, daß gebildete Menschen wie dein Vater, du selbst und tausende andere in der Stadt ohne weiteres bereit sind, ohne schlüssige Beweise die Meinungsfreiheit einzuschränken.«

Faye nahm ihre goldene Spitze und die Zigaretten aus der Handtasche. »Du bist also über uns erstaunt – und ich muß sagen, ich bin über dich erstaunt, Mike. Ich dachte, dein Hauptmotiv für die Verteidigung dieses dreckigen Buchs sei deine Freundschaft zu Sanford gewesen. Das konnte ich noch verstehen. Nun geht es plötzlich nicht mehr um einen Freundesdienst, sondern um die Meinungsfreiheit.«

»Heute abend hat es mich anscheinend gepackt. Ich dachte, ich hätte längst vergessen, daß ich einmal Idealist war. Ich wußte gar nicht, daß diese Gefühle noch in mir stecken.«

»Mir wäre es lieber, wenn du sie an etwas Lohnenderes verschwenden würdest. Nicht an ein Stück Dreck.« Sie hielt ihre Zigarettenspitze hoch. »Ich weiß, ich weiß – ich darf das erst sagen, wenn ich von dem Gift gekostet habe.«

Er gab sich Mühe, seinen Ärger zu verbergen. »Du solltest dich zumindest davon überzeugen, liebe Faye, ob nicht jemand das falsche Etikett auf die Flasche geklebt hat.« Er merkte, wie sich ein bissiger Ton in seine Stimme stahl und glättete ihn rasch, indem er vernünftig einlenkte. »Sieh mal, Faye, keiner von uns hat das Buch gelesen, da hast du recht. Du kennst es nicht. Dein Vater hat's nicht gelesen, ich auch nicht. Deshalb weiß keiner von uns aus erster Hand, ob es sich um schmutzige Pornographie oder ein erotisches Kunstwerk handelt. Es hat keinen Sinn, jetzt noch weiter zu diskutieren.«

»Ein Kunstwerk. Ha! Du kannst es meinetwegen lesen, ich nicht. Erzähl mir nachher, was drinsteht. Ende der Diskussion. Das Ballett war schöner.« Sie lehnte sich rauchend zurück. Als Barrett dann vom Sunset Boulevard abbog, sah sie sich um und saß plötzlich aufrecht da. »He, wohin fährst du mich, Mike?«

»Nach Hause.«

Sie fuhr herum. »Ist das eine neue Mode? Fahren wir denn nicht zu dir? Du bist doch nicht etwa beleidigt, weil ich anderer Meinung bin als du?«

»Natürlich nicht. Du müßtest mich eigentlich besser kennen, Faye.«

»Und warum wollen wir dann nicht noch zusammenbleiben?«

»Weil ich heute abend mit jemand anderem ins Bett gehe – mit einem Buch.« Er lenkte den Wagen in die Einfahrt des Osborn-Hauses. »Ich will jetzt das praktizieren, was ich die ganze Zeit gepredigt habe. Ich will feststellen, ob die Giftflasche das richtige Etikett trägt oder nicht.«

»Wenn's nur das ist.« Sie war erleichtert und auf einmal wieder fröhlich. »Vergiß nicht: Wenn's dich zu sehr aufregt, dann brauchst du nicht auf der Straße irgendeinem armen Kind aufzulauern und es zu vergewaltigen. Ich bin willig und bereit.«

»Ich werde dran denken.« Er hielt vor dem eindrucksvollen Gebäude im spanischen Stil, stellte den Hebel auf ›Parken‹ und zog die Bremse an, ließ aber den Motor laufen. Er wollte schon aussteigen, um ihr zu helfen, da kam sie ihm mit einer Frage zuvor.

»Mike, denkst du ernsthaft daran, Vaters Angebot abzulehnen?«

»Ich weiß bald nicht mehr, was ich denken soll. Nein, höchstwahrscheinlich werde ich den Posten bei deinem Vater nicht opfern. Dafür hab' ich wahrscheinlich nicht mehr den Mumm. Außerdem möchte ich nicht die Möglichkeit einbüßen, dir den gewohnten Lebensstil zu bieten.«

»Aber du hast Sanford auch noch nicht abgesagt. Und du willst doch das Buch lesen.«

»Richtig, Liebling«, gab er zu. »Ich möchte nämlich nicht alt und dick und reich werden und immer das nagende Gefühl mit mir herumschleppen müssen, einmal etwas Wichtiges unterlassen zu haben, was ich eigentlich hätte tun müssen. Ein Weiser hat einmal gesagt, es gebe nichts so Lächerliches wie Reue. Und ein anderer Weiser sagte – ich nämlich –, es gibt keine schwerere Bürde als Reue. Dem will ich vorbeugen, damit ich am Montag unbeschwert und mit frischer Kraft bei Osborn anfangen kann.«

»Albern!« Sie lachte, aber dann wurde sie wieder ernst. »Nein, Mike, ich frage dich in allem Ernst...«

»Also schön, dann im Ernst. Ich fürchte, ich habe kaum eine andere Wahl. Aber ein Rest von Gewissen ist bei mir noch vorhanden. Das verlangt von mir eine Rechtfertigung für das, was ich tue. Es ist nur ein feines Stimmchen, aber lästig. Bevor ich Phil Sanford und dem Buch morgen eine Absage erteile, glaube ich, daß ich ihm fairerweise eine Chance geben muß, für sich selbst zu sprechen, die Gelegenheit, gerecht beurteilt zu werden. Sobald ich dem Angeklagten sein Recht auf Verteidigung zugestanden habe, wird sich mein Restgewissen sicher beruhigen lassen. Wenn ich *Die sieben Minuten* heute abend gelesen habe und fest davon überzeugt bin, daß es sich wirklich nur um primitive Pornographie handelt und nichts weiter, dann wird es mir nicht schwerfallen, zu Phil Sanford nein zu sagen.«

»Und wenn du es gelesen hast und der Überzeugung bist, daß es mehr ist als nur Pornographie?«

»Das werde ich schon nicht zulassen.« Er lächelte. »Sollte das eintreten, dann muß ich eben mit meinem Gewissen ringen und versuchen, es zum Schweigen zu bringen.«

Er ging um den Wagen herum und half Faye heraus. Sie nahm seine Hand und ließ sich schweigend zu dem imposanten Eichenportal führen. Sie suchte nach ihrem Schlüssel, öffnete die Tür und wandte sich ihm noch einmal zu.

»Mike, ich bin sicher, daß du im Hinblick auf dieses Buch keine Dummheiten machen wirst. Wenn doch ... Wenn es dir aus irgendeinem Grund nicht gelingen sollte, dein schlechtes Gewissen gegenüber Sanford zu überwinden, wenn du mit deinem Rest von Gewissen ringst und verlierst – nun, dann sollst du wissen, daß ich trotzdem zu dir halten werde.« Sie legte ihre Arme um ihn und ihren Kopf an seine Brust. »Ich habe bei Dad immer erreicht, was ich erreichen wollte. Wenn es sein muß, kann ich ihn auch dazu bringen, diesen Posten für dich offenzuhalten, bis du deinen Auftritt vor Gericht hinter dir hast.«

Er küßte sie, hörte sein Herz schlagen und spürte sein aufsteigendes Verlangen. Rasch trat er zurück, flüsterte: »Danke, Liebling!« und wandte sich zum Gehen.

Die Tür schloß sich hinter ihr. Er blickte zum Himmel auf, zu den unendlichen Sternen, die wie Edelsteine glitzerten. Irgendwo da oben hatte das Gewissen seine Heimat. Auf der langen Reise herunter zu den Menschen wurde es zerbrechlich, schwach in der fleischlichen Gestalt, die es annahm, bedroht von Zerstörung. Es war ein Wunder, daß sich auf Erden überhaupt ein Rest an menschlichem Gewissen erhalten konnte.

Er hatte ihm eine Chance versprochen und mußte sein Versprechen halten.

Barrett nahm sich vor, das verdammte Buch zu lesen und die Sache ein für allemal hinter sich zu bringen.

Nach dem elektrischen Wecker neben dem Bett war es vier Uhr morgens, und Barrett war fast fertig.

In Pyjama und Morgenmantel lehnte er, von zwei Kissen gestützt, in seinem Bett, blätterte die letzte Seite von *Die sieben Minuten* um und klappte das Buch dann langsam zu. Er starrte es ungläubig ein paar Sekunden lang an und ließ es dann behutsam auf die Bettdecke sinken.

Er war bis ins tiefste Innere seiner Seele erschüttert.

Nur einmal hatte ihn bisher ein Buch so erregt. Als Schüler hatte er die *Allgemeine Einführung in die Psychoanalyse* von Sigmund Freud gelesen. Er hatte zwar nicht jedes Wort des Freud-Buches begriffen, und dennoch war es für ihn eine Offenbarung gewesen. Bis dahin hatte er die Ansicht von Freuds konservativen Zeitgenossen geteilt, daß Sex etwas Peinliches, Unanständiges an sich hatte. Mit einem Schlag war es Freud durch die neuen Einsichten gelungen, ihn fast ganz von seinem Sexkomplex zu heilen. Damals konnte er noch nicht genau definieren, was er da gelernt hatte. Erst später, als er bei H. R. Hays etwas über die Sozialanthropologen las, hatte er die Offenbarung seiner Jugend verstanden: »Eine Gesellschaft, die aus Gründen der Sittlichkeit auch noch die Beine ihres Klaviers verhüllte, mußte erst von Freud lernen, daß die kindliche Unschuld und die Reinheit der Frauen, zwei ihrer Lieblingsillusionen, nichts weiter als reine Mythen waren. Diese Erkenntnis war ebenso schockierend wie Darwins Attacke gegen das Paradies.«

In diesen frühen Morgenstunden waren Mike Barretts Gefühle zum Sexproblem ein zweites Mal aufgerührt worden.

Er lag regungslos in seinen Kissen und versuchte, sich über seine Gefühle klarzuwerden. Eine Regung war vorherrschend: Er platzte fast vor Verlangen. Er wäre am liebsten hinausgelaufen in die Straßen der Stadt, um nach dem erstbesten weiblichen Wesen zu suchen, das er finden konnte. Es war kein fleischliches Verlangen, kein Drang zur Befriedigung einer Lust, sondern der Drang, die sündhafte Gefühllosigkeit einzugestehen und zu büßen, von der die meisten Männer in ihren Beziehungen zu den Frauen bestimmt werden. Er wollte es laut hinausschreien, daß er das Buch gelesen hatte und nun ein Licht sah, das tief in die Köpfe und Herzen der Frauen hineinleuchtete, ein Licht, das ihm und anderen Männern einen völlig neuen Begriff vom anderen Geschlecht vermitteln konnte. Im strahlenden Glanz dieses erbarmungslos klaren Lichts mußten die nagenden Würmer von Scham und Angst, Schuld und Unkenntnis zurücksinken in das Dunkel grauer Vorzeit und nie wieder an den Wurzeln menschlicher Bande fressen dürfen.

Ja, in dieser Nacht steckte er voller großer Gedanken, hochfliegender Hoffnungen.

Und sein Wunsch, die neue Erkenntnis zu verbreiten, entstammte diesen letzten Stunden, der Gesellschaft eines Buches. Es lag nicht an seinem Stil, an den Figuren, an der Story, daß er in sich einen solchen missionarischen Eifer spürte. Es war die tiefe Einsicht in den dunklen Schoß, aus dem die menschlichen Verhaltensweisen geboren werden, die unverhüllte Aufrichtigkeit, mit der dieses Buch jede Seite in der Entwicklung des menschlichen Verhaltens bloßstellte.

Er riß sich zusammen und gab sich Mühe, das, was ihn so bewegt hatte, kritisch zu betrachten. Was er da gelesen hatte, war nichts weiter als ein Roman. Keine tiefschürfende Untersuchung – philosophisch oder psychologisch – der Menschheit. Nichts weiter als eine kurze Erzählung, mit dem Herzen und nicht mit dem Verstand geschrieben. Und wenn man es im einzelnen betrachtete und zerpflückte, fand man sicherlich zahlreiche Mängel. Man konnte auch für die tapferen weißen Jäger so manches lohnende Wild entdecken, obszöne Worte, rüde Ausdrücke, die Stellen, wo es um abnorme oder gar frevlerische Sexualbeziehungen ging. Aber als Ganzes war dieses Buch keine Pornographie. Es hatte die Schönheit des Wahren an sich, das zu Selbsterkenntnis und Entdeckung des eigenen Ich führte.

Verzeih mir, Faye – aber als Ganzes war *Die sieben Minuten* wahrhaftig ein Kunstwerk.

Voll Hochachtung, beinahe liebevoll, griff Mike Barrett noch einmal nach dem Buch. Es fühlte sich gewichtiger an, als es war. Es enthielt nur 171 Druckseiten.

Er betrachtete Titel und Klappentexte. Innen auf dem Einband und der gegenüberliegenden Seite fand er eine Reproduktion der ersten Pariser Ausgabe. Zum erstenmal las er:

DIE SIEBEN MINUTEN
von
JJ Jadway

Étoile Press 18, rue de Berri Paris

Copyright by Étoile Press, Paris 1935

Printed in France Alle Rechte vorbehalten

Barrett wandte sich der attraktiveren Aufmachung der amerikanischen Ausgabe zu und merkte, daß sie sich nur in der Type und der Verlagsangabe vom Originaltitel unterschied.
Auf der Klappe stand nichts über frühere Veröffentlichungen von JJ Jadway. Dann fiel Barrett ein, daß auf dem rückwärtigen Klappentext erklärt wurde, hier handle es sich um das erste und einzige Werk Jadways; eine vermutlich große Karriere war durch den frühzeitigen Tod des Verfassers bei einem Unfall in der Nähe von Paris beendet worden. Jadway war im Alter von siebenundzwanzig Jahren gestorben. Weitere Angaben zum Lebenslauf des Romanautors wurden nicht gemacht.
Noch rätselhafter war die Widmung. Sie bestand nur aus zwei Worten.

Für Cassie

Das Zitat auf der folgenden Seite hatte Jadway den Rahmen für den Roman geliefert. Barrett las noch einmal:

Es ergaben sich zwar verschiedenartige Reaktionen, doch die Mehrzahl jener Frauen, die einen Orgasmus erlebten – sei es manuell, oral oder durch Geschlechtsverkehr –, erreichten die Klimax nach sieben Minuten.

Collingwood, Beobachtung von 100 Frauen im Alter zwischen 18 und 45 Jahren. (London, 1931)

Diese sieben Minuten, das wußte Barrett jetzt, waren in den sieben Kapiteln des Buches wiedergegeben. Jedes Kapitel verkörperte eine Minute im Leben einer Frau, die auf einem Bett lag und mit einem nicht näher beschriebenen Mann Verkehr hatte. Der ganze Roman erzählte die Gedanken dieser Frau, ihre Gefühle, ihre Erinnerungen, ihre Träume, während jener sieben Minuten des Koitus.
Das waren Rahmen und Struktur der *Sieben Minuten.*
Plötzlich fragte sich Barrett, ob Jadway während Joyces letzter Jahre in Paris diesem Dichter wohl begegnet war. Hatte Jadway Joyces Roman *Ulysses* in der Ausgabe der Odyssey Press gelesen, die damals gerade in Paris zirkulierte? Sicher hatte er ihn gelesen, oder doch zumindest jenen Abschnitt daraus, jenen

traurigen und fröhlichen und angeblich schlüpfrigen Teil, der Molly Blooms brillanten inneren Monolog wiedergab.
Die Beschreibung der sieben sinnlichen und enthüllenden Minuten bei Jadways Cathleen wies einige Ähnlichkeiten mit dem Gedankenfluß von Joyces Molly Bloom auf. Hatte Jadway etwa die Idee für das Buch bei Joyce entlehnt?
Barrett sprang aus dem Bett und holte sich den Band *Ulysses* aus seinem Bücherregal. Er blätterte darin, bis er die Stelle gefunden hatte, wo Molly im Bett lag, »erfüllt, gelöst, samenprall«.
Er las weiter und lag plötzlich neben Molly; sie dachte an Blazes Boylan, an den jungen Stephan Dedalus, an ihren Ehemann Leopold Bloom, an Liebhaber, die sie besessen und die sie sich gewünscht hatte.

Mollys Gedanken:
Ich lege für ihn meine schönste Wäsche an laß ihn alles gut sehen daß ihm der Stock steht soll er doch wissen wenn er das haben will daß seine Frau gefickt wird ja so richtig gefickt wird voll bis obenhin nicht von ihm 5 oder 6 mal mit der Hand darüber da sind die Male seiner Leidenschaft auf dem sauberen Laken ich denk nicht einmal dran sie auszubügeln das muß ihn doch befriedigen wenn du mir nicht glaubst dann fühl doch meinen Leib wenn ich ihn nicht gerade dazu bringe daß er steht und in mich dringt ich hätte gute Lust ihm alles alles zu sagen daß ers vor mir tut geschieht ihm recht ist selber schuld dran wenn ich eine Ehebrecherin bin ...

Aber dann zuletzt Mollys Frohlocken:
... wenn ich mir eine Rose ins Haar stecke wie es die andalusischen Mädchen taten oder soll ich lieber das Rote tragen ja und wie er mich küßte dort unter dem maurischen Gemäuer und ich mir dachte nun gut er so gut wie jeder andere und ihn dann mit den Augen fragte mit meinen Augen noch einmal fragte ja und wie er mich dann fragte ob ich ja sagen würde ja meine wilde Gebirgsblume und ich zuerst meine Arme um ihn legte ja und ihn zu mir niederzog daß er meine Brüste fühlen konnte alles Duft ja und sein Herz schlug wie verrückt ja sagte ich ja ich will ja.

Geistesabwesend stellte Barrett die Molly Bloom wieder ins Regal zurück und legte sich ins Bett. Er war seiner Sache jetzt nicht mehr so sicher. Möglich, daß Jadway seine Heldin Cathleen von James Joyce abgeleitet hatte. Schon möglich, aber das war unwichtig. Eins war ihm klar: Von dem eigentlichen Roman hatte Jadway so gut wie nichts übernommen. Barrett hatte seine Erinnerung aufgefrischt und wußte wieder von Joyces »Bewußtseinsstrom mit ständig wechselnden kaleidoskopartigen Eindrücken«, wie der Jurist Woolsey es ausgedrückt hatte. Er hatte wieder Joyces vollgepackte Sätze ohne Interpunktion vor Augen, seine Wahl seltsamer und undurchsichtiger Worte, seine Poesie, den Hang zur Parodie, das Ohr für das Komische. In Jadways *Die sieben Minuten* spiegelte sich nur wenig von diesen neuartigen Impressionen wider. Und doch hatte sich Jadway in gewisser Weise einer ebenso schwierigen Aufgabe unterzogen. Sein gesamter Roman bestand zwar aus Reflektionen, es fanden sich auch Passagen mit frei aneinandergefügten Wortreihen, aber das Buch war doch weitgehend in gezügelter Sprache, konventionellen Sätzen geschrieben, mit normaler Interpunktion. Es war chronologisch aufgebaut und führte logisch zu einem dramatischen Höhepunkt. Während Joyce nach der inneren Einstellung gesucht hatte und den gewundenen Gedankengängen seiner Personen gefolgt war, suchte sich Jadway der Einstellung des Lesers anzupassen, der in die Gedanken einer Person eindringt und die gelegentliche Wortakrobatik der Gedankenwelt in eine verständlichere Alltagssprache übersetzt.

Barrett griff nach der Cognacflasche und goß sich einen Schlummertrunk ein. Er versuchte sich darüber klarzuwerden, weshalb er sich die Mühe eines Vergleichs zwischen Joyce und Jadway gemacht hatte. Dann wußte er plötzlich, was ihn dazu veranlaßt hatte. Das waren keine literarischen, sondern rein juristische Erwägungen. Joyces Buch war 1922 in Paris erschienen und danach immer wieder in den Vereinigten Staaten als unsittlich verboten worden, bis schließlich vor dem New Yorker Bezirksgericht unter Vorsitz von Richter John Woolsey darüber verhandelt wurde. 1933 verkündete Woolsey, er könne »trotz der ungewöhnlichen Offenheit nirgends etwas Unsittliches entdecken. Ich halte das Buch daher nicht für pornographisch.« 1934 hatte sich dann Richter Augustus Hand vom Appellationsgericht dieser Auffassung angeschlossen.

Nun mußte sich *Die sieben Minuten* einem ähnlichen, vielleicht noch schwierigeren Prozeß stellen.

Würde sich ein Richter finden, der das Buch nicht als Pornographie verdammte?

Er bemühte sich um eine Zusammenfassung der eigentlichen Story und versetzte sich dabei in die Lage des »Durchschnittsbürgers unter Anlegung zeitgemäßer Moralbegriffe«.

Es begann mit den Gedanken, die der jungen Frau Cathleen durch den Kopf gingen, als sie nackt auf ihrem Bett an einem unbekannten Ort lag. Es begann mit ihren Gedanken und Gefühlen in dem Augenblick, da ihr ebenfalls nackter Partner in sie eindrang und langsam mit dem Liebesspiel begann. Während der Geschlechtsakt fortschritt, reagierte Cathleens Verstand darauf in doppelter Weise. Auf der einen Ebene verzeichnete er ihre unmittelbaren Empfindungen. Auf der anderen erinnerte sie sich, angeregt durch die sich steigernde Leidenschaft, anderer Fragmente sexueller Erlebnisse aus ihren jungen Jahren und begann dann, diese Erinnerungen in wilde erotische Phantasien umzusetzen, in Liebeserlebnisse, die sie nie gehabt, sich aber erträumt hatte. Ihre Phantasie gaukelte ihr Liebesszenen mit Jesus, Julius Caesar, Shakespeare, Chopin, Galilei, Byron, Washington und Parnell vor. In diese Phantasien mischte sich die Vorstellung von Paarungen mit einem Neger, einem Asiaten, einem Indianer.

Neben diesen lebhaften Vorstellungen durchlebte sie auch Augenblicke der Leidenschaft mit den drei Männern, die tatsächlich ihre Liebhaber gewesen waren. Sie wiesen große Unterschiede hinsichtlich ihres Äußeren, ihrer physischen Leistungsfähigkeit und ihrer Einstellung zu den Frauen auf. Jeder der drei hatte ihr etwas gegeben, sie etwas gelehrt, und gemeinsam hatten sie eine richtige Frau aus ihr gemacht. Cathleen stand vor der Entscheidung, welchen von den dreien sie zu ihrem Lebensgefährten wählen sollte – nämlich den Mann, mit dem sie an diesem Abend schlief, den Mann, der während dieser sieben Minuten in ihr war. Erst auf der letzten Seite, als sie im Augenblick höchster Erfüllung beim Orgasmus seinen Namen hervorstieß, erfuhr der Leser, um wen es sich handelte.

Das war in groben Umrissen Jadways Story.

Barrett blieb noch in der Rolle des »Durchschnittslesers mit durchschnittlichen Moralbegriffen« und war sich darüber im klaren, daß die Story selbst nach dem Gesetz nicht als obszön abgestempelt werden konnte, da der Geschlechtsakt selbst juristisch nicht unsittlich war.

Aber dann merkte Barrett, daß er das Buch doch nicht ganz ehrlich betrachtet hatte. Er hatte unwillkürlich die derben Bettausdrücke, die Jadway gebrauchte, durch Euphemismen ersetzt. Er war Jadways Wahrheitsstreben nicht gerecht geworden.

In seinen Augen war das, was Cathleen tat, Geschlechtsverkehr, Begattung, Paarung, Beischlaf.

In Jadways und Cathleens Vorstellung war es ganz schlicht und einfach ficken.

Dieses alte Wort an und für sich konnte eigentlich keinen Richter und keine Geschworenen gegen das Kunstwerk an sich einnehmen. Es tauchte in der modernen Literatur immer wieder auf. Durch dieses Wort wurde heutzutage ein Buch nicht mehr automatisch als pornographisch abgestempelt. Es hatte sich während eines historischen Wortwechsels bei der Verhandlung gegen *Ulysses* durchgesetzt.

Barrett erinnerte sich wieder daran.

Es ging um James Joyces Sprache. Unter anderem auch um den Ausdruck »ficken«.

Joyces Anwalt sagte zu Richter Woolsey: »Euer Ehren, was das Wort ›ficken‹ anbetrifft, so wird es in einem bekannten etymologischen Lexikon von *facere*, machen, abgeleitet. Der Bauer fickte die Saat in den Boden. Und das, Euer Ehren, klingt sauberer als eine beschönigende Umschreibung, die in der Alltagssprache moderner Romane denselben Vorgang beschreibt.«

»Zum Beispiel?« fragte Richter Woolsey.

»Nun – miteinander schlafen«, antwortete der Anwalt. »Es bedeutet genau dasselbe.«

Da lächelte Richter Woolsey. »Noch dazu, Herr Verteidiger, entspricht das meistens nicht der Wahrheit!«

Nach diesem Wortwechsel galt ›ficken‹ als zulässig.

Nein, auch die Sprache von *Die sieben Minuten* dürfte bei einer Jury, die sich

aus Durchschnittsbürgern zusammensetzte, keine Schwierigkeiten bereiten. Es ging mehr um den Inhalt. Molly Bloom war von einem Mann namens Boylan gefickt worden. Aber sich vorzustellen, daß Jadways Cathleen vom Vater des Vaterlandes oder gar dem Gottessohn gefickt wurde – das war etwas ganz anderes.
Noch ein anderes Problem ergab sich: Die Stellen, die gewiß »über die normalen Grenzen der Eindeutigkeit bei der Beschreibung oder Darstellung solcher Dinge hinausgehen ... von Dingen, denen keinerlei soziale Bedeutung innewohnt«.
Er hatte sich schon früher ein Exemplar von *Lady Chatterley* und eine Beschreibung des Prozesses bereitgelegt und griff nun danach. Dann blieb sein Blick an einer bestimmten Stelle hängen. Mellors liebte seine Dame. Verzeihung, Mr. Joyce. Mellors fickte die Dame. Da hieß es:

... und das Auf und Ab seines Hintern kam ihr komisch vor, das Drängen seines Penis nach Entspannung war eine Farce. Ja, das war sie also, die Liebe – dieses lachhafte Hüpfen des Hintern, das Abschlaffen des armen, nichtssagenden feuchten kleinen Penis. Das also war die himmlische Liebe!

Barrett blätterte weiter. Hier »streichelte er leise den seidigen Hügel ihrer Lenden bis hinunter zwischen ihre weichen warmen Schenkel«, dort »hielt sie seinen Penis behutsam in der Hand«.
Barrett legte den Roman beiseite und griff nach dem Bericht von dem Londoner Prozeß. Ein Dozent aus Cambridge, Biograph von D. H. Lawrence, erklärte dem Gericht: »Die sexuellen Passagen, an denen Anstoß genommen wird, können kaum mehr als dreißig Seiten des Gesamtwerkes ausmachen. Das Buch hat insgesamt rund dreihundert Seiten. Kein vernünftiger Mensch schreibt ein dreihundert Seiten starkes Buch lediglich als Verpackung für dreißig Seiten Sexszenen.«
Nur dreißig Seiten Sex und zweihundertsiebzig Seiten andere Dinge, und doch hatte *Lady Chatterley* jahrelang Staub aufgewirbelt. Waren die anderen Dinge von so großer sozialer Bedeutung, daß sie die ausgesprochenen Sexszenen rechtfertigten? Barrett blätterte zurück zum Plädoyer der Verteidigung.
»Aus dem Buch geht eindeutig hervor, daß der Autor gewisse Erscheinungen unserer Gesellschaft im Auge hatte – das heißt unserer Gesellschaft der zwanziger Jahre, der Depressionsjahre – die er entschieden ablehnte ... Er glaubte ... daß sich die Übel, unter denen unsere Gesellschaft litt, nicht allein auf politischem Wege beseitigen ließen, sondern daß das Heil der Wiederherstellung richtiger Beziehungen zwischen den Menschen und insbesondere zwischen Mann und Frau zu suchen sei. In seinen Augen war die Vereinigung in Liebe, das Einssein von Mann und Frau, eines der größten Dinge im Leben. Die körperliche Vereinigung stellte nach seiner Überzeugung einen wesentlichen Teil einer gesunden und normalen Beziehung dar und nicht etwas, dessen man sich schämen müßte; es sollte offen und freimütig darüber gesprochen werden.«

Soziale Bedeutung. Und nur jede zehnte Seite eindeutiger Sex.
Aber bei Jadways *Die sieben Minuten* war jede einzelne der 171 Seiten dem Geschlechtsverkehr gewidmet. Aber verdammt nochmal, es ging doch schließlich nicht nur um eine rein tierische Begattung; wieso hätte er sich sonst vorhin nach der Lektüre des Buches so geläutert gefühlt, so voll des Wissens über Frauen? Der ausgedehnte Geschlechtsverkehr war etwas Schönes gewesen, ein Mittel, über das Verständnis zwischen den beiden Geschlechtern zu sprechen, über Liebe und Mitgefühl, über Zärtlichkeit, Träume und die Bedeutung von Leben und Tod. Cathleens Verhalten bedurfte keiner Rechtfertigung. Und wenn das Gericht glaubte, Jadways Darstellung dieser Frauengestalt müsse einen sozial bedeutsamen Zweck erfüllen – nun, da war er, dieser Zweck, Seite für Seite!
Natürlich erkannte Barrett noch viele weitere Probleme, darunter auch Absicht und Motiv des Autors. Wenn Jadway nur noch lebte und erklären könnte, warum er das Buch geschrieben hatte. Wenn er die vielen Geheimnisse der 171 Seiten deuten könnte. Aber vor Gericht konnte nur Jadways Vermächtnis, dieses Buch, für ihn sprechen. Es gab wohl viele Probleme, doch die Frage, ob es sich hier um Pornographie handelte oder nicht, gehörte nicht dazu. Jedenfalls nicht für Barrett. Wenn das Buch aber nicht obszön war, dann mußte jemand aufstehen und sich dafür einsetzen. Genauso, wie auch jemand für die Verfassung eintreten mußte – gegen jene, die sie zum Gespött machen wollten.
Er erinnerte sich an Zelkins Sorgen und an Oberrichter Warrens Befürchtung, daß die Bill of Rights – darunter auch jener Teil des Ersten Zusatzes zur Verfassung, nach dem der »Kongreß kein Gesetz erlassen darf, das die Freiheit der Rede oder der Presse beschneidet« – heute als Gesetz nicht mehr durchgehen würde. Auch ein anderer berühmter Strafverteidiger, Edward Bennett Williams, hatte einmal darüber geschrieben, die Bill of Rights würde heutzutage nicht nur nicht als Gesetz verabschiedet, sie würde gar nicht erst den Ausschuß passieren und zur Abstimmung vor das Plenum kommen.
»Wir haben zugelassen«, führte Williams aus, »daß sich in den vergangenen dreißig Jahren eine Aushöhlung der individuellen Freiheiten und Rechte vollzog, nicht als Ergebnis einer übermächtigen Staatsgewalt, auch nicht aufgrund der berechnenden Attacken des letzten Jahrzehnts auf unsere freiheitlichen Grundrechte, sondern vielmehr durch unsere kollektive Lethargie und unsere nonchalante Unbekümmertheit. Ich glaube, daß wir in unserer Skala der Wertbegriffe eine Umstellung vorgenommen haben – einen revolutionären Austausch, der erst jetzt zu voller Entfaltung kommt. Wir haben die Sicherheit an die erste Stelle gesetzt und ihr die individuelle Freiheit untergeordnet.«
Wenn man heute nicht freimütig über Sex reden durfte, dann konnte es leicht geschehen, daß man eines Tages nicht mehr freimütig über Religion, Politik, staatliche Einrichtungen, über Armut und Rassengleichheit, über eine gerechte Repräsentation und Gerechtigkeit reden durfte. Eines Tages würde der Mensch stumm sein. Dann waren die Menschenrechte aufgehoben, die Bill of Rights unterdrückt, von der Zensur verboten.

Mit einem Buch konnte es beginnen.
Erschüttert starrte Mike Barrett den Roman *Die sieben Minuten* an.
Sein Entschluß stand fest.
Er sah auf die Uhr neben seinem Bett. In New York war es drei Stunden später, also halb acht.
Phil Sanford war sicher schon wach und wartete vermutlich auf den Anruf.
Barrett griff nach dem Hörer und wählte Sanfords Privatnummer.
Sanford war hellwach, aber die Sorgen erstickten fast seine Stimme.
»Ich weiß nicht, wie ich mit Osborn zurechtkommen werde«, sagte Barrett, »aber über *Die sieben Minuten* bin ich mir jetzt im klaren. Phil, ich habe gerade das Buch ausgelesen. Es lohnt sich, dafür zu kämpfen. Ich habe keine Ahnung, was aus dem Buch oder aus uns werden wird, aber wenn wir jetzt nachgeben und den Zensoren die weiße Flagge zeigen, dann gibt es für die Meinungsfreiheit nichts mehr zu erhoffen. Sie werden uns überrennen und für immer mundtot machen. Jetzt gilt es, und ich bin bereit, bis zum Ende mitzumachen, was auch immer die Folgen sein mögen.«
»Mike, das vergesse ich dir nie.«
»Von jetzt an müssen wir zusammenstehen – also pack deine Koffer. Ich erwarte dich in einer Woche hier. Jetzt heißt es kämpfen!«
Ohne Bedauern legte er auf. Vielleicht hatte er mit diesem Telefongespräch seine großartigen Chancen bei Osborn verspielt. Vermutlich nicht, weil Faye zu ihm hielt und versprochen hatte, bei ihrem Vater ein gutes Wort einzulegen. Vielleicht bedeutete der Entschluß gar kein so großes Opfer, und er war gar nicht der mutige Anwalt. Aber er würde seinen Willen durchsetzen – und fühlte sich zum ersten Mal seit langer Zeit wohl in seiner Haut.
Er stellte den Wecker und wußte, daß er tief und schnell schlafen und frisch ausgeruht aufwachen würde, auch wenn ihm nur noch vier Stunden blieben. Er mußte früh aufstehen und noch ein Gespräch führen: Abe Zelkin sollte erfahren, daß er einen Kompagnon hatte, wenn auch nur für einen epochemachenden Fall.
Für kurze Zeit würde es nun doch – zumindest symbolisch – das Firmenschild geben: Barrett & Zelkin, Rechtsanwälte und Wohltäter der Menschheit.

3

Als Mike Barrett mit Abe Zelkin im Schlepptau das Beverly Hills Hotel erreichte, wartete Phil Sanford schon in der angenehm kühlen Halle. Da Zelkin und Sanford in den letzten zehn Tagen öfter miteinander telefoniert hatten, brauchte Barrett die beiden nicht mehr miteinander bekannt zu machen. Nach kurzem Händedruck redeten sie sich sofort mit Vornamen an.
»Leo Kimura hat aus Westwood angerufen«, erklärte Barrett dem Verleger.

»Er wird sich ein paar Minuten verspäten.« Sie machten sich auf den Weg zum Swimming-pool. »Mir ist viel wohler, wenn sich Leo verspätet. Das bedeutet, daß er etwas aufgespürt hat. Ohne Kimura hätten wir die Vorbereitungen niemals geschafft.«

»Eine ganze Rotte Bluthunde wiegen nicht einen einzigen Leo Kimura auf«, sagte Zelkin zufrieden.

»Und ich dachte immer, die meisten Japaner hier in Kalifornien wären Gärtner oder Restaurantbesitzer«, meinte Sanford.

»Ihre Väter waren es noch«, antwortete Zelkin. »Ihre Väter gehörten auch noch zu den hundertzehntausend amerikanischen Bürgern, die nach Pearl Harbor hinter Stacheldraht wanderten. Amerikanische Konzentrationslager. Kimuras Vater saß in Tule Lake. Schöne Gerechtigkeit, wie? Die neue Generation von Nisei hat das jedenfalls nicht vergessen, auch Leo Kimura nicht. Damit so etwas nie wieder geschehen kann, hat er aus eigener Kraft an der Universität von Südkalifornien Jura studiert. Als er sich kurz nach der Eröffnung meiner Praxis vorstellte, wußte ich sofort: Das ist der richtige Mann für mich. Die Hälfte aller Prozesse werden nicht vor Gericht, sondern in den juristischen Fachbibliotheken und draußen auf der Straße gewonnen oder verloren. Was Sie betrifft, so habe ich die Bibliothek übernommen, Kimura die Laufereien und Mike alles andere. Er muß außerdem seine Stimmbänder für die Verhandlung schonen.«

Es war ein milder, windstiller Tag. Die meisten der offenbar wohlhabenden Gäste gruppierten sich in Freizeitkleidung oder Badeanzügen rings um den Swimming-pool. Im Wasser befanden sich auch drei hübsche Bikininixen. Barrett kam sich in seinem leichten Sommeranzug zu vornehm gekleidet vor. Aber er hatte ja nicht viel Zeit, fiel ihm ein. Dieser Tag würde genauso hektisch verlaufen wie alle Tage in den letzten eineinhalb Wochen.

Sanford und Zelkin wurden an ihren reservierten Tisch unter dem gelben Sonnenschirm geleitet. Sie waren ein ungleiches Paar. Zelkin mit seinem überdimensionalen Kürbisschädel und dem schlechtsitzenden grünen Sportjackett sowie einer ungebügelten Hose, daneben Sanford wie aus dem Modejournal geschnitten. Er hatte sich zwar nach seiner Ankunft umgezogen und trug jetzt Strandjacke, Bermudashorts und italienische Mokkassins, aber er wirkte untadelig wie immer. Sanford hatte etwa Barretts Größe, aber er war schlank und durchtrainiert. Sein dicht anliegendes rötliches Haar und das käsige Gesicht mit den Sorgenfalten ließen ihn schwächer erscheinen, als er war.

Barrett holte die beiden ein und erreichte gerade rechtzeitig für die Bestellung den Tisch. Mit dem Essen wollten sie warten, bis der vierte Mann eingetroffen war.

Der Kellner war kaum gegangen, da stellte Sanford sofort eine Reihe besorgter Fragen nach den in den letzten zehn Tagen erzielten Fortschritten. Nach Ben Fremonts Unschuldig hatten Barrett und Zelkin offiziell die Verteidigung übernommen und den Termin für die Hauptverhandlung bekommen. Begeistert erläuterte Zelkin die Strategie der Verteidigung.

Barrett setzte seine Sonnenbrille auf und starrte grübelnd hinüber zum Swimming-pool. Seine Aufmerksamkeit wurde für ein paar Sekunden auf ein gertenschlankes Mädchen von etwa zwanzig Jahren gelenkt, das gerade aus dem Wasser kletterte. Der üppige Busen wurde nur von einem dürftigen Stoffstreifen bedeckt, der nach Barretts Meinung unmöglich der Beanspruchung standhalten konnte. Aber es geschah nichts. Sie zog ihr Oberteil gerade, lachte Barrett triumphierend an und wandte sich ab. Barrett grinste verlegen zurück und konzentrierte sich dann auf die Unterhaltung am Tisch.

»Sehen Sie, Phil, unser Hauptproblem ist die Zeit«, sagte Zelkin gerade ernsthaft. »Sie haben uns ganz schön in die Enge getrieben. Ich begreife ja die Dringlichkeit, aber . . .«

Gin-Tonic wurde gebracht. Barrett nahm sein Glas und rückte seinen Stuhl mehr in die Sonne. Dann nippte er an dem Drink und schloß die Augen.

Er wußte selbst, wie brennend das Zeitproblem in diesem entscheidenden Stadium vor dem Prozeß war. Er hatte Sanford bereits auf dem Flughafen darauf hingewiesen, das Thema aber aus sehr egoistischen Gründen nicht weiterverfolgt.

Während die beiden vor dem Flughafengebäude auf Barretts Wagen warteten, der vom Parkplatz geholt wurde, hatte Barrett davon angefangen: »Phil, wir haben da einen gewaltigen Prozeß vor uns, und Duncan wird ihn weidlich ausschlachten. Er hat die Absicht, einen Schauprozeß daraus zu machen.«

»Unglaublich, wie die Sache eingeschlagen hat«, bemerkte Sanford mit unverhohlener Freude. »Nicht nur in Amerika, sondern auch in England, Frankreich, Deutschland, Italien – überall. Wir haben einen Ausschnittdienst . . .«

»Ich weiß, was los ist«, unterbrach ihn Barrett, »und das macht mir ebenfalls Sorgen. Es ist schon schlimm genug, wenn man es mit einem so komplizierten Fall zu tun hat, aber noch viel bedenklicher wird die Sache, wenn Fernsehen, Rundfunk und Presse eine Sensation daraus machen. Was ich sagen wollte: Wir gehen nach einer Vorbereitungszeit von wenig mehr als zwei Wochen in die Hauptverhandlung. Eine geregelte Verteidigung ist überhaupt nur möglich, weil wir uns doppelt geschlagen haben. Das entspricht vielleicht vier Wochen Vorbereitung. Wenn man bedenkt, was auf dem Spiel steht, könnten wir aber gut und gern zwölf bis sechzehn Wochen brauchen.«

»Der Staatsanwalt hat auch nicht mehr Zeit als ihr«, wandte Sanford ein. »Und er scheint es noch dazu eilig zu haben.«

»Die Anklage hat es bei einem Prozeß fast immer eiliger als die Verteidigung. Sie ist in der Offensive. In unserem Fall konnte Duncan schon Vorbereitungen treffen, bevor wir wußten, daß gegen das Buch etwas im Gange war. Sie verfügen auch schon über einen Kronzeugen. Für die Anklage ist es nur von Vorteil, ihre Schau abzuziehen, solange die öffentliche Meinung noch auf ihrer Seite steht und die Hysterie um das Notzuchtverbrechen und das Buch nicht abgeflaut ist. Jeden Morgen begrüßt uns ein ärztliches Bulletin aus dem Sinai-Krankenhaus: Sheri Moores Zustand immer noch kritisch, nach wie vor Koma, dazu eine Wiederholung der Umstände, durch die sie ins Krankenhaus gekommen ist – nicht durch Jerry Griffith, sondern durch JJ Jadway. Aber Zelkin erinnert mich immer daran, daß es normalerweise die Verteidigung ist, die auf Zeitgewinn hinarbeitet, um sich besser vorbereiten zu können. In unserer Rolle als Verteidiger sind wir ständig um einen Schritt zurück. Wir kontern nur und brauchen Zeit, um die Initiative zu ergreifen. Wenn der innere Druck nicht so stark wäre, würden wir einen Aufschub nach dem anderen verlangen und das Verfahren um mindestens sechs Monate oder gar ein Jahr hinauszögern. Abe hat mich gebeten, noch einmal mit dir darüber zu reden. Bist du nicht davon zu überzeugen, daß wir uns um einen Aufschub bemühen sollten?«

»Ausgeschlossen!« sagte Sanford. »Eine größere Verzögerung wäre für mich ebenso katastrophal wie ein Verlieren des Prozesses selbst. Alle Bücher sind ausgeliefert. Was sollen denn die Buchhandlungen damit anfangen? Sie getrauen sich nicht, sie anzubieten. Im Falle eines langen Verfahrens mit ungewissem Ausgang hätten sie nicht genug Platz, sie zu lagern. Da würden die meisten Buchhändler natürlich kalte Füße bekommen und uns die Bücher zurückschicken. In einem Jahr dürfte es uns kaum noch gelingen, die Leiche wiederzubeleben. Nein, auch wenn das Risiko groß ist, wir müssen uns kopfüber hineinstürzen.«

Da kam Barretts Wagen an. Während Sanfords Koffer verladen wurden, machte sich Barrett Gedanken darüber, ob ihm sein Freund wirklich den wahren Grund für ein beschleunigtes Verfahren genannt hatte. Es konnte genausogut sein, daß Sanford, genau wie Elmo Duncan, die Reklame ausnutzen wollte, die für sein Buch und den Fall gemacht wurde.

Im Auto wurde Barrett dann bewußt, daß der Fehler bei ihm selbst lag. Er hatte Zelkins Wunsch nach einem Aufschub nur der Form halber vorgebracht und ihn aus privaten, egoistischen Gründen nicht nachdrücklicher vertreten. Es war Faye tatsächlich gelungen, ihren Vater dazu zu überreden, ihm den Posten eines Vizepräsidenten für einen weiteren Monat freizuhalten. Eine Option auf eine erfolgreiche Zukunft hatte Barrett noch, und die wollte er nicht verstreichen lassen.

Doch unterwegs plagte ihn sein Gewissen. Er hatte sich verpflichtet, ein Buch zu verteidigen, an das er glaubte. Gleichzeitig trug er ebensoviel Verantwortung wie sein Klient Phil Sanford, wenn der Verteidigung nicht die zum Aufbau einer lückenlosen Beweiskette erforderlichen Wochen und Monate zur Verfügung standen. Die augenblickliche Lage war geradezu halsbrecherisch gefährlich.

Es war, als hätte Sanford seine Gedanken gelesen. »Mike, du hast mich vorhin mit deinem Gerede ein bißchen nervös gemacht. Das klang ausgesprochen defätistisch.«

»Ich bin alles andere als ein Defätist«, entgegnete Barrett. »Ich bin entschlossen, diesen Prozeß zu gewinnen. Dazu sind wir alle entschlossen. Sorgen macht mir nur, daß wir mit einer Flinte in den Kampf ziehen, wenn wir bei ausreichender Vorbereitung vielleicht schwerstes Geschütz auffahren könnten.«

»Wenn ich dich oder Abe anrief, klang es immer so, als hättet ihr alle Hände voll zu tun und wärt im Begriff, diese schweren Geschütze aufzubauen.«

»Sind wir auch, aber ich will ganz sichergehen, daß das Kaliber auch ausreicht. Es ist vielleicht besser, wenn du vor dem Essen schon auf dem laufenden bist.«
Während sie über die Schnellstraße rasten, zählte Barrett die Namen der bereits gesicherten Entlastungszeugen auf. Da war zunächst Sir Esmond Ingram, der alte, schrullige Professor und frühere Dekan von Oxford, der *Die sieben Minuten* schon vor Jahren als »eines der ehrlichsten, empfindsamsten und hervorragendsten Meisterwerke moderner westlicher Literatur« gepriesen hatte. Diesen Satz hatte der Sanford-Verlag ausgiebig für die Werbung benutzt.
Nach seiner Pensionierung hatte sich Sir Esmond seine Zeit mit drei Ehen und drei Scheidungen und mit Mädchen aus England vertrieben, die halb so alt waren wie er. Er hatte sich energisch für einen Weltkalender, eine Weltsprache und einen Kreuzzug für das Vegetariertum eingesetzt. Zweimal mußte er für kurze Zeit ins Gefängnis, weil er vor Downing Street Nr. 10 Sitzstreiks gegen die Atomrüstung veranstaltet hatte. Sir Esmonds Ruf als schrulliger Exzentriker war so verbreitet, daß Barrett seinen Wert als Zeuge der Verteidigung anzweifelte. Aber Zelkin hatte ihm erklärt, die Amerikaner verstünden diesen konsequenten Sonderling, ein vornehmer englischer Akzent im Zeugenstand wirke immer und neige dazu, die Geschworenen einzuschüchtern, und außerdem gab es sonst kaum einen berühmten Mann, der sich je lobend über *Die sieben Minuten* geäußert hätte.
Sie riefen Sir Esmond in seinem Landhaus in Sussex an und stellten fest, daß die Begeisterung des britischen Dekans für das Buch unvermindert anhielt. (Barrett hegte allerdings den leisen Verdacht, daß der Engländer annahm, es ginge um *Lady Chatterley*). Ja, er sei gern bereit, ihnen beizustehen, vorausgesetzt es gelang ihnen, die US-Einwanderungsbehörde davon zu überzeugen, daß er kein Anarchist sei. Das war Zelkin gelungen, und so konnte Sir Esmond Ingram als einer ihrer Kronzeugen auftreten.
Außerdem, so versicherte Barrett seinem Freund, seien noch weitere Persönlichkeiten angesprochen worden. Guy Collins, der berühmte Vorkämpfer des naturalistischen Romans, hatte sich in seinen Schriften mehrfach darüber geäußert, wie günstig er von Jadways Buch beeinflußt worden sei. Auch er stellte sich als Zeuge zur Verfügung. Um zwei oder drei andere Experten auf dem Gebiet der Literatur, die ebenfalls *Die sieben Minuten* bewunderten, bemühte man sich noch.
Da der Bezirksstaatsanwalt vermutlich mit Hilfe von Jerry Griffith und weiteren Zeugen versuchen würde, den gefährlichen demoralisierenden Einfluß des Buches auf die amerikanische Jugend und die Gesellschaft ganz allgemein nachzuweisen, hatten Barrett und Zelkin sich nach Zeugen umgesehen, die eine solche Behauptung entkräften konnten. Sie hatten Dr. Yale Finegood, einen berühmten Psychiater und eine Kapazität auf dem Gebiet des Jugendschutzes, verpflichtet und auch Dr. Rolf Lagergren gewonnen, einen schwedischen Experten für die Untersuchung sexueller Verhaltensweisen, dessen Arbeiten ihm internationalen Ruhm und eine Gastprofessur am Reardon College in Wisconsin

eingebracht hatten. Sowohl Finegood als auch Lagergren führten Straftaten von Jugendlichen auf andere Einflüsse zurück als obszöne Bücher und Filme. Ihre Bereitwilligkeit, für die Verteidigung aufzutreten, war Anlaß zu einigem Optimismus gewesen.

»Über eines mußt du dir jedenfalls klar sein«, sagte Barrett, während er den Wagen über die Abfahrt am Sunset Boulevard lenkte. »Der eigentliche Angeklagte wird nicht Ben Fremont heißen, sondern JJ Jadway. In allen Fällen dieser Art ging es stets in erster Linie um die Motive und Absichten, die den Autor bewogen haben, das Buch zu schreiben. Daraus kann man natürlich ableiten, ob dem Werk soziale Bedeutung zukommt oder nicht. Hier bewegen wir uns allerdings auf dünnem Eis, und ich weiß noch nicht genau, ob wir nicht lieber einen Umweg machen sollten. Es steht uns noch frei. Dem Staatsanwalt auch. Beide Seiten müssen sich über ihr Vorgehen klarwerden.«

»Was willst du damit sagen, Mike?«

»Wenn wir nicht hinreichend beweisen können, daß Jadways Absichten beim Schreiben der *Sieben Minuten* über jeden Zweifel erhaben waren, sollten wir lieber bei der Behauptung bleiben, die Absichten eines Autors hätten überhaupt nichts mit Sitte und Moral zu tun. Das wurde früher schon mit Erfolg gemacht. Wir können uns hinter Richter Douglas' Urteil im Fall Ginzburg verschanzen. Er sagte: ›Ein Buch sollte für sich allein beurteilt werden, unabhängig von den Gründen, aus denen es verfaßt wurde oder den Tricks, mit denen es verkauft wird.‹ Aber auch wenn wir uns daran halten, kann uns die Anklage aufs dünne Eis hinauslocken. Dann bleibt uns immer noch das Argument, das Charles Rembar bei einer Revisionsverhandlung über *Lady Chatterley* vorbrachte. Dem Autor wurde nämlich vorgeworfen, er hätte das Buch in zynischer Absicht, aus rein kommerziellen Gründen geschrieben. Erinnerst du dich? John Cleland saß wegen seiner Schulden im Gefängnis. Ohne Geld konnte er nicht heraus. Da trat ein Verleger an ihn heran und bot ihm zwanzig Guineen – genug für seine Freilassung –, wenn er ihm ein schlüpfriges Buch schriebe, das sich gut verkaufen ließ. Vermutlich schrieb Cleland seine *Fanny Hill* nur, um aus dem Gefängnis herauszukommen. Er schaffte es auch, und sein Verleger verdiente an den nachfolgenden Auflagen zehntausend Pfund.«

»Richtig«, sagte Sanford. »Und wie hat der Verteidiger das erklärt?«

»Rembar hat es ganz logisch erklärt. Er blieb dabei, daß Clelands Motive nur die Literaturgeschichte und nicht das Gesetz etwas angingen. Er drückte es so aus: ›Nach zweieinhalb Jahrhunderten kann einfach kein Gericht mehr feststellen, was damals in Clelands Kopf vorging.‹ Worauf es ankomme, seien das Endprodukt, seine Ideen, seine Lebensanschauung, nicht die persönlichen Gründe, die einen Autor veranlaßten, ein bestimmtes Buch zu schreiben.«

»Und wie hat das Gericht entschieden?«

»Sie fanden Rembars Argumente eindrucksvoll, aber nicht überzeugend genug«, antwortete Barrett mißmutig. »Die Richter entschieden sich mit drei gegen zwei Stimmen für ein Verbot des Buches.«

»Aber du hast angedeutet, daß uns noch ein anderer Ausweg bleibt?«
»Ja. Die andere Möglichkeit besteht darin, uns mit dem abzufinden, was auf uns zukommt. Die überwiegende Rechtsauffassung neigt dazu, in den Motiven und Absichten eines Autors ein Hauptindiz zu sehen, ob ein Buch als obszön zu gelten hat oder nicht. Zum Beispiel Richter Woolsey im *Ulysses*-Prozeß. Er stellte fest: ›Wenn ein Buch als obszön bezeichnet wird, muß in jedem Falle zuerst festgestellt werden, ob es mit – wie man landläufig sagt – pornographischer Absicht geschrieben wurde, das heißt, nur zu dem Zweck, aus Obszönitäten Kapital zu schlagen.‹ Später fügte Richter van Pelt Bryan im Chatterley-Prozeß hinzu: ›Die Ehrlichkeit und Aufrichtigkeit in den Absichten eines Autors, die sich in der Art ausdrücken, wie ein Buch geschrieben ist und wie er sein Thema und seine Ideen darlegt, haben viel mit der Frage zu tun, ob es von literarischem und intellektuellem Wert ist. Hier kann, wie auch im Fall *Ulysses*, nicht daran gezweifelt werden, daß Lawrence in ehrlicher und aufrichtiger Absicht handelte und nicht an die niederen Instinkte appellieren wollte.‹«
Barrett warf einen Seitenblick auf Sanfords sorgenvolles Profil. »Darum geht es, Phil. Hat Jadway dieses Buch in ehrlicher Absicht, mit künstlerischer Integrität verfaßt? Auf diese Frage müssen wir eine uneingeschränkt positive Antwort geben können. Wenn wir nicht kneifen wollen, müssen wir einwandfrei nachweisen, daß Jadway sein Buch nicht aus kommerziellen Gründen, sondern aus künstlerischen und moralischen Erwägungen heraus geschrieben hat. Dazu sind Abe und ich entschlossen.«
Sanford stöhnte. »Wie wollt ihr das machen? Jadway ist doch längst tot.«
»Aber auch Geister können großen Eindruck machen«, erwiderte Barrett gelassen. »Hier ist übrigens die Uni, an der Jerry Griffith studierte. Ich denke, wir werden uns da auch ein wenig umsehen.«
Sanford brachte kein Interesse für die Universität auf. »Wie meinst du das mit Jadways Geist?«
»Es stirbt kaum jemand, ohne ein Erbe zu hinterlassen. Und wenn es nur irgendwelche Gegenstände sind, die Freunden und Bekannten vermacht werden. Wir lassen gerade in Europa Nachforschungen anstellen und haben bereits erfahren, daß ein italienischer Künstler namens da Vecchi in den dreißiger Jahren die Pariser Cafés frequentiert hat, in denen sich Jadway herumtrieb. Wir haben erfahren, daß da Vecchi noch lebt und in den dreißiger Jahren einmal ein Porträt von Jadway gemacht hat. Wenn das stimmt, ist es die erste Abbildung von ihm, die auftaucht. Jedenfalls versuchen wir den Maler ausfindig zu machen. Weiterhin sind wir einer Contessa Daphne Orsoni auf der Spur. Sie stammt aus Dallas und hat einen reichen Italiener geheiratet. Jadway machte kurz nach der Veröffentlichung seines Buches Urlaub in Venedig. Die Contessa hatte von dem ›unartigen‹ Buch gehört und lud ihn zu einem Maskenball ein. Sie scheint jetzt an der Costa Brava zu leben. Aber unsere größte Hoffnung ist immer noch der französische Verleger . . .«
»Christian Leroux«, unterbrach ihn Sanford. »Hast du noch mehr erfahren?«

»Nur das, was ich dir vor ein paar Tagen schon gesagt habe. Der Verlag Étoile Press ist eingegangen, aber Leroux lebt. Und so lange er am Leben ist, können wir Jadways Schatten zum Leben wiedererwecken. Wenn wir Leroux erwischen, dann haben wir unseren Kronzeugen, der Jerry Griffith aufwiegt. Schließlich muß der Mann doch an sein Buch geglaubt und eine Menge über Jadway gewußt haben. Genau der richtige Mann für uns. Kimura hat eine heiße Fährte entdeckt und hofft, noch heute etwas zu erfahren.«

Ein paar Minuten später setzte er Phil Sanford am Beverly Hills Hotel ab und fuhr weiter ins Büro am Wilshire Boulevard. Er verbrachte zwei Stunden damit, Telefongespräche zu führen, alles mit Zelkin durchzusprechen und Donna Novik Briefe zu diktieren.

Er arbeitete gern mit Donna zusammen. Sie war mit ihrem hennaroten Haar, den engstehenden Augen, dem übertrieben gepuderten Gesicht, ihren schlechtsitzenden Kleidern und der plumpen Figur bestimmt keine Augenweide, aber zuverlässig und treu wie Gold. Sie ging so geschickt mit der elektrischen Schreibmaschine und dem Rechenautomaten um, daß Barrett zuweilen argwöhnte, sie sei selbst an irgendeine Steckdose angeschlossen.

Nachdem Kimura telefonisch mitgeteilt hatte, daß er später kommen würde, waren Barrett und Zelkin zum Essen zu Sanford gefahren.

Und da waren sie nun.

Barrett merkte, daß seine Stirn von der prallen Sonne brannte, daß sein Glas leer war und daß Zelkin gerade Sanford und Leo Kimura miteinander bekannt machte. Barrett zog sich seinen Stuhl wieder unter den Sonnenschirm und begrüßte Kimura mit einer halb spöttischen Verbeugung, die dieser ganz ernsthaft erwiderte, bevor er sich ebenfalls niederließ.

»Etwas zu trinken, oder sind Sie schon verhungert?« fragte Barrett.

»Verhungert«, antwortete Kimura. »Aber das hat Zeit, wenn wir lieber vorher reden wollen.«

Barrett mochte den jungen Anwalt japanischer Herkunft gern. Kimura hatte unter superkurz geschnittenem Haar ein safranfarbenes Gesicht, das immer gleichmütig und unbewegt wirkte. Dabei war er drahtig und erinnerte stets an eine straffe Stahlfeder.

»Wir können ja essen *und* reden«, schlug Barrett vor.

Zelkin winkte den Ober herbei, und sie bestellten.

»Also«, fragte Zelkin dann sofort, »was gibt's Neues, Leo?«

Kimura zog einige Papiere aus seiner Aktenmappe, schloß sie und lehnte sie an einen Stuhl. Dann legte er die Akten vor sich auf den Tisch und hob den Kopf. »Einige Fortschritte, denke ich. Das Beste hebe ich mir bis zuletzt auf. Zuerst Norman C. Quandt. Mr. Sanford, Sie haben uns am Telefon einiges darüber berichtet, wie Sie das Buch *Die sieben Minuten* kauften. Sollen wir die Einzelheiten noch einmal durchgehen?«

Sanford zuckte die Achseln. »Ich glaube kaum, daß dem noch etwas hinzuzufügen ist. Aber wenn Sie wollen – gern. Vor zwei Jahren schickte mich mein

Vater auf die Frankfurter Buchmesse. Karl Gräber, ein alter Freund meines Vaters, lud mich eines Abends zum Essen ein. Er besitzt einen soliden und bekannten Verlag in München. Wir kamen über die neue Freizügigkeit in der Literatur ins Gespräch. Gräber begrüßte diese Veränderung, weil nun vielleicht bald viele Werke, die es eigentlich längst verdient hätten, an die Öffentlichkeit gelangen würden. Er zählte mehrere derartige Bücher auf, am meisten bewunderte er jedoch *Die sieben Minuten* von Jadway. Während des Dritten Reichs wollte er das Buch bereits herausbringen, mußte dann aber fliehen, und nach dem Krieg spezialisierte er sich auf Schulbücher und Werke religiösen Inhalts. Er meinte, eigentlich müßte so ein Buch in den Vereinigten Staaten erscheinen, und der Name meines Vaters würde ihm einen gewissen Schutz verleihen. Ich erkundigte mich nach den Rechten. Gräber antwortete, Leroux hätte sie an einen kleinen Verleger in New York verkauft, einen gewissen Norman C. Quandt. Er gab mir ein Exemplar der Étoile-Ausgabe mit. Ich fuhr mit dem Schiff zurück und hatte genügend Zeit, das Buch zu lesen. Noch bevor ich damit fertig war, wußte ich, daß ich es unmöglich meinem Vater zeigen konnte. Für diese Art von Literatur war er einfach nicht zu haben. Letztes Jahr wurde mein Vater, wie Sie wissen, krank, und ich übernahm vorläufig die Leitung des Verlagshauses. Ich suchte nach einem ungewöhnlichen, provozierenden Titel – da fiel mir das Buch von Jadway ein. Die Zeit war meiner Meinung nach reif dafür. Ich suchte also Quandt auf.«

»In New York?« fragte Kimura mit gezücktem Kugelschreiber.

»In seinen Geschäftsräumen in der 44. Straße. Quandt war nichts weiter als ein Versandbuchhändler für primitive Pornographie. Diese Tätigkeit hatte ihn gerade mit dem Gesetz in Konflikt gebracht. Für seinen Prozeß brauchte er dringend Geld, und er verkaufte mir mit Freuden die Rechte für *Die sieben Minuten*. Innerhalb von drei Tagen war der Vertrag perfekt. Das Jadway-Buch gehörte für fünftausend Dollar mir. Ich fürchte, Leo, damit sage ich Ihnen nichts Neues.«

»Danach haben Sie Quandt nicht mehr wiedergesehen?«

»Nie«, antwortete Sanford. »Er wurde zwar freigesprochen, aber es kam bei dem Prozeß doch ans Tageslicht, daß er ein sehr zweifelhaftes Unternehmen betrieb. Als wir dann die Veröffentlichung vorbereiteten und noch einige Angaben für den Umschlag brauchten, rief ich Quandt an. Dabei erfuhr ich, daß er sein Geschäft aufgegeben hatte und nach Pittsburgh gezogen war.«

»Hier steht Philadelphia«, warf Kimura ein.

»Verzeihung – natürlich Philadelphia. Aber ich konnte ihn dort nicht ausfindig machen.«

»Er macht jetzt Filme – hier in Kalifornien«, sagte Kimura.

Barrett fuhr hoch. »Tatsächlich? Wann haben Sie das entdeckt?«

»Heute. Aber im Telefonverzeichnis steht leider kein Quandt.«

»Wenn er mit dem Film zu tun hat, muß er doch leicht zu finden sein«, sagte Zelkin.

Zum ersten Mal zeigte Kimura ein feines Lächeln. »Mr. Zelkin, es gibt solche und solche Filme. Aber ich habe verschiedene Anhaltspunkte und werde ihn schon finden.«

Sanford sah Barrett besorgt an. »Mike, du willst ihn doch nicht etwa als Zeugen aufrufen?«

»Gott bewahre! Aber vielleicht kann er uns einige wertvolle Informationen über Jadway geben. Möglich, daß er auch etwas über Leroux weiß.« Barrett wandte sich wieder an Kimura. »Damit kommen wir zum wichtigsten Zeugen. Wie steht's mit Leroux?«

»Christian Leroux.« Kimura ließ den Namen auf der Zunge zergehen. »Den habe ich mir bis zuletzt aufgehoben.« Er suchte nach einer bestimmten Notiz. »Die Aussichten sind gut. Unser Mann in Paris hat seine Wohnung am Linken Ufer ausfindig gemacht. Hundert Francs Trinkgeld für die Concierge förderten die Informationen zutage, daß Christian Leroux sich zur Zeit im Hotel Balmoral in Monte Carlo aufhält. Unser Pariser Vertreter setzte einen Detektiv aus Nizza, einen gewissen Dubois, auf ihn an. Der will im Hotel Balmoral warten, bis Leroux auftaucht.«

»Gründliche Arbeit, Leo«, lobte Barrett.

»Großartig«, sagte Sanford und zupfte sich eine Zigarette aus seiner Packung.

Kimura hielt ein Blatt Papier in der Hand. »Was die Familie Griffith betrifft, so konnte ich unserer Akte nichts wesentlich Neues hinzufügen. Nur ein paar Angaben über Frank und Ethel Griffith. Nichts über die Nichte, die bei ihnen wohnt: Margaret oder Maggie Russell. Kein Flecken auf der sauberen Weste – noch nicht.«

»Und der Junge?« fragte Zelkin.

»Zu ihm komme ich jetzt.« Kimura blätterte um. »Ich fürchte, wir müssen unsere Nachforschungen energischer betreiben. Ich habe hier einen Anhaltspunkt ...«

»Anhaltspunkt?« Zelkin stöhnte. »In zwei Tagen müssen wir die Geschworenen aussuchen. Sobald die zusammengestellt und eingeschworen sind, beginnt die Hauptverhandlung!«

»Ohne Anfang gibt es kein Ende«, erklärte Kimura unerschüttert. »Verzeihen Sie, aber bei einem Studenten sind die Nachforschungen schwierig. Gewisse Tatsachen kennen wir bereits. Jerry Griffith war früher ein sehr guter Schüler. Jetzt studiert er im dritten Jahr und schneidet nicht mehr so gut ab. Ich habe heute mit Jerrys Studienberaterin gesprochen – so etwas gibt es da. Sie sagte, ohne Genehmigung von oben dürften keine Auskünfte über Studenten erteilt werden. Diese Genehmigung habe ich schließlich vom Dekan der Literarischen Fakultät erhalten. Die Studienberaterin darf mit einem Angehörigen unseres Büros über Jerry Griffith sprechen, das war doch zumindest ein Anfang.«

Barrett wurde bei Kimuras pedantischem Bericht ungeduldig. »Was hat diese Beraterin gesagt, Leo?«

»Als die Genehmigung erteilt war, zeigte sie sich sehr hilfsbereit. Sie hat mehrfach mit dem Jungen gesprochen und ist von seiner Tat sehr schockiert. Da sie als Informationsquelle für uns so wichtig ist, wollte ich sie nicht eingehender befragen, sondern das lieber Mr. Zelkin überlassen. Sie heißt Mrs. Henrietta Lott. Ich habe für heute nachmittag eine Verabredung getroffen. Hier die Nummer ihres Büros . . .«

Barrett griff nach dem Zettel. »Ich übernehme das«, sagte er zu Zelkin. »Ich wollte heute nachmittag ohnehin an der Universität vorbeifahren. Die Abteilung Englische Literatur soll sehr gut sein. Mal sehen, ob irgendein Mitglied der Fakultät genug über das Buch weiß, um für uns aussagen zu können. Bei Ben Fremont fahre ich auch gleich vorbei.«

»Ich mache mich auch wieder auf die Socken«, sagte Zelkin.

»Leo«, sagte Barrett, »Sie halten sich besser in der Nähe des Büros auf, damit wir den Anruf aus Monte Carlo nicht verpassen. Wenn wir den französischen Verleger erst einmal haben, könnte das eine echte Chance bedeuten. – Hier kommt unser Essen.«

Die telefonische Einladung am frühen Morgen war für Elmo Duncan völlig unerwartet gekommen. Jetzt, am Nachmittag, kam ihm seine Anwesenheit in der Residenz des bekannten Kirchenfürsten seltsam und mysteriös vor.

Er wartete in der Kanzlei auf das Erscheinen Seiner Eminenz Kardinal MacManus. Der leere Thronsessel gegenüber einem Bild des Papstes an der im übrigen kahlen Wand fiel ihm auf. Der Sekretär des Kardinals, der ihn hereingeführt hatte, erklärte bereitwillig, daß jeder Kirchenfürst einen solchen Sessel gegenüber einem Papstporträt besaß – für den Fall, daß Seine Heiligkeit einen unverhofften Besuch abstatten sollte. Tradition.

Elmo Duncan sah sich in dem Büro um. Alles sprach von ehrwürdigem Alter, von Tradition. An den Fenstern waren schwere Damastvorhänge drapiert. Der offene Kamin war vom jahrelangen Gebrauch angekohlt. Auf dem alten Schreibtisch, auf dem Podium, stand ein Kreuz aus Treibholz. Das Kruzifix war so alt, vielleicht hatten es die allerersten Mönche durch Kalifornien getragen.

Nur ein Gegenstand paßte nicht in diese Umgebung: Das hochmoderne Diktiergerät auf dem Schreibtisch. Dasselbe Modell stand in Duncans Büro.

Duncan fühlte sich ungemütlich, obgleich er glaubte, daß er und der Kirchenfürst doch vieles gemeinsam haben mußten. Er lechzte nach einer Zigarette. Aber als Protestant wußte er nicht, wie man sich im Amtssitz der Katholischen Diözese von Los Angeles zu verhalten hatte. Lieber rauchte er nicht.

Der Anrufer heute morgen war der sehr ehrenwerte Monsignore Voorghes gewesen.

»Bezirksstaatsanwalt Duncan?« Der Monsignore stellte sich kurz vor. »Ich bin der Sekretär Seiner Eminenz, des Kardinals MacManus, Erzbischof von Los Angeles. Ich rufe Sie auf persönlichen Wunsch von Kardinal MacManus an. Es handelt sich um eine Angelegenheit, die Seine Eminenz mit großem Interesse verfolgt.

»Ja?«
»Ich meine damit die bevorstehende Verhandlung hinsichtlich des Buchs *Die sieben Minuten*. Der Kardinal vertritt die Meinung, daß Ihr weltliches Amt und unser Kirchenamt in dieser Sache gemeinsame Ziele verfolgen und von der Zusammenarbeit profitieren könnten.«
»Nun – mir ist natürlich jegliche Unterstützung willkommen. Allerdings ist mir nicht ganz klar, was Sie und Seine Eminenz sich darunter vorstellen.«
»Die Kirche würde dieses Werk gern verboten sehen. Der Kardinal glaubt das erreichen zu können, indem er Ihre gute Sache unterstützt.«
»Haben Sie da bestimmte Vorstellungen?«
»Ja. Das ist der Zweck meines Anrufs, Mr. Duncan. Seine Eminenz würde diese Frage gern so früh wie möglich mit Ihnen besprechen.«
»Ich bin gerne bereit, mich noch heute mit ihm zu treffen.«
»Ausgezeichnet. Vielleicht wäre es am klügsten, wenn dieses Treffen in Kardinal MacManus' Kanzlei stattfände. Unsere Anschrift ist 1519 West Ninth Street. Würde Ihnen zwei Uhr nachmittags passen?«
»Ich werde es einrichten. Sie können Seiner Eminenz mitteilen, daß ich um vierzehn Uhr dort sein werde. Und versichern Sie ihm bitte meine Dankbarkeit für – für sein Interesse.«
Später, beim Arbeitsessen mit Luther Yerkes, Harvey Underwood und Irwin Blair im Patio von Yerkes' Landsitz in Bel-Air, hatte Duncan den seltsamen Anruf zur Sprache gebracht.
Yerkes hatte Duncan sofort zur Vorsicht ermahnt: Er solle von Kardinal MacManus keine konkreten Beweise erwarten. »Die Kirche ist von Natur aus an der Zensurfrage interessiert. Deshalb wird er Ihnen vielleicht versichern, daß Sie den Herrn auf Ihrer Seite haben. Aber mehr sollten Sie nicht erwarten.«
Und nun stand Duncan in der Kanzlei der Diözese von Los Angeles und war gespannt, was der Kardinal ihm anzubieten hätte. Vielleicht den Segen des Herrn, wie Yerkes zynisch gemeint hatte? Oder vielleicht doch etwas Handfesteres?
»Mr. Duncan, es tut mir leid, daß Sie warten mußten. Wie freundlich von Ihnen, mich aufzusuchen.«
Die Stimme kam aus der hintersten Ecke des Büros. Duncan fuhr herum und erblickte Kardinal MacManus, der eine Tür hinter sich schloß und ihm die Hand entgegenstreckte. Duncan hatte oft das Bild des Kardinals in den Zeitungen gesehen, auf denen er sein Alter von achtundsiebzig Jahren nicht verleugnen konnte. Jetzt trug er kein feierliches Gewand, sondern einen schwarzen Anzug mit Rundkragen. Gesicht und Haltung waren genau wie auf den Fotos: Schlohweißes Haar, Tränensäcke, faltige Haut, gebückter Rücken. Aber etwas war anders: die Beweglichkeit des Kardinals. Er hinkte zwar, kam aber mit raschen Schritten durch den Raum. Seine tiefliegenden Augen leuchteten, der Druck seiner knochigen Hand war kräftig.
»Es ist mir eine Ehre, Eure Eminenz«, sagte Duncan.
»Das Vergnügen ist ganz auf meiner Seite, Sir. Sehr freundlich von Ihnen, mir

das Treffen durch eine so lange Autofahrt zu erleichtern. Aber nicht mein Alter oder meine Gebrechen haben mich davon abgehalten, Sie aufzusuchen, sondern die Erkenntnis, daß keinem von uns damit gedient wäre – in gewissen Kreisen würde man es sogar falsch interpretieren –, wenn Kirche und Staat nicht auf eine strenge Trennung achten, auch wenn beide ein gemeinsames Ziel verfolgen.«

»Das verstehe ich durchaus, Eure Eminenz.«

»Machen Sie es sich bequem«, sagte der Kardinal und führte Duncan zu einem langen braunen Sofa.

Duncan wartete höflich, bis sich der Kardinal niedergelassen hatte, dann nahm er in einiger Entfernung von ihm Platz.

»Ich werde auf Floskeln verzichten«, begann der Kardinal. Seine trockene Stimme erinnerte an das Knistern von Packpapier. »Wenn man so alt ist wie ich oder so jung wie Sie, hat man gelernt, daß man auf unnötige Worte verzichten kann. Mein Sekretär hat Sie davon unterrichtet, daß ich an dem bevorstehenden Prozeß interessiert bin und daß es der Wunsch der Kirche ist, Sie nach besten Kräften zu unterstützen.«

»Das sagte er mir, aber nicht mehr. Ich weiß deshalb nicht so recht . . .«

»Was Sie erwarten sollen, wie? Es mag Ihnen zweifelhaft erscheinen, welche Art von Unterstützung ich Ihnen geben könnte. Sehr verständlich. Sie denken vielleicht, ich hätte Sie nur hergebeten, um Ihren Kreuzzug zu segnen und Ihnen zu versprechen, daß ich für Sie beten werde. Nun, ich segne Ihr Bemühen, und Sie können meiner Gebete gewiß sein. Wir haben ein sehr gutes Gebet für anständige Literatur, das die Imprimatur des Erzbischofs von Cincinnati erhalten hat.« Er richtete den Blick nach oben und zitierte mit tiefer, brüchiger Stimme: »O Gott, der Du gesagt hast, Lasset die Kindlein zu Mir kommen, hilf und segne uns in unserem Bemühen um das Wachrufen der öffentlichen Meinung, auf daß wir obszöne und unanständige Literatur aus den Bücherschränken und Buchhandlungen tilgen mögen. Mögen durch Deine göttliche Fügung die Gesetze erreichen, daß diese Art von Literatur in unserem Land und auf der ganzen Welt zu existieren aufhört.« Er holte Luft, keuchte asthmatisch und fuhr fort: »Heilige Jungfrau Maria, deren Leben Vorbild für uns alle ist, wache über uns und bitte für uns, auf daß unserem Bemühen Erfolg beschieden sei. Durch Jesus Christus unseren Herrn. Amen.«

Ehrfürchtig flüsterte Duncan: »Danke, Euer Eminenz.«

Kardinal MacManus schnaufte durch seine haarigen Nasenlöcher. »Sie hätten keinen Anlaß, mir zu danken, wenn das alles wäre, was ich Ihnen zu bieten habe. Aber es ist nicht alles. Ich habe Ihnen viel, viel mehr anzubieten.« Er kratzte sich hinter seinem steifen Kragen, saß eine Weile gedankenverloren da, verschränkte dann die Arme und begann mit ruhiger Stimme zu sprechen.

»Ich sprach von einem gemeinsamen Ziel. Unsere Feinde möchten gern glauben machen, daß es der Kirche nur um Moral und Religion auf Kosten der Meinungsfreiheit geht. Aber das stimmt nicht. Wir leben in einer geordneten Gesellschaft.

Um sie geordnet und zivilisiert zu erhalten, bedarf es der Autorität und gewisser Beschränkungen. Ohne solche Beschränkungen gäbe es schon bald keine demokratischen Freiheiten mehr. Wir hätten eine gottlose, heidnische Gesellschaft, in der nur Anarchie und die Macht des Stärkeren regierten. Die Kirche will die Redefreiheit. Wir wollen nur diejenigen in ihre Grenzen verweisen, die diese Freiheit mißbrauchen. Wir wollen uns nicht zu Schiedsrichtern des Geschmacks von Erwachsenen aufschwingen. Uns geht es nur um die Eindämmung offenkundiger Unsittlichkeit und den Schutz der Jugend. Wir setzen uns für echte Literatur ein, selbst dann, wenn sie vulgär ist – so lange sie ehrlich ist und von gesellschaftlichem Wert. Wir sind nur gegen Pornographie, die sich als Literatur verkleidet und keinen anderen Zweck verfolgt, als die Jugend in ein Leben der Sünde zu treiben. Ich kann mir nicht vorstellen, daß Ihr weltliches Amt einen anderen Standpunkt vertritt. Nicht ein Priester bei einer Predigt, sondern ein Sprecher der Polizei von Chicago sagte einmal: ›Obszöne Literatur ist böse, verkommen, ekelerregend, verächtlich, demoralisierend, destruktiv. Sie kann Menschen jeglichen Alters vergiften. Obszöne Schriften verspotten das Ehegelöbnis, sie machen Keuschheit und Treue verächtlich und verherrlichen den Ehebruch, die Unzucht, die Prostitution und naturwidrige sexuelle Praktiken.‹ Ich nehme doch an, Mr. Duncan, daß wir uns in unserem Urteil über Bücher wie *Die sieben Minuten* einig sind?«

»Vollkommen einig«, antwortete Duncan voll ehrlicher Überzeugung. »Indem wir jene ausmerzen, die unsere Freiheit korrumpieren möchten, schwächen wir sie nicht, sondern wir stärken sie.«

»Sehr gut. Im Jahre 1938 haben die katholischen Bischöfe der Vereinigten Staaten in Zusammenarbeit mit führenden Persönlichkeiten anderer Konfessionen eine nationale Organisation für anständige Literatur, die NODL, gegründet, um damit, wie es hieß, die ›moralischen Kräfte des ganzen Landes gegen jeden unsittlichen Typ von Literatur zu mobilisieren, die nicht nur die Moral, sondern das ganze soziale und nationale Leben bedroht‹. Normalerweise bedient sich die Kirche dieser Organisation. Da es sich in unseren Augen bei *Die sieben Minuten* jedoch um ein ganz besonders zerstörerisches Werk handelt und Ihr Fall die nationalen Grenzen überschreitet und internationale Bedeutung erlangt, hat es die Kirche für richtig befunden, von höchster Warte aus ihre Unterstützung zu leihen.«

»Von höchster …?« wiederholte Duncan befremdet.

»Ich meine den Vatikan selbst. Mir liegen persönliche Anweisungen des Kardinals vor, der die Heilige Kongregation für die Glaubenslehre leitet. Mr. Duncan, es geschieht auf persönlichen Wunsch Seiner Heiligkeit des Papstes, daß die Heilige Kongregation Ihnen alle zur Verfügung stehenden Mittel anbietet, Ihre Anklage erfolgreich durchzusetzen.«

Duncan war nun völlig verwirrt. »Sie meinen, der Papst – Seine Heiligkeit – er ist über – über den Prozeß unterrichtet? Ich bin überrascht – erfreut, daß er sich dafür interessiert, natürlich, aber ich verstehe nicht …«

»Dann will ich es Ihnen erst erklären und Ihnen sodann helfen«, sagte Kardinal MacManus.
»Bitte sehr«, murmelte Duncan.
»Um Ihnen zu erklären, wann der Same der Anteilnahme an derartigen Fällen gelegt wurde, muß ich weit ausholen. Schon bald nachdem es Gutenbergs Erfindung möglich machte, Bücher in großer Anzahl in ganz Westeuropa zu verbreiten – also nach 1454 –, erkannte der Vatikan, daß er diesem neuen Phänomen Rechnung tragen müsse. Bis dahin waren Wissen und Glaube hauptsächlich von den Kanzeln aus verbreitet worden. Nun kamen Bücher als Mittel der Verbreitung des Guten hinzu. Gleichzeitig wurde sich der Vatikan jedoch auch der Macht von Büchern zur Verbreitung des Bösen bewußt. Da handelte die Kirche im Jahre 1557 unter Papst Paul IV. Sie stellte eine Liste der Bücher auf, die aus Gründen der Sinnlichkeit, des Mystizismus oder häretischer Ideen mit dem Bann belegt wurden. Diese Liste wurde als erster *Index Librorum Expurgatorius* veröffentlicht. Seitdem wurde der Index von Zeit zu Zeit auf den neuesten Stand gebracht. Haben Sie ihn schon einmal gesehen?«
»Nein.«
»Dann will ich Ihnen die neueste Ausgabe zeigen.« Der Kardinal erhob sich, humpelte zu seinem Schreibtisch und kam mit einer kleinen, in graues Papier gebundenen Broschüre zum Sofa zurück. »Hier ist der Index, fünfhundertzehn Seiten stark. Darin sind rund fünftausend verbotene Bücher mit ihren Titeln in der Sprache registriert, in der sie geschrieben wurden. Ich möchte Ihnen einen Auszug aus dem Vorwort der Ausgabe von 1929, das auch in dieser Ausgabe von 1946 enthalten ist, übersetzen. ›Während ihres langen Bestehens war die Kirche stets gewaltiger Verfolgungen aller Art ausgesetzt, während die Zahl ihrer Helden und Märtyrer ständig zunahm. Doch heute hat die Hölle eine gefährlichere Bedrohung bereit: die unmoralische Presse. Es gibt keine größere Gefahr als diese, und daher wird die Kirche auch niemals müde, die Gläubigen davor zu warnen.‹«
Kardinal MacManus hielt inne, las leise für sich ein Stück weiter und fuhr dann fort: »Drei oder vier Absätze weiter verdeutlicht das Vorwort die Haltung der Kirche: ›Es wäre falsch zu sagen, die Verurteilung von Büchern stelle eine Beeinträchtigung der Freiheit des Menschen dar, denn es steht unbezweifelbar fest, daß der Mensch vom Schöpfer mit einem freien Willen ausgestattet wurde: diese Lehre hat die Kirche stets gegen alle diejenigen verteidigt, die sie anzuzweifeln wagten. Nur wer unter der Krankheit leidet, die sich Liberalismus nennt, kann behaupten, diese der Libertinage von autorisierter Stelle auferlegten Beschränkungen seien eine Einengung des freien Willens des Menschen – als ob der Mensch kraft seines freien Willens berechtigt wäre, stets das zu tun, was ihm beliebt.‹ Dann der nächste Absatz: ›Es ist daher klar, daß die kirchliche Autoriät, indem sie durch Gesetze die Verbreitung von Irrlehren verhindert und sich bemüht, jene Bücher aus dem Verkehr zu ziehen, die geeignet sind, Moral und Glauben zu untergraben, nichts weiter tut als die schwache menschliche Natur

vor jenen Sünden zu bewahren, denen sie gerade aufgrund dieser Schwäche nur allzu leicht anheimfällt.‹«

Er hob den Kopf. »Bis 1917 war die Kongregation für den Index verantwortlich für das Verbot von Büchern. Danach wurden die Befugnisse des Index von jener Behörde der Kurie übernommen, die als Abteilung für die Zensur von Büchern bekannt ist und der Obersten Kongregation des Heiligen Offiziums unterstellt ist. Aber da es immer noch viele gibt, die das Heilige Offizium mit der Inquisition in Verbindung bringen, und um unsere protestantischen Glaubensbrüder zu besänftigen, wurde das Heilige Offizium 1965 durch Papst Paul VI. abgeschafft. Die Arbeit am Index wurde danach von der weniger konservativen Heiligen Kongregation für die Glaubenslehre übernommen. Mit dieser Stelle haben wir es hier zu tun. Ist Ihnen das, was ich eben erklärte, verständlich geworden?«

»Vollkommen, Euer Eminenz.«

»Mr. Duncan, es gibt zwei Gründe, aus denen ein Buch von der Kirche verdammt und infolgedessen auf den Index gesetzt werden kann. In ferner Vergangenheit, im Jahre 1399, wurde eine Schrift bereits indiziert, wenn sie sich mit ›sinnlichen oder mit fleischlichen Dingen‹ befaßte, wenn sie ›auf die Zerstörung der Grundlagen der Religion‹ abzielte, wenn sie ›das katholische Dogma und die katholische Hierarchie angriff oder lächerlich machte‹. Kurzum: Bis auf den heutigen Tag kann ein Buch dann verdammt werden, wenn es entweder unmoralisch ist oder Irrlehren enthält. Wegen der Unmoral werden Sie auf den Seiten des Index Autoren wie Casanova mit seinen *Memoiren*, Gustave Flaubert mit seiner *Madame Bovary*, aber auch Balzac, D'Annunzio, Dumas Vater und Sohn mit ihren sinnlichen Romanen und seit 1952 auch Alberto Moravia wegen seiner obszönen Bücher finden. Aufgrund ihrer antiklerikalen Einstellung, ihrer irreführenden Theologie oder ausgesprochenen Häresie enthält der Index Autoren wie Lawrence Sterne mit seinem Buch *A Sentimental Journey Through France and Italy*, Edward Gibbon mit *Niedergang und Fall des Römischen Reichs*, Bergson, Croce, Spinoza, Kant, Zola und neuerdings auch Jean-Paul Sartre wegen ihrer religionsfeindlichen Aufsätze sowie historischen und philosophischen Arbeiten. Aber nur sehr wenige Autoren wurden sowohl wegen Unmoral als auch wegen Häresie verdammt. Einer der aus beiden Gründen Verurteilten war André Gide.«

Der Kardinal blätterte in seinem Index. »Ein weiterer Autor, den eine doppelte Verurteilung traf, war ein Romanautor, dessen Werk ursprünglich in englischer Sprache veröffentlicht wurde. Er war der zweite englischsprachige Autor, der im Index erschien. Der erste war übrigens Samuel Richardson mit *Pamela*, den der Vatikan 1744 indizierte. Aber was den zweiten Schriftsteller englischer Sprache betrifft, der aus beiden Gründen verurteilt und auf den Index gesetzt wurde – hier, lesen Sie selbst.«

Duncan nahm den Index entgegen und folgte dem Finger des Kardinals, der auf Seite 239 zeigte. Dort stand zwischen »Ittigius, Thomas« und »Juénin, Gas-

par« der Name »Jadway, J J«. Hinter dem Namen war zu lesen: »The Seven Minutes, Decr. S. Off. 19 apr. 1937.«
Duncan hob überrascht den Kopf. »Jadway steht tatsächlich hier!«
Kardinal MacManus nickte. »Ja. Wußten Sie denn nicht, daß er indiziert war?«
»Ich muß wohl davon gehört haben. Ich bin sicher, daß es in unseren Unterlagen über den Autor irgendwo erwähnt wurde. Aber ich habe nicht sonderlich darauf geachtet. Ich hatte wenig Ahnung vom Index und seiner Bedeutung, beauftragte aber einen Assistenten, sich näher damit zu befassen. Ich war mir nicht sicher, ob dieser Umstand vor Gericht von Bedeutung sein würde. Ich wollte ihn nebenbei erwähnen, sobald ich mich davon überzeugt hatte, daß die Einrichtung des Index immer noch existierte.«
»Das wissen Sie nun«, sagte der Kardinal. »Ich möchte noch einmal ausdrücklich auf den Anlaß des Verbots von *Die sieben Minuten* verweisen. Ich sagte bereits, dieses Buch sei sowohl wegen seiner Unmoral als auch wegen seiner häretischen Einstellung gegenüber dem christlichen Glauben verdammt worden. Das stimmt. Aber in den dreißiger Jahren dieses Jahrhunderts hätte Obszönität allein die Kirche nicht mehr veranlaßt, *Die sieben Minuten* zu indizieren, zumal der Roman nur in einer obskuren Ausgabe und noch dazu nicht im Mutterland des Autors erschien. Außerdem fand er wegen des sofortigen Verbots nur eine begrenzte Verbreitung. Wenn Sie diese Seiten durchblättern, werden Sie John Clelands *Fanny Hill* oder die Bücher von James Joyce, Henry Miller, William Burroughs vermissen. Nein, in neuerer Zeit gehört schon mehr als nur obszöner Inhalt dazu, damit ein Buch indiziert wird. Auch Boccaccios *Decameron* wurde ja nicht allein wegen seiner Unanständigkeit und Unmoral auf den Index gesetzt. Wenn es sich nur darum gehandelt hätte, wäre Boccaccio wohl einer Verurteilung entgangen. Es waren Boccaccios Blasphemie, seine Angriffe auf den Klerus, die ihm zusammen mit der Unsittlichkeit den Platz auf dem Index einbrachten. Als in einer Neuauflage des *Decameron* die sündigen Mönche und Nonnen durch sündige Adelige ersetzt wurden, war die Blasphemie dadurch in den Augen des Konzils von Trient getilgt. Seine Heiligkeit geruhte daraufhin, Boccaccios Werk vom Index zu entfernen. Sie sehen also, Mr. Duncan, daß es nicht die Unmoral allein ist, sondern Unmoral in Verbindung mit Blasphemie, die am sichersten zu einer Indizierung durch die Kirche führt. Diese Verbindung von Schlüpfrigkeit und Häresie zwang das Heilige Offizium, *Die sieben Minuten* zu verbieten. Ja, ich habe den Jadway-Roman gelesen, und ich bringe es nicht über mich, Ihnen meine Empfindungen zu beschreiben, die mich an der Stelle beherrschten, wo des Autors sündige Heldin – pah, Heldin! Ich würde sie eine atheistische Prostituierte nennen. Wo sie von unserem Herrn und von heiligen Märtyrern träumt und Seinen wie auch ihre Namen mißbraucht. Ein Werk, vom Teufel eingegeben, nichts anderes!«
Der Kardinal atmete heftig durch die Nase und rang mit seiner Erregung. »Aber trotz aller Niedertracht wäre *Die sieben Minuten* wohl ein Relikt in den Listen

des Index geblieben, vergriffen und vergessen, uninteressant für die Kirche. Damals wurde der Roman als Ergebnis der Indizierung in allen katholischen Ländern und wegen seines unsittlichen Inhalts auch in anderen Ländern verboten, verschwunden nach einem Augenblick des bösen Triumphes. Als aber ein bis dahin hochangesehenes Verlagshaus beschloß, das Buch neu aufzulegen, war die kirchliche Hierarchie beunruhigt. Ich kann Ihnen nicht sagen, ob die Kirche von sich aus dagegen vorgegangen wäre. Vielleicht hätten wir das unterlassen, um nicht in gewissen Kreisen alte Ressentiments wegen unserer angeblich unterdrückerischen Haltung in früheren Jahrhunderten wachzurufen. Glücklicherweise besaß ein Mann, ein außerhalb unseres Glaubens stehender Vertreter des Staates den Mut, das erschreckende Untier aufs Haupt zu schlagen, das da von den New Yorker Geschäftemachern losgelassen wurde. Dieser Mann waren Sie, Mr. Duncan, und wir sind stolz darauf, Ihren tapferen Kreuzzug unterstützen zu dürfen.«

Duncan errötete. »Danke, Euer Eminenz. Ich bin sehr gerührt von Ihren Worten.«

»Ich habe Ihnen mehr als bloße Worte versprochen«, sagte Kardinal MacManus. »Ich versprach Ihnen Hilfe.«

»Ich bin Ihnen für jede Unterstützung dankbar.«

»Der Heilige Vater hat mich bevollmächtigt, Ihnen die Dienste von Pater Sarfatti anzubieten. Das ist einer der beiden unmittelbar für den Index verantwortlichen Priester. Er kann als Kronzeuge der Anklage auftreten. Vor der Indizierung von *Die sieben Minuten* haben die Mitglieder des Heiligen Offiziums sich eingehend mit dem Leben des seinerzeit noch lebenden J J Jadway befaßt. Pater Sarfatti stehen die Ermittlungsergebnisse von dreieinhalb Jahrzehnten zur Verfügung. Ich darf Ihnen mitteilen, daß Pater Sarfatti bereit ist, zugunsten der Anklagevertretung nicht nur seine eigenen Erfahrungen mit Jadway, sondern darüber hinaus alle vertraulichen Informationen der Kirche über das berüchtigte Buch und den Autor zu veröffentlichen.«

»Diese Informationen«, sagte Duncan begierig, »ich hätte zu gern gewußt, ob Sie mir einige Angaben über . . .«

»Wußten Sie, daß der Autor, als er das Buch schrieb, katholisch war? Wußten Sie, daß er vor seinem Tode wegen dieses Werks exkommuniziert wurde? Und wußten Sie, daß er nach seiner Exkommunikation nicht, wie die Zeitungen schrieben, einem Unfall zum Opfer fiel, sondern als Selbstmörder starb?«

Duncan blieb der Mund offen. Er saß wie benommen auf dem Sofa. »Jadway hat sich selbst umgebracht?«

»Nach Erscheinen seines Buches beging er Selbstmord. Seine sterblichen Überreste wurden verbrannt.«

Duncan sprang auf. Sein Gesicht zuckte, seine Finger tasteten unbewußt nach einer Zigarette. »Nein – das alles wußte ich nicht. Außer uns beiden weiß das niemand in den Vereinigten Staaten. Aber sie sollen es erfahren – alle müssen das erfahren.«

Ächzend erhob sich der Kardinal vom Sofa. »Es ist die Wahrheit. Aber es ist nicht alles. Wünschen Sie Pater Sarfatti als Zeugen?«
»Ob ich ihn wünsche? Tausendmal ja! Ich brauche ihn!«
»Wann soll er in Los Angeles sein?«
»Wenn möglich in drei, spätestens vier Tagen.«
»Das läßt sich einrichten. Ich werde den Vatikan verständigen. Pater Sarfatti wird hier sein. Und der Herr wird Ihre gute Sache segnen. Wir behalten die Mahnung des heiligen Augustinus im Sinn: ›Der uns ohne unser Zutun erschaffen hat, wird uns nicht ohne unsere Zustimmung erretten.‹ Wir wollen, daß Amerika gerettet werde, und Sie werden uns helfen, hierzu die Zustimmung der Bürger zu erlangen. Vielen Dank, Mr. Duncan.«
»Ich danke *Ihnen*, Eminenz.«

Mike Barrett verließ Ben Fremonts Büchermagazin und beschloß, die kurze Strecke zur Stadtbibliothek von Oakwood zu Fuß zurückzulegen.
Er warf noch eine Münze in die Parkuhr, ließ seinen Wagen stehen und machte sich auf den Weg. Da Oakwood dem Strand näher lag als Beverly Hills, wo er vor knapp einer Stunde gegessen hatte, war die Luft hier sauberer, nicht so drückend, erfrischender. Er atmete tief durch, während er das Geschäftsviertel durchquerte.
In Gedanken rekapitulierte Barrett noch einmal seine Unterhaltung mit Ben Fremont. Es freute Barrett, daß der hagere, kurzsichtige Buchhändler jetzt längst nicht mehr so farblos wirkte wie an jenem ersten Nachmittag nach seiner Verhaftung. Damals war Fremont vor lauter Angst nur noch ein Nervenbündel, und er brachte nichts als ein heiseres Gurgeln hervor. Aber das Aufsehen, das er erregt hatte, war gut für sein Selbstbewußtsein gewesen. Er genoß die Sympathie der Minderheit von Kunden, Freunden und Kollegen, die in ihm einen heldenhaften Märtyrer sahen. Noch mehr sonnte er sich in der ihm plötzlich zugefallenen Rolle als Helfershelfer Satans, die ihm der Frauenclub und die Sensationsmacher von Presse und Fernsehen zugeteilt hatten. Barrett gewann den Eindruck, daß Fremont leicht gekränkt darüber war, daß JJ Jadway und *Die sieben Minuten* häufiger erwähnt wurden als sein Name. Fremont hatte sogar schüchtern eingestanden, daß seine Frau die Zeitungsausschnitte sammelte. Er hielt sich gerade, seine Stimme klang fester, das einstige Winden und Winseln war so gut wie verschwunden. Barrett verstand den Mann, und er mochte ihn. Den meisten Menschen, besonders denen, die in stiller Verzweiflung dahinleben, wird nur zweimal in ihrem Leben öffentliche Aufmerksamkeit zuteil: bei ihrer Geburtsanzeige und ihrem Nachruf. Beides können sie selbst nicht lesen. Das Leben hatte dem kleinen Buchhändler einen unverhofften Glücksfall beschert. Er war unglaublicherweise für einige Zeit zu einer bekannten Persönlichkeit geworden.
Aber wenn Barrett dann mit Fremont gesprochen hatte, sah er seine Lage doch wieder realistischer. Er stand unter Anklage. Ihm drohte Gefängnis. Deshalb

zeigte sich Fremont auch bei Barretts Besuchen – wie vorhin – stets aufgeschlossen und zur Mitarbeit bereit.
Barrett war mit Fragen gewappnet erschienen. Die Polizei hatte achtzig Exemplare von *Die sieben Minuten* beschlagnahmt, und nach den Unterlagen der Vertriebsabteilung des Sanford-Verlages war dem Büchermagazin eine Bestellung von hundert Stück ausgeliefert worden. Ob diese Ziffern stimmten? »Ja, Mr. Barrett.« Ob das bedeute, daß Fremont vor seiner Verhaftung zwanzig Exemplare verkauft habe? »Ja, Mr. Barrett – das heißt, warten Sie mal. Ein Exemplar hab' ich meiner Frau mit nach Hause genommen, damit sie den Roman lesen kann. Also hab' ich neunzehn Stück verkauft. Zwei davon an die Polizisten, die mich verhaftet haben.« Ob Fremont sich die anderen siebzehn Käufer des Buches notiert habe? »Nur die Kunden mit Dauerkonten, denen ich eine Rechnung schicke. Aber da müßte ich nachsehen. Die meisten Kunden bezahlen in bar.« Ob Fremont vielleicht so nett wäre, die Rechnungskopien für die kurze Zeit zwischen dem Eintreffen der Lieferung und seiner Verhaftung durchzusehen und dabei die Augen nach dem Namen Jerry Griffith offenzuhalten? »Die Frage kann ich Ihnen aus dem Stegreif beantworten, Mr. Barrett. Niemand von der Familie Griffith hat bei mir ein Konto.« Dann war Jerry vielleicht im Laden und hat bar bezahlt? »Das bezweifle ich. Ich habe ein gutes Gedächtnis für Namen und Gesichter. Das Foto des Jungen war doch in allen Zeitungen. Ich kann mich nicht erinnern, ihn jemals bei mir im Laden gesehen zu haben. Aber in Los Angeles gibt's natürlich hundert andere Buchhandlungen, in denen er sich sein Exemplar von *Die sieben Minuten* besorgt haben kann.« Das wußte Barrett selbst. Er hatte längst Kimura und andere Helfer mit Fotos von Jerry Griffith losgeschickt. »Die anderen Läden beneide ich, Mr. Barrett. Die Bücher gehen sicher weg wie die warmen Semmeln, und das alles nur meinetwegen.« Barrett bezweifelte, ob es außerhalb von Oakwood viele Buchhändler wagen würden, den Roman anzubieten. Die meisten würden doch sicher den Ausgang des Prozesses abwarten. »Nicht alle, Mr. Barrett«, antwortete Fremont, und er mußte es schließlich wissen.
Das gab Barrett zu denken. Er hatte sich den Buchhändler genau angesehen. Ob das bedeutete, daß einige seiner Kollegen das Buch unter der Theke verkauften? »Ein paar, nur ein paar.« Ob sich Fremont noch an Barretts Rat erinnere? »Was war das doch gleich? Ach so, daß ich das Buch nicht unter der Theke verkaufen soll. Keine Sorge, das kommt nicht in Frage. Außerdem – woher sollte ich denn die Exemplare bekommen? Ich möchte das Buch weiß Gott gern verkaufen. Sie haben keine Ahnung, wie oft ich telefonisch gefragt werde, ob ich es habe. Wissen Sie, wer mich heute angerufen hat? Rachel Hoyt. Feines Mädchen. Kennen Sie nicht? Sollten Sie aber. Sie leitet die Bibliothek in Oakwood. Und Mut hat sie. Behauptet sich schon seit zwei Jahren gegen Mrs. St. Clair und ihren Verein ›Kraft durch Anstand‹. Sie ist wütend über meine Verhaftung und den Versuch, *Die sieben Minuten* zu verbieten. Das hält sie für ein Verbrechen. Sie ist so böse, daß sie nicht warten will, bis sie das Buch über die Zentrale für die Bibliotheken

angefordert hat – sie will es gleich kaufen und dem KDA zum Trotz ins Regal stellen. Deshalb rief sie mich an. Ich hatte Angst, ihr das Exemplar zu geben, das meine Frau gerade liest. Aber Rachel wird schon irgendwo eins auftreiben.«

Mike Barrett hatte inzwischen das moderne, einstöckige Gebäude der Stadtbibliothek erreicht und war entschlossen, mit der Bibliothekarin Rachel Hoyt ein ernstes Wort zu reden.

Es war schon lange her, seit Barrett zuletzt in einer öffentlichen Bibliothek gewesen war. Die ganze Einrichtung und auch die hier herrschende Atmosphäre überraschten ihn. Seine Jugenderinnerungen an Bibliotheken waren mit Begriffen wie »düster«, »verstaubt«, »ruhig« oder »gedämpft« verbunden. Die Bibliothek von Oakwood war hell, freundlich, luftig, sie wirkte bei aller Ruhe lebendig. Mehrere Studenten und Studentinnen hatten sich an dem Tisch mit den Nachschlagewerken versammelt. Sie unterhielten sich mit unterdrückten Stimmen, aber sehr lebhaft, und versuchten ihr Lachen zu dämpfen. Andere Besucher saßen an langen Tischen und lasen gemütlich oder machten sich fleißig Notizen. Hinter einem hohen Regal trat ein Liebespaar hervor. Er hatte seinen Arm um sie gelegt, und sie trug einen Stapel Bücher.

In der Nähe des Eingangs stand ein Regal mit der Aufschrift NEUZUGÄNGE. Auf einem Pinbord waren die Schutzumschläge der neuesten Bücher ausgestellt. Hastig überflog Barrett die Romantitel. *Die sieben Minuten* war noch nicht dabei.

An dem Tisch mit den Karteikästen erkundigte sich Barrett nach Miss Rachel Hoyt. Er nannte seinen Namen und Beruf. Die schmächtige Angestellte starrte ihn aus weit aufgerissenen Augen an und huschte dann durch eine Tür.

Als sie zurückkam, folgte ihr Rachel Hoyt. Mike Barrett erlebte seine zweite Überraschung. Wie die meisten der heutigen Erwachsenen hatte er aus seiner Schulzeit das Bild der typischen Bibliothekarin in Erinnerung behalten: Schmuckloser Haarschopf, randlose Brille, spitze, mißbilligend gerümpfte Nase, schmale, zusammengepreßte Lippen. Eine geschlechtslose alte Jungfer, tüchtig, mausgrau, humorlos, ohne Saft und Kraft.

Da stand nun die Bibliothekarin Rachel Hoyt vor ihm, bildhübsch und so farbig wie ein psychedelisches Plakat. Sie trug das Haar weich zurückgekämmt. Im Nacken wurde es von einer Samtschleife gehalten. Die feuchten Lippen waren kräftig geschminkt, eine rosa Bluse wurde von einem schmalen Gürtel in einem kurzen grauen Rock gehalten. Sie war nicht sehr groß, aber flink und adrett. Zu einem frechen Gesichtsausdruck gesellte sich sprudelnde Vitalität. Vermutlich war sie nicht mehr weit von vierzig entfernt, aber sie sah wie dreißig aus. Barrett zweifelte nicht an ihrem scharfen Verstand. Aber er zweifelte ebensowenig daran, daß sie sich von ihrem Verstand nicht ins Privatleben pfuschen ließ.

»Sie sind die Leiterin der Bibliothek?« fragte er.

»Sehr richtig«, sagte Rachel Hoyt und schob ein paar klingende Armbänder auf ihrem schlanken Unterarm höher. Dabei sah sie ihn amüsiert an. »Was haben

Sie denn erwartet? Eine alte, mausgraue Jungfer? Dieser Typ wurde schon vor Jahren abgeschafft. Aber ganz ehrlich, Mr. Barrett: Sie sehen auch nicht aus wie die Strafverteidiger, die man im Fernsehen vorgesetzt bekommt. Sie sind weder der gerissene Polizistenschreck noch der herrliche besoffene Nuschler, der die Verfolgten verteidigt. Sie sehen eigentlich keinem der berühmten Fernsehanwälte ähnlich.«

»Wirklich nicht?« fragte Barrett und spielte den Gekränkten. »Warum denn nicht?«

»Zu sehnig, zuviel Kinn. Ihre Augen sind nicht einmal blutunterlaufen. Sie tragen einen teuren Schlips. Na schön, dann kommen Sie herein.«

Er folgte ihr in ein Büro, das ebenso überschaubar und offen war wie ihr Charakter – bis auf den Schreibtisch. Der war mit Bücherstapeln und Fachzeitschriften bedeckt. Daneben lagen Notizzettel, eine Tasse mit Bleistiften und Kugelschreibern, eine blubbernde Kaffeemaschine und ein Pappteller mit den Resten eines Sandwich.

»Darf ich fertigessen und meinen Kaffee austrinken?« fragte sie, trat hinter den Tisch und goß sich Kaffee in einen Pappbecher. »Sie auch?«

»Nein, danke.«

»Dann lassen Sie sich häuslich nieder.«

Er ging auf den Stuhl zu, wurde aber von einem großen, gerahmten Plakat an der Wand abgelenkt. Es trug die Überschrift: RECHTE DER BIBLIOTHEKEN und war vom Vorstand des amerikanischen Bibliothekenverbandes zusammengestellt worden.

»Unsere sechs Gebote«, rief Rachel Hoyt. »Sehen Sie sich mal Nummer drei und vier an.«

Er las unter Nummer drei: »Die Bibliotheken haben sich in ihrer Verantwortung für die Unterrichtung und Bildung der Öffentlichkeit durch das gedruckte Wort gegen jegliche Zensur von Büchern zu wenden, die von selbsternannten Hütern der Moral oder der politischen Meinung oder von Organisationen veranlaßt oder praktiziert wird, die zwangsweise einen bestimmten Begriff vom Amerikanertum durchsetzen wollen.«

Sein Blick ging weiter zum Gebot Nummer vier: »Die Bibliotheken sollten in Zusammenarbeit mit gleichgesinnten Gruppen aus Wissenschaft, Erziehung und Verlagswesen jeglicher Einschränkung des freien Zugangs zu Ideen und der vollen Freiheit der Meinungsäußerung widerstehen und dadurch diese ererbten Traditionen Amerikas sichern helfen.«

Er drehte sich um und setzte sich ihr gegenüber. »Ich denke, damit wäre schon alles gesagt.«

Sie schluckte den letzten Bissen Brot hinunter. »Nicht ganz«, antwortete sie. »Ich würde sagen, daß so gut wie jeder Bibliothekar diese beiden Gebote und auch die vier anderen voll bejaht. Wo sich die Geister scheiden, das ist die Interpretation dessen, was ›Bildung durch das gedruckte Wort‹ darstellt oder auch nicht. Präsident Eisenhower hat einmal – wissentlich oder zufällig – vor Jahren

in einer denkwürdigen Rede am Dartmouth College unser Problem umrissen. ›Macht keine gemeinsame Sache mit den Bücherverbrennern!‹ rief er seinen Zuhörern zu. Er meinte damit, daß man Fehler nicht dadurch verschleiern kann, daß man die Beweise dafür unterdrückt. Wir sollten keine Angst davor haben, in eine Bibliothek zu gehen und jedes Buch zu lesen, so lange dadurch nicht unsere eigenen Ideen und unser Anstandsgefühl verletzt werden. ›Das sollte die einzige Zensurinstanz sein‹, sagte Eisenhower.«
Sie trank ihren Kaffee aus.
»Ein Hoch auf Eisenhower. Aber wie soll denn diese einzige Zensurinstanz aussehen? Unsere eigenen Ideen und unser Anstandsgefühl – ja Aber wessen Ideen sind damit gemeint? Nehmen wir ein beliebiges Buch als Beispiel. Eisenhower bezeichnet es vielleicht als unanständig, für Richter Warren ist es anständig. Nehmen wir ein anderes Buch. Ein amerikanischer Kommunist findet es aus politischer Sicht anständig, ein Mitglied der stockkonservativen John-Birch-Gesellschaft findet es hochgradig unanständig. Oder *Die sieben Minuten*. Sie und ich, wir finden es anständig. Aber Staatsanwalt Duncan und Frank Griffith schreien ›unanständig‹! Bleiben wir ruhig beim Jadway-Buch. Ich sage, es hat gesellschaftliche Bedeutung und literarischen Wert, und ich habe auch vor, es zu kaufen und in unser Regal zu stellen. Aber bei der Einkaufsbesprechung der Freien Bibliothek von Philadelphia könnten die versammelten Bibliothekare zu dem Schluß gelangen, das Buch sei unsittlich und stilistisch schlecht, und sie lehnen die Anschaffung daher ab. Der Leiter irgendeiner öffentlichen Bibliothek in Alabama erkennt vielleicht den sozialen Wert des Buches, lehnt jedoch aus Angst vor irgendwelchen konservativen Vereinigungen den Roman ab und verbietet seinen Bibliothekaren die Anschaffung. Damit sind wir wieder beim Ausgangsproblem: Nach *wessen* Anstandsgefühl sollen wir uns richten? Der Beruf eines Bibliothekars ist heutzutage etwa so geruhsam wie der eines Politikers. Er gehört zu den riskantesten Berufen auf dieser Welt. Kein Platz für Feiglinge. Aber Sie dürfen mir glauben, daß es in diesen heiligen Hallen auch mutige Leute gibt. Ich bin bereit, meine Kinder – meine Bücher – und den freien Zugang zu ihnen mit Zähnen und Krallen zu verteidigen. Und nun, Mr. Barrett, möchte ich gern wissen, was Sie hier suchen.«
»Miß Hoyt, ich wollte Sie um einen Gefallen bitten. Daß Sie *Die sieben Minuten* weder anschaffen noch auslegen.«
Ihre Augenbrauen kamen hoch. »Ausgerechnet Sie? Soll das ein Witz sein?«
»Ich meine es ganz ernst.«
»Ich möchte dieses Buch allen zugänglich machen, die es lesen wollen.«
»Nein. Noch nicht.«
»Und warum nicht?«
Barrett spielte mit seiner Pfeife. »Das will ich Ihnen erklären. Wir haben bereits eine Person, die das Gesetz herausfordert und auf dem Recht besteht, *Die sieben Minuten* frei auszustellen. Unseren Märtyrer haben wir also. Zwei Märtyrer wären schon zuviel. Das ist genauso, als wären beispielsweise zwei

verschiedene Christus von Pilatus verurteilt und auf Golgatha gekreuzigt worden. Hätten sich die Christen von zwei Opfertoden bewegen lassen? Wäre daraus das Christentum entstanden?«

»Ein hinkender Vergleich«, sagte Rachel Hoyt. »Wenn Sie eine belagerte Festung verteidigen, dann weisen Sie doch keine Freiwilligen zurück, die mitkämpfen wollen. Ich würde sagen: Je mehr, um so besser.«

»Ein ebenso hinkender Vergleich«, konterte Barrett. »Sehen Sie, ein Jude wurde ungerechterweise verurteilt und auf die Teufelsinsel geschickt; da kann man rufen *›J'accuse!‹* und wegen dieser Ungerechtigkeit gegenüber einem einzelnen die Welt in Aufruhr versetzen. Mit einem hilflosen Märtyrer kann sich die Masse identifizieren. Aber in Deutschland wurden sechs Millionen Juden verfolgt und ermordet; die Massen zeigen sich zwar verstandesmäßig beunruhigt, aber ihr Fühlen bleibt unberührt. Jeder geht zur Tagesordnung über. Wer kann sich schon mit sechs Millionen Toten identifizieren?«

Miß Hoyt drehte ihren Pappbecher zwischen den Fingern. Dann zerdrückte sie ihn. »Und was soll ich nun tun?«

»Ich wollte Sie fragen, ob Sie sich als sachverständige Zeugin für die Verteidigung zur Verfügung stellen.«

»Keine zehn Pferde können mich vom Zeugenstand fernhalten!«

»Okay, das wäre also geklärt. Ich nehme an, Sie haben den Jadway-Roman gelesen?«

»Dreimal, ob Sie's glauben oder nicht. Das erstemal vor einem halben Dutzend Jahren. Das war auf einem dieser billigen Gruppenflüge. Die Maschine wurde vermutlich von einem Spielzeugmotor angetrieben – Bibliothekare bekommen eben keine Jet-Gehälter. Es war eine Studienreise mit Besichtigungen von Kunstwerken und Museen, und nach drei Tagen im Louvre hatte ich einen Tag frei. Ich stöberte in den Antiquariaten entlang der Seine herum und entdeckte ein abgegriffenes Exemplar von *Die sieben Minuten.* Die Étoile-Ausgabe. Ich hatte schon viel davon gehört und war neugierig. Ich setzte mich in ein Café und las den ganzen Vormittag. Zum erstenmal ging mir auf, wie schön es ist, eine Frau zu sein. Deshalb war ich begeistert, als ich in einer Fachzeitschrift las, daß Sanford das Buch hier herausbringen wollte. Mein Gott, dachte ich mir, unser gutes altes Amerika wird endlich erwachsen! Zu Hause las ich sofort noch einmal meine Étoile-Ausgabe durch. Der Roman gefiel mir genauso gut wie beim erstenmal. Als dann Fremont verhaftet wurde, wußte ich, daß ich als verantwortungsbewußte Bibliothekarin eine Entscheidung zu treffen hatte. Ich las das Buch zum drittenmal, diesmal mit dem kritischen Auge des Fachmanns.«

»Und was sagt der Fachmann?«

»Er sagte mir, daß mein Urteil in beiden Fällen vorher richtig war. Das Buch gehört in die Bibliothek, und zwar sofort – und sei es nur, um den Hexenverfolgern zu beweisen, daß Ben Fremont nicht allein dasteht. Nun raten Sie mir von dieser Geste ab. Aber ich werde zumindest Gelegenheit haben, der ganzen Welt die Einstellung des intelligenten Bibliothekars klarzumachen.«

»Haben Sie auch an die Konsequenzen gedacht?«

»Mr. Barrett, wenn ich mir Sorgen wegen der möglichen Konsequenzen machte, hätte ich mich nicht für diesen Beruf entscheiden dürfen. Ich will mich doch nicht schämen müssen, wenn ich abends in den Spiegel schaue. Zum Teufel mit den Konsequenzen! Haben Sie überhaupt eine Ahnung, was man als Bibliothekarin täglich durchmacht? Nicht einmal im Jahr, einmal im Monat, nicht die großen Probleme, sondern die kleinen Dinge, mit denen man Tag für Tag konfrontiert wird? Ich spreche nicht von der Jugend. Die ist in Ordnung. Sie ist unsere einzige Hoffnung, wenn wir den alten Dreckklumpen, auf dem wir leben, vor der völligen Vernichtung retten wollen. Es sind ihre Eltern und Verwandten. Die klugen Erwachsenen, die behaupten, ganz genau zu wissen, was richtig ist und was falsch – das nennen sie dann gesunden Menschenverstand. Aber was ist das? Ein Gemisch aus Sagen und Märchen und Vorurteilen, von Großeltern und Eltern vererbt, dazu ein Haufen begrenzter, halbverdauter Erfahrungen, Beobachtungen und Gedanken. Die Eltern sind es, die in die Bibliothek gelaufen kommen und sich beklagen, daß wir ihre Kinder mit diesem oder jenem Buch verderben. Sie merken nicht, daß sie ihren Nachkömmlingen schaden, weil sie mit einem Brett vor dem Kopf Eltern spielen. Diese Leute fürchten sich ganz einfach vor allem, was neu ist.«

»Ich kenne diese Sorte sehr gut.«

»Natürlich. Aber wir müssen mit ihnen leben, uns mit ihnen abgeben. Wir beide wissen doch auch, was dabei herauskommt, wenn die Gesellschaft von jedem einzelnen Buch erwartet, daß es dem gutbürgerlichen Geschmack entspricht. Die meisten wahrhaft großen Bücher waren es nur, weil sie sich über die banalen Regeln, über die althergebrachten Traditionen hinwegsetzen. Das waren die Bücher, die es wagten, etwas Neues zu sagen oder es auf neue Art auszudrücken. Die Schriften von Kopernikus, Newton, Paine, Freud, Darwin, Boas, Spengler, die Dichtungen von Aristophanes, Rabelais, Voltaire, Heine, Whitman, Shaw, Joyce. In diesen Schriften wurden neue, manchmal schokkierende Ideen vertreten. Auch heute müssen wir unbedingt solche Veröffentlichungen unterstützen. Aber wie? Ein führender Bibliothekar meinte einmal, wir sollten eine gute Auswahl unabhängig von der Zensur treffen – die Auswahl der allerbesten Bücher, ausgehend von der mutmaßlichen Absicht des Autors und der Ehrlichkeit seines Bemühens. Die Auswahl, so sagte er, beginnt mit einer positiven Einstellung zur Meinungsfreiheit – die Zensur geht dagegen von einer Haltung aus, die Gedanken kontrollieren will.«

Rachel Hoyt hielt inne, als müßte sie erst ihren Zorn überwinden. Dann fuhr sie ruhiger fort: »Glauben Sie etwa, irgend jemand von diesen Duckmäusern hier würde das begreifen? Nichts zu machen! Wir kämpfen um eine gute Auswahl, sie kämpfen für die Zensur. Sie sollten mal die Beschwerden hören, die tagaus, tagein kommen. Sie stammen von Moralisten und bigotten Idioten aller Schattierungen.«

»Was für Beschwerden?«

»Ich bin zum Beispiel aufgefordert worden, den *Scharlachroten Buchstaben* von Hawthorne aus dem Verkehr zu ziehen, weil darin unsittliches Verhalten zutage tritt, oder *Die gute Erde* von Pearl S. Buck, weil eine Geburt beschrieben wird, Dostojewskijs *Schuld und Sühne* wegen der darin enthaltenen Flüche und sogar Mitchells *Vom Winde verweht*, weil sich Scarlett unmoralisch benimmt. Ich habe irgendwo gelesen, daß ein Elternbeirat die *Klassischen Sagen des Altertums* verboten sehen wollte, weil es darin um Inzucht geht – Inzucht unter den Göttern. O ihr Götter! In Cleveland lief man gegen die *Metamorphosen* von Apuleius Sturm, weil der englische Titel *The Golden Ass* nicht nur *Der goldene Esel*, sondern auch *Der goldene Arsch* heißen kann. Aber der Gipfel der Albernheit wurde in Downey in Kalifornien erreicht. Dort wollten einige Tugendwächter die Tarzan-Serie von Edgar Rice Burroughs aus der öffentlichen Bibliothek entfernen, weil Tarzan und Jane unverheiratet waren und ergo in Sünde lebten. Können Sie sich so etwas vorstellen?«

Barrett schüttelte den Kopf. »Nicht möglich!«

»Doch möglich! Und glauben Sie ja nicht, es wären die Ungebildeten, die Außenseiter, die Bigotten, die uns die meisten Schwierigkeiten machen. Die meisten Leute – angeblich ganz normale Leute – streben instinktiv danach, allen anderen ihre eigenen Begriffe von Recht und Unrecht aufzuzwingen. Wie hat es Freud doch ausgedrückt? Da viele Menschen sich über alles aufregen, was sie eindeutig an ihre animalische Natur erinnert, regen sie sich über eine offene Sprache in der Literatur auf und versuchen, uns andere unter ihrer Empörung leiden zu lassen. Manchmal mischen sich ausgesprochen ehrbare Bürger ein. Nehmen Sie nur unsere Stützen der Gesellschaft – zum Beispiel Männer wie Frank Griffith, der nun der Presse glaubhaft machen will, nicht sein Sohn Jerry, sondern JJ Jadway hätte das arme Mädchen vergewaltigt. Die Verantwortung für das Verbrechen trägt aber weder Jadway noch Jerry. Die wirklich Verantwortlichen sind Leute wie Frank Griffith.«

Barrett horchte auf. »Griffith? Wie kommen Sie darauf? Kennen Sie ihn denn?«

»Nein, darauf kann ich verzichten«, antwortete Rachel Hoyt. »Ich hatte einen Zusammenstoß mit ihm und bin bedient. Sein Sohn Jerry hat sich früher bei uns Bücher ausgeliehen und die Nachschlagewerke benutzt. Da lernte ich den Jungen flüchtig kennen. Ein heller, ruhiger und netter Junge, den sein herrischer Vater, dieser Besserwisser, zu einem wandelnden Nervenbündel gemacht hat. Als ich ihn zuletzt sah – das war vor über einem Jahr –, da hatte er für eine Arbeit seines Literaturkurses etwas nachzuschlagen. Er kam damit nicht ganz zurecht und suchte meinen Rat. Ich hatte genau das richtige Buch für ihn – das von Crowell herausgegebene *Wörterbuch des amerikanischen Slang*. Da es schon spät war und Jerry nicht mehr genug Zeit blieb, das Gesuchte nachzuschlagen, erlaubte ich ihm ausnahmsweise, das Nachschlagewerk für vierundzwanzig Stunden mit nach Hause zu nehmen. Am nächsten Morgen rief mich sein Vater an und machte mir die Hölle heiß.«

»Frank Griffith rief Sie an?«

»Und wie!«
»Was wollte er denn?«
»Er kochte vor Wut. Wie könnte ich es nur wagen, seinem Sohn ein solches Buch zu empfehlen? Ich antwortete, das Buch sei doch ganz in Ordnung, es handele sich um ein Standardwerk, das seit Jahren im Gebrauch sei. Aber das genügte Mr. Griffith nicht. Ein Abgeordneter aus San Diego hatte das Buch im Jahre 1963 als ›schmutzig‹ bezeichnet, und der Chef des kalifornischen Erziehungswesens hielt es sogar für ›eine praktische Anleitung zur sexuellen Perversion‹. Vermutlich weil es die Erläuterung einiger saftiger angelsächsischer Kraftausdrücke enthält. Griffith forderte mich auf, das Buch zu entfernen. Ich weigerte mich mit dem Hinweis, daß ich den Studenten doch nicht ein so wichtiges Nachschlagewerk entziehen könnte. Da sagte Griffith, wenn er nur die Zeit hätte, würde er sich schon mit mir wegen des Buches auseinandersetzen, er wollte mich nur davor warnen, seinem Sohn jemals wieder etwas so Fragwürdiges zu empfehlen. Für diesen Fall versprach er mir, mich um meine Stellung zu bringen. Leider hatte ich danach keine Gelegenheit mehr, Jerry überhaupt etwas zu empfehlen, weil er sich nicht wieder blicken ließ. Er schickte das Buch durch seinen Freund zurück und ließ seinen Dank und sein Bedauern darüber ausdrükken, daß ich seinetwegen solchen Ärger hatte. Vermutlich war es ihm peinlich, das Buch selbst zurückzubringen oder sich danach noch einmal blicken zu lassen. Seitdem holt er sich seine Bücher vermutlich aus der Universitätsbibliothek. Wie gefällt Ihnen das?«
Barrett war plötzlich hellwach. »Wissen Sie noch, wie Jerrys Freund hieß?«
»Sein Freund? Hm, Jerry war ein Einzelgänger. Er hatte vielleicht ein paar flüchtige Bekannte, nur dieser Bärtige wurde öfter in seiner Gesellschaft gesehen.« Sie überlegte. »Ist das wichtig, Mr. Barrett?«
»Ich weiß nicht. Vielleicht.«
Sie sprang auf. »Ich will mal sehen, ob ich etwas erfahren kann.« Sie lief zur Tür und rief hinaus: »Mary!«
Barrett stand auf. Er hatte seine Pfeife noch nicht fertiggestopft, da erschien Rachel Hoyt schon wieder. »Glück gehabt?« fragte er.
»Ja, eine meiner Angestellten erinnert sich noch an Jerrys Freund. Sein Name ist George Perkins. Er studiert ebenfalls an der Universität von Los Angeles.«
Barrett machte sich eine Notiz und steckte dann sein Büchlein wieder weg. »Danke, das hilft mir vielleicht weiter. Und auch vielen Dank dafür, daß Sie für die Verteidigung aussagen wollen. Wir sprechen uns noch einmal, bevor Sie in den Zeugenstand treten müssen. Es macht Ihnen doch nichts aus, diese kleine Anekdote mit Frank Griffith vor Gericht zu wiederholen?«
»Ich wüßte nichts, was mir mehr Spaß machte.«
»Dann möchte ich Ihnen, Miß Hoyt, im Namen ...«
»Seien wir doch nicht so steif und formell. Ich Jane. Du Tarzan.«
Er griente. »Okay. Ich Tarzan du Jane danken.«

Die Studienberaterin hatte ihr Büro im Verwaltungsgebäude der Universität. Es war nichts weiter als ein winziger, kahler Raum, der lediglich einen Drehstuhl, einen modernen Büroschreibtisch mit Karteikasten und Telefon, eine Topfpflanze und zwei schlichte Besucherstühle enthielt. Mike Barrett kam der Raum so freudlos vor wie das Sprechzimmer eines Arztes. Er hatte sich eine Viertelstunde lang mit Mrs. Henrietta Lott unterhalten, und die Umgebung wirkte mit jeder Minute bedrückender auf ihn. Das lag vermutlich daran, daß das Gespräch mit Mrs. Lott bisher nichts eingebracht hatte.

Henrietta Lott war eine freundliche, unauffällige und überarbeitete Frau in mittleren Jahren, die sich am wohlsten zu fühlen schien, wenn sie auswendiggelernte Informationen über den Stundenplan der Abteilung Literaturwissenschaften herunterrasseln konnte. Ihre Haupttugend bestand offenbar in ihrer absoluten Arglosigkeit und ihrer Ernsthaftigkeit. Ihre Aufgabe war die Beratung der Studenten, deren Name mit Anfangsbuchstaben zwischen G und J begann. Daher fiel auch Jerry Griffith in ihr Ressort. Sie hatte insgesamt viermal mit ihm gesprochen. Abgesehen von dem, was die Karteikarte in ihrer Hand besagte, wußte sie kaum etwas über Jerry und konnte ihn sich auch nur vage vorstellen (schon das war bezeichnend, sagte sich Barrett). Sie bedauerte diesen Mangel zutiefst, aber es gab eben so viele, viele Studenten – allein in den Literaturwissenschaften fünfzehntausend.

Sie nannte die vier Daten, an denen sie Jerry gesprochen hatte. Es ging dabei ausschließlich um Studienfragen, Klassenwechsel, Lehrkräfte und Prüfungen.

»Ich wollte, ich könnte Ihnen mehr darüber sagen, aber ansonsten fällt mir wirklich nichts mehr ein«, gestand sie betrübt.

Barrett stellte in etwas anderem Wortlaut noch einmal die Frage, die er ihr bereits zweimal vorgelegt hatte: »Haben Sie denn überhaupt einen Eindruck von Jerry Griffith' Persönlichkeit gewonnen?«

»Nur, daß er ein sehr ernster und zurückhaltender Junge ist.« Sie betrachtete die Karteikarte in ihrer Hand und dann einen aufgeschlagenen Schnellhefter. »Man könnte wohl sagen, daß er mir genauso ziellos vorkam wie die meisten jungen Leute heute. Im Vergleich zu den vielen Studenten, die ich täglich zu sehen bekomme, könnte man sagen, daß Jerry auf mich einen ordentlicheren, geraderen Eindruck machte als die meisten seiner Altersgenossen.«

»Haben Sie mit ihm über seine Familie gesprochen, Mrs. Lott?«

»Nein, eigentlich nicht. Warten Sie – einmal doch.« Sie lebte ein wenig auf. »Er erkundigte sich einmal nach Hallensport. Ja, jetzt weiß ich es wieder. Sein Vater war einmal Olympiateilnehmer – oder hab' ich das nur in der Zeitung gelesen? Macht nichts – jedenfalls wünschte sein Vater, daß er sich sportlich betätigte, als Ausgleich für die Arbeit. Er sollte kein Bücherwurm werden. Deshalb fühlte sich Jerry verpflichtet, sich zu erkundigen. Er sagte, daß er auf sportlichem Gebiet nicht viel tauge und nur in der Highschool einmal Tennis gespielt hätte. Er gehörte einem Bridgeclub an – oder war es Schach? – nein, ich glaube, es war doch Bridge. Einem Bridgeclub in Westwood.«

»Ich habe erfahren, daß Jerry vor einem Jahr Vorlesungen über amerikanische Literatur nahm. Können Sie mir darüber etwas sagen?«
Mrs. Lott beugte sich über ihren Ordner. »Stimmt. Hier sehe ich, daß er sieben Kurse Literatur hatte. Das heißt, fünf hat er bereits absolviert, die beiden anderen laufen noch. Das heißt, sie liefen, bevor er ... bevor er die Universität verließ. Möchten Sie die Namen der Dozenten wissen?«
Sie las die Namen langsam vor, und Barrett machte sich Notizen. Als sie fertig war, hob Barrett den Kopf. »Hier, dieser letzte Kurs«, sagte er, »es ging, wie ich sehe, um amerikanische Exilliteratur, Dozent ist Dr. Hugo Knight. Klingt vielversprechend. Was ist damit?«
Mrs. Lott war jetzt ganz in ihrem Element und wirkte plötzlich viel selbstsicherer. »Ein sehr beliebter Kurs. Dr. Knight weiß seine Schüler zu begeistern. Ja, dafür hatte sich Jerry eingeschrieben und nahm auch bis zu diesem unseligen Vorfall an den Vorlesungen teil. Eine Schande, daß er nicht die Abschlußprüfung ablegen konnte. So wird ihm der Kurs nicht angerechnet.«
»Was behandelt Dr. Knight in diesem Kurs?«
»Dr. Knight versucht aufzuzeigen, wie sich die Erfahrung des Exils, das Gefühl der Entfremdung, die Übernahme fremder Sitten und Gebräuche auf die maßgebliche amerikanische Literatur auswirkte, angefangen von Nathaniel Hawthorne über Henry James bis hin zu Ernest Hemingway. Wie ich aus Gesprächen mit den jungen Leuten weiß, machen ihnen die Vorlesungen viel Freude. Dr. Knight schreckt auch nicht vor einer Behandlung jener Autoren zurück, die zur Avantgarde gehörten und wegen ihres Realismus in ihrem Heimatland Amerika nicht veröffentlicht werden durften. Dafür wurden sie von 1931 bis 1939 in Paris von Jack Kahanes Obelisk Press und dem Verlag Olympia Press herausgebracht, den sein Sohn Maurice Girodias 1953 gründete. Die beiden brachten Frank Harris, Radclyffe Hall, Henry Miller, Lawrence Durrell, James Hanley, Jean Genêt und William Burroughs zu einer Zeit heraus, da es noch kein anderer Verlag wagte, diese Autoren zu veröffentlichen. Natürlich legt Dr. Knight besonderes Gewicht auf amerikanische Autoren.«
»Wissen Sie zufällig, ob der Professor auch den von Christian Leroux gegründeten Verlag Éditions Étoile und das von mir als Anwalt vertretene Buch *Die sieben Minuten* von JJ Jadway in seinen Vorlesungen behandelt?«
»Ich kann mir nicht vorstellen, daß er umhin konnte, Jadway zu erwähnen, zumindest beiläufig. Aber diese Frage sollten Sie lieber Dr. Knight selbst stellen. Ich bin sicher, daß er sie Ihnen gern beantworten wird. Ich könnte während seiner Sprechzeit einen Termin mit ihm vereinbaren.«
»Vielleicht gleich heute, Mrs. Lott? Wo ich doch schon einmal hier bin? Ich habe den Eindruck, als würde Dr. Knight einen ausgezeichneten Zeugen abgeben.«
Fast erleichtert streckte Mrs. Lott die Hand nach dem Telefon aus, zog sie dann aber wieder zurück. »Ich muß meine Leitung für einen Anruf, den ich erwarte, freihalten.« Sie stand von ihrem Drehstuhl auf und lief zur Tür. »Ich bin gleich wieder hier. Will nur bei Dr. Knight anrufen.«

Barrett erhob sich, massierte seinen schmerzenden Rücken und wartete.
Nach kaum einer Minute war Mrs. Lott wieder zurück. »Sie haben Glück, Mr. Barrett. Er ist in einer halben Stunde wieder in seinem Büro. Ich sagte ihm, wer Sie sind und was Sie wünschen, und er wird Sie gern empfangen. Ich schreibe Ihnen auf, wo Sie ihn finden, dann zeichne ich Ihnen den kürzesten Weg dorthin auf, damit Sie sich nicht verlaufen.«
Während sie die Anschrift notierte und eine Skizze machte, fiel Barrett noch etwas ein. Er wartete, bis sie ihm das Blatt Papier reichte.
»Noch etwas, Mrs. Lott«, sagte er. »Da ist noch jemand, den ich gern sprechen möchte, falls sich das einrichten läßt. Einen Kommilitonen und engen Freund von Jerry Griffith. Wenn ich herausfinden könnte, ob er sich gerade in der Universität aufhält, möchte ich die halbe Stunde Wartezeit bis zu meiner Verabredung mit Dr. Knight gern zu einem kurzen Gespräch mit ihm benutzen oder ihn gleich danach sehen. Der junge Mann heißt George Perkins. Es tut mir leid, wenn ich Ihnen noch mehr Mühe . . .«
»Das ist überhaupt keine Mühe«, unterbrach ihn Henrietta Lott. »Ich will sehen, was ich in Erfahrung bringen kann.«
Sie stellte rasch fest, daß George Perkins wie Jerry Griffith im Hauptfach Geologie studierte und im Augenblick gerade eine Vorlesung hatte. Falls er diese Vorlesung besuchte, könnte man ihn herausholen. Sie schrieb eine entsprechende Notiz für den Dozenten und schickte eine Sekretärin damit weg. Sie sollte George Perkins nach Möglichkeit gleich mitbringen.
Eine Viertelstunde später stand Barrett auf der Dickson Plaza, dem freien Platz westlich vom alten Bibliotheksgebäude, und gab sich redliche Mühe, sich nicht von den Scharen fröhlicher, gesunder Mädchen ablenken zu lassen, die lachend die endlose Treppe aus dem Turnsaal herunterkamen. Er wartete auf seine Fremdenführerin und hoffte, daß sie mit George Perkins wiederkommen würde.
Da kam sie schon um die Royce Hall herum. In ihrer Begleitung befand sich ein hochgewachsener junger Mann mit unordentlichem sandfarbigem Haarschopf und struppigem Bart, der in lässiger Haltung neben ihr herging. Er war salopp gekleidet: Rollkragenpulli, Kordhose und bequeme Freizeitstiefel. Das Mädchen blieb stehen und deutete auf Barrett. Der junge Mann nickte. Dann winkte sie Barrett zu und ging weg.
Der junge Mann kam über den freien Platz auf Barrett zugeschlurft. Er wechselte seinen Bücherstapel von einem Arm auf den anderen. Als er näherkam, bemerkte Barrett den erstaunten Blick auf dem fleischigen Gesicht.
»Hallo«, grüßte er. »Ich bin George Perkins. Man hat mir gesagt, daß mich jemand sprechen will. Aber nicht, worum's geht.«
»Ich bin Michael Barrett. Ich will Ihnen gern erklären, worum es geht.« Als Barrett seinen Namen aussprach, erschienen nachdenkliche Falten auf der Stirn des jungen Mannes, als versuchte er sich zu erinnern, wo er den Namen schon einmal gehört hatte. »Sie werden meinen Namen vermutlich in den Zeitungen

gelesen haben«, fuhr Barrett fort. »Ich bin der Verteidiger Ben Fremonts, der unter Anklage gestellt wurde, weil er das Buch *Die sieben Minuten* vertrieben hat.«

»Stimmt«, murmelte George Perkins. »Na so was ...« Ein Gedanke schien ihm durch den Kopf zu gehen, der ihn zu einer mißtrauischen Haltung veranlaßte. »Was wollen Sie denn von mir?«

»Nur Antworten auf ein paar Fragen, sonst nichts. Ich dachte, Sie könnten mir vielleicht ein wenig weiterhelfen. Ich versuche, etwas über Jerry Griffith zu erfahren. Wie ich gehört habe, sind Sie mit ihm befreundet.«

»Nicht enger als viele andere auch«, sagte George betont zurückhaltend. »Ich kenne ihn flüchtig. Man sieht sich eben hin und wieder. Ein paarmal hat er mich in seinem Auto mitgenommen. Das ist alles.«

»Ich habe gehört, daß Sie eng mit ihm befreundet sind.«

»Mister, dann hat man Ihnen was Falsches erzählt. Nee, so ist das nicht. Tut mir leid. Und jetzt entschuldigen Sie mich, da ist einer, der mich nach Hause mitnehmen will. Muß mich beeilen.«

George Perkins ging die Steinstufen hinunter zu dem Privatweg, der zwischen den Sportanlagen hindurchführte. Barrett ging neben ihm her. »Was dagegen, wenn ich Sie begleite? Sie könnten mir ein paar Tips geben.«

»Sie vergeuden Ihre Zeit.«

»Nun, es ist schließlich meine Zeit«, entgegnete Barrett unbekümmert und hielt mit George Perkins Schritt. »Sie kennen Jerry also zumindest flüchtig. Haben Sie auch jemanden aus seiner Familie kennengelernt?«

»Nein.«

»Hat Jerry mal mit Ihnen über seinen Vater gesprochen?«

»Nee.«

»Worüber hat Jerry denn sonst gesprochen? Irgendein Lieblingsthema?«

»Ach, nichts Besonderes. Er hört mehr zu. Wir sind alle miteinander gute Zuhörer. Haben Sie das noch nicht gewußt, Mister? Wir sind doch die Generation, der alles eingetrichtert wird, damit wir dann wissen, was wir tun müssen.« Er warf Barrett einen spöttischen Seitenblick zu. »Das Quatschen, das überlassen wir anderen.«

Barrett nickte gutmütig. »Ein Punkt für Sie. Aber Zuhörer sind vielleicht auch gute Leser. Ich hab' gehört, daß Jerry viel gelesen hat.«

»Alle lesen eine Menge, weil sie nicht von der Uni fliegen wollen.«

»Haben Sie zufällig gesehen, ob Jerry *Die sieben Minuten* gelesen hat? Hat er darüber gesprochen?«

»Möglich. Ich weiß es nicht mehr. Er war ganz groß in Hesses Hermann. Aber das Ding von Jadway ist doch gerade erst rausgekommen, wie? Ich glaube kaum, daß ich Jerry seitdem gesehen habe. Wie soll er da mit mir darüber geredet haben? In den Zeitungen steht, daß er's gelesen hat. Sie sind also genauso schlau wie ich.«

»Wann haben Sie Jerry Griffith zuletzt gesehen?«

George Perkins legte die letzten Stufen schweigend zurück. Dann sagte er: »Vielleicht eine Woche, bevor das mit dem Flittchen passiert ist.«
»Seitdem haben Sie ihn nicht mehr gesehen, George?«
»Nein. Und ich hab' auch keine Lust dazu.«
»Warum nicht?«
»Weil er den Sex in Verruf gebracht hat. Was für ein Kerl ist das denn, der sich's so holt, wo doch genug nette Bienen rumschwirren? Man stelle sich nur vor – sich's heutzutage so zu besorgen!«
»Das begreifen viele von uns nicht.«
»Nun, ich muß mich an das halten, was Jerry sagt. Er sagt, Ihr Buch hat ihn aus der Bahn geworfen. Es wird dauernd über die Macht der Presse gequasselt. Da haben Sie diese Macht. Klingt ja, als ob einem das Buch einen besseren Trip besorgte als LSD.«
Sie waren am unteren Ende der Treppe angelangt. Barrett erkannte, daß eine Fortsetzung des Gesprächs nutzlos war. »Ich denke, das war's. Vielen Dank für Ihre Hilfe, George.«
»Sie wollen mich anführen. Welche Hilfe?«
»Ich habe zumindest erfahren, daß Jerry keine Freunde hat. Nicht mehr.«
»Ach so.«
»Vielleicht kann mir einer der Professoren etwas mehr sagen. Wie ich höre, hatte er einen Kurs bei Dr. Hugo Knight. Kennen Sie Dr. Knight?«
»Schwul. Und 'n bißchen plemplem.«
»Wie komme ich von hier aus zu ihm?«
George Perkins deutete mit dem Daumen über die Schulter. »Da wieder hinauf. Hoffentlich haben Sie sich in letzter Zeit mal 'n Kardiogramm machen lassen.«
»Keine Angst, George. Nochmals vielen Dank.«
»Mister, einen Augenblick ...«
Barrett zögerte. »Ja?«
»Sie haben mir Fragen gestellt. Vielleicht darf ich jetzt was fragen. Wer hat Ihnen beispielsweise erzählt, Jerry und ich wären dick miteinander? Haben Sie das von Jerry selbst?«
»Nein. Jerry habe ich noch nicht kennengelernt. Ich weiß es von einer Angestellten der städtischen Bibliothek, die Sie ein paarmal mit Jerry gesehen hat.«
George konnte seine Erleichterung nicht verhehlen und wurde zum erstenmal liebenswürdig. »Ach – die. Na, das erklärt alles. Aber sie irrt sich. Tut mir leid, wenn Sie bei mir 'ne Niete gezogen haben. Trotzdem viel Glück.«
Barrett sah ihm nach, wie er an der Sporthalle für Männer vorbeischlurfte. Er gelangte zu dem Schluß, daß er von der jüngeren Generation kaum etwas über Jerry Griffith erfahren würde. Für einen Mann seines Jahrgangs blieb die Jugend eine geschlossene Gesellschaft.
Kläglich blickte er die endlose Treppe hinauf, die bis zum Mount Everest zu führen schien. Lohnte sich das für einen Schwulen namens Dr. Hugo Knight? Nun, er war schließlich in die Universität gekommen, um klüger zu werden,

also konnte er es noch einmal versuchen. Mühsam kletterte er die vielen Stufen wieder hinauf.

Eineinhalb Stunden später kehrte Mike Barrett in die Büros zurück, die Abe Zelkin vorläufig gemietet hatte. Sie waren in einem neuerrichteten Hochhaus zwischen dem Robertson Boulevard und dem La Cienega Boulevard kurz vor dem teuersten Wolkenkratzerviertel am Wilshire Boulevard untergebracht.
Von Barretts Eckzimmer mit dem dicken Teppich ging etwas Erfrischendes, Ungebrauchtes aus. Man roch immer noch die frische blaßgrüne Farbe an den Wänden. Barrett gefielen der überdimensionale Eichentisch neben dem Panoramafenster, die neuen Lederstühle und – etwas abseits davon – das Sofa mit seinen Polstern und die beiden gemütlichen Sessel an dem gewaltigen Rund des niedrigen Couchtisches. Noch hingen keine gerahmten Collegediplome, Ehrenurkunden, Reproduktionen von Impressionisten oder Fotos berühmter Persönlichkeiten an den Wänden. Aber neben seinem Schreibtisch hingen dafür in schmalen Rähmchen vier Sprüche an der Wand; er hatte sie gegen Honorar von einem Kunststudenten in Zierschrift schreiben lassen. Sie gehörten schon lange zu seinen Lieblingszitaten. Das erste sollte ihn an den äußeren Feind erinnern: »Die Verteilung der Ungerechtigkeit liegt stets in den rechten Händen« – STANISLAUS LEC. Die beiden nächsten Sprüche waren Warnungen vor der Eitelkeit. Sie lauteten: »Richte nicht, denn wir sind allesamt Sünder« – SHAKESPEARE. Der andere: »Vielleicht wird man später einmal auch unsere Zeit zum sogenannten finsteren Mittelalter rechnen« – GEORG C. LICHTENBERG. Der letzte, erst neuerdings aufgehängte Spruch sollte ihn an das ungelöste Problem der Zensur erinnern: »Und wer soll der Wächter der Wächter sein?« – JUVENAL.
Drei Türen unterbrachen die einheitlich grüne Fläche der Wände. Die eine führte zu dem Korridor, über den aus Donna Noviks geräumigem Empfangsbüro die Besucher zu ihm geführt wurden. Die zweite war der Zugang zu einem kleinen Wirtschaftsteil mit Bad, Dusche, Eßecke und Einbauküche. Durch die dritte Tür gelangte man ins Konferenzzimmer, aber auch in Zelkins Büro. Dahinter lagen noch Kimuras Büro, Zelkins Fachbibliothek und ein Lager.
In Barretts Büro deutete lediglich der Schreibtisch darauf hin, daß in den letzten Tagen hart gearbeitet worden war. Hier stapelten sich Mappen und Ordner mit Aktennotizen und Ermittlungsergebnissen im Fall Ben Fremont. Sie verkörperten das papierne Arsenal der Verteidigung gegen den Ansturm der Anklage. Aber noch etwas anderes verlieh Barretts Schreibtisch das Aussehen einer zerklüfteten Berglandschaft: Die Niederschriften früherer Zensurprozesse aus England und den Vereinigten Staaten. Zu diesem Gebirge, aus dem ein Gestrüpp schmaler Lesezeichen ragte, zählten unter anderem: *Ulysses* – USA 1934, *Lady Chatterly* – USA 1959, *Wendekreis des Krebses* – Kalifornien 1962, *Fanny Hill* – Massachusetts 1964. Irgendwo dazwischen ruhten höchstrichterliche Urteile und die Ermittlungsergebnisse, die ein Senatsausschuß 1960 zur Frage des Einflusses unsittlichen Schrifttums auf Jugendstraftaten zusammengestellt hatte.

Bei seiner Rückkehr aus der Universität entdeckte Barrett, daß inzwischen zu dem Papierhaufen einige Aktennotizen von Leo Kimura hinzugekommen waren. Eine davon war wichtig.

Aus Monte Carlo war ein Telegramm eingetroffen: Kimura sollte um fünf Uhr den Privatdetektiv Dubois im Hotel Gardiole in Antibes anrufen. Diese Mitteilung gab Barrett Rätsel auf. Dubois sollte nämlich Jadways Verleger Leroux schon längst in Monte Carlo, im Hotel Balmoral, abgefangen haben. Kimura gab in seiner Aktennotiz keinen Hinweis auf seine Vermutungen über den Grund des Anrufs. Er teilte lediglich mit, er suche wegen der Klärung weiterer Fragen noch einmal Sanford in dessen Hotel auf, wolle von dort aus das Überseegespräch anmelden und sich dann sofort mit Barrett in Verbindung setzen.

Jetzt war es fünf Uhr. Barrett gab sich Mühe, die Uhr und seine innere Unruhe wegen Kimuras Telefonat zu unterdrücken und Abe Zelkin Bericht zu erstatten. Seit fünfzehn Minuten saß Barrett, die dampfende Pfeife zwischen den Zähnen, hinter seinem Schreibtisch und berichtete Zelkin, der vor ihm auf und ab lief, von den Ergebnissen dieses Nachmittags. Nach den Themen Ben Fremont, Rachel Hoyt, Henrietta Lott und George Perkins war er nun bei dem Philologen Dr. Hugo Knight angelangt.

»Ich war ein wenig überrascht, als mir Dr. Knight mitteilte, Rodriguez von der Staatsanwaltschaft hätte ihn bereits aufgesucht. Das muß gestern gewesen sein.«

»Was du nicht sagst!« rief Zelkin. »Diese Burschen lassen doch nichts unversucht. Duncan wollte den Professor vermutlich als fachkundigen Zeugen gewinnen?«

»Er wollte zunächst feststellen, wie sich Knight zu dem Buch einstellt«, antwortete Barrett. »Rodriguez erkundigte sich, ob der Professor den Roman gelesen hätte, was er davon hielte und ob er seinen Studenten die Lektüre des Buches empfohlen hätte. Dr. Knight hatte das Exemplar aus der Sammlung besonderer Werke in der Uni gelesen. Er hatte seinen Studenten die Lektüre nicht empfohlen, weil man das Buch ja nicht beschaffen konnte, bevor Sanford es neu verlegte. Was das Buch selbst betrifft, so fand Dr. Knight es ausgezeichnet. Damit war er für Rodriguez als Zeuge erledigt. Er sagt aber, Rodriguez hätte auch danach noch wissen wollen, ob Jerry Griffith ein besonderes Interesse an dem Buch gezeigt hätte. Dr. Knight antwortete ihm, seine Klassen seien mit mehr als hundert Hörern so groß, daß er die einzelnen Studenten oft nicht einmal beim Namen kenne. Erst nachdem Jerrys Bild in den Zeitungen erschienen war, sei ihm eingefallen, daß es sich um einen seiner Studenten handelte. Soweit er sich erinnerte, hätte Jerry niemals irgendwelches Interesse an diesem oder einem anderen in seinem Kurs behandelten Buch an den Tag gelegt. Er hob jedenfalls nie die Hand und machte in Diskussionen nicht mit. Rodriguez ließ danach klar erkennen, daß sich die Staatsanwaltschaft nicht weiter für den Zeugen Dr. Knight interessierte.«

Abe Zelkin blieb, beide Hände tief in den Hosentaschen vergraben, vor Barrett

stehen. »Und wir? Sind wir an Dr. Knight interessiert? Er könnte uns vielleicht helfen.«
Barrett verzog das Gesicht. »Ich weiß nicht recht. Dieser George Perkins hatte schon recht: Dr. Hugo Knight ist ein Spinner. Ich wollte feststellen, was er in seinen Vorlesungen über *Die sieben Minuten* sagt. Anscheinend recht wenig. Er erwähnt das Buch nur als zusätzliches Beispiel für amerikanische Emigrantenliteratur. Persönlich scheint er aber über Jadway und den Roman gut unterrichtet zu sein. Also fragte ich ihn, ob er nicht irgend etwas wüßte, was nicht in den Zeitungen gestanden hatte. Er antwortete: ›Nur wenige Menschen kennen Jadway so genau wie ich. Ich weiß alles über ihn!‹ Ich kann dir sagen, Abe, das hat mich vom Stuhl gerissen! Aber ein paar Minuten später war jede Hoffnung dahin. Es stellte sich heraus, daß Dr. Knight nur aus der Interpretation des Romans alles über Jadway weiß. Unser lieber Professor sieht in dem Buch ein Meisterwerk der Allegorie. Vielleicht stimmt das, aber ich kann mir schwer vorstellen, daß die Figuren dieses Romans wirklich nichts weiter sind als allegorische Darstellungen der sieben Todsünden.«
»Das hat er gesagt?«
»Das und noch mehr. Soviel ich mich erinnere, spielten auch Leda und der Schwan mit hinein.«
Zelkin lachte. »Ich stelle mir gerade vor, wie ihm das zwölf brave Männer auf der Geschworenenbank abkaufen sollen.«
»Das war noch nicht das Schlimmste. Als ich die Symbolik bestritt und ihm das Buch als ein Stück Realismus hinzustellen versuchte, da schaute er mich an, als sei ich ein Vollidiot. Er hielt mir sehr von oben herab einen Vortrag darüber, daß ungebildete Laien eben die tiefere Symbolik, die künstlerischen Phantasien zur Enthüllung abstrakter Wahrheiten nicht erfassen könnten. Da habe ich meinen Widerspruch aufgegeben, weil mir klar wurde, daß viele dieser weltfernen Akademiker ihr kleines Reservat an geistiger Überlegenheit einfach brauchen. Es hat keinen Sinn, sie zu kritisieren.«
»Und deine Meinung?«
»Abe, wir können es uns nicht leisten, wählerisch zu sein. Wir brauchen Zeugen, die unsere *Sieben Minuten* für ein literarisches Wunder halten. Trotz aller Nachteile dieses Dr. Knight – seiner hochmütig wirkenden Art, seiner Vorliebe für unverständlichen Fachjargon – ist er doch ein Mann mit den richtigen Titeln, der von *Die sieben Minuten* begeistert ist. Ich bat ihn, sich als Zeuge der Verteidigung zur Verfügung zu stellen. Er war begeistert.«
»Überrascht mich nicht«, sagte Zelkin. »Früher galt es an der Uni aufzufallen Jetzt kommt's darauf an, möglichst oft als Gutachter gehört zu werden.«
»Ich hoffe nur, daß wir uns vor der Verhandlung noch eingehender mit ihm unterhalten und ihm klarmachen können, daß die Sache mit der Symbolik in der Öffentlichkeit nicht . . .«
Das Telefon summte. Barrett entschuldigte sich mit einem Achselzucken und griff nach dem Hörer. Donna meldete, Philip Sanford sei am Apparat.

Barrett drückte auf den leuchtenden Knopf. »Hallo, Phil.«
»Eine gute Nachricht, Mike, die beste, die man sich denken könnte! Wir haben unseren Hauptzeugen unter Dach und Fach: Jadways alten Verleger. Ist das nicht großartig?«
»Wir haben Christian Leroux als Zeugen?« rief Barrett und strahlte Zelkin an. »Herrlich. Was hat er denn ...«
»Augenblick, ich verbinde mit Leo. Er will dir alles genau erklären. Ich mußte es dir nur selbst mitteilen. Augenblick, hier kommt unser genialer Detektiv.«
Kimuras Stimme meldete sich. »Mr. Barrett ...«
»Ich bin hier, und Abe nimmt gerade den Zweithörer. So, und nun lassen Sie nichts aus, wir möchten jede Einzelheit hören.«
»Es gibt nicht viele Details«, sagte Kimura in seiner sorgfältigen Aussprache. »Was wir wissen, klingt sehr günstig. Ich habe soeben mit Dubois in Antibes gesprochen. Er wartete in der Halle des Balmoral, als Christian Leroux aus Paris eintraf und seine Anmeldung ausfüllte. Unser Verbindungsmann sprach Monsieur Leroux sofort an und erklärte ihm den Zweck seines Besuches. Monsieur Leroux gab sofort zu erkennen, daß er möglicherweise zu einer Zusammenarbeit bereit sei, vorausgesetzt, er bekäme vorher noch zusätzliche Informationen. Dubois fand bald heraus, daß es sich bei diesen zusätzlichen Informationen nur um die Frage handelte, was wir ihm zu zahlen bereit sind, falls er als unser Zeuge auftritt. Leroux hat vor einigen Jahren Pleite gemacht, als pornographische oder verbotene Bücher, bis dahin seine Spezialität, allmählich auch von den großen Verlagshäusern auf der ganzen Welt ganz offen publiziert wurden. Seitdem bemüht sich Leroux, genug Geld für die Gründung eines neuen Verlages in Paris aufzubringen, in dem er klassische Erotika herausbringen will. Dubois machte ihm, wie vereinbart, zunächst unser Mindestangebot: Reisekosten, Spesen und zusätzlich dreitausend Dollar. Leroux wollte nicht recht mitziehen und meinte, seine Zeit sei kostbarer. Da ging Dubois sofort auf unser Höchstangebot. Reisespesen plus fünftausend. Leroux erklärte sich bereit, für uns auszusagen.«
»Da ist Ihnen ein dicker Fisch ins Netz gegangen«, sagte Zelkin.
»Noch eine Frage«, schaltete sich Barrett ein. »Hat Leroux angedeutet, was er zu unseren Gunsten aussagen will?«
»Nicht genau. Er ließ Dubois nicht im Zweifel darüber, daß er genau wisse, was wir für unser Geld von ihm erwarten. Er wollte sogar noch wissen, was wir uns erhofften. Schließlich, so sagte Dubois, gäbe es solche und solche Fakten, und die Wahrheit hätte viele Gesichter. Damit meinte er, daß er in unserem Fall gewisse Dinge weglassen oder hinzufügen könnte. Dubois erklärte ihm, so gut er es selbst wußte, worauf wir aus sind. Daß wir hofften, den Beweis erbringen zu können, daß JJ Jadway seine *Sieben Minuten* nicht lediglich aus kommerziellen Gründen verfaßt hat, als Pornograph, der es auf leichtverdientes Geld abgesehen hat, sondern vielmehr als ernstzunehmender Künstler, der eine ehrliche Aussage machen wollte. Darauf erwiderte Leroux: ›*Voilà*, das können Sie von mir haben, denn schließlich war ich doch sein einziger Verleger, nicht wahr?

Habe ich nicht außer ihm als einziger Mensch an sein Buch geglaubt? Ich werde zugunsten der Verteidigung alles aussagen, was sie hören will.‹«

»Hat er denn etwas über Jadway gesagt?« fragte Barrett.

»Er hat lediglich behauptet, mit Jadway eng befreundet ...«

»Prächtig!« rief Zelkin.

»... gewesen zu sein, alles Weitere will er uns nach seiner Ankunft und nach Entgegennahme des Honorars sagen«, beendete Kimura seinen Bericht. »Dubois meinte, unser Zeuge sei gerissen wie ein französisches Fischweib.«

»Was kommt nun?« fragte Barrett.

»Als Detektiv ist Dubois noch vorsichtiger, als vielleicht nötig wäre. Da einige Bekannte über Leroux' Aufenthalt in Monte Carlo unterrichtet sind, hat ihn Dubois an einen Ort geschafft, der niemandem bekannt ist. Er überredete Leroux dazu, in ein kleines Hotel zu übersiedeln, das Gardiole in Antibes, wo er ihn unter dem Namen Sabroux angemeldet hat. Leroux war bereit, sein Zimmer nicht zu verlassen, bis ihn Dubois morgen in seinem Zimmer abholt und, mit einem Rückflugschein versehen, in Nizza in die nächste Caravelle setzt. Dubois telegrafiert uns noch die genaue Ankunftszeit hier in Los Angeles. Übermorgen haben wir unseren Kronzeugen hier. Ich denke wir können von Glück sagen.«

Nachdem Barrett aufgelegt hatte, sprang er hoch und wirbelte Zelkin voller Freude herum.

»Langsam mit den wilden Pferden!« protestierte Zelkin mit breitem Lachen. »Vielleicht brauchst du noch deinen Partner, der dir den Fall gewinnen hilft.«

»Mein Gott, Abe«, sagte Barrett. »Jetzt glaube ich zum erstenmal, daß wir tatsächlich eine Chance haben.«

»Ja, jetzt haben wir immerhin eine Chance. Wir haben auch unseren ersten Grund zum Feiern. Soll ich Sarah anrufen und ihr sagen, sie soll noch zwei Steaks in die Pfanne hauen und eine Flasche Kalifornien-Champagner kaltstellen – für Phil und dich?«

»Das wäre ...« begann Barrett, dann fiel ihm ein, daß es nicht ging. »Verdammt, ich bin mit Faye verabredet! Wir wollten uns zusammen die Veranstaltung ansehen, die dieser Verein KDA heute abend im Hilton abhält, um Geld auf die Beine zu bringen. Hauptredner ist unser hochverehrter Widersacher Elmo Duncan. Sein Thema: ›Das Recht zu verkommen.‹ Ich wollte versuchen, unauffällig hinein und wieder heraus zu gelangen. Könnte ganz gut sein, das feindliche Gelände etwas zu erkunden. Dann hätten wir wenigstens eine Ahnung, welchen Ton er bei der Verhandlung anschlagen wird und wie es um seine Rednergabe bestellt ist.«

»Schön, dann bleiben die Steaks in der Tiefkühltruhe, bis Leroux eintrifft.«

Barrett kehrte an seinen Schreibtisch zurück. »Inzwischen werde ich die nächste Stunde einmal mit schöpferischer Arbeit verbringen.«

»Und die wäre?«

»Wir haben jetzt unseren Hauptdarsteller«, antwortete Barrett. »Nun muß ich ihm noch seinen Text schreiben.«

Sie kamen zu spät, und Barrett ärgerte sich.
Der Verein Kraft durch Anstand hatte den Beginn der Wohltätigkeitsveranstaltung für halb neun angesetzt. Als sie das Hilton-Hotel in Beverly Hills betraten, war es bereits zehn vor neun. Barrett war zwar pünktlich bei Osborn erschienen, aber Faye war, wie üblich, noch beim Anziehen.
Am Hilton angekommen, hatte Barrett seinen Wagen den Parkwächtern übergeben und Faye hastig durch die sich automatisch öffnenden Türen ins Foyer geschoben. Dabei stolperte sie, und als er sie auffing, war sie vorübergehend mißmutig.
»Wozu denn die Eile?« fragte sie gereizt. »Du bist doch wirklich nicht der Ehrengast des Abends. Mußt du denn immer pünktlich sein wie ein Maurer?«
»Darum geht's doch gar nicht . . .« begann er, aber er sprach den Satz nicht zu Ende, weil sie ihn doch nicht verstehen würde, und außerdem war es nicht so wichtig. Das rechtzeitige Ankommen heute abend hatte nichts mit seiner Vorliebe für Pünktlichkeit zu tun. Er hatte die Absicht, mitten im dichtesten Gedränge anzukommen, um möglichst wenig aufzufallen. Denn schließlich bewegte er sich hier auf feindlichem Territorium, und für die KDA-Leute war er ein verhaßter Gegner. Seine einzige Hoffnung bestand darin, daß die Zuhörer so von den Rednern gefangen genommen waren, daß sie nicht auf die Nachzügler achteten.
Sie gingen rasch weiter, Faye immer einen halben Schritt vor ihm her, als wollte sie ihm damit zeigen, daß ihr der augenblickliche Ausbruch vorhin leidtat. Sie liefen durch einen breiten Korridor, an der Apotheke vorbei, und erreichten schließlich den Vorraum und die Bar vor dem Großen Ballsaal.
»Wir sind doch nicht die letzten«, sagte Faye.
Erleichtert stellte er fest, daß sie recht hatte. Mindestens ein halbes Dutzend Leute schoben sich langsam an den beiden Klapptischen vorbei, hinter denen mehrere korpulente Damen thronten. Als Barrett an der Reihe war, erklärte er rasch, er hätte keine Zeit gehabt, sich vorzeitig Eintrittskarten zu besorgen und sich darauf verlassen, hier noch welche bekommen zu können. Er legte einen Zehndollarschein auf den Tisch und bekam seine beiden Karten.
Als er und Faye den anderen zum Saaleingang folgten, kamen noch mehrere Leute aus der Bar. Plötzlich winkte Faye jemandem zu. »Augenblick, da sehe ich eine Bekannte.« Sie entfernte sich von Barrett. »Hallo, Maggie. Wie schön, daß man dich wieder einmal sieht.« Die Angesprochene war ein auffallend hübsches braunhaariges Mädchen mit einem Glas in der Hand.
»Ich freue mich auch, Faye«, sagte die Brünette und hob halb verlegen ihr Glas. »Eigentlich gehöre ich nicht zu den stillen Trinkern. Aber vor einer Rede brauche ich einen Schluck. Vorträge sind oft so trocken.«
»Ich wollte dich anrufen«, sagte Faye. »Ich wollte dir sagen, wie sehr uns die Geschichte mit Jerry leid tut. Ich denke, Dad hat deinen Onkel angerufen. Es tut uns schrecklich leid. Ach, entschuldige . . .« Sie packte Barrett beim Arm. »Du kennst meinen Verlobten noch nicht. Maggie Russell – Michael Barrett.«

»Ich freue mich, Sie kennenzulernen, Miss Russell«, sagte Barrett.
»How do you do«, sagte Maggie Russell und musterte ihn kühl. »Ich muß Sie schon irgendwo gesehen haben.«
»Soll das heißen, daß mir diese schrecklichen Zeitungsfotos doch ähnlich sehen?« fragte Barrett.
»Das heißt, daß sehr viele Bilder von Ihnen erschienen sind«, erwiderte sie ohne die Spur eines Lächelns. »Zufälligerweise bin ich an Ihrem Fall sehr interessiert.« Ehe er etwas erwidern konnte, wandte sie sich wieder an Faye: »Du siehst großartig aus, Faye.«
»Aus gutem Grund«, sagte Faye strahlend und griff nach Barretts Hand. Seltsamerweise war es ihm in diesem Augenblick gar nicht recht, mit Beschlag belegt zu werden. Er drückte ihre Hand nur kurz und ließ sie gleich wieder los.
Faye und Maggie Russell gingen langsam weiter. Sie unterhielten sich leise miteinander. Barrett blieb stehen und beobachtete die hübsche Braunhaarige. Eigenartig, er wäre jetzt am liebsten mit ihr allein gewesen, um ihr begreiflich zu machen ... Seine Gedanken verwirrten sich. Was wollte er ihr eigentlich begreiflich machen? Daß er ein Buch verteidigte, das einem Verwandten von ihr zum Verhängnis geworden war? Oder den Grund, weshalb er mit Faye Osborn hier war?
Er starrte Maggie Russell immer noch an. Zwischen ihr und Faye war ein Unterschied wie zwischen Tag und Nacht. Faye war schlanker, größer, in klassischem Sinne wahrscheinlich schöner, sehr blond, sehr herb und von kühler Vollkommenheit. Aber Maggie Russell wirkte anziehender.
Sein Blick wanderte von ihrem Kopf abwärts und versuchte zu ergründen, was sie so anziehend machte. Als sie den Kopf zur Seite wandte, bemerkte er, daß sie verwuschelt wirkte. Vielleicht lag das daran, daß ihr Haar an den Spitzen – wie drückten es doch die Modezeitschriften aus? – richtig: ihr Haar war an den Spitzen mit neckischen Löckchen in die Wangen frisiert. Ihre weit auseinanderliegenden Augen waren graugrün und forschend, ihre Nase war kurz und kräftig, ihre Lippen schimmerten feucht und waren leicht geöffnet. Ihre Unterlippe war etwas voller. Die Konturen von Gesicht und Figur wirkten weich und sinnlich, eine schmale Taille und schlanke Beine betonten den vollen Busen und die geschwungenen Hüften. Als sie jetzt mit Faye am Eingang stehenblieb und ihm das Profil zuwandte, sah er, daß sich das kurze Jerseykleid so eng an ihren Körper schmiegte, daß man sogar den Ansatz ihres Slips andeutungsweise erkennen konnte.
Er bemerkte, daß sie rasch einen Blick über die Schulter warf und ihn bei seiner Musterung ertappte. Er schaute geradeaus.
Etwas verlegen und schuldbewußt wandte er sich wieder Faye zu. Sie drehte sich herum und winkte. »Mike, ich dachte, du hättest es eilig?« Er setzte sich in Bewegung und nahm Fayes Arm. Gemeinsam betraten sie dicht hinter Maggie Russell den Ballsaal. Zufrieden stellte er fest, daß man den Zuschauerraum bereits abgedunkelt hatte. Er war mit mindestens tausend Personen gefüllt. In den

letzten Reihen gab es noch einige freie Faltstühle. Als er hinter Faye und Maggie Russell den Raum betrat, überlegte er für einen Augenblick, ob sie wohl nebeneinander sitzen würden. Aber dann fand Maggie einen einzelnen Platz am Ende einer Stuhlreihe. Enttäuscht führte er Faye zur anderen Seite des Mittelganges, wo es ein paar freie Stühle gab. Energisch steuerte er Faye auf den zweiten Stuhl neben dem Gang und setzte sich selbst auf den Eckplatz.

Faye beugte sich zu ihm herüber und raunte ihm hinter der vorgehaltenen Hand zu: »Entschuldige, ich hätte dich nicht mit ihr bekannt machen dürfen, das war gedankenlos von mir. Es war dir doch nicht peinlich, wie?«

»Warum sollte es mir peinlich sein?«

»Sie ist schließlich Frank Griffith' Nichte und steht dem Jungen sehr nahe.«

»Um so besser«, flüsterte er zurück. »Vielleicht ist es ganz nützlich, jemanden zu kennen, der ihm nahesteht.«

Faye zog ihre Handschuhe aus. »Schlag dir das aus dem Kopf. Du kannst von Glück reden, daß sie dir nicht ins Gesicht gespuckt hat.«

Damit lehnte sich Faye zurück und konzentrierte ihre Aufmerksamkeit auf die Bühne. Barrett sah, daß aller Augen auf den Redner gerichtet waren.

Der Redner war die Hauptattraktion des Abends: Bezirksstaatsanwalt Elmo Duncan. Hoch aufgerichtet und eindrucksvoll stand er auf dem Podium, stützte beide Hände seitlich auf das Rednerpult und beugte sich zum Mikrofon vor, um einem Satz besonderen Nachdruck zu verleihen. Barrett saß jetzt kerzengerade auf seinem Stuhl und hörte ihm aufmerksam zu.

»Geben wir uns also keiner Täuschung hin, was das Wort ›Pornographie‹ selbst betrifft«, sagte er gerade. »Halten wir uns einmal vor Augen, woher sich dieses Wort ableitet. Es stammt von dem griechischen *pornographos*, und das bedeutete ›Schriften der Dirnen‹. Man verstand darunter Beschreibungen des Sexuallebens von Dirnen oder Prostituierten, eine ganz besondere Form der Literatur, die vom Inhalt her als Aphrodisiakum wirken sollte. Oder, wie es ein moderner Kommentator ausgedrückt hat: Die Pornographie war ursprünglich ›etwas Geschriebenes von und über Huren zu dem Zweck, die Lust des Mannes zu wecken und ihn zu einem Besuch bei den Huren zu verleiten‹. Seitdem sind Jahrhunderte vergangen, aber der Begriff ›Pornographie‹ hat sich in seiner Bedeutung nicht gewandelt. Das versichere ich Ihnen, obgleich unsere obersten Gerichte diejenigen unter uns, die sich der Rechtspflege gewidmet haben, glauben machen wollen, nicht alle pornographischen Bücher seien gleich kriminell. Man erklärte uns, ein pornographisches Buch mit einer nichterotischen Handlung oder einigen Passagen von angeblich sozialem Wert müsse mit mehr Nachsicht und Toleranz behandelt werden als ein Buch, dessen erotischer Inhalt keine moralischen Auslassungen enthält. In meinen Augen ist das juristischer Unsinn, Haarspalterei – genau das, was uns bisher bei der Durchsetzung der Sittengesetze immer wieder behindert hat. Gerade die Verwässerung des Begriffes Pornographie ist es doch, die dazu geführt hat, daß die Strafverfolgungsbehörden hoffnungslos in einem grundlosen Morast festsitzen, um einmal Richter Black zu zitieren.

Aber ich kann Ihnen versichern, meine lieben Freunde und Nachbarn, daß ich nicht hilflos in irgendeinem Morast zapple. Für mich ist ein schmutziges Buch auch dann, wenn es sich das Mäntelchen einer gesellschaftlichen Studie umhängt, nicht weniger abscheulich als ein durch und durch obszönes Buch. Viele Juristen vertreten sogar die Auffassung, daß eine gewisse literarische Qualität ein Druckwerk nur noch zerstörerischer macht. Dreck ist für mich Dreck, gleichgültig, wie man ihn zu tarnen sucht. Jawohl, die alten Griechen hatten das genau richtige Wort dafür: Es bedeutete Schriften, die geile Gedanken und sinnliche Handlungen wachriefen. Der Leiter eines Sittendezernats drückte es einmal so aus: ›Der einzige Zweck pornographischer Bücher besteht darin, erotische Reize auszuüben. Pornographie ermuntert die Menschen, in üblen, sexuell-sadistischen Phantasien zu schwelgen ...‹ Und wir können Beweise dafür vorlegen – echte Beweise –, daß pornographische Bücher nicht nur die Phantasie aufreizen, sondern daß sie zu Gewaltverbrechen verleiten.
Wer sich mit diesen Dingen beschäftigt, der kennt die Wahrheit. Lassen Sie mich Dr. Frederic Wertham zitieren, den früheren Chefpsychiater des New Yorker Bellevue-Hospitals und psychiatrischen Berater eines Senatsausschusses zur Untersuchung des organisierten Verbrechertums. Dr. Wertham sagt: ›Die Haltungen und die daraus resultierenden Handlungen von Kindern werden eindeutig beeinflußt durch eine Lektüre, in der eine Kombination von Sex und Gewalt propagiert wird. Ich bin davon überzeugt, daß diese Kombination in der Vorstellung der Kinder das Persönlichkeitsideal des Brutalen schafft, der das Gesetz durch rein physische Stärke in die eigenen Hände nimmt, der seine eigenen Regeln aufstellt und alle Probleme gewaltsam löst.‹ Unterstützt wird diese Aussage durch die Verbrecherstatistik unseres FBI für die letzten zehn Jahre, einen Zeitraum, der die gewaltigste Massenproduktion pornographischer Bücher in unserer ganzen bisherigen Geschichte erlebte; in diesem Zeitraum nahmen in den Vereinigten Staaten die Notzuchtverbrechen um siebenunddreißig Prozent zu, wobei der größte Anstieg in der Altersgruppe der Jugendlichen bis zu zwanzig Jahren zu verzeichnen war.
Aber es gibt noch mehr Grund zur Besorgnis. Seit der Zeit jenes großen englischen Rechtswissenschaftlers des achtzehnten Jahrhunderts, Sir William Blackstone, sind wir gewarnt: Unsere Gesellschaft kann seelisch absterben, wenn wir den Pornographen die Zügel schießen lassen. Blackstone lehrte uns, das Verbot gefährlicher oder anstößiger Schriften sei ›notwendig zur Erhaltung von Frieden und Ordnung, von Regierung und Religion, den einzigen soliden Grundlagen bürgerlicher Freiheit‹. Heute, zweihundert Jahre später, werden wir immer noch an unsere Pflicht erinnert. Die Anthropologin Margaret Mead hat uns gesagt, daß jede menschliche Gesellschaft auf Erden irgendeine Art unmittelbarer Zensur der Verhaltensweisen ausübt, insbesondere auf sexuellem Gebiet. Aus England ermahnt uns Sir Patrick Devlin, auf keinen Fall absolute Freizügigkeit auf sexuellem Gebiet zu dulden. ›Keine Gesellschaft‹, sagt er, ›kann ohne Intoleranz, Empörung und Abscheu auskommen; dies sind die Triebkräfte des Moralge-

setzes.‹ Dem pflichtete unser Richter Thurman Arnold bei. Er ging sogar noch einen Schritt weiter und sagte: ›Die Tatsache, daß es für die Gesetze zum Schutz von Sitte und Anstand keine rationale oder wissenschaftliche Grundlage gibt, sondern daß sie vielmehr ein moralisches Tabu verkörpern, macht sie keineswegs entbehrlicher. Sie sind deshalb wichtig, weil die Menschen davon überzeugt sind, daß ein Staat ohne sie moralisch minderwertig wäre.‹ Kurzum, ob es nun für die Sittengesetze eine wissenschaftliche Grundlage gibt oder nicht – ich persönlich glaube übrigens an eine solche Grundlage –, so müssen diese Gesetze dennoch unter allen Umständen eingehalten und angewandt werden, wenn unsere Gesellschaft nicht an der aushöhlenden Wirkung der Unmoral zugrunde gehen soll.

Meine Freunde, fürchten wir uns nicht davor, als Zensoren gebrandmarkt zu werden, fürchten wir uns nicht vor einer gerechtfertigten Zensur. In Wahrheit weiß man doch schon seit langem, daß die Zensur, die so alt ist wie die Geschichte selbst, eine Notwendigkeit für das Gemeinwohl und das Weiterbestehen der zivilisierten Menschheit ist. Noch vor Christi Geburt stellte schon der Philosoph Plato die Frage: ›Sollen wir es sorglos zulassen, daß Kindern irgendwelche nachlässigen Reden zu Ohren kommen, die von ebenso nachlässigen Leuten geführt werden, und daß dadurch in ihren Köpfen Vorstellungen entstehen, die zumeist das genaue Gegenteil dessen darstellen, was wir uns von ihnen erwarten, so sie einmal erwachsen sind?‹ Darauf gab Plato die Antwort der Zivilisation: ›Sodann muß zuallererst eine Zensur für die Geschichtsschreiber eingeführt werden, und mögen die Zensoren jegliche Erzählung annehmen, die gut ist und zurückweisen die schlechten; denn wir wünschen, daß Mütter und Ammen den Kindern nur die guten Geschichten erzählen.‹

Meine Freunde, die Zeit ist gekommen, wo jeder einzelne von uns der Tatsache ins Gesicht blicken muß, daß die Pornographie, unter welcher Tarnung sie auch immer auftreten mag, dennoch unsittlich bleibt und somit eine Gefahr für unsere Familien, für unsere Zukunft, für die Gesunderhaltung unserer großartigen Nation darstellt. Wir müssen es uns selbst sagen, unserem Nächsten und dem ganzen Land, daß der Augenblick gekommen ist, aufzustehen und der Pest der Pornographie Einhalt zu gebieten. Dieser Augenblick ist jetzt gekommen, und ich schwöre euch als Mitbürger und als gewählter Bezirksstaatsanwalt, daß ich diesen Kreuzzug mit allen mir zu Gebote stehenden Mitteln und Kräften anführen werde!«

Elmo Duncan hielt inne. Sofort setzte der erwartete donnernde Applaus ein. Während die Zuhörer unentwegt klatschten, warf Barrett Faye einen Blick zu. Ihre Augen strahlten. Sie waren wie hypnotisiert auf den Redner oben auf der Bühne gerichtet, und auch sie applaudierte. Bekümmert sah Barrett zur anderen Seite des Mittelgangs hinüber. Maggie Russell saß regungslos da, das Gesicht sehr blaß und nachdenklich. Ihre Hände lagen ruhig im Schoß. Seltsam, dachte Barrett, aber dann hörte er vorn wieder die tiefe, sonore Stimme und wandte seine Aufmerksamkeit erneut dem Rednerpult zu.

»Seit dem Jahre 1821, als in den Vereinigten Staaten der erste Sittenprozeß durchgeführt wurde, als man einen gewissen Peter Holmes wegen der Veröffentlichung der Memoiren eines Freudenmädchens verurteilte – es war keine andere als *Fanny Hill* –, haben verschiedene Verleger, deren Zahl in den letzten Jahren Legion wurde, unter Ausnutzung unserer Rechte und Freiheiten unsere Verfassung und den Justizapparat zum Gespött gemacht. Das führte dazu, daß dieses Geschäft mit Schmutz und Schund heute im Jahr zwei Milliarden Dollar einbringt.
Ich werfe diesen Verlegern vor, daß sie die Produktion von Schmutz und Schund unterstützen, ja gelegentlich sogar ermutigen, und ich werfe ihnen vor, daß sie seine Verbreitung im ganzen Land im Namen der Literatur betreiben, während es ihnen doch einzig und allein um ihre eigenen Profite geht. In gleicher Weise werfe ich den Buchhändlern vor, daß es ihnen an moralischem Mut gebricht, diesen Dreck zurückzuweisen, daß sie nur an ihren eigenen Vorteil denken und nicht an das Gemeinwohl. Und mein Vorwurf richtet sich auch gegen die Verfasser von Schmutz und Schund. Keiner soll uns entkommen, schon gar nicht die Urheber, diese Beschmutzer der Meinungsfreiheit, die sich hinter dem Rockzipfel der Muse verstecken, die sie bewußt besudeln und entheiligen.«
Elmo Duncan hielt inne und schüttelte den Kopf. »Diese Schriftsteller«, sagte er traurig. »Sie verraten nicht nur sich selbst, sondern ihren ganzen Berufsstand für den Mammon, der ihr wahrer Gott ist. Lassen Sie mich die Worte eines berühmten Autors zitieren: ›Doch selbst ich würde echte Pornographie rücksichtslos zensieren‹, schrieb er. ›Pornographie ist der Versuch, das Geschlechtliche in den Dreck zu ziehen. Das ist ein unverzeihliches Vergehen.‹ Es ist in der Tat unverzeihlich. Und von wem stammen diese beherzigenswerten Worte? Ich will es Ihnen verraten: Von keinem anderen als von D. H. Lawrence, dem Verfasser von *Lady Chatterley*, jenes Lobgesangs auf die Keuschheit!«
Die Zuhörer lachten und spendeten Beifall. Duncan nahm ihn lächelnd entgegen und hob dann die Hand.
»Ich bin noch nicht fertig«, sagte er. »Was halten Sie davon: Als James Joyce sein Buch *Ulysses* in Paris veröffentlichte, was glauben Sie wohl, wer zu den ersten gehörte, die es als obszön bezeichneten und ein Verbot forderten? Sie haben es erraten: Es war wiederum Lawrence, der Verfasser der *Lady Chatterley*, der angebliche Hüter der öffentlichen Moral. Er wollte die Öffentlichkeit allerdings nur vor der Pornographie anderer bewahren.«
Dieser Geistesblitz des Staatsanwalts rief erneutes Gelächter hervor.
Dann wurde Duncan wieder ernst. »Ich habe vorhin Joyces *Ulysses* erwähnt. Dabei fällt mir etwas ein, was ich längst einmal sagen wollte. Seit Jahren wird uns gepredigt, wie mutig es von Richter John M. Woolsey war, daß er in unserem Land dieses Stück Pornographie zugelassen hat, und seit Jahren wird uns der Mut der Richter Augustus und Learned Hand gepredigt, die Woolseys Spruch im Berufungsverfahren gegen die Stimme eines Richterkollegiums bestätigten. Aber glauben Sie mir, meine Freunde: Ich lasse mich von keinem

Woolsey beeindrucken, und ich lasse mir von keinen Händen die Ohren zuhalten – verzeihen Sie mir dieses Wortspiel –, wenn es darum geht, den wahren Mut jenes Mannes zu erkennen und zu würdigen, der im Berufungsverfahren *Ulysses* gegen die beiden Hands aufstand und seine Meinung sagte. Ich meine damit den zu Unrecht in Vergessenheit geratenen Richter Martin Manton. Seine Worte sollten wir uns in unserem Kreuzzug gegen die Korruption unserer Freiheit aufs Panier schreiben. ›Der Kongreß hat die Gesetze gegen Schmutz und Schund für die große Masse des Volkes verabschiedet‹, schrieb Richter Manton und fügte hinzu, es sei die Ausnahme, wenn sich ein einzelner selbst dagegen zu schützen wisse. Dann fuhr Richter Manton fort: ›Das Volk ist nicht für die Literatur da, es ist nicht dazu da, dem Verfasser Ruhm, dem Verleger Reichtum und dem Buch Absatz zu bringen. Im Gegenteil – die Literatur ist für das Volk da, sie soll den Müden erquicken, den Betrübten trösten, den Niedergeschlagenen aufrichten, das Interesse des Menschen an seiner Umwelt erweitern, seine Lebensfreude mehren, sein Mitgefühl für Menschen in allen möglichen Lebenslagen wecken. *L'art pour l'art* – Kunst als Selbstzweck – ist herzlos und wird alsbald kunstlos; Kunst für die Massen ist keine Kunst, sondern nur Geschäft; Kunst im Dienste der Allgemeinheit ist und bleibt ein edler, lebenswichtiger Bestandteil im menschlichen Leben ... Meisterwerke wurden niemals von Menschen geschaffen, die sich obszönen oder lüsternen Gedanken hingaben, Menschen, die keinen Meister über sich anerkennen ... Große Werke der Literatur haben bleibenden Wert. Sie sind wie alles Gute edel und zeitlos. Ihnen muß ein menschlicher Zweck innewohnen – sie sollen erfreuen, trösten, erbauen, das Leben des Menschen veredeln. Wenn dieses Ziel beachtet wird, hat die Literatur noch nie danebengeschossen. Nur durch gute Werke können Männer der Feder ihre Daseinsberechtigung beweisen.‹ Das ist die Gesinnung, von der ich hoffe, daß alle KDA-Anhänger und die ganze Gemeinde sie auch weiterhin ...«

Die Worte des Richters Martin Manton. Als Barrett sie hörte, begannen seine kleinen grauen Zellen zu arbeiten, bis sie schließlich diesen Richter Manton in Gedanken packten und ihn ermordeten. Der ach so moralische Richter Manton war nämlich wenige Jahre nach diesen edlen Worten wegen der Teilnahme an einer Verschwörung zur Hintertreibung des Gesetzes verhaftet und zu neunzehn Monaten Gefängnis verurteilt worden. Barrett überlegte, ob er die hingerissen lauschende Faye durch diese kleine Randbemerkung ernüchtern sollte, aber er ließ es sein. Sie hatte nur Ohren für die rhetorische Meisterleistung des Bezirksstaatsanwalts.

Barrett lehnte sich wieder zurück und hörte zu.

»Ja, wir müssen uns diese Worte von Richter Manton vor Augen halten«, sagte Duncan. »Denn wären sie der Maßstab gewesen, an dem Verleger und Buchhändler in den vergangenen Wochen ihr Tun orientiert hätten, dann kann ich Ihnen versichern, daß unsere Stadt weniger an blutiger Gewalt und unsere Nachbarn weniger Kummer erlebt hätten.«

Wieder legte Elmo Duncan eine Kunstpause ein. Bei diesem ersten versteckten

Hinweis auf *Die sieben Minuten* und den Fall Jerry Griffith brandete sofort neuer Beifall auf.

Wieder bemerkte Barrett, daß Faye laut applaudierte, und wieder sah er hinüber zu Maggie Russell. Auch diesmal beteiligte sie sich an der Beifallskundgebung ebensowenig wie er selbst. Statt dessen griff sie nach ihrem leeren Glas und ihrer Handtasche, stand abrupt auf, streifte ihn mit einem flüchtigen Blick und ging mit raschen Schritten auf den Ausgang zu.

Ihr plötzlicher Aufbruch machte Barrett betroffen. Sie war doch offensichtlich hergekommen, weil sie mit Elmo Duncan und den KDA-Leuten sympathisierte. Mit den Leuten, die gegen das Buch vorgingen, das – in ihren Augen – Jerry Griffith zu einem Verbrechen getrieben hatte. Jerry war ein naher Verwandter von Maggie Russell. Warum entschloß sie sich nun so unvermittelt, den Saal zu verlassen, obgleich Duncan seine Rede noch nicht beendet hatte?

Barrett schoß eine abwegige Möglichkeit durch den Kopf. Das Mädchen hatte der Anklagevertretung unerklärlicherweise den Rücken gekehrt. Vielleicht war sie für die Verteidigung zu gewinnen, wenn man ihr die Hand bot. Es lohnte sich zumindest, das herauszufinden.

Oben auf der Bühne hatte Duncan seinen Faden wieder aufgenommen. Faye lauschte ihm wie gebannt. Barrett beugte sich zu ihr hinüber. »Entschuldige mich für einen Augenblick, ich bin gleich wieder hier.«

»Mike, wohin . . .«

»Für kleine Jungen«, flüsterte Barrett. »Erzähl mir nachher, was ich versäumt habe.«

Er schob sich aus der Stuhlreihe und lief auf den Ausgang zu.

Im Vorraum erblickte er Maggie Russell. Sie stellte gerade ihr leeres Glas auf die Bar und wandte sich zum Gehen. Im Korridor, der nach vorn ins Foyer führte, holte Barrett sie ein.

»Miss Russell!« rief er.

Sie blieb stehen und wartete, ohne überrascht zu wirken.

Er stand neben ihr. »Ich wollte Sie kurz sprechen, da sich gerade die Gelegenheit bietet.«

Sie schwieg immer noch.

»Es geht um Ihre Verwandten, die Familie Griffith. Wie ich hörte, wohnen Sie dort.«

»Ich bin Mrs. Griffith' Sekretärin und Gesellschafterin.«

»Faye hat etwas von Ihrer Beziehung zu Jerry erwähnt.«

»Was?«

»Daß Sie dem Jungen sehr nahestehen.«

»Wir sind nicht nur verwandt, sondern auch gute Freunde.« Sie sah zu Barrett empor und fügte nachdenklich hinzu: »Und ich bin bereit, ihn gegen jeden zu verteidigen, der ihm etwas antun will.«

Barrett runzelte die Stirn. »Falls das auf mich gemünzt war, haben Sie sich in der Adresse geirrt. Ich sehe keinen Grund, Jerry Griffith etwas anzutun. Im

Gegenteil. Er tut mir leid, und ich kann Sie alle gut verstehen. An Jerry bin ich rein beruflich interessiert. Ich habe die Verteidigung eines Mannes übernommen, der wegen des Verkaufs eines Buches unter Anklage steht, von dem Jerry behauptet, es hätte ihn zu einem Verbrechen angestiftet. Ich verstehe zwar nicht viel von Jugendkriminalität, aber ich bin nicht davon überzeugt, daß man Lesestoff allein – oder überhaupt – für ein asoziales Verhalten verantwortlich machen kann. Es gibt viele andere Faktoren, die dabei eine wichtigere Rolle spielen mögen, unter anderem auch die Erziehung und die familiären Verhältnisse. Ich hatte gehofft, daß wir uns darüber unterhalten könnten.«
Ihre graugrünen Augen sahen ihn unverwandt an. Sie betrachtete ihn ohne jede Gefühlsregung. »Ich bin selbst überrascht, daß ich Ihnen überhaupt zuhöre. Wie kommen Sie auf den Gedanken, daß ich etwas über die Privatangelegenheiten meiner Angehörigen ausplaudern könnte?«
»Da wäre zunächst Ihr Verhalten im Ballsaal«, sagte Barrett. »Es ist ganz verständlich, daß Sie zu diesem Vortrag gekommen sind. Aber als Sie dann – außer mir – die einzige waren, die zu Duncans Unsinn nicht Beifall klatschte, als Sie sogar aufstanden und ihm den Rücken kehrten, da kam mir der Gedanke, daß Sie seinen Ansichten vielleicht doch nicht ganz zustimmen. Vielleicht habe ich Ihr Benehmen falsch ausgelegt, aber das waren nun einmal meine Überlegungen. Außerdem habe ich Sie vorhin beobachtet. Sie machen einen aufrichtigen, normalen, intelligenten Eindruck. Da dachte ich, Sie würden vielleicht begreifen, daß eine Zusammenarbeit mit mir Jerry nicht schaden, sondern in gewisser Weise sogar nützen könnte.«
Sie faltete ganz ruhig beide Hände über ihrer Handtasche und erwiderte: »Mr. Barrett, Sie halten mich für aufrichtig. Nun, dann kann ich Ihnen ganz offen sagen, daß ich intelligent genug bin, um zu wissen, daß eine Fortsetzung dieser Unterhaltung mit Ihnen ein Treuebruch gegenüber denen wäre, die mir so viel gegeben haben. Was Mr. Duncan betrifft, so interessieren mich seine Ansichten über die Zensur im allgemeinen nicht. Mich interessiert nur eines: Wie ich Jerry helfen kann. Ich bin heute abend hergekommen, weil ich hören wollte, wie das Auftreten des Staatsanwalts in der Öffentlichkeit ist; denn wenn er später vor Gericht Ihr Buch angreift, wird das ein Angriff auf die Ursache von Jerrys Mißgeschick sein. In diesem Sinne wird Mr. Duncan dazu beitragen, ein besseres Verständnis für Jerry zu schaffen und seine Strafe zu mildern. Ich bin gegangen, weil ich genug gesehen und gehört hatte.« Sie hielt inne und fuhr dann noch ernsthafter fort: »Mr. Barrett, ich habe keine Ahnung, in welchem Umfang Pornographie allein zur Jugendkriminalität beiträgt. Ich weiß nur, daß jemand, der mir sehr nahesteht, gestanden hat, daß sie ihm schadete. Darüber hinaus verabscheue ich jegliche Zensur, besonders in der Form, wie sie heute abend befürwortet wurde. Ich mag auch die Leute nicht, die für eine Zensur eintreten, noch weniger die Atmosphäre, die dadurch geschaffen wird. Aber ich bin durchaus für eine gewisse Einschränkung des Lesestoffes, den man jungen Leuten in die Hand geben sollte, ganz besonders für eine Eindämmung von Büchern, die

lediglich wegen des Nervenkitzels und des Geldes geschrieben wurden. Ich bedaure jede Zensur ehrlicher, aufgeschlossener Bücher, unabhängig davon, wie viele unanständige Worte sie enthalten oder wie deutlich sie in bezug auf Sex sein mögen. Solche Bücher richten bei jungen Leuten keinen Schaden an. Die anderen Bücher vielleicht schon. Da haben Sie's.«

Barrett war von ihren Worten so beeindruckt, daß er die nächste Frage wagte. »Schön, Miß Russell, das klingt ganz vernünftig. Dann sagen Sie mir eins – falls Sie *Die sieben Minuten* überhaupt selbst gelesen haben – betrachten Sie den Roman als aufrichtig, als ein Stück Literatur, oder als ein geiles Machwerk?«

Sie setzte schon zu einer Antwort an, zögerte dann aber und sagte: »Ich möchte jetzt nicht mit Ihnen über meine Lektüre diskutieren.«

»Aber Sie geben doch zweifellos zu, daß es selbst dann, wenn das Buch nach Jerrys Meinung sein Verhalten beeinflußt hat, noch andere, stärkere Einflüsse gegeben haben mag, deren er sich vielleicht gar nicht bewußt wurde, die ihn beeindruckten. Das halten Sie doch für möglich?«

»Mr. Barrett, ich bin kein Psychoanalytiker. Ich weiß es nicht. Aber ich habe Ihnen doch bereits erklärt, daß ich nicht die Absicht habe, mit Ihnen oder mit sonst jemandem über meine Verwandten zu reden.«

»Nun, vielleicht gibt es manche Leute, die Jerry nahestehen und die trotzdem der Meinung sind, daß es letztlich für ihn und für uns alle von Vorteil wäre, wenn man die Wahrheit herausfinden könnte, was ihn betrifft. Ich nehme an, die Frage erübrigt sich wohl, ob ich Jerry einmal sprechen kann?«

»Ich bin ganz sicher, daß Mr. Griffith Sie am liebsten wie einen Wurm zertreten würde, wenn er nur könnte.«

»Ich habe gehört, daß Mrs. Griffith zugänglicher ist.«

»Höchstwahrscheinlich. Aber in diesem Fall scheint es nur so, weil sie krank ist. Sie täuschen sich, Mr. Barrett. Wir sind keine zerstrittene Familie. Wir sind uns alle einig. Ich weiß gar nicht, worauf Sie hinauswollen.«

»Mir geht es um Jerry. Ich möchte gern mit ihm sprechen, weil ich glaube, daß er mir weiterhelfen kann – und damit auch sich selbst.«

»Sie vergeuden damit nur Ihre und meine Zeit. Jerry würde nie im Leben mit Ihnen sprechen, und selbst wenn er es wollte, würden wir es nicht zulassen. Ich muß schon sagen, Mr. Barrett, Ihre Zudringlichkeit wird allmählich lästig.«

Barrett lächelte entschuldigend. »Das tut mir leid – ganz ehrlich leid. Aber Sie hätten mir doch die kalte Schulter zeigen können. Sie haben es nicht getan. Sie haben meine Fragen über sich ergehen lassen. Warum eigentlich? Nur die gute Kinderstube, Miß Russell?«

Sie blieb ernst. »Nicht die Kinderstube, Mr. Barrett. Ich wollte nur einmal sehen, ob Sie tatsächlich der Schweinehund sind, für den Sie alle halten.«

»Und – bin ich es?«

»Darüber bin ich mir nicht im klaren. Aber etwas habe ich heute abend gesehen: Sie sind herzlos und ehrgeizig, und es geht Ihnen weniger um menschliche Empfindungen als darum, einen Prozeß zu gewinnen. Ich will mit Ihnen und mit

Ihrem Prozeß nichts zu tun haben, Mr. Barrett. Der Fall interessiert mich nur insofern, als er Jerry angeht. Wenn Sie das also wirklich nicht sind, was die Leute von Ihnen behaupten, dann können Sie es dadurch beweisen, daß Sie mich nicht mehr belästigen. Schluß der Vernehmung, Mr. Barrett. Gute Nacht.«

Damit machte sie kehrt und ging mit raschen Schritten durch das Foyer davon.

Er sah ihr nach. Als er dann in den Ballsaal zurückkehrte, herrschte bei ihm nur ein Gefühl vor. Nicht Ärger. Nicht gekränkte Eitelkeit. Nur Bedauern. Er bedauerte es aufrichtig, daß sie so reizend war – er hatte noch nie zuvor ein so reizendes Mädchen kennengelernt, bis auf Faye, und die war mehr auf andere Weise attraktiv – und daß der Lauf der Dinge sie zu Gegnern gemacht hatte.

Bedrückt kehrte er auf seinen Platz neben Faye zurück. Er wollte sich bei ihr entschuldigen, aber sie legte nur den Zeigefinger an die Lippen und deutete nach vorn zur Bühne. Elmo Duncan beendete gerade seine Rede.

»Somit, meine Freunde«, sagte er und sammelte sein Manuskript vom Pult ein, »wissen wir, daß wir kämpfen müssen, und warum wir kämpfen müssen. Und wir wissen auch, daß wir nur dann Erfolg haben werden, wenn wir Hand in Hand zusammenarbeiten. Erinnern wir uns in unserem gemeinsamen Bestreben an das, was de Toqueville einst über unser geliebtes Vaterland gesagt hat: ›Amerika ist groß, weil es gut ist, und seine Größe wird vergehen, wenn es aufhört gut zu sein.‹ Verpflichten wir uns erneut, für das Gute in Amerika zu ringen, damit seine Größe nie und nimmer vergehen möge. Ich danke Ihnen.«

Wie ein Mann erhoben sich die tausend Zuhörer. Gewaltig toste der Beifall auf. Sie jubelten ihm begeistert zu.

Diese zahlenmäßige Stärke, die Einigkeit, die Leidenschaft der Gegenseite beunruhigte Barrett. Er dachte sich dabei: Wenn eine solche Anzahl von Bürgern, multipliziert mit der Zahl aller Gemeinden in Amerika, sich so einig und entschlossen für die Bekämpfung des Krebses oder der Armut oder der Rassendiskriminierung oder gar des Krieges einsetzen würde, anstatt für die Verhinderung eines offenen Wortes über sexuelle Dinge, dann wäre dieses freie Land wahrhaftig frei und vorbildlich. Aber auf anderen Gebieten macht der Kampf eben weniger Spaß, er kommt dem alten kalvinistischen Gebrechen weniger entgegen, als der Kampf gegen Sex. Blödes Volk. Der Teufel soll es holen.

Sie schrien und applaudierten immer noch. Barrett merkte, daß er als einziger sitzengeblieben war. Um nicht aufzufallen und sich womöglich lynchen zu lassen, tat er es hastig Faye und den anderen nach und erhob sich ebenfalls.

Als Faye seinen prüfenden Blick spürte, hörte sie zu klatschen auf. »Ich fürchte, ich lasse mich durch seinen Redeschwung hinreißen«, entschuldigte sie sich. »Aber eins mußt du doch zugeben: Abgesehen von allem anderen ist unser Freund Elmo ein begeisternder Redner, wenn auch ein Effekthascher. Aber Politiker müssen doch so sein, nicht wahr? Schau mich nicht so böse an, Mike. Du bist doppelt so klug wie er und wirst vor Gericht Hackfleisch aus ihm machen. Ich wollte doch nur sagen, daß mich die Art und Weise überrascht hat, wie er bei seinen Zuhörern ankommt.«

»Er hatte dieses Publikum schon auf seiner Seite, noch bevor er den Mund aufmachte«, sagte Barrett. »Sie hätten ihn als Demosthenes gefeiert, selbst wenn er gestottert hätte. Komm, gehen wir.«

Faye deutete nach vorn zur Bühne. »Warte doch, ich glaube, da kommt noch etwas.«

Elmo Duncan hatte die Bühne noch nicht verlassen. Er stand neben dem Rednerpult und hörte einem untersetzten Mann zu, der von irgendwoher aufgetaucht war. Barrett erkannte in diesem Mann Duncans Stellvertreter Victor Rodriguez. Neben ihnen stand eine gewichtige, dragonerhaft wirkende Frau in einem teuren, aber schlechtsitzenden malvenfarbenen Kostüm. Das mußte wohl Mrs. Olivia St. Clair sein, die Vorsitzende des Vereins Kraft durch Anstand. Rodriguez reichte Duncan ein Blatt Papier und schien ihm etwas zu erklären. Dann stellte der Dragoner Duncan eine Frage, die er mit heftigem Kopfnicken beantwortete. Er gab den Zettel an sie weiter.

Allmählich legte sich der Lärm, aber als Duncan, gefolgt von Rodriguez, die Bühne verließ, schwoll der Beifall noch einmal an. Elmo Duncan winkte strahlend, kam dann die Stufen hinunter und wurde von einem Schwall seiner Bewunderer verschluckt.

Inzwischen war der weibliche Dragoner ans Mikrofon getreten. Sie gebot mit hochgehobenen Armen Schweigen. Das Blatt Papier hielt sie fest in der behandschuhten Rechten.

Um die Zuhörer zur Ruhe zu bringen, kreischte sie schrill ins Mikrofon. »Achtung, bitte! Hören Sie mir bitte noch einen Augenblick zu! Gerade ist eine aufregende Nachricht eingetroffen, die uns alle angeht.«

Sofort verstummten die Stimmen im Ballsaal. Der triumphierende Ton der KDA-Vorsitzenden ließ Barrett nichts Gutes ahnen.

»Es ist eine denkbar wichtige, aufregende Nachricht!« kreischte die Frau ins Mikrofon und schwenkte das Stück Papier über ihrem Kopf. »Bevor ich sie verlese, meine Damen und Herren, liebe Freunde und Gönner des Vereins Kraft durch Anstand, möchte ich als Ihre Vorsitzende und in aller Namen . . .«

Barrett hatte richtig geraten. Es war tatsächlich die streitbare Mrs. St. Clair. Sie hatte die Dinge ins Rollen gebracht, die zur Anklage gegen Ben Fremont und das Buch *Die sieben Minuten* geführt hatten, und Barrett fragte sich, welches neue Unheil sie wohl auf sein Haupt herabbeschwören wollte.

». . . bei unserem ehrenwerten und großartigen Bezirksstaatsanwalt für die erbauliche und anspornende Rede bedanken, die er uns hier heute abend gehalten hat«, fuhr Mrs. St. Clair fort. »Wenn sich Staatsdiener wie Mr. Duncan für unsere Arbeit einsetzen, dann bin ich sicher, daß uns in naher Zukunft der Sieg beschieden sein wird. Und nun . . .«

Sie hielt das Blatt Papier vor das Mikrofon.

». . . nun die neuen Beweise, die auf dramatische Weise ans Licht des Tages gekommen sind. Sie unterstützen unser Ringen um eine verstärkte Wachsamkeit bei der Kontrolle dessen, was gelesen wird und geben unserem Bezirksstaatsanwalt genau die Waffen in die Hand, die er noch braucht, um die Reihen der Pornographen vernichtend zu schlagen.«

Sie hielt das Blatt dicht vor ihre Augen, las es und hob dann den Kopf.

»Eigentlich wäre es Sache des Staatsanwalts, diese Mitteilung zu verlesen. Da es sich jedoch um Beweismaterial handelt, das sich ganz unmittelbar auf das Strafverfahren gegen das Buch *Die sieben Minuten* bezieht, habe ich mir sagen lassen, daß es ein Verstoß gegen gewisse Regeln wäre, wenn Mr. Duncan auf diese Weise in ein schwebendes Verfahren eingreifen würde. Mr. Duncan weigert sich standhaft, sich zu Tatsachen zu äußern, die in diesem Verfahren als Beweise zur Sprache kommen könnten. Da der KDA andererseits hinsichtlich der Pornographie allgemein und dem Roman *Die sieben Minuten* im besonderen dieselben Ziele verfolgt wie die Staatsanwaltschaft, fühle ich mich als Vorsitzende verpflichtet, Sie über die jüngsten Entwicklungen im Verfahren gegen *Die sieben Minuten* auf dem laufenden zu halten.«

Die Zuhörer im Ballsaal waren stehengeblieben und erwarteten nun Mrs. St. Clairs Ankündigung mit einer Mischung aus Zurückhaltung und Neugier.

Barrett spürte, wie hart sein Herz klopfte. Auch er wartete.

Mrs. St. Clair blickte von dem Blatt in ihrer Hand auf. »Meine Damen und Herren, liebe Vereinsmitglieder. Wie viele von uns wissen, war der erste Verleger des Romans *Die sieben Minuten* ein Franzose namens Christian Leroux. Er kannte den verstorbenen JJ Jadway persönlich und war der einzige Mensch auf der ganzen Welt, der möglicherweise all die vielen Fragen beantworten konnte, die im Zusammenhang mit dem Buch und seinem Autor bisher unbeantwortet geblieben sind. Wir alle haben uns gefragt, was für ein Mensch das wohl sein muß, der ein solches Buch schreiben konnte. Was veranlaßte ihn dazu? Was ist nachher aus ihm geworden? Wie kam es zu seinem frühen Tod? Heute haben wir endlich die Antwort auf diese Fragen, und zwar direkt aus dem Munde des französischen Verlegers Christian Leroux.«

Barretts Herz klopfte noch härter. Er tauschte einen raschen Blick mit Faye und wandte sich dann wieder dem Rednerpult zu.

»Vor knapp einer Stunde ist Christian Leroux nach ehrlicher Gewissenserforschung aus seinem Versteck aufgetaucht und hat sich bereit erklärt, sich für die Anklagevertretung gegen *Die sieben Minuten* dem Volk von Kalifornien, Amerika und der ganzen Welt zur Verfügung zu stellen. Christian Leroux hat seine Sünde bekannt, die darin bestand, daß er dieses verkommene Buch verlegte. Es war, wie er sagte, ein Fehler, der seiner Jugend, seiner damaligen Unreife und der Geldgier zuzuschreiben war. Aber nun will er nicht zusehen, wie andere seine Sünde wiederholen und die Menschheit mit diesem Machwerk des Bösen zugrunde richten. Er ist entschlossen, für seine Sünde zu sühnen und uns in dem Bemühen um ein Verbot der *Sieben Minuten* seine Unterstützung zu leihen.«

Vereinzelt klang Beifall auf, doch Mrs. St. Clair brachte ihn mit einer herrischen Handbewegung zum Schweigen.

»Die bisher offenen Fragen werden nun beantwortet, und zwar von dem einzigen Menschen auf Erden, der im Namen von JJ Jadway sprechen kann. Nach Angabe des französischen Verlegers schrieb Jadway sein Buch, weil er sich in größten Geldverlegenheiten befand. Jadway führte in Paris, auf dem Linken Ufer, ein unstetes, unmoralisches Leben und verschleuderte all seine Ersparnisse für Alkohol, Rauschgift und seine letzte Mätresse. Ja, er nahm sich tatsächlich eine Mätresse und konnte sie nur durch großzügige Geschenke bei Laune halten. Wie Leroux angibt, erwies sich der Pornograph ihr gegenüber erkenntlich, daß er sie als Vorbild für seine verkommene, geile, schamlose Heldin in *Die sieben Minuten* verwendete. In Wirklichkeit hieß das arme Geschöpf Cassie McGraw, und sie mußte für die Cathleen dieses dreckigen Romans herhalten. Als Jadway kein Geld mehr hatte, schmierte er für die Untergrundpresse diese namenlos geile Erzählung hin, um rasch leicht verdientes Geld in die Finger zu bekommen. Aber Jadway hatte eine religiöse Erziehung genossen. Als sein Buch dann erschienen war, erkannte er, welchen Schaden es bei Unschuldigen anrichtete. Zuletzt sah er den Abgrund seiner Verkommenheit und das Ausmaß seiner Todsünde ein. Und heute abend hat Christian Leroux das bestätigt, was Staatsanwalt Duncan bereits aus einer anderen verläßlichen Quelle wußte: In seinen letzten lichten Momenten begriff JJ Jadway, welches erschreckende Verbrechen er an seinen Mitmenschen begangen hatte, und er wußte, daß er seine Seele nur erretten konnte, indem er diesem scheußlichen und gefährlichen Buch abschwor. So beging JJ Jadway aus Reue über seine Untat Selbstmord.«

Verblüfftes Raunen ging durch den ganzen Ballsaal.

Mrs. St. Clairs Stimme wurde noch höher und durchdringender. »Wenn sich der Autor dieses Buches schon aus Scham umbrachte, dann verdient er es, daß wir alle unsere Kräfte zusammennehmen, um seinetwegen dieses abscheuliche Monster von einem Buch zu töten, auf daß ihm Erlösung zuteil werde. Um uns dabei zu helfen, um unserem Bezirksstaatsanwalt beizustehen, befindet sich Christian Leroux in diesem Augenblick auf dem Wege nach Los Angeles. Er wird als Zeuge der Anklage aussagen. Sein Mut und sein Auftreten sichern uns im voraus einen epochemachenden Sieg im Gerichtssaal, und wir werden Mr. Leroux gleich bei unserem nächsten Siegestreffen als Ehrengast und Redner begrüßen. Vielen Dank, meine Freunde.«

Ein unbeschreiblicher Tumult brach im Ballsaal los.

Barrett hatte sich die Ankündigung in betroffenem Schweigen angehört. Jedes Wort von der Bühne her war für ihn wie ein Schlag mit einem mächtigen Hammer gewesen. Aber jetzt weckte ihn der Selbsterhaltungstrieb aus seiner Benommenheit. Er sagte sich verzweifelt, daß das einfach nicht stimmen könne. Er mußte Gewißheit haben.

Er packte Faye beim Arm. »Komm!« sagte er rauh.

Sie bahnten sich durch die brodelnden Menschenmassen einen Weg zum Ausgang.

»Wo wollen wir hin?« fragte Faye.

»Ich kann's einfach nicht glauben, was sie da sagte.« Er zog Faye mit in die

Halle. »Das kann nicht stimmen. Vor sechs Stunden haben wir Leroux als unseren Zeugen unter Verschluß genommen. Er war bereit, Jadways Motive und das Buch zu verteidigen, und nun behauptet Duncan plötzlich, er hätte ihn auf seiner Seite, und Leroux sei bereit, Jadway und das Buch durch den Dreck zu ziehen. Ich muß der Wahrheit auf den Grund kommen.«
Sie standen mitten in der Halle. »Paß auf, Faye«, sagte er. »Du wartest hier und rauchst inzwischen eine Zigarette. Ich muß Abe Zelkin anrufen. Es dauert nicht lange. Er sollte imstande sein, die Nachricht entweder zu bestätigen oder zu dementieren.«
Barrett machte sich eilig auf die Suche nach einer freien Telefonzelle. Als er sie gefunden hatte, zog er die Tür hinter sich zu, schob seine Münze in den Apparat und wählte die Nummer seines Freundes.
»Ich bin aufgeblieben und habe gewartet, bis du nach Hause kommst«, sagte Zelkin mit einer Stimme, die genauso überdreht klang wie Barretts eigene. »Ich mußte dich noch sprechen. Wir haben vorhin von Dubois, unserem französischen Detektiv, eine Nachricht bekommen. Willst du sie hören? Unser Kronzeuge Christian Leroux ist verschwunden. Niemand weiß, wo der Kerl steckt.«
Barrett schloß erschöpft die Augen und lehnte sich an die Wand der Telefonzelle. Dann stimmte es also doch. »Abe, ich weiß, wo das Schwein ist: Unterwegs zu Elmo Duncan.«
»Was sagst du da? Das darf doch nicht . . .«
»Es stimmt, Abe. Ich bin noch im Hilton. Weißt du, was ich gerade gehört habe?« Peinlich genau wiederholte er alles, was Mrs. St. Clair bekanntgegeben hatte.
Als Barrett mit seinem Bericht fertig war, fügte er müde hinzu: »Ich weiß nicht, wie das passieren konnte. Wir hatten ihn doch unter einem anderen Namen versteckt, und er hatte unsere Bedingungen bereits akzeptiert. Im Augenblick fällt mir nur eine einzige Möglichkeit ein. Unser Angebot hat Leroux klargemacht, was er wert ist. Sobald unser Detektiv ihn allein ließ, setzte er sich mit Duncan in Verbindung und erklärte sich bereit, auf ein höheres Angebot einzusteigen.«
»Nein, Mike. Daran hat Dubois klugerweise auch gedacht. Er hat bei der Concierge, bei der Telefonistin und beim Geschäftsführer nachgefragt: Von dem Augenblick an, wo Dubois ihn in das Hotel in Antibes brachte, hat Leroux sein Zimmer nicht verlassen, keine Briefe, Mitteilungen oder Telegramme abgeschickt, keine Telefongespräche geführt und keine empfangen. Das Hotel konnte Dubois nur mitteilen, daß wenige Stunden bevor er Leroux abholen wollte, ein Franzose ihn in seinem Zimmer zu sprechen wünschte. Kurz danach bezahlte Leroux seine Rechnung, verließ das Hotel und verschwand spurlos.«
Barrett kam noch ein Gedanke. »Dann gibt's nur noch eine Möglichkeit: Dubois. Er wußte, worum es ging. Er könnte uns übers Ohr gehauen haben.«
»Ausgeschlossen, Mike«, sagte Zelkin. »Das habe ich kurz vor deinem Anruf mit Phil Sanford und Leo besprochen. Sie sagten beide nein. Sanford hatte uns den

Namen des Repräsentanten seines Vaters genannt, und der empfahl uns Dubois. Er legt für ihn die Hand ins Feuer. Dubois ist für seine absolute Unbestechlichkeit bekannt. Nein, ich bezweifle, daß es Dubois war.«
»Aber jemand muß es doch gewesen sein!« rief Barrett. »Er ist im Hotel, und – simsalabim! – im nächsten Augenblick hat er sich in Luft aufgelöst. Jetzt haben wir ihn, und in der nächsten Minute haben ihn die anderen. Dafür muß es doch eine vernünftige Erklärung geben. Ich bin gern bereit, mich mit Dingen herumzuschlagen, die ich sehen und anfassen kann – auch wenn ich mal den kürzeren ziehe. Aber bei übernatürlichen Dingen bin ich hilflos.«
»Es hat keinen Zweck, unsere Energie mit Spekulationen zu verbrauchen. Wenn etwas passiert ist, dann will ich gar nicht mehr wissen, wie's dazu gekommen ist. Es ist eben passiert. Wir haben eine Runde verloren.«
»Das war die fünfzehnte Runde, Abe.«
»Nein, war es nicht. Legen wir uns schlafen und sehen wir zu, was sich morgen noch retten läßt.«
Als Barrett bedrückt ins Foyer zurückkam, drückte Faye ihre Zigarette aus, stand von dem Sofa auf und kam ihm entgegen.
Sie betrachtete ihn besorgt. »Stimmte es, was Mrs. St. Clair sagte?«
»Es stimmte.«
»Das tut mir leid, Mike. Ist es so schlimm für dich?«
»Verheerend.«
»Wird der Fall dadurch hoffnungslos?«
»Wie die Dinge jetzt stehen – ja. Ich fürchte schon.«
Faye schob ihren Arm unter den seinen. »Dann hör mir bitte einmal zu, Mike. Ich bin der einzige Mensch, der dir noch helfen kann. Bitte, hör mich an.«
»Was?«
»Es sind nur zwei kleine Worte.« Sie hielt inne. »Steig aus!«
Er ließ ihren Arm los und trat einen Schritt zurück. Dann sah er fassungslos auf sie herab. »Aussteigen? Du meinst, die Sache aufgeben?«
»Ich meine, du sollst aussteigen, so lange du noch kannst. Ich empfinde mehr Bewunderung für einen Mann, der ein sinkendes Schiff verläßt als für einen, der stur behauptet, daß es nicht sinkt und der dann mit dem Schiff untergeht. Du hast doch von vornherein gewußt, wie Dad und ich dazu stehen: daß du auf der falschen Seite stehst und dich mit allen möglichen schmutzigen Geschichten und allerlei schmierigen, prinzipienlosen Typen einläßt. Ein Fall von dieser Sorte ist nichts für dich. Aber ich wollte, daß du deine Schuld begleichst und innerlich zufrieden bist, deshalb machte ich mit. Jetzt glaube ich, daß du alles getan hast, was in deiner Macht stand. Du hast deine Verpflichtung gegenüber Sanford abgegolten. Irgendwo muß es doch eine Grenze geben. Du bist nicht verpflichtet, seinetwegen Selbstmord zu begehen. Du sagtest, der Fall sei aussichtslos geworden. Deshalb bitte ich dich um meinetwillen und auch wegen Dad: Sei ein Mann, bring die Größe auf, eine verlorene Sache aufzugeben. Versprich mir, daß du es jetzt tust, noch bevor dieser gräßliche Prozeß anfängt.«

Er sah sie eine Weile an, dann sagte er: »Nein, Faye.«
»Du bist unvernünftig und starrköpfig. Hast du mir denn nicht zugehört? Ich sagte, du hättest deine Schuld gegenüber Sanford ...«
»Es geht überhaupt nicht um Sanford. Es geht um Jadway. Siehst du, ich habe das Buch gelesen. Ich weiß, daß Jadway unmöglich der Mensch gewesen sein kann, als den ihn Leroux hinstellt. Ich bin davon überzeugt, daß Leroux ein Lügner ist. Für mich gibt es nur ein einziges Problem, mein Schatz: Wie zum Teufel soll ich das beweisen?«

4

Mike Barrett lenkte sein Kabrio in die Einfahrt des Parkplatzes hinter dem Mount-Sinai-Krankenhauses. Er hielt an, warf einen Vierteldollar in die Parkuhr und wartete, bis sich das gestreifte Tor quietschend hob. Dann fuhr er auf den Parkplatz. Es war die Zeit der Nachmittags-Besuchsstunde, und der Platz war bis auf die letzte Lücke gefüllt. Barrett sah in der hintersten Reihe einen Wagen zurücksetzen. Rasch fuhr er hin und erwischte gerade noch die freigewordene Parklücke.
Nach der Uhr am Armaturenbrett war es zehn nach drei. Er hatte es nicht eilig. Zeit genug, noch einiges über Sheri Moore herauszufinden, das Opfer des Notzuchtverbrechens. Das Mädchen lag immer noch bewußtlos im Krankenhaus.
Barrett brauchte eine kleine Pause, um seine Gedanken zu sammeln. Er blieb im Wagen sitzen, holte seine Pfeife hervor, stopfte sie, zündete sie an und dachte dann nach. Er bemühte sich um eine etwas optimistischere Stimmung, aber wenn seine Gedanken zu dem vorangegangenen Abend zurückkehrten, war alles wieder düster. Das Abspringen Christian Leroux' war ein furchtbarer Schlag, von dem er sich immer noch nicht erholt hatte. Sie alle litten noch darunter.
Normalerweise begann für ihn jeder neue Tag mit einem Gefühl froher Erwartung. Aber seine Stimmung hätte sich auch dann nicht gebessert, wenn ihn im Morgengrauen die besten Ärzte mit den besten Aufmunterungspillen geweckt hätten. Sie war genau wie dieser Tag: bedeckt und grau.
Die Morgenzeitung war auch nicht dazu angetan, seine Laune zu bessern. Auf der ersten Seite wurde über Duncans Rede und Mrs. St. Clairs sensationelle Ankündigung berichtet. Ferner stand da zu lesen, daß morgen Mr. Leroux aus Frankreich eintreffen werde, um als Zeuge für die Anklage auszusagen.
Auch im Büro hatten sich keine neuen Lichtblicke ergeben. Kimura bemühte sich immer noch, etwas über den Autor der *Sieben Minuten* herauszufinden und war nach wie vor Norman C. Quandt auf der Spur, dem Pornographen, der seinerzeit die Verlagsrechte von Leroux erworben und an Sanford weiterverkauft hatte. Kimura hatte zwar erfahren, daß Quandt innerhalb von Südkalifornien umgezogen war, doch mehr konnte er noch nicht ausfindig machen.

Das Mittagessen ließ sich schon besser an. Es hatte Barrett zwar nicht neue Hoffnung, aber doch wenigstens einen gewissen Halt gegeben.
Er hatte sich zum Essen in dem überfüllten Prominentenrestaurant Bistro in Beverly Hills mit Dr. Yale Finegood getroffen, einem lebhaften jungen Psychiater, der früher in der Reiss-Davis-Kinderklinik gearbeitet hatte, jetzt aber selbständig war. Finegood, ein Spezialist für Jugendpsychiatrie, hatte die Ansicht vertreten, daß es zwischen der Lektüre eines Buches oder dem Ansehen eines Films und einer Gewalttat keine Zusammenhänge geben könne. Er wies sogar darauf hin, daß einige seiner Kollegen den pornographischen Büchern zugute hielten, daß sie die Verbrechensraten senkten, weil das Lesen dieser Bücher ein Ventil für sexuelle Wünsche darstellte, die sich ansonsten in Taten abreagieren würden. Dr. Finegood wies auf eine Untersuchung hin, die Eleanor und Sheldon Glueck, zwei Kriminologen, unter tausend straffällig gewordenen Jugendlichen in und um Boston angestellt hatten. Dabei hatte das Ehepaar Glueck festgestellt, welche Faktoren diese Jugendlichen tatsächlich zu Kriminellen werden ließen: Ungünstige Familienverhältnisse, Mangel an Erziehung, Konflikte mit der vorherrschenden Zivilisation, innere psychologische Probleme und schlechte Angewohnheiten wie zum Beispiel Rauschgiftsucht, Alkoholismus und sexuelle Promiskuität. Pornographische Lektüre gehörte nicht mit zu den maßgeblichen Faktoren.
»Was im einzelnen könnte einen stillen, schüchternen Einundzwanzigjährigen aus guter Familie zu einem Sexualverbrecher machen?« wiederholte Dr. Finegood Barretts Frage. »Jeder Fall ist anders gelagert, aber Sexualverbrechen reflektieren für gewöhnlich sexuelle Mängel. Eine Vergewaltigung befreit den Täter von einem hartnäckigen Minderwertigkeitskomplex. Ein Junge aus mittleren oder gehobenen Einkommensschichten, der ein Notzuchtverbrechen begeht, kann sich damit ganz einfach gegen Jahre ständig unterdrückter Abneigung gegen seine Eltern auflehnen. Höchstwahrscheinlich waren ein Elternteil oder beide Elternteile sehr beherrschend – oder umgekehrt gleichgültig, unfähig. Zeigen Sie mir einen Jungen, der von seinem gefürchteten Vater ständig geduckt wird, dann haben wir einen potentiellen Täter, der eines Tages in einem Gewaltakt Selbstbestätigung suchen könnte, indem er sein Opfer erniedrigt.«
Als sie nach dem Essen das Bistro verließen, gab Dr. Finegood Barrett noch einen letzten Rat mit auf den Weg. »Ich kann gut verstehen, wie wichtig für Ihren Fall Auskünfte über Jadway sind. Aber gleichzeitig dürfen Sie nicht die Bedeutung der Beteiligten an diesem Fall übersehen. Ich weiß, daß Sie nichts über Jerry Griffith, seine Familie und seine Freunde herausfinden konnten. Dennoch würde ich Ihnen empfehlen, Ihre Bemühungen in dieser Richtung zu verdoppeln. Wenn es Ihnen gelingt, hier weitere Informationen auszugraben, dann werden Sie bestimmt auf andere Gründe für Jerrys Verhalten stoßen. Ich denke, dann wird es uns gelingen, die Jury davon zu überzeugen, daß die Lektüre von Jadways Buch nicht die treibende Kraft für die kriminelle Handlung des jungen Mannes war. An Ihrer Stelle würde ich sogar noch weiter gehen. Ich würde un-

verzüglich versuchen, etwas über Jerrys Opfer, dieses achtzehnjährigen Mädchens, ausfindig zu machen. Sie wären überrascht, was eine zweigleisige Untersuchung von Täter und Opfer ans Tageslicht bringen kann. Ich will damit nicht schon Ergebnisse prophezeien. Ich rate Ihnen nur, nichts unversucht zu lassen. Also dann – viel Glück. Und halten Sie mich auf dem laufenden. Ich freue mich schon darauf, vor Gericht auszusagen, auch wenn ich gehört habe, daß die Anklage einen so prominenten Psychiater wie Dr. Robert Trimble gegen mich aufbieten wird. Ich denke doch, daß ich mich werde behaupten können.«

Sofort nach dem Mittagessen entschloß sich Barrett, dem Rat Dr. Finegoods zu folgen. Er wollte sich die achtzehnjährige Sheri Moore näher ansehen. Er bezweifelte zwar, daß dabei etwas herauskommen würde, aber es sollte ja nichts unversucht bleiben.

Das Zeitungsarchiv im Büro konnte ihn nur oberflächlich über das Opfer informieren. Sheri Moore war das jüngste von fünf Kindern. Eltern seit langer Zeit geschieden. Vater Howard Moore als Ingenieur bei der North American Rockwell Corporation, Wohnort Santa Monica. Sheri selbst studierte im ersten Jahr am College Santa Monica. Gemeinsame Wohnung mit ihrer Freundin Darlene Nelson am Doheny Drive in West Hollywood.

Die beiden letzten Angaben verwunderten Barrett. Warum sollte jemand in West Hollywood wohnen, wenn er in Santa Monica studierte? Das bedeutete täglich lange Autofahrten, besonders für ein Mädchen ohne eigenes Auto. Die Antwort auf diese Frage und einen genaueren Lebenslauf hoffte er in Santa Monica zu bekommen. So hatte sich Barrett aufgemacht und das College Santa Monica aufgesucht.

Dort erwartete ihn nur eine einzige Überraschung, und die stammte aus den Akten der Verwaltungsabteilung. Im Gegensatz zu den Pressemeldungen war Sheri Moore gar nicht die brave kleine Studentin, als die sie dargestellt wurde. Nach den Prüfungen des ersten Semesters hatte sie immer unregelmäßiger an den Vorlesungen teilgenommen und war in ihren Leistungen immer mehr abgesackt. Einen Monat vor dem Überfall war sie aus dem College ausgeschieden.

Barrett war mit einem Dutzend früherer Kommilitonen des Mädchens bekannt gemacht worden, jungen Leuten, die entweder lärmend vor der Cafeteria herumstanden oder draußen auf dem Rasen hockten. Keine von Barretts Fragen war ausführlicher oder objektiv beantwortet worden. Eine sehr erfolgreiche Studentin erinnerte sich, daß Sheri sich im College immer mehr langweilte und etwas von einer Karriere als Modell oder Schauspielerin erzählte. Dann war sie nach West Hollywood übergesiedelt. Dort hoffte sie stundenweise Arbeit zu finden, mit der sie ihren Schauspielunterricht finanzieren wollte. Ein Footballstar murmelte etwas davon, Sheri sei »'ne dufte Puppe, ein Swinger« gewesen. Aber wenn man den anderen zuhörte, hätte man glauben können, sie sprächen von einer modernen Jeanne d'Arc. Die Tatsache, daß eine der Ihren das Opfer eines Verbrechens geworden war und nun schwerverletzt im Krankenhaus lag, schien alle zu veranlassen, voll Hochachtung über sie zu sprechen und ihre Tugenden besonders herauszustreichen. Aber vielleicht war er nur voreingenommen und zynisch, sagte sich Barrett, als er die Universität verließ. Vielleicht war Sheri Moore tatsächlich die Tugend in Person.

Nun hatte er als letzte Etappe seiner Erkundigungstour das Mount Sinai Hospital erreicht.

Barrett schloß sein Kabrio ab, überquerte den Parkplatz und lief rasch die Stufen zu dem Hintereingang hinauf, der über einen langen Korridor nach unten in die Empfangshalle und zu den Lifts führte. Er fuhr hinauf in den fünften Stock und trat zum Schalter der Anmeldung.

Eine schwarze Krankenschwester begrüßte ihn von ihrem Schreibtisch aus.

»Ich möchte mich gern nach Sheri Moore erkundigen«, sagte Barrett. »Ich bin ein Bekannter.«

»Es geht ihr ihrem Zustand entsprechend gut«, antwortete die Schwester. »Sie liegt immer noch im Koma.« Sie suchte nach einer Karte und gab es dann auf. »Sie hatte eine ruhige Nacht. Sie wollen sie besuchen? Da muß ich Ihnen leider mitteilen, daß ich nur die Personen vorlassen darf, die der Arzt auf einer Liste verzeichnet hat. Wenn ich um Ihren Namen ...«

»Nein, lassen Sie nur. Ich wollte nur hören, wie es ihr geht.« Er zögerte. »Stehen viele Namen auf der Besucherliste?«

Nun zögerte die Krankenschwester. »Sie kommen doch nicht etwa von der Presse?«

»Presse? Gott bewahre, ich bin nur ein Bekannter, der ...«

»Man kann nicht vorsichtig genug sein. Hier schwirren dauernd Reporter herum. Nun, warum soll ich es Ihnen nicht sagen? Zugelassen sind nur Sheris nächste Anverwandte und ihre beste Freundin. Ihr Vater und diese Darlene Nelson, mit der sie zusammen wohnte, sind gerade bei ihr drin.«

»Danke«, sagte Barrett. »Könnten Sie mir vielleicht Bescheid sagen, wenn Miß Nelson geht? Ich bin dann im Warteraum.«

»Da brauchen Sie gar nicht zu warten. Darlene sitzt gerade dort drüben. Ich werde sie Ihnen gern holen, Mr. ...« Sie verwandelte das langgezogene ›Mister‹ in eine Frage.

»Barrett«, sagte er. »Mike Barrett. Vielen Dank.«

Er ging den Flur entlang und betrat den Warteraum, eine große Nische mit chintzbezogenen Sofas, Korbstühlen und einem Fernseher. Der Raum war leer. Barrett blieb vor einem Aschenbecher stehen, klopfte seine Pfeife aus, stopfte sie neu und ging dann auf und ab. Dabei überlegte er, wie Darlene Nelson mit der Sache zusammenhing. Sie war es, fiel ihm wieder ein, die bei ihrer Rückkehr in die Wohnung am Doheny Drive ihre Freundin Sheri Moore ausgestreckt und blutüberströmt auf dem Teppich im Schlafzimmer gefunden hatte. Die halb bewußtlose Sheri hatte ihr noch zugeflüstert, sie sei vergewaltigt worden, dann verlor sie die Besinnung. Daraufhin hatte Darlene Krankenwagen und Polizei verständigt.

Barrett hörte zwei weibliche Stimmen näherkommen. Er fuhr herum und sah die

Krankenschwester zusammen mit einem Mädchen auftauchen. Das Mädchen hatte einen Jungenhaarschnitt, und das Hemd hing ihr über die Hose.
»Ich beneide Sie, Darlene«, sagte die Krankenschwester gerade. »Die Underground Railroad, das ist mein Lieblingslokal, und ich gehe oft hin, wenn ich mal frei habe. Ich gäbe viel drum, wenn ich dabeisein könnte.«
»Nun, die neue Band spielt ja noch die ganze Woche und auch die nächste, da können Sie immer noch hingehen. Nur schade, daß Sheri nicht auf den Beinen ist. Es ist nämlich ihre Lieblingsband. Sie hat alle ihre Autogramme.«
»Sie kommt schon wieder auf die Beine.«
»Drücken wir die Daumen.«
Die Krankenschwester ging. Darlene Nelson kam auf Barrett zu und sah ihn fragend an.
»Ich bin Darlene Nelson«, sagte sie. »Wollten Sie mich sprechen?«
»Stimmt. Ich ...«
»Kenn' ich Sie nicht?« Sie hatte eine dumme Angewohnheit, eine nervöse Handbewegung, als wollte sie sich das Haar von der Schulter streichen, aber dort war nichts. Vielleicht hat sie sich das Haar erst kürzlich abschneiden lassen, überlegte Barrett.
»Ich bin Michael Barrett«, stellte er sich vor, aber der Name sagte ihr nichts. »Der Verteidiger von Ben Fremont. Das ist der Buchhändler, der ...«
Jetzt dämmerte es ihr. »Dieser Schundroman.« Sie wurde sofort argwöhnisch. »Was wollen Sie denn von mir?«
»Nur ein paar Fragen. Wollen wir uns nicht setzen?«
Sie traf keine Anstalten, sich hinzusetzen. Wieder strich ihre Hand über die Schulter. »Was für Fragen?«
»Zunächst hätte ich gern gewußt, ob Miß Moore oder Sie selbst Jerry Griffith schon kannten, bevor er ...«
»Nein«, sagte sie.
»Gut. Und wie steht es mit Jerrys Freunden? Kannten Sie vielleicht einen von diesen?«
»Woher soll ich denn wissen, wer seine Freunde waren? Selbst wenn ich einen davon zufällig kennengelernt hätte, wüßte ich es nicht.«
»Nun, Miß Nelson, ich denke da an einen bestimmten Freund. Er studiert an der Universität von Los Angeles und wohnt in Westwood. Sein Name ist George Perkins. Hat Sheri Moore diesen Namen jemals erwähnt?«
»Nein.«
»Und Sie selbst? Kennen Sie einen George Perkins?«
»Nein. Nein, ich kenn' ihn nicht.«
»Da war noch etwas, wovon ich hoffte, daß Sie es mir würden sagen können. An dem Abend, als Sie Sheri fanden ...«
»Mr. Barrett, ich sollte mich eigentlich gar nicht mit Ihnen unterhalten. Ich kann Ihnen doch nichts sagen. Außerdem gibt's da auch nichts zu erzählen. Ich hab' der Polizei alles erzählt. Ich gehe jetzt lieber. Entschuldigen Sie mich.«

Darlene Nelson hatte sich schrittweise zurückgezogen, und nun floh sie förmlich aus dem Warteraum.
Achselzuckend klopfte Barrett seine Pfeife aus, steckte sie ein und ging auf den Lift zu.
Ein paar Minuten später ging er die Hintertreppe des Krankenhauses hinunter zum Parkplatz. Als er auf seinen Wagen zuging, hörte er hinter sich rasche Schritte.
Er fuhr herum und sah sich einem kräftigen, untersetzten Mann gegenüber, älter als er selbst. Er hatte einen übergroßen Kopf und fast keinen Hals. Mit geballten Fäusten, dunkel angelaufenem Gesicht, heftig atmend, ging der Mann auf Barrett los.
»Sind Sie ein gewisser Barrett?« fragte er. »Der Anwalt, der diesen gottverdammten Schundroman verteidigt?«
Barrett zuckte unwillkürlich vor der Wut des anderen zurück und konnte sich aus seinem Benehmen keinen Reim machen. Er nickte. »Ja, ich ...«
»Dann hören Sie mir mal gut zu!« schrie der Mann und packte Barrett mit beiden Händen an den Rockaufschlägen. »Hören Sie gut zu, Sie verfluchter Schweinehund, ich hab' Ihnen nämlich was zu sagen ...«
Er zerrte Barrett zu sich heran. Der schlug in einer unwillkürlichen Reflexbewegung nach den Händen des Mannes, die ihn festhielten. Für ein paar Sekunden trennten sie sich, dann stürzte sich der wütende Fremde wieder auf ihn. Barrett streckte abwehrend beide Hände aus, aber er bekam einen mächtigen rechten Haken ans Kinn. Barrett versuchte noch, dem Schlag durch eine rasche Kopfbewegung auszuweichen, aber die Faust streifte doch das Kinn, daß seine Zähne zusammenschlugen. Barrett wurde zurückgeworfen und landete auf dem Hinterteil.
Es war mehr die Plötzlichkeit dieses Überfalls als die Wucht des Schlages, die Barrett benommen machte. Er saß auf dem geteerten Parkplatz, rieb sich das Kinn und kam nicht gleich hoch. Über sich sah er das wütende Gesicht seines Widersachers.
»Hören Sie gut zu, Sie Schwein!« keuchte der Mann. Er hatte die Hände immer noch zu Fäusten geballt. »Ich bin nämlich Sheris Vater. Ich bin Howard Moore. Und ich kann Ihnen sagen, daß Sie von dieser Sorte noch mehr haben können, viel mehr. Ich warne Sie, halten Sie Ihre verdammte Nase aus meinen Privatangelegenheiten raus. Mein armes Kind steht auf der Liste der kritischen Fälle, und das alles nur, weil sich so ein kleiner, verbogener Lümmel hat durch Ihr dreckiges Buch verrücktmachen lassen. Wer sich für so ein Buch einsetzt, der kriegt's mit mir zu tun. Denken Sie dran, Mister. Stecken Sie Ihre Rotznase nicht in meine Angelegenheiten, oder ich schlage Sie das nächste Mal so zusammen, daß Sie noch übler dran sind als meine arme Kleine jetzt. Vergessen Sie das ja nicht!«
Damit machte Howard Moore kehrt und stakste davon.
Barretts Kopf wurde allmählich wieder klar, er rappelte sich auf. Die Wut über

diese krasse Ungerechtigkeit, über den ganz und gar ungerechtfertigten Überfall packte ihn so sehr, daß er am liebsten diesem Kerl nachgelaufen wäre, um ihm mit gleicher Münze heimzuzahlen. Aber dann sah er die klägliche Gestalt mühsam die Stufen zum Eingang hinaufsteigen, wie der alte Mann dort für ein paar Sekunden stehenblieb und die Stirn gegen das kalte Glas preßte, und die Wut wich einer Mischung aus Mitleid und Vernunft. Dieser Mann war ein Vater, voll hilflosen Zorns, und fünf Stockwerke höher lag seine Tochter, mißbraucht, bewußtlos. Zum Teufel – irgendwie mußte er sich schließlich Luft machen.

Barrett griff nach seinem Taschentuch und betupfte sich damit die Lippen. Auf dem weißen Leinen erschien ein kleiner Blutfleck. Die Unterlippe war an der Innenseite aufgerissen. Na wenn schon.

Langsam ging er zu seinem Wagen und klopfte sich den Staub vom Anzug.

Erst eine Stunde später, nachdem Donna ihm aus der Apotheke unten ein Desinfektionsmittel geholt hatte, stellte er die Frage, die schon längst fällig war. Er hätte gehört, worüber sich Darlene Nelson und die junge Krankenschwester vor dem Warteraum unterhalten hatten. Donna, die Sekretärin der Anwaltskanzlei, las doch immer die Anzeigen im Unterhaltungsteil der Zeitungen. Sie versuchte jung zu bleiben, indem sie alles über die Jugend las.

»Sagen Sie, Donna, ich muß da mal etwas von einem Lokal mit einem komischen Namen gehört haben – Underground Railway oder so ähnlich. Kennen Sie es zufällig?«

»Junge, Sie können aber fragen. Das ist doch der Lieblingsschuppen der jungen Leute. Drüben an der Melrose. Rocker, Beatmusik, Tanz, Dünnbier und sonst nichts.«

»Ich habe gehört, daß dort heute abend eine neue Gruppe auftritt?«

»Hm, vielleicht sind Sie doch nicht so von gestern. Ja, die Gregorianer.«

»Die Gregorianer? Ich spreche doch nicht von Kirchenchören und mittelalterlicher Musik. Ich . . .«

»Sie sind doch von gestern, Chef. Die Gregorianer. Früher nannten sie sich Chauncey und dann Snow Shoes, aber das war noch vor ihrem Zusammenschluß mit der Gruppe Los Angeles Heat. Zur Zeit ist das die heißeste Rockband im ganzen Land. Heute abend um sieben treten sie zum erstenmal in der Underground Railroad auf. Was haben Sie denn vor?«

»Ich werde etwas gegen das Generationsproblem tun. Mal sehen, wie ich mich heute abend um halb acht fühle.«

Schon auf dem dunklen Parkplatz hinter dem riesigen Haushaltswarengeschäft, das in einen Beatschuppen umgebaut worden war, hörte Barrett pausenlos disharmonische Musik durch alle Fenstern und Mauern schrillen.

Unter einer Straßenlampe auf der Melrose Avenue blieb er stehen und sah auf seine Armbanduhr. Es war genau 19.20 Uhr. Drüben auf der anderen Straßenseite lagen noch zwei weitere Teenagerschwemmen, Limbo und Raga-Rock genannt, aber die waren an diesem Abend so gut wie leer. Zehn Meter vor ihm fand eine wahre Bevölkerungsexplosion statt. In zwei ordentlichen Reihen schoben sich in stetigem Strom junge Leute in ausgefallener Kleidung in die Underground Railroad.

Barrett stellte sich hinten an und war erleichtert, daß er Donnas Rat gefolgt war und nicht Anzug und Schlips angezogen hatte. Sein Baumwollpulli und die Kordhose wirkten immer noch so konservativ, daß er auffiel. Er wirkte zwar nicht mehr wie ein Tintenfisch oder ein krummer Hund – er hatte seine Hausaufgabe gelernt – aber doch zumindest ein wenig schräg. In Wirklichkeit machte ihn natürlich nicht sein Aufzug verlegen, das wußte er genau – sein Alter war es. Zum erstenmal in seinem Leben glaubte er der Statistik, nach der die Hälfte der Bevölkerung jünger als zwanzig war.

Er folgte der langen Schlange junger Leute zu dem rohbehauenen Blockhauseingang und war froh, daß er Faye nicht gesagt hatte, wohin er wollte. Sie wäre sonst sicher gern mitgekommen, wie andere Leute in den Zoo gehen – nein, das wäre wirklich zuviel gewesen. An diesem Abend waren sie sonst immer zusammen, es war der besondere Abend der Woche, und er hatte einfach nicht den Mut, ihr abzusagen. Statt dessen hatte er Faye angerufen und ihr mitgeteilt, daß sie diesmal das Abendessen auslassen mußten, weil er noch einige Erkundigungen einzuziehen hätte. Er hatte ihr versprochen, sich mit ihr pünktlich um elf Uhr in seiner Wohnung zu treffen.

Natürlich gab es keine Erkundigungen einzuholen. Er wußte nur, daß heute in der Underground Railroad ein Happening stattfand und daß Darlene Nelson hier sein würde. Er hoffte, daß vielleicht auch George Perkins auftauchen würde. Es war eine Ahnung, nicht mehr. Wenn George kam, dann vielleicht mit Freunden, die vielleicht auch Jerry Griffith' Freunde waren. Was Barrett brauchte, war ein vollständiges Verzeichnis von Jerrys Freunden.

»Raus mit 'nem Grünen, Mann«, sagte jemand neben ihm. Barrett sah Abraham Lincoln in Schwarz neben dem Eingang stehen und den Eintritt kassieren. Er bezahlte seine zwei Dollar und war drin.

Augenblicklich ging er in einem Schwarm lachender und singender Kunden unter, die ebenfalls nach einem Platz suchten.

Er gab sich Mühe, die Orientierung wiederzufinden und sich an die Musik zu gewöhnen. Vor sich hatte er ein Wirrwarr von Tischen, belagert von Scharen von Musikliebhabern. Dann erblickte er die Tanzfläche, die an ein Knäuel sich windender Würmer erinnerte. Dahinter erhob sich das Orchesterpodium, über dem sich rastlos ein gigantisches Kaleidoskop drehte und drehte. Jenseits schien es noch mehr Tische zu geben.

Die Beleuchtung durch das rotierende Kaleidoskop erzeugte ein verwirrendes Spektrum von psychodelischen Farben. Auf der Tanzfläche absolvierten Jungen und Mädchen von weißer, schwarzer und brauner Hautfarbe in Miniröcken, Umhängen, Husarenuniformen und anderen Kostümen zu zweit, aber unabhängig von der mißtönenden Musik hingebungsvoll ihre höchst individuellen Verrenkungen. Und doch hatte der Eingeborenentanz etwas Einheitliches: Die

männlichen Wesen ließen Becken und Rumpf kreisen, die weiblichen Eingeborenen streckten den Busen heraus und wackelten mit dem Hintern. Dazu jaulten die Stimmen und klimperten die elektrischen Gitarren der Gregorianer.
Barrett sah sich die Band genauer an. Sie bestand aus vier jungen Männern, die wie Baumwollsklaven gekleidet waren. Der gregorianische Teil davon wurde vermutlich durch die lose aneinandergeketteten drei Weißen verkörpert, die lässig auf ihren Instrumenten herumzupften und den dicken Neger gelegentlich summend begleiteten.
Von allen Seiten eingekeilt, wurde Barrett bald schwindelig. Seine Ohren klingelten. Und sein Herz sehnte sich nach den süßen, vertrauten Weisen von Dave Brubeck oder Gerry Mulligan.
Was er brauchte, war ein etwas abgelegenerer Ausguck. Da entdeckte er links von sich die lange eichene Bar. Ein Teil davon war verhältnismäßig dünn besetzt. Er drehte und wendete sich, schob und stieß, entschuldigte sich, schob wieder, drückte sich seitlich durch und hatte nach wenigen Minuten die Bartheke erreicht.
»Scotch mit Wasser«, stieß er hervor.
»Tut mir leid, Sir«, sagte der junge Barmixer mit dem mächtigen Schnurrbart. »Nur Dünnbier – und natürlich alles Alkoholfreie, was Sie sich nur denken können.«
Barrett hatte vergessen, daß es hier keinen Alkohol gab. »Schön, dann also ein Dünnbier.«
Während sich das Bier schäumend in einen Maßkrug ergoß, sah sich Barrett um. Die Band intonierte schon die nächste Nummer. Sie klang weniger schräg, nicht so schrill und laut, sie schmerzte weniger in den Ohren. Es war eine Art Negerblues, gewürzt mit einem kräftigen Schuß Hillbilly. Traurige, bedeutungsvolle Klänge, in denen die zerstobenen Illusionen einer ganzen Generation mitschwangen, ihre Skepsis, ihr Protest, ihre Forderung nach Menschenliebe. Plötzlich empfand Barrett den Klang als angenehm, er freute sich darüber und über die verlorenen Blumenkinder da unten auf der Tanzfläche. Irgendwo hatte er Bob Dylans Ausspruch gelesen: Mensch, die einzige Schönheit ist das Häßliche. Ja. Aber es war dennoch Schönheit. Schönheit ganz besonderer Art.
Er griff nach seinem Dünnbier und trank es bedächtig. Dabei fiel sein Blick auf die Plakate über der Bar – Harriet Beecher Stowe, John Brown und seine Leiche, Dred Scott –, und er hörte der Musik zu.
Nach einer Atempause stellte er sein Glas hin, wandte sich wieder dem Saal zu und war entschlossen, nach seiner Beute Ausschau zu halten. Bald darauf erkannte er, daß er sich etwas Unmögliches vorgenommen hatte. Es waren einfach zu viele Männer hier, und zu viele von ihnen glichen mit ihren bärtigen Gesichtern George Perkins. Aber in keinem von ihnen erkannte er diesen George Perkins selbst.
Er beschloß, den ganzen Club ein letztesmal abzusuchen, systematisch, vom Eingang her bis in den hintersten Winkel. Sein Blick wanderte zum Eingang

hinüber und blieb dort hängen. Den Neuankömmling erkannte er auf der Stelle.

Es war ein schmaler, hagerer Junge mit ordentlich gekämmtem Haar, bleichem, verkniffenem Gesicht, in Sportsakko, Sporthemd und tadellos gebügelter Hose. Barrett war ihm zwar noch nie begegnet, aber er kannte ihn von zahllosen Zeitungsfotos.

Verwundert und fassungslos starrte ihn Barrett an. Dort stand, praktisch in Rufweite, Jerry Griffith, und er suchte genauso den Club ab, wie er es vorhin getan hatte. Was zum Teufel hat der Junge, der doch nur gegen Kaution bedingt freigelassen wurde, hier in einem öffentlichen Lokal zu suchen? fragte sich Barrett. Er konnte es sich nicht vorstellen, daß Maggie Russell, geschweige denn Frank Griffith ihm erlaubt hatten, das Haus zu verlassen und hierherzukommen. Oder wußten sie gar nichts davon? Hatte sich Jerry heimlich davongeschlichen?

Das war genau die richtige Gelegenheit, ihn anzusprechen, ihm ein paar mitfühlende Worte zu sagen, ihn auszufragen, aber Barrett rührte sich nicht. Als Mensch hielt ihn ein gewisses Anstandsgefühl zurück, und den Anwalt Mike Barrett leitete ein Instinkt, der eine günstige Gelegenheit erspürt hatte. So behielt er Jerry Griffith nur im Auge und wartete ab.

Barrett versuchte, etwas in Jerrys Blick zu lesen. Zuerst sah er sich ängstlich um wie ein entsprungener Sträfling, der fürchten muß, erkannt zu werden. Aber als er dann bemerkte, daß er in dieser Masse sicher sein konnte, wurden seine Augen mehr die eines Jägers als die eines Gejagten. Es war ganz klar: Der Junge suchte nach einer ganz bestimmten Person.

Er streckte sich, stand auf den Zehenspitzen und suchte die einzelnen Tische ab. Dann ging ein Ruck durch ihn – er hatte jemanden erkannt und wollte ihm zuwinken, überlegte es sich aber anders. Langsam schob er sich an einen Tisch mit drei jungen Männern und zwei Mädchen heran und blieb dort stehen. Er klopfte einem breitschultrigen jungen Mann, der ihm den Rücken zukehrte, auf die Schulter. Der drehte sich um. Barrett erkannte das bärtige Profil George Perkins'.

Barrett kniff die Augen gegen das ständig wechselnde Licht zusammen und beobachtete gespannt Georges Reaktion. Es gab insgesamt drei unterschiedliche Reaktionen, die einander in erstaunlichem Tempo folgten: Überraschung – Besorgnis – Ärger.

Von der Bar aus verfolgte Barrett aus der Ferne das stumme Drama.

Jerry wollte George Perkins etwas sagen. George wollte nichts mit ihm zu tun haben. Jerry packte immer wieder Georges Schulter und flüsterte ihm etwas ins Ohr, aber immer wieder schüttelte George seine Hand ab. Zuletzt schien sich Jerrys Hartnäckigkeit durchzusetzen. George Perkins sprang auf, beugte sich halb über den kleineren Jerry und schüttelte mit aller Entschiedenheit den Kopf. Er wollte ihm einfach nicht länger zuhören, aber Jerry redete immer noch gegen das Getöse an. Schließlich nickte George, offenbar sehr gereizt, und sah sich um.

Als die Musik abbrach und einer der Musiker eine Pause ankündigte, streckte George die Hand aus und deutete auf ein Pärchen, das gerade die Tanzfläche verließ und einem Tisch an der Seite des Raums zustrebte.
Automatisch verlegte sich Barretts Aufmerksamkeit hinüber zu dem jungen Paar. Sekundenlang versperrte der Junge die Sicht auf seine Begleiterin. Er war bis auf lange Koteletten glattrasiert und sehr muskulös. Dann war das Mädchen zu sehen: Keine andere als Darlene Nelson. Sie trug immer noch das offene Hemd und die Hose, die sie schon im Krankenhaus angehabt hatte.
Nun kam rasch eine dritte Gestalt ins Blickfeld. Es war wieder Jerry Griffith, der unterwegs fast ein paar andere junge Leute umrannte. In dem Augenblick, als Darlene Nelson ihren freien Stuhl erreichte, schnitt er ihr den Weg ab.
Wieder rollte für Barrett eine Stummfilmszene ab.
Jerry hinderte das Mädchen daran, sich hinzusetzen. Er schien sich vorzustellen und versuchte ihr etwas zu sagen. Aber Darlenes Mißvergnügen war noch deutlicher als das von George Perkins. Sie wollte Jerry einfach ignorieren und sich an ihm vorbei zu ihrem Stuhl schieben, aber er vertrat ihr wieder den Weg und wollte sie dazu bringen, ihm zuzuhören. Mit einiger Anstrengung kam sie an ihm vorbei. Er redete immer noch auf sie ein und wollte ihr folgen, doch dann fuhr sie plötzlich herum und stellte sich ihm. Ihr Gesicht befand sich dicht vor dem seinen. Sie sagte ein paar kurze, scharfe Worte zu ihm. Was sie auch sagte – es hatte die Wirkung einer Ohrfeige. Jerry fuhr betroffen zurück und brachte kein Wort mehr hervor, während sie sich gelassen hinsetzte. An die Stelle der fehlenden Worte traten lautlose Bewegungen der Lippen.
Dann erstarrte Jerry schlagartig und sah sie mit hochrotem Gesicht an. Sie unterhielt sich schon wieder ganz unbekümmert mit ihrem Begleiter. Im ersten Augenblick befürchtete Barrett, daß Jerry sie schlagen oder würgen könnte, doch er tat keines von beiden. Seine Arme sanken ihm langsam an den Seiten herab. Seine Miene wurde ausdruckslos. Sein ganzer Körper schien in sich zusammenzusacken. Benommen wandte er sich ab, schob sich zwischen den Tischen hindurch und schien sich erst nach einer Weile daran zu erinnern, wer und wo er war. Wie elektrisiert schoß er zwischen anderen hindurch, die gerade ankamen, und war verschwunden.
Barrett beobachtete Jerrys fluchtartigen Abgang und stand wie angewurzelt an der Bar. Eins war klar: Jerrys Freund George kannte Darlene, oder er wußte zumindest, wie sie aussah. Andererseits hatte Jerry ganz offensichtlich Sheris Freundin bisher noch nicht gesehen. Aber was hatte er zu ihr gesagt? Und was hatte sie ihm geantwortet, das ihn erst so in Wut versetzte und dann in die Flucht schlug? Das muß ich herausfinden! sagte sich Barrett. Jetzt wurde es höchste Zeit, daß er Jerry einmal stellte.
Barrett stieß sich von der Bar ab, doch schon nach drei Schritten wurde er von einer Traube eifrig plappernder Teenager aufgehalten, die gerade hereingekommen waren. Sie nahmen ihn in die Mitte, und dann entdeckte ihn ein kleines freches Ding in engem Trikothemd und Shorts.

Sie griff nach ihm und zog ihn näher zu sich heran. »Hei!« kreischte sie. »Seht mal, was ich da gefunden habe! Einen echten Tausendjährigen, das fehlende Glied in der Kette! Ist er nicht süß?« Sie gab Barrett einen Kuß aufs Kinn und bettelte: »Komm doch, Neandertaler, tanz mit mir!«
Sie umschlang ihn und machte ein paar Tanzbewegungen.
»Schatz, ich muß gerade mal«, sagte Barrett. »Jeder Mann braucht mal 'ne Pause.«
Sie grinste ihn an. »Ach, so einer bist du? Das macht mehr Spaß als Mädchen, wie?« Sie ließ ihn los. »Na ja, in deinem Alter . . .«
Barrett bahnte sich einen Weg hinaus auf die Straße. Er wußte, daß er kostbare fünf Minuten verloren hatte. Er sah die Melrose Avenue hinauf und hinunter, aber es war niemand zu sehen, der Jerry Griffith auch nur entfernt ähnelte. Die jungen Leute standen vor dem Eingang immer noch Schlange. Barrett trat auf sie zu und erklärte den Vordersten, daß er jemanden suche, der vor ein paar Minuten den Club verlassen hatte. Er versuchte Jerry Griffith zu beschreiben. Dabei stellte er fest, daß ihm das nur unvollkommen gelang. Das einzige auffallende Merkmal war Jerrys ordentliche Frisur. Aber selbst daran erkannte ihn niemand.
»Er kam richtig aus dem Club herausgeschossen«, sagte Barrett. »Erinnert ihr euch jetzt vielleicht?«
»Herausgeschossen?« zirpte ein Mädchen in langem Maxirock. »Richtig, da ist einer vorhin rausgerannt, ich weiß noch, wie ich gesagt hab': ›Den haben sicher die Gregorianer verjagt!‹« Die anderen lachten. Das Mädchen sagte zu Barrett: »Ich glaube, dorthin ist er gerannt.« Sie zeigte nach Westen. Das Gelächter wurde noch lauter. Barrett bedankte sich und lief die Melrose Avenue entlang in Richtung auf den La Cienega Boulevard.
Er lief und lief, überquerte mehrfach die Straße, stöberte in Läden und Einfahrten, aber es war kein Jerry Griffith zu sehen. Nach einer Viertelstunde stand er wieder da, wo er begonnen hatte.
Betrübt mußte sich Barrett den Mißerfolg eingestehen. Er betrat den düsteren Parkplatz. Als er sich seinem Kabrio näherte, ging ihm auf, daß er vorhin bei seiner kopflosen Suche an das Nächstliegende nicht gedacht hatte: den Parkplatz. So schnell konnte Jerry die Gegend nicht verlassen haben. Als Barrett das Lokal verließ, mußte sich Jerry bestimmt noch auf dem Parkplatz befunden haben. Er hätte ihm am Ausgang erwarten können. Aber inzwischen war er mit seinem Wagen sicher längst über alle Berge.
Doch eine kleine Hoffnung blieb. Vielleicht war der Wagen des Jungen doch noch vorhanden. Barrett versuchte sich an die Automarke zu erinnern. Sie stand in den Akten über Jerry Griffith. Ein britisches Modell. Ganz bestimmt. Dann fiel es ihm wieder ein: Eine Rover-Limousine neueren Modells.
Er blieb stehen und sah sich um. Hinter einem grauen Thunderbird parkte ein schmutziger alter Jaguar – und dahinter ein weißer Rover neuerer Bauart. Hoffnung stieg in ihm auf. An diesem Abend waren in Los Angeles vermutlich

Dutzende von weißen Rovers unterwegs. Aber es könnte ja sein ...
Barrett trat von hinten an den Rover heran. Trotz der mangelhaften Beleuchtung konnte er erkennen, daß jemand am Steuer saß. Vorsichtig ging er um den Wagen herum, für den Fall, daß es sich bei dieser einen Person um zwei handelte, die nicht gestört werden wollten.
Dann stand er an dem hochgedrehten Seitenfenster. Es war nur eine Person. Ein junger Mann. Er war über das Lenkrad gesunken und lag ganz still da, als schliefe er. Das Haar, das Profil – es war tatsächlich Jerry Griffith.
Barrett zögerte immer noch, aber dann schoß ihm ein schrecklicher Gedanke durch den Kopf. Er klopfte ans Glas. Die Gestalt rührte sich nicht.
Hastig probierte Barrett die Tür. Sie war unverschlossen. Sofort sank Jerry Griffith zur Seite und wäre fast herausgefallen. Barrett fing ihn gerade noch auf und schob ihn mit einiger Anstrengung wieder zurück. Der Junge war bewußtlos. Er hielt die Augen geschlossen, und sein Gesicht glich einer aschfahlen Totenmaske.
»Jerry!« flüsterte ihm Barrett ins Ohr. »Jerry, hören Sie mich?«
Keine Antwort.
Die leblose Gestalt regte sich nicht.
Barrett beugte sich in den Wagen und versuchte festzustellen, ob der Junge noch atmete und ob noch ein Puls zu spüren war. Durch das Öffnen der Tür wurde die Innenbeleuchtung eingeschaltet. Jetzt konnte Barrett erkennen, was neben Jerry auf dem Vordersitz lag. Es war ein leeres Tablettenröhrchen. Davor auf dem Boden eine leere Sprudelflasche.
Jerry Griffith hatte einen Selbstmordversuch unternommen.
War es ihm gelungen?
Barrett war seiner Sache immer noch nicht sicher. Er drückte sein Ohr gegen die Brust des Jungen und suchte nach dem Herzschlag. Bei dem Krach, der durch die Mauern der Underground Railroad herausdrang, war nichts zu hören. Er tastete nach Jerrys Handgelenk. Zuerst spürten seine Finger gar nichts, aber dann zuckte etwas. Er war nicht sicher, ob es der Puls des Jungen oder die Nervenenden seiner eigenen Finger waren.
Schlagartig begann Barretts Verstand wieder klar und logisch zu funktionieren. Was tun? Er konnte den Rettungswagen der Feuerwehr verständigen oder versuchen, den Jungen herauszuzerren und ihn zum Erbrechen zu bringen, oder er konnte ihn zu irgendeinem Arzt schaffen.
Jede der drei Möglichkeiten war mit einem gewissen Risiko verbunden. Die Feuerwehr würde am schnellsten Hilfe bringen. Dann war dem Jungen aber ein zweiter Skandal gewiß, ein zweiter Tod bei lebendigem Leibe, immer vorausgesetzt, daß er überhaupt noch lebte.
Wenn er selbst Wiederbelebungsversuche machte, war das die schnellste Form Erster Hilfe, aber zugleich auch die unzulänglichste.
Einen privaten Arzt zu holen dauerte am längsten, aber es war gleichzeitig der sicherste Weg. Barretts Entschluß war schon gefaßt. Er kannte ganz in der Nähe

einen Arzt, der bestimmt helfen würde: Dr. Quigley, sein eigener Hausarzt, wohnte am North Arden Drive in Beverly Hills. Das war nicht weit. Erst vorige Woche hatte er sich mit Dr. Quigley zum Abendessen verabredet, weil er ihm einige Fragen über die Pathologie eines Sexualverbrechers stellen wollte. Der Arzt hatte die Verabredung eingehalten, obgleich er abends und nachts immer lange an einem wissenschaftlichen Aufsatz arbeitete, den er bald abliefern mußte. Er würde also höchstwahrscheinlich zu Hause sein. Und er würde die Sache ganz bestimmt diskret behandeln, was auch immer geschah.

Rasch durchsuchte Barrett die Jackettaschen des Jungen, bis er den Zündschlüssel gefunden hatte. Dann schob er den leblosen Körper des Jungen hinüber auf den Beifahrersitz. Als Jerry an der gegenüberliegenden Tür lehnte, setzte sich Barrett hinter das Steuer und ließ den Motor an.

Erst als er von dem Parkplatz in die Melrose Avenue einbog, überlegte er, ob er jetzt im Begriff stand, Dr. Quigley eine Leiche zu liefern – oder dem Bezirksstaatswalt Duncan einen wiedererstandenen Kronzeugen.

Vierzig Minuten waren verstrichen, seit Barrett und Dr. Quigley den Jungen in das Haus des Arztes am North Arden Drive getragen hatten. Barrett hatte kurz erklärt, auf welche Weise er den Jungen entdeckt hatte, und Dr. Quigley hatte ihm kommentarlos zugehört.

Als Jerry auf dem Sofa in Dr. Quigleys Arbeitszimmer lag, hatte Barrett dem Arzt das leere Röhrchen gereicht.

»Nembutal«, hatte der nach einem flüchtigen Blick gemurmelt, nach seiner schwarzen Tasche gegriffen und sich auf dem Stuhl neben dem Jungen niedergelassen.

»Lebt er noch, Doc?« hatte Barrett gefragt.

»Wollen sehen. Sie können solange im Wohnzimmer warten, Mike.«

Das war vor vierzig Minuten gewesen. Nun saß Barrett immer noch gespannt auf dem Sofa, versuchte vergeblich, ein wenig in den herumliegenden Zeitschriften zu lesen und redete sich selbst ein, daß die lange Wartezeit ein gutes Zeichen sein müsse. Wenn Jerry schon bei der Ankunft tot gewesen wäre, hätte ihn Quigley sicher längst verständigt. Daß es so lange dauerte, konnte nur bedeuten, daß sich der Arzt um die Rettung seines Patienten bemühte.

Wieder versuchte Barrett, sich auf einen Zeitungsartikel zu konzentrieren, da hörte er neben sich Dr. Quigley husten. Er sprang auf. Müde kam der Arzt in seinem Bademantel herein, nahm die Brille ab und rieb sich über die Augen.

»Alles in Ordnung, Mike«, verkündete er.

»Gott sei Dank – und Ihnen!«

»Die Schlaftabletten, die er eingenommen hat, reichten aus, eine ganze Armee umzubringen. Sie müssen ihn genau in dem Augenblick erwischt haben, als er die Besinnung verlor. Ein Glück, daß Sie ihn sofort gebracht haben. Fünf Minuten später, und er wäre verloren gewesen. Er hat auf das starke Gegengift, das ich ihm gab, gut reagiert. Jetzt ist er außer Lebensgefahr.«

»Ist er bei Bewußtsein?«
»Völlig. Aber schwach, sehr schwach. Eine Überführung ins Krankenhaus wird jedoch nicht nötig sein. In Anbetracht seiner besonderen Lage ist davon abzuraten. Ich denke, daß er in einer Stunde nach Hause gebracht werden kann. Ausgiebige Nachtruhe, morgen noch etwas Erholung, dann hat er sich wieder ganz erholt. Diese jungen Leute besitzen ein bemerkenswertes Regenerationsvermögen.« Dr. Quigley zog ein Blatt von einem Rezeptblock aus der Tasche seines Bademantels. »Hier ist eine Nummer, die Sie anrufen sollen. Er sagt, von dieser Sache dürfe nur ein einziger Mensch etwas erfahren, nämlich seine Kusine – hier steht der Name: Maggie Russell. Das ist ihre Privatnummer, die Nummer des Apparats, den sie in ihrem Schlafzimmer stehen hat. Jerry sagt, Sie sollen es versuchen, bis sie sich meldet. Sie wird ihn abholen, meint er.«
»Ich kümmere mich darum.«
»Sehr gut. Ich gehe jetzt lieber wieder zu meinem Patienten.« Er zögerte. »Frank Griffith verdankt Ihnen sehr viel, Mike. Er sollte sich Ihnen gegenüber auch dankbar erweisen.«
»Er wird es nie erfahren«, antwortete Barrett. »Außerdem interessiert mich ohnehin nur der Junge.«
»Wie Sie wollen.« Der Arzt hustete hinter vorgehaltener Hand. »Drüben im Eßzimmer steht ein Nebenapparat.«
Dann ging Dr. Quigley. Barrett schaltete im Eßzimmer die Deckenbeleuchtung ein, holte sich den Apparat von der Marmorplatte des Wandschränkchens und stellte ihn auf den Eßtisch. Dann legte er den Zettel daneben und wählte nach kurzem Überlegen Maggie Russells Privatnummer.
Das Telefon klingelte und klingelte, aber es meldete sich niemand. Noch ein paar Sekunden, sagte er sich, dann versuche ich es in einiger Zeit noch einmal. Früher oder später mußte sie einmal ihr Zimmer aufsuchen. Doch dann hörte das Zeichen plötzlich auf. Eine etwas atemlose weibliche Stimme meldete sich.
»Hallo?«
»Miss Russell?«
»Ja, die bin ich.«
»Hier Mike Barrett. Entschuldigen Sie die Störung, aber . . .«
»Ich habe Ihnen doch deutlich genug gesagt, daß Sie mich in Ruhe lassen sollen.«
»Nicht auflegen! Ich rufe wegen Jerry an.«
»Jerry?«
»Ja, Ihr Vetter ist jetzt hier bei mir. Ich . . .«
»Das verstehe ich nicht. Das ist ganz unmöglich. Er darf doch das Haus nicht verlassen.«
»Er hat es aber trotzdem heute abend verlassen. Ich will Ihnen so kurz und knapp wie möglich erklären, was geschehen ist. Aber sagen Sie mir lieber zuerst, ob jemand mithören kann.«
»Nein, das ist meine eigene Leitung.« Ihre Stimme klang nun ängstlich. »Was ist denn los? Ist etwas passiert?«

»Jerry geht es wieder gut, aber für eine Weile stand es auf Messers Schneide. Kurz nach sieben Uhr besuchte ich aus bestimmten Gründen ein Teenagerlokal namens Underground Railroad ...« Er berichtete rasch, wie Jerry das Lokal betreten hatte, was dann zwischen ihm und George Perkins sowie Darlene Nelson geschehen war, und wie er später Jerry bewußtlos in seinem Wagen entdeckt hatte. Anschließend übermittelte er ihr die beruhigende Diagnose von Dr. Quigley. »Jerry wollte, daß sich jemand mit Ihnen in Verbindung setzt. Sonst sollte es niemand erfahren.«

»Es darf auch niemand erfahren«, sagte sie eindringlich. »Aber ist er tatsächlich außer Gefahr? Das hat der Arzt doch gesagt, nicht wahr?«

»Vollkommen. Wenn Sie hier eintreffen, wird er sich soweit erholt haben, daß er mit Ihnen nach Hause fahren kann.«

»Ich komme sofort.«

»Hier haben Sie die Anschrift.«

Er nannte ihr die Adresse, dann legte sie sofort auf.

Barrett stellte den Apparat wieder auf den Wandschrank und überlegte, ob er Maggie Russells Eintreffen abwarten sollte oder nicht. Es gab eigentlich keinen Grund zu warten, es sei denn, um sie wiederzusehen und sich bei ihr lieb Kind zu machen. Dieser Gedanke behagte ihm gar nicht. Er wollte sie auch nicht durch seine Gegenwart in Verlegenheit bringen. Trotz allem, was er für die Familie Griffith getan hatte, war er schließlich ihr Feind.

Das brachte ihn wieder zurück zu dem bevorstehenden Prozeß. Es gab noch so viel zu tun, und die Zeit wurde äußerst knapp. Faye Osborn erwartete er erst um elf Uhr in seiner Wohnung. Bis dahin blieben ihm noch mehrere Stunden Zeit, die er nutzen konnte, sich die Präzedenzfälle auf dem Gebiet der Buchzensur genauer anzusehen.

Er würde Dr. Quigley mitteilen, daß Maggie Russell gleich kommen wollte und daß er im Büro zu erreichen sei, falls er noch gebraucht wurde. Dann bestellte er sich ein Taxi, das ihn zu seinem Wagen zurückbringen sollte, und machte sich wieder auf den Weg.

In der nächtlichen Stille seines Büros vertiefte sich Mike Barrett nicht in die Gerichtsakten der Präzedenzfälle, sondern in ein Aktenstück, das wissenschaftliche und allgemeinverständliche Veröffentlichungen britischer und amerikanischer Zeitschriften aus den letzten zehn oder zwölf Jahren zum Thema Zensur enthielt. Leo Kimura hatte hier hauptsächlich Artikel von Schriftstellern, Kritikern, Verlegern und Gelehrten zusammengestellt, damit Abe Zelkin und er selbst sich rasch mit den neuesten Argumenten aus dem Bereich der Literatur vertraut machen konnten.

Er hatte schon neun oder zehn dieser Artikel überflogen und war gerade mit einer Veröffentlichung von Maurice Girodias in der Londoner Zeitschrift *Encounter* beschäftigt, als ihm ein einzelner Absatz ins Auge fiel. Girodias führte hier aus, daß die meisten Menschen ihr Entstehen einem Akt unromantischer

Lustbefriedigung verdankten, daß sich die Art immer noch durch Sinneslust fortpflanzte und daß für die meisten Menschen Sex eine ebensolche Bedeutung hätte wie Essen und Trinken und Schlafen; doch obgleich Sex im Leben eines jeden Menschen eine so große Rolle spielte, sei seine Ausübung durch die scheinheilige Konvention kompliziert und sein Ansehen in Mißkredit gebracht worden. So käme es, fuhr Girodias fort, daß jeder Mann und jede Frau täglich in Akte der Notzucht verwickelt würden. Diesen Absatz las Barrett sehr sorgfältig noch einmal durch.

»Die Notzucht«, schrieb Girodias, »wird für die unzivilisierteste Form des Übergriffs auf das Privatleben eines Menschen gehalten. Doch der farblose Familienvater, der gesetzte und treue Ehemann, der seine einzige Eroberung in Form einer Heirat ausführte, vergewaltigt für gewöhnlich Dutzende von Mädchen am Tag. Die Inbesitznahme erfolgt natürlich nur mit den Augen; diese Mini-Notzucht besteht nur aus einem raschen abschätzenden Blick, heimlich und oft sogar unbewußt. Aber die Handlung wird vollzogen und bedeutet eine winzige Dosis sexueller Befriedigung ... Und was die brave Ehefrau dieses Mannes betrifft, bedient sie sich der Mode, des Schmucks, des Parfüms wirklich nur, um den eigenen Mann zu verführen? Ganz und gar nicht; sie setzt all diese klassischen Mittel der Frau ein, um sich der gesamten männlichen Rasse darzubieten, um sie zu verführen und von allen vergewaltigt zu werden – natürlich nur mit den Augen. Die verkümmerten Impulse des prähistorischen Menschen funktionieren immer noch.«

Wie wahr, dachte Barrett.

Seine eigenen Gefühle bestätigten es. Eine Frau besaß er beinahe legal. Er hatte Faye. Doch hatte ihn erst gestern der innere Barbar, der sich unter dem Firnis der Zivilisation verbarg, zu mindestens zwei Vergewaltigungen gezwungen – erst an dem jungen Ding, das im Beverly Hills Hotel aus dem Swimmingpool gestiegen war, und später an einer attraktiven jungen Frau namens Maggie Russell, der er in der Bar des Hilton nachgelaufen war. Der einzige Unterschied zwischen Jerry Griffith und ihm – zwischen Jerry und den meisten anderen Männern – bestand darin, daß Jerry eine Frau vergewaltigt hatte, während Barrett und die meisten Männer es eben nur mit Blicken taten. Es stimmte schon: Jerrys Tat war kriminell, seine eigene harmlos. Aber beide Formen der Notzucht wurden vom gleichen wilden und natürlichen Trieb ausgelöst. Der Unterschied bestand lediglich darin, daß Jerry zu krank war, seinen Trieb zu beherrschen, während die überwiegende Mehrzahl der Männer vernünftig genug ist, diesen Trieb in diesen oder jenen gesellschaftlich gängigen Weg zu steuern. Es kam nur darauf an, daß sich kein Mann in seiner Einstellung zum Sex besser dünken sollte als sein lieber Nächster, daß er sich nicht einbilden durfte, ohne Fehl zu sein.

Wie viele Vergewaltigungen mit Blicken mochte wohl Elmo Duncan, der Hüter der öffentlichen Moral, an jedem Tag der Woche begehen?

Barrett schüttelte den Kopf und beugte sich wieder über seine Lektüre. Er las den

Artikel zu Ende und griff gerade nach dem nächsten, da läutete das Telefon. Er hob rasch ab.

Es war die Stimme Maggie Russells.

»Ich dachte, Sie würden noch bei Dr. Quigley sein, wenn ich hinkomme«, sagte sie. »Von ihm erfuhr ich, daß Sie ins Büro gefahren sind.«

»Ist alles geregelt?«

»Jerry geht es ganz gut. Ich habe ihn unbemerkt ins Haus geschafft. Er schläft. Ich . . . Ich dachte, ich könnte Sie vielleicht einen Augenblick sprechen.«

»Selbstverständlich«, sagte Barrett mit echter Begeisterung. »Aber Sie brauchen deshalb nicht bis zu unserem tristen Büro herauszukommen. Ich wollte ohnehin gleich nach Hause fahren und unterwegs in Westwood noch ein Sandwich essen. Trinken Sie da eine Tasse Kaffee mit mir?«

»Wo Sie wollen. Ich werde Sie nicht lange aufhalten.«

»Warten Sie. Gleich neben dem Westwood Boulevard gibt's in einer Nebenstraße ein kleines Caférestaurant. Es nennt sich ›Ell's‹. Es liegt . . .«

»Ich kenne es.«

»Dann sagen wir, in einer Viertelstunde.«

Genau sechzehn Minuten später fuhr Barrett in die Tankstelle neben Ell's, gab Anweisung, den Wagen aufzutanken und notfalls Öl nachzufüllen und lief in das Restaurant.

Sie war vor ihm angekommen und saß an einem Tisch ziemlich weit hinten. Nachdenklich rauchte sie eine Zigarette und hatte ihn noch nicht bemerkt.

Er schob sich an der Theke mit den Barhockern vorbei und ließ sie dabei nicht aus den Augen. Ihr schimmerndes schwarzes Haar, die verführerischen, weit auseinanderstehenden graugrünen Augen, die volle Unterlippe, das alles war genauso anziehend, wie er es in Erinnerung hatte. Von ihrer Kleidung sah er oberhalb des Tisches nur die hauchdünne weiße Seidenbluse, die sich herausfordernd an ihre spitzen Brüste schmiegte. Darunter wurden die Umrisse der Halbschalen ihres BH sichtbar.

Wieder eine Vergewaltigung, dachte er und mußte unwillkürlich lächeln.

Aber als er sich dann ihrem Tisch näherte, bemerkte er, wie ernst sie war. Er dachte wieder an das, was sich an diesem Abend ereignet hatte, und wurde ebenfalls ernst. Während der Herfahrt hatte er sich nicht viele Gedanken darüber gemacht, weshalb sie ihn sprechen wollte, aber er konnte es sich denken. Seine Vermutung bestätigte sich, nachdem er sie begrüßt hatte, ihr gegenüber Platz genommen und für beide Käsesandwiches bestellt hatte.

»Ich mußte Sie sprechen und mich dafür entschuldigen, daß ich am Telefon so kurz angebunden war«, sagte sie. »Außerdem wollte ich nachholen, was ich am Telefon vergessen habe. Ich wollte mich für das bedanken, was Sie für Jerry und . . . und für mich getan haben. Ich weiß nicht, wie wir das wiedergutmachen können.«

»Miß Russell, ich habe doch nur getan, was jeder andere in meiner Lage auch getan hätte.«

»Nein, nicht jeder andere. Gewiß nicht jeder andere Anwalt«, widersprach sie. »Ich bin sicher, daß es genug Winkelanwälte gibt, die lieber weggesehen hätten, weil der Tod eines wichtigen Zeugen der Gegenseite ihre Position vor Gericht stärkt. Ich wette, es gibt viele von dieser Sorte.«

»Miß Russell, Sie sprechen von Gangstern. Ich meinte vorhin Menschen.«

»Ja«, sagte sie und wartete, bis die Serviererin den Kaffee eingeschenkt hatte. »Jedenfalls bitte ich Sie, mir mein Benehmen am Telefon zu verzeihen. Ich fuhr mit einem Taxi zu Dr. Quigley. Unterwegs wurde mir bewußt, wie kalt ich Sie behandelt hatte. Ich rechnete damit, daß ich Sie noch bei Dr. Quigley antreffen würde und mich dort persönlich entschuldigen und bedanken konnte. Aber Dr. Quigley sagte mir, Sie seien in Ihr Büro gefahren. Sobald ich Jerry ins Bett gepackt hatte, nahm ich all meinen Mut zusammen und rief Sie an. Glauben Sie mir, das fiel mir nicht leicht.«

»Ich bin froh, daß Sie es getan haben. Ich habe Ihnen schon erzählt, was ich im Underground Railroad beobachtet hatte. Aber ich weiß immer noch nicht, was ihn plötzlich auf diese Idee brachte. Hat er darüber nichts gesagt?«

»Nein. Er war so krank und erschöpft, daß er kaum ein Wort gesprochen hat. Ich glaube kaum, daß er mit mir darüber reden wird. Ich werde ihn jedenfalls nicht fragen.«

»So habe ich das auch nicht gemeint. Aber die Sache ist sehr ernst. Wenn ein Junge einen Selbstmordversuch unternimmt, dann sollte man sich nach dem Grund fragen. Darüber hat er vermutlich auch nichts geäußert?«

»Nichts. Er wollte mir auch nicht erklären, warum er die Tabletten bei sich hatte.«

»Möglicherweise haben seine Sorgen und Probleme einen Siedepunkt erreicht. Ich möchte nur wissen, was dann die Explosion auslöste. Die Art und Weise, wie George Perkins ihn behandelt hat? Etwas, das Darlene Nelson zu ihm sagte? Oder etwas, das sich im Laufe des Tages ereignete, heute morgen, heute nachmittag?«

»Ich weiß es nicht«, sagte sie. Ihre Blicke trafen sich kurz, dann betrachtete sie wieder den Tisch. »Etwas weiß ich vielleicht doch und sollte es Ihnen wohl sagen. Sie haben sich um Jerry gekümmert und ihm das Leben gerettet. Das gibt Ihnen ein Recht, es zu erfahren. Aber zuvor möchte ich Sie gern etwas fragen.«

»Bitte.«

»Was hat Sie ausgerechnet in diesen Club geführt, als Jerry dort war? Sind Sie ihm gefolgt? Haben Sie ihn beschattet, wie man so schön sagt? Wahrscheinlich gehört das mit zu den Aufgaben eines Rechtsanwalts, der Beweise sammelt.«

»Miß Russell, Sie dürfen nicht alles glauben, was man Ihnen im Fernsehen vormacht.«

»Das glaube ich auch nicht, nur ...«

»Nein, ich bin Jerry wirklich nicht gefolgt. Ich hatte überhaupt nicht damit gerechnet, daß Jerry das Haus verlassen würde, während er den strengen Vorschriften der bedingten Haftaussetzung unterliegt. Ich habe nach einem anderen gesucht. Ich wußte, daß Jerry einen Freund namens George Perkins hatte. Ich hatte den jungen Mann sogar kennengelernt. Nun hoffte ich, ihn mit einigen seiner Freunde anzutreffen, die dann auch Jerrys Freunde sein würden. Ich erfuhr, daß die Underground Railroad der beliebteste Treffpunkt der jungen Leute ist. Heute abend war dort etwas los. Ich hatte richtig getippt: George Perkins kam auch hin. Aber ich hatte nicht im Traum daran gedacht, daß auch Jerry Griffith erscheinen würde. Als ich ihn dann erblickte, hielt ich mich von ihm fern und beschloß, ihn nicht zu belästigen – bis zu dieser unverständlichen kleinen Szene mit Darlene. Sie schien ihm den Rest zu geben. Danach stürzte er hinaus. Da beschloß ich, ihm nachzulaufen und festzustellen, was gespielt wurde. Nun, ich fand ihn dann ja auch.«

»Gott sei Dank«, flüsterte sie.

»Mit der Erklärung zufrieden, Miß Russell?«

»Verzeihen Sie, so habe ich das nicht gemeint. Sie müssen jetzt denken, ich beargwöhne jeden Ihrer Schritte. Gestern war das noch der Fall. Heute nicht mehr. Das müssen Sie mir glauben, Mr. Barrett.«

»Ich glaub's Ihnen.«

Die Sandwiches wurden serviert. Barrett begann zu essen. Als er nach einer Weile aufblickte, bemerkte er, daß Maggie Russell ihr Essen noch nicht angerührt hatte.

Sie sah ihn bekümmert an. »Ich wollte Ihnen etwas erzählen, das heute geschehen ist. Vielleicht hat es Jerry übermäßig aufgeregt.«

»Sie brauchen mir nichts zu erzählen, Miß Russell.«

»Wenn ich Ihnen das erzähle, komme ich mir nicht unloyal vor. Es wird ohnehin herauskommen, und es enthält vielleicht eine Erklärung, was Jerry zu seinem Verhalten heute abend veranlaßt hat. Mr. Luther Yerkes – ich weiß auch nicht, was ihn unsere Angelegenheiten angehen, wenn man davon absieht, daß er einer der Hauptkunden meines Onkels ist, ein politisches Interesse an der Förderung unseres Bezirksstaatsanwalts hat und deshalb möchte, daß Mr. Duncan Ihnen gegenüber gut abschneidet, wozu er Jerry als wichtigen Zeugen gegen das Buch *Die sieben Minuten* braucht – jedenfalls war Luther Yerkes mehrmals bei uns. Heute nachmittag brachte er den Psychoanalytiker mit, den Mr. Polk, der Anwalt meines Onkels, empfohlen hatte: Dr. Roger Trimble.«

»Luther Yerkes bei Griffith!« Barrett schnalzte überrascht mit der Zunge. »Es sollte mich eigentlich nicht wundern. Es paßt genau ins Bild. Bisher wußte ich nur durch vage Gerüchte, daß Yerkes die Bewerbung Duncans für den Senat unterstützt. Was Sie da erzählen, bestätigt diese Vermutung. Es würde auch erklären, warum der Prozeß so hochgespielt wird. Verzeihung, ich habe Sie unterbrochen. Fahren Sie fort.«

»Jerry sollte gegen seinen Willen von Dr. Trimble behandelt werden. Die erste Sitzung fand heute in Jerrys Zimmer statt, unter vier Augen mit Dr. Trimble. Nach ungefähr einer Stunde kam Dr. Trimble wieder herunter und faßte seinen Eindruck von Jerrys Zustand zusammen. Ich will keine Einzelheiten wiederholen, aber so viel kann ich Ihnen doch sagen: Trimble erklärte uns, Jerry sei außerordentlich durcheinander. Was die Vergewaltigung anbetrifft, so wolle er einerseits nicht darüber sprechen, habe jedoch andererseits gezeigt, daß er auf die Tat gewissermaßen noch stolz sei. Jerry zeige einen deutlichen Hang zur Selbstvernichtung, möglicherweise wirklich, vermutlich aber nur in Gedanken. Seiner Meinung nach sollte man Jerry möglichst wenig Belastungen aussetzen. Dann wollte Mr. Yerkes wissen, ob Jerry durchhalten würde, falls man ihn als Belastungszeugen gegen das Buch aufrufen werde. Dr. Trimble wich einer Antwort aus und meinte, das könne er jetzt noch nicht sagen. Es stimme schon, daß sich Jerry als Opfer dieses Buches empfinde; wenn er diese Einstellung beibehielte, würde er einen überzeugenden Belastungszeugen abgeben. Andererseits sei Jerry ängstlich und gehemmt, wenn es darum gehe, in der Öffentlichkeit aufzutreten; in diesem Falle werde er als Zeuge nicht viel nützen. Dann versprach Dr. Trimble meinem Onkel und Mr. Yerkes, daß er Jerry bis zur Hauptverhandlung und während des Prozesses nach Möglichkeit täglich für eine Stunde aufsuchen werde. Außer mir scheint niemand zu verstehen, daß es Jerry schon furchtbar aufregt, überhaupt mit einem Psychiater reden zu müssen. Er will nur in Ruhe gelassen werden – trotz der Dummheit von heute abend. Er mag es nicht, wenn irgendein Doktor in seinem Seelenleben herumstochert. Ich bin objektiv genug, die Notwendigkeit einer Behandlung einzusehen, nur scheint mir der Zeitpunkt falsch gewählt zu sein.«

»Das ist Dr. Trimble sicher auch klar«, sagte Barrett. »Ich könnte mir denken, daß er hauptsächlich versuchen wird, Jerry bis zum Ende des Prozesses seelischen Beistand zu geben.«

Maggie Russell biß ein Stück von ihrem Sandwich ab, dann legte sie es wieder weg und schob den Teller beiseite. »Ja, das glaube ich auch. Wenn es nur um Dr. Trimble ginge, würde ich mir keine Sorgen machen. Schlimm ist nur der Druck, den Mr. Yerkes und Onkel Frank auf Jerry ausüben. Sie hätten sehen sollen, was passierte, nachdem Dr. Trimble gegangen war. Kaum hatte sich die Tür hinter ihm geschlossen, da erklärte Mr. Yerkes, wir könnten uns beglückwünschen, weil sich Presse und Fernsehen so für Jerry interessierten. Man sollte ihnen den Gefallen tun, meinte er. Dann könne sich die Öffentlichkeit aus erster Hand davon überzeugen, welchen Schaden ein pornographisches Buch bei einem jungen Menschen angerichtet hat. Das werde Jerry Sympathien eintragen. Mr. Yerkes sagte, er habe sich erlaubt, Merle Reid zu einem Interview Jerrys einzuladen. Merle Reid warte bereits draußen.«

»Reid?« fragte Barrett. Er stellte seine Kaffeetasse hin. »Meinen Sie diesen Fernsehkommentator?«

»Ja. Er hat jeden Abend ein eigenes Programm, das in ganz Amerika ausgestrahlt wird.«

»Ein ekelhafter Kerl. Ein Brechmittel. Ich habe ihn einmal gehört, wie er einen Gefangenen in der Todeszelle interviewte. Es klang wie ein zwangloser Plausch auf einem Universitätsball.«

»Freut mich, daß Sie derselben Meinung sind. Dieser gefühllose Idiot ist mir nämlich auf den Magen geschlagen. Mr. Yerkes brachte ihn und zwei Techniker herein. Der eine trug eine Handkamera, der andere Scheinwerfer. Onkel Frank bat mich, Jerry herunterzuholen. Ich weigerte mich. Tante Ethel stellte sich auf meine Seite. Aber Onkel Frank blieb dabei, daß alles nur zu Jerrys Bestem geschehe. Er ging ihn selbst holen. Muß ich Ihnen noch mehr erzählen? Jerry hat sich benommen wie ein armes kleines Hündchen, das sich in die Ecke gedrängt fühlt. Als dann die Kamera surrte und Merle Reid ihn fragte, welcher Abschnitt des Buches ihn dazu getrieben hätte, loszugehen und das Mädchen zu überfallen – es war schrecklich. Jerry brach zusammen und begann zu schluchzen. Mir war es einerlei, was die anderen nachher zu mir sagen würden, ich schaffte ihn zunächst einmal aus dem Zimmer. Keiner versuchte mich daran zu hindern. Aber Luther Yerkes feierte den peinlichen Vorfall als Triumph. Er sagte immer wieder zu Reid: ›Sehen Sie? Das kann ein Schundroman aus einem anständigen Jungen machen.‹ Und der alberne Reid antwortete: ›Die Szene, wo er zusammenbrach, war großartig, einfach toll!‹ So ging das weiter, als hätten sie es mit einem Automaten zu tun. Jedenfalls können Sie sich jetzt ein Bild von Jerrys seelischer Verfassung machen, in der er heimlich das Haus verließ.«

Es schien sie zu erleichtern, sich das alles einmal von der Seele reden zu können. Sie trank jetzt ihren Kaffee mit mehr Fassung aus.

Barrett betrachtete sie sekundenlang sehr nachdenklich. Schließlich bemerkte er: »Wissen Sie, Miß Russell, ich bekomme langsam den Eindruck, daß sich in diesem Haus ein jeder vor Frank Griffith fürchtet. Stimmt das?«

Sie sah stirnrunzelnd in ihre Kaffeetasse. »Ich . . . Das kann ich wirklich nicht sagen. Und selbst wenn ich es könnte, würde ich nicht darüber reden. Vielleicht habe ich ohnehin schon zu viel geredet. Aber ich wollte nicht unfair sein.«

»Na gut. Es erstaunt mich nur, daß Frank Griffith so etwas von seinem Sohn verlangt, wo er doch weiß, wie bedenklich sein Zustand ist.«

»Ich bin sicher, daß er ihm nicht schaden will. Wahrscheinlich will er Jerry wirklich helfen – aber eben nur auf seine Weise.«

Barrett nickte. »Vermutlich haben Sie recht. Ich verspreche Ihnen, daß ich keine weiteren Fragen über die Familie Griffith stellen werde. Aber wenn Sie nichts dagegen haben, hätte ich noch eine weitere Frage, die Sie selbst betrifft. Eine sehr persönliche Frage.«

»Kommt ganz darauf an.«

»Sie sind hübsch, jung, intelligent, ein Mensch, der alles fertigbringt, was er anpackt. Dennoch bleiben Sie bei Griffith, in einer Stellung, die Ihren Fähigkeiten doch kaum entspricht. Für ein Mädchen mit Ihrer Begabung ist das eine auffällige Selbstbeschränkung. Ich habe mich nach dem Grund gefragt. Jetzt bringe ich sogar den Mut auf, Ihnen diese Frage zu stellen, Miß Russell: Warum?«

»Das ist doch ganz einfach: Weil ich es so will.«

»Ich glaube nicht, daß die Dinge so einfach liegen.«

Sie sah ihn mit einem zögernden Lächeln an. »Jetzt werden Sie argwöhnisch.«

Sie wurde wieder ernst. »Ja, Sie mögen recht haben. Die Sache ist verwickelter. Zunächst habe ich immer die Geborgenheit einer Familie gebraucht. Als meine Eltern starben, war ich noch sehr jung. Ich hatte viele Verwandte und wurde herumgereicht, blieb dabei aber doch immer eine Fremde. Als ich dazu alt genug war, brach ich aus und versuchte, mir mein eigenes Leben aufzubauen. Zunächst studierte ich ein Jahr lang an der Universität von North Carolina, danach drei Jahre in Boston. Dort habe ich auch mein Examen abgelegt.«
»In welchem Fach?«
»Psychologie mit englischer Literatur als Nebenfach.«
»Waren Sie schon einmal verheiratet?«
»Nein. Ich hatte genug damit zu tun, mich selbst zu finden. Da konnte ich nicht noch nach einem anderen suchen.«
»Gilt das immer noch?«
»Mehr oder weniger. Sie werden jetzt wirklich sehr persönlich, Mr. Barrett. Aber zurück zu meiner Odyssee. Ich landete schließlich in Los Angeles. Meine Mutter hatte sich immer mit ihrer älteren Schwester Ethel – Ethel Griffith – sehr gut verstanden, deshalb fühlte sich Tante Ethel mir gegenüber verantwortlich. Sie schickte mir öfters Geld und half mir während des Studiums. Ohne sie hätte ich es vermutlich nicht geschafft.«
Barrett mußte dabei an sein eigenes Verhältnis zu Phil Sanford und die Theorie denken, die sich daraus entwickelt hatte: Jeder Mensch schuldet irgend jemandem irgend etwas. Jeder muß seine Schuld früher oder später zurückzahlen. Freie Menschen gibt es nicht, nirgends. Die Lebenslinie eines Menschen ist nicht eine Gerade, die ins Unendliche verläuft, sondern ein Kreis, in dem man gefangen sitzt.
Er sah Maggie Russell an. »Sie glaubten also, es ihr vergelten zu müssen?«
»Das war es nicht allein. Mein Familiensinn machte sich immer noch bemerkbar. Ich wollte Tante Ethel kennenlernen und sehen, ob ich Lust verspürte, zu ihrer Familie zu gehören. Daher griff ich sofort zu, als sie mir eine Stellung als Gesellschafterin und Privatsekretärin anbot. Außerdem war ich auf Los Angeles gespannt. Eigentlich wollte ich höchstens ein Jahr bei Onkel Frank und Tante Ethel bleiben, das war vereinbart. Aber ich wurde wirklich ein Mitglied der Familie, und als ich dann sah, wie sehr Tante Ethel mich brauchte und wie sich Jerry auf mich verließ, da blieb ich eben. Damit komme ich zum zweiten und wichtigsten Grund meines Bleibens im Hause Griffith: Er heißt Jerry, wie ich Ihnen gestern schon sagte. Ich habe ihn gern. Er hängt sehr an mir und bewundert meine so unvollkommene Selbständigkeit. Ich glaube, daß ich ihm während der schwierigen Übergangsjahre des Erwachsenwerdens viel bedeutete. Und jetzt vertraut er mir natürlich mehr als jedem anderen Menschen. Verstehen Sie das?«
»Ja, ich verstehe schon, warum Sie dort sind. Etwas möchte ich noch einmal betonen. Yerkes, Duncan, Frank Griffith, sie alle stellen mich als Jerrys Feind hin, weil ich ein Buch verteidige, das ihn nach ihrer Meinung ruiniert hat. Aber ich

muß Ihnen noch einmal sagen, das stimmt nicht. Jerry tut mir leid. Ich kann Ihnen das tiefe Mitleid nicht beschreiben, das ich vor ein paar Stunden für ihn empfand. Er war für mich so etwas wie ein eigener Sohn oder ein jüngerer Bruder. Ich würde niemals etwas tun, was ihm schaden könnte. Sie dürfen mir glauben, was ich Ihnen jetzt sage: Ich würde *Die sieben Minuten* niemals verteidigen, wenn ich glaubte, daß dieses Buch an Jerrys seelischer Verwirrung schuld wäre. Das halte ich aber für völlig ausgeschlossen. In meinen Augen ist es ein gutes, ein schönes Buch.«

Sie sah ihn an und sagte: »Ich finde auch, daß es ein gutes und schönes Buch ist.«

»Soll das etwa heißen, daß Sie es gelesen haben?«

»Ja.«

»Und es hat Ihnen gefallen?«

»Sehr sogar. Jedes Wort ging mir zu Herzen. Sehen Sie mich nicht so verdutzt an. Das ist kein Widerspruch. Die nervliche Verfassung ist nicht bei allen Menschen dieselbe. Wenn wir es mit einer bestimmten Sache zu tun haben, werden einige sie schön finden, andere häßlich. Ich fand den Roman schön. Jerry fand ihn häßlich und wurde durch ihn – weil er nun einmal so und nicht anders veranlagt ist – zu schrecklichen Dingen verleitet. Doch das hat keinen Einfluß auf mein literarisches Urteil über das Buch. Ich ersehe daraus nur, daß die Menschen verschieden sind und unterschiedlich auf ein und dasselbe Ding reagieren. Ich möchte gern glauben, was Sie da gesagt haben: daß das Buch *Die sieben Minuten* nicht schuld an Jerrys Verbrechen ist. Was das Buch selbst und die Zensurfrage ganz allgemein betrifft, bin ich durchaus Ihrer Meinung. Andererseits ist das, was Sie sagten, nicht bewiesen. Mein einziger Beweis ist Jerrys Aussage, daß ihn das Buch erregt hat. Wenn das stimmt, dann wird meine Meinung über das Buch unwichtig. Wenn es Jerry – und durch ihn Sheri Moore – geschadet hat, wenn es bei anderen Schaden anrichten kann, dann muß es verurteilt und verboten werden. Ich weiß, das klingt wirr, Mr. Barrett. Aber wie soll ich Ihnen meine Meinung anders erklären? Ich will es einmal so ausdrücken: Ich bin für das Buch, aber gegen alles und jeden, was oder wer Jerry schaden kann. Wenn ihm das Buch geschadet hat, muß mein ästhetisches Empfinden zurückstehen. Dann will ich, daß es sofort aus dem Verkehr gezogen wird.«

Barrett beugte sich vor und sagte in allem Ernst: »Miß Russell, wenn ein Buch einen Menschen zu Gewalttätigkeiten verleiten kann, dann will auch ich, daß es verboten wird. Dies war die einzige Rechtfertigung der Zensur, die Richter Curtis Bok im Fall Roth gelten ließ. ›Nach dem Grundgesetz kann ein Buch nur dann als unsittlich verurteilt werden, wenn vernünftiger und glaubwürdiger Anlaß zu der Annahme besteht, daß ein Verbrechen ... als sichtbares Ergebnis der Veröffentlichung und Verbreitung des fraglichen Schriftwerks ... begangen wurde.‹ Ähnliche Regeln stellt die Amerikanische Union für Bürgerrechte auf. ›Eine staatliche Beschränkung oder Verurteilung irgendeiner Form der Meinungsäußerung aufgrund von Unsittlichkeit ist nur dann zulässig, wenn zweifelsfrei

erwiesen ist, daß eine solche Meinungsäußerung bei einem normal veranlagten Erwachsenen ein Verhalten auslösen würde, das ungesetzlich ist.‹ Damit sind wir beide einverstanden. Die Frage ist nur, kann ein pornographisches Buch einen Menschen zu einem Sexualverbrechen treiben? Die meisten Psychiater verneinen diese Frage. Sie sagen, Sexualstraftäter seien bereits an anderen Ursachen erkrankt, ehe sie zu einem pornographischen Buch greifen. Dr. Wardell Pomeroy, der Nachfolger Kinseys am Institut für Sexualforschung, schließt aus einer Untersuchung von Sexualstraftätern: ›Es gibt keinen Beweis dafür, daß Pornographie zu asozialem Verhalten führt.‹
Verzeihen Sie mir, wenn ich mich wie ein Rechtsanwalt ausdrücke, aber schließlich bin ich einer. Ich muß auch darauf hinweisen, daß Mrs. St. Clair von KDA *Die sieben Minuten* gelesen hat. Das Buch hat ihr nicht geschadet. Elmo Duncan hat es gelesen. Es hat ihn nicht verdorben. Sie haben es gelesen, Miß Russell, und ich glaube nicht, daß Sie sich asozial verhalten. Warum muß es also stimmen, daß ausgerechnet Jerry beeinflußt wurde? Nein, Miß Russell, nichts kann mich davon überzeugen, daß die Lektüre dieses Buches ihn zu einem Verbrechen angestiftet hat – nicht einmal Jerry selbst. Verstehen Sie mich recht: Ich habe es nicht auf Jerry abgesehen, auf seine Glaubwürdigkeit als Zeuge. Ich will die Wahrheit über Jerry und seine Verhaltensweise herausfinden. Ich will die anderen Faktoren in seinem Leben finden, die diesen ruhigen, anständigen Jungen veranlaßt haben, sich aufzumachen und das erstbeste Mädchen zu überfallen, das ihm über den Weg lief. Ich suche nach den tieferen Motiven, die einen jungen Menschen zur Gewalttat treiben. Wir wissen doch, daß es dafür zahllose Ursachen gibt. Eine davon ist die Familie. Familienbande oder fehlende Nestwärme. Das sind die Fakten, auf die ich es abgesehen habe. Wenn ich sie finde, werde ich nicht nur beweisen, daß dieses Buch keine Schuld an dem Verbrechen trifft, sondern ich werde darüber hinaus Jerry und jedem anderen Jungen in ähnlicher Lage einen Dienst erweisen, indem ich die eigentlichen Schuldigen bloßstelle.«
Sie schwieg eine Weile. Dann fragte sie: »Haben Sie schon etwas herausgefunden?«
»Über Jerrys Umwelt? Ein paar Hinweise vielleicht. Keine schlüssigen Beweise. Nichts, das mir vor Gericht nützen könnte.«
»Aber wenn Sie – abgesehen von dem Buch – etwas entdecken würden, das Jerrys Verhaltensweise erklärte, würde das nicht Jerry schaden?«
»Miß Russell, es würde ihm nur helfen. Im Falle einer Verurteilung wären das mildernde Umstände, die menschlicher und verständlicher wären als der böse Einfluß einiger bedruckter Seiten. Sie würden den Richter sicherlich veranlassen, ein milderes Urteil zu fällen.«
»Glauben Sie das wirklich?«
»Ganz ehrlich.«
»Nun ...« Sie zögerte und sah ihn prüfend an. »Ich glaube Ihnen beinahe, was Sie da sagen. Vielleicht bin ich auch nur naiv und lasse mich hereinlegen. Aber ...« Wieder hielt sie inne. »Ich kann Ihnen zwar persönlich keine Infor-

mationen geben, aber andere könnten bereit sein, freimütig zu reden. Sie wollen etwas über Jerrys Herkunft, seine Familie und so weiter erfahren?«

»Ja.«

»Wissen Sie, bevor ich herkam, hatte Tante Ethel eine andere Gesellschafterin. Sie war ungefähr zwei Jahre bei ihr. Eine schlichte Frau, eine Krankenschwester, die nicht wie ich gleichzeitig Sekretärin war. Meine Tante bot mir die Stelle an, nachdem die Frau gegangen war – oder hinausgeworfen wurde. Ich weiß nicht genau, was geschehen ist. Vielleicht könnte Ihnen diese Frau weiterhelfen.«

»Wie heißt sie?«

»Mrs. Isabel Vogler. Ich glaube, sie wohnte draußen in Van Nuys. Mehr kann ich Ihnen als Dank für das, was Sie heute abend getan haben, nicht anbieten.«

»Vielen Dank.«

Sie griff nach ihrer Handtasche. »Bisher haben Sie mir Fragen gestellt, Mr. Barrett. Ich hätte auch einige persönliche Fragen an Sie.«

»Fragen Sie ruhig. Ich rede gern über mich.«

»Hm, lieber doch nicht. Außerdem ist es schon sehr spät geworden. Wenn ich Jerry helfen will, muß ich ein wenig Schlaf bekommen.«

»Nicht einmal eine einzige Frage?«

»Ich wollte Sie eigentlich nach Faye Osborn fragen. Ich kenne sie flüchtig. Und nun kenne ich Sie auch ein wenig. Das hat mich neugierig gemacht.«

»Sie wollten wissen, was sie von mir hält – oder umgekehrt?«

»Das war Ihre Frage, Mr. Barrett, nicht die meine. Ich will nicht aufdringlich sein, aber es interessiert mich, wie Sie sich kennenlernten und so weiter. Aber das hat Zeit.« Sie stand auf. »Jetzt muß ich mich aber beeilen.«

Auch Barrett erhob sich. »Sie haben angedeutet, Ihre Fragen hätten Zeit bis später. Soll das heißen, daß wir uns wiedersehen?«

»Ach, ich habe nicht gemeint . . .«

»Aber ich meine immer, was ich sage. Ich möchte Sie gern wiedersehen. Keine lästigen Fragen, das verspreche ich Ihnen. Rein privat.«

»Sehr verlockend, Mr. Barrett. Aber lieber nicht. Wenn meine Angehörigen erführen, daß man mich in Ihrer Begleitung gesehen hat, würden sie das mißverstehen. Lassen wir lieber alles so, wie es jetzt ist. Aber wenn . . . wenn ich Ihnen irgendwie helfen kann, in einer Weise, die mein Verhältnis zur Familie Griffith nicht berührt, dann haben Sie ja meine Privatnummer.«

»Ich werde es nicht vergessen.«

Sie wandte sich ab. Als er Anstalten machte, sie zu begleiten, hob sie abwehrend die Hand. »Nein, ich denke, es ist besser, wenn ich allein gehe. Gute Nacht.«

»Gute Nacht, Miß Russell.«

Er wartete, bis sie gegangen war. Als er dann nach der Rechnung griff, sah er daneben die Serviette liegen, auf die er den Namen Mrs. Isabel Vogler aus Van Nuys gekritzelt hatte.

Vielleicht ein Guckloch in die Intimsphäre der Familie Griffith, dieses Zeichen der Dankbarkeit Maggie Russells.

Trotz der späten Stunde beschloß er, sofort dieser vielversprechenden neuen Spur nachzugehen. Er legte ein Trinkgeld auf den Tisch, bezahlte seine Rechnung an der Kasse und ging zur Tankstelle zurück. Er zeigte dem Tankwart seine Kreditkarte und erkundigte sich nach einer Telefonzelle. Der Mann zeigte sie ihm.

Barrett rief die Auskunft an und erfuhr zu seiner Erleichterung, daß in Van Nuys immer noch eine Mrs. Isabel Vogler wohnhaft war. Er legte sich genügend Kleingeld zurecht und wählte die angegebene Nummer.

In Van Nuys wurde geräuschvoll abgehoben. Die Stimme eines kleinen Jungen piepste: »Hallo?«

»Wohnt dort Mrs. Isabel Vogler?«

»Ja. Aber Mami ist nicht zu Hause. Sie ist nach nebenan. Hat gesagt, ich soll den Namen und alles aufschreiben. Sie rufen doch wegen 'nem Job für Mami an?«

Es wäre zu verwickelt gewesen, einem Kind den Grund seines Anrufs zu erklären. Deshalb drückte er sich so einfach wie möglich aus. »Ja, es geht um den Job. Hast du Papier und Bleistift da? Dann schreib' ihr bitte auf, daß ein gewisser Mike Barrett angerufen hat.« Er buchstabierte ganz langsam seinen Namen. »Hast du das? Barrett.«

»Ja, Sir.«

»Sag deiner Mami, ich möchte sie morgen vormittag um zehn Uhr wegen der Stellung sprechen. Ich gebe dir noch meine Adresse und meine Telefonnummer, für den Fall, daß sie morgen keine Zeit hat.« Er diktierte sorgfältig seine Anschrift und Telefonnummer. »Sag deiner Mami, ich hoffte, daß sie kommen kann. Ich bezahle ihr auch die Fahrtkosten.«

»Ich werd's ihr sagen, Mr. Barrid.«

»Nein – Barrett. B-a-r-r-e-t-t. Hast du's jetzt richtig aufgeschrieben?«

»Ja, Sir, ich werd's ihr sagen.«

Barett trat aus der Telefonzelle und zeichnete seine Rechnung ab. Auf dem Weg zu seinem Kabrio ging ihm Maggie Russell nicht aus dem Sinn. Ein hübsches Bild entstand in seinen Gedanken: Wie sie beim Zuhören ihre Lippen ein wenig öffnete, wie sich ihre Brüste unter der Bluse bewegten, wenn sie erregt war, das Schwingen ihrer vollen Hüften. Ja – eine visuelle Vergewaltigung. Er fühlte sich angegriffen.

Er blieb neben seinem Wagen stehen und überlegte, welche Fragen über Faye sie ihm wohl stellen wollte.

Faye.

Großer Gott, das hätte er fast vergessen. Er sah auf die Armbanduhr. Schon achtzehn Minuten nach elf. Bevor er seine Wohnung erreichte, hatte Faye schon eine halbe Stunde gewartet. Sie war es nicht gewöhnt, warten zu müssen und würde sicher ärgerlich sein. Er mußte eine plausible Entschuldigung für seine Verspätung finden. Nichts von Maggie Russell. Ein Zeuge, ein männlicher Zeuge, war es, den er ausfindig gemacht und befragt hatte. Das müßte gehen.

Aber vielleicht blieb ihm die Ausrede überhaupt erspart. Es war durchaus mög-

lich, daß Faye aus Ärger seine Wohnung längst verlassen hatte und nach Hause gefahren war.
Aber das war unwahrscheinlich, sagte er sich gleich darauf. Diesen Abend in der Woche nannte sie ihre »Geisha-Nacht«. Eine solche Nacht ließ sie nicht ungenutzt verstreichen. Sie liebte sie. Normalerweise freute er sich auch darauf, aber heute abend fühlte er sich ausgepumpt. Er hatte bereits eine Frau besessen, wenn auch nur mit Blicken. Zwei brauchte er nicht. Aber es mußte sein.
Er stieg ein. Ich komme, Faye. Rasch fuhr er seiner Geisha-Nacht entgegen.

Sie hatte seine Ausrede geschluckt und sich überhaupt nicht verärgert gezeigt. Gleich in der ersten halben Stunde hatte sie ihm zwei Drinks gerichtet und zwei für sich, dann hatte sie in seinem Arm auf dem Sofa gelegen, ein bißchen geplaudert, ihn ein wenig mit Küssen gelockt und ihm gezeigt, daß sie ihn glücklich sehen wollte. Und schon bald drängte es sie ins Bett.
Jetzt, kurz nach Mitternacht, stand er barfuß neben dem Bett und zog Hemd und Hose aus. Er hatte nur noch die Socken an, als er sie aus dem Bad kommen hörte.
Faye Osborn trat zu dem Phonokoffer und wählte ihre liebste Schlafzimmermelodie aus – Manuel de Fallas »Feuertanz«. Sie legte die Platte auf und drehte die Lautstärke zurück. Barrett beobachtete ihre geschmeidigen Bewegungen, als sie auf der anderen Seite ins Bett schlüpfte, und stellte wieder einmal fest, wieviel weicher sie wirkte, nachdem sie die konventionelle Kleidung abgelegt hatte. Sie trug wie gewöhnlich nur ein durchsichtiges Negligé, diesmal in Rosa. Das gelöste blonde Haar machte ihre strengen Züge fraulicher, runder, und der transparente Stoff ließ die braunen Spitzen ihrer festen Brüste, den Nabel auf ihrem flachen Bauch, das dunkle Dreieck erkennen, das mit der Spitze nach unten zeigte.
Sein Verlangen regte sich. Er zog die Socken aus und setzte sich auf die Bettkante.
»Mike, hast du das immer wie eine Bibel neben deinem Bett liegen?«
Er schaute ihr über die Schulter. »Was?«
Sie hielt ein Exemplar der *Sieben Minuten* hoch. »Das da. Es lag gleich neben der Lampe.«
»Ich muß immer wieder einzelne Stellen nachschlagen. Das gehört mit zur Vorbereitung auf den Prozeß. Übrigens wird es mir niemals langweilig.« Er drehte sich im Bett herum. »Liebling, du solltest doch das Exemplar lesen, das ich dir gegeben habe.«
Sie warf das Buch wieder auf den Bettisch, legte sich in die Kissen zurück und strich ihr Negligé zurecht. Dann drehte sie den Kopf zur Seite und sagte freundlich: »Ich habe das Buch gestern abend gelesen.«
»Warum sagst du das nicht gleich?« Er rollte sich neben sie und stützte sich auf die Ellbogen. »Gibst du mir jetzt recht?«
Sie streckte die Hand aus und berührte leise seine nackte Brust. »Mike, wenn

wir so nebeneinanderliegen, sollten wir eigentlich ehrlich miteinander sein, meinst du nicht auch?«
»Inwiefern ehrlich? Sprichst du von dem Buch?«
»Ja...«
»Schatz, hat das nicht bis nachher Zeit? Im Augenblick...«
Er wollte einen Arm um sie legen, aber sie hielt ihn davon ab.
»Bitte nein, Mike. Im Augenblick möchte ich noch mit dir reden. Dieses Buch, es hat nämlich – mit allem zu tun, was uns angeht. Hast du etwas dagegen?«
Sein Verlangen flaute ab, Trotz trat an die Stelle der Leidenschaft. »Dagegen? Warum sollte ich etwas dagegen haben?« Er gab sich Mühe, sich die Verärgerung nicht anmerken zu lassen. »Wenn du vorher mit mir reden willst, dann werden wir eben reden. Hiermit erteile ich das Wort an Faye Osborn, der phantastischen, überwältigenden...«
»Mike, was ich dir zu sagen habe, ist ernst.«
Er nickte feierlich. »Ich werde dir ernsthaft zuhören.«
»Und es ist dir recht, wenn wir absolut ehrlich miteinander sind?«
»Absolut ehrlich.«
»Nun gut, Mike. Ich will dir etwas über dein kostbares Buch erzählen. Nein, nach meiner Meinung hast du nicht recht. Ganz im Gegenteil.« Sie griff nach seiner Schulter. »Mike, geben wir es doch zu. Ich fand das Buch scheußlich. Es ist vulgär, übelster Schund, unbeschreiblich schmierig und durch und durch unaufrichtig. Und ich weiß, daß du mir im Innersten deines Herzens zustimmst. Jetzt hört uns niemand zu. Vergiß einmal deinen Fall. Ich habe doch recht, nicht wahr, Mike?«
Er setzte sich auf und lief dunkel an. »Nein, verdammt, du hast nicht recht. Ich habe den Fall übernommen, weil das Buch gut ist, und nicht umgekehrt, wie du es darstellen möchtest. Wovon redest du eigentlich, Faye? Ich traue meinen Ohren nicht. Wirklich nicht. Wie hast du es genannt?«
»Ich hätte mich am liebsten von Kopf bis Fuß eingeseift und gründlich gewaschen, nachdem ich den Roman gelesen hatte. Ich habe ihn vulgär, schmierig und unaufrichtig genannt. Wenn ich gewußt hätte, was drinsteht, hätte ich niemals zugelassen, daß du dich in aller Öffentlichkeit bloßstellst, indem du solchen obszönen Mist auch noch verteidigst. Du hast auch gesagt, wir sollten ehrlich miteinander sein. Ich bin ehrlich.«
»Schön, du bist also ehrlich. Ich versuche dich nur zu verstehen. Wodurch unterscheidet sich das, was du in *Die sieben Minuten* gelesen hast, von dem, was wir jede Woche tun und auch heute abend tun wollen? Ist das etwa auch vulgär und dreckig?«
Sie fuhr hoch. »Mike, wie kannst du es wagen, da einen Vergleich zu ziehen? Was wir machen, ist anständig. Unsere Ausdrucksweise ist anständig. Unsere Liebe ist ehrlich. Und außerdem glaube ich nicht, daß man in aller Öffentlichkeit ausbreiten dürfte, was wir im stillen tun. Sex muß Privatangelegenheit bleiben.«
»Vielleicht hat man den Sex viel zu lange versteckt gehalten. Vielleicht ist es das,

worunter so viele Menschen leiden«, erwiderte er. »Und was die ehrliche Liebe zwischen uns angeht – ist die Liebe in diesem Roman denn weniger ehrlich?«

»Es ist eine falsche, verlogene Liebe«, erklärte Faye bestimmt. »Was sich die Heldin, diese Cathleen, während des Geschlechtsverkehrs alles denkt, ist doch nur als Nervenkitzel erfunden worden. Das hat nichts mit der Wirklichkeit zu tun. So denkt und fühlt doch keine wirkliche Frau, wenn sie geliebt wird. Nur der Verfasser bildet sich ein, daß eine Frau so denken und fühlen sollte. Selbst Dr. Kinsey würde das bestätigen, was ich sage. Du kommst mir immer mit Experten. Jetzt laß mich einmal Dr. Kinsey zitieren. Auch er sagt, die Frauen in den pornographischen Büchern übertreiben immer die Größe der männlichen Genitalien und ihre Liebesfähigkeit, und die Bücher übertreiben ebenfalls die Reaktionen der Frau und ihre sexuelle Unersättlichkeit. Eine solche Heldin ist doch nur das Wunschbild vieler Männer. Aber im wirklichen Leben – das stammt jetzt von mir – fühlen und denken Frauen niemals so. Nur die Jadways tun das. Es ist lächerlich und entwürdigend. Ich weiß es, Mike, das darfst du mir glauben. Ich bin schließlich eine Frau.«

Seine Gedanken wanderten zu Maggie, ebenfalls eine Frau, die er kannte. »Du bist nur eine Art von Frau und kannst nur wissen, was du fühlst. Andere Frauen empfinden anders, ganz anders.«

»Wie diese Hure im Buch?«

»Wie diese anständige Frau in dem Roman mit ihren Erinnerungen, Wünschen, Gedanken und Gefühlen, die vermutlich dem nahekommen, was die Mehrzahl aller Frauen empfindet, sich aber nicht einzugestehen wagt.«

»Keine anständige Frau auf der ganzen Welt wird jemals zulassen, daß ihr Kopf mit solchem Mist angefüllt ist. Und keine Frau der Welt, vielleicht mit Ausnahme einer Straßendirne, wird sich jemals so ausdrücken.«

»Wie denn? Welche Ausdrucksweise meinst du damit?«

»Alle diese Worte, die Cathleen für ihre sexuellen Empfindungen und was weiß ich oder für ihre – ihre intimsten Körperteile verwendet.«

»Welches Wort?« fragte er hartnäckig. »Welches Wort hat dich da abgestoßen?«

»Bitte, Mike, du weißt doch, daß ich ein solches Wort nicht in den Mund nehmen kann. Es ist mir verhaßt. Es ist – dreckig.«

»Meinst du die Stelle, wo Cathleen sagt, daß sie sich ganz wie eine ›Cunt‹, eine Dirne, fühlt?«

»Mike!«

»Das war's doch, wie? Das Wort ›Cunt‹?«

»Mike, hör auf damit!«

»Hör mir gut zu, Liebling. Dieses Wort wird seit dem Mittelalter gebraucht. Es ist ein germanisches Wort, das dem lateinischen *cuneus*, Keil, entspricht. Jadway hat es nicht als erster verwendet. Schon Geoffrey Chaucer gebrauchte das mittelenglische Äquivalent. Laurence Sterne gebrauchte es, John Fletcher, D. H. Lawrence und andere gebrauchten es. Natürlich ist es ein Wort der Vulgärsprache, aber zahllose Männer haben es gebraucht, ungezählte Frauen haben es gedacht.

Was ist denn daran auszusetzen, wenn ein Autor den Mut hat, das auszusprechen, was tatsächlich im Kopf einer Frau vorgeht?« Er zwang sich zur Ruhe, damit die Diskussion sachlich blieb. »Faye, das Wort kommt in den *Canterbury Tales* vor. Die Frau von Bath sagt da: ›Fürwahr, du alter Tropf, gehst du derweil/So wird des Abends dir gewiß mein Cunt zuteil.‹ Nur sagte er ›queynte‹, aber das bedeutet dasselbe. Möchtest du deshalb Chaucer aus den Schulen und den Bibliotheken verbannen?«

Faye war noch immer empört. »Mike, ich bin doch kein Kind mehr. Halte mir keine Vorträge und komme mir nicht mit Pädagogik. Ich sage doch nur ganz einfach, daß ich eine Frau bin, daß ich wie die meisten Frauen bin und weiß, was mich abstößt. Wer das Wort gebraucht hat, ob Chaucer, Lawrence oder sonst einer, ist mir gleichgültig, es ist trotzdem ein ekelerregendes Wort. Es ist unaufrichtig. Wenn es ein Schriftsteller verwendet, dann versteht er nichts von Frauen, er ist ein Weiberfeind, er will die Frauen herabwürdigen und predigt allen seinen Lesern, jung und alt, die Mißachtung der Frauen. Sieh mich nicht so von oben herab an, Mike. Ich weiß genau, wann ich recht habe und du unrecht. Ich verabscheue eine solche Sprache und will nicht, daß du etwas damit zu tun hast. Ich sehe immer mehr ein, wie recht Dad hatte, wenn er versuchte, dich von diesem Fall fernzuhalten. Er wußte genau, daß ein solcher Fall einen jeden verdirbt und verdreht, der sich darauf einläßt. Du redest und tust jetzt schon Dinge, die deiner wahren Natur zuwiderlaufen.«

Daß sie ihren Vater erwähnte, ging ihm erneut auf die Nerven. Aber die letzten Reste seines Zorns verflüchtigten sich, und übrig blieb nur eine Spur von Ablehnung.

»Jedenfalls habe ich den Fall übernommen, und ich fechte ihn auch durch«, sagte er mit gepreßter Stimme. »Vielleicht irren sich sowohl Jadway als auch ich, was das Denken der Frauen betrifft. Vielleicht wird man das nie genau wissen. Vielleicht wissen es nicht einmal die Frauen selbst genau. Aber ob wir die Sache nun treffen oder nicht, jedenfalls ist eine bestimmte Ausdrucksweise gewisser Gedankengänge Rechtfertigung genug für vulgäre Ausdrücke.«

Die ganze Zeit über hatte sie ihn mit schräggelegtem Kopf beobachtet, vermutlich um den Grad seiner Verärgerung abzuschwächen. Nun lächelte sie, wurde weicher, kompromißbereiter. Ihre Hand berührte die seine und bedeckte sie dann. »Ich bin froh, daß du einiges Verständnis für meine Einstellung aufbringst, und ich werde mir Mühe geben, deine zu verstehen. Ich weiß nur, daß ich eine Frau bin und mich gegen alles wehre, was mich abwertet. Als Frau verlange ich Achtung und Liebe. Das weißt du doch, Mike?«

»Gewiß.«

Ihre Hand wanderte seinen Arm hinauf. Als sie sich nun zurücklegte, zog sie ihn neben sich auf das Kissen. Sie fuhr ihm mit den Fingern durchs Haar. »Tut mir leid, Mike«, sagte sie sanft. »Ich will mich nicht mit dir über diese Albernheiten streiten. Ich will dich nur lieben.«

Sie rückte näher an ihn heran und legte ihm den Kopf auf die Brust. »Und ich weiß auch, was in diesen letzten Minuten in meinem Kopf vorging. Es war nicht ein einziges schmutziges Wort dabei. Nur ein Wort: Liebe. Ich kann immer nur daran denken, wie sehr ich dich ersehne und brauche. Ich will doch nur das Beste für uns beide.«

»Ja«, sagte er. Eine Zeile von Corneille fiel ihm ein: »O Himmel, wie viele Tugenden lehrst du mich hassen?« Er behielt sie für sich.

»Sei doch nicht so kalt, Mike, straf mich nicht dafür«, bat sie mit gedämpfter Stimme. »Nicht, wenn ich dich so sehr brauche.«

Er umfaßte sie, berührte mit der anderen Hand ihre Brust und streichelte sie durch das dünne Nachtgewand hindurch. »Ich brauche dich auch.«

»Dann vergiß die Bücher«, flüsterte sie. »Komm, lieben wir uns.«

Er fuhr zwar fort sie zu streicheln, ging aber nicht weiter. Der Ärger über ihre Haltung, ihre Selbstgerechtigkeit hing zwischen ihnen wie ein unsichtbarer Vorhang, der sie ihm entrückte. Er brachte es nicht über sich, den Vorhang beiseitezuschieben und sein Verlangen wiederzufinden.

Er spürte ihre langen kühlen Finger, die seine Rippen nachzeichneten, die Hüfte hinabglitten und seine immer noch schlaffe Männlichkeit berührten. Sanft schlossen sich ihre Finger darum, massierten es, und ihr rasches Atmen, ihre kehligen Worte durchdrangen den Vorhang. »Mike, ich liebe auch das da, ich liebe ihn. Mach doch, daß er mich auch liebt, halt ihn nicht zurück, laß ihn groß und stark werden, ich hab's gern, wenn ich ihn wachsen fühle.«

Er wollte widerstehen, aber seine Abwehr schmolz dahin, während er in ihre Hand hineinwuchs. »Schon gut«, stöhnte er. »Ist schon gut.«

Der Vorhang war fort.

Sie hatte das Band gelöst, das ihr Negligé zusammenhielt. Es fiel auseinander, ihre Brüste bebten, ihr Leib zuckte, als er sich über sie beugte und ihre Brüste mit den Lippen umschmeichelte. Er fühlte, wie die Knospen fester wurden, und er küßte sie, erst die eine, dann die andere.

Sie schob das eine Bein unter ihn, eine kühle Hand drängte seinen Kopf von den Brüsten weg. Dann hörte er sie flüstern: »Komm doch, Liebster, komm jetzt, gleich.«

In dem kurzen Augenblick der Trennung, als er sich auf die Knie erhob und sie ihre Schenkel weit öffnete, fiel ihm wieder ein, daß sie immer das verlängerte Vorspiel abzukürzen suchte und ihn aufnehmen wollte, sobald sie merkte, daß er bereit war. Eine Sekunde lang wollte er das ändern, das Vorspiel der Liebe verlängern, sie zu einer Leidenschaft wecken, die seiner glich, sie zu einer Hingabe, zu einem animalischen Instinkt zwingen, wie er sie empfand. Aber diese Sekunde der Auflehnung verstrich, und wieder beugte er sich ihrem Willen.

Ihre festen Hände lagen hinter seinem Rücken, ihre Finger bohrten sich in sein Fleisch und zogen ihn zu ihr herab. Er stützte sich auf die Ellbogen, bis er die festen Spitzen ihrer Brüste an seiner Haut spürte. Seine Hüften wurden von ihren Schenkeln umschlossen, und seine harte Männlichkeit senkte sich, wieder von ihrer Hand geleitet, langsam in den warmen, weichen, feuchten Spalt – den wärmsten Teil an ihr, und dieser Gedanke kam und ging, kam und ging. Warm, am wärmsten. Er drang noch tiefer ein und war fast wieder draußen, tiefer wieder und vor und zurück und hin und her. Er spürte ihre Lippen an seinem Ohr, ihren rascher gehenden Atem. Er wünschte sich, daß sie stöhnte und sich schenkte, daß sie sich ihm noch weiter öffnete und bebte, aber sie blieb ganz still und ungerührt, nur ihre Lenden folgten seinen rhythmischen Bewegungen, nicht wild und vorbehaltlos, sondern hübsch dezent wie bei einem Tanz, so viel und nicht mehr, eine Antwort, die sich gehörte, bloße Form, sonst nichts.

Wenn sie es nicht konnte, dann brachte er es vielleicht zustande. Vielleicht gelang es ihm doch endlich einmal, ihre Leidenschaft zum Höhepunkt zu führen. Er drang tiefer, härter in sie ein, als wollte er ihre beiden Leiber zusammenschweißen, und ihr Becken hob und senkte sich mit ihm, folgte geschmeidig jeder seiner Bewegungen. Mehr nicht.

Allmählich wurden seine Bewegungen ruhiger. Da hörte er sie flüstern: »Liebling, was ist?«

»Ich möchte, daß es länger dauert. Ich will dir Gelegenheit geben, auch ...«

Sie zog ihn fest an sich. »Nein. Nein ... halt dich nicht zurück. Komm, komm jetzt gleich.«

Sie preßte ihre Finger in seine Schultern, umschloß ihn noch fester mit den Schenkeln, preßte sich an ihn, und im nächsten Augenblick hatte seine Erregung den Punkt überschritten, von dem es noch ein Zurück gab.

Wie von fern hörte er sie noch einmal. »So ist's schon besser, mein Liebling. Viel besser.« Und dann: »Macht es dich glücklich, Liebling, bist du glücklich, ist es so recht?«

Und dann hörte er nichts mehr, weil er tief drin die Antwort gab, in sie verströmte, zitterte, verströmte, sich fallen ließ und in seiner Nacktheit erstickte.

Es war vorüber. Er war noch bei ihr, aber sein klares Denken kehrte zurück, und bald würde ihn die Wirklichkeit wiederhaben.

Er öffnete die Augen und sah sie an. Sie wirkte ruhig, unberührt, lächelte ihn kühl an, als freute sie sich an seinem Vergnügen, als sei sie ein bißchen stolz auf die Leistung, die sie an ihm vollbracht hatte. Ihre Mundwinkel sagten ihm, wie sehr es sie befriedigte, ihm den Gefallen getan und ihn dennoch gedemütigt zu haben – sie stand nach wie vor hoch über den niederen Begierden, diesem naturnotwendigen Akt, der in Büchern nur mit schmutzigen Worten beschrieben werden kann.

Plötzlich fiel der Vorhang wieder, den er vorhin beseite geschoben hatte. Durch ihn hindurch sah er sie klarer, ehrlicher. Und er sah, woran sie mit unerschütterlichem Stolz insgeheim festhielt: Für sie war physische Liebe etwas, das man eben tat, weil es der Maßstab für Gesundheit und normale Veranlagung war, und eine Vereinigung bot man eben an, weil man am Ende daraus seinen Vorteil zog. Sie hatten sich der Liebe hingegeben, und hinter dem unsichtbaren Vorhang hatte sie der Geschlechtsakt so unberührt gelassen, als sei sie nur Zuschauerin bei einer Sexschau gewesen. Sie war der unbeteiligte Beobachter, der hoch über

jenem lächerlichen, hilflosen, keuchenden, seiner Sinne kaum noch mächtigen Männchen stand, das man mit einer gewissen Nachsicht gewähren ließ. Wie immer hatte sie Schmutz und Begierde unbeschadet überstanden und sich die Krone von Anstand und damenhafter Haltung bewahrt.
Doch das war nicht alles, was Barrett in dieser flüchtigen Sekunde in ihren geheimsten Gedanken las. Ihr Triumph hatte nicht nur eine moralische, sondern auch eine rein geschäftliche Seite. Sie hatte in diese Pflichtübung so wenig investiert und so viel davon profitiert. Kein Gedanke an ein faires Geschäft. Das war die Art, in der ihr Vater seine Geschäfte abwickelte. Man stellt fest, wo die anderen schwach oder empfänglich sind und nutzt sie aus, bietet ihnen möglichst wenig, nur gerade so viel, daß ihre Bedürfnisse gedeckt sind, und behält auf diese Weise die Oberhand in der Partnerschaft, die Macht. Du bist deines Vaters Tochter, dachte er. Und er sollte der notwendige Prinzgemahl werden.
Noch nie zuvor hatte er so deutlich ihre geheimsten Gedanken erkannt. Aber nun sah er tiefer. Er hatte *Die sieben Minuten* gelesen, und sie hatte das Buch gelesen; für beide war es das Lackmuspapier, an dessen Färbung sich die Wahrheit erwies. Aber trotz dieser Erkenntnis war er hilflos. Er wurde sich seiner und ihrer Nacktheit bewußt, und in dieser Nacht war sie ihm unangenehm, unromantisch. Er war ihrer Majestät zu Willen gewesen. Sein Lohn dafür sollte ein Stückchen des Reiches werden. Und dieser Lohn war denkbar verlockend und verführerisch.
»Wie war es, Mike?« fragte sie. »Bist du wirklich zufrieden?«
»Das weißt du doch.«
»Ich hab's immer gern, wenn du mich liebst. Liebst du mich eigentlich?«
»Hab' ich dir meine Gefühle nicht bewiesen? Das war doch nicht nur gespielt.«
»Wirklich, Mike ... Bist du fertig? Meine Beine tun mir allmählich weh. Böse?«
Er zog sich von ihr zurück. Im Augenblick der Trennung hatte sie die Beine gespreizt. Man konnte alles sehen, was an ihr weich und warm und ehrlich und natürlich war. Rasch schloß sie die Schenkel und verbarg das Beste an ihr vor seinen Blicken. Ebenso rasch wurde die Decke bis über die Brust hinaufgezogen. Der Schatz wurde wieder für eine Woche verschlossen, und übrig blieb nur der hübsche, fremde Kopf, das Gesicht mit dem kühlen und fernen Lächeln.
Die Lippen in diesem Kopf bewegten sich. »Siehst du, Mike, Liebe kann doch anständig und sauber sein. Das siehst du doch jetzt ein, wie?«
Ja, er sah es ein. Er sah sie so deutlich wie nie zuvor. Seine Phantasie gaukelte ihm Bilder vor, die JJ Jadway und Geoffrey Chaucer gezeichnet hatten. Diese Bilder enthüllten Faye Osborn, wie sie wirklich war, schlicht und unretuschiert.
Cunt. Eine Dirne.
Von Kopf bis Fuß Cunt. Nicht mehr und nicht weniger.
Die Deutlichkeit dieser Bilder, ihre Schärfe, erschreckte ihn. Angesichts ihrer Hoheit hatte er so niedere Gedanken. Er ließ sich auf sein Kissen fallen. Fort mit dem Schmutz. Aber Fayes Hure, Jadways Hure Cathleen, ließ sich nicht ver-

scheuchen. Ihr Gesicht glich seltsamerweise dem einer gewissen Maggie Russell. Fort mit diesen Gedanken, fort damit.
Er schaffte es. Es gelang ihm mit einiger Anstrengung, andere Bilder zu beschwören. Die schönen, gesicherten Jahre, die vor ihm lagen, das imposante Haus in Bel-Air, Dienerschaft, ein Bentley mit Chauffeur, Privatjet, die Villa auf Cap Ferrat, die vielen berühmten Persönlichkeiten, gesellschaftliche Anlässe, bei denen Faye neben ihm eine so eindrucksvolle Figur machte. Ein Leben, gereinigt von allem Gemeinen und Gewöhnlichen. Ein schönes Leben. Das beste.
Was kann sich ein Mann noch mehr wünschen?
Er lächelte Faye an. »Ich liebe dich, mein Schatz«, sagte er.

5

Am nächsten Morgen läutete es pünktlich um zehn Uhr an der Tür. Mike Barrett öffnete und führte Mrs. Isabel Vogler in seine Wohnung.
Sie war eine beleibte Frau von Mitte vierzig. Ihr ergrauendes Haar war von einem Sonntagshut, mit lappigen Stoffblumen geschmückt, bedeckt. Die Äuglein über ihren rundlichen Backen waren klein, auf ihrer Oberlippe schimmerte dunkler Flaum, das Doppelkinn war kräftig entwickelt. Aber ihr dunkles Kleid war sauber und ordentlich, und sie bewegte sich für eine so beleibte Person erstaunlich flink.
Sie baute sich mitten in Mikes Wohnzimmer auf, sah sich kurz um und stellte fest: »Na, das ist sicher leicht zu versorgen. Sieht gar nicht schwierig aus. Ich bin schließlich eine sehr erfahrene Hausfrau, wie ich in der Zeitungsanzeige geschrieben habe. Wie viele Zimmer gehören dazu?«
»Außer diesem Wohnzimmer noch ein Schlafzimmer, ein Bad und die Kochnische«, antwortete Barrett.
»Können Sie mir die Wohnung zeigen?«
»Später«, sagte Barrett und deutete auf einen Stuhl.
Mrs. Vogler ließ sich ächzend nieder. »Ich setz' mich gern zwischendurch mal hin. Wenn man in meinem Beruf den ganzen Tag auf den Beinen ist, bedeutet Sitzen eine wahre Erholung.«
Barrett setzte sich ihr gegenüber auf das Sofa, nahm seine Pfeife aus dem Aschenbecher und hielt sie fragend hoch. »Etwas dagegen?«
»Ganz und gar nicht. Der selige Mr. Vogler war auch Pfeifenraucher. Selbst mit seinem stinkenden Kraut war er mir immer noch lieber als diese furchtbaren Zigarrenraucher. Rauchen Sie meinetwegen ruhig, Mr. Barrett. Eine Pfeife steht einem Mann gut, auch wenn das eine Menge Brandlöcher in den Möbelbezügen bedeutet.«
Barrett steckte sich die Pfeife an. Durch die halboffene Tür sah er das Bett, das Faye um zwei Uhr morgens verlassen hatte, nachdem sie ihm das Versprechen

abgenommen hatte, am Abend mit ihr essen zu gehen. Dann wandte er sich wieder Mrs. Vogler zu. Er wußte nicht recht, wie er sich gegenüber dieser Zeugin verhalten sollte, die ihm Maggie Russell empfohlen hatte. Schließlich hatte er Mrs. Vogler unter falschem Vorwand hergelockt.

»War die Fahrverbindung zwischen Van Nuys und West Los Angeles schwierig?« erkundigte er sich.

»Gar nicht. Hat Ihnen mein Junge nicht gesagt, daß ich einen eigenen alten Wagen habe? Diese Kinder! Stecken ihren Kopf in den Fernseher und vergessen dabei alles andere.«

»Ihr Sohn hat sich bei meinem Anruf sehr geschickt angestellt. Jetzt zu Ihrer Anzeige. Können Sie das nicht etwas genauer ausführen?«

»Wie meinen Sie das?«

»Ich meine, könnten Sie mir etwas mehr über Ihre Vorstellungen von der neuen Arbeit und Ihre bisherige Tätigkeit erzählen?«

»Wie gesagt, ich hab' viel Erfahrung und bin zuverlässig, falls Sie das meinen. Seit mich mein Mann vor acht Jahren als Witwe mit einem kleinen Kind und praktisch mittellos zurückgelassen hat, arbeite ich regelmäßig. Ich putze, kann aber auch kochen, wenn nichts Ausgefallenes verlangt wird. Als mein Junge noch kleiner war, brachte ich ihn auswärts unter und wohnte ganz da, wo ich gerade arbeitete. Aber seit meiner letzten solchen Stelle nehme ich nur noch tagsüber Arbeit an, wo der Junge doch größer wird und ein eigenes Heim kennenlernen soll. Das ist nur leider keine so regelmäßige Sache. Mir ist eine Stellung lieber, wo ich drei oder vier Tage die Woche kommen kann, oder lieber noch täglich von neun bis fünf, damit ich ein ständiges Einkommen habe. Ich gebe mir alle Mühe, ein bißchen Geld auf die hohe Kante zu legen.«

»Sie brauchen also Geld?«

»Ich hab' zwar ein kleines Sparkonto, aber das reicht nicht ganz, wenn ich die Zukunft sichern will. Nächstes oder übernächstes Jahr möchte ich nämlich wieder zurück nach Hause. Dort hab' ich meine Verwandten und Bekannten, und für den Jungen und mich wäre dann vieles leichter. Ich bin aus Topeka in Kansas. Dort will ich auch wieder hin, aber dazu brauche ich Geld. Geld für Kleidung, für den Umzug und die Einrichtung. Deshalb suche ich eine regelmäßige Beschäftigung, Mr. Barrett.«

»Ich denke da an etwas, was Ihnen ein hübsches Sümmchen für Ihr Sparkonto einbringen könnte«, sagte Barrett. »Sie haben vorhin Ihre letzte feste Stellung erwähnt. Wann war das?«

»Vor ungefähr eineinhalb Jahren.«

»Wer war Ihr damaliger Arbeitgeber?«

Ihr Gesicht schien ganz auf das massige Doppelkinn herabzusinken. »Ein Mr. Frank Griffith.«

»Ein bekannter Name.«

»Er ist ziemlich bekannt. Ihm gehören diese Werbeagenturen und . . .«

»Ja, natürlich – dieser Griffith! Wie lange waren Sie bei ihm angestellt?«

»Fast zwei Jahre.«
»Das spricht für Sie. Haben Sie ein Zeugnis von ihm, oder würde er Ihnen wohl eine Empfehlung ausschreiben?«
Mrs. Vogler verzog sorgenvoll das Gesicht. Die eine dicke Hand knetete die andere. »Nein, ich hab' kein Zeugnis von ihm und krieg' auch keins. Damit hab' ich seitdem genug Ärger, ich finde es einfach gemein. Wenn ich mich um eine Stelle bewerbe und ich sage das, dann schaut man mich an wie eine Lügnerin. Wer glaubt schon einer armen Hausangestellten, wenn das Wort eines so bedeutenden Mannes wie Frank Griffith dagegensteht? Aber glauben Sie mir, Mr. Barrett, ich lüge nicht, ich schwör's beim Haupt meines einzigen Kindes!«
»Wobei lügen Sie nicht?«
»Wenn ich sage, daß mich Mr. Griffith ungerechterweise hinausgeworfen hat, ohne mir ein Zeugnis oder ein gutes Wort mitzugeben. Das ist gemein. Ich habe seitdem darunter zu leiden.«
Barrett stopfte sich die zweite Pfeife. Er kam der Sache allmählich näher und konnte bald sein Versteckspiel aufgeben. »Ich versichere Ihnen, Mrs. Vogler, daß es mir überhaupt nichts ausmacht, ob Sie hinausgeworfen wurden und kein Zeugnis vorweisen können. Ich möchte aber doch gern wissen, wie es dazu gekommen ist. Auf jeden Fall bin ich gern bereit, mir Ihre Version anzuhören.« Er hielt inne. »Sagen Sie – bei dem Namen fällt mir gerade etwas ein. Frank Griffith. Ist das der Griffith, von dessen Sohn im Fernsehen und in den Zeitungen die Rede war?«
Mrs. Voglers Gesicht wabbelte wie Pudding, als sie es bestätigte. »Genau der! Und sein Sohn, das ist der bewußte Jerry Griffith. Diese Sache werde ich nie verstehen. Ich kenne den Jungen schließlich wie mein eigenes Kind. Das heißt, damals kannte ich ihn genau, und niemand kann mir erzählen, daß sich ein Mensch in eineinhalb Jahren so verändern kann. Er war ein lieber Junge, der netteste von allen im Haus, mehr nach seiner Mutter geraten, obgleich die manchmal unleidlich war. Aber der Alte benahm sich unmöglich. Davon ist nie die Rede. Wenn die Leute nur wüßten ...«
»Wenn sie was wüßten, Mrs. Vogler?«
»Mr. Barrett, Sie sollen jetzt nicht von mir denken, ich laufe herum und rede Schlechtes über meine früheren Arbeitgeber, aber dieser Mr. Griffith, der war fast mein Tod. Er war ja nicht oft zu Hause, aber wie er die anderen herumkommandiert hat, wenn er wirklich mal da war, seine Frau, seinen Jungen, mich, bis man sich am liebsten unter dem Teppich verkrochen hätte. Mich hat er behandelt wie das letzte Stück Dreck. Aber das war nicht so schlimm; am meisten hat mich aufgebracht, wie er mit seinem Sohn umgesprungen ist. Ich hab' alles hinuntergeschluckt, weil's mir ja nicht zustand, mich einzumischen, aber eines Tages hab' ich ihm dann doch meine Meinung gesagt, jeder anständige Mensch hätte das getan, und Sie können Gift drauf nehmen, so hat noch keiner mit Mr. Griffith gesprochen. Nun, eine Stunde später war ich draußen, nach all der langen Zeit. Und wie sollte ich da noch ein Zeugnis kriegen?«

»Konnten Sie es denn nicht von Mrs. Griffith bekommen?«
»Das hätte sie nicht gewagt. Sie ist mit allem einverstanden, was ihr Mann tut, ob sie es mag oder nicht.«
Barrett saß eine Weile schweigend da und rauchte seine Pfeife. Nun kam der entscheidende Punkt. Er mußte sie richtig anfassen. »Hm, bis hierher will ich Ihnen ja glauben, daß Sie ungerecht behandelt wurden, Mrs. Vogler. Aber ich will ganz ehrlich sein. Hier steht Mr. Griffith' einwandfreier Ruf gegen Ihre Aussage, die in Wirklichkeit vielleicht gar nicht begründet sein mag. Sie dürfen mich nicht mißverstehen. Ich bin gern bereit, Ihnen genauso zu glauben wie ihm, aber etwas mehr müßte ich dann schon wissen.« Er fuhr mit Nachdruck fort: »Sehen Sie, da steht auf der einen Seite ein berühmter Olympiaheld, ein bekannter Werbefachmann, ein führender Mann im öffentlichen Leben. Auf der anderen Seite steht Ihre Aussage, daß dieser Mann nicht ganz der ist, der er zu sein scheint. Was von beidem ...?«
»Er ist wirklich ganz anders!« rief Mrs. Vogler und bewegte sich so heftig, daß sie fast mitsamt ihrem Stuhl umgekippt wäre. »Mr. Barrett, wenn Sie wissen wollen, wie jemand wirklich ist, dann müssen Sie eine Weile tagtäglich bei ihm im Haus arbeiten. Dann merkt man Dinge, die ein Außenstehender niemals sieht. Er trinkt. Nachts trinkt er eine ganze Menge, und es gibt nichts Ekelhafteres wie einen Betrunkenen. Und sein Sohn ist für Frank Griffith meistens einfach Luft, aber ich hab' selbst gesehen, wie er ihn geschlagen hat. Einen erwachsenen Jungen schlagen! Ich hab's auch erlebt, wie gemein er zu seiner Frau war, wo sie doch schwerkrank ist mit ihrer Arthritis. Er war grob zu ihr, hat sie mißhandelt, und, was am schlimmsten ist, er hat sie immer in schändlichster Weise gedemütigt. Wenn Sie die Wahrheit hören wollen: Es war nichts mehr zwischen ihm und seiner Frau, auch nicht, wie sie noch gesund war, weil er im Büro eine flotte Sekretärin hatte – na, Sie wissen schon. Ich könnte Ihnen noch eine ganze Menge erzählen, wissen Sie, und ich sauge mir das alles nicht aus den Fingern. Ich könnte notfalls alles beweisen.« Sie war außer Atem geraten und lehnte sich wieder zurück. »Ich bin keine Klatschbase, Mr. Barrett, aber Sie wollten ja wissen, wie das ist, mein Wort gegen seins, und das hat mich aufgeregt. Sonst rede ich nicht so viel. Aber der Mann hat mich um viel Geld gebracht, und da hab' ich ein Recht darauf, meine Meinung zu sagen. Ich hoffe, Sie nehmen mir das nicht übel, und ich hoffe auch, daß ich mir damit bei Ihnen nichts verpfuscht habe?«
Barrett sah sie an. Sie war mit Gold nicht aufzuwiegen. Sie war genau das, was die Verteidigung in ihrer mißlichen Lage jetzt brauchte. Sie war ein Zugpferd, eine Frau aus dem Volke, für die das Gericht Sympathien empfinden würde. Er mußte sie auf jeden Fall richtig behandeln. Er konnte es sich nicht leisten, sie als Zeugin zu verlieren. Aber er mußte auch mit der Wahrheit herausrücken.
»Mrs. Vogler«, begann er, »in dem Sinne, wie Sie es vielleicht erwartet haben, kann ich Ihnen keinen Job anbieten. Aber etwas anderes habe ich Ihnen zu bieten: Geld.« Er stand auf. »Ich weiß. Sie sind perplex. Sie glauben jetzt, ich hätte

den Verstand verloren. Aber ich werde es Ihnen erklären. Ich werde Ihnen auseinanderlegen, wie Sie mir helfen können und wie ich Ihnen helfen kann. Eins will ich vorausschicken: Ich bin der Anwalt, der das angeblich so schmutzige Buch verteidigt, dem Jerry und Frank Griffith die Schuld an Jerrys Fehltritt zuschreiben. Dann ...«

Fünf Minuten lang stand Barrett vor ihr und erläuterte der zuerst verständnislosen und dann faszinierten Frau die Hintergründe des anstehenden Prozesses und die Art und Weise, wie der Staatsanwalt Jerry Griffith' Verbrechen als Handhabe gegen *Die sieben Minuten* zu verwenden hoffte. Er gab sich Mühe, Psychologie und Soziologie in die schlichte Sprache von Mrs. Vogler zu übersetzen und ihr klarzumachen, wie Jerrys Familienleben, sein Elternhaus und gewisse andere Fakten Jerry beeinflußt haben konnten, wie sie an seiner Gewalttat größeren Anteil haben konnten als nur die Lektüre dieses einen Buches. Barrett gab sich damit viel Mühe, denn wenn sie das nicht begriff, dann konnte sie auch kein Verständnis dafür aufbringen, was er von ihr wollte und wie er sie im Prozeß einzusetzen gedachte.

Als er fertig war, suchte er in ihrem fleischigen, flachen Gesicht nach einem Anzeichen des Verständnisses.

Plötzlich nickte sie mit breitem Lächeln.

Da wußte er Bescheid. Sie hatte kapiert.

Nun noch der letzte Schritt: »Mrs. Vogler, Sie wissen jetzt, wonach ich suche. Ich brauche Sie als Zeugin der Verteidigung. Ich werde von Ihnen niemals etwas anderes verlangen als die reine Wahrheit über die Dinge, die Sie während Ihres Aufenthalts im Hause Frank Griffith' selbst gesehen und gehört haben. Ich will Sie nicht in den Zeugenstand bringen, damit Sie sich rächen können, sondern weil ich die Wahrheit finden möchte, indem ich die wahren Hintergründe bloßlege. Wir werden Ihnen natürlich Ihre Zeit und Ihren Aufwand vergüten. Das wird kein Vermögen sein, aber doch der Summe entsprechen, die Sie in drei oder vier Monaten mit Ihrer Hände Arbeit verdienen könnten. Damit wären Sie der Übersiedlung nach Topeka wieder um einen Schritt näher. Was halten Sie davon? Wollen Sie mir helfen?«

»Zuerst muß ich wohl fragen: Werde ich irgendwelchen Ärger kriegen, wenn ich vor Gericht aussage?«

»Nicht, wenn Sie sich auf die absolute Wahrheit beschränken. Nein, Mrs. Vogler – das Schlimmste, was Ihnen nach meiner Meinung passieren kann, wäre, daß Frank Griffith Sie nie wieder bei sich anstellen wird.«

Sie brach in gurgelndes Lachen aus. Ihre schwammigen Backen zitterten. »Das ist gut! Wirklich gut!« Sie erhob sich, und ihr Gesicht war gerötet vor Aufregung. »Ich tu's gern, Mr. Barrett. Ich sage gern für Sie aus. Ich täte es am liebsten umsonst, aber ich brauche das Geld so sehr. Ich kann's kaum erwarten, der Öffentlichkeit zu erzählen, was dieser scheinheilige Frank Griffith seinem Sohn angetan hat. Das wird ein großer Tag für mich sein.«

»Ausgezeichnet, Mrs. Vogler! Sie werden es nicht bereuen.« Er nahm ihren

plumpen Arm. »Ich bringe Sie jetzt zum Aufzug. Wie ich Ihnen schon sagte, wird die Hauptverhandlung bald beginnen. Wir müssen uns deshalb morgen oder übermorgen in aller Ruhe eine Stunde zusammensetzen und besprechen, wie wir vorgehen wollen. Ich rufe Sie noch einmal an. Sie werden doch zu Hause sein, Mrs. Vogler?«
»Ich habe nur eine einzige Besorgung zu machen, Mr. Barrett: Ich muß mir nämlich einen neuen Hut für mein erstes Auftreten in der Öffentlichkeit kaufen. Ich gehe zu Ohrbach und kaufe mir den seriösesten Hut, den ich dort kriegen kann.«

Isabel Vogler war kaum gegangen, da stürzte Mike Barrett ans Telefon im Wohnzimmer. Er hätte am liebsten vor Freude laut gesungen. Zum erstenmal seit Tagen sah er wieder rosiger in die Zukunft. Nun mußte er sofort Abe Zelkin, der auch dringend einer kleinen Aufmunterung bedurfte, die Neuigkeit über Mrs. Vogler mitteilen.
Er rief im Büro an und hörte Donnas Stimme die Verwunderung an, als er Abe Zelkin verlangte.
»Aber Mr. Barrett, wo bleibt Ihr Gedächtnis?« fragte sie. »Haben Sie denn vergessen, daß Mr. Zelkin im Gericht ist, bei Richter Nathaniel Upshaw, Abteilung 101? Es wird gerade das Schwurgericht zusammengestellt. Er hat in den Verhandlungspausen mehrmals angerufen. Ich soll Ihnen ausrichten, daß alles zufriedenstellend läuft. Er glaubt, daß die Geschworenen bis morgen abend komplett sein werden. Das heißt, daß nach der Vereidigung die Haupverhandlung am Montag beginnen kann.«
Barrett hatte es tatsächlich vergessen. Er hatte mit Zelkin lange darüber diskutiert, ob es nicht vorteilhafter wäre, auf eine Jury zu verzichten und die Entscheidung lieber dem Einzelrichter zu überlassen. Aber dann waren sie doch zu dem Schluß gelangt, daß es besser sei, den Fall vor zwölf verschiedenen Männern und Frauen auszutragen und nicht vor einer einzelnen Person. So ergab sich die Chance einer dritten Möglichkeit; ein Einzelrichter konnte nur entweder auf schuldig oder unschuldig erkennen. Bei einem Geschworenengericht kam noch die zusätzliche Möglichkeit der Nichtübereinstimmung hinzu. Wenn sich die Geschworenen nicht einigen konnten, wäre das Ergebnis gewissermaßen ein Sieg für die Verteidigung gewesen.
Er hörte wieder Donna zu. Sie zählte die Telefonanrufe, Briefe und Besucher des Vormittags auf. Barrett mußte erkennen, daß sich seine Arbeitslast fast verdoppelt hatte. In diesen nächsten Tagen mußte er zusätzlich zu seinen eigenen Aufgaben noch die von Abe Zelkin übernehmen. Vielleicht konnte man einen Teil davon an Kimura abgeben, aber sicher nicht viel, weil Kimura selbst eingedeckt war.
Da hörte Barrett, wie Donna den Namen Kimura erwähnte. »Er hat angerufen. Ich soll Sie daran erinnern, daß Sie mir dann, wenn Sie nicht im Büro sind, angeben sollen, wo er Sie notfalls erreichen kann.«

»Hat er denn etwas erreicht?«
»Sieht so aus. Er hat aber nichts Näheres gesagt.«
»Ich bin gleich dort und esse im Büro eine Kleinigkeit.«
»Noch etwas, Mr. Barrett: Miß Osborn hat vor einer Viertelstunde angerufen und hinterlassen, Sie sollen so bald wie möglich zurückrufen.«
»Danke. Ich mache es gleich und komme dann hinüber.«
Er legte auf. Weshalb hatte Faye ihn wohl angerufen? Er hatte die Absicht gehabt, die Verabredung zum Essen zu verschieben. Wenn Zelkin mit der Auswahl der Geschworenen beschäftigt war und die Verhandlung unmittelbar bevorstand, hatte er bis zum Wochenende sicher jeden Tag bis tief in die Nacht hinein zu arbeiten.
Er wählte Osborns Nummer. Faye meldete sich selbst.
»Ich weiß, daß du viel um die Ohren hast, Mike, aber ich wollte wenigstens einmal deine Stimme hören.«
»Meine Stimme? Soll ich aus irgendeinem Grund vorsprechen?«
»Nein, ehrlich, mein Schatz: Ich wollte nur wissen, ob du noch böse bist. Ich meine wegen der Bemerkungen über das Buch, die ich letzte Nacht gemacht habe.«
»Es hat doch jeder das Recht, seine Meinung über das Buch zu sagen.«
»Aber hier geht es um einen besonderen Fall, um uns. Vielleicht war das der falsche Augenblick, und vielleicht habe ich mich zu kraß ausgedrückt. Weil dir das verdammte Ding so viel bedeutet. Ich hatte Angst, dich verärgert zu haben. Aber ich habe dich dafür entschädigt, nicht wahr, Liebling?«
»Ich war gar nicht verärgert«, log er.
»Aber ich habe dir doch bewiesen, daß ich dich liebe, nicht wahr? Du weißt jetzt, daß meine Ansichten über das Buch nichts mit meinen Ansichten über die Liebe zu tun haben.« Sie senkte die Stimme. »Vielleicht kann ich es dir heute abend noch einmal beweisen.«
Ihm fiel wieder ein, weshalb er sie hatte anrufen wollen. »Das ist lieb von dir, Faye, aber ich fürchte, ich muß passen. Abe ist bei Gericht mit der Zusammenstellung der Jury beschäftigt, und über mir schlägt die Arbeit zusammen. Papierkram, Besprechungen, Telefonanrufe. Heute abend und an den nächsten Abenden werde ich nur die Juristerei im Kopf haben. Kannst du mir verzeihen? Wir holen alles in der nächsten Woche nach.«
Am anderen Ende der Leitung blieb es still. Dann sagte Faye: »Ich habe mir gerade überlegt, ob du mir heute abend wegen der Arbeit oder wegen meiner kritischen Ansicht über Jadway einen Korb gibst.«
»Liebes, ich habe unsere Unterhaltung schon wieder vergessen. Glaub mir, es ist wirklich die viele Arbeit. Glücklicherweise sieht die Sache nicht mehr ganz so trüb aus. Heute vormittag haben wir einen wichtigen Zeugen aufgetrieben, eine wahre Wucht. Damit ist Duncans Behauptung widerlegt, das Buch allein sei für die Gewalttat des jungen Griffith verantwortlich zu machen.«
»Das freut mich für dich, Mike, aber ich verstehe es nicht ganz. Was gibt es

denn über die Gründe, die Jerry zu der Tat getrieben haben, sonst noch zu sagen? Er hat doch bereits alles gestanden. Es war das Buch.«

»Wenn er das auch sagt, so muß es nicht unbedingt wahr sein, Faye. Die meisten Menschen wissen nicht genau über die Kräfte Bescheid, die sie in diese oder jene Richtung treiben. Sie glauben es zu wissen, aber das sind nur die äußeren Anlässe. Die wirklichen Ursachen können tief im Unterbewußtsein begraben liegen. Sieh mal, mein Schatz, im Augenblick bin ich zu sehr beschäftigt, um ausführlicher auf Freud einzugehen. Ich will dir nur soviel sagen: Es ist jemand aufgetaucht, und zwar aus Frank Griffith' eigenem Kreis, der beweisen kann, daß dieser Frank Griffith zu Hause alles andere als ein Vorbild an Tugend ist. Dieser Mann hat bei Jerry unbewußt vielleicht größeren Schaden angerichtet als ein ganzes Dutzend pornographischer Bücher. Ich weiß, daß Griffith mit deinem Vater befreundet ist, aber ich garantiere dir, daß weder dein Vater noch sonst jemand die leiseste Ahnung davon hat, was für ein Mensch dieser Frank Griffith in Wirklichkeit ist.«

»Das klingt ja schrecklich. Wer denkt denn an so etwas? Und wer hätte die Frechheit, auch noch darüber zu tratschen? Das kann nur diese Maggie Russell sein! Ist sie zu dir übergelaufen? Muß wohl so sein. Sonst lebt niemand ständig in diesem Haus.«

Der alte Ärger war wieder da. »Warum mußt du Miß Russell mit hineinziehen. Natürlich handelt es sich nicht um sie. Vor ihr haben schon andere Frauen in diesem Haushalt gelebt. Zum Beispiel eine gewisse Isabel Vogler.«

»Dieses dicke Weib? Jetzt fällt mir wieder ein, daß ich sie dort vor ein paar Jahren gesehen habe. Wie gemein von ihr!«

»Wer zur Abwechslung einmal die Wahrheit sagt, der ist für mich nicht gemein. Du kannst mir glauben, daß es nicht meine Zeugin sein wird, die Gemeinheiten auspackt. Warte nur, bis Elmo Duncan nächste Woche seine Typen aufmarschieren läßt.«

»Kann man denn so einem Menschen vertrauen?«

»Meinst du damit Mrs. Vogler? So viel und so wenig wie jedem anderen Zeugen auch. Sie weiß, daß sie unter Eid aussagen muß. Bei der ersten Lüge hat sie eine Meineidklage am Hals.«

»Keine Lügen, aber . . .«

»Übertreibungen? Keine Sorge, Faye, unser Bezirksstaatsanwalt sucht dann, wenn es ihm paßt, ebensosehr nach der Wahrheit wie ich. Und wie du jetzt. Warum stört dich meine Zeugin plötzlich so sehr? Hast du Angst, die Bloßstellung des wahren Frank Griffith könnte deinen Vater aufregen?«

»Sei nicht so ekelhaft, Mike. Du weißt ganz genau, daß es mir nicht darum geht, sondern nur um dich. Du läßt dich wegen dieses Schundromans immer mehr mit allen möglichen gräßlichen Leuten ein. Damit wären wir wieder beim Thema. Tut mir leid, aber ich mache mir Sorgen um dich – und um uns. Ich ertrage es einfach nicht, daß ausgerechnet du in diesen Dreck hineingezogen wirst und dich mit diesem Abschaum der Menschheit abgeben sollst.«

Er beherrschte sich mühsam. »Faye, es ist nichts dabei, was mich anstecken könnte. Aber ich weiß deine Besorgnis zu schätzen.«
»Da haben wir's. Ich spüre förmlich die Kälte. Liebling, bitte, hören wir doch mit diesem Streit auf. Warum kann's nicht wieder so sein wie in der Zeit, bevor dieses scheußliche Buch in unser Leben trat? Mike, ich muß dich heute abend sehen. Ich weiß, daß es uns beiden wieder besser gehen wird, wenn wir beisammen waren.«
»Faye, es geht wirklich nicht. Ich muß jetzt ins Büro. Wenn ich es einrichten kann, rufe ich dich noch einmal an, sonst bestimmt morgen.«
Die zunehmende Verbitterung über Faye begleitete ihn auf seiner Fahrt ins Büro. Er stellte staunend fest, wie das Auftauchen eines einzigen Gegenstandes – in diesem Fall eines Buches – die Unterschiede ihrer Charaktere so deutlich machen konnte. Bisher hatte er immer geglaubt, er und Faye paßten zusammen, und ihre Beziehungen zueinander seien harmonisch. Sie hatten sich beide oberflächlich zu der Phrase bekannt, daß sie füreinander bestimmt seien. In letzter Zeit, insbesondere letzte Nacht und heute vormittag, war er seiner Sache nicht mehr so sicher.
Er dachte weiter über Faye und sich selbst nach. Sie liebte ihn, oder glaubte es zumindest. Wahrscheinlicher war jedoch, daß sie außer ihrem Vater überhaupt keinen Mann liebte und daß sie sich nach zahlreichen Experimenten mit anderen schließlich mit Barrett abgefunden hatte, weil sie ihm ihre Zuneigung erweisen konnte (auch auf dem Höhepunkt war ihre Leidenschaft nie mehr als bloße Zuneigung) und weil er am besten geeignet schien, als Ehemann in die Dinge eingereiht zu werden, die ihr das Leben lebenswert machten. Da seine früheren Beziehungen zu Frauen immer flüchtig und kurzlebig waren, mochte auch er sie wahrscheinlich mehr als jene anderen. Er brachte es fertig, jene Dinge zu lieben, die Faye verkörperte: Ansehen, Kultur, Wohlstand und all die anderen goldenen Kälber, vor denen er während seines Aufstiegs zum Gipfel so bereitwillig die Knie gebeugt hatte.
Seltsam, dachte er bei sich, wie Jadways Buch, das doch bestenfalls nur einen erotischen Funken darstellte, für ihn zu einem so mächtigen Scheinwerfer geworden war, der ihm zu Gewissenserforschung und Selbstentdeckung verhalf. In diesem gnadenlos grellen Licht ließ sich keine heimliche Täuschung verborgenhalten. Faye mußte zum erstenmal klargeworden sein, daß sie unfähig war, Liebe zu schenken. Sie brachte es nicht über sich, sich diese Wahrheit einzugestehen. Deshalb hatte sie sich gegen das Werkzeug der Bloßstellung gewandt und es als fehlerhaft und verbogen abgelehnt. Barrett hatte es jedoch die brutale Wahrheit vor Augen geführt, daß er in Faye nicht die Liebe, sondern nur den Erfolg suchte. Noch niederschmetternder war die Erkenntnis, daß seine Lebensziele leer und inhaltslos waren, daß sie nichts enthielten, was ihm in den noch verbliebenen Jahren Befriedigung geben konnte. Im Gegensatz zu Faye hatte er sich der Wahrheit wohl gestellt, es aber nicht fertiggebracht, die Konsequenzen zu ziehen.

Zum Teufel mit dem verdammten Buch, dachte er, es kann tatsächlich zerstörerisch wirken! Zumindest stört es den inneren Frieden. Frieden kann ein Mensch nur finden, wenn man ihm gestattet, daß er einige Wahrheiten ignoriert, mit einigen Lügen lebt. Was Mike Barrett an diesem Tag am meisten brauchte, war innere Ruhe.

Nachdem er sich an seinen Schreibtisch gesetzt hatte, dauerte es noch mindestens eine Stunde, bis ihn seine Arbeit so gefangennahm, daß er das Gespenst der Liebe zu Faye und des Hasses gegen sich selbst gebannt hatte.

Er hatte sich gerade in ein Rechtsgutachten vertieft, da riß ihn Donnas hartnäckiger Summer aus seinen Gedanken und führte ihn zurück in den Alltag.

Leo Kimura war am Apparat. Seine ungewohnt nachlässige Ausdrucksweise verriet seine Erregung.

»Eine gute Nachricht, Mr. Barrett! Eine sehr gute Nachricht!« rief er. »Ich hab' ihn gefunden. Ich habe Norman C. Quandt ausfindig gemacht.«

»Quandt?« wiederholte Barrett, in Gedanken immer noch bei seinem Gutachten. Dann fiel es ihm wieder ein. Quandt, das war doch der Besitzer des Pornoversandhauses, der Mann, der zuerst die Rechte an dem Roman *Die sieben Minuten* von Leroux erworben und sie dann an Phil Sanford verkauft hatte. Er war wegen des Versandes unsittlicher Machwerke auf dem Postweg verurteilt worden und einer Gefängnisstrafe nur dadurch entgangen, daß das Urteil in der Berufungsinstanz aufgehoben worden war. Danach war er untergetaucht. Nun hatte Kimura herausgefunden, daß er in Südkalifornien ins Filmgeschäft eingestiegen war. Ihre Hoffnung hatte darin bestanden, daß Quandt vielleicht imstande sein würde, wertvolle Informationen über Jadways Charakter und das Zustandekommen des Buches beizusteuern.

»Leo!« rief Barrett. »Soll das etwa heißen, daß Sie wissen, wo er sich aufhält?«

»Ich komme gerade von ihm«, antwortete Kimura triumphierend. »Ich rufe Sie gleich von der nächstbesten Tankstelle aus an. Er betreibt die sogenannte ›Filmgesellschaft für Kunst und Wissenschaft‹. Eindrucksvoll, wie?«

»Sehr.«

»Aber lassen Sie sich nicht täuschen. Hinter diesem hochtrabenden Titel verbirgt sich eine Fabrik für billige Pornofilme. Quandt hat offiziell nichts damit zu tun. Ich habe seinen Namen nur zufällig im Mieterverzeichnis des Hauses gefunden, in dem die Filmgesellschaft untergebracht ist. In Wirklichkeit ist er der Besitzer. Ich rief ihn an und kann nicht gerade behaupten, daß er begeistert war. Ausgesprochen ablehnend wurde er jedoch, als ich ihm den Zweck meines Anrufs erklärte. Verständlicherweise soll die Öffentlichkeit möglichst wenig über die Filmgesellschaft und seiner Funktion erfahren. Er gab freimütig zu, daß er von dem Tag, an dem er vor Gericht aussagen würde, Tag und Nacht unter Beobachtung stehen würde. Deshalb wollte er mit unserem Prozeß nichts zu tun haben. Aber ich ließ nicht locker, und plötzlich zeigte Mr. Quandt Interesse.«

»Was haben Sie ihm versprochen, Leo?«

»Ich habe ihm erklärt, daß wir nicht die Absicht hätten, ihn in die Sache zu verwickeln; sein Name soll nicht erwähnt werden, und er braucht vor Gericht nicht zu erscheinen. Quandt wurde gleich viel freundlicher, als er merkte, daß er weder auszusagen brauchte, noch daß sein Name ausposaunt werden sollte. Er haßt diese Mrs. St. Clair mitsamt ihrem ganzen Keuschheitsverein ebensosehr wie Elmo Duncan und die Staatsanwaltschaft und hilft jedem gern, der es mit ihnen aufnimmt. Er ist bereit, sich mit Ihnen zu treffen, Mr. Barrett, aber nur kurz und streng vertraulich. Er behauptete mir gegenüber immer wieder, ein vollkommen legales Geschäft zu betreiben. Seine Nacktfilme seien so einwandfrei, daß man sie ruhig in hundert Kinos im ganzen Lande zeigen könne, aber er müsse sich dennoch in acht nehmen, weil die Behörden es eben auf einen Mann abgesehen hätten, der den Mut besaß, vor einem übergeordneten Gericht gegen die Zensoren vorzugehen. Unter uns gesagt: Ich glaube, daß er aus einem ganz anderen Grund so sehr auf Geheimhaltung bedacht ist. Seine Sexfilme mögen legal, wenn auch hart an der Grenze des Erlaubten sein, aber sie dürften wohl kaum seine Haupteinnahmequelle sein. Ich habe den Verdacht, sie sind nur die Tarnung für ein anderes Geschäft, das er hinter verschlossenen Türen betreibt.«

»Was denn?«

»Vielleicht Homofilme. Ich weiß es nicht. Ich sagte ja, es ist nur eine Vermutung.«

»Ein bißchen unheimlich, unser Mr. Quandt.«

»Aber vielleicht unser heimlicher Retter«, entgegnete Kimura und freute sich über das kleine Wortgeplänkel mit Barrett. »Er ist nämlich bereit, Ihnen alles mitzuteilen, was er über Jadway und sein Buch weiß. Ich habe keine Ahnung, ob seine Information etwas taugen wird. Ich weiß nur, daß Sie ihn sprechen wollten, und das können Sie jetzt.«

»Wann?«

»Habe ich Ihnen das noch nicht gesagt, Mr. Barrett? Jetzt, gleich jetzt. Sie müssen sofort abfahren, wenn Sie ihn noch erreichen wollen. Er verreist nämlich für fünf Wochen ins Ausland. Es muß also sofort sein. Mr. Quandt erwartet Sie.«

Barrett schob seine Arbeit beiseite und griff nach Block und Bleistift.

»Gut, Leo. Geben Sie mir seine Anschrift. Wenn sonst nichts dabei herauskommt, kann ich mir doch wenigstens einmal aus der Nähe ansehen, wie Sexfilme entstehen.«

Das Domizil der Filmgesellschaft für Kunst und Wissenschaft entpuppte sich als ein verwittertes zweistöckiges Wohnhaus in der Vermont Avenue, zwischen dem Olympic und dem Pico Boulevard.

Ratlos stand Barrett vor dem verwaschenen Schild »Kein Zimmer frei« und betrachtete die Fassade des Hauses. Der Firmenname war nirgends zu sehen, und nichts deutete auf ein Filmatelier hin. Barrett fürchtete schon, Kimura hinsichtlich der Anschrift falsch verstanden zu haben.

Er trat zurück und überlegte, ob das Atelier vielleicht in einem Anbau unterge-

bracht sein könnte. Rechts war in einem flachen Anbau eine Tanzschule untergebracht, links führte eine Zufahrt zu einer großen Garage hinter dem Haus. An den Fahrweg schloß sich ein leerstehender Laden an.
Barrett beschloß, lieber noch einmal Kimura anzurufen und sich wegen der Adresse zu vergewissern, da fiel ihm ein, daß vielleicht einer der Hausbewohner etwas über die Filmgesellschaft wissen könnte.
Er betrat den Hausflur und stand vor einem Stück Karton, das ans Treppengeländer genagelt war: »Auskünfte hier!« Ein Pfeil wies auf die Tür neben der Treppe. Er klopfte an die Tür.
»Herein!« rief eine Männerstimme.
Barrett öffnete die Tür und stand in einem winzigen Büro, fensterlos und dunkel bis auf eine kleine Lampe, die ihren Lichtstrahl auf das fahle Gesicht eines jungen Mannes warf. Er hackte im Zweifingersystem auf einer urtümlichen Schreibmaschine herum. Auf dem Tischchen neben der Schreibmaschine stapelten sich dicke Wälzer, anscheinend Versandhauskataloge. Der junge Mann hob erst den Kopf, als er seinen Brief zu Ende geschrieben hatte. Er zog ihn aus der Maschine und zeigte seinem Besucher zwei Reihen reparaturbedürftiger Zähne.
»Entschuldigung«, murmelte er. Er stand auf, legte den Brief auf den Schreibtisch und musterte Barrett von Kopf bis Fuß. »Was kann ich für Sie tun?«
»Ich suche eine Filmgesellschaft für Kunst und Wissenschaft. Ich habe die Anschrift von einem Freund, aber ich fürchte, sie stimmt nicht. Könnten Sie mir vielleicht weiterhelfen?«
»Kommt drauf an. Was möchten Sie denn?«
»Ich bin mit dem Chef dieser Firma verabredet, einem gewissen Norman C. Quandt. Mein Name ist Michael Barrett.«
Der junge Mann fletschte wieder das schadhafte Gebiß. »Dann kann ich Ihnen vielleicht helfen. Irgendeinen Ausweis dabei?«
Das wird immer seltsamer, dachte Barrett. »Natürlich«, sagte er, zückte seine Brieftasche und zeigte seinen Führerschein.
Der junge Mann betrachtete blinzelnd den Ausweis, rieb sich das Kinn und nickte schließlich. »Sie scheinen okay zu sein. Man kann nicht gut genug aufpassen.« Er ging zum Telefon. »Ich werde Mr. Quandt sagen, daß Sie hier sind.«
Da begriff Barrett. Es gibt solche und solche Filme, hatte Kimura einmal gesagt. Es gibt legale Filme, und es gibt – Barrett unterstrich das Wort in Gedanken – *künstlerische* Filme. Für gewisse erotische Filme, die sich hart an der Grenze des Erlaubten bewegten, waren Studios und Werbung unerwünscht. Das heruntergekommene Wohnhaus war Quandts Potemkinsches Dorf.
»Ja, in Ordnung. Richtig«, sagte der junge Mann ins Telefon. »Ich bring' ihn mit.« Er legte auf und ging zur Tür. »Mr. Quandt hat jetzt für Sie Zeit. Er ist auf der Bühne. Ich soll Sie hinführen. Würden Sie mitkommen?«
Sie gingen wieder auf den Flur hinaus, an der Treppe vorbei und einen schlecht beleuchteten Korridor entlang. Der Hintereingang zum Flur stand offen. Der junge Mann warnte: »Vorsicht, Stufen!«

Die mittlere der drei Holzstufen war gesprungen. Barrett stieg vorsichtig auf den kleinen Hinterhof hinab, den ein efeubewachsener Zaun schützte. Sein Führer ging auf die Garage zu, die vier Autos Platz bot. Aber von Autos war nichts zu sehen, weil die Tore alle herabgelassen waren. Der junge Mann öffnete eine gepolsterte Seitentür. »Ich verabschiede mich jetzt. Treten Sie ruhig ein. Mr. Quandt ist der Mann mit der Zigarre.«

»Danke.«

Die Polstertür schloß sich hinter Barrett. In der plötzlichen Dunkelheit nach dem hellen Sonnenlicht draußen konnte er nichts sehen. Seine Augen mußten sich zuerst anpassen. Dann bemerkte er, daß das Innere der Garagen zu einer Art von primitivem Filmstudio umgebaut worden war. Wände und Fenster waren für Tonaufnahmen mit gepolstertem Segeltuch bespannt, die Decke mit schalldämmenden Platten belegt. Kulissen und Requisiten in den dunklen Ecken waren kaum zu erkennen. In der entgegengesetzten Ecke des Raums war ein Viereck hell erleuchtet.

Barrett ging auf den beleuchteten Fleck zu und erkannte Scheinwerfer und eine überraschend kleine Filmkamera auf einem fahrbaren Gestell. In der Nähe der Kamera standen drei Männer im Gespräch beisammen. Einer zupfte an seinem grünen Augenschirm, der zweite band sich den Bademantel zu, der dritte hielt gerade ein Feuerzeug an seine Zigarre. Auf der erleuchteten Fläche war ein üppiges Schlafzimmer aufgebaut.

»So, dann wäre alles klar, wie?« sagte der Mann mit der Zigarre. »Dann vergeuden wir keine Zeit mehr, fangen wir endlich an. Harry, vergessen Sie nicht, sich das Gesicht noch einmal einzuseifen. Wo zum Teufel stecken eigentlich die Mädchen wieder? Immer noch im Klo? Los, holt sie da raus! Warum kriegen die nicht in ihrer Freizeit Durchfall? Komm, komm, bewegt euch!«

Er stemmte die Hände in die Hüften und wandte sich verärgert ab. Dabei bemerkte er seinen Besuch.

Er trat vor. »Barrett?«

»Ja, ich . . .«

Er streckte die Hand aus. »Ich bin Norman Quandt.«

Sie wechselten einen Händedruck. Quandt war knapp mittelgroß, untersetzt und kräftig gebaut. Er trug ein kariertes Sporthemd und Rehlederhosen. Hinter der mächtigen Stirnglatze war das noch vorhandene Haar stark geölt, aber es lag trotzdem nicht glatt an. Er machte einen klobigen Eindruck. Die Augen unter seiner breiten Stirn standen eng, seine Nase war klein und nach oben gebogen. Von seinen wulstigen Lippen tropfte ein wenig Speichel, wo die Zigarre steckte. Ein Stoppelbart bedeckte das vorspringende Kinn. Er mußte Anfang vierzig sein.

Quandt hatte die Angewohnheit, beim Sprechen sein Gegenüber nie anzusehen. Seine Stimme klang unangenehm kratzend, wie ein Fingernagel, der über eine Schiefertafel fährt.

»Hab' heute nicht viel Zeit«, sagte er. »Ihr Jap hat mich dazu überredet, mich mit Ihnen zu unterhalten. Außerdem zweige ich immer zehn Minuten für jemanden ab, der diesen superschlauen Duncan in den Arsch treten will.«

»Dafür bin ich Ihnen dankbar, Mr. Quandt.«

»Schon gut. Gleich nach dieser Einstellung können wir uns unterhalten.« Er betrachtete prüfend die Szene. »Schon mal gesehen, wie diese Sexstreifen gemacht werden?«

»Leider nein.«

»Sie wären überrascht, wie groß der Markt dafür ist. Es gibt ungefähr zweihundert öffentliche Kinos, in denen die Streifen freigegeben sind. Nichts Schmutziges, falls Sie das glauben. Rein sexualwissenschaftliche Themen für Leute, die gern hübsche Frauen sehen. Wir machen auch Spezialstreifen, wissen Sie, Nahaufnahmen gewisser weiblicher Körperteile, wie sie in Clubs und Nachtlokalen überall im Land beliebt sind. Dafür gibt es ein großes Publikum, alles angesehene Leute. Warum soll man ihnen nicht das geben, was sie haben wollen? Das ist doch ganz in Ordnung, wie?«

»Durchaus.«

»Ich geb' mir immer Mühe, meine Filme etwas besser zu machen als die Konkurrenz. Ich halte nichts vom abgekürzten Verfahren. Die Aufnahmen für so einen Zwanzigminutenstreifen dauern ungefähr fünf Tage und kosten rund zwanzigtausend Dollar pro Stück. Wir drehen sie auf Sechzehnmillimeter, was durchaus genügt, und sorgen für einen anständigen Ton. Die meisten Konkurrenten verzichten auf jede Bearbeitung, und ihre Storys haben keinerlei Handlung. Ich arbeite mit einem Moviolagerät und schreibe immer vorher eine Art Drehbuch. Das macht sich dann nachher bezahlt.«

»Kann ich mir vorstellen.«

Quandt wischte sich den Speichel von den Lippen und sah sich suchend um. »Wo zum Teufel stecken denn diese verdammten Puppen? Ah, da kommen sie schon. Gleich sehen Sie, Barrett, was ich damit meine: keine abgekürzten Verfahren. Manche Konkurrenten arbeiten mit abgetakelten Vogelscheuchen mit Gesichtern, bei denen man das kalte Gruseln kriegt, mit Hängebusen, verknittertem Hintern und Krampfadern – wenn sie nur billig sind! Aber ich nicht! Das ist nichts für Norman C. Quandt. Bei Frauen richte ich mich nach meinem eigenen Gefühl. Ich nehme nur Mädchen, die von Kopf bis Fuß Klasse sind. Wenn 'ne Puppe hereinkommt, die gut gebaut ist, und ich spür' das gewisse Kribbeln, dann weiß ich, daß auch mein Publikum es spüren wird. Das ist mein Grundsatz. Die meisten der Mädchen haben den Ehrgeiz, Topmodelle oder Starlets zu sein. Viele von ihnen sind um die zwanzig, entweder gerade erst aus der Schule oder Werkstudentinnen und zum Anbeißen.« Er kicherte selbstgefällig. »Und manchmal tu' ich das auch.«

Barrett schwieg dazu. Er sah seinen ersten Eindruck von Norman Quandt bestätigt: Er mochte ihn nicht.

»Sehen Sie zum Beispiel die beiden da«, fuhr Quandt fort. »Von mir kriegen sie hundertfünfundzwanzig am Tag. Wer sonst zahlt ihnen soviel Geld dafür, daß

sie sich nur einfach sechs Stunden lang ausziehen?« Er griff nach dem Megafon. »Nancy! Linda! Eure Plätze sind mit Kreide markiert. Wir fangen mit der Stelle an, wo ihr hereinkommt. Los, Sims – Klappe!«
Barret beobachtete aufmerksam die Szene. Ein hochgewachsenes, vollreifes Mädchen mit zerzaustem schwarzem Haar und einem hochmütigen Gesichtsausdruck kam, nur mit einem Shorty bekleidet, hereingeschlendert, blieb vor dem Frisierspiegel stehen und reckte sich. Gleich darauf tauchte hinter der Dunkelhaarigen ein knapp mittelgroßes Mädchen mit üppigen Rundungen auf. Diese Blondine war jünger und wie ein französisches Kammerkätzchen gekleidet. Sie trug Kartons von einem Warenhaus, die offenbar gerade abgeliefert worden waren. Die Dame des Hauses blieb vor dem Spiegel stehen und befahl dem Mädchen, die Kartons auf das Bett zu legen und ihr beim Ankleiden behilflich zu sein. Die Blondine warf die Kartons aufs Bett, lief eilig von der Szene und kam mit Tennisdreß und Schläger wieder. Lässig griff die Dame nach dem Saum ihres Nachthemds und zog es sich langsam, ganz langsam über den Kopf.
Barrett merkte, wie die Kamera neben ihm näher an die Szene heranfuhr. Die Dunkle drehte sich halb herum und faßte sich mit den Händen unter ihre kleinen, festen Brüste. Nach einer Weile sagte sie etwas zu dem Hausmädchen und bekam die Tennisshorts gereicht. Sie zog sie an und ließ sich den Schläger geben. Dann trat sie noch einen Schritt näher an die Kamera heran und begann barbusig ihren Aufschlag und die Rückhand zu üben. Dann legte sie den Tennisschläger weg, zog ihr Oberteil an, befahl dem Mädchen, die eben angekommenen Kleider bereitzulegen und trat eilig ab.
Die üppige Kleine sah ihr nach. Dann trat sie rasch ans Bett und öffnete die Kartons. Sie hielt bewundernd drei Bikinihöschen hoch. Widerstrebend legte sie sie wieder aufs Bett und holte den Staubsauger. Sie schaltete ihn ein und fuhr damit erst auf die Kamera zu, dann von ihr weg. Als sie sich bückte, um den Staubsack von dem Gerät zu entfernen, stand ihr das Röckchen ab, und man konnte ihre feste, rosige Sitzfläche bewundern.
Quandt drehte sich zu Barrett um und zwinkerte ihm zu. Barrett quälte sich ein müdes Lächeln ab.
Die Handlung lief unterdessen weiter. Madames neueste Einkäufe schienen die Blondine magisch anzuziehen. Sie hielt sich eines der Bikinihöschen prüfend vor den Leib. In einem plötzlichen Entschluß zog sie mit geschickten Fingern den Reißverschluß ihrer schwarzen Uniform auf, schlüpfte mit den Armen heraus und ließ das Kleidungsstück an sich herabgleiten, bis es auf dem Boden lag. Sie stieg heraus und stand ein paar Sekunden lang splitternackt da. Allerdings bedeckte sie schamhaft ihr rasiertes Dreieck mit einer Hand. Dann drehte sie sich halb zur Seite und zog das Höschen an. Nun ahmte sie ihre Herrin nach und stolzierte vor der Kamera auf und ab. Das winzige schwarze Bikiniunterteil betonte noch das Weiß ihrer runden, wogenden Brüste.
Während dieser Pantomime tauchte der Herr des Hauses mit eingeseiftem Gesicht auf, den Rasierpinsel noch in der Hand. Er rechnete anscheinend damit,

seine Ehefrau anzutreffen. Statt dessen bekam er dieses willkommene Schauspiel geboten. Er trat einen halben Schritt zurück und sah der Kleinen feixend zu. Die Blondine bewegte sich in Tanzschritten hin und her, bis sie unvermittelt genau vor ihm stand. Ihre Hände fuhren erschrocken an ihren Mund, dann hinunter zu dem Höschen, während ihre Brüste zitterten. Verängstigt lief sie zurück zu dem Staubsauger und hielt ihn mit einer Hand fest, während sie mit der anderen das Bikinihöschen abstreifte und ihre schwarze Dienstmädchenuniform aufraffte.
»Schnitt!« brüllte Quandt. »Gut gemacht. Dieser Streifen bringt uns sicher gute Kritiken ein. Fünf Minuten Pause, dann geht's weiter. Ich bin gleich wieder hier.« Er packte Barretts Arm. »So, gehen wir ein bißchen in die Sonne hinaus.«
Sie verließen die Garage. Quandt deutete auf den weißgestrichenen Gartentisch und die Klappstühle, die auf dem kleinen abgeteilten Rasenstück zwischen einigen Orangenbäumen standen.
»Nicht übel, wie?« fragte er, als sie Platz genommen hatten.
»Nein – wenn man, wie ich, etwas für hübsche Mädchen übrig hat.« Er setzte seine Sonnenbrille auf und holte die Pfeife hervor.
»Also, was wollen Sie wissen?« Quandt warf seinen Zigarrenstummel weg und wickelte sich eine frische Havanna aus. »Sie wollen doch sicher wissen, wie mir *Die sieben Minuten* in die Finger gefallen sind?«
»Ja, das in erster Linie. Philip Sanford hat mir einiges darüber erzählt.«
»Wer zum Teufel ist Philip Sanford?«
»Der Verleger, an den Sie den Roman weiterverkauft und den ich . . .«
»Ach ja, richtig, jetzt fällt's mir wieder ein. Der kleine Student mit den großen Rosinen im Kopf.«
»Er ist jetzt Chef des Verlagshauses Sanford.«
»Na, wenn schon«, knurrte Quandt und kaute auf seiner Zigarre. »Warten Sie mal. Ach ja, das war vor ein paar Jahren, da war ich mit meiner Taschenbuchreihe recht erfolgreich. Ich war noch nie im alten Europa gewesen und beschloß, mich mal einen Monat lang dort umzusehen. Damit meine ich nicht den Eiffelturm und solchen Quatsch. Ich wollte mir mal die berühmten Girls in Frankreich und Italien aus der Nähe ansehen.« Er grinste. »Junge, Junge! Diese französischen Luder in Paris schmeißen einen glatt um. Schon gut, wo war ich stehengeblieben?«
»Beim Geschlechtsverkehr«, antwortete Barrett trocken.
Quandt warf ihm einen scharfen Blick zu und fuhr fort: »Das Buch, richtig. Wenn ich die Reisekosten abschreiben wollte, sagte ich mir, dann mußte ich etwas Geschäftliches nachweisen. Deshalb begann ich mich umzuhören, ob ich nicht auf meinem Gebiet etwas aufgabeln konnte. Eine alte Concierge erzählte mir von einem früher bekannten Verleger saftiger Pornographie, der inzwischen pleitegegangen war. Das war dieser Christian Leroux. Ich besuchte ihn. Seine meisten Sachen waren Mist, große Worte, zu lange Sätze, unbrauchbar. Aber eines der Bücher gefiel mir recht gut: *Die sieben Minuten.* Ich bot Leroux für die uneingeschränkten Weltrechte etwa siebenhundertfünfzig Dollar, und er schlug

sofort ein. Er war am Ende und halb verhungert, das sah man ihm an, auch wenn er sich wie ein feiner Herr kleidete. Wir unterzeichneten den Vertrag in der amerikanischen Botschaft und ließen ihn dort auch gleich beglaubigen. Das war alles.«

»Was für ein Mensch war dieser Leroux?«

»Ach, ein Frosch. Na, ein bißchen eindrucksvoller vielleicht doch. Er sah aus, als hätte er früher ein Monokel getragen, diese Sorte – na, Sie wissen schon. Dichtes graues Haar. Hakennase. Spricht ein ganz gutes Englisch. Kurzatmig und asthmatisch. Ich hab' ihn nur zweimal gesehen.«

»Hat er irgend etwas über den Autor JJ Jadway gesagt?«

Quandt überlegte und hob die Zigarre. »Einmal nur. Das war bei der Überreichung des Originalvertrags. Er war nicht von Jadway selbst unterschrieben, sondern von einer gewissen Cassie McGraw. Ich wollte wissen, wer das war. Da gab Leroux zu, daß er nie etwas mit dem Autor selbst zu tun gehabt hätte, weil dieser menschenscheu war. Sie wissen ja, daß diese Autoren alle einen Stich haben. Alles Geschäftliche erledigte das Flittchen, mit dem er zusammenlebte, diese Cassie McGraw, eine Amerikanerin. Sie war von ihm bevollmächtigt und nahm auch das Geld in Empfang. Als ich mich von der Gültigkeit des alten Vertrags überzeugt hatte, unterschrieb ich den neuen.«

»Leroux gab zu, niemals direkt mit Jadway gesprochen zu haben?«

»Hm, das weiß ich jetzt nicht mehr so genau. Vielleicht hat er doch ein- oder zweimal mit ihm gesprochen, aber mehr bestimmt nicht.«

»Was ist mit dieser Cassie McGraw? Hat Ihnen Leroux ganz bestimmt gesagt, sie sei Jadways Mätresse?«

»Ja, daran erinnere ich mich noch. Er sagte sinngemäß, Jadway hätte diese Amerikanerin in Paris kennengelernt und besteige sie schon seit mehr als einem Jahr. Leroux sagte noch, diese Cassie sei ein sehr schönes Kind, und Jadway hätte wirklich Glück gehabt. Jadway hat sie sicher auch als Vorbild für das Luder in seinem Buch verwendet. Er schrieb einmal in einem seiner Briefe, seine Heldin verdanke er der einzigen Frau, die er jemals geliebt hätte.«

»Briefe?« Barrett horchte auf. »Soll das heißen, daß Sie Briefe gelesen haben, die von Jadway selbst geschrieben wurden?«

»Klar, hab' ich das noch nicht erwähnt? Ich will Ihnen erzählen, wie das war. Etwa ein Jahr, nachdem ich *Die sieben Minuten* gekauft hatte, sagte ich mir, der Roman müßte ganz gut gehen, wenn ich die langweiligen Seiten wegließe und nur den Sex brachte. Ich wollte ihn als Paperback herausbringen. Für den Klappentext brauchte ich ein paar Angaben über Jadway und merkte, daß ich gar nichts wußte. Ich schrieb Leroux, er solle mir ein paar Informationen besorgen. Wissen Sie, was der Schlaumeier da machte? Er schrieb mir, er hätte eine bescheidene Sammlung von Zeitungsausschnitten über Jadways Roman, als er zum erstenmal erschien, und mit drei oder vier Briefen Jadways, in denen er ein wenig über sein Künstlerleben in Paris schrieb – wie er auf die Romanidee kam, was ihm dabei vorschwebte und so weiter. Er hatte diese Angaben auf Leroux'

Bitten niedergeschrieben und durch Cassie McGraw abliefern lassen. Ich könnte den ganzen Kram haben, wenn ich dafür bezahlte. Dafür bezahlen? Dieser Schweinehund! Was halten Sie davon? Am liebsten hätte ich ihm gesagt: Du kannst mich mal, aber ich brauchte das Zeug. Was blieb mir schon anders übrig? Ich bot ihm zwanzig Dollar, und er war einverstanden. Ich schickte ihm das Geld, und er schickte mir dafür Jadways Unterlagen.«

Barrett wurde aufgeregt. Plötzlich war Quandts unsympathisches Gesicht für ihn so etwas wie ein Hinweis auf das Gelobte Land. »Mr. Quandt, könnte ich diese Briefe einmal sehen?«

Quandt machte ein verlegenes Gesicht. »Ja, diese Briefe«, begann er. »Als ich Sanford das Buch verkaufte, vergaß ich, ihm die Briefe dazuzugeben. Und als ich nach meinem Prozeß in den Westen übersiedelte, ließ ich mir die Briefe aus Philadelphia nachschicken. Ich fand sie zufällig wieder zwischen meinen anderen Akten. Ich kümmerte mich nicht mehr darum, weil ich andere Sorgen hatte. Als dann vor ein paar Wochen unser bigotter Bezirksstaatsanwalt den armen Schlukker verhaftete, weil er das Jadway-Buch verkauft hatte, und als der übergeschnappte Junge das Mädchen vergewaltigte, da war auf einmal im Fernsehen und in der Presse überall die Rede von dem Buch und von Jadway. Mir fielen die Briefe wieder ein. Und noch etwas anderes: In der *New York Times* inseriert regelmäßig ein Fachhändler für Handschriften, der Briefe von berühmten Persönlichkeiten ankauft. Herr im Himmel, dachte ich mir, ist dieser Jadway etwa keine Berühmtheit geworden? Ich wollte sehen, ob die Briefe nicht ihr Geld wert waren. Sehen Sie, ich bin kein reicher Mann. Ein paar Dollar nebenbei kann ich immer gut gebrauchen. Ich machte mich auf die Suche und fand die Briefe schließlich wieder. Ich schrieb dem Sammler einen Brief, und er telegrafierte zurück, daß er die Briefe kaufen würde, zu dem und dem Preis. Ein paar Dollar waren es immerhin, also schickte ich sie los und bekam meinen Scheck.«

Barrett war enttäuscht. »Sie haben also nicht einmal mehr Fotokopien?«

»Nein, wozu denn? Ich hab' sie nur weggeschickt und das Geld dafür kassiert.«

»Wann war das?«

»Vielleicht vor einer Woche. Nein, es werden schon zehn Tage sein.«

»Was stand in den Briefen? Können Sie sich daran noch erinnern?«

»Ich muß zu meiner Schande gestehen, daß ich sie nicht einmal gelesen habe. Ich habe nur darauf gesehen, daß sie wirklich mit ›JJ Jadway‹ unterschrieben waren. Als ich die Briefe von Leroux bekam, da ging der Ärger mit dem Gericht schon los. Deshalb habe ich Jadways Roman nie herausgebracht. Mir wurde der Boden auch so schon heiß genug. Ich hatte nur eins im Sinn: Meine Gerichtsverhandlung und dann die Revision und schließlich der Versuch, wieder irgendwie auf die Beine zu kommen. Deshalb interessierten mich die Briefe auch nicht mehr, als ich sie vor ein paar Wochen wiederfand. Ich legte sie einfach beiseite. Als ich dann dem Händler das Angebot machte, hatte ich alle Hände voll zu tun. Ich weiß also wirklich nicht, was darin stand. Warum machen Sie jetzt ein Gesicht wie bei einer Beerdigung? Sind denn die Briefe so wichtig?«

»Mr. Quandt, ich kann Ihnen gar nicht sagen, wie wichtig sie sind. Leroux wird hier vor Gericht erscheinen und aussagen, der Roman *Die sieben Minuten* sei reine Pornographie, verfaßt von einem geldgierigen Pornographen. Mit anderen Worten: Dreck. Diese Briefe würden das Gegenteil beweisen. Sie könnten das wichtigste Beweismittel der Verteidigung werden, Mr. Quandt.«
»Sie meinen, gegen diesen Schweinehund Elmo Duncan?«
»Richtig.«
Quandt ballte die Faust. »Verdammt. Warum hab' ich sie nur aus der Hand gegeben? Vermutlich könnte ich von Ihnen den doppelten Preis bekommen.«
»Ganz bestimmt. Aber nun ...« Barrett hielt inne. »Augenblick! Sagten Sie nicht, Sie hätten die Briefe einem bekannten Handschriftenhändler in New York verkauft? Der will doch auch weiter nichts, als sie mit Gewinn wiederverkaufen. Natürlich. Wenn er sie in diesen zehn Tagen noch nicht irgendeinem Kunden verkauft hat, kann ich sie vielleicht immer noch in die Hand bekommen. Wie heißt der Händler?«
Quandt schlug sich mit den Fingerknöcheln an die Stirn. »Wie er heißt? Verdammt, mir fällt's nicht mehr ein. Warten Sie mal. Da muß noch was im Büro sein. Entweder die ausgeschnittene Anzeige, oder die Kopie von meinem Angebot. Ich habe meine Ablage oben im Versandraum. Kommen Sie mit, wir wollen mal sehen, ob wir noch etwas finden.«
Sie verließen den Innenhof. Quandt führte seinen Besucher durch die Hintertür in den langen Hausflur und nach vorn zur Treppe. Dann stiegen sie zum zweiten Stock hinauf.
Quandt blieb vor einer Tür stehen und rief über die Schulter: »Hier ist mein Versandraum.«
Er öffnete die Tür und trat ein. Barrett folgte ihm. Aber was er da sah, ließ ihn erschrocken innehalten. Er riß die Augen auf. Es war unglaublich.
Auf dem Sofa an der gegenüberliegenden Wand lag splitternackt eine kaum zwanzig Jahre alte Nymphe. Sie hatte tizianrotes Haar, gewaltige Brüste mit aufgerichteten knallroten Brustwarzen und lange, üppige Glieder. Sie wand sich in höchster Verzückung. Mit der einen Hand befriedigte sie sich selbst; sie hatte die Augen geschlossen und verzerrte das Gesicht in einsamer Leidenschaft.
Dann erschien ein anderes Mädchen im Blickfeld, bekleidet mit einer frischen weißen Bluse und einem kurzen Rock. Sie wirkte mit ihrem Haarknoten, der Hornbrille und dem Stenoblock in der Hand streng und sachlich. Im Vorbeigehen merkte sie plötzlich, was auf dem Sofa vorging. Sie blieb stehen und ließ vor Verblüffung Block und Bleistift fallen. Als sie sich nach ihrem Werkzeug bückte, hing ihr Blick fasziniert an dem anderen Mädchen. Sie ließ den Block liegen, nahm ihre Brille ab, kroch näher an das Sofa heran und berührte mit ihren Lippen die erigierten Brustwarzen der Tizianroten. Die schlug ihre Augen auf, hielt in ihrer Beschäftigung inne und umarmte dann plötzlich die Sekretärin.
»Verdammt!« murmelte Quandt. »Ich hab' ganz vergessen, daß wir das Büro heute zu Aufnahmen brauchen.«

Jetzt erst gelang es Barrett, seinen Blick von der seltsamen Szene loszureißen. Er bemerkte die Kamera rechts von sich. Sie wurde von einem aufgeschwemmten Mann in mittleren Jahren bedient, der sein Auge an den Sucher preßte und sich ganz auf die Arbeit konzentrierte. Die normale Bürobeleuchtung wurde nur durch einen einzigen Punktstrahler unterstützt.
Quandt warf Barrett einen Seitenblick zu. »Sie haben's wohl vermutet«, verteidigte er sich mit rauher Stimme. »Es ist ein Film für Homos, ein Nebenzweig meiner Produktion, über den ich nicht gern spreche.«
Barrett nickte benommen.
»Wir drehen diese Hundertmeterfilme stumm und an einem einzigen Tag, aber sie sind trotzdem verdammt gut«, verteidigte er sich. »Unsere Kundschaft ist erstklassig: Vaterländische Vereine, Kriegsveteranen, sogar Universitäten. Sie wollen etwas, das Geschmack beweist, und das kriegen sie von uns.« Er funkelte Barrett an, aber der machte nur ein gleichgültiges Gesicht. »Für diesen Streifen wird mein Büro verwendet. Das dort hinter dem Schreibtisch der Sekretärin ist mein Aktenschrank. Aber wir warten lieber, bis die Szene abgedreht ist.« Er trat einen Schritt vor. »Mal sehen, wie lange sie noch brauchen.«
Barrets Aufmerksamkeit kehrte zu der Szene zurück.
Die nackte Schönheit auf dem Sofa hatte inzwischen die gestärkte Bluse der Sekretärin aufgeknöpft. Die zog sie aus, warf sie beiseite, zog den Reißverschluß ihres Rocks auf und stieg heraus. Rasch hakte sie den BH auf, schleuderte die hochhackigen Pumps von den Füßen, zog Hüftgürtel und Slip aus. Nun drehte sie sich für das Mädchen auf dem Sofa und für die Kamera verführerisch im Kreise, löste dabei ihr Haar und ließ es in einer Geste der Hingabe und Begierde frei auf die Schultern fallen. Ihre birnenförmigen Brüste bebten, ihr breites Hinterteil mit dem Muttermal zitterte. Dann drehte sie sich noch einmal um, und ihre Hand glitt an der Blinddarmnarbe vorbei zum großen dunklen Dreieck über dem Venushügel.
Nun warf sie dem Kameramann einen verstohlenen Blick zu. Der hob die Hand und deutete auf das Sofa. Sie nickte unmerklich. Eine Sekunde später lag sie der Tizianroten in den Armen, richtete sich wieder auf, küßte ihr die wogenden Brüste und den sich windenden Leib und begann mit einem ausgedehnten Vorspiel.
Die Empfängerin dieser Liebkosungen verschränkte beide Hände hinter dem Kopf der Sekretärin und dirigierte ihn. Dabei hielt sie die Augen fest geschlossen und keuchte vor Lust. Barrett fragte sich, ob sie nur spielte oder tatsächlich erregt war. Er sagte sich, daß solche Mädchen überhaupt nicht schauspielern können und daß alles echt sei.
Aber was für Mädchen waren das überhaupt?
Er sah Quandt an. Auf der breiten Stirn des Pornographen glänzten Schweißperlen, seine engstehenden Äuglein glitzerten, er kaute unentwegt auf seiner Zigarre, und der Speichel tropfte ihm wieder aus dem Mundwinkel. Seine Konzentration war absolut.

Großer Gott, dachte Barrett, das macht ihm tatsächlich Spaß. Er tut es nicht nur für Geld, er ist ein berufsmäßiger Voyeur, er findet sein Vergnügen daran, die Geschlechtsorgane und sexuellen Handlungen anderer zu beobachten. Dieser Quandt wäre ein gefundenes Fressen für die Psychiater gewesen. Die behaupteten doch immer, bei der Berufswahl lenkten den Menschen dunkle und verborgene Wünsche. Der Chirurg, der heilend hilft, ist unterbewußt ein Sadist, der in seinem Skalpell ein Ventil sucht. Der selbstlose Sozialarbeiter und die Mitarbeiterin in Wohltätigkeitsvereinen oder der fromme Kirchengänger reagieren unbewußt ihre neurotischen Minderwertigkeitskomplexe ab, indem sie andere in eine abhängige Lage bringen und sich selbst damit das Gefühl der Überlegenheit schaffen. Der Psychoanalytiker selbst, der weise dem Geisteskranken auf seiner Couch lauscht, ist im tiefsten Innern seines Ichs ein Voyeur und sonst nichts. Welche dunklen Triebe brachten Quandt zu diesem heimlichen und krankhaften Geschäft mit der geschlechtlichen Lust auf dem Umweg über einen Zelluloidstreifen? Dann fragte sich Barrett, warum zum Teufel er selbst in diesem Raum blieb, in dem unter dem grellen Licht des Scheinwerfers aus kommerziellen Gründen ein Vorgang ablief, der doch in die intimste Privatsphäre gehörte?

Er konnte nicht anders, er mußte wieder hinsehen. Die Tizianrote lag auf dem Rücken, hielt beide Hände unter ihre Brüste und wölbte ihrer Partnerin, nach Erfüllung hungernd, ihren Leib entgegen, während die andere über ihr lag und mit einem dreißig Zentimeter langen Hartgummistück spielte, dem Sinnbild eines Penis von phantastischen Ausmaßen, wie er wohl Millionen von Frauen vorschwebte. Aber da bemerkte sie das dritte Mitglied des Ensembles. Ein sehniger, kräftiger Mann von Mitte dreißig kam in einem dezenten Geschäftsanzug herein, nahm den Hut ab und betrachtete die Szene mit sichtlichem Mißbehagen. Die Mädchen hatten ihn beide bemerkt und hielten inne, ängstlich vor seinem zu erwartenden Wutausbruch. Er deutete auf die Uhr.

Barrett hörte Quandt neben sich leise lachen. Er flüsterte: »Mein Einfall. Der Chef kommt ins Büro, findet seine beiden Mitarbeiterinnen splitternackt auf seinem Sofa, und was macht er? Er tadelt sie, weil sie während der Bürozeit nicht arbeiten. Nicht übel, wie? Passen Sie auf.«

Barrett paßte auf. Zornig trat der Chef auf die beiden Mädchen zu und entriß ihnen das Hartgummistück. Er hielt es sich an seine Hose, als wolle er andeuten, das sei noch gar nichts im Vergleich mit der Wirklichkeit. Plötzlich lud er die Mädchen ein, sich zu entscheiden. Ihre Angst verwandelte sich in Freude. Der Chef ließ erst den Gummiknüppel und dann sein Jackett zu Boden fallen. Die beiden Mädchen waren ihm bereitwillig mit der Hose behilflich.

Quandt lachte schallend auf, versuchte aber gleich, sich wieder zu beherrschen. Die ganze Szene erstarrte. Der Schauspieler, der nur noch seine Shorts trug, fuhr herum und funkelte Quandt empört an.

»Herr im Himmel, Norman, wie erwarten Sie von mir . . .«

»Entschuldigen Sie, Gil. Es sollte nur ein Kompliment sein. Machen Sie ruhig weiter. Wir können doch die Szene nicht abbrechen.«

Quandt packte Barrett beim Arm und zog ihn eilig auf den Korridor hinaus. Er schloß leise die Tür hinter sich und sagte kopfschüttelnd: »Gil gehört zu denen, die es einfach nicht schaffen, wenn man ihnen dabei zusieht. Das Temperament! An den Kameramann ist er inzwischen gewöhnt, der stört ihn nicht mehr. Aber wenn sonst noch einer im Zimmer ist, bleibt er schlaff. Aber ich arbeite gern mit ihm. Hab' ihn schon in zehn Filmen eingesetzt. Wenn man Talent nach der Größe beurteilen würde, hätte er schon zehnmal einen Preis bekommen. Wenn die beiden fertig sind, wird sein Werkzeug den Gummiknüppel in den Schatten stellen.« Er blinzelte Barrett an. »Sie sehen so etwas zum erstenmal?«

»Ich sehe zum erstenmal, wie so ein Film gemacht wird. Auf der Uni hab' ich ein paar solcher Streifen gesehen, aber das ist auch alles.«

»Nun, was halten Sie davon?«

»Jeder nach seinem Geschmack«, sagte Barrett. »So etwas liegt mir einfach nicht.«

»Sie wollen wohl sagen, es ist unnatürlich?« fragte Quandt lauernd.

»Das hab' ich nicht gesagt!« erwiderte Barrett rasch.

»Dann will ich Ihnen mal aus meiner Erfahrung einiges sagen. Ich weiß es auch aus den Büchern, die ich lese. Ich lese sehr viel, sogar die Bücher von Kinsey. Vielleicht tun Sie das nicht, aber ich hab' sie jedenfalls gelesen. Wissen Sie was? In diesen Berichten wird bewiesen, daß siebenundsiebzig Prozent aller Männer beim Betrachten von Darstellungen sexueller Vorgänge erregt werden. Selbst dreiunddreißig Prozent der Frauen gaben zu, daß Homofilme und sogar Bilder sie in Hitze bringen. Damit will ich nur sagen, daß ein gesunder Bedarf an solchen Stimulantien besteht. Haben Sie schon einmal Fotos von den Skulpturen an indischen Tempeln gesehen, die vor neunhundert Jahren erbaut wurden? Es waren Darstellungen von Geschlechtsakten, und sie wurden geschaffen, weil man sie brauchte. Was meinen Sie wohl, für wen ich da drin meinen Film mit dem Titel *Die perfekte Sekretärin* drehe? Für mich, damit ich meinen Spaß daran habe? Nein! Ich mache ihn für die angesehensten Universitätsclubs, für die Amerikanische Liga, für den Rotary und den Kiwanis Club, für seriöse Geschäftsleute, die sich am Abend entspannen wollen. Es ist immer noch besser, wenn sie das aus zweiter Hand bekommen, als wenn sie auf die Straße gehen, sich eine Hure auflesen und sich bei ihr etwas zuziehen. Aber das ist noch nicht alles. Diese Filme sind nicht nur zur Unterhaltung bestimmt. Ich drehe sie auch für große Universitäten, die Sammlungen von Eurotika unterhalten, um alle Seiten unseres Lebens von heute zu zeigen. Wußten Sie, daß das Kinsey-Sexualforschungsinstitut an der Universität von Indiana eine Sammlung solcher Filme besitzt, die teilweise fünfzig Jahre alt sind? Sie sollten mal die Liste der Universitäten sehen, an die ich meine Produktionen verkaufe. Unser bester Kunde ist Dr. Rolf Lagergren, ein Sexualforscher am Reardon College in Wisconsin, der . . .«

»Ja«, unterbrach ihn Barrett. »Ich habe mit ihm telefoniert. Er kommt als einer unserer Zeugen hierher.«

»So? Sie können Gift darauf nehmen, daß er sich dann unseren Betrieb hier ansehen wird. Er und andere Profis bezahlen zwischen fünfzig und hundert Dollar für Kopien dieser Kurzfilme, und sie sind noch froh, sie zu diesem Preis zu bekommen, weil sie für die Wissenschaft sind. Wie sollten sie solches Material für die Wissenschaft bekommen, wenn's nicht jemand machen würde? Nun sagen Sie mir, was daran nicht in Ordnung ist!«
Barrett befürwortete zwar die Freiheit auf allen Gebieten der Kunst, aber er hätte Quandt einiges aufzählen können, was daran nicht in Ordnung war. Er hätte sich damit nur ins eigene Fleisch geschnitten. Deshalb wich er Quandts Suggestivfrage aus und bemühte sich, Interesse zu heucheln.
»Die Sexfilme, die Sie unten drehen, kann ich ja noch verstehen«, sagte er. »Die sind völlig legal, aber . . .«
»Und der kürzeste Weg ins Armenhaus«, fuhr ihm Quandt dazwischen. »Sie bringen im Verhältnis zu den Investitionen nicht genug ein. Die Homofilme sind billiger, ein bombensicheres Geschäft und außerdem ungefährlich. Geschlossene Gesellschaft. Nur für ein begrenztes Publikum. Keiner regt sich darüber auf. Und sie bringen ihr sicheres Geld. Wenn man im Geschäft bleiben will, muß man trotz aller idiotischen Gesetze nebenbei solche Streifen drehen.«
»Aber wie kommen Sie an die – die Schauspieler heran?«
»Nichts leichter als das. So viele junge Mädchen verschenken sich heutzutage umsonst, und wenn sie eines Tages entdecken, daß sie damit auch noch Geld verdienen können, um so besser. Natürlich verwenden wir auch einige Prostituierte, aber nur solche, die gerade erst anfangen und noch gut aussehen. Meistens nehmen wir die Mädchen, die es in den großen Studios nicht schaffen, dazu ein paar unterbezahlte Mannequins und außerdem einfache Mädchen aus der Nachbarschaft, die sich vor dem Publikum von Tausenden von Männern im ganzen Land produzieren wollen. Den beiden Mädchen da drin bezahle ich zum Beispiel für den heutigen Drehtag je hundertfünfzig Dollar. Gil ist Amateur geblieben, er nimmt keine Bezahlung. Er tut's aus Spaß. Warum auch nicht? Sein einziger körperlicher Fehler ist sein zu groß geratenes Dingsbums. Bei männlichen Homos löst so etwas Minderwertigkeitskomplexe aus, deshalb bleibe ich da bei einer Maximallänge von siebzehn oder achtzehn Zentimetern, damit sich keiner getroffen fühlt. Aber Gil ist ein prächtiger Gockel, er zieht eine tolle Schau ab, deshalb nehm' ich ihn. Eines Tages möchte ich trotzdem mal einen Schauspieler haben, der sich im Filmgeschäft einen großen Namen macht. Dann kann man denselben Film jahrelang ausleihen. Ein Produzent im Südwesten hat zum Beispiel diese Candy Barr engagiert, die berühmte Stripperin mit dem tollen Busen. Er hat sie vor ungefähr zwanzig Jahren aufgegabelt, als sie noch nicht so berühmt war, und mit ihr in einem Motel in Texas für einen Appel und ein Ei einen Streifen mit dem Titel *Schlauer Alex* gedreht. Als Candy später berühmt wurde, war dieser Film ein Schlager, eine Goldgrube.« Er hielt inne und sah auf die Uhr. »Herrjeh, ich hab' nicht mehr viel Zeit. Muß mal sehen, ob die da drin fertig sind. Wenn nicht, schicke ich Ihnen die Adresse des Händlers per Post.«

»Mr. Quandt, ich würde viel darum geben, wenn ich sie gleich bekommen könnte. Die Hauptverhandlung ist angesetzt, und jeder Schuß Munition, den ich gegen Elmo Duncan bekommen kann . . .«
»Ach ja, Duncan. Wollen mal sehen.«
Sie gingen wieder hinein. Zu Barretts Erleichterung war die Szene inzwischen abgedreht. Die beiden Mädchen saßen auf dem Sofa, die eine zündete sich eine Zigarette an, die andere rieb sich mit einem Handtuch trocken. Der Schauspieler zog sich die Hosen an.
Der Kameramann trat vor und sagte: »Sobald wir fertig sind, sag' ich euch, was wir als nächstes aufnehmen. Es ist die Geschichte, wo Gil dem Einkäufer aus Texas etwas andrehen will.«
Barrett blieb an der Tür stehen. Quandt ging durch das Büro, wechselte ein paar Worte mit der Tizianroten und tätschelte dem anderen Mädchen mit den großen Brüsten liebevoll die Kehrseite. Das Mädchen kicherte dabei. Barrett wartete nervös, als Quandt den Aktenschrank öffnete und die Ordner durchzublättern begann. Schließlich holte er eine Mappe heraus und begann darin zu suchen. Er schob ihn wieder in den Schrank.
Plötzlich begann im Zimmer ein unheimliches, schrilles Summen. Eine rote Lampe über der Tür begann zu blinken. Quandt schlug die Schranktür zu und schrie: »Alarm! Verdammt! Ihr wißt, was ihr zu tun habt.«
Barrett verblüffte nicht nur der Alarm, sondern auch die hektische Betriebsamkeit, die er in dem Büro auslöste. Hinter ihm war eine Tür aufgeflogen, zwei kleine, untersetzte Männer kamen hereingestürzt. Neben dem Sofa hatte sich eine Schiebetür in der Wand geöffnet. Die nackten Mädchen verschwanden dahinter, gefolgt von dem Kameramann mitsamt seinem Gerät. Die beiden anderen Männer packten den Scheinwerfer und alles andere ein, was auf Filmaufnahmen hinwies. Mitten im Raum stand Quandt, dirigierte die Räumungsaktion und sah sich prüfend um, ob auch alles in Ordnung war. Innerhalb weniger Sekunden hatte sich das Filmstudio wieder in eine ganz normale Versandabteilung verwandelt.
Dann sah Barrett, wie Quandt ihn wutentbrannt anstarrte.
»Schweinehund!« knurrte Quandt. »Das haben Sie eingefädelt . . .«
»Ich weiß nicht einmal, wovon Sie reden. Was soll das alles eigentlich?«
»Eine Warnung von unten. Die Bullen erkundigen sich nach mir. Vermutlich die Zivilen vom Staatsanwalt. Und Sie haben ihnen . . .«
»Sind Sie verrückt geworden, Quandt? Sie haben doch die Zeitungen gelesen. Ich stehe auf der anderen Seite.«
»Nun, Sie tauchen hier zum erstenmal auf, und es wäre doch ein verdammter Zufall. Bis jetzt haben sie nicht einmal gewußt, daß ich wieder im Geschäft . . .«
Barrett kam schlagartig die Erleuchtung.
»Hören Sie, Quandt! Hören Sie mir zu und glauben Sie mir, was ich sage. Der verdammte Duncan läßt mich anscheinend beschatten, er hat meine Spur bis hierher verfolgt. Die sind nicht hinter Ihnen her, sondern hinter mir! Ich bin

jetzt ihr Hauptfeind. Und wenn sie mich in Ihrem Studio erwischen, zusammen mit Homofilmen und nackten Mädchen, mich, den Verteidiger der hehren Kunst, der sich mit einem illegal arbeitenden Pornographen abgibt, dann können Sie sich wohl denken, was für ein Geschrei im Fernsehen und in den Zeitungen losbrechen wird. Ich bin erledigt, noch bevor die Verhandlung vor Gericht losgeht . . .«

Quandt war unsicher. »Ich weiß nicht recht. Vielleicht sagen Sie die Wahrheit, vielleicht auch nicht. Aber da Sie gegen Duncan sind, muß ich wohl für Sie sein. Schön, kommen Sie! Es gibt einen Hinterausgang, der unterhalb der Garage herauskommt. Eins der Mädchen zeigt Ihnen den Weg. Sie können dort unbemerkt entkommen.«

Er trat an die Wand neben dem Sofa und drückte auf eine Stelle der Holzverkleidung. Die Tür glitt auf und gab einen engen Durchgang frei.

»Verschwinden Sie von hier!« befahl Quandt. »Und lassen Sie sich ja nicht wieder in der Nähe blicken.«

»Keine Sorge«, antwortete Barrett und verschwand in dem Tunnel. Er sah noch, wie Quandt die Hand nach der Wand ausstreckte. »Mr. Quandt!«

»Keine Zeit! Ich muß hinunter zu den Bullen.«

»Mr. Quandt!« rief Barrett noch einmal. »Die Anschrift des Händlers, dem Sie die Jadwaybriefe verkauft . . .«

Die Schiebetür setzte sich schon in Bewegung.

Da hörte Barrett Quandts Stimme: »Olin Adams, Original-Autographen, fünfundfünfzigste Straße in New York.«

Die Wand schloß sich. Barrett drehte sich um. In der Ferne sah er endlich ein Licht.

Eineinhalb Stunden später saß Mike Barrett wieder sicher und wohlbehalten in der vertrauten Umgebung seines Büros. Er hatte gerade Abe Zelkin, der ruhelos vor Barretts Schreibtisch auf und ab marschierte, von seinem Abenteuer mit Norman C. Quandt berichtet.

»Und dieser Quandt rauchte genau dieselben Zigarren wie du«, fügte er hinzu. »Nur daß du sie nicht einseiberst.«

Zelkin betrachtete seine Zigarre. »Ich habe im Gegensatz zu ihm auch keinen Anlaß dazu.«

»Was für ein Ekel!« Barrett schüttelte sich. »Ein mieses Geschäft. Nahaufnahmen von Fellatio, Cunnilingus, Sodomie, Koitus, Orgasmus, ganz zu schweigen von künstlichen Phalli, und das im Namen der sexuellen Befreiung, der Förderung der Wissenschaften! Vielleicht richten diese Sexfilme nicht mehr Schaden an als ehrlich empfundene und ausgeführte Bücher und Filme, aber die Leute, die sie machen, haben etwas an sich, das mich krank macht. Vielleicht klingt das unlogisch, Abe: Aber Leuten wie diesem Quandt sollte man das Handwerk legen.«

»Wenn sie ihn erwischen, kriegt er fünf Jahre.«

»Ihn wird niemand erwischen. Er ist viel zu schlüpfrig und aalglatt. Das sind die Leute, die den Sex zu einer gemeinen Sache machen und Leute wie uns Steine in den Weg legen. Das ist ja das Traurige daran, Abe: Wenn wir für die Pressefreiheit und die Redefreiheit eintreten, dann setzen wir uns gleichzeitig für die Rechte all dieser Kriechtiere, dieser Quandts, ein. Das läßt mir keine Ruhe. Sie sind böse, weil sie unehrlich sind. Dennoch sind wir gezwungen, sie auf unserer Seite zu dulden. Wenn du dich gegen die Zensur stellst, dann mußt du schon Zensur in jeder Form ablehnen. Wenn man nur irgendwo eine Grenze ziehen und festlegen könnte, wen man verteidigen will und wer es nicht verdient. Aber wer soll diese Auswahl treffen? Wer soll die Anständigen von den Geilen trennen? Wo gibt es diesen weisen, unparteiischen Schiedsmann?«

Zelkin war stehengeblieben. Sein Kürbisgesicht blickte ernst. »Laß das, Mike. Wir verteidigen keinen Quandt. Wir verteidigen Jadway. Vielleicht hat Quandt, so seltsam das auch klingen mag, der Freiheit unwissentlich einen Dienst erwiesen. Er hat dir doch die Anschrift dieses Händlers Olin Adams gegeben, nicht wahr? Schön, das ist vielleicht die bisher stärkste Waffe gegen Duncan. Gerade noch rechtzeitig. Heute haben wir uns auf acht Geschworene geeinigt, die restlichen vier müssen wir morgen noch wählen. Wenn uns das gelingt, geht es am Montag los. Ich bin dankbar für diese neue Chance. Und ich bin froh, daß dich die Polizei nicht bei diesen nackten Mädchen erwischt hat.«

»Das kann man wohl sagen. Stell dir nur die Schlagzeilen vor: ›Verteidiger bei Orgie mit nackten Schönheiten ertappt.‹ Dann könnten wir wirklich aufgeben.«

Das Telefon summte. Barrett griff zum Hörer.

Es war Donna. »Ich habe New York in der Leitung, Mr. Barrett. Wir haben Mr. Adams gerade noch erreicht, als er seinen Laden schließen wollte. Übernehmen Sie bitte auf Amtsleitung eins.«

»Danke, Donna. Für den Fall, daß uns das Glück treu bleibt, erkundigen Sie sich inzwischen nach den nächsten Flugverbindungen nach New York.« Er warf Zelkin einen Blick zu. »Hier haben wir Olin Adams an der Strippe. Drück uns die Daumen.« Barrett drückte auf den leuchtenden Knopf. »Mr. Adams?«

»Richtig, Sir«, antwortete eine ferne und freundliche Stimme. »Was kann ich für Sie tun, Mr. Barrett?«

»Ich habe gehört, daß Sie vor etwa zehn Tagen einige Originalbriefe gekauft haben, die ein gewisser JJ Jadway in den dreißiger Jahren geschrieben hat. Ich hörte es heute von dem Verkäufer.«

»Die Jadway-Briefe. Richtig, das stimmt.«

»Haben Sie die Briefe noch, Mr. Adams?« Barrett wartete gespannt.

»Ob ich sie noch habe? Aber gewiß doch. Ich hatte kaum Zeit, sie auszupacken, geschweige denn, sie in meinem nächsten Katalog aufzunehmen. Wir hatten in den letzten Tagen alle Hände voll zu tun, weil wir eine Sammlung Walt-Whitman-Briefe und eine weitere Sendung mit Handschriften von Martin Luther King sichten mußten, die vor dem Jadway-Material angekommen sind.«

Barrett nickte Zelkin ermunternd zu. »Mr. Adams, es freut mich, daß sich die

Jadway-Briefe noch in Ihrem Besitz befinden. Ich möchte sie gern erwerben. Können Sie mir einen Überblick geben, worum es sich handelt?«
»Im Augenblick nicht genau, Mr. Barrett. Die Briefe sind bereits eingeschlossen. Ich wollte gerade nach Hause gehen. Vielleicht morgen ...«
»Dann sagen Sie mir bitte nur aus dem Gedächtnis, was das für Briefe sind.«
»Wie gesagt, ich habe die Sendung vor ein oder zwei Wochen ausgepackt und konnte lediglich die Echtheit der Briefe feststellen. Wenn ich mich recht erinnere, handelt es sich um vier Stücke, drei handschriftliche, von Jadway unterzeichnete Briefe und eine maschinengeschriebene Seite, die Jadways Unterschrift nur mit Maschine enthält, auf der Rückseite aber handschriftlich von Miß McGraw, Jadways Geliebter, unterschrieben ist. Alles in allem sind es etwa neun Seiten Material.«
»Und der Inhalt, Mr. Adams?«
»Daran erinnere ich mich kaum noch. Ich habe das Material nur überflogen. Es geht in der Hauptsache um literarische Angaben über das Buch und persönliche Anmerkungen für den Klappentext. Da wir inzwischen mit Walt Whitman ...«
»Mr. Adams, ich möchte das Jadway-Material ungesehen kaufen.«
»Das würde ich an Ihrer Stelle nicht tun. Es wäre sehr unklug.«
»Das macht nichts. Ich brauche die Briefe sofort. Können Sie mir einen Preis nennen?«
»Hm, ich hatte noch keine Zeit zu einer Bewertung ...«
»Nennen Sie mir eine Zahl. Ich werde keine Einwände erheben, falls die Briefe damit überschätzt sind.«
»Hm, sehr schwierig, Mr. Barrett. Soviel ich weiß, sind es die ersten Jadwaybriefe, die auf den Markt kommen. Ohne Auktion gibt es noch keine Anhaltspunkte.«
»Aber Sie müssen doch eine Preisvorstellung haben, Mr. Adams«, sagte Barrett hartnäckig. »Nennen Sie mir einen Preis, der Sie zufriedenstellen würde.«
Es blieb eine Weile still, dann hörte Barrett die Stimme des New Yorker Händlers wieder. »Nun, für einen Brief von Sinclair Lewis bekommen wir fünfzig Dollar, für einen Whitman-Brief manchmal bis zu zweihundertfünfzig. Jadway läßt sich damit schlecht vergleichen, andererseits ist es eine Rarität, und seine Berühmtheit, die er neuerdings erlangt hat, könnte für Sammler ein Anreiz sein. Es besteht eine vage Hoffnung, daß unser Jadway-Material eines Tages – sagen wir mal – rund achthundert Dollar wert sein könnte.«
»Einverstanden«, antwortete Barrett knapp.
Wieder blieb es am anderen Ende der Leitung still. Dann klang Olin Adams' Stimme reichlich verwirrt. Ich ... haben Sie ... soll das etwa heißen ...«
»Ich stelle fest, daß ich soeben die Jadway-Briefe zum Preis von achthundert Dollar erworben habe. Sind Sie mit dem Geschäft einverstanden?«
»Nun – ich – aber ja, Sir, wenn Sie damit einverstanden sind.«
»Bin ich.«
»Sehr wohl, Mr. Barrett, ausgezeichnet. Dann gehören die Briefe Ihnen. Schicken

Sie mir Ihren Scheck, dann werde ich Ihnen sofort nach Eingang der Gutschrift die Briefe per Luftpost zusenden.«

»Nein, Mr. Adams, ich brauche sie schneller. Ich fliege noch heute nacht nach New York. Wann öffnen Sie am Morgen?«

»Um neun Uhr.«

»Dann komme ich zwischen neun und zehn zu Ihnen. Wir sparen uns die Sache mit dem Scheck. Ich werde in bar bezahlen. Halten Sie auf jeden Fall die Briefe bereit.«

»Sie liegen für Sie bereit, Mr. Barrett. Vielen Dank, danke sehr.«

»Dann bis morgen früh.«

Barrett legte auf und strahlte Zelkin an.

»Gut gemacht«, sagte Abe Zelkin und rieb sich die Hände. »Jetzt haben wir einen Trumpf in der Hand. Jadway meldet sich aus dem Grab und wird hoffentlich Leroux' Behauptung widerlegen, er sei ein geldgieriger Pornograph gewesen. Isabel Vogler widerlegt Jerry Griffith' Aussage, das Buch allein hätte ihn seelisch aus den Angeln gehoben. Es sieht allmählich etwas rosiger aus.«

»Dabei fällt mir gerade etwas ein: Abe, würdest du Mrs. Vogler anrufen und ihr sagen, ich müßte nach New York, würde sie aber morgen gleich nach meiner Rückkehr anrufen? Ich will sie auf jeden Fall noch morgen sprechen. Sag ihr, sie soll meinen Anruf erwarten.«

»Mach' ich.«

Wieder meldete sich Donna.

»Zweierlei, Mr. Barrett: Zunächst der Flug nach New York. Ich habe vorsorglich Plätze in zwei Maschinen reserviert, die heute abend um acht und um neun vom Internationalen starten. Sie kommen aber ziemlich spät in New York an.«

»Ich will nichts riskieren. Nehmen Sie die Acht-Uhr-Maschine. Und reservieren Sie mir im Plaza für heute nacht ein Einzelzimmer.«

»Punkt zwei, Mr. Barrett: Während Sie mit Mr. Adams telefonierten, rief Miß Osborn an. Sie sagte, Sie sollten sofort zurückrufen.«

»Dringend? Na schön, verbinden Sie mich, bevor Sie alles andere erledigen.« Er sah Zelkin an. »Ich muß mit Faye sprechen. Sie sagt, es ist dringend.«

»Ich laß dich dann allein, Mike. Ich rufe inzwischen von meinem Büro aus Mrs. Vogler an. Schau noch einmal bei mir herein, bevor du Schluß machst.«

Abe Zelkin hatte das Büro kaum verlassen, da war Faye Osborn in der Leitung. Barrett hörte ihrer Stimme sofort die innere Spannung an. »Mike, ich weiß, daß du wegen der vielen Arbeit die Verabredung für heute abend abgesagt hast, aber ich muß dich trotzdem sehen. Es ist schrecklich wichtig.«

»Faye, es tut mir leid, es ist nicht nur die Arbeit im Büro, ich fliege außerdem heute abend um acht nach New York. Morgen bin ich wieder zurück.«

»Mike, bis dahin kann ich auf keinen Fall warten. Ich muß dich heute abend noch sprechen.«

»Aber ich hab' dir doch gesagt ...« Er zögerte. »Kannst du mir nicht am Telefon sagen, worum es geht?«

»Nein, das kann ich nicht.«
»Dann vielleicht auf dem Weg zum Flughafen. Du könntest mich hinfahren.«
»Nein, Mike, dazu brauchen wir mehr Ruhe, und ich weiß auch nicht, wie lang es dauern wird. Vielleicht ein paar Stunden.« Nachdrücklich fügte sie hinzu: »Mike, es geht um unsere Zukunft, um deine und um meine.«
Das klang wirklich dringend. »Schön, wenn's so ist. Ich mache dir einen Vorschlag: Donna kann meinen Flug umbuchen. Ich nehme die Mitternachtmaschine und schlafe unterwegs ein wenig. Was ich brauche, habe ich im Wagen, und für die Fahrt zum Flughafen brauche ich vielleicht eine Stunde. Sollen wir uns dort um halb neun oder um neun treffen?«
»Ich muß vorher noch mit Dad sprechen. Sagen wir, um neun. Wo?«
»Wie wär's mit dem Century Plaza? Die haben im Erdgeschoß einen gemütlichen kleinen Raum, die Granada-Bar.«
»Gut, ich werde pünktlich um neun dort sein.«
Sie legte auf. Barrett war sehr nachdenklich geworden.
Faye hatte gesagt: ›Es geht um unsere Zukunft, um deine und um meine.‹ Sie hatte noch gesagt: ›Ich muß vorher mit Dad sprechen.‹
Vollkomen rätselhaft, aber es klang irgendwie bedrohlich.
Nach einer Weile rief er, immer noch beunruhigt, Donna an und bat sie, seine Reservierung umbuchen zu lassen.

Er hatte einen Tisch im Hintergrund der Granada-Bar bekommen. Vor ihm stand ein Glas Scotch mit Eis, aber er hatte es noch nicht angerührt. Die Hotelbar war etwa zur Hälfte besetzt, doch er nahm das Geplapper der Touristen und anderen Reisenden überhaupt nicht wahr. Er dachte an Olin Adams in New York. Seine Reisetasche lag im Wagen, und ein Umschlag mit acht Hundertdollarscheinen steckte neben seiner Brieftasche im Jackett.
Nur auf Faye Osborn war er in diesem Augenblick gar nicht vorbereitet. Er war zu dem Schluß gelangt, daß sie seine Abreise nach New York vermutlich wegen irgendeiner Kleinigkeit hinauszögerte. Das paßte ihm nicht.
Außerdem hatte sie sich verspätet. Er wurde immer unruhiger.
Er mußte noch weitere fünfzehn Minuten warten und hatte bereits zu trinken begonnen, da sah er sie kommen. Sie trug ihren blaßblauen Seidenmantel. Sie blieb stehen und sah sich um. Er stand halb auf und winkte. Nach einer Weile sah sie ihn und kam rasch auf ihn zu. Er erhob sich.
»Liebling«, sagte sie und hielt ihm die Wange hin. Er gab ihr einen Kuß.
»Soll ich nicht deinen Mantel in die Garderobe bringen?« fragte er.
»Danke, ich behalte ihn um die Schultern.«
Er half ihr aus dem Mantel und legte ihn ihr um die Schultern. Das Cocktailkleid aus Shantungseide war neu.
»Ein hübsches Kleid«, bemerkte er.
»Danke, Mike«, sagte sie, aber ohne ihr gewohntes Lächeln. Ihr Gesicht wirkte schmal und blaß. »Was trinkst du? Scotch?«

»Nein, danke. Ich nehme ein Pfefferminz-Frappé.«
Er bestellte bei der munteren, freundlichen Serviererin das Frappé und noch einen Scotch.
»Entschuldige die Verspätung«, sagte sie. »Aber ich mußte noch einmal mit Dad sprechen. Er kam erst spät nach Hause, und wir haben uns während des Essens unterhalten und auch noch nachher. Da konnte ich einfach nicht so frühzeitig abfahren, wie ich beabsichtigt hatte.«
Noch rätselhafter, dachte Barrett. »Wir haben genügend Zeit«, murmelte er. »Warum mußt du so plötzlich nach New York?«
»Wir sind immer noch Jadways Vergangenheit auf der Spur. Vielleicht bekomme ich wichtige Beweise, die mir bei der Verhandlung nützen können.«
»Ich dachte, du hättest vielleicht einen neuen Zeugen aufgetrieben.«
»Nein, diesmal nicht. Falls sich nicht etwas Unvorhergesehenes ergibt, dürften wir mit unseren Zeugen auskommen.«
Sie wollte etwas sagen, wartete aber, bis das Mädchen mit der weißen Schürze die Getränke serviert hatte.
»Mike . . .« begann sie. Barrett hob sein neues Glas. »Cheerio!«
»Ja, Cheerio«, sagte sie, hob ihr Glas mit dem grünen Drink und suckelte an den beiden dünnen, kurzen Strohhalmen, die im Eis steckten. Dann stellte sie das Glas wieder hin und fügte hinzu: »Ich hoffe es zumindest.«
»Was hoffst du?«
»Daß wir nach unserer Unterhaltung noch in der Stimmung sind, uns zuzuprosten.«
»Faye, sag mir doch endlich, was das alles soll!«
Sie sah ihn voll an. »Es geht um deine Zeugen. Zumindest um eine davon.«
»Und?«
»Als wir heute mittag miteinander sprachen – ich weiß nicht mehr genau, wann das war –, da hast du mir erzählt, daß du eine neue Zeugin gefunden hast, erinnerst du dich? Diese Isabel Vogler, die bei Griffith gearbeitet hat.«
»Richtig.«
»Und du warst so begeistert, weil diese gräßliche Frau sich bereit erklärte, in den Zeugenstand zu treten und zu beweisen, daß – wie hast du dich ausgedrückt? – daß Frank Griffith zu Hause alles andere als ein Muster an Tugend sei. So ähnlich. Er soll seinem Sohn mehr geschadet haben als ein Dutzend Bücher.«
»Stimmt wieder.«
»Und du hast angedeutet, weder Dad noch einer seiner anderen Freunde hätten eine Ahnung, wie dieser Frank Griffith in Wirklichkeit sei.«
»Und du warst der Meinung, es sei schäbig von Mrs. Vogler, im Zeugenstand über ihre früheren Arbeitgeber auszupacken.«
»Mehr als schäbig. Ausgesprochen unmoralisch und gemein.«
»Während es nicht unmoralisch oder gemein ist, wenn Bezirksstaatsanwalt Elmo Duncan Zeugen aufmarschieren läßt, die einen Schriftsteller schlechtmachen, der sich nicht mehr verteidigen kann«, sagte er bissig. »Und es ist völlig in Ord-

nung, wenn man zur allgemeinen Volksbelustigung einen geistig verwirrten jungen Mann in den Zeugenstand zerrt, der mit der ganzen Sache nichts zu tun hat, sondern der nur genauso mißbraucht wird, wie Hitler den jungen Holländer van der Lubbe mißbrauchte, um an die Macht zu kommen.« Er beherrschte sich mühsam. »Das betrachtest du als moralisch und als anständig?«

»Mike, hör bitte damit auf!« rief Faye entrüstet und ungeduldig. »Muß das denn immer sein? Ich halte das nicht mehr aus, deine Gewohnheit, alles, was man sagt, in juristische Argumente zu verdrehen, die Wahrheit immer durch zweideutiges Gerede zu verschleiern. Kannst du nicht dieses eine Mal dein Staatsexamen in der Schublade lassen und dich wie ein vernünftiger Mensch mit mir unterhalten? Du hast doch jetzt Feierabend. Ich könnte mich natürlich deiner Beweisführung beugen. Dieser Jadway ist tot, und nichts von dem, was Elmo Duncan sagt, kann ihm noch schaden. Und was Jerry Griffith betrifft, so hat er die Vergewaltigung eingestanden und kommt ins Gefängnis, und Duncan kann ihm auch nicht weiter schaden. Aber wenn du jemanden wie diese Isabel Vogler heranschleppst, dann leidet jemand darunter, der noch am Leben ist und der einen makellosen Ruf genießt. Wer wie Frank Griffith im öffentlichen Leben steht, dem können Lügen dieser Art schaden. Sein guter Ruf und sein Geschäft könnten durch irgendeine gemeine Dienstbotin unwiderruflich ruiniert werden, nur weil er sich gezwungen sah, sie hinauszuwerfen und sie jetzt eine Gelegenheit zur Rache wahrnimmt. Das Weib ist bösartig. Ich bin entsetzt darüber, daß du diese Lügen aus einem solchen Mund nicht nur dulden, sondern sogar noch unterstützen willst. Und wozu? Ich weiß schon: Du willst vor Gericht eine nebensächliche Behauptung beweisen, daß vielleicht nicht nur dieser Drecksroman allein für Jerrys Tat verantwortlich war, sondern daß auch seinen Vater eine gewisse Mitschuld trifft. Ehrlich, Mike – ich kenne dich doch so gut, und ich liebe dich. Ich kann einfach nicht begreifen, daß ausgerechnet du so etwas tun kannst.«

»Wirklich nicht?« fragte er wütend.

»Nein. So schlecht bist du nämlich nicht. Ach, hören wir doch damit auf. In letzter Zeit müssen wir uns anscheinend dauernd streiten. Ich will das einfach nicht mehr.« Sie beugte den Kopf vor und trank einen kleinen Schluck aus dem Strohhalm. »Wie sind wir nur auf dieses Thema gekommen?«

»Nur durch Zufall, Faye?« Barrett war wieder ruhiger.

Langsam hob sie den Kopf, begegnete seinem Blick und runzelte die Stirn. »Nein, vielleicht ist es kein Zufall. Schön, ich werde dir sagen, weshalb ich dich unbedingt sprechen mußte. Du hast heute mittag diese Isabel Vogler erwähnt. Dad war noch zu Hause, und vielleicht hörte er einen Teil unserer Unterhaltung mit an, bevor ich ihm etwas über deine neueste Zeugin erzählte. Ich fühlte mich verpflichtet, es ihm zu sagen, weil ich seine Meinung dazu hören wollte. Du weißt genau, daß Dad und Frank Griffith seit langem geschäftlich eng zusammenarbeiten. Sie achten und schätzen sich gegenseitig, und Mr. Griffith hat dafür gesorgt, daß Dads Fernsehgesellschaften eine Menge Werbeaufträge bekamen.

Da kannst du dir natürlich vorstellen, was Dad davon hielt, daß du Mr. Griffith mit Hilfe einer solchen Zeugin schlechtmachen wolltest.«
»Und was hielt er davon?« Er ahmte ihre Sprechweise nach.
Ihre Miene wurde hart. »Willst du auch noch ironisch werden?«
Genau die Tochter ihres Vaters, dachte er. Er hatte sich aufs Glatteis begeben und sagte in verändertem Ton: »Ich wollte wissen, wie dein Vater darüber denkt.«
»Klingt schon besser. Ich will es dir sagen. Die Sache war ihm wichtig genug, Mr. Griffith aufzusuchen und ihm zu sagen, was du da im Schilde führst. Er fühlte sich verpflichtet, einen guten Freund vor dem Schmutz zu warnen, mit dem ihn irgendeine Mrs. Vogler besudeln sollte. Dann rief mich Dad aus Mr. Griffith' Büro an, um mir mitzuteilen, daß Griffith auf Mrs. Vogler wütend war, und ebenso wütend auf dich, weil du die Absicht hattest, eine Hexe wie diese Vogler in aller Öffentlichkeit aussagen zu lassen. Dad war nach seiner Unterhaltung mit Frank Griffith davon überzeugt, daß Mrs. Vogler eine Psychopathin ist, eine krankhafte Lügnerin, ein gefährliches Individuum – unzuverlässig, ein gewöhnliches Fischweib, ein Störenfried. Sie will sich an jedem Arbeitgeber rächen, der sie wegen dieser Fehler hinausgeworfen hat. Wie alle diese Domestiken sinnt sie nur auf Rache an den Menschen, die ihr überlegen sind.«
»Aha«, sagte Barrett. Ihm war allmählich klar, daß diese Unterhaltung zwischen ihm und Faye sehr wichtig werden konnte. »Dein Vater glaubt also, was Frank Griffith sagt, und du glaubst ihm anscheinend auch?«
»Glaubst du ihm denn nicht, nachdem du das alles gehört hast. Wenn das Wort eines solchen Weibsstücks gegen das Wort eines geachteten Bürgers wie Frank Griffith steht, gibt es denn da noch etwas zu überlegen?«
»Weil er zu den Besseren zählt?«
»Das habe ich nicht verstanden, Mike.«
»Ach, nichts.«
Nachdem Dad mit Mr. Griffith gesprochen hatte, rief er mich jedenfalls an und beauftragte mich, mit dir zu sprechen und dir etwas auszurichten. Ich rief Dad wieder an und sagte ihm, du seist bereit, deine Reise zu verschieben. Da sagte Dad, er wollte vor unserem Zusammentreffen erst noch mit mir reden. Deshalb habe ich mich etwas verspätet.«
»Das hast du schon gesagt.«
»Aber ich habe dir noch nicht alles gesagt, Mike. Ich habe dir noch nicht gesagt, worüber Dad beim Essen mit mir gesprochen hat.«
Barrett trank sein Glas fast leer. »Dann sag's mir.«
Sie saß kerzengerade da und wirkte ebenso sachlich und nüchtern wie Willard Osborn. »Mike, wir kennen uns zu gut, um lange drumherumzureden. Ich war dir gegenüber immer aufrichtig und nehme an, daß du es auch mir gegenüber warst. Ich werde dir schlicht und einfach sagen, weshalb ich hergekommen bin, und ich weiß, du wirst es so aufnehmen, wie es gemeint ist, weil ich auch weiß, daß du im Grunde genommen ein verantwortungsbewußter und anständiger

Mensch bist. Ich weiß, daß ich offen sprechen kann, weil Dad dich gern hat und weil ich dich gern habe und weil wir beide glauben, daß du uns gegenüber ebenso empfindest.«

Uns!

Er überhörte das Uns nicht. »Also, Faye – was hast du mir zu sagen? Nur heraus damit!«

Sie rührte mit den Strohhalmen in dem schmelzenden Eis auf ihrem Drink.

»Es läuft auf folgendes hinaus«, sagte sie. »Ich soll dir von Dad mitteilen, daß eine Zeugenaussage von Isabel Vogler überhaupt nicht in Frage kommt. Das kann er ganz einfach nicht dulden, nicht nur in Frank Griffith' Interesse, sondern auch deinetwegen. Er meinte, das würdest du sicher verstehen, und ich habe ihm versprochen, es dir eindeutig klarzumachen. Dad sieht darin, daß du ihm nachgibst, nur ein kleines, selbstverständliches Zugeständnis, wie es im Geschäftsleben alltäglich ist. Wenn du dann am Ruder sitzt, werden andere die Zugeständnisse machen. Bis dahin machst du sie. Nur so kommt man voran. Es gehört mit zum Geschäft, meint er, und du wirst schon bald ein wichtiger Mann in seiner Firma sein. Es ist daher nur zu deinem eigenen Vorteil, einen Mann nicht zu verärgern, geschweige denn zu ruinieren, von dessen Wohlwollen du und Dad noch oft genug abhängig sein werden. Dad war sicher, daß du dich vernünftig zeigen würdest, und ich habe ihm versichert, daß nach unserer Unterhaltung alle Probleme ausgeräumt sein würden.«

Das war es also.

Und wo stand er?

Er mußte wieder an seine Studienzeit denken, als er Epigramme, Aphorismen und weise Sprüche gesammelt hatte. Von Juvenal hatte er gelernt, daß man Integrität zwar preist, aber verhungern läßt. Zur Selbsterkenntnis hatte dann das Gedicht von Coleridge über den Alten Seemann beigetragen:

Geht einer in der Einsamkeit
Voll Furcht den Weg entlang,
Hat er sich einmal umgedreht,
Marschiert er weiter bang;
Dieweil er weiß, daß hinter ihm
Ein böser Feind ihn fang.

Nun hatte er den bösen Feind endlich zu Gesicht bekommen. Wieder einmal, wie schon vor langer Zeit, marschierte er voll Furcht einen einsamen Weg entlang. War er tapfer genug, weiterzugehen und sich niemals wieder umzudrehen?

Er sah sie an. Diese Selbstsicherheit der oberen Zehntausend. Sie hatte ihm Vaters Befehl überbracht, eine Zeugenaussage von Isabel Vogler käme nicht in Frage. Dad war sicher, er würde vernünftig sein. Die Tochter hatte dem Vater versichert, nach diesem Gespräch würden sämtliche Probleme ausgeräumt sein.

»Ein Problem bleibt jedoch bestehen, Faye«, sagte er und wandte sich wie der Alte Seemann nicht mehr um. »Siehst du, ich werde auf jeden Fall Isabel Vogler in den Zeugenstand rufen.«

Da war er, der kleine Fehler unter der glatten Oberfläche, der ihre selbstsichere Haltung zerspringen ließ. »Mike, das kann doch nicht dein Ernst sein, nach allem, was ich dir gerade gesagt habe. Dad hat doch gesagt, es käme überhaupt nicht in Frage. Er duldet es nicht, daß sie aussagt.«

»Aber ich will es so.«

Der Seismograph schlug weiter aus. Ihre Selbstsicherheit verwandelte sich in offene Fassungslosigkeit. »Das ist doch nur ein Scherz, wie? Ein grausamer Scherz, Mike, aber wenn du mir sagst, daß du mich nur anführen willst, werde ich es dir verzeihen. Mike, du mußt mir glauben, die Sache ist ernst.«

»Deshalb behandle ich sie auch so ernsthaft.«

»Mike, du hast doch ein Dutzend Zeugen, mehr als genug, wie du selbst gesagt hast. Warum kommt es dir darauf an, dich Dad zu widersetzen und Mr. Griffith zu vernichten? Diese Hexe, dieses gemeine Waschweib ist es doch nicht wert.«

»Aber die Wahrheit ist es wert, ganz besonders in diesem Prozeß.«

»Dieser Prozeß!« wiederholte sie, geschüttelt von hilfloser Wut. »Ich bin diesen Prozeß so leid, dieses Buch und was man dir damit angetan hat. Hörst du? Ich kann das alles nicht mehr hören.« Sie griff nach seinem Ärmel. »Mike, höre mir gut zu, denn ich sage dir das nur einmal. Dad war von Anfang an dagegen, daß du dich in diesen Fall verwickeln läßt. Er wollte es einfach nicht. Und ich wußte, daß er damit recht hatte. In solchen Dingen hat er immer recht. Ich stand nun zwischen euch beiden und habe dir geholfen, obwohl ich wußte, daß es falsch war. Deshalb habe ich Dad dazu überredet, dir die Stelle als Vizepräsident offenzuhalten, bis du dich deiner Verpflichtung gegenüber deinem Freund entledigt hattest. Jetzt tut es mir leid, was ich getan habe. Indem ich dich gewähren ließ, duldete ich, daß du immer tiefer im Schlamm versinkst. Ich hätte von Anfang an energischer sein und die Ansicht meines Vaters vertreten müssen, dann wäre uns der ganze Ärger erspart geblieben, und wir wären immer noch glücklich miteinander. Aber noch ist es nicht zu spät. Ich könnte nicht mehr in den Spiegel sehen, wenn ich mich nicht für dich einsetzen würde. Bitte, Mike, tu, was ich dir sage. Laß diese Vogler aus der Sache heraus, und ich verspreche dir, daß zwischen dir und Dad alles so sein wird wie zuvor.«

Er starrte sie immer noch an. Dann kamen seine Worte ruhig und gemessen. »Faye, ich weiß zu schätzen, was du für mich tun willst. Ich sehe auch die Gründe ein, aus denen mich dein Vater in der Sache Griffith zu einem Rückzieher veranlassen will. Aber ich fürchte, er irrt sich – ich weiß, daß er sich irrt –, und ich fürchte, auch du hast unrecht. Ich habe nicht die Absicht, die Wahrheit zu unterschlagen, damit zwei alte Geschäftsfreunde wieder ruhig schlafen können, und ich werde mich auch an keiner Intrige zur Untergrabung der Redefreiheit beteiligen.«

Ihre Wangen liefen dunkel an. »Ich mag es nicht, wenn du so geschwollen da-

herredest wie ein kleiner Pfadfinder, der seine Regeln aufsagt. Und ich mag nicht die geringschätzige Art, wie du von meinem Vater und von Mr. Griffith redest.«
»Das ist deine Sache, Faye.«
»Und deine Sache ist es, wie sich Dad zu dir einstellt, wenn ich meine schützende Hand von dir abziehe. Genau das mache ich jetzt, Mike. Du bist kein kleiner Junge mehr, der Pfadfinder spielt, und du solltest dich lieber auf das einstellen, was sich in der Welt der Erwachsenen abspielt. Wenn du das nicht tust, dann muß ich es dir wohl oder übel sagen. Ich werde dir offen ins Gesicht sagen, was ich bisher noch für mich behalten habe. Das, was Dad mir heute abend noch gesagt hat.«
»Das kannst du mir ersparen.«
»Ich werde dir nichts ersparen«, sagte Faye. »Dad sagte nämlich, falls du nicht in der Angelegenheit Vogler vernünftig wärst, dann könnte er einen Mann wie dich einfach nicht in den Osborn-Unternehmen gebrauchen.« Sie legte eine bedeutungsvolle Pause ein. »Diesmal stimme ich mit Dad überein.«
Die Angst war vorüber. Er hatte den bösen Feind weit hinter sich gelassen. »Vielleicht hätte ein Mann wie ich sich überhaupt erst gar nicht mit den Osborn-Unternehmen einlassen sollen«, sagte er ganz ruhig.
»Mike, weißt du überhaupt, was du da sagst? Wenn du so stur bist, daß du Dads Bitte zurückweist und auch die Position, die er dir anbietet, dann weist du auch mich zurück. Du machst unsere Beziehungen und unsere gemeinsame Zukunft unmöglich. Wenn du starrsinnig genug bist, dich gegen Dad und gegen Mr. Griffith zu stellen, dann solltest du wissen, daß ich auch dazugehöre. Ich könnte dann einfach nicht mehr bei dir bleiben.«
»Ich glaubte immer, mit einem Mädchen zu gehen – nicht mit einem Mädchen plus Vater.«
»Ich meine es ernst. Zwischen uns wäre es dann aus.«
»Das täte mir sehr leid, Faye.«
»Dann willst du es dir also nicht anders überlegen?«
»Ich lasse mich nicht zwingen. Wenn ich meine Unabhängigkeit aufgebe, mein Recht selbst zu denken und ungehindert zu tun, was ich für richtig halte, wenn ich jetzt ein Zugeständnis machte, nur um Faye und ihrem Vater einen Gefallen zu tun, dann würde ich das für den Rest meines Lebens genauso machen. Das wäre doch wohl kein Leben für einen Mann, nicht wahr?«
Faye war aschfahl geworden. »Mann? Du bezeichnest dich als Mann? Du benimmst dich wie ein Narr, ein kindischer Narr, und das setzt dich in meinen Augen herab. Aber ich finde mich nicht so schnell damit ab. Ich glaube einfach nicht, daß du alles aufgeben willst, um deinen kleinen Haufen Dreck zu verteidigen. Das akzeptiere ich nicht!«
»Du solltest dich lieber damit abfinden, denn so ist es nun einmal. Ich kann auf deine Bedingungen nicht eingehen, Faye.«
»Du bist doch ein Narr!« Sie griff nach Handtasche und Handschuhen. »Wenn du mit meinem Vater brichst, bin ich auch mit dir fertig. Und du weißt genau,

daß du diesen Prozeß nicht gewinnen kannst. Du wirst dann ohne alles dastehen, schäbig und arm, weil du einmal, als sich dir die Chance bot, nicht den Mut zur Größe hattest. Jetzt sehe ich es deutlich: Du bist zweitklassig, Mike, und ich gebe mich nur mit Erstklassigem ab.« Sie erhob sich, blieb aber neben ihm stehen. »Ich gehe, Mike. Wenn ich einmal gegangen bin, komme ich nie wieder. Wenn du noch eine letzte Chance haben willst, gebe ich sie dir vielleicht. Ich weiß es nicht genau – aber vielleicht. Hast du mir noch etwas zu sagen?«

Er stand auf und verbeugte sich spöttisch. »Liebling, die Verteidigung hat keine Fragen mehr.«

»Dann geh zum Teufel.«

Als er später noch ein Glas getrunken und die Rechnung bezahlt hatte, fühlte er zum erstenmal, wie frei und erleichtert er war. Er war froh darüber, das Kapitel Faye abschließen zu können. Was die Osborn-Unternehmen betraf, war er nicht so sicher. Aber eins wußte er ganz genau: Er hatte keine Angst mehr.

Er hatte sich umgesehen.

Der böse Feind war fort.

Jetzt war er bereit für New York und alles, was noch vor ihm lag.

6

Als Mike Barrett dann die Fifth Avenue entlangging, eingefangen vom Schatten der gewaltigen Wolkenkratzer, geschoben und gestoßen vom hektischen Strom der Fußgänger, aufgehalten und gejagt von den Fahrzeugen, da wurde ihm erst so richtig klar, was ihm widerfahren war.

Emerson hatte es einmal beschrieben, auch wenn er die himmelstürmenden Häusertürme, die jagenden Taxis, stinkenden Busse und keuchenden Lastwagen, das Gewühl gehetzter Fußgänger nie erlebt hat. Großstädte sind Herausforderungen an uns. Eine Stadt wie New York treibt einem Menschen den Unsinn aus. Und in diesem Augenblick trieb New York auch Mike Barrett den Unsinn aus.

Er hatte das Gefühl, als träfe ihn dieses Manhattan wie ein Stoß in den Rücken, der ihn die Fifth Avenue entlangtrieb, mit wacheren Sinnen seinem Ziel entgegenkatapultierte, ihn neu belebte und ihm die Bedeutung der vor ihm liegenden Aufgabe bewußt werden ließ.

Seit Faye Osborn ihn am vergangenen Abend für immer verlassen hatte, hatte er sich befreit gefühlt. Aber es war eine Freiheit, die ihn in einem seelischen Vakuum schweben ließ.

Während der langen dunklen Nacht, als ihn der Jet aus Los Angeles, diesem neuen großen Dorf der Hoffnung, nach New York, der alten Stadt des Mißgeschicks entführte, hatte er über sein Verhalten gegenüber Faye und Willard Osborn nachgedacht und sich gefragt, ob er nicht voreilig gehandelt hatte. Natürlich hatte er als Möglichkeit immer noch eine Tafel mit der Aufschrift

»Zelkin and Barrett, Rechtsanwälte« vor Augen, aber das war nur ein müde flackerndes Lichtchen, das kaum in eine sehr helle Zukunft wies.
Faye war nicht die Richtige für ihn, das hatte er unbewußt immer schon geahnt. Aber sie war aufregend, strahlend, amüsant gewesen, schmeichelhaft für sein Selbstbewußtsein, und er hatte sich bereits an sie und die rosige Zukunft, die sie verkörperte, gewöhnt. Nun war sie gegangen. Er besaß kein Rezept gegen die Einsamkeit.
Natürlich kreisten seine Gedanken während dieses Fluges auch um Maggie Russell. Es waren angenehme Gedanken, aber es war ihm nicht ganz gelungen, ihr Bild festzuhalten. Immer wieder war sie ihm ausgewichen, ins gegnerische Lager geflohen, in das er ihr nicht folgen durfte. Vermutlich war er in der Maschine eingenickt, sonst wären seine Vorstellungen nicht so verschwommen und wirr gewesen.
Wichtig war jedoch etwas anderes: Während des ganzen Fluges hatte er nicht ein einziges Mal an den Zweck der Reise und den Prozeß gedacht, in dem er eine Hauptrolle zu spielen hatte.
Im Taxi vom Kennedy-Flughafen zum Plaza-Hotel konnte er sich in Gedanken auch nicht mit dem Prozeß beschäftigen. Er war natürlich verschlafen gewesen, aber das Licht des frühen Morgens über New York und die Kraft des ringsum erwachenden Lebens hatten ihn wieder geweckt. Er war mit dem Aufzug zu seinem Hotelzimmer im siebenten Stock hinaufgefahren, hatte sich ausgezogen, den Wecker gestellt und war dann todmüde aufs Bett gefallen. Entweder hatte er vergessen, den Wecker aufzuziehen, oder er hatte ihn in seiner Müdigkeit überhört, jedenfalls hatte er sich verschlafen. Als er aufwachte, war es bereits nach zehn Uhr. Dabei wollte er doch Olin Adams kurz nach neun Uhr aufsuchen.
Unter der Dusche hatte er sich gesagt, daß eigentlich gar kein Anlaß zur Eile bestand. Er hatte die Jadwaybriefe bereits gekauft und konnte sie auf dem Heimflug in aller Ruhe lesen. Allerdings hatte er beabsichtigt, so rasch wie möglich wieder auf das Schlachtfeld zurückzukehren, um sich ausgiebig mit Mrs. Isabel Vogler beschäftigen zu können; außerdem brauchte er das Wochenende für die letzten Vorbereitungen mit Abe Zelkin, ehe sie am Montagmorgen Richter Nathaniel Upshaw gegenübertraten. Aber auf dem Flug nach Westen konnte er wieder drei Stunden verlorene Zeit wettmachen. Mit diesem beruhigenden Gedanken war er nach unten gefahren, hatte sich in der Halle die *New York Times* gekauft und dann in aller Ruhe gefrühstückt. Lediglich die gewohnten Eier auf Speck hatte er aus Zeitersparnis weggelassen.
Er hatte dabei die Zeitung durchgeblättert und lediglich einen Artikel auf Seite drei aufmerksam gelesen. Hier wurde die Vorgeschichte des anstehenden Prozesses gegen Ben Fremont ausführlich dargestellt. Sein Name war zweimal erwähnt und falsch geschrieben. Was ihn am meisten störte, war nicht die zitierte Bemerkung Christian Leroux' über Jadways Geldgier, auch nicht Frank Griffith' Forderung, ein leicht beeindruckbarer Junge wie sein Sohn müsse vor verderb-

licher Literatur geschützt werden, sondern der Umstand, daß der Artikel kein Wort der Stellungnahme von Zelkin oder ihm selbst enthielt. Diese offenkundige Schwäche der Verteidigung, ihr Mangel an eindrucksvollen Zeugen, spiegelte sich auch in der ganzen Berichterstattung. Aber dann fiel Barrett die Geheimwaffe ein, die sie im Ärmel hatten. Mrs. Vogler konnte nun den jungen Griffith widerlegen, und nur wenige Häuser entfernt wartete ein Paket Briefe auf ihn, durch die Jadway selbst sich zu Wort melden würde.

Trotzdem war der ganze Prozeß für ihn nur noch ein ferner Traum, als er bei der Sportseite angelangt war. Zwischen den Spielergebnissen der Baseball-Liga las er nichts weiter als die Kunde von der verpaßten Chance seines Lebens, ein düsteres Blid seiner Zukunft, gekennzeichnet von Ratenzahlungen und Darlehen und ewiger Mittelmäßigkeit.

Um viertel vor elf trat er aus dem Plaza hinaus in die seltsam bedrückende Schwüle dieser menschenfeindlichen Stadt. Und da geschah es, daß die Stadt über ihn herfiel. Er hatte sie, wie immer, auch diesmal zuerst als beängstigend empfunden, überwältigend, gleichgültig, unmenschlich, aber gerade diese Eigenschaften belebten ihn plötzlich. Da war sie wieder, diese Eigenart New Yorks, das Wunder der Stadt. Sie ließ nichts übrig von Unsinn und Trivialem, von geruhsamer Einkehr. Wer in dieser Kälte überleben wollte, mußte sich regen, etwas zu leisten. Wer nicht kämpfte und über diese Stadt hinauswuchs, der wurde unter ihr begraben, der war verloren. Aber Barrett hatte die Herausforderung angenommen und allen Unsinn abgelegt. Er war eine Persönlichkeit, entschlossen, ein Mann mit einem Ziel, das es zu erreichen galt.

Energischen Schrittes bog er von der Fifth Avenue ab und suchte Olin Adams' Laden. Später würde er wohlgewappnet in eine Schlacht zurückkehren, die vor Millionen von Augen ausgetragen wurde, in einem Kampf gegen die dunklen Mächte der Unterdrückung. Das war seine Zukunft, seine Lebensaufgabe. Faye, ihr rosarotes Paradies und seine flüchtige Trauer waren verschwunden.

Er spürte wieder das erregende Leben in sich.

Er marschierte die fünfundfünfzigste Straße entlang, überquerte die Madison Avenue und stand schließlich vor einem Schaufenster mit der Inschrift: OLIN ADAMS AUTOGRAPHEN, GEGR. 1921, AN- UND VERKAUF. Das Fenster war voller gerahmter Handschriften und Originalbriefe von Berühmtheiten, aber Barrett hatte jetzt kein Auge für diese Kostbarkeiten. Er dachte nur an Jadway.

Er öffnete die Tür. Über seinem Kopf bimmelte eine Glocke. Das Innere des Geschäfts war eine verkleinerte Ausgabe eines Ausstellungsraums im Britischen Museum. Überall standen gläserne Schautruhen, und an den Wänden hingen Briefe sowie die mit Autogrammen versehenen Fotos der Verfasser. Ein blaues Schild verkündete: »Alle ausgestellten Waren sind verkäuflich. Bitte, erfragen Sie den Preis.« An einem antiken Tisch war eine mollige junge Frau intensiv mit dem Sortieren von Schriftstücken beschäftigt. Sie schob jedes einzelne Blatt in eine Klarsichthülle.

Barrett ging gleich auf sie zu. »Verzeihung, ist Mr. Adams in der Nähe?«

»Ich glaube, er telefoniert gerade. Einen Augenblick, bitte.«
Sie verschwand hinter einer Tür. Barrett erhaschte einen Blick in ein geräumiges Büro, sah aber nichts von Olin Adams. Gleich darauf kam sie zurück. »Er wird gleich fertig sein. Machen Sie es sich bequem.« Sie deutete auf einen Stuhl mit geflochtener Lehne.
»Danke.« Barrett war zu unruhig, sich hinzusetzen. Er wanderte umher und betrachtete die Raritäten an den Wänden. Neben John F. Kennedy hing Toulouse-Lautrec, neben Sigmund Freud ein Brief von Alexander Dumas. Ein Manuskriptfragment von Rousseau. Ein unsigniertes Notenblatt, von dem feststand, daß es von Beethoven stammte.
Für Mike Barrett tat sich eine neue, erregende Welt auf. Er hatte zwar gewußt, daß manche Museen und Privatsammlungen Briefe und Handschriften aus allen Jahrhunderten der Geschichte aufbewahrten, aber nicht gewußt, daß mit diesen Dingen Handel getrieben wurde wie mit Zigaretten oder Gemüsekonserven. Hier konnte jedermann diese Dinge kaufen und zu einem angemessenen Preis mit nach Hause nehmen. Man konnte für das traute Heim ein Stückchen Privatleben von Paul Gauguin, Goethe oder Heinrich VIII. erwerben. Unglaublich! Aber noch unfaßbarer war, daß man hier in diesem kleinen Geschäft in der fünfundfünfzigsten Straße tatsächlich ein Stück echte, lebendige Geschichte mit den Händen berühren konnte.
Helden, Herrscher, Künstler und Märtyrer vergangener Jahrhunderte haben etwas Unwirkliches an sich. Sie erscheinen als Erfindungen aus Sagen und Märchen, Mythen ohne menschliche Bezüge. Man kennt und berichtet zwar ihre Geschichte, aber es ist, als hätten Schulbücher und Museen sie lediglich mumifiziert und zu steinernen Legenden gemacht. Hier an diesen Wänden wurden sie wieder zu Fleisch und Blut. Ein falsch geschriebenes Wort. Ein Tintenklecks. Eine Einfügung, ein Zusatz. Man erkannte, daß die Geschichte nicht aus Monumenten und Statuen besteht, sondern aus Menschen, die ebenso schwach und sterblich sind wie du und ich.
In diesem Pantheon, auf diesem Marktplatz der Götter, empfand Mike Barrett zum erstenmal in all diesen Wochen JJ Jadway als lebendigen Menschen. In wenigen Minuten sollte er zu sehen bekommen, was Jadways eigene Hand dem Papier anvertraut hatte. Von dem vergilbten Papier sollte sich Jadways Stimme melden und als lebendiger Zeuge seinen Roman *Die sieben Minuten* gegen eine skeptische Welt verteidigen.
Er drehte sich um und sah einen schlacksigen Mann, einen typischen Vertreter Neuenglands, aus dem Büro kommen. Sein graues Haar stand ihm wie ein Hahnenkamm zu Berge. Er hatte wäßrig-graue Augen und eine lange, dünne Nase, eine Weste mit goldener Uhrkette und das höflich-zuvorkommende Gehabe des geschickten Kaufmanns.
»Ich bin Olin Adams«, sagte der Mann mit vorsichtigem Lächeln. »Meine Assistentin sagte, Sie wollten mich sprechen. Kann ich Ihnen ...?«
»Ich habe Sie gestern aus Los Angeles angerufen. Wir haben über die neulich

von Ihnen angekauften Jadway-Briefe gesprochen, uns auf einen Preis von achthundert Dollar geeinigt und verabredet, daß ich sie heute morgen persönlich abholen wollte. Mein Name ist Michael Barrett.«

Olin Adams riß verwundert die wasserhellen Augen auf und bekam den Mund nicht mehr zu. Er sah aus wie ein Karpfen auf dem Trockenen. »Wer, sagten Sie . . .«

»Ich bin Michael Barrett und gerade mit dem Flugzeug aus Los Angeles angekommen. Sie erinnern sich doch sicher an unser Gespräch über die Jadwaybriefe.«

»Ja, gewiß, nur . . .«

Barrett hielt ihm die offene Hand hin und lächelte. »Nun, ich will sie jetzt abholen.«

Der Händler gab sich Mühe, seine Verwirrung zu überwinden. »Aber, Sie – die hat doch schon ein Mr. Barrett abgeholt!«

»Mr. Barrett hat bereits . . .?« Jetzt war Barrett verwirrt. »Das verstehe ich wirklich nicht.«

»Sir, gleich nach neun Uhr, als wir geöffnet hatten, kam ein Herr und holte die Briefe ab.«

»Das muß ein Irrtum sein. Damit wir uns nicht mißverstehen: Ich rief Sie gestern an und . . .«

»Ich erinnere mich ganz genau, Sir. Aus Los Angeles rief ein Mr. Barrett an und erklärte, er wüßte von Mr. Quandt, daß ich diese Briefe besitze. Ich bot sie für achthundert Dollar zum Kauf an, und Mr. Barrett sagte, er wolle sie heute morgen zwischen neun und zehn Uhr hier abholen. Ich legte die Briefe heute morgen sofort bereit. Bevor ich frühstücken ging, wies ich meine Verkäuferin an, Mr. Barrett die Briefe gegen Zahlung von achthundert Dollar in bar auszuhändigen. Zwanzig Minuten später war ich wieder zurück und erfuhr von Mildred, Mr. Barrett sei hiergewesen, habe die Briefe bezahlt und sei mit ihnen wieder gegangen.«

Barrett schüttelte immer wieder den Kopf. »Aber das kann doch nicht sein!« rief er. »Ich kann mich ausweisen. Hier, sehen Sie!« Er zog die Brieftasche hervor und zeigte dem verwirrten Händler seine Ausweise. Dann zog er die acht frischen Hundertdollarnoten aus dem Umschlag. »Glauben Sie mir jetzt, Mr. Adams?«

Der Mann war wie benommen. »Ich glaube Ihnen, Mr. Barrett, aber – aber wer zum Teufel war dann der Mann, der heute morgen hier war und Ihnen die Briefe vor der Nase weggeschnappt hat?«

»Das möchte ich von Ihnen erfahren. Wer war es?«

»Ich – ich hab' nicht die leiseste Ahnung. Es lief alles ganz selbstverständlich ab. Wir erwarteten einen Mr. Barrett, der die Jadway-Briefe abholen wollte. Ein Mann kam herein, stellte sich als Mr. Barrett vor, verlangte das Jadway-Material, bezahlte den vereinbarten Preis, nahm die Briefe und ging wieder. Wer konnte da mit einem Schwindel rechnen?«

»Wie sah der Mann aus?« fragte Barrett. »Sah er mir ähnlich?«
Olin Adams drehte sich um. »Mildred, Sie haben den Herrn doch bedient.«
Das Mädchen kam näher. »Nein, er sah Ihnen gar nicht ähnlich. Er war ein Stück größer, sehr förmlich und würdevoll. Ich habe ihn nicht so genau angesehen. Es kommen ja so viele Laufkunden herein. Er trug einen braunen Anzug, Gabardine, glaube ich. In knapp einer Minute war alles erledigt. Er kam herein und sagte ungefähr: ›Ich glaube, Sie haben ein paar Originalbriefe für mich bereitgelegt – von JJ Jadway. Ich bin Mr. Barrett und möchte sie abholen.‹ Ich hatte die Briefe fertig verpackt, und er warf nicht einmal einen Blick darauf. Er sagte, er hätte es eilig. Er bezahlte, nahm den Karton mit den Briefen und rannte wieder hinaus. Ich bin nicht ganz sicher, aber ich glaube, draußen wartete ein Wagen auf ihn. Kein Taxi, sondern ein Privatwagen. Das war alles. Woher sollte ich wissen, daß es nicht der richtige Kunde war?«
»Sie trifft natürlich keine Schuld«, murmelte Barrett.
Olin Adams entließ das Mädchen mit einer Handbewegung. »So etwas ist mir in all den vielen Berufsjahren noch niemals passiert«, sagte er.
»Wie hat er die Briefe bezahlt, Mr. Adams? Womöglich mit einem Scheck?«
»Nein, in bar. Als ich vom Frühstück zurückkam, zeigte mir Mildred die Banknoten in der Ladenkasse.«
Barrett nickte grimmig. »Das überrascht mich nicht. Wer gewußt hat, daß ich die Jadwaybriefe gekauft hatte und heute morgen abholen wollte, der wußte auch, daß Barzahlung vereinbart war. Außerdem hätte ein Mann, der meine Rolle spielt, kaum mit einem Scheck bezahlt.«
»Wenn ich Ihnen nur irgendwie helfen könnte, Mr. Barrett«, sagte Adams achselzuckend. »Aber ich fürchte, da ist nichts mehr zu machen. Aber ich verspreche Ihnen, daß ich Sie sofort verständigen werde, falls noch weiteres Material von Jadway auf den Markt kommen sollte.«
»Es wird kein weiteres Jadway-Material auftauchen, Mr. Adams.«
»Ich kann Ihnen die Enttäuschung nachfühlen, Mr. Barrett. Ich weiß, wie wichtig einem Sammler eine solche Erwerbung ist. Aber nehmen Sie es sich nicht so zu Herzen, wenn Sie mir diese Bemerkung gestatten. Ich möchte den Geschmack meiner Kunden nicht in Frage stellen, aber als Gestalt der Literatur ist Jadway immer noch umstritten. Durchaus möglich, daß er als Autor eines einzigen Buches nur flüchtigen und noch dazu fragwürdigen Ruhm erlangen wird. Sie könnten die vorgesehene Summe weitaus lohnender anlegen. Da Sie sich für amerikanische Autoren der dreißiger Jahre interessieren, würde ich Ihnen Briefe und Tagebuchaufzeichnungen von Faulkner, Hemingway oder Fitzgerald empfehlen. Sie werden als Sammler . . .«
»Mr. Adams, ich bin kein Sammler. Ich bin Anwalt, der das Verlagshaus Sanford und Ben Fremont vertritt.«
Adams schnappte wieder nach Luft wie ein Fisch auf dem Trockenen. »Großer Gott!« stieß er hervor.
»Genau. Der Verlust ist unersetzlich. Wir wissen so gut wie nichts über Jadway,

und diese Briefe hätten möglicherweise ...« Er hielt inne. »Mr. Adams, gestern habe ich Sie nach dem Inhalt gefragt. Sie hatten noch keine Zeit, die Briefe zu lesen. Haben Sie zufällig heute morgen ...?«
Adams schüttelte betrübt den Kopf. »Leider nicht. Ich schloß mein Geschäft auf und legte den Karton mit den Briefen heraus, für den Fall, daß Sie während meiner Frühstückspause kommen sollten. Ich hatte die Absicht, hernach einen Blick hineinzuwerfen.«
»Aber Sie sind ganz sicher, daß die Briefe echt waren? Obgleich Sie nie zuvor Jadways Handschrift gesehen hatten?«
»Ich kannte seine Handschrift, Mr. Barrett. Noch bevor ich von Mr. Quandt die Briefe erhielt, hatte ich Fotokopien einiger Widmungen gesehen, die Jadway in Exemplare der ersten, in Paris erschienenen *Sieben Minuten* geschrieben hatte. Es handelte sich nur um nichtssagende Grüße, aber die Probe reichte doch aus, um die Echtheit der Schrift festzustellen. Ja, es waren tatsächlich Originalbriefe von Jadways eigener Hand.« Olin Adams' Miene drückte echte Anteilnahme aus. »Wirklich ein Jammer, zumal ich in diesem Prozeß auf Ihrer Seite stehe. Verzeihen Sie, daß ich weder gestern noch heute morgen Ihren Namen gleich erkannte.«
»Es kennen offenbar schon zuviel Leute meinen Namen«, entgegnete Barrett zynisch. »Einige davon haben es darauf abgesehen, der Verteidigung immer neue Steine in den Weg zu legen. Ich begreife nur nicht, wie sie das fertiggebracht haben.«
»Sind Sie ganz sicher, daß Sie mit niemandem über den beabsichtigten Ankauf der Jadwaybriefe gesprochen haben?«
»Außer Quandt, von dem ich Ihre Anschrift habe, meinen beiden Sozii und meiner Sekretärin wußte es, soviel ich weiß, niemand.« Allmählich begann Barrett, nachdem er den ersten Schock überwunden hatte, wieder klarer zu denken. Ihn überkam eine Entschlossenheit, die der Verzweiflung entsprang. »Und wie steht es mit Ihnen, Mr. Adams? Bitte, überlegen Sie ganz genau. Haben Sie – außer mit mir – noch mit irgend jemandem über die Jadwaybriefe gesprochen?«
»Ja, natürlich. Wir führen über unsere Stammkunden und ihre besonderen Wünsche und Interessen Kartei. Als ich die Briefe vor etwa zehn Tagen erhielt, ging Mildred die Liste durch. Da ist ein Gentleman, eine Art Dichter, der von Zeit zu Zeit hereinschaut, ein wenig plaudert und nebenbei versucht, einige Manuskripte an den Mann zu bringen. Aber die sind für uns wertlos, weil der betreffende Herr vollkommen unbekannt ist. Aber Mildred erinnerte mich daran, daß dieser Kunde einmal erwähnte, auch er habe als Literat in Paris im Exil gelebt und sei mit Jadway gut bekannt gewesen. Damals war Jadways Name allerdings noch völlig unbekannt, abgesehen von einigen Sammlern der Erotika. Wann war das, Mildred?«
»Vor über einem Jahr«, antwortete sie. »Vielleicht sind es auch schon fast zwei Jahre.«

»Ja«, sagte Olin Adams. »Jedenfalls war Jadways Name inzwischen bekannter geworden, als ich die Briefe erhielt. Mildred fiel der Dichter wieder ein, der einmal mit Jadway zusammen war. Ich setzte mich mit ihm in Verbindung, weil immerhin die Möglichkeit bestand, daß es ihm inzwischen etwas besser ging und daß er vielleicht an den Briefen interessiert war. Ich bekam eine Postkarte mit der knappen Anwort: ›Unerschwinglich!‹ Dann ... das wäre mir tatsächlich fast entfallen! Dann rief mich gestern, kurz nach Ihrem Anruf, Mr. Barrett, dieser Herr an. Ich war gerade im Begriff zu gehen, kam aber doch noch einmal in den Laden zurück, als das Telefon klingelte. Er sagte, er hätte ein paar Dollar aufgetrieben und sei an den Briefen interessiert, weil er sie einer Sammlung in irgendeiner Universität einverleiben wolle. Ich sagte ihm, er käme leider um genau fünf Minuten zu spät. Ich hätte die Briefe gerade an einen anderen Sammler, einen Mr. Michael Barrett aus Los Angeles, verkauft, und dieser Mr. Barrett wolle sie am folgenden Tag persönlich in New York abholen. Unser Dichter war sehr enttäuscht. Ich mußte ihm versprechen, daß ich ihn verständigen würde, falls Sie die Briefe nicht abholten oder es sich anders überlegten.«
Barrett griff nach seinem Notizbuch. »Können Sie mir den Namen dieses Dichters sagen?«
»Hm, warten Sie mal ... Richtig! Mr. Sean O'Flanagan.«
Barrett notierte den Namen. »Und seine Telefonnummer?«
»Er hat kein Telefon.«
»Dann seine Anschrift. Ich werde ihn besuchen.«
»Er hat auch keine ständige Anschrift. Hauptpostlagernd in Queens. So erreiche ich ihn. Wenn Ihnen das etwas nützt, können Sie ihm eine Nachricht schicken.«
»Vielleicht«, sagte Barrett und steckte sein Notizbuch ein. Er sah das Mädchen an und fragte: »Mildred, sind Sie ganz sicher, daß es sich bei dem Mann, der heute morgen die Briefe holte, nicht um O'Flanagan handelte?«
Sie schüttelte heftig den Kopf. »Ausgeschlossen. Ich kenn' doch unseren guten Sean. Er ist ungewaschen, sieht aus wie ein Streuner aus der Bowery und stinkt nach Whisky. Der heute morgen sah anders aus. Wenn man's auch nie genau weiß – er war jedenfalls ein Gentleman.«
»Dann war da noch ein Anruf«, sagte Adams plötzlich. »Ich glaube fast, mein Gedächtnis läßt nach. Als ich heute morgen aufschloß, läutete bereits das Telefon. Das war noch vor dem Frühstück. Jemand sagte, er wüßte von Mr. Quandt, daß ich Jadway-Briefe zu verkaufen habe. Ich antwortete, die seien schon weg. Er verfluchte sein Pech, weil er erst gestern von den Briefen erfahren hatte und mich nicht früher verständigen konnte. Dann legte er auf.«
»War es ein Ferngespräch?«
»Das glaube ich nicht, eher ein Ortsgespräch. Aber genau weiß man das ja im Zeitalter des Selbstwählverkehrs nie.«
»Wir wissen jedenfalls, daß sich mehrere Personen für die Jadwaybriefe interessierten, nachdem ich sie gekauft hatte. Vielleicht hat Quandt darüber geredet, nachdem er mir Bescheid gesagt hatte. Dafür sehe ich allerdings überhaupt kein

Motiv.« Er gab dem Händler die Hand. »Vielen Dank für Ihre Mühe. Ihnen auch, Mildred.«
Olin Adams begleitete ihn an die Tür. »Es tut mir schrecklich leid, Mr. Barrett. Viel Glück.«
Barrett begann ziellos über die Park Avenue hinüber zur Lexington Avenue zu wandern. Dann bog er nach rechts ab.
Zerstreut betrachtete er Schaufenster und ging immer weiter. Dabei versuchte er, dieser heutigen Niederlage auf den Grund zu gehen. Erstens war Faye aus seinem Leben verschwunden. Zweitens war ihm Maggie unerreichbar. Am schlimmsten war jedoch, daß man ihm Jadway, den Zeugen aus dem Jenseits, vor der Nase weggeschnappt hatte. Er war so gut wie der letzte Strohhalm, und nun schien auch die Hoffnung ihn zu verlassen. Er versuchte, die Verzweiflung zu überwinden und wandte sich wieder den Schaufenstern zu. Kinderkleidung. Porzellan. Radios, elektrische Geräte. Ein großes Plakat. Er überflog es und kam dann noch einmal darauf zurück. Er wußte selbst nicht, was ihn veranlaßte, das Plakat dreimal zu lesen. Es lautete:

SHERLOCK LAUSCHANLAGE!

FÜR GESCHÄFTSLEUTE, DETEKTIVE, ANWÄLTE!

EIN ABHÖRGERÄT FÜR JEDES TELEFON!

> Bauen Sie das winzige Mikro in irgendein Telefon ein. Den Strom bezieht es aus dem Telefonnetz. Es ist unsichtbar und überträgt jedes Wort, das über dieses Telefon gesprochen wird, zu einem Empfänger, der alles auf Band aufzeichnet. Einzelpreis $ 350.

Barrett starrte das Plakat wie hypnotisiert an.
Dann wandte er sich langsam ab. In seinen Gedanken drehte sich ein Mühlrad. Dann blieb er stehen und spuckte einen einzigen Gedanken aus. Er wußte mit einem Schlag, wie die Enttäuschungen und Mißerfolge der vergangenen Wochen zu erklären waren.
Er sah das schwarze Telefon auf seinem Schreibtisch in Los Angeles vor sich stehen. Über diesen Apparat hatte ihm Kimura das Versteck Christian Leroux' mitgeteilt. Über dieses Telefon hatte er Quandts Adresse erfahren. Und zufälligerweise hatte jemand ausgerechnet zu dem Zeitpunkt, wo er sich dort aufhielt, die Polizei alarmiert. Über dieses Telefon hatte er die Jadwaybriefe gekauft und Adams gesagt, daß er sie abholen werde. Zufälligerweise war ihm wieder jemand zuvorgekommen.
Alles Zufälle? Quatsch!
Ganz bestimmt ein Lauschgerät.
Warum war ihm diese Möglichkeit nicht früher eingefallen? Jetzt wußte er wieder genau, wann von einem Abhörgerät zum erstenmal die Rede war. Das war

an jenem Morgen, als ihn Zelkin nach seiner Ankunft herumführte und ihm den großen Raum zeigte, der einmal sein Büro werden sollte. Zelkin hatte stolz verkündet: »Das gehört alles dir, Mike, funkelnagelneu, frisch gestrichen, mit allen Raffinessen ausgestattet. Wir haben den Raum sogar nach Abhöranlagen absuchen lassen, weil man nie vorsichtig genug sein kann. Der beste Angriff ist eine gute Verteidigung, wie ich in Abwandlung einer Redensart sagen möchte.«
Diese frühzeitig getroffene Vorsichtsmaßnahme hatte Mike sorglos werden lassen. Er hatte gedacht, von nun an sicher und ungestört zu sein. Dabei hatte er ganz vergessen, daß die »Bugs«, die käferkleinen Abhörgeräte, auch später noch eindringen konnten.
Ein elektronischer Lauscher hatte ihm alles verdorben. Aber wer hatte ihn eingebaut?
Er war sicher, daß nicht Duncan persönlich das veranlaßt hatte. Ein korrekter, penibler Beamter wie der Bezirksstaatsanwalt tut so etwas nicht. Selbst wenn Duncan es sich gewünscht hätte, er hätte es nicht gewagt. Schließlich war er nicht nur Staatsanwalt, sondern gleichzeitig ein angehender Politiker. Eine Blamage konnte er sich nicht leisten.
Duncan war es also nicht, aber jemand, der sich ohne Duncans Wissen für ihn einsetzte. Jemand, der sich mit Industriespionage und raffinierten elektronischen Geräten auskannte. Jemand, der für Duncans Sieg viel aufs Spiel setzte. Jemand, der sich über Recht und Gesetz im landläufigen Sinn hinwegsetzte. Ein Mann hinter den Kulissen.
Duncans Richelieu, sein Rasputin.
Ein gewisser Luther Yerkes.
Barretts Blick fiel auf den Straßennamen. Er stand an der Kreuzung zweiundfünfzigste Straße und Lexington Avenue. Er kannte sich in New York aus und wußte, wo er die nächste Telefonzelle zu suchen hatte.
Er ging ein Stück in Richtung auf die Park Avenue und betrat das Restaurant *Four Seasons*. In der Empfangshalle waren mehrere Telefonzellen aufgereiht. Barrett schloß sich in der ersten Kabine ein und meldete ein R-Gespräch nach Los Angeles an.
Donna, die das Wochenende über arbeitete, war neugierig auf den Inhalt der Jadwaybriefe.
»Es gibt keine Jadwaybriefe«, sagte Barrett. »Sagen Sie nur Abe und Leo Bescheid. Ich werde es ihnen erklären, wenn ich in sechs Stunden wieder zurückkomme.«
»Nur zur Erinnerung, Chef: Sie wollten sich gleich nach Ihrer Landung hier um Mrs. Vogler kümmern.«
»Mache ich. Weshalb ich anrufe, Donna: Passen Sie gut auf. Ist irgend etwas an Ihrem oder an meinem Telefon repariert worden, seit ich bei euch bin, seit wir in dem Fall Ben Fremont arbeiten?«
»An meinem Apparat nicht. An Ihrem – warten Sie einen Augenblick, ich sehe mal in meinem Terminkalender nach.« Donna meldete sich nach knapp einer

Minute wieder: »Stimmt tatsächlich, Chef. An dem Tag, als Sie Phil Sanford vom Flugplatz abholten, kamen zwei Telefonleute und überprüften Ihren Apparat. Ein Kunde hatte sich angeblich beschwert, daß er Sie nicht erreichen konnte.«
»Waren Sie dabei, Donna, als die beiden den Apparat reparierten?«
»Nein, Chef, soviel Zeit hatte ich nicht. Ich war an meinem Schreibtisch, aber ich habe einmal nachgefragt, ob alles in Ordnung ist. Die Männer hatten das Plastikoberteil abgeschraubt. Sie sagten, sie hätten den Fehler schon gefunden und behoben. Ich ließ sie in Ruhe, bis sie fertig waren.«
»Wie lang haben sie an dem Apparat gearbeitet?«
»Schwer zu sagen. Nicht sehr lang. Vielleicht zehn Minuten. Warum? Stimmt etwas nicht?«
»Es stimmt vieles nicht. Aber ich weiß jetzt Bescheid. Stellen Sie jetzt keine Fragen, bis ich zurück bin. Bis dahin tun Sie einfach nur, was ich Ihnen sage, Donna. Das ist eine Anweisung. Niemand, ohne Ausnahme, darf bis zu meiner Rückkehr von meinem Telefon aus einen Anruf tätigen oder annehmen. Klar? Sollte einer von euch zufällig in meinem Büro stehen, wenn das Telefon klingelt, hebt ihr nicht ab. Nehmt einen anderen Apparat. Sollte Phil Sanford vorbeikommen und mein Büro benutzen wollen ...«
»Der ist zu einem Kongreß in Washinton.«
»Richtig. Also für heute Hände weg von meinem Telefon. Das gilt auch für den Fall, daß wieder Mechaniker auftauchen sollten.«
»In Ordnung, Chef. Heute nachmittag wird Ihr Büro nicht mehr betreten.«
»Bis später dann, Donna.«
»Soll ich hierbleiben, bis Sie zurück sind? Ich tu's gern.«
»Ich habe etwas vergessen: Ich bin mit Mrs. Vogler verabredet. Nein, Sie brauchen nicht auf mich zu warten. Ist schon schlimm genug, daß Sie den ganzen Samstag und Sonntag angebunden sind. Gehen Sie ruhig, sobald Sie fertig sind. Eventuelle Nachrichten legen Sie mir einfach auf den Tisch. Ich schaue noch einmal vorbei, bevor ich nach Hause fahre. Geben Sie mir bitte noch einmal Mrs. Voglers Adresse.«
Er notierte sie und hängte auf.
Als er aus der Telefonzelle trat, war er versucht, sich das Einheitsessen im Flugzeug zu ersparen und lieber in den *Four Seasons* neben der eindrucksvollen Fontäne des Springbrunnens im Speisesaal zu essen. Das war zwar eine kostspielige Angelegenheit, gab einem aber das Gefühl, jemand zu sein. Aber er merkte, daß dafür die Zeit nicht ausreichte. Er mußte zurück ins Plaza, packen, die Rechnung bezahlen und zum Kennedy-Flughafen fahren. Wenn er sich beeilte, schaffte er gerade noch die nächste Maschine zurück nach Los Angeles.
Das Essen konnte warten. Er hatte genug anderes zu verdauen.

Mike Barrett war wieder in Los Angeles, aber es war später geworden als beabsichtigt, und der größte Teil des Tages war verloren.

Zuerst war es auf dem Kennedy-Flughafen zu einer Verzögerung gekommen, als eines der Triebwerke Anlaß zur Besorgnis gab und noch einmal überprüft werden mußte. Der Start verzögerte sich um eine volle Stunde. Der Flug quer durch Amerika dauerte die vorgesehenen fünfeinhalb Stunden, aber dann stand Barretts Kabrio, das er auf dem Flughafengelände zurückgelassen hatte, schief da. Er brauchte eine halbe Stunde zum Reifenwechsel.

Der rückflutende Verkehr verstopfte den San Diego Freeway auf der ganzen Strecke. Erst als Barrett die Ausfahrt nach Van Nuys erreicht hatte, kam er schneller voran.

So war es fast sechs Uhr abends, als er endlich den bescheidenen grauen Bungalow fand, in dem Mrs. Vogler wohnte. Er zog den Zündschlüssel ab, stieg aus und ging auf die Haustür zu. Hoffentlich ist sie zu Hause! betete er. Er hatte keine Gelegenheit gefunden, sie anzurufen und sich wegen der Verspätung zu entschuldigen. Aber jetzt, wo bald Essenszeit war, mußte die Mutter eines kleinen Jungen eigentlich zu Hause sein, sagte er sich.

Er drückte auf den Klingelknopf. Rasche Schritte kamen näher, dann flog die Tür auf, und ein kleiner Junge in einem Spielzeug-Astronautenhelm stand hinter der äußeren Tür, die durch ein Fliegengitter gebildet wurde.

»Hallo!« grüßte ihn Barrett. »Unterwegs zum Mond? Einen feinen Raumfahrerhelm hast du da.«

»Das ist noch gar nichts, verglichen mit dem anderen Zeug«, piepste der Kleine begeistert. »Sie sollten mal sehen, was mir Mami heute alles mitgebracht hat. Sogar 'ne hübsche Luftbüchse und drei Spiele.«

»Großartig«, sagte Barrett. »Ist deine Mutter hier?«

»Sie ist hinten.«

»Wo hinten? Den Fahrweg entlang?«

»Sie sausen einfach da entlang zum Kap Kennedy. So ist's richtig.«

»Danke, Astronaut Vogler.«

Barrett ging die drei Stufen wieder hinunter und quer über einen trockenen, bräunlichen Rasen auf einen vielfach zersprungenen Betonstreifen zu. Hier stand ein alter Ford vor einer windschiefen Garage. Er zwängte sich zwischen dem Ford und der Hecke hindurch, duckte sich unter nasser Wäsche und stand vor Isabel Vogler.

Sie sah ihn nicht gleich, weil sie über den mächtigen Karton, den sie schleppte, nicht wegsehen konnte. Der Karton quoll von Kleidungsstücken über. Sie hatte ihn anscheinend aus der Garage geholt und stellte ihn neben mehrere andere Kartons mit Geschirr und Hausrat, die sich bereits neben dem Hinterausgang türmten. Erst als sie sich umdrehte und wieder zur Garage zurückging, sah sie ihn.

Sie beschattete die Augen mit der Hand und blinzelte.

Rasch ging er auf sie zu. Auf ihrer Stirn und der dunkel angehauchten Oberlippe standen Schweißperlen. Sie wischte sich die dicken Finger an einer nicht ganz sauberen Schürze ab. Dabei tat sie, als hätte sie ihn noch nie gesehen.

»Erinnern Sie sich nicht an mich?« fragte Barrett. »Wir waren für heute verabredet. Tut mir leid, daß es später geworden ist. Ich bin Mike Barrett.«
»Ach ja, richtig. Mein Junge hat mir ausgerichtet, daß jemand angerufen hat. Sie wollten kommen. Es ist keine Nummer angegeben worden, sonst hätte ich zurückgerufen.«
»Zurückgerufen?« wiederholte Barrett. »Weshalb wollten Sie denn zurückrufen, Mrs. Vogler?«
»Weil Sie mich doch besuchen wollten und mich anscheinend doch einstellen wollten. Ich kann's nämlich nicht mehr machen. Schluß mit der Hausarbeit. Ich bin Gott sei Dank keine Putzfrau mehr.«
Barrett verstand gar nichts mehr. »Sie müssen da etwas durcheinandergebracht haben, Mrs. Vogler. Ich hatte nicht die Absicht, Sie als Hausangestellte einzustellen. Haben Sie ...«
»Ja, das hab' ich gleich gewußt!« fauchte sie, die Hände in die Hüften gestützt. »Keine Zeugnisse, kein Job. Ich hab's nicht vergessen. Aber ich hab' mir gedacht, vielleicht überlegt er es sich doch noch einmal. Wenn nicht – was wollen Sie denn überhaupt hier?«
Litt diese Frau an Amnesie? Oder spielte sie verrückt? »Mrs. Vogler, Sie haben anscheinend vergessen, was wir gestern vereinbart ... Augenblick, Sie wissen doch, daß wir uns gestern in meiner Wohnung getroffen haben?«
»Ich hab' nur gesagt, daß wir miteinander gesprochen haben. Aber ohne Zeugnisse kein Job. Basta.«
Jetzt war Barrett sicher, daß die Frau übergeschnappt war. Oder das alles war nur ein böser Traum.
»Mrs. Vogler, Sie müssen sich doch daran erinnern. Wir haben über Ihren letzten Arbeitgeber Frank Griffith gesprochen. Sie sagten mir, er hätte Sie nach einer Meinungsverschiedenheit hinausgeworfen und sich geweigert, Ihnen ein Zeugnis oder eine Referenz auszustellen. Ich sagte Ihnen, daß ich keine Hausangestellten brauche, weder mit noch ohne Zeugnis. Ich wollte Sie in unserem Prozeß als Zeugin der Verteidigung aufbieten und war bereit, Ihnen dafür eine angemessene Entschädigung zu zahlen. Sie sollten aussagen, wie schändlich Frank Griffith in Wirklichkeit ist, und daß dieses Elternhaus dem jungen Jerry Griffith möglicherweise mehr geschadet hat als ein Buch. Erinnern Sie sich jetzt wieder daran?«
Sie stand so unerschütterlich da wie der Fels von Gibraltar. »Ja, ich erinnere mich, daß ich Ihnen gesagt habe, daß ich einmal bei Frank Griffith beschäftigt war und daß er niemals keinem ein schriftliches Zeugnis mitgab. Aber von dem anderen, was Sie da sagen, weiß ich nichts, weil nämlich kein wahres Wort dran ist. Wo haben Sie denn so eine Schauergeschichte her? Herr im Himmel, warum sollte ich denn gegen so einen netten und anständigen Herrn wie Frank Griffith aussagen? Er war immer gut zu mir, und wir haben uns im besten Einvernehmen getrennt, weil er seine Nichte zu sich nehmen wollte. Sie sollte Mrs. Griffith' Gesellschafterin werden – das ist alles. Er hat mich nur ungern gehen

lassen. Ich hatte stets eine hohe Meinung von ihm. Und er ist für seine Frau und den Jungen der allerbeste Familienvater. Ich hatte noch nie einen Arbeitgeber, der so freundlich war. Und so *großzügig*.

Barrett starrte Isabel Vogler fassungslos an. »Mrs. Vogler, so hören ...«

»Sie hören mir jetzt mal zu, junger Mann. Sie haben die Frechheit daherzukommen, um mich in Ihre juristischen Tricks mit hineinzuziehen, und Sie versuchen, Mr. Griffith' Freunde gegen ihn aufzuwiegeln. Ich hätt' gute Lust, deshalb die Polizei zu rufen. Ich kann Sie nur warnen: Lassen Sie die Finger von Frank Griffith. Er ist ein guter Mensch, und auch wenn er manchmal ein bißchen komisch ist, zum Beispiel seinen Leuten keine Zeugnisse ausstellt, so war er doch immer bereit, jedem zu helfen, der es brauchte. Mir zum Beispiel. Er hat erfahren, wie schwer es mir wurde, meinen Kleinen aufzuziehen. Wollen Sie wissen, was dieser gute Mensch da macht? Er telefoniert nicht, und er schickt auch niemanden vorbei, sondern er kommt gleich selbst. Heute morgen war er persönlich hier und sagte: ›Isabel‹, sagte er, ›ich hab' gehört, Ihnen geht's nicht gut. Kann ich Ihnen irgendwie helfen?‹ Und wie er dann hörte, wo bei mir der Schuh drückt, da hat er sein Versprechen prompt gehalten. Sie sehen ja selbst, daß ich beim Packen bin. Mr. Griffith meinte, ich hätte eigentlich schon längst eine Prämie verdient, und die hat er mir nun gegeben. Jetzt kann ich wieder mit meinem Jungen nach Topeka zurück, wo ich hingehöre. Am Montag fahren wir.«

Barrett starrte sie immer noch an, aber jetzt nicht mehr fassungslos, sondern nur noch verwundert.

Das Leben als Nachahmerin der Kunst. Ihm fiel eine ebenso absonderliche wie grausige Geschichte aus seiner Kindheit ein. Es war die Geschichte einer alten Dame, die mit ihrer Tochter auf der Rückreise von Bombay nach England in Paris Station machte. Sie stiegen im Hotel Crillon ab. Die alte Dame fühlte sich nicht wohl, und ihre Tochter fuhr in einen abgelegenen Stadtteil von Paris, um eine bestimmte Medizin zu besorgen. In Paris schrieb man 1890, das Jahr der Weltausstellung. Die Tochter wurde unterwegs von den Menschenmengen immer wieder aufgehalten. Erst nach vier oder fünf Stunden kehrte sie mit der Medizin ins Hotel zurück. Der Empfangschef erkannte sie nicht wieder. Eine ältere Dame, auf die die Beschreibung der Mutter paßte, sei nicht verzeichnet, erklärte er. Es gab hier auch kein Hotelzimmer, wie es die Tochter als das ihre beschrieb. Weder im Hotel noch in der britischen Botschaft noch bei der Sûreté konnte man ihr helfen. Die alte Dame existierte einfach nicht. Sie war spurlos vom Erdboden verschwunden.

Gestern war Isabel Vogler noch die Feindin Frank Griffith' und die Verbündete der Verteidigung gewesen. Heute nachmittag war jene Isabel Vogler verschwunden. An ihre Stelle war eine andere Frau getreten, eine Freundin Frank Griffith' und eine Feindin der Verteidigung.

Barrett fiel ein, daß das Geheimnis der englischen Dame, die 1890 aus dem Hotel Crillon verschwunden war, später doch noch gelüftet wurde. Die Frau war an der Pest gestorben. Wenn irgend jemand, selbst ihre Tochter, das erfahren hätte, wäre nicht nur das Hotel ruiniert gewesen, sondern auch die Weltausstellung wäre abgebrochen worden. Paris hätte sich in eine Geisterstadt verwandelt. Deshalb durfte niemand die Wahrheit erfahren, deshalb mußte das betreffende Hotelzimmer innerhalb weniger Stunden neu tapeziert und neu eingerichtet werden, deshalb durfte man nicht eingestehen, daß die alte Dame existiert hatte. Genau wie damals, mußte es auch hier eine plausible Lösung geben. Für die Zuschauer mochte Mrs. Voglers Verschwinden Zauberei sein, nicht aber für diejenigen hinter den Kulissen, die alle Tricks des Zauberkünstlers kannten.

Frank Griffith hatte erst versucht, die Frau auf einfache Art und Weise verschwinden zu lassen: Er hatte von Willard Osborn verlangt, Faye solle Barrett veranlassen, auf die unbequeme Zeugin zu verzichten. Als dieser Versuch fehlgeschlagen war, mußte Griffith zu riskanteren Mitteln greifen. Er war selbst zu ihr gegangen, hatte ihr erklärt, was er brauchte und festgestellt, was sie brauchte. Er hatte ihr seine Hilfe angeboten und damit eine finanzielle Lobotomie durchgeführt. Die Vorderhirnlappen waren getrennt worden. Unter den geschickten Händen des Chirurgen hatte sich Feindseligkeit in liebenswürdige Freundschaft verwandelt. Zumindest gegenüber Frank Griffith. Wenn am Montag der Prozeß begann, war diese Operation abgeschlossen. Die Zeugin würde bis dahin aus dem Gebiet von Los Angeles verschwunden sein. Ein Zimmer aus der Vergangenheit konnte neu tapeziert und neu eingerichtet werden.

»Mrs. Vogler«, sagte Barrett verzweifelt. »Ich weiß, was Sie mir gestern versprochen haben, und ich höre, was Sie mir heute sagen. Mir ist klar, was inzwischen geschehen ist. Aber selbst wenn Frank Griffith versucht hat, Sie mit Geld zu bestechen . . .«

Ihr schwammiges Gesicht blähte sich auf. »Kommen Sie mir ja nicht so! Ich habe Ihnen alles gesagt, was ich weiß.«

»Mrs. Vogler, ich könnte einen richterlichen Beschluß erwirken und Sie zwangsweise als Zeugin vorführen lassen. Dann müßten Sie aussagen, was Sie über Frank Griffith wissen.«

»Tun Sie das nur«, sagte sie und fügte gerissen hinzu: »Alles, was ich über Mr. Griffith und seine Erziehungsmethoden sagen könnte, wäre nur günstig, sehr günstig für ihn.«

Barrett nickte und seufzte. »Sie haben recht, Mrs. Vogler. Ich gebe mich geschlagen.«

»Schön, daß Sie vernünftig sind, junger Mann.«

»Gute Reise«, wünschte er ihr und wandte sich zum Gehen. Dann fragte er noch: »Wo finde ich hier in der Gegend ein Telefon?«

»Was mein Telefon betrifft, so wär mir's lieber, wenn Sie's nicht benutzen. An der Ecke ist ein Drugstore. Die haben ein Telefon. Und noch was, Mr. Barrett: Mit Mr. Griffith würde ich mich an Ihrer Stelle nicht mehr anlegen. Sie finden doch nichts gegen ihn.«

Ein weises Wort, dachte er und suchte den Drugstore an der Ecke auf. An der einen Wand hing offen ein Münzfernsprecher. Er warf Geld ein und wartete.

Gleich darauf erreichte er Maggie Russell über ihre private Leitung. Sie erkannte ihn an der Stimme und war ein wenig überrascht.
»Maggie«, sagte er drängend und bemerkte im selben Augenblick, daß er sie in seiner neuen Welt, in der es keine Faye mehr gab, zum erstenmal mit dem Vornamen angesprochen hatte. »Maggie, ich muß einiges mit Ihnen besprechen. Vielleicht können Sie mir weiterhelfen.«
»Können Sie mir einen Anhaltspunkt geben?«
»Zunächst Frank Griffith.«
»Aha. Manche Dinge lassen sich schlecht am Telefon besprechen.«
»Dann vielleicht persönlich?«
»Ich – ich weiß nicht recht.«
»Maggie, ich kenne die Spielregeln, aber ich muß Sie sprechen. Ich habe einige Fragen. Vielleicht kennen Sie die Antworten, vielleicht auch nicht. Aber es würde mir schon weiterhelfen, wenn ich nur mit Ihnen reden könnte. Ich will Sie nicht in Verlegenheit bringen. Aber wenn ich Sie vielleicht zum Abendessen einladen dürfte . . .«
»Heute abend? Nun . . .« Sie schien nachzudenken. Nach einer Pause fuhr sie fort: »Vielleicht. Ist es rein geschäftlich?«
»Auch geschäftlich. Außerdem möchte ich Sie gern wiedersehen.«
»Hat Faye Osborn nichts dagegen?«
»Faye Osborn? Nein, das ist vorbei.«
»Ach so. Wo sind Sie jetzt?«
»In Van Nuys, aber ich fahre ins Büro zurück und muß dort etwas nachsehen. Das gehört auch dazu.«
»Dann komme ich in Ihr Büro. Ist Ihnen acht Uhr recht?«
»Ich erwarte Sie dann, Maggie.«

Es war kurz nach halb acht, als Mike Barrett vom Wilshire Boulevard aus das mächtige Hochhaus betrat. Auf dem Weg zum Aufzug lauschte er dem Echo seiner Schritte in dieser futuristisch angehauchten Grotte.
Es war Freitagabend. Bis auf ein paar Hausmeister und Putzfrauen, die irgendwo in den oberen Stockwerken arbeiteten, war das Gebäude menschenleer. Die Marmorwände sahen ihn kühl und unpersönlich an.
Bald wird Maggie Russell kommen, tröstete er sich. Und mit ihr kommen Wärme und Menschlichkeit.
Er bestieg den Lift und ließ sich zum fünften Stock emportragen. Der Verlust der Jadway-Briefe, gefolgt vom Abspringen der Zeugin Vogler war ein harter Schlag gewesen. Warum habe ich mich da instinktiv an Maggie Russell gewandt? Warum habe ich so getan, als gäbe es ein ganz bestimmtes Problem zu lösen? Er wußte gar nicht genau, was er eigentlich von ihr wollte. Für ihn war der eigentliche Feind unsichtbar, aber sie kannte ihn aus der Nähe; vielleicht erhoffte er sich einige Einblicke, ohne von ihr einen Verrat zu verlangen. Das war die geschäftliche Seite. Das andere war aber noch wichtiger.

Der Aufzug hielt. Lautlos glitten die Türen auseinander. Barrett stieg aus.
Nun mußte er den Gegenangriff einleiten. Erst die ständigen Fehlschläge, dann der zufällige Hinweis auf Abhöranlagen, die Nachricht, daß sich »Mechaniker« an seinem Apparat zu schaffen gemacht hatten – das alles löste in ihm den Entschluß aus, der verhängnisvollen Spionage auf die Spur zu kommen. Er mußte sein Telefon untersuchen. Falls es wirklich angezapft worden war, konnte er diese sensationelle Entdeckung der Presse mitteilen. Niemand würde dabei namentlich beschuldigt werden, aber jeder mußte sofort ahnen, wer dahintersteckte. War die Öffentlichkeit erst einmal auf die skrupellosen Methoden der Gegenseite aufmerksam gemacht, brachte sie vielleicht der Sache der Verteidigung mehr Sympathien entgegen.
Aber er wußte, daß diese Enthüllung vielleicht schon zu spät kam.
Barrett zog den Schlüssel aus der Tasche, schloß auf und betrat Donnas finsteres Büro. Er schaltete die Deckenlampe ein. Die Tür ließ er für Maggie offen. Auf Donnas Tisch lagen keine Mitteilungen. Die elektrische Schreibmaschine war mit ihrer grauen Hülle zugedeckt. Schweigend stand das Diktiergerät daneben.
Er konnte es kaum noch erwarten, sich sein Telefon näher anzusehen.
Über den kurzen Verbindungsflur erreichte er sein Büro, öffnete die Tür, betrat den fast dunklen Raum und tastete mit der Linken nach dem Lichtschalter. Plötzlich vernahm er hinter sich ein leises Knacken, einen Atemzug. Sofort erstarrten seine Finger über dem Schalter.
Da war jemand.
Er wollte sich gerade umdrehen, da legte sich von hinten ein Arm um seinen Hals. Keuchend versuchte er, nach dem Arm zu greifen. Die Kehle wurde ihm eng, er sah bunte Sterne und Kometen in dem finsteren Raum.
Mit der wilden Entschlossenheit eines bedrängten Tieres befreite er sich aus dem Würgegriff und wollte sich zu seinem Gegner umdrehen. Da traf ihn ein Schlag an der Schläfe. Seine Knie gaben nach. Mit ausgestreckten Händen konnte er sich gerade noch an der Kante seines Schreibtischs festhalten. Er raffte sich keuchend auf und sprang die dunkle Silhouette an, die vor ihm aufragte. Er bekam den anderen zu fassen, versuchte, die hart zuschlagenden Fäuste festzuhalten, den Kerl zu Boden zu drücken. Doch dessen Arm schoß hoch und schleuderte Barrett zurück.
Dann ging die dunkle Gestalt auf ihn los. Barrett schlug zu, verfehlte den Mann und versuchte, sich neben dem Schreibtisch an ihm vorbeizuschieben. Gnadenlos verfolgte ihn der dunkle Schatten.
»Pack ihn!« sagte der Schatten.
Barrett fuhr instinktiv herum, weil er eine unsichtbare Gefahr in seinem Rücken ahnte. Im Herumdrehen, in diesem Bruchteil einer Sekunde, sah er gerade noch den zweiten Schatten und den Arm, der auf ihn niedersauste. Verzweifelt duckte er sich. Der Revolverknauf verfehlte seinen Kopf und traf den Brustkorb.
Der Schmerz breitete sich wie ein Schirm in seiner Brust aus und schoß hinauf in den Kopf. Seine Knie waren wie aus Gummi. Er sah, wie die Gestalt noch

einmal den Arm hob und senkte. Er wollte seinen Kopf mit den Armen schützen, aber ein schweres Gewicht traf seinen Schädel, und der Fußboden flog ihm entgegen.

Er spürte das rauhe Gewebe des Teppichs an seiner Backe und die Feuchtigkeit, die ihm über den Backenknochen sickerte. Hinter seinen Lidern drehten sich flammende Farbkreise.

Wie aus weiter Ferne hörte er eine säuselnde Stimme singen: »Fort, fort, fort.«

Die Farben verblaßten. Das Leben erstarb.,

Schwärze. Das Nichts.

In seinem Kopf erwachte eine Welt aus dunklen, tintenblauen Farben. Er versuchte, vom Grunde dieses unterirdischen Sees loszukommen und tauchte langsam, ganz langsam an die Oberfläche.

An Stirn und Backe spürte er etwas Feuchtes, Kühles. Frische Luft drang in seine Lungen, ein feiner Parfümhauch.

Vorsichtig schlug er die Augen auf.

Über ihm war undeutlich und verschwommen ein Gesicht. Allmählich wurden die Umrisse schärfer. Weiches, schwarzes Haar. Grüne Augen. Dunkelrote Lippen.

»Maggie«, flüsterte er.

»Ja, Mike.«

War das ein Traum? Er sah an ihr vorbei, erkannte die Deckenlampe, die Couch, die Sessel, eine offene Tür. Dann sah er sie wieder an. Sein Kopf lag in ihrem Schoß. Er lag ohne Jacke und Hemd ausgestreckt auf dem Boden. Sie saß mit untergeschlagenen Beinen auf dem Teppich, strich ihm mit der einen Hand über die Stirn und hielt in der anderen ein blutgetränktes Taschentuch.

»Geht es wieder, Mike?« fragte sie besorgt. »Wie fühlen Sie sich?«

»Weiß nicht recht. Es geht schon wieder.« Er tastete nach seiner Schläfe. »Da oben und in meiner Brust rumort ein Schmiedehammer.«

»Kein Wunder. Sie haben am Hinterkopf eine Beule, so groß wie ein Hühnerei. Sie bluteten am Hals, als ich Sie fand. Ich habe die Wunde ausgewaschen. Die Haut ist etwas eingerissen. Ich habe Ihnen das Hemd ausgezogen, konnte aber sonst nichts finden als einen blauen Fleck an den Rippen. Soll ich einen Arzt rufen?«

»Nein. Nein, lieber nicht. Helfen Sie mir hoch.«

Er setzte sich auf. Sie half ihm dabei. Vor seinen Augen verschwamm wieder alles, aber dann fühlte er sich schlagartig wohler und konnte wieder deutlich sehen.

»Was ist denn geschehen, Mike? Ich kam vor fünf Minuten. Die Tür stand sperrangelweit offen, aber vorn war niemand. Die übrigen Lampen brannten nicht. Ich wußte nicht, was los war. Ich rief nach Ihnen, bekam aber keine Antwort. Dann hörte ich von hier ein Stöhnen. Ich schaltete das Licht ein und fand Sie. Es war schrecklich. Ich war nahe daran, einen Krankenwagen anzurufen, aber dann wollte ich mich doch zuerst um Ihre Verletzungen kümmern. Geht es wirklich besser?«

»Ich werde es überleben. Eine Tablette könnte nicht schaden.«

»Haben Sie welche hier?«

»Im Bad. Ich werde . . .«

»Lassen Sie nur!« Sie sprang auf. Er deutete auf die Tür. Sie verschwand im Bad.

Mike Barrett rappelte sich mühsam auf. Als Maggie mit der Tablette und einem Glas Wasser zurückkam, nahm er rasch die Pille und spülte sie hinunter.

»Danke, Maggie.«

»Erinnern Sie sich jetzt, was geschehen ist?«

Und ob er sich erinnerte.

»Nachdem ich Sie angerufen hatte, fuhr ich in die Stadt zurück. Ich betrat mein Büro, aber noch bevor ich das Licht einschalten konnte, sprang mich ein kräftiger Kerl von hinten an. Von ihm kam ich noch los, aber sie waren zu zweit. Der andere schlug mich mit einem Revolverknauf zu Boden. Ich hörte den einen sagen ›Fort von hier!‹ oder so ähnlich, dann muß ich wohl weggetreten sein.«

»Aber wer war das? Und warum?«

»Gesehen hab' ich sie nicht, es war ja finster. Aber ich ahne, wer dahintersteckt. Vielleicht auch den Grund.«

Das Telefon.

Er drehte sich um. Der Schreibtisch sah aus, als sei ein mittlerer Taifun darüber hinweggefegt. Überall auf dem Fußboden lagen Papiere herum. Das Telefon stand an seinem gewohnten Platz, aber das Gehäuse war abgeschraubt. Man sah in sein Innenleben hinein.

Mit immer noch schmerzendem Schädel betrachtete er den Apparat aus der Nähe.

»Sie haben es geschafft«, sagte er schließlich.

»Was?«

»Deshalb bin ich ins Büro gekommen. Nun weiß ich es sicher – es sei denn, die Telefongesellschaft bietet ihren Kunden neuerdings Judolektionen. Jemand hat ein Abhörgerät in mein Telefon eingebaut. Dann muß er gemerkt haben, daß ich dahinter gekommen bin. Das kann nur bedeuten, daß auch das Telefon meiner Sekretärin angezapft war, ich habe ihr nämlich von New York aus eine Andeutung gemacht. Jetzt haben die Burschen die Beweisstücke wieder entfernt. Dabei bin ich zufällig über sie gestolpert. Zum Zusammenbauen reichte die Zeit nicht mehr aus.«

»Aber wer sollte . . .? Sie müssen die Polizei verständigen.«

»Die Polizei?«

Sein Ton ließ sie aufhorchen. Dann begriff sie allmählich. »Oh!« sagte sie nur.

»Ich werde es Ihnen gleich erklären. Zuerst muß ich aber meinen Sozius anrufen.«

Er ging nach vorn in den Empfangsraum und untersuchte Donnas Telefon, ehe

er es benutzte. Der Deckel war nur lose aufgeschraubt. Sie waren wohl gleich nach Donnas Weggehen hergekommen und hatten das winzige Mikrofon erst aus Donnas Apparat entfernt, bevor sie sich mit seinem beschäftigten.
Er wählte Abe Zelkins Privatnummer.
Zelkin ließ ihn kaum zu Wort kommen. »Was hat mir Donna da erzählt?« fragte er. »Du hast die Jadway-Briefe nicht bekommen?«
»Abe, das ist eine lange Geschichte. Ich erzähle sie dir in großen Zügen. Einzelheiten folgen morgen.«
Er berichtete mit wenigen Worten, was er in New York erlebt hatte und kam dann gleich auf das Hauptthema zu sprechen. Sie hätten eigentlich schon stutzig werden müssen, als Christian Leroux zur Gegenseite übergelaufen war. Zuletzt beschrieb Barrett, wie er die Telefone vorgefunden hatte.
»Der Teufel soll's holen«, knurrte Zelkin. »Aber was viel wichtiger ist: Wie geht es dir?«
Die Tablette begann zu wirken. »Im Augenblick ganz gut, Abe. Kommt darauf an, wie ich mich morgen früh fühle. Vielleicht fahre ich bei Dr. Quigley vorbei. Morgen haben wir Samstag, da treffe ich ihn zu Hause an.«
»Du mußt bei der Hauptverhandlung am Montag in Form sein.«
»Ich werde fit sein«, versprach Barrett grimmig. »Was unseren Fall betrifft, habe ich noch eine schlechte Nachricht für dich. Ich komme gerade aus Van Nuys – Mrs. Vogler spielt nicht mehr mit.«
Er hörte, wie Zelkin die Luft anhielt. »Mach keine Witze! Wie konnte das nur passieren? Wieder das Telefon?«
»Nein, diesmal lag es an etwas anderem. Der Osborn-Klan hat sich eingeschaltet. Um es kurz zu machen . . .«
Er berichtete, wie er Mrs. Vogler ganz nebenbei gegenüber Faye erwähnt hatte. Wenn man so lange Zeit mit einem Mädchen geht, sollte man meinen, daß man ihr ein Geheimnis anvertrauen darf. Aber nicht bei Faye. Er hatte ihren Vaterkomplex unterschätzt. Von ihr hatte ihr Vater und auf diesem Wege Frank Griffith erfahren, daß Mrs. Vogler als Zeugin aufgeboten werden sollte. Dann gab Barrett mit nüchternen Worten wieder, was sich gestern abend zwischen ihm und Faye abgespielt hatte. So hatte er Faye verloren und konnte auch Mrs. Vogler nicht halten, weil eben Geld den Charakter verdirbt.
»Und am Montag«, schloß er, »werden wir vermutlich mit Pfeil und Bogen gegen eine Haubitze antreten müssen. Dabei fehlen uns sogar noch die Pfeile.«
»Macht nichts. Wir werden trotzdem unser Bestes geben.« Zelkin zögerte. »Daß es zwischen dir und Faye aus ist, tut mir leid.«
»Faye ist nicht das Schlimmste. Das wäre ohnehin nie gutgegangen. Und was den Posten als Vizepräsident betrifft – seien wir doch ehrlich: Ich würde in einem feinen Seglerdreß eine komische Figur abgeben. Ich hab' einmal *Zwanzigtausend Meilen unter dem Meer* gelesen und wurde allein davon schon seekrank. Außerdem hat mir einmal ein Freund namens Abe Zelkin eine Partnerschaft angeboten. Ich werde ihn fragen, ob das Angebot noch gilt.«

»Laß den Blödsinn. Wenn ich mir nicht deinetwegen solche Sorgen machte, wäre das der glücklichste Augenblick in meinem ganzen Leben.«
»Dann sind wir also von jetzt an Partner, Abe. Zelkin und Barrett – auf Gedeih und Verderb.«
»Barrett und Zelkin. Morgen kommt das Schild an die Tür.«
»Die Reihenfolge knobeln wir noch aus. Aber kommen wir zur Sache. Hast du die Experten noch an der Hand, die Abhörgeräte entdecken und beseitigen?«
»Klar, das veranlasse ich gleich am Morgen.«
»Bist du sicher, daß die Burschen ihr Handwerk verstehen?«
»Mike, es sind die besten Leute auf diesem Gebiet. Die übersehen keinen einzigen ›Bug‹, garantiert nicht. Zuerst hängen sie ein Meßgerät an jeden Apparat. Ist er angezapft, dann schlägt eine Nadel aus. Ein zweites Gerät mit einer Peilantenne entdeckt jeden versteckten Sender. Diesmal lassen wir uns an jedem Telefon einen Verzerrer anbringen. Sie kosten zweihundertfünfzig Dollar pro Stück, aber man kann sie auch mieten. Dann ist garantiert keine drahtlose Übertragung mehr zu verstehen.«
»Fein. Ich denke, mein Telefon und das von Donna sind jetzt sauber. Trotzdem sollten wir alles noch einmal kontrollieren lassen, auch Phil Sanfords Hotelzimmer. Kannst du das für Montag veranlassen?«
»Das wird auch noch am Samstag gemacht.«
»Geheimnisse wird es allerdings kaum noch geben. Mir sind die Ideen ausgegangen. Aber man kann nie wissen, vielleicht ergibt sich noch einmal etwas. Dann sollen sie es nicht früher erfahren, als bis ich es im Gerichtssaal vortrage.«
»Mike, hast du dir mal überlegt, wer dahinterstecken könnte?«
»Es läßt sich erraten. Aber über diesen Mistkerl unterhalten wir uns später.«
Barrett beendete das Gespräch und kehrte in sein Büro zurück.
Maggie Russell hatte inzwischen ein wenig aufgeräumt. Er betrachtete sie schweigend. Ihre Frisur war auf liebenswerte Art verwuschelt. Ihre Hüften hatten unter dem schwingenden Chiffonkleid sehr anziehende Bewegungen.
Sie bemerkte seinen Blick und errötete.
»Danke, Maggie«, sagte er noch einmal. »Ich habe versprochen, Sie auszuführen. Worauf hätten Sie denn Lust?«
Sie antwortete erst nach einer ganzen Weile. »Mike, ich wollte nicht absichtlich lauschen, aber ich habe einen Teil Ihrer Unterhaltung vorhin mitgehört.«
»Daran war nichts vertraulich.«
»Was Sie über Faye Osborn sagten.«
»Das wußten Sie doch schon, nicht wahr?«
»Ich habe es mehr für ein Lockmittel gehalten, was Sie mir andeuteten. Damit ich ja sage und keine Gewissensbisse bekomme.«
»So etwas würde ich nie tun, Maggie.«
»Nicht daß Faye etwas mit – mit unserer geschäftlichen Besprechung zu tun hätte. Ich meine nur, wie die Dinge lagen, hätte man es leicht falsch auslegen

können, wenn uns jemand beisammen gesehen hätte. Frauen sind manchmal sehr eifersüchtig und besitzergreifend. Ich bin nicht anders. Und ich möchte nicht in eine Szene verwickelt werden.«

»Bitte gebrauchen Sie die Vergangenheit, wenn es um Faye geht.«

»Nun – wie Sie wollen.«

»Noch besser: Sprechen wir überhaupt nicht von ihr. Sprechen wir lieber über uns. Ich habe Hunger, und das bedeutet, daß es mir besser geht. Und Sie?«

»Auch.«

»Ich kennen Ihren Geschmack noch nicht, Maggie. Französisch, italienisch, mexikanisch, chinesisch oder vegetarisch?«

»Italienisch.«

»Wunderbar. Waren Sie schon einmal in La Scala, in Beverly Hills?«

»Ich glaube nicht. Welche Garderobe?«

»Sie sind genau richtig angezogen.«

»Ich meine nicht mich, sondern Sie. Trägt der feine Herr eine Krawatte, wenn er kein Hemd hat?«

Er betrachtete seine nackte Brust. Dann mußten sie alle beide lachen. »Ich habe noch ein sauberes Hemd hier im Schrank. Bin sofort fertig.« In den beiden Speisesälen des Restaurants La Scala ging es zwar eng her, aber trotzdem störten einander die Paare und kleinen Gruppen an den verschiedenen Tischen nicht. In dem Lokal hatte man so geschickt für Atmosphäre gesorgt, daß ein Mann und eine Frau, die zum Essen hierher kamen, die intime Behaglichkeit des Raums empfanden und dennoch von den anderen getrennt waren.

Mike Barrett saß dicht neben Maggie Russell an einem Tisch ganz hinten an der Wand. Er genoß das Gefühl der Intimität ohne Isolierung. Die Tablette hatte ihre Wirkung getan, noch unterstützt von zwei Drinks vor dem Essen. Die halbe Flasche Chianti, die nach der Minestrone serviert worden war, stand fast leer zwischen ihnen auf dem Tisch. Er hatte keine Schmerzen mehr.

Während des Essens erzählte er Maggie auf ihre Fragen noch einmal ausführlicher, was er vorhin Abe Zelkin kurz angedeutet hatte. Mit großen, erstaunten Augen hörte Maggie ihm zu. Wie Christian Leroux aus Antibes entführt worden war. Das zufällige Auftauchen der Kriminalbeamten in Quandts Pornofabrik. Wie ihm ein Schwindler die Jadway-Briefe vor der Nase weggeschnappt hatte. Schließlich Isabel Voglers Gedächtnisschwund.

Als Barrett fertig war, aß er seinen letzten Bissen Caneloni.

Maggie stellte ihr Weinglas auf den Tisch. »Unglaublich«, sagte sie. »So etwas sieht man in Fernsehkrimis, aber da weiß man doch, daß alles nur erfunden ist. Selbst wenn man aus den Zeitungen über die elektronischen Abhörgeräte Bescheid weiß, kann man sich doch schwer vorstellen, daß sich Menschen wie du und ich in ein Büro oder eine Wohnung einschleichen, solche Geräte verstecken und dann Gespräche mithören, die vertraulich sein sollen. Es ist kaum zu fassen, daß es so etwas wirklich gibt.«

»Nun, es kommt vor.«

»Das ist nicht nur unmoralisch, sondern genauso schmutzig, wie wenn ein Voyeur durch ein Schlafzimmerfenster einem Paar beim Liebesspiel zusieht.«

»Ein Voyeur tut es zur Befriedigung seiner eigenen Lust. Yerkes ist dagegen jedes Mittel recht. Er tut es um der Macht willen.«

»Auch Macht kann sexuelle Befriedigung bringen«, sagte Maggie. »Wenn Sie Luther Yerkes einmal gesehen hätten, würden Sie auch glauben, daß es die einzige Form der Sexualität ist, deren er noch fähig ist. Ich bekomme eine Gänsehaut, wenn ich nur an ihn denke. Am deutlichsten tritt das dann zutage, wenn er scheinbar subtil vorgeht. Sie sollten sehen, wie er Onkel Frank um den kleinen Finger wickelt. Sie werden es nicht glauben, aber er tut alles, was Yerkes sagt. Oft glaubt er dann auch noch, der Gedanke stamme von ihm.«

»Frank Griffith muß ja alles glauben, was Yerkes sagt. Schließlich ist Luther Yerkes die Verkörperung all jener Werte und Ideale, aus denen die Welt Ihres Onkels besteht. Für die Wohlhabenden ist Yerkes ein wahrer Maharadscha.«

»Aber Sie glauben doch nicht etwa, daß es Yerkes war, der Isabel Vogler bestochen hat?«

»Nein. Dazu brauchte man noch nicht das schwerste Geschütz aufzufahren. Ich bin ziemlich sicher, daß es Frank Griffith auf eigene Faust getan hat.«

»Und glauben Sie, daß der Bezirksstaatsanwalt daran teilhatte?«

»Eigentlich nicht. Vielleicht denke ich jetzt wieder wie ein naiver Pfadfinder, wie mir meine Exbraut gestern abend bei unserem bittersüßen Abschied vorwarf. Nein, ich glaube nicht, daß Elmo Duncan der Initiator dieser Dinge ist. Vielleicht wußte er davon und duldete alles stillschweigend, wodurch er mitschuldig wird. Aber er ist sicherlich nicht der Initiator, sondern nur der Nutznießer. Wenn Elmo Duncan am Montag sein schweres Geschütz abfeuert, wird der Ruhm, uns in Grund und Boden gestampft zu haben, allein ihm zufallen. Niemand wird erfahren, daß es Luther Yerkes ist, der den Nachschub organisiert – mit Hilfe von Willard Osborn, Frank Griffith und weiß Gott wem sonst. Ich muß zugeben, daß unsere Verteidigung – besonders nach den erlittenen Einbußen – im Vergleich dazu auf recht schwachen Beinen steht.«

Maggie legte ihm impulsiv ihre Hand auf die seine. »Bitte, Mike, rechnen Sie mich nicht zu dieser feindlichen Front, auch wenn ich mit Frank Griffith verwandt bin.«

»Sie sind keine Blutsverwandte. Sie sehen den Griffith' nicht einmal entfernt ähnlich.«

Er wollte ihre schmale, weiche Hand ergreifen, aber sie hatte sie bereits wieder zurückgezogen. »Das bin ich nicht, unabhängig von der Verwandtschaft. Und sein Sohn ist ihm auch nicht ähnlich. Ich habe Ihnen schon einmal gesagt, daß ich mich eigentlich nicht mit Ihnen treffen dürfte, weil ich nicht gegenüber den Leuten, mit denen ich zusammenlebe, illoyal sein möchte. Ich habe darüber nachgedacht und sehe jetzt klarer. Es geht mir gar nicht um die Familie Griffith, sondern nur um Jerry. Tante Ethel? Nun, sie ist eine hilflose alternde Frau und tut mir leid. Ihr kann ich kaum noch etwas antun. Und wenn ich sehe, wie sich

Onkel Frank verhält, mag ich ihn immer weniger. Aber das stimmt auch nicht ganz. Es würde voraussetzen, daß ich ihn einmal mochte. Er hat mir niemals irgend etwas bedeutet. Ich habe mich mit ihm abgefunden und in meiner Weise versucht, Jerry vor ihm zu schützen. Frank Griffith ist mir völlig gleichgültig. Mrs. Vogler hat sicher noch untertrieben. Er ist ein rücksichtsloser, selbstgerechter und überheblicher Dummkopf.«

»Maggie, Sie brauchen doch nicht . . .«

»Ich muß es mir einmal von der Seele reden. Nehmen Sie nur dieses eine Beispiel: Yerkes wünscht, daß Duncan den Jungen als Zeugen gegen das Buch einsetzt. Das ist die Hauptsache geworden. Jerry will mit mir nicht über die Nacht seines Selbstmordversuchs sprechen. Er sagt mir aber immer wieder, daß er es noch einmal versuchen wird, ehe er sich in den Zeugenstand schleppen läßt. Allein der Gedanke daran bringt ihn fast um. Seinem Vater kann er nicht mehr standhalten. So spricht er nur mit mir und mit dem Psychiater über seine Ängste. Das heißt aber nicht, daß Onkel Frank nicht genau wüßte, was er dem Jungen antut. Er hat von Dr. Trimble gehört, welche Qual ein Auftreten im Gerichtssaal für Jerry wäre. Aber er bleibt hart. Er sagt immer wieder, Jerry sei doch schließlich ein angehender Mann, und da soll er auch wie ein Mann aufstehen und aller Welt ins Gesicht sagen, was dieses Buch ihm angetan hat. Onkel Frank behauptet, er verlange es nur deshalb von Jerry, um ihm damit zu helfen, um ihm die Verurteilung als Sexualverbrecher zu ersparen. Aber in Wirklichkeit, glaube ich, tut er alles nur, um sein Gesicht zu wahren, um die Aufmerksamkeit von der Tatsache abzulenken, daß er persönlich für Jerrys Verhalten verantwortlich ist. Er opfert den Sohn, um sich selbst zu retten. Das darf ich einfach nicht zulassen.«

»Was können Sie denn dagegen tun?«

»Vielleicht nicht viel. Vielleicht eine ganze Menge. Jerry braucht doch nicht als Zeuge auszusagen, wenn er nicht will?«

Barrett schüttelte den Kopf. »Nein. Duncan könnte ihn natürlich zwangsweise vorführen lassen, aber das würde er niemals wagen, wenn er sich dann auf Jerrys Aussage nicht verlassen könnte. Nein, Jerry braucht nicht auszusagen.«

»Darüber entscheidet nicht Jerry, sondern sein Vater. Daher muß ich dafür sorgen, daß sein Vater ihn nicht dazu zwingt und womöglich in den Irrsinn treibt. Ich war in diesen letzten Tagen immer wieder versucht, Jerrys Partei zu ergreifen. Ich muß ehrlich zugeben, daß ich Angst um meine eigene Sicherheit hatte. Aber was Sie mir darüber erzählt haben, wie Onkel Frank diese Mrs. Vogler manipuliert hat, das bringt mich in Wut. Ich bin beinahe soweit, daß ich den Mund aufmache – unabhängig von den Folgen. Hoffentlich gelingt es mir einmal, mich eines Abends so zu betrinken, daß ich es wage. Wieviel Zeit bleibt mir noch?«

»Vermutlich bis Mitte nächster Woche.«

»Dann tu' ich's noch.«

»Glauben Sie denn, daß Sie Frank Griffith veranlassen könnten, es sich anders zu überlegen?«

»Ja.« Sie hielt inne. »Vielleicht dann, wenn ich ihm von Jerrys Selbstmordversuch erzähle.«
»Sie glauben, Sie könnten das Ihrem Onkel erzählen?« Barrett verhehlte seine Zweifel nicht.
»Ich denke schon. Sicher bin ich nicht. Ich weiß nur, daß Onkel Frank vielleicht nachgibt, wenn er davon erfährt und weiß, daß sein Drängen zu einem zweiten Selbstmordversuch führen könnte. Die Angst vor einem solchen Skandal ist vielleicht stärker als die Beweggründe, die für den Gebrauch Jerrys als Zeuge sprechen.«
»Maggie, Sie würden es zwar für Jerry tun – und auch ich würde davon profitieren, wenn Jerry nicht als Zeuge gegen uns aufträte –, aber ich würde es mir trotzdem sorgfältig überlegen, ob ich mich auf eine Auseinandersetzung mit Frank Griffith einließe.«
»Warum?«
»Weil Sie, gleichgültig, wie die Sache auch ausgehen mag, dadurch Ihre Stellung im Hause Griffith unhaltbar machen würden. Sie haben mir selbst gesagt, Sie brauchen das Zuhause. Deshalb sind Sie doch dort.«
»Ich bin nicht sicher, ob ich ein so schreckliches Nest noch länger brauche. Vielleicht bin ich bald flügge. Habe ich mich nicht in aller Öffentlichkeit mit Ihnen getroffen? Das ist ein erster Schritt. Der erste kleine Mutbeweis.«
»Wirklich?«
»Warum fragen Sie?«
»Ich war mir nicht klar, warum Sie dieses Risiko eingingen.«
»Weil Sie mich darum gebeten haben«, antwortete sie. »Außerdem mag ich Sie.«
»Daß ich Sie auch gerne habe, Maggie, müßten Sie längst bemerkt haben.«
»Ja – aus Enttäuschung.«
»Ich fand Sie schon vor der Enttäuschung sehr anziehend.«
»Diese polygamen Männer«, sagte sie, aber sie lächelte dabei. »Ich will Ihnen nichts vormachen: Ich bin froh, daß es zwischen Ihnen und der anderen aus ist. Oder nicht?«
»Wie ist das gemeint? Ob ich froh bin, oder ob es aus ist? Beides. Ja, ich bin auch froh. Aus und erledigt.«
Sie spielte mit einem Ring an ihrem Zeigefinger. »Ich bin noch aus einem anderen Grunde hier. Ich bin für Jadway und sein Buch, gleichgültig, was es Jerry angetan haben mag. Und Sie sagten doch, es könne nicht allein an dem Buch liegen. Deshalb durfte man mich ruhig mit Ihnen zusammen sehen.«
Er hätte jetzt am liebsten gesagt: Maggie, ich liebe dich. Aber er sagte nur: »Das ist großartig von Ihnen, Maggie.«
»Jetzt, wo Ihnen Mrs. Vogler entgangen ist, würde ich gern jemanden finden, der Ihnen bei dem Beweis helfen könnte, daß nicht das Buch allein für Jerrys Tat verantwortlich ist. Aber sonst kann niemand etwas darüber sagen – außer ich selbst. Ich bin zwar zu manchem bereit, aber so weit könnte ich doch nicht gehen, daß ich in den Zeugenstand trete. Das verstehen Sie sicher.«

»Selbst wenn Sie es wollten, würde ich Sie als Zeugin der Verteidigung ablehnen.«
»Mir ist es unerträglich, immer wieder schreckliche Dinge über Jadways Buch zu hören und zu lesen. Ich muß immer wieder an seine Heldin Cathleen und die Frau denken, die Jadway zu dieser Gestalt inspiriert hat . . .«
»Cassie McGraw.«
»Wie ich sie beneide, weil sie so frei dachte und empfand, weil sie wirklich die vollkommene Liebe erfahren durfte. Viele Frauen erfahren während ihres ganzen Lebens, bis hin zum Grab, nicht den kleinsten Funken Liebe und ahnen daher auch nicht, wie wenig Liebe sie schenken.«
»Und Sie, Maggie?« fragte Barrett leise. »Könnten Sie gegenüber einem Mann ebenso empfinden wie Cassie – oder nennen wir sie lieber Cathleen?«
Maggie wandte ihren Blick ab. »Ich – ich weiß nicht. Wenn ich mir die Cathleen aus dem Buch vorstelle, glaube ich manchmal, ich könnte genauso sein. Ich meine, es ist alles in mir eingeschlossen, und wenn ich den richtigen Partner fände, könnte ich mich vielleicht öffnen, ihm alles, mein ganzes Selbst geben und dafür fähig sein, die ganze mir geschenkte Liebe bewußt zu erleben. Ich hoffe, eines Tages meine eigenen sieben Minuten zu erleben.«
»Wenn Sie sich eine solche Liebe ehrlich genug wünschen, werden Sie sie auch erleben«, sagte Barrett ernst.
Sie machte eine verlegene Bewegung. »Wir werden ja sehen . . . Wissen Sie übrigens, wie spät es ist? Wenn Sie am Montag fit sein wollen, sollten Sie seit mindestens einer Stunde im Bett liegen. Ich hoffe, Sie sind vernünftig und spannen morgen aus.«
»Ich fürchte, dazu werde ich bis zum Schluß des Prozesses keine Zeit mehr haben. Morgen kommt aus Florenz ein italienischer Maler, ein gewisser da Vecchi. Er behauptet, Jadway gekannt und ein Porträt von ihm gemalt zu haben. Ein halbes Dutzend weiterer Zeugen müssen instruiert werden.«
»Dann wird es höchste Zeit.«
Barrett stand auf und schob den Tisch ein wenig vor, damit sie leichter aufstehen konnte. »Überlegen Sie es sich noch einmal, bevor Sie sich mit Frank Griffith überwerfen.«
»Nur, wenn er vorher zur Vernunft kommt. Aber vielleicht bearbeite ich erst Dr. Trimble. Gott, bin ich ein Feigling! Aber etwas muß und wird geschehen.«
Barrett steckte sein Wechselgeld ein und holte Maggie in dem Gang zwischen der Bar und dem Ausgang wieder ein. Er nahm ihren Arm und bemerkte im selben Augenblick, daß sie jemanden an der Bar erkannt hatte.
Von der dicht umdrängten Bar her winkte ihr ein junger Mann zu, der dringend einen Haarschnitt brauchte, aber einen teuren Seidenanzug trug. »Hello, Miß Russell!« schrie er.
Sie hob flüchtig die behandschuhte Rechte. »Hello!« antwortete sie ohne rechte Begeisterung.
Dann ging sie hinaus, Barrett um einige Schritte voraus.

Auf dem Bürgersteig vor La Scala sah er sie prüfend an. Sie biß sich auf die Unterlippe und war sehr blaß geworden.
»Wer war das?« fragte er.
»Irwin Blair, ein Public-Relations-Mann. Er gehört zu Luther Yerkes' Stall und macht die Publicity für Duncan.« Sie lächelte matt. »Wo Yerkes ist, da kann Frank Griffith nicht fern sein.«
»Das tut mir ehrlich leid, Maggie. Ich hätte Sie nicht hierherführen sollen.« Er runzelte die Stirn. »Bedeutet das Ärger für Sie?«
»Das weiß ich nicht. Und es ist mir auch egal.« Diesmal wirkte ihr Lächeln fröhlich und echt. Sie nahm seine Hand. »Auf jeden Fall hat es sich gelohnt.«

Es war spät geworden. Elmo Duncan hätte seinen Freitagabend auch lieber anders verbracht.
Hinzu kam noch, daß der morgige Tag noch schlimmer zu werden versprach und daß er sich auch am Sonntag nicht ausruhen konnte. Duncan hatte während des ganzen Wochenendes, von früh bis spät, im Gerichtsgebäude eine Besprechung nach der anderen. Mitarbeiter, Leroux, andere Belastungszeugen. Am Montag sollte sich dann das Rad des Rouletts zu drehen beginnen. Er wußte, daß er seine Karriere und seine Zukunft einsetzte.
Aber wenn Elmo Duncan jetzt auch hundemüde war, er wußte genau, daß er frisch und stark sein würde, wenn der Richter am Montag die Verhandlung eröffnete. So war es immer gewesen. Er war schon so oft körperlich und geistig erschöpft in den Gerichtssaal getreten, aber wenn dann die Verhandlung begann, schien seine Energie aus einem verborgenen Kraftreservoir gespeist zu werden. Das lag vermutlich zum Teil am Publikum. Die Zuschauer, die Presse, diese gesichtslose Menge hinter der Barriere regte ihn stets an. Er wußte, daß er am Montag ein größeres Publikum haben würde als je zuvor. Dieser Aufputschungsprozeß entsprang teilweise auch der erregenden Herausforderung. Er setzte stets alle seine Kräfte ein, als stünden seine Selbsterhaltung, das Leben seiner Angehörigen auf dem Spiel. Er hatte es am liebsten mit einem Gegner zu tun, den er sehen und hassen konnte. Dieser Gegner war dann für ihn ein Mörder, der ihn töten wollte und den zu töten ihm der nackte Selbsterhaltungstrieb gebot.
Seit kurzem sah er in Michael Barrett, dem Vertreter der Verteidigung, einen solchen Gegner. Und drittens stammte Elmo Duncans Kraft auch aus seiner Hingabe an eine bestimmte Sache. Er mußte davon überzeugt sein, daß seine Anklage gerechtfertigt war, daß er für eine heilige Sache kämpfte und daß, wenn er versagte, die große Schar von Menschen, die ihm vertrauten, von den Barbaren hinweggeschwemmt würden. Kaum jemals zuvor hatte er so sehr an eine Sache geglaubt wie bei dieser Anklage. Er wußte einfach, daß man den üblen Horden, den Mächten der geilen Lust und Dekadenz Einhalt gebieten mußte, wenn die Zivilisation – darunter verstand er Gesetz und Ordnung und Moral – gerettet werden sollte. Es war, als hätte er als Wächter die Tore Roms gegen die nahenden Karthager zu verteidigen.

Was Elmo Duncans Adrenalinproduktion jedoch am meisten anregte, war das Bewußtsein, besser vorbereitet und besser gerüstet zu sein als sein Gegner. In dieser Hinsicht war er seiner Sache noch nie so sicher gewesen wie an diesem Abend. Noch vor der eigentlichen Schlacht hatte er alle Scharmützel gewonnen und die Reihen des Gegners geschwächt, wenn nicht sogar aufgerissen. Dagegen war seine eigene Front immer stärker geworden. Es hatte wichtige Überläufer gegeben. Er wollte gar nicht wissen, welche Mittel angewandt worden waren. Er ahnte es, verzichtete aber auf eine Bestätigung seines Verdachts. Luther Yerkes war der große Zauberer. In der Liebe und im Krieg ist jedes Mittel recht. Das hier war ein Krieg, ein Entscheidungskampf. Der Gegner verfügte über keinen einzigen Kronzeugen. Er hatte deren sogar zwei: Christian Leroux und Jerry Griffith. Mehr konnte er sich nicht wünschen.

Aber trotz alledem war jetzt nicht Montag, der Tag des Kampfes, sondern Freitagabend, und er war müde.

Seine Gedanken waren abgeschweift, aber als er den Namen Jerry Griffith hörte, konzentrierte Elmo Duncan wieder seine volle Aufmerksamkeit auf die beiden anderen Männer in den tiefen Ledersesseln um den niedrigen Tisch. Luther Yerkes glänzte wie immer mit seiner getönten Brille und seinem eleganten Sportdreß. Er strich sich mit der schmalen, fraulichen Hand über die Perücke und zeigte dann auf Frank Griffith. Der saß gespannt da, den sportlich gestählten Körper gegen die Armlehne gedrückt, um ja keines der Worte zu versäumen, die sein hoher Chef an ihn richtete. Soviel Duncan wußte, war Griffith zum erstenmal zu einer Konferenz in Yerkes' Haus am Strand von Malibu eingeladen worden.

Vorhin hatten auch die beiden anderen Stammgäste daran teilgenommen. Der nervöse Publicitymann Irwin Blair war allerdings bald wieder gegangen. Er hatte den wichtigsten Teil seiner Arbeit geleistet und die Stadt, das Land, die Nation und schließlich die ganze Welt auf den bevorstehenden Prozeß aufmerksam gemacht. War die Hauptverhandlung erst einmal eröffnet, ging die Werbung automatisch weiter. Blair war heute abend nur der Form halber kurz erschienen und dann mit einigen Reportern aus New York und London nach Beverly Hills zum Essen gefahren. Harvey Underwood erschien schon früher und erteilte Auskunft über die von ihm gesammelten Beweise und die Überraschungszeugen, die er präsentieren wollte. Er war erst vor einer halben Stunde gegangen. Nun waren nur noch Yerkes, Griffith und Duncan übrig. Elmo Duncan überlegte, wie lange die Sitzung wohl noch dauern sollte.

Duncan hatte leichte Rückenschmerzen und hoffte nur, daß sich daraus nicht vor dem Prozeß noch ein Hexenschuß entwickelte. Aber dann fiel ihm ein, daß sich dieses Symptom vor jeder größeren Verhandlung bemerkbar machte. Vor Gericht würde ihn sein Rücken nicht mehr belästigen.

Yerkes und Griffith waren in ihre Unterhaltung vertieft. Duncan nahm die Gelegenheit wahr, von der Sofamitte wegzurücken, um sich bequemer anlehnen zu können. Er hörte in einem benachbarten Zimmer ein Telefon klingeln. Er stand

auf, knetete unauffällig die steifen Muskeln in seinem Kreuz und sah sich nach einem Stuhl mit fester Lehne um. Da erschien der Butler.
»Mr. Yerkes, Sir, verzeihen Sie bitte . . .«
Yerkes hob leicht verärgert den Kopf. »Was gibt's?«
»Telefon, Sir. Mr. Blair möchte Sie sprechen.«
»Blair? Hat das nicht Zeit bis . . . Schon gut, ich nehme das Gespräch an. Entschuldigen Sie mich, Frank. Ich will sehen, was Irwin so wichtig findet.«
Yerkes erhob sich, baute sich vor dem grünen Schaltkasten auf dem Tisch auf und drückte die Sprechtaste.
»Hallo, Irwin?« rief er.
Irwin Blairs Stimme dröhnte aus dem Lautsprecher. »Mr. Yerkes, verzeihen Sie die Störung, aber ich habe soeben etwas beobachtet, das Sie erfahren sollten. Und Mr. Griffith, falls er noch dort ist.«
»Mr. Griffith und Elmo Duncan sind noch hier. Reden Sie. Wir hören.«
»Ich rufe aus dem Restaurant La Scala in Beverly Hills an.« Seine Stimme nahm einen Verschwörerton an. »Raten Sie, wen ich vor wenigen Minuten hier gesehen habe? Miß Russell, Mr. Griffith' Nichte, kam aus dem Speisesaal. Aber nicht allein. Sie hatte eine Verabredung. Sitzen Sie fest? Ihr Begleiter war kein anderer als unser verehrter Herr Gegner, der hochgeschätzte Vertreter der Verteidigung. Michael Barrett höchstpersönlich.«
Als Elmo Duncan das hörte, trat er rasch neben Yerkes. Yerkes beugte sich zu dem Mikrofon. »Miß Russell und Mr. Barrett? Sind Sie ganz sicher, daß die beiden zusammen dort waren?«
»Absolut sicher. Ich denke, sie haben zusammen gegessen. Dann kam sie zuerst aus dem Speisesaal, aber er folgte ihr gleich nach und nahm ihren Arm. Ich rief Miß Russell einen Gruß zu, aber sie schien über meinen Anblick nicht entzückt zu sein. Mike Barrett kannte ich vom Sehen. Um ganz sicher zu sein, erkundigte ich mich beim Oberkellner. Ja, es war tatsächlich Rechtsanwalt Michael Barrett. Sie verließen zusammen die Scala wie gute Freunde.«
Duncan merkte, daß Frank Griffith dunkel angelaufen war und die Fäuste auf den Knien ballte. »Das kann ich nicht glauben!« rief er.
»Sie haben gerade Mr. Griffith gehört«, erklärte Yerkes.
»Ich kann nur wiederholen, daß es stimmt«, sagte die Stimme.
Yerkes nickte. »Gut, Irwin. Vielen Dank für Ihre Wachsamkeit. Bis bald.« Er schaltete das Gerät ab.
»Der Teufel soll sie holen!« grollte Griffith. »Was hat das zu bedeuten?« Er stand auf.
Yerkes musterte ihn eindringlich. »Sie wissen nichts davon, Frank? Sind Sie ganz sicher, daß sich die beiden nicht schon länger kennen?«
»Es ist mir vollkommen neu. Ein echter Schock für mich.« Er ballte die Fäuste. »Wie in aller Welt konnte Maggie ausgerechnet an diesen Barrett geraten?«
»Stellen wir etwas klar«, sagte Yerkes gelassen. »Wie gut kennen Sie das Mädchen? Seit wann wohnt sie bei Ihnen?«

»Etwa seit eineinhalb Jahren. Als ich die Vogler hinauswarf, dachte meine Frau, es würde eine Erleichterung für sie sein, wenn sie ihre Nichte als Sekretärin und Gesellschafterin zu sich holen könnte. Ich war nicht begeistert davon, mich mit einer Verwandten herumschlagen zu müssen. Sie lassen sich nicht so leicht etwas befehlen wie Fremde. Aber Ethel meinte, einem Mitglied der Familie könne man vertrauen. Da habe ich nachgegeben.«
»Und kann man Maggie vertrauen?« erkundigte sich Yerkes.
»Ich hab's bisher immer geglaubt. Sie war Ethel eine große Hilfe. Vielleicht hat sie Jerry zu sehr verwöhnt. Aber sie hat sich nie in etwas eingemischt. Sie ist tüchtig, unaufdringlich und dekorativ.«
»Dekorativ schon, das kann man wohl sagen«, bemerkte Yerkes und wandte sich an Elmo. »Meinen Sie nicht auch?«
»Ja, sie ist ganz hübsch«, bestätigte Duncan.
»Und bei einem hübschen Mädchen muß man wohl mit zahlreichen Verabredungen rechnen, nicht wahr?« fuhr Yerkes zu Griffith fort. »Stimmt's? Was wissen Sie über ihr Privatleben?«
»Ich habe mich nie viel darum gekümmert«, gab Griffith zu. »Aber die Sache dürfte klar sein: Die Verteidigung sucht in ihrer Verzweiflung einen direkten Draht zu unserem Lager. Maggie Russell bot sich als Möglichkeit an. Barrett hat es bestimmt darauf angelegt, ihre Bekanntschaft zu machen. Er ist ein gutaussehender Junggeselle, sie ein alleinstehendes Mädchen, das einem kleinen Vergnügen vielleicht nicht abgeneigt ist. Anscheinend hat dieser Trick funktioniert. Ich weiß nicht, wieviel ihm Maggie verraten könnte. Sie hat uns alle in meiner Wohnung gesehen, vielleicht auch Teile unserer Unterhaltung mitgehört und vielleicht einiges weitergetragen. Damit will ich nicht behaupten, daß sie illoyal wäre. Aber vielleicht erfährt die Gegenseite über sie einiges von unserer Taktik – möglicherweise unbeabsichtigt, Barrett ist schlau. Ich unterschätze ihn keineswegs. Alles in allem würde ich sagen, daß hier eine potentielle Gefahr vorliegt.«
Griffith lief noch dunkler an und schob sich zwischen Yerkes und den Staatsanwalt. »Ich will Ihnen sagen, was ich davon halte. Ich habe in meinem eigenen Haus ein trojanisches Pferd! So etwas dulde ich nicht. Sobald ich nach Hause komme, nehme ich mir das Mädchen vor und verlange ein volles Geständnis. Wenn Blairs Meldung stimmt, stelle ich sie vor die Wahl: Entweder sie bricht mit diesem Kerl, oder sie fliegt. Ich wollte sie ohnehin über kurz oder lang hinauswerfen.«
»Einen Augenblick, Frank, nicht so voreilig.« Yerkes griff nach seinem Cognac. »Immer mit der Ruhe.« Er trank nachdenklich einen Schluck. »Überlegen wir einmal ganz nüchtern die Folgen eines solchen Schritts. Nehmen wir an, Sie werfen das Mädchen wegen Kollaboration mit der Gegenseite hinaus. Der Abschied würde in diesem Falle nicht sehr freundschaftlich sein.«
»Bestimmt nicht!«
»Sie sagen also Maggie die Meinung und werfen sie hinaus. Was haben Sie da-

mit erreicht? Der Gegenseite fällt eine neue Verstärkung in den Schoß. Sie wäre wütend auf Sie, und mit Barrett ist sie ohnehin schon befreundet. Und was würde dann wohl geschehen? Sie hätte keinen Anlaß mehr zu schweigen. Mehr noch – sie würde versuchen, sich an Ihnen zu rächen. Wäre es nicht logisch, daß sie sich von diesen Piraten als Zeugin der Verteidigung anwerben ließe? Daß sie die intimsten Dinge aus Ihrem Familienleben vor aller Öffentlichkeit ausbreiten würde?«

»Ich habe nichts zu verbergen!« erklärte Griffith selbstgerecht.

»Natürlich nicht, Frank, aber auch Sie haben, wie ein jeder von uns, ein Privatleben. Das Mädchen hat es aus nächster Nähe beobachtet. Viele harmlose Handlungen oder Bemerkungen könnten aus dem Zusammenhang gerissen, verdreht, übertrieben und als schädliche Argumente gegen uns verwendet werden, wenn sie im Zeugenstand vorgetragen würden. Wir haben doch gerade erst die Sache mit der Vogler durchexerziert, Frank. Denken Sie an all die Lügen, die sie aus Rache im Zeugenstand von sich gegeben hätte. Diese Mrs. Vogler war bereit, Michael Barrett zu helfen und Sie zu vernichten. Glücklicherweise ist es uns gelungen – äh – diese Gefahr zu beseitigen. Wollen Sie sich in Maggie eine zweite Mrs. Vogler schaffen?« Er drehte sich um. »Sie sehen das doch ein, Elmo, nicht wahr?«

Duncans Achtung vor Yerkes' Klugheit war jetzt noch ausgeprägter. »Völlig richtig, Luther. Wir stehen vor der Verhandlung gut gerüstet da. Nur nicht die Gegenseite stärken.«

Griffith schnaubte. »Vielleicht haben Sie recht. Aber damit ist das Problem nicht gelöst. Wir können trotzdem nicht dulden, daß eine Nichte meiner Frau, eine Angehörige meines Hauses sich mit einem Anwalt abgibt, der uns ruinieren will.«

»Warum eigentlich nicht?« fragte Yerkes unvermittelt. »Warum soll sich Maggie nicht mit Barrett treffen? Es ist das geringere von zwei Übeln. Vielleicht liegt sogar ein Vorteil darin. Hören Sie gut zu. Nehmen wir an, sie treffen sich auch weiterhin, und er nutzt sie wirklich aus, was ich noch nicht als erwiesen betrachte. Wieviel kann er denn in Wirklichkeit von ihr erfahren? Bisher ist ihr nur wenig Bedeutsames zu Ohren gekommen. Wenn Sie sich in ihrer Gegenwart in acht nehmen, erfährt Barrett gar nichts. Wenn Sie, Frank, andererseits so tun, als wüßten Sie nichts von ihrer Bekanntschaft mit Barrett, wenn Sie vielleicht sogar andeuten, daß Sie Bescheid wissen, ihr aber dennoch vertrauen, dann könnte sich Ihre damit bewiesene Großzügigkeit nur zu unserem Vorteil auswirken.«

»Inwiefern denn?« fragte Griffith verständnislos.

»Sie müssen es einmal von dieser Seite betrachten«, erklärte Yerkes. »Dafür, daß wir der Gegenseite einen winzigen Draht zu uns gestatten, bekommen wir einen wesentlich stärkeren Draht ins Lager der Verteidigung. Den brauchen wir, das wissen Sie selbst. Bisher haben wir gar keine Verbindung. Für Elmo wäre es sicher von Wert zu wissen, was Barrett und Zelkin während des Verfahren hinter den Kulissen tun. Ich bin ganz Elmos Meinung: Man soll den Gegner nie unterschätzen. Dem jungen Barrett fehlt es noch an Erfahrung, aber er ist drauf und dran, sich einen Namen zu machen. Er hat sich als ziemlich einfallsreich, originell und ausdauernd erwiesen. Ihm ist durchaus zuzutrauen, daß er während des Prozesses mit einer Überraschung aufwartet, und das wollen wir doch alle verhindern. Wenn wir einen Draht ins gegnerische Lager haben, wird es keine Überraschungen geben. Ihre hübsche Nichte wäre ein solcher Draht, aber nur, wenn sie behutsam behandelt wird. Sie, Frank, haben doch Erfahrung in der richtigen Warenbehandlung. Von nun an werden Sie Maggie als Ware behandeln.«

Frank Griffith schwenkte allmählich um. Er hatte sich etwas beruhigt und hörte interessiert zu, zeigte sich aber immer noch leicht verwirrt.

»Was soll ich nach Ihrer Meinung mit ihr machen?«

Yerkes trank seinen Cognacschwenker leer und stellte ihn auf den Tisch. Duncan merkte, wie sehr er diese Szene genoß.

»Hier ist mein Vorschlag«, sagte er. »Morgen oder meinetwegen auch übermorgen sagen Sie Maggie ganz beiläufig, Sie hätten erfahren, daß sie sich öffentlich mit Barrett trifft. Sie wird mit einer Explosion rechnen. Statt dessen bekommt sie nur ein paar verständnisvolle Worte zu hören. Sie werden ihr gegenüber lieb und vernünftig sein. Das wird sie so entwaffnen, daß sie Ihnen aus der Hand frißt. Lassen Sie sie reden. Akzeptieren Sie, was sie vorbringt. Geben Sie ihr zu verstehen, daß Sie sich nicht in ihr Privatleben einmischen wollen, wenn sie verschwiegen ist, solange die Familie im Scheinwerferlicht der Öffentlichkeit steht. Erklären Sie ihr, daß sie während der Verhandlung besonders diskret sein muß, um Jerry nicht zu schaden.«

Griffith nickte. »Jerry. Das wird ihr einleuchten.«

»Dann besprechen Sie von nächster Woche an abends den Fortgang des Prozesses mit ihr. Das ist an sich ganz natürlich. Wenn Sie Glück haben, wird sie dabei einiges von dem äußern, was Barrett ihr anvertraut hat. Sollte sich herausstellen, daß sie von Barrett nicht viel erfahren hat oder daß sie nichts sagen will, bleibt uns immer noch eine weitere Möglichkeit offen. Wir können es so einrichten, daß Maggie von Ihnen irgendwelche irreführenden Falschinformationen zu hören bekommt, daß sie ein Telefongespräch mithört oder zufällig eine Aktennotiz über etwas entdeckt, was Elmo angeblich plant. Daß sie von einem nicht vorhandenen neuen Zeugen hört, der angeblich auftreten soll. Das kann sie dann an Barrett weiterleiten und ihn in dem Glauben lassen, daß wir etwas beabsichtigen, was gar nicht stimmt. Das müßte ihn aus dem Gleichgewicht bringen. Hinzu kommt noch, daß Barrett ihr, nachdem er von ihr einiges erfahren hat, soweit vertraut, daß er ihr tatsächlich einiges über seine Absichten erzählt. Ich denke, das wäre einen Versuch wert, Frank. Glauben Sie, daß Sie es schaffen werden?«

Nervös betastete Griffith die Zigarre in seiner Brusttasche. »Ich weiß nicht, aber ich kann's ja versuchen. Ich kann mich immer noch nicht mit dem Gedanken anfreunden, daß jemand aus meinem Hause die Nächte mit einem Anwalt verbringt, der mich zu diffamieren versucht – und nicht nur mich, verstehen Sie, sondern auch meinen Sohn. Aber wenn Sie und Elmo ...«

»Versuchen Sie es«, sagte Yerkes in bestimmtem Ton. »Mischen Sie sich nicht in Maggies Liebesleben ein. Soll sie doch mithelfen, Barrett das Grab zu schaufeln. Folgen Sie unserem Rat.«

Duncan nickte seinem großen Gönner bewundernd zu und wandte sich an Griffith. »Ich bin auch dieser Meinung, Frank. Es ist am besten so – für Sie, für Ihren Sohn und für unsere gemeinsame Sache.«

Frank Griffith hatte seine Sicherheit wiedergefunden. »In Ordnung, meine Herren, Sie haben mich überzeugt. Ich setze auf Romeo und Miß Judas.«

7

Endlich war der Montagmorgen da. Montag, der 22. Juni. Mike Barrett hatte seinen Platz am Tisch der Verteidigung eingenommen und wartete auf den Beginn der Verhandlung. Seine Nerven waren bis aufs äußerste gespannt.

Er sah über seine Schulter hinauf zu der großen runden Uhr über dem Eingang zum Gerichtssaal 803. Zweiundzwanzig Minuten nach neun Uhr morgens.

Noch acht Minuten, dann würde der Gerichtsdiener feierlich den Beginn der Hauptverhandlung verkünden. Dann endlich konnte der Kampf beginnen.

Barretts Blick senkte sich von der Wanduhr zu dem vollbesetzten Zuschauerraum darunter. Man hatte sogar noch hölzerne Klappstühle hereingebracht und sie entlang der Wände und vor den kakaofarbenen Vorhängen aufgestellt. Auch die Notsitze waren bis auf den letzten Platz besetzt. Bis auf die wenigen bekannten Gesichter – Philip Sanford, Irwin Blair, Maggie Russell – waren es durch die Bank Fremde, die da saßen, Neugierige, Besorgte, Angehörige der Spezies Homo sapiens, die der Bezirksstaatsanwalt vor Erniedrigung zu schützen hatte und die er selbst vor einem Urteil bewahren mußte, das sie stumm, taub und blind machen würde.

Er mußte für einen Augenblick an all die anderen denken, die auch noch Einlaß gesucht hatten.

Vor fünfundvierzig Minuten hatte er den achten Stock des Gerichtsgebäudes erreicht, zusammen mit Zelkin, Kimura, Sanford, Fremont und Donna; Kimura und Donna waren mitgekommen, weil er allein die schweren Kartons mit Akten, Beweisstücken, Nachschlagewerken und Notizen nicht hätte tragen können. Dabei hatte Barrett erstaunt festgestellt, welch gewaltige Menschenmenge sich auf dem Korridor drängte, um in den Zuschauerraum des Verhandlungssaales eingelassen zu werden.

Er mußte daran denken, wie er ins helle Scheinwerferlicht der Fernsehkameras vor dem Eingang getreten war. Einer der Reporter hatte Ben Fremont erkannt und versucht, ihn zu einem Interview vor die Kamera zu schleppen, aber Fremont hatte sich eingedenk Barretts Weisungen geweigert. Mehrere Zeitungsreporter hatten versucht, ihn selbst und Zelkin mit den unmöglichsten Fragen zu bestürmen, aber Zelkin hatte sie mit dem energischen Hinweis abgewiesen, daß sich die Verteidigung erst später vor Gericht äußern werde.

Als er dann für einen Augenblick aufgehalten wurde, weil ihm Polizeibeamte erst den Weg in den Sitzungssaal bahnen mußten, hörte Barrett mit an, was der berühmte Fernsehkommentator Merle Reid zu sagen hatte. Reid stand mit einigen Notizen in der Hand vor der Kamera und beschrieb die Szene.

»Unglaublich, was wir hier im achten Stock des Gerichtsgebäudes erleben«, sagte Reid in das Mikrofon, das ihm vom Hals herabhing. »Es ist eine Szene, auf die auch die Behörden ganz und gar nicht vorbereitet waren. Manche Prozesse erregten internationales Interesse, weil in ihrem Mittelpunkt große Namen, gefeierte Persönlichkeiten stehen. Sie reichten von der zweitägigen Verhandlung gegen Maria Stuart im Jahre 1586 bis zum Prozeß gegen Bruno Hauptmann, den Entführer des Lindbergh-Babys, im Jahre 1935. Manche Prozesse erregten internationales Interesse, weil es um einen bekannten, aufsehenerregenden Skandal geht, wie beim Ehebruchsprozeß gegen Reverend Henry Ward Beecher, der 1875 in Brooklyn durchgeführt wurde. Hierzu zählt auch das 1895 in Old Bailey angestrengte Verfahren gegen Oscar Wilde wegen homosexueller Vergehen. Wieder andere Prozesse werden international bekannt, weil sie im Zusammenhang mit politischen Kontroversen stehen. Auch in Amerika hat es solche Prozesse gegeben – Mary Surrat und ihre Mitverschwörer wurden in Washington wegen der Ermordung Präsident Lincolns abgeurteilt, in Massachusetts lief ein Verfahren gegen die Anarchisten und Mörder Nicola Sacco und Bartolomeo Vanzetti. In Europa wurde Emile Zola verurteilt, weil er bei der Verteidigung von Hauptmann Alfred Dreyfus den französischen Kriegsminister angegriffen hatte. Vor einem ungarischen Volksgericht wurde gegen Kardinal Joseph Mindszenty verhandelt, weil er versucht hatte, das kommunistische Regime Ungarns zu stürzen.

Dann gibt es Prozesse, die deshalb internationales Aufsehen erregen, weil sie die Grundrechte der Redefreiheit und der Pressefreiheit berühren. Ein solcher Prozeß wurde 1735 in New York gegen John Peter Zenger geführt, den Herausgeber des *New York Weekly Journal,* weil er in seinen Artikeln den tyrannischen königlichen Gouverneur scharf angegriffen hatte. Zenger hatte geschrieben: ›Einer Unterdrückung der Pressefreiheit würde ein allgemeiner Verlust der Freiheit auf dem Fuß folgen ... keine Nation der Vergangenheit oder der Gegenwart hat nur ihre Freiheit der offenen Meinungsäußerung in Wort und Schrift eingebüßt, ohne alsbald ihre allgemeine Freiheit zu verlieren und zu Sklaven zu werden.‹ Doch Zenger hatte seinen Freispruch lediglich dem heldenhaften Einsatz seines greisen Verteidigers Andrew Hamilton zu verdanken, der damit gleichzeitig für die Redefreiheit in den Vereinigten Staaten einen zwar aufsehenerregenden, aber nur vorübergehenden Sieg errang.

Seit dem epochemachenden Prozeß gegen Zenger hat kein anderes Strafverfahren, bei dem es um die Meinungsfreiheit ging, wieder solches Aufsehen erregt wie der Prozeß gegen einen unbekannten Buchhändler namens Ben Fremont, dem der Bundesstaat Kalifornien die Verbreitung von Obszönitäten in Gestalt eines schlüpfrigen Romans mit dem Titel *Die sieben Minuten* vorwirft, des Werkes eines seit drei Jahrzehnten toten amerikanischen Exilautors.
Warum hat dieser Prozeß, der ebensogut in der Anonymität eines schlichten Verbotsverfahrens auf unterer Ebene hätte abgewickelt werden können – warum hat also dieser Prozeß die Gemüter so erregt, nicht nur in den Vereinigten Staaten, sondern auch in Großbritannien, Skandinavien, Frankreich, Deutschland, Italien, Spanien, Mexiko, Südamerika, in Japan und anderswo?
Auf diese Frage kann ich Ihnen, verehrte Zuschauer, keine Antwort geben. Keiner meiner Gesprächspartner konnte dieses Phänomen erklären. Wir können bestenfalls Mutmaßungen darüber anstellen. Mit diesem Prozeß beginnt ein bedeutsamer Augenblick in der Geschichte der zivilisierten Menschheit, ein Augenblick, in dem die Zukunft der Moral auf dem Spiel steht. Die Meinungsfreiheit hat durch Bücher, Zeitschriften, Fernsehen, Bühnenstücke und Filme sämtliche alten Grenzen von Moral und Anstand längst überschritten. Es wird versucht, die äußersten Möglichkeiten der Kunst auszuloten, oder es geht vielleicht um den Versuch, den Lebensnerv von Heim und Familie und Gesellschaft, wie sie die Bewohner eines jeden zivilisierten Landes verstehen, anzugreifen und zu zerstören. Gleichzeitig wurde überall auf der Welt die Autorität der Religion von denen in Frage gestellt und geschwächt, die bis an die äußersten Grenzen der Freiheit vorstoßen und dabei zu krassen Definitionen von Recht und Unrecht, Moral und Unmoral in greller Schwarzweißmalerei gelangen.
Vielleicht sehen in diesem Augenblick Staat und Kirche ihren Untergang voraus, wenn sie sich nicht zusammenfinden, um die Zerstörer der gültigen Moralordnung in ihre Schranken zu weisen, wenn sie nicht jene bestrafen, die zu weit gegangen sind, wenn sie nicht neue Grenzen setzen, um den Exzessen einer anarchistischen Freiheit Einhalt zu gebieten.
Zum Schlachtfeld haben sie sich diese Großstadt im sonnigen Kalifornien ausgewählt. Der Gegenstand dieser Auseinandersetzung ist wie kaum ein anderer geeignet, internationales Aufsehen zu erregen. Der Roman, um den es hier geht, wurde zwar von einem Mann geschrieben, aber es handelt sich doch völlig um einen Frauenroman, der sich mit den erfundenen Gefühlen einer Frau gegenüber ihrer eigenen Psyche, ihrem Sex befaßt. Da alle Frauen der Welt in erster Linie Frauen und erst in zweiter Linie Bürgerinnen irgendeines Staates sind, interessieren sie sich über die Grenzen hinweg für das Schicksal der Romanheldin Cathleen. Darüber hinaus hat es den Anschein, als verbreitete die ausgeprägte Sexualität, die dieser Roman allen Frauen zuschreibt, überall bei Frauen und bei Männern Unruhe und Besorgnis. Vor allen Dingen sind es aber ganz bestimmte Stellen des Buches, die von führenden Vertretern der westlichen Kirchen als gefährlich betrachtet werden, und zwar nicht nur von den katholischen Bischöfen

in Frankreich, Italien oder Spanien, sondern auch von protestantischen Kirchenführern in den Vereinigten Staaten, in Großbritannien und Deutschland, Stellen, die geheiligte Gestalten aller Religionen beim Vollzug des Geschlechtsaktes darstellen. Daher haben die Kirchen der Welt in aller Stille ein Bündnis mit den staatlichen Behörden geschlossen, das darauf abzielt, den Roman *Die sieben Minuten* zu verbieten und durch dieses Musterbeispiel für Meinungsfreiheit und geltender Moral neue Maßstäbe zu setzen.

Daneben mag es noch weitere, weniger handfeste Gründe geben, die von dem romantischen Glanz ausgehen, der bisher dieses . . .«

Mike Barrett hatte fasziniert zugehört, aber hier war für ihn Ende. Zelkin winkte ihn herbei. Er eilte in den Gerichtssaal und half den anderen beim Auspacken der Kartons und Aktentaschen.

Als nun sein Blick über die Köpfe der Zuschauer schweifte, traf er sich endlich mit dem Maggie Russells. Er nickte ihr zu. Sie erwiderte seinen Gruß.

Dann betrachtete Barrett die Vertreter der Presse. Sie hatten auf einer langen Reihe von Klappstühlen – für Tische fehlte der Raum – unmittelbar hinter ihm Platz genommen, entlang der Barriere, die den Zuschauerraum vom eigentlichen Gerichtssaal trennte. Mienen und Haltung der Journalisten bestätigten, was der Kommentator draußen gesagt hatte: Hier handelte es sich tatsächlich um einen Prozeß von weltweitem Interesse. Neben den amerikanischen Journalisten, die sich lässig unterhielten, ihr Material sichteten und auf ihren Notizblöcken herumkritzelten, saßen Zeitungsleute aus London, Paris, Mailand, München, Genf, Mexiko, Barcelona, Tokio.

Von der Reihe der Korrespondenten schwenkte Barretts Blick zu dem mächtigen Mahagonitisch der Anklagevertretung, der ebenso mit Papieren überladen war wie sein eigener. Wenn er über Zelkins Kopf hinwegsah, erkannte er Bezirksstaatsanwalt Duncan, der sich mit der Hand durch das glatte blonde Haar fuhr, dann an seiner schmalen Nase kratzte und sich schließlich das eckige Kinn rieb, während er seinen Assistenten zuhörte, dem dunkelhaarigen Victor Rodriguez und dem sonnengebräunten Pete Lucas.

Auch Barretts Mahagonitisch war mit drei Mann besetzt, aber nur zwei von ihnen waren Vertreter der Verteidigung. Zunächst der Geschworenenbank saß Mike Barrett selbst in weißem Hemd, blauer Krawatte und marineblauem Dacronanzug. Neben ihm war der pummelige Abe Zelkin immer noch damit beschäftigt, seine Aktentasche zu entleeren. Am äußersten Ende saß der Angeklagte Ben Fremont in seinem besten Sonntagsanzug. Er blinzelte durch seine metallgerahmte Brille hinauf zu den sechs Leuchtkörpern, die von der stuckverzierten Decke herabhingen.

Ein letztesmal inspizierte Barrett die vor ihm liegende Arena. Ganz rechts, noch hinter dem Tisch der Anklagevertretung, saß hinter seinem kleinen Tischchen der grauhaarige, breitschultrige Gerichtsdiener, eine ehrfurchteinflößende Gestalt. Er hatte die Ordnung im Gerichtssaal aufrechtzuerhalten und für die zwölf Geschworenen den Babysitter zu spielen.

Hinter den Köpfen seiner Gegenspieler entdeckte Barrett einen altmodischen Schreibtisch, hinter dem sich der hagere, mit einem endlos langen Hals ausgestattete Gerichtsschreiber über seine Akten beugte. Am Freitagabend hatte er in Gegenwart von Richter und Zuschauern die zwölf Geschworenen vereidigt und sie ermahnt, »nach bestem Wissen und Gewissen« nach der Wahrheit zu forschen. Nachher würde er als Protokollführer des Gerichts seine Aufzeichnungen machen und die angebotenen Beweisstücke entgegennehmen und registrieren.
Im Mittelpunkt des Raums erhob sich höchst eindrucksvoll die Richterbank, streng und nüchtern trotz Mikrofon, Schreibzeug, Notizpapier, Wasserkaraffe, Hammer und achtbändiger Ausgabe des Gesetzbuches von Kalifornien. Hinter dem Richtertisch der würdige Stuhl mit der hohen Lehne, dahinter eine Tür mit Vorhang, links und rechts flankiert von den Fahnen der Vereinigten Staaten und des Staates Kalifornien.
Unterhalb des Richtertisches, zwischen Barrett und dem an den Richterstand angebauten Zeugenstand, saß auf einem Drehstuhl der Gerichtsstenograf Alvin Cohen. Im Augenblick kniete er vor seinem Platz und stellte die Höhe des dreibeinigen Pults mit dem Stenogerät ein. Er wirkte wie ein junger, würdiger Universitätsdozent, der auf dem Boden nach einem verlorenen Manschettenknopf sucht.
Über dem Berichterstatter erhob sich der Zeugenstand, ein auf einer Seite offener Kasten mit Polsterstuhl und Mikrofon, zu dem ein paar Stufen hinaufführten. Barrett betrachtete mit düsterer Miene diesen Zeugenstand, für den er und Zelkin so schlecht vorbereitet waren. Dann schwenkte er seinen Drehstuhl zur anderen Seite und betrachtete die Geschworenenbank, die unmittelbar neben ihm begann.
Die Plätze der Geschworenen waren noch leer.
Er dachte wieder an gestern morgen, als Abe Zelkin versucht hatte, ihm mit Kurzbiographien einen Eindruck von der Zusammensetzung des Schwurgerichts zu vermitteln.
Abe Zelkin war bei der Auswahl der Geschworenen sehr geschickt vorgegangen. Nachdem der Staatsanwalt aus den verschiedensten Gründen eine Anzahl von Kandidaten abgelehnt hatte, blieb ihm immer noch die Möglichkeit, unter den dann verbliebenen Männern und Frauen zu wählen. Dabei hatte er nicht nur Beruf und Lebensweise, nicht einmal Ansichten und Vorurteile berücksichtigt, sondern in gleichem Maße auch das Auftreten des Betreffenden, seine Gewandtheit im Umgang mit der Sprache. Selbst die Zeitungen und Zeitschriften, die einige von ihnen unter dem Arm trugen, hatten bei Zelkins Wahl eine gewisse Rolle gespielt. Da es sich hier um einen Zensurprozeß handelte, kam es vor allen Dingen auf die Bildung und Belesenheit des Geschworenen an.
Nach Zelkins Auffasung bewiesen mindestens fünf der zwölf Geschworenen ein gewisses Wohlwollen für die Sache der Verteidigung, und er konnte nur hoffen, daß die übrigen sieben zumindest unparteiisch urteilen würden. Nach Zelkins Meinung hatten sie eine gute Jury zusammengestellt. Aber andererseits

fühlte sich Duncan, was die Einstellung der Geschworenen anbetraf, bestimmt seiner Sache ebenso sicher, dachte Barrett.

Gestern waren noch die letzten Vorbereitungen getroffen worden. Sie hatten ihre Zeugen nacheinander ins Büro eingeladen und mit ihnen den ganzen Sonntagnachmittag lange Besprechungen geführt und Notizen gemacht. Dabei war Kimura mit einer neuen Hiobsbotschaft erschienen: da Vecchi, der italienische Künstler, den Kimura vom Flughafen abgeholt hatte und in den die Verteidigung so große Hoffnungen setzte, entpuppte sich als begriffsstutziger alternder Italiener mit dem unsteten Blick eines römischen Taschendiebes. Barrett hatte sich für den Zeugenstand eine tizianähnliche Gestalt erhofft und statt dessen einen nörgelnden, unsympathischen alten Knaben bekommen.

Es stellte sich heraus, daß da Vecchi überhaupt nur dreimal dem Schriftsteller Jadway persönlich begegnet war. Doch so verschwommen die Erinnerung des Malers auch war, er wußte noch einige Bemerkungen, die Jadway von sich gegeben hatte, während er an dem Roman arbeitete. Diese Bemerkungen bestätigten Jadways Integrität. Bei einem der drei Treffen hatte da Vecchi ein Porträt Jadways angefertigt. Dieses Bild wurde nun in Zelkins Büro feierlich enthüllt. Barrett erlebte einen spannungsgeladenen Augenblick, weil er hoffte, nun den eigentlichen Angeklagten zum erstenmal von Angesicht kennenzulernen. Aber er wurde enttäuscht; da Vecchis Ölgemälde war eine kubistische Abstraktion, ein lächerliches Gebilde aus Würfeln und Rechtecken, senkrechten und waagrechten Linien, Farbflächen in Blau und Zinnober. Wenn die Leinwand überhaupt etwas zeigte, dann war es ein Zentaurenkopf, konstruiert aus Bilderbüchern. Das Bild war wertlos, und auch mit da Vecchi selbst konnte Barrett nicht viel anfangen. Er seufzte. Einem geschenkten Gaul ... Ihm blieb nichts anderes übrig, als da Vecchi dennoch in den Zeugenstand zu rufen.

Tief in Gedanken, warf Barrett seinem Gegner einen Seitenblick zu. Der Staatsanwalt überblickte gerade die Reihen der Zuschauer und winkte jemandem zu. Wie mochte dieser Duncan wohl den Sonntag verbracht haben? Zweifellos mit Christian Leroux, diesem Verräter an Jadway. Möglicherweise auch mit Jerry Griffith. Aber hatten die beiden wirklich miteinander gesprochen? Maggie wußte das sicher, aber er wollte sie nicht danach fragen. Er sah seinen Rivalen an und beneidete ihn um sein Aufgebot an eindrucksvollen Zeugen. Dann sah er wieder nach der Uhr.

Genau halb zehn.

Zwei Summtöne waren zu vernehmen. Der massige Gerichtsdiener sprang auf und lief zu der Tür, hinter der eine Treppe nach oben in den Aufenthaltsraum der Geschworenen führte. Barrett merkte, daß Presse und Zuschauer aufmerksam geworden waren. Ihre Unterhaltung verebbte, alle hoben gespannt die Köpfe.

Die zwölf Geschworenen betraten den Gerichtssaal und nahmen auf ihren Sitzen Platz – acht Männer und vier Frauen. Zelkin zupfte Barrett am Ärmel und flüsterte ihm hinter der vorgehaltenen Hand ins Ohr: »Sieh dir mal die fünf an, von denen ich dir erzählt habe.«

Zelkin hatte einmal einen Kursus zur Aufbesserung seines Gedächtnisses absolviert, um es der natürlichen Begabung Barretts gleichtun zu können. Nun machte er seinen Freund mit Hilfe der dort gelernten Tricks auf die betreffenden fünf aufmerksam.
»Nummer zwei, die Frau, die wie Mao Tse-tung aussieht – sehr gut. Rechts auch gut Nummer drei, der Bankier, der etwas von Onkel Sam hat. Nummer sieben, der Greta-Garbo-Typ, macht einen ausgesprochen kühlen Eindruck. Nummer zehn – sieht aus wie Joe Louis. Er ist Lehrer. Dann Nummer zwölf, der Sprecher. Könnte ein Zwillingsbruder Albert Schweitzers sein. Heißt Richardson. Ein bekannter Architekt. Hast du sie?«
»Ja.«
Er betrachtete die Geschworenen und stellte lautlos die alte Shakespeare-Frage: Seid ihr nun gute Menschen, oder seid ihr's nicht?
Nachdem die Geschworenen Platz genommen hatten, wandte sich der Gerichtsdiener an die Zuschauer.
»Erheben Sie sich bitte!« befahl er. »Wenden Sie sich der Fahne unseres Landes zu, eingedenk dessen, was sie verkörpert: Freiheit und Gerechtigkeit für alle.«
Barrett hatte sich zusammen mit den anderen erhoben und sah, wie sich der Vorhang hinter dem erhöhten Richtertisch teilte und Richter Nathaniel Upshaw den Gerichtssaal betrat. Er raffte seine weite Robe mit einer Hand zusammen und stellte sich vor seinen Sitz. Mit seinem straffen weißen Haar, den hellwachen, von buschigen Brauen geschützten Augen in seinem langen faltigen Gesicht und seiner ruhigen überlegenen Haltung war er eine eindrucksvolle Gestalt. Gebeugt stand er da, stemmte die Fingerknöchel auf die Richterbank und wartete, bis der Gerichtsdiener geendet hatte.
»Damit ist die Verhandlung vor dem hohen Gericht des Staates Kalifornien, County Los Angeles, Abteilung 101, eröffnet«, verkündete der Gerichtsdiener. »Den Vorsitz führt der sehr ehrenwerte Richter Nathaniel Upshaw. Bitte Platz zu nehmen.«
Ein Raunen und Füßescharren ging durch den Gerichtssaal, als Zuschauer, Presse und die beiden Parteien wieder ihre Plätze einnahmen. Barrett verschränkte die Finger und spürte, wie ihm die Kehle eng wurde.
Richter Upshaw hatte sich ebenfalls niedergelassen und klopfte einmal mit seinem Holzhammer auf den Tisch.
Er warf dem Gerichtsstenografen einen Blick zu. Dessen Finger hingen schreibbereit über dem Stenogerät. Upshaw beugte sich über sein Tischmikrofon und sagte zu dem Stenografen:
»Das Volk des Staates Kalifornien gegen Ben Fremont. Die Hauptverhandlung ist eröffnet.« Er hatte eine tiefe, tönende Stimme, die bis in den letzten Winkel des Saals drang. »Nehmen Sie zu Protokoll, daß der Staat durch Mr. Elmo Duncan vertreten wird, der hier anwesende Angeklagte durch seinen Verteidiger, Mr. Michael Barrett, und daß die Geschworenen ihre Plätze eingenommen haben.«

Richter Upshaw betrachtete eine ganze Weile den Tisch der Anklagevertretung, ehe er fortfuhr:
»Möchten Sie zur Eröffnung des Verfahrens eine Erklärung abgeben, Mr. Duncan?«
Sofort sprang der Staatsanwalt auf.
»Ja, Euer Ehren, ich möchte jetzt eine Erklärung abgeben.«
»Dann erteile ich Ihnen das Wort.«
Elmo Duncan trat rasch vor und würdigte im Vorbeigehen die Verteidigung keines Blickes. An der Barriere vor der Geschworenenbank blieb er stehen, stützte sich schwer auf die Brüstung und begrüßte die acht Männer und die vier Frauen mit einem Kopfnicken und einem knappen Lächeln. Dann trat er zurück, verschränkte die Arme vor der Brust und begann mit gepreßter Stimme zu sprechen.
»Meine Damen und Herren Geschworenen! Wie Sie sicher wissen, sind bei der Einleitung einer Hauptverhandlung in einem Strafverfahren sowohl der Staatsanwalt als auch der Vertreter der Verteidigung berechtigt, kurze Erklärungen abzugeben. Diese einleitenden Erklärungen verfolgen lediglich den Zweck, Ihnen in großen Zügen darzulegen, was ein jeder von uns bei seiner Beweisführung bezweckt. Unsere Ausführungen werden durch eine Vorschrift eingegrenzt: Unsere Eröffnungsplädoyers müssen sich auf die Fakten beschränken, die wir beweisen wollen. Wir dürfen also gar nicht plädieren. Ein erfahrener Richter drückte es einmal so aus: ›Die Eröffnungsworte sind sozusagen das Inhaltsverzeichnis eines Buches, das Sie in die Lage versetzen soll, sich in den einzelnen Kapiteln besser zu orientieren.‹
In meinem kurzen Eröffnungswort möchte ich daher keine Beweise präsentieren. Im Laufe des Tages und während der ganzen Verhandlung werden Sie von dort noch genügend Beweise zu hören bekommen.«
Duncan deutete auf den Zeugenstand.
»Von diesem Zeugenstand aus werden unsere Zeugen in dem vollen Bewußtsein, daß sie unter Eid stehen und sich allein auf die Wahrheit zu beschränken haben, daß sie sich des Meineids schuldig machen, wenn sie von der Wahrheit abweichen, Tatsachen bringen und nichts als Tatsachen. In einem Strafverfahren haben sich Zeugenaussagen normalerweise auf das zu beschränken, was die betreffenden Zeugen mit ihren eigenen Augen wahrnahmen, was sie hörten, rochen, berührten, mit ihren Sinnen wahrnahmen. Nur in seltenen Fällen dürfen sie vom Hörensagen berichten, das heißt, Dinge vortragen, die sie gerüchtweise hörten oder aus zweiter Hand wissen. Normalerweise werden Zeugen bei einem Strafprozeß nicht aufgefordert, eigene Meinungen vorzutragen oder eigene Schlüsse zu ziehen. Bei einem Obszönitätsprozeß wird das Hohe Gericht, wie ich hoffe, eine Ausnahme von dieser Regel zulassen. Wenn man feststellen will, ob etwas obszön, unsittlich ist, ist es im allgemeinen üblich, Fachmeinungen zuständiger Experten zuzulassen und sie wie Fakten zu behandeln.
Unter diesem Gesichtspunkt bitte ich Sie nun, meine Damen und Herren Ge-

schworenen, mir Ihre Aufmerksamkeit zu schenken, während ich Ihnen diese sogenannte Inhaltsangabe der Beweisführung der Staatsanwaltschaft vortrage.«
Elmo Duncans Stimme klang jetzt freier. Die anfängliche innere Spannung schien zu schwinden. Es war fast, als hätte er seine einleitenden Worte nicht an die Geschworenen gerichtet, um diese zu belehren, sondern um sich selbst davon zu überzeugen, daß sie der Anklage ein geneigtes Ohr leihen würden und daß von nun an alles glattgehen werde.
Als er nach einer kurzen Pause fortfuhr, sprach er ruhig, gelassen, selbstsicher.
»Wir sind hier zusammengekommen, weil wir als die Anwälte des Volkes den Angeklagten Ben Fremont beschuldigen, gegen Paragraph 311, Absatz 2 des Strafgesetzes von Kalifornien verstoßen zu haben. Was dieser Paragraph besagt, werden Sie zweifellos in der Folge noch oft zu hören bekommen: ›Jedwede Person, die wissentlich in diesen Staat obszöne Dinge zum Zweck des Verkaufs oder Vertriebs sendet oder senden läßt, bringt oder bringen läßt oder sie in diesem Staat vorbereitet, veröffentlicht, druckt, ausstellt, verteilt oder zur Verteilung anbietet beziehungsweise in der Absicht der Verteilung oder Ausstellung oder Feilbietung in ihrem Besitz hat, macht sich strafbar.‹
Der Begriff ›Ding‹ wird in diesem Zusammenhang vom Strafgesetz als ›Buch, Zeitschrift, Zeitung oder andersgeartetes gedrucktes oder geschriebenes Material‹ definiert. Ich darf noch hinzufügen, daß es sich im Wiederholungsfalle nicht mehr um ein Vergehen handelt, sondern um ein wesentlich schwererwiegendes Verbrechen.«
Duncan legte besonderen Nachdruck auf diesen letzten Satz. Als er völlig unmotiviert vom Wiederholungsfall sprach, bemerkte Barrett, wie Ben Fremont unwillkürlich zusammenzuckte. Seine eigene instinktive Reaktion war ganz ähnlich.
Barrett sprang auf. »Einspruch, Euer Ehren! Der Vertreter der Anklage beschränkt sich nicht auf die Darlegung der Punkte, die er zu beweisen gedenkt, sondern er plädiert bereits gegen den Angeklagten.«
Richter Upshaw nickte zustimmend. »Einspruch angenommen. Mr. Duncan, ich kann mich wirklich nicht des Eindrucks erwehren, daß Sie damit den Rahmen des Einleitungswortes überschreiten.«
Duncan lächelte entschuldigend zum Richter empor. »Danke, Euer Ehren. Entschuldigen Sie.« Er lächelte die Geschworenen an. »Ich fürchte, ich habe mich von meinem Anliegen hinreißen lassen.«
Barrett setzte sich wieder hin und hörte Zelkin neben sich flüstern: »Aber trotzdem einen Punkt für unseren charmanten Jungen da vorn. Wer's zweimal tut, ist ein Verbrecher. Ich hoffe, du zahlst es ihm mit gleicher Münze heim.«
»Keine Sorge«, erwiderte Barrett leise, ohne einen Blick von Staatsanwalt Duncan zu lassen.
Duncan fuhr in seinem Eröffnungswort fort: »Der wesentliche Punkt des Paragraphen unseres Strafgesetzbuchs, gegen den der Angeklagte verstoßen hat, liegt in dem einen Wort ›obszön‹. Was dieses Wort betrifft, so ist unser Strafrecht

ganz und gar unmißverständlich. Wir finden eine eindeutige Definition im Paragraph 311: ›Obszön ist eine Sache dann, wenn sie, als Ganzes betrachtet, auf den Durchschnittsbürger unter Anlegung zeitgemäßer Maßstäbe überwiegend aufreizend wirkt, das heißt, wenn sie das Schamgefühl verletzt und in unsittlicher Weise ein Interesse an Nacktheit, Sexualität oder Ausschreitungen weckt, dabei in der Beschreibung und bildlichen Darstellung die üblichen Grenzen wesentlich überschreitet und wenn die betreffende Sache außerdem ohne gesellschaftliche Bedeutung ist.‹

Die Worte obszön und unsittlich werden Sie im Verlauf dieser Hauptverhandlung noch häufiger zu hören bekommen. Die gesetzliche Definition haben Sie soeben kennengelernt. Es ist vielleicht darüber hinaus nützlich zu wissen, wie diese Begriffe in den Lexika definiert werden. Im *Oxford English Dictionary* und in anderen Werken wird ›obszön‹ mit abstoßend, schmutzig, unanständig gleichgesetzt. Aufreizend ist eine Sache dann, wenn sie geile, laszive oder böse Gedanken weckt und im Leser den unreinen Wunsch nach etwas Bösem hervorruft.

Die Anklage geht davon aus, daß der Roman mit dem Titel *Die sieben Minuten*, verfaßt von JJ Jadway, überwiegend auf die niedrigen Instinkte abziehlt und daher nach dem Gesetz obszön ist. Da der Angeklagte Ben Fremont dieses obszöne Werk wissentlich vertrieben hat, machte er sich nach dem Gesetz strafbar.

Wir werden in drei wesentlichen Aspekten den zweifelsfreien Beweis erbringen, daß der Angeklagte gegen die Gesetze verstoßen hat.

Erstens werden wir beweisen, daß der Buchhändler Ben Fremont den Roman *Die sieben Minuten* tatsächlich ausgestellt, feilgeboten und vertrieben hat.

Zweitens werden wir nachweisen, daß der Angeklagte das Buch in voller Kenntnis seines Inhalts vertrieben hat. Zu diesem Zweck werden wir uns auf die Zeugenaussagen zweier Beamter des Sittendezernats bei der hiesigen Kriminalpolizei stützen, die inkognito dieses Werk beim Angeklagten erstanden haben. Als weiteren Beweis werden wir die Bandaufnahme der Unterhaltung vorlegen, die bei der Verhaftung zwischen den betreffenden Beamten und dem Angeklagten Ben Fremont stattgefunden hat. Auch daraus wird zu entnehmen sein, daß der Angeklagte volle Kenntnis vom Inhalt des Buches hatte und selbst zugab, daß dieser Inhalt obszön sei.

Drittens werden wir eindeutig belegen, daß *Die sieben Minuten* unter Anwendung zeitgemäßer Maßstäbe auf den Durchschnittsbürger, ob Mann oder Frau, entsprechend der rechtlichen Definition des Wortes obszön wirkt und daß diesem Werk keinerlei sozialer oder gesellschaftspolitischer Wert zukommt. Dazu werden wir verschiedenerlei Zeugenaussagen hören. Eine Gruppe von Zeugen besteht aus Experten auf dem Gebiet der Literatur oder solchen Personen, die mit dem Autor persönlich bekannt waren. Sie werden bezeugen, daß der fragliche Roman ausschließlich als Pornographie geschrieben wurde, und daß ihm weder ein literarischer noch ein sozialer Wert beizumessen ist. Diese sachkundigen

Zeugen werden weiterhin bestätigen, daß der Autor das Buch ausschließlich zur Ausbeutung niedriger Instinkte bei seinen dafür empfänglichen Lesern und aus persönlichem Gewinnstreben verfaßt hat. Eine weitere, aus angesehenen Bürgern von Los Angeles bestehende Gruppe von Zeugen wird dazu gehört werden, daß dieser Roman nach Ansicht eines Durchschnittsbürgers tatsächlich das Schamgefühl verletzt und ein niedriges Interesse an Nacktheit, Sexualität und Ausschweifungen anspricht. Eine letzte Kategorie von Zeugen wird aufgrund eigener Erfahrung aussagen, daß dieses Buch obszön ist und daß es wegen seiner nachteiligen Wirkung auf noch unreife Leser Verwirrung gestiftet und Gewalttätigkeit nach sich gezogen hat.
Lassen Sie mich noch eines hinzufügen: Den ursächlichen Zusammenhang von Pornographie und Gewalttätigkeit kann ich nicht deutlich genug hervorheben. Die höchsten richterlichen Autoritäten dieses Landes haben immer wieder darauf hingewiesen, daß man ein mit Sex erfülltes Buch dann, wenn der einwandfreie Beweis seines sozial schädlichen Einflusses erbracht ist, in einer zivilisierten Gesellschaft ebensowenig ungehindert zirkulieren lassen darf wie etwa einen Verrückten oder einen Mörder. Beweise dafür wird die Staatsanwaltschaft vorlegen. Wir werden Experten aus dem Bereich der Psychiatrie . . .«
Sofort stand Barrett auf den Beinen.
»Einspruch, Euer Ehren! Der Herr Staatsanwalt überschreitet damit den Rahmen des Eröffnungswortes.«
»Einspruch angenommen«, sagte Richter Upshaw. Er wandte sich an den Staatsanwalt. »Mr. Duncan, beschränken Sie sich bitte auf die Aufzählung des Beweismaterials, das Sie vorzulegen beabsichtigen und unterlassen Sie Bemerkungen, die eigentlich in Ihr Schlußplädoyer gehören.«
Duncan machte einen zerknischten Eindruck. »Danke, Euer Ehren.« Er sah wieder die Geschworenen an. »Lassen Sie mich nur noch sagen, daß zu unseren Fachleuten auch Psychiater zählen, die mit den Auswirkungen von Pornographie bei Jugendlichen vertraut sind. Zu unseren Zeugen wird – vielleicht zum erstenmal in der Geschichte der amerikanischen Gerichtsbarkeit, auch ein Opfer dieser Kloakenliteratur gehören.
Indem wir die drei Punkte, die ich Ihnen kurz skizziert habe, beweisen werden, erbringen wir nicht nur den Beweis dafür, daß der Angeklagte im Sinne der Anklage schuldig geworden ist und seiner Bestrafung zugeführt werden muß, sondern wir werden, wie es unsere Pflicht ist, gleichzeitig beweisen, daß die Schuld auch dieses obszöne Werk trifft und daß es daher aus dem Verkehr gezogen werden muß. Ja, meine Damen und Herren – verboten! Zum Beweis unserer Anklage werden wir zugleich dartun, daß eine Zensur obszöner Werke die freiheitlichen Rechte ebensowenig beeinträchtigt wie die Inhaftierung einzelner, die unserer Gesellschaft durch gewalttätige Handlungen Schaden zugefügt haben. Wir werden aufzeigen, warum wir mit dem Verbot eines obszönen Werkes keinesfalls gegen die im Ersten Zusatz unserer Verfassung garantierten Rechte des einzelnen verstoßen. Dort wird bestimmt, daß der Kongreß kein Gesetz ver-

abschieden darf, das ›die Freiheit der Rede oder der Presse einschränkt‹.
Meine Damen und Herren von der Jury. In den nun folgenden Tagen werden wir beweisen, daß dieses Buch *Die sieben Minuten* durch und durch obszön und ohne jeglichen gesellschaftlichen Wert ist und daß es daher nicht den Schutz des Ersten Zusatzes unserer Verfassung genießt. Wir werden dartun, daß dieses Buch verboten werden müßte. Wir werden uns bemühen, jenen Grundsatz zu beweisen, der so klar und deutlich von Norman Thomas zum Ausdruck gebracht wurde, einem sozialistischen Präsidentschaftskandidaten der Vereinigten Staaten. Norman Thomas kämpfte als Radikaler für die Erhaltung unserer Freiheit. Er erklärte 1955 vor einem Senatsausschuß: ›Ich lasse mich ganz und gar nicht von der Heftigkeit beeindrucken, mit der Verfechter der Pornographie immer wieder auf den Ersten Zusatz verweisen möchten. Ich glaube nicht, daß dieser Erste Zusatz jemandem die Freiheit garantiert, Unschuldige zu verführen und die noch ungefestigte Jugend schamlos auszubeuten. Ich glaube nicht, daß wir im Zuge der Bewahrung der Grundrechte unserer Presse unsere Kinder, die doch Garanten unserer Gesellschaft sind, jenen Eindrücken ausliefern müssen, die ihre niedrigen Instinkte ansprechen und gemeine Empfindungen wecken, auf die diese Sorte Literatur, die Pornographie, natürlich abzielt.«
Barrett spürte, wie Zelkin ihn anstieß.
»Herrgott!« flüsterte Zelkin wütend. »Er nimmt doch deine Argumentation schon vorweg! Willst du nicht . . .«
Während Duncans letzter Sätze wollte Barrett instinktiv aufspringen und Einspruch erheben. Der Staatsanwalt griff hier tatsächlich zu einer Beweisführung, die in einem Eröffnungswort nichts zu suchen hatte. Aber etwas hielt Barrett davon ab: Sein Bestreben, Einsprüche auf das unumgängliche Mindestmaß zu beschränken, weil er wußte, daß man sich mit zu häufigen Unterbrechungen leicht die Richter verärgerte. Doch Zelkin hatte recht. Duncan ging zu weit.
Barrett hob den rechten Arm und sprang auf.
»Einspruch, Euer Ehren. Der Herr Staatsanwalt plädiert damit bereits. Er eröffnet damit schon in der Einleitung seine Beweisführung.«
»Einspruch angenommen«, sagte Richter Upshaw sofort. Er funkelte den Staatsanwalt an. »Mr. Duncan, Sie sind sich der Grenzen sehr wohl bewußt, die einem Einleitungswort gesteckt sind. Ich ermahne Sie noch einmal, diese Grenzen nicht zu überschreiten.«
»Danke, Euer Ehren«, sagte Duncan. »Ich bitte um Vergebung.«
Doch Barrett hatte den Eindruck, daß es Elmo Duncan damit alles andere als ehrlich meinte. Im Gegenteil: Er wirkte zufrieden und gelassen. Er schien zu spüren, daß er trotz der richterlichen Ermahnung bei den Geschworenen einige Pluspunkte erzielt hatte. In diesem Bewußtsein setzte er zu seinen abschließenden Worten an.
»Meine Damen und Herren Geschworenen! In den Zeugenaussagen und in der übrigen Beweiserhebung werden wir nachweisen, daß es der Durchschnittsbürger und seine Umwelt sind, die sich durch den Inhalt dieses Buches beleidigt und

geschädigt fühlen. Wir werden darlegen, daß sich unsere Zensurbestimmungen in ihrer Auslegung nach dem Durchschnittsmenschen und nicht nach den Ausnahmen, den Gelehrten, Intellektuellen und Liberalen, orientieren sollte. Ein Richter beim obersten Gericht von New York drückte es bei der Verurteilung des Romans *Wendekreis des Krebses* von Henry Miller so aus: ›Wenn ein angeblich literarisches Werk nicht die niedrigen Instinkte einer kleinen Gruppe von Intellektuellen anspricht, so folgt daraus noch lange nicht, daß dieses Werk im Sinne des Gesetzes nicht obszön sei. Dasselbe gilt für jegliche Beurteilung des Begriffes der Obszönität, weil ansonsten die Meinung des Autors und einiger Kritiker an die Stelle der Meinung des modernen Durchschnittsbürgers treten würde.‹ Nein, es ist der Durchschnitt ...«

Barrett hatte nun endgültig genug. Duncans Ausführungen schadeten der Verteidigung. Er erhob sich halb und streckte Richter Upshaw seinen Arm entgegen. »Ich muß Einspruch einlegen, Euer Ehren. Mr. Duncan plädiert in diesem Punkt, anstatt ihn zu umreißen, aber darüber hinaus argumentiert er auch gegen die Zeugen der Verteidigung, bevor diese Gelegenheit zu ihrer Aussage hatten. Der Herr Staatsanwalt hält hier ein Schlußplädoyer, anstatt eine Einleitung zu geben.«

»Einspruch angenommen!« rief Richter Upshaw mit Nachdruck. Er wandte sich an den Staatsanwalt. »Mr. Duncan, Sie sind nicht einmal, sondern mehrmals über das hinausgegangen, was für ein Eröffnungswort üblich ist. Sie haben ordnungswidrig argumentiert und plädiert. Ich verwarne Sie nachdrücklich, nicht bei der Einleitung schon Tatsachen zu bringen, die erst in Ihr Schlußwort gehören.«

Duncan wirkte aufrichtig zerknirscht. »Entschuldigen Sie, Euer Ehren. Ich hoffe, Sie werden mir meinen Enthusiasmus vergeben. Mir ging es nur darum, die juristischen Punkte, die wir anschneiden werden, so ausführlich wie möglich darzulegen.«

Aber Richter Upshaw war nicht so leicht zu besänftigen. »Mr. Duncan, hinsichtlich des Einspruchs, den ich soeben gelten ließ, haben Sie keinen juristischen Punkt ausgeführt, sondern Ihre eigene Argumentation vorgetragen. Das kann ich nicht zulassen. Bitte, fahren Sie fort.«

Duncan war nun doch betroffen. Als er sich wieder den Geschworenen zuwandte, rang er sichtlich um seine Haltung.

»Meine Damen und Herren, lassen Sie mich ganz schlicht sagen, daß wir uns Mühe geben werden, durch Zeugenaussagen und Beweise die Tatsache zu erhärten, daß ein Durchschnittsbürger den Inhalt des Romans *Die sieben Minuten* als Anreiz für niedere Triebe ansehen würde.

Wir gehen von der Behauptung aus, daß der heutige Angeklagte, der Buchhändler Ben Fremont, diesen schädlichen Roman in dem vollen Bewußtsein feilgeboten hat, daß ihn viele Menschen nicht als Werk der Literatur erwerben werden, sondern in erster Linie als ausgesprochene Pornographie, hergestellt – wie wir auch noch beweisen werden – von einem Autor von der geilen Gesinnung

des berufsmäßigen Pornographen, der nicht im entferntesten daran dachte, seinem Werk irgendeine gesellschaftliche Bedeutung mitzugeben.
Wenn Sie mir zum Abschluß eine nicht ganz ernstzunehmende Bemerkung gestatten, so werde ich gerade daran erinnert, daß auch einmal der Roman *Lady Chatterley* als reines Kunstwerk ohne geile Nebengedanken verteidigt wurde. Bei dieser Gelegenheit sah sich ein Richter des Appellationsgerichts zu der trokkenen Bemerkung veranlaßt: ›Was die unsittliche Wirkung betrifft, so wird wohl kaum jemand naiv genug sein anzunehmen, daß die plötzliche Umsatzlawine dieses Buches auf den plötzlich aufgetretenen Wunsch der amerikanischen Öffentlichkeit zurückzuführen ist, sich mit den Problemen eines Wildhüters auf einem englischen Landsitz vertraut zu machen.‹«
Die Geschworenen reagierten amüsiert. Duncan musterte sie mit anerkennendem Lächeln. Dann strich er sich über das Haar, massierte seinen Nacken und setzte zum Weiterreden an.
Barrett hatte zwar die Absicht, gegen diese Abschweifung zu protestieren, aber ob zulässig oder nicht, Duncan hatte sich damit das Wohlwollen der Geschworenen erworben. Sie hatten ihren Spaß gehabt, und ein Einwand der Verteidigung gegen etwas, das ihnen Spaß machte, konnte sie leicht gegen die Argumente der Verteidigung einnehmen. Barrett sagte sich, daß hier ein juristischer Gewinn einem effektiven Verlust gleichkäme. Also schwieg er, auch wenn es ihn einige Überwindung kostete.
Duncan fuhr unterdessen fort: »Als Staatsanwalt werde ich mich in diesem Strafverfahren nicht von der Überzeugung abbringen lassen, daß *Die sieben Minuten* von Jadway nicht deshalb geschrieben, nicht deshalb veröffentlicht, nicht deshalb verkauft und gekauft wurde, weil die amerikanische Leserschaft unbedingt wissen wollte, wie es eine junge Frau fertigbrachte, volle sieben Minuten lang ohne Nachthemd in einem Bett zu liegen, ohne sich zu Tode zu erkälten, oder woran sie sieben lange Minuten dachte, um ihre Schlaflosigkeit zu überwinden. Nein, das glaube ich einfach nicht.«
Einige der Geschworenen lachten leise in sich hinein, doch Duncan schenkte ihnen keine Beachtung. Das Lächeln war von seinem Gesicht abgefallen. Er war jetzt todernst.
»Die Anklage behauptet, daß dieses Buch ausschließlich als obszönes Werk geschrieben, veröffentlicht und verkauft wurde und daß es keinem anderen Zweck dienen sollte, als das Schamgefühl zu verletzen und ein gemeines Interesse an Nacktheit, Sexualität und Ausschweifungen zu wecken. Das behaupte ich, meine Damen und Herren, und das werde ich im Verlauf dieses Strafverfahrens auch beweisen. Ich danke Ihnen.«
Elmo Duncan wandte sich von der Geschworenenbank ab. Für den Bruchteil einer Sekunde trafen sich seine und Barretts Blicke. Barrett glaubte ein mitleidiges Zucken um seine Lippen zu bemerken, dann ging Duncan zu seinem Tisch auf der anderen Seite des Saals zurück.
»Mr. Barrett!« Barrett hob mit einem Ruck den Kopf und merkte, daß der Rich-

ter ihn angesprochen hatte. »Sind Sie bereit, Ihre einleitenden Worte jetzt zu sprechen, oder möchten Sie es auf einen späteren Zeitpunkt verschieben?«
Barrett stand auf. »Ich möchte jetzt um das Wort bitten, Euer Ehren.«
»Dann erteile ich Ihnen das Wort.«
Barrett warf Zelkin und Fremont noch einen raschen Blick zu, dann trat er aus der Geborgenheit seines Tisches hervor und ging auf die Geschworenenbank zu. Mehrere der Geschworenen musterten ihn neugierig. Er konnte sich denken, was in ihren Köpfen vorging. Sie standen immer noch unter dem Eindruck von Duncans Einführung, die eigentlich bereits ein Plädoyer war, sie dachten wohl, daß bereits alles gesagt war, und sie wußten nicht recht, was dieser Fremde noch von ihnen wollte.
Barrett tröstete sich mit dem Gedanken, daß es bei einer Debatte dem zweiten Redner stets so ergeht, besonders dann, wenn sein Vorredner einen tiefen Eindruck hinterlassen hat. Die Zuhörer haben dann eine Art Gehirnwäsche hinter sich. Sie haben bereits Partei ergriffen und stehen allem, was noch gesagt wird, skeptisch oder zumindest unaufmerksam gegenüber. Dem zweiten Redner fällt es immer schwerer, sie für sich zu gewinnen. Man muß um ihr Interesse kämpfen. Hat man es endlich errungen, muß man ihre Gehirne wie eine Tafel abwaschen, neue Bilder daraufmalen und hoffen, daß ihre Auffassungsgabe ausreicht, auch diese neuen Vorstellungen zu erfassen.
Barrett wischte sich mit der Hand lässig über den Rockaufschlag. Es gab eine Möglichkeit, auf der Stelle ihre Aufmerksamkeit zu fesseln. Man mußte sie erschrecken, sie überraschen, ohne sie zu empören oder gegen sich einzunehmen. Gar nicht einfach. Noch hatten die Kreuzverhöre nicht begonnen, dieses spannende Tauziehen zwischen Staatsanwalt und Verteidiger wegen bestimmter Punkte der Aussage. Noch konnte er den Geschworenen nicht dadurch imponieren, daß er etwas zerpflückte und widerlegte, was Duncan oder seine Zeugen ihnen eingetrichtert hatten. Er durfte nicht die Behauptungen der Anklagevertretung widerlegen, um für seine eigenen den Weg freizumachen. Er konnte lediglich darlegen, daß es in der Frage der Zensur noch eine zweite Seite gab, für die zwingende Gründe sprachen. Das war viel schwieriger als eine Debatte. Deshalb war es in diesem Augenblick nicht einfach, die Vorurteile auszurotten, die sich bei den Geschworenen bereits festgesetzt hatten.
Da saßen sie nun, zwölf Mann hoch, und warteten auf seine ersten Worte. Aus ihren dicken und dünnen, offenen und verschlossenen, fleischigen und knochigen Gesichtern sprach über eine konventionelle Höflichkeit hinaus keine Freundschaft, sondern bestenfalls milde Neugier und eine Herausforderung an seine Fähigkeiten. Nun, er wollte sich alle Mühe geben.
Also gut. Nur eine Einführung. Kein Plädoyer.
»Meine Damen und Herren Geschworenen«, begann Mike Barrett. »Mein Kollege Abraham Zelkin und ich haben die Verteidigung in einem äußerst verwikkelten Zensurprozeß übernommen. Da der Bezirksstaatsanwalt, Mr. Elmo Duncan, Ihnen bereits sehr anschaulich die gesetzlichen Bestimmungen und die

Definition der Begriffe ›obszön‹ und ›aufreizend‹ erläutert hat, halte ich es für überflüssig, Sie damit noch einmal zu belästigen.

Doch wenn wir dieses Gesetz betrachten und zu begreifen suchen, wenn wir feststellen wollen, ob es auf den Angeklagten Ben Fremont, auf den Autor Jadway oder auf das Buch selbst anwendbar ist, stoßen wir auf ein Problem. Mr. Duncan hat deutlich gemacht, daß er in diesem Verfahren nur nach der Wahrheit sucht. Ich glaube ihm. Ich bin sicher, daß auch Sie ihm glauben. Ich kann Ihnen versichern, daß auch mein Kollege und ich nichts weiter als die Wahrheit suchen. Kurzum, beide Seiten suchen nach der Wahrheit, und beide Seiten glauben, diese Wahrheit gefunden zu haben. Aber seltsamerweise unterscheiden sich diese Wahrheiten voneinander. Es sind zwei unterschiedliche Wahrheiten, und doch sind Sie und ich in der Überzeugung erzogen worden, daß es nur eine einzige Wahrheit geben kann. Das Problem besteht nun darin, beide Wahrheiten abzuwägen und nicht zu entscheiden, welche davon die echte und welche die falsche ist, denn beide Wahrheiten sind echt. Darin besteht Ihr Problem – Sie haben herauszufinden, welche dieser Wahrheiten auf den gegen Mr. Fremont erhobenen Vorwurf anwendbar ist, Jadways Roman *Die sieben Minuten* vertrieben zu haben.

Ich habe volles Verständnis für Ihre Schwierigkeiten. Schließlich hat uns schon jener amerikanischste aller amerikanischen Essayisten und Philosophen, Ralph Waldo Emerson, im vergangenen Jahrhundert darauf hingewiesen, daß die Wahrheit eine so flüchtige, verborgene, unfaßbare, unwägbare Ware ist, daß man sie ebensowenig greifen kann wie das Licht selbst. Aber wenn ich Ihnen nun einige Punkte darlege, mit denen sich die Verteidigung beschäftigen wird, möchte ich nach diesem Licht greifen und etwas davon auf unsere Vorstellung von dem werfen, was in dieser Angelegenheit als Wahrheit zu betrachten ist.

Sie haben das Strafgesetz dieses Staates vernommen, den Paragraphen, der sich mit Obszönität befaßt. Sie haben gehört, daß er nach Mr. Duncans Ansicht seine Wahrheit und die Berechtigung der Anklage unterstützt. Gestatten Sie mir nun eine Darlegung der Wahrheit, wie sie die Verteidigung sieht.

Die Verteidigung wird in diesem Prozeß darzulegen versuchen, daß ›obszön‹ und ›Sex‹ nicht ein und dasselbe ist.«

Barrett hörte, wie ein Stuhl zurückgeschoben wurde. Er wandte sich um und sah, daß Elmo Duncan aufgestanden war.

»Einspruch, Euer Ehren!« sagte Duncan. »Damit tritt der Herr Verteidiger bereits in die Beweisführung ein.«

Barrett sah hinauf zum Richtertisch. Richter Upshaw runzelte die Stirn. »Ich sehe darin noch keine Beweisführung, Mr. Duncan, sondern nur eine Definition. Dabei kann man durchaus von einer negativen Behauptung ausgehen. Ich lehne daher den Einspruch ab und gestatte es der Verteidigung, in ihren Ausführungen fortzufahren. Mr. Barrett, Sie dürfen Ihre Begriffsbestimmung fortsetzen, aber bitte mit der gebotenen Vorsicht. Beachten Sie bitte die Grenzen, die dem Einleitungswort gesteckt sind.«

Sekundenlang war Barretts Hoffnung schon gesunken, aber nun wurde ihm fast schwach vor Erleichterung. Er wandte sich wieder dem Schwurgericht zu.
»Meine Damen und Herren«, sagte er ruhig und eindringlich. »Die Verteidigung wird im Verlauf dieser Verhandlung versuchen, den Beweis zu erbringen, daß es sich nicht automatisch um Obszönitäten handelt, wenn in dem Buch *Die sieben Minuten* ein menschliches Drama im Rahmen eines Geschlechtsaktes dargestellt wird. Ein Kenner des Zensurproblems, Robert W. Haney, hat einmal geschrieben: ›Das Gesetz, wie die Unabhängigkeitserklärung es versteht, ist nicht ein gesellschaftliches Mittel zur Hebung der Moral, sondern es dient dem Schutz der Freiheit und des Spielraums, den der Mensch zu seinem Glück und zu seiner freien Entfaltung braucht. Freiheit bedeutet nicht das Recht, tugendsam zu sein, sondern das Recht, das zu tun, was einem beliebt. Die Ausübung dieses Rechts findet ihre Grenze nur da, wo die Freiheit anderer gefährdet wird oder wo sie zu Handlungen führt, die von der Gesellschaft als schädlich für ihre Absichten betrachtet wird.‹
Meine Damen und Herren, diese Interpretation des Gesetzes kann ich nicht nachdrücklich genug betonen. Weder die Bundesgesetze noch die Gesetze unseres Staates Kalifornien wurden geschaffen, um die Tugend zu fördern. Sie dienen dem Schutz der Freiheit. Das Obszönitätsgesetz, auf das sich dieses Strafverfahren stützt, wurde nicht in das Strafrecht aufgenommen, um zu verhindern, daß über Sex geschrieben und gelesen wird. Es soll auch nicht eine puritanische Einstellung fördern. Es hat nur deshalb seinen Platz im Strafgesetzbuch gefunden, weil es die Bürger vor skrupellosen Verzerrungen und falschen Darstellungen an sich sauberer und gesunder sexueller Vorgänge schützen soll.
Die Verteidigung wird sich bei ihrem Vorgehen von den Ansichten einiger der prominentesten Rechtsexperten unserer Zeit leiten lassen. Richter Jerome Frank führte einmal in einer Urteilsbegründung aus: ›Ich glaube nicht, daß ein normaler Mensch die Weckung normaler sexueller Wünsche als sozial gefährlich bezeichnen wird. Wenn die Lektüre eines Buches diese Wirkung ausübt, wird sie der Kongreß verfassungsrechtlich ebensowenig verbieten können wie beispielsweise den Handel mit Parfüm, das bekanntlich dieselbe Wirkung zeitigt.‹
Wenn also ein Buch verboten werden soll, weil es sexuelle Wünsche wachruft – wann werden wir dann Monsieur Arpège vor die Schranken eines Gerichts zitieren?«
Während einige der Geschworenen lächelten und ein paar sogar laut lachten, hörte Barrett hinter sich Duncans Einspruch.
Barrett wandte sich um. Richter Upshaw pflichtete Duncan bei. »Einspruch angenommen. Mr. Barrett, Sie sind zu weit gegangen. Ich muß Sie verwarnen. Sie überschreiten die Grenzen der Einführungsrede.«
Barrett neigte leicht den Kopf. »Verzeihen Sie, Euer Ehren.« Ihm fielen Duncans Worte von vorhin ein. Er fügte hinzu: »Ich hoffe, Sie werden mir meinen Enthusiasmus vergeben.«
Er bemerkte Duncans finstere Miene und Zelkins breites Grinsen und wandte

sich wieder den Geschworenen zu. Sein Gegenspieler hatte mit dem Argumentieren begonnen. Diese Gelegenheit hatte Barrett ausgenutzt, um auf die Geschworenen Eindruck zu machen. Es war zu merken, daß sie ihn als gleichwertigen Gegner des Staatsanwalts akzepiert hatten. Nicht schlecht.
»Meine Damen und Herren von der Jury«, fuhr Barrett fort, »Sie haben vorhin vom Herrn Staatsanwalt gehört, daß sich in einem Zensurfall, bei dem es um gesellschaftlichen Wert oder Unwert eines Werkes der Literatur geht, die Beweisführung nicht ausschließlich auf Fakten beschränken kann, sondern daß sie notwendigerweise auch die Meinung von Fachleuten mit einbeziehen muß. Dem pflichten wir bei. Wir werden Ihnen, soweit das möglich ist, Fakten vorlegen, die für den Roman *Die sieben Minuten* und für Ben Fremonts Recht sprechen, dieses Buch zu verkaufen. Da jedoch die gesellschaftliche Bedeutung des Buches, da die Handlung und der in ihr enthaltene Sex, da der Wert dieses Romans von der jeweiligen Beurteilung abhängig sind, werden wir als Beweis für seinen Wert Fachmeinungen präsentieren, die sich mit den Motiven des Autors und dem Sinn seiner schöpferischen Arbeit befassen. Wir werden Ihnen auch den sogenannten Durchschnittsbürger vorstellen, der die heutige Gesellschaft bildet, in der dieses Buch verkauft wird.
Der erste Präzedenzfall für die Zulassung der Sachverständigenmeinung vor Gericht ereignete sich bereits 1917 in einem Zensurverfahren, bei dem es um den klassischen französischen Roman *Mademoiselle de Maupin* von Gautier ging. In diesem Verfahren ließen die Richter zugunsten dieses klassischen Werkes Zitate literarischer Zeugnisse, unter anderem auch von Henry James, zu. Als sich dann 1938 die Zeitschrift *Life* vor Gericht wegen eines Bildberichts mit dem Titel *Geburt eines Kindes* zu verantworten hatte, war die im Zeugenstand vertretene Meinung von Sachverständigen entscheidend für den Ausgang des Prozesses. Eine religiöse Vereinigung hatte die Zeitschrift angezeigt, und die New Yorker Gesetzeshüter erhoben den Vorwurf, der Bericht sei obszön, geil, unsittlich, abstoßend. In der Begründung des Freispruchs hob das Gericht hervor, die Verteidigung hätte als Zeugen ›verantwortungsbewußte Autoriäten auf dem Gebiet des öffentlichen Gesundheitswesens, Sozialarbeiter und Erzieher vorgestellt, die den erzieherischen Wert, die Ernsthaftigkeit und Aufrichtigkeit des beklagten Berichts bezeugt hätten‹. Die Staatsanwaltschaft lehnte derlei Zeugen zwar ab, und das Gericht gab ihr bei diesem Protest recht. Es fügte jedoch hinzu: ›Solche Aussagen unterstützen jedoch die Wahrheitsfindung, und in den letzten Jahren haben unsere Gerichte in zunehmendem Maße den Ansichten qualifizierter Personen Gehör geschenkt.‹
Daher wird sich die Verteidigung auch im vorliegenden Fall auf die Aussagen qualifizierter Personen stützen. Mit Hilfe dieser Zeugen werden wir nachweisen, daß der Roman *Die sieben Minuten* sich auf künstlerische Integrität berufen darf, daß es vielfach als literarisches Meisterwerk angesehen wird und daß es heutzutage zu einem echten Meilenstein auf dem Wege zum Verständnis des Geschlechtlichen geworden ist. Mittels dieser qualifizierten Zeugen werden wir

beweisen, daß die zeitgemäße Auffassung von Moral sich verändert, daß sie heute nicht mehr das ist, was sie vor einem Jahrzehnt oder vor einer Generation war, und daß Jadway ein Prophet war, der bereits vor drei Jahrzehnten vorausahnte, welche Veränderungen und Entwicklungen diese Auffassungen bis zum heutigen Tage durchmachen würden. Und wir werden dartun, daß einige Teile dieses Romans unserer Zeit zwar noch vorauseilen mögen, daß sie aber dennoch verdienen, gehört zu werden.«

Die Versuchung war groß, an dieser Stelle ausführlicher zu werden.

Barrett brauchte etwas Zeit, um zu überlegen, ob er es wagen durfte, über die Grenzen einer Einführung hinauszugehen. Er trat von der Geschworenenbank zurück und trank einen Schluck Wasser aus seinem Glas.

Hier hätte er ein Zitat von Richter Douglas anbringen können: »Der Staat solle sich mit asozialem Verhalten und nicht mit Meinungsäußerungen befassen. Wenn daher die Garantie der Meinungs- und Pressefreiheit aus dem Ersten Zusatz der Verfassung ihre Bedeutung behalten soll, muß sie selbst Proteste gegen den Moralkodex zulassen, der in der gegenwärtigen Gesellschaft als gültig angesehen wird. Mit anderen Worten: Literatur darf nicht deshalb verboten werden, weil sie die Moralauffassung des Zensors verletzt.«

Das war natürlich eine unzulässige Argumentation, aber es gelang ihm vielleicht, sie einfließen zu lassen, bevor er durch einen Einspruch gestoppt wurde. Auch Duncan war es ja gelungen, seine Ermahnungen anzubringen.

Und was könnte darauf folgen? überlegte er. Er konnte fortfahren: »Wir werden außerdem darlegen und durch Zeugenaussagen erhärten, daß *Die sieben Minuten* nur anhand der Äußerungen des Autors selbst beurteilt werden darf. Wir werden ausführen, daß jede Beweisführung unzulässig ist, die sich darauf stützt, daß die Lektüre dieses Buches angeblich asoziales Verhalten ausgelöst hat. Sollte sie dennoch für zulässig befunden werden, so werden wir beweisen, daß eine solche Behauptung durch keinerlei Tatsachen gestützt wird. Eine Definition im kalifornischen Strafgesetz, die sich auf die Klage Roths gegen die Vereinigten Staaten stützt, besagt: ›Eine Bestrafung wegen Obszönität ist nicht von dem Beweis abhängig, daß obszönes Material eine klare und akute Gefahr sozialen Verhaltens schafft oder daß die Wahrscheinlichkeit besteht, daß es die Empfänger zu einem solchen Verhalten veranlassen könnte.‹ Wir bleiben bis auf weiteres dabei, daß ein Verhalten, das sich aus der Lektüre eines Buches ergibt, für dieses Zensurverfahren rechtlich unerheblich ist. Sollte uns das hohe Gericht belehren, daß dies nicht so ist, werden wir durch Sachverständigenaussagen beweisen, daß Geschriebenes – wie es ein Mitglied des höchsten amerikanischen Gerichts ausdrückte – im Verhältnis zu anderen Faktoren kein maßgeblicher Faktor ist, der einen Menschen veranlassen könnte, von der gesellschaftlichen Norm abzuweichen.«

Wenn Barrett damit durchkam, konnte er noch weiter ausführen: »Sollte es sich als erforderlich erweisen, werden wir nachweisen, daß erotische Lektüre keine Gewaltakte auslöst. Dr. Wardell B. Pomeroy war als Angehöriger des Kinsey-

Instituts für Sexualforschung an der Befragung von achtzehntausend Personen beteiligt. Er stellte dabei fest, daß pornographische Lektüre ein wenig ins Gewicht fallendes sexuelles Stimulans ist. Wir sind darauf vorbereitet, in dem vorliegenden Strafverfahren dieses Ergebnis durch die Aussagen eigener Zeugen zu erhärten. Und insofern pornographische Lektüre beim Leser tatsächlich sexuelle Vorstellungen auslöst, sind wir zu dem Beweis bereit, daß diese nicht nur harmlos sind, sondern häufig sogar heilsame Auswirkungen haben. Dr. Sol Gordon aus New York erklärt: ›In meiner dreizehnjährigen Erfahrung als Psychologe ist mir nicht ein einziger Jugendlicher begegnet, der durch pornographische Lektüre in irgendeiner Form geschädigt worden wäre. Meine Erfahrung hat mich zu der Überzeugung gebracht, daß jene Leute, die Kreuzzüge gegen die Pornographie veranstalten, im großen und ganzen dieselben sind, die sich einer Sexualerziehung widersetzen und die versuchen, die neurotische Vorstellung zu verbreiten, daß ein Gedanke an sich schon böse sein kann. Wenn jene Leute nur erkennen wollten, daß Gedanken, Tagträume, Phantasien und Wünsche an sich nicht sträflich sind, wäre das ein großer Sieg für eine geistig gesunde Welt.‹ Vor einigen Jahren erklärte Havelock Ellis sogar, für Kinder brächte die Flucht in eine Märchenwelt seelische Erleichterung, für Erwachsene jedoch in gleicher Weise das Hingeben an sexuelle Vorstellungen. In jüngster Zeit gelangten die beiden prominenten Psychoanalytiker Dr. Phyllis und D. Eberhard Kronhausen zu dem Schluß, daß die Lektüre realistischer erotischer Werke, aber auch von Pornographie eine wünschenswerte Praxis sei, da sie ein Ventil für antisoziale Gefühle darstellt, indem sie solche Empfindungen in den Bereich der reinen Phantasie ablenkt.«

Doch in diesem Augenblick wußte Barrett wirklich nicht, ob er dieses Thema weiter ausführen sollte oder lieber nicht. Innerhalb weniger Sekunden war ihm das durch den Kopf gegangen, was er vielleicht versuchen könnte. Nun versuchte er, dieses Dilemma zu lösen. Richter Upshaw hatte sowohl Duncans Versuch als auch seinen eigenen hingenommen, bei der Einleitung bereits zu argumentieren, aber nun würde er wohl keine weiteren Abschweifungen mehr dulden. Eine strenge oder gar bissige Ermahnung des Richters würde alles zunichte machen, was Barrett bisher für die Verteidigung erreicht hatte. Das wäre sinnlos. Er mußte die Spielregeln einhalten.

Barrett streifte Zelkin mit einem raschen Blick. Sein Sozius schien seine Gedanken gelesen zu haben, denn er nickte ihm fast unmerklich zu. Entschlossen stellte Barrett das Wasserglas hin und wandte sich wieder den Geschworenen zu.

»Der Herr Staatsanwalt«, fuhr er fort, »hat die Ansicht vertreten, daß es in diesem Verfahren um drei Fragen geht. Die Verteidigung kann nur eine einzige Frage erkennen – nicht drei oder auch nur zwei Probleme, sondern ein einziges. Punkt eins der Anschuldigung, daß Ben Fremont den Roman mit dem Titel *Die sieben Minuten* verkauft hat, wird von der Verteidigung nicht bestritten. Wir geben zu, daß Mr. Fremont das Buch ausgestellt und verkauft hat. Er ist von Beruf Buchhändler. Er ist Besitzer eines Buchgeschäfts in der Gemeinde Oakwood und lebt davon, daß er das ganze Jahr über Bücher verkauft. Er gehört jenem angesehenen Berufsstand an, den Thomas Jefferson 1844 in einem Brief an einen Buchhändler aus Philadelphia verteidigte, der unter Anklage gestellt worden war: ›Ich bin entsetzt darüber, daß in den Vereinigten Staaten eine literarische Frage vor ein Gericht gebracht werden kann.‹

Was den zweiten Vorwurf der Anklage betrifft, daß Ben Fremont wissentlich ein obszönes Buch vertrieben hat, so sind wir der Meinung, daß diese Frage nicht getrennt behandelt werden kann, sondern nur im Rahmen eines übergeordneten Problems, in dem wir den Zentralpunkt dieses Verfahrens erblicken. Für die Verteidigung geht es nämlich nur um eine einzige Frage: Ist der Roman *Die sieben Minuten* von JJ Jadway nach dem Gesetz obszön? In unseren Augen konzentriert sich dieses Strafverfahren auf die Frage, was obszön ist und was nicht.

Wieder war Barrett versucht, sich des besseren Verständnisses halber auf schwankenden Boden vorzuwagen.

Er hätte am liebsten eine recht wirkungsvolle Anekdote angebracht. Er hätte gern gefragt: »Kann jemand Geschmack diktieren, wenn Geschmack und Tabus doch so unterschiedlich sind? Sie unterscheiden sich von einem Bundesstaat der USA zum anderen, von einem Land dieser Welt zum anderen. Man muß dabei an die Erzählung Sir Richard Burtons über eine Gruppe von Engländern denken, die einen muselmanischen Sultan in der Wüste besuchten. Die Frau des Sultans fiel vor den Augen der Engländer von ihrem Kamel. Dabei rutschte ihr das Gewand hoch, und alle konnten ihre intimsten Körperpartien bewundern. Ob das dem Sultan peinlich war? Keineswegs, denn seine Frau hatte es fertiggebracht, während des Unfalls ihr Gesicht verschleiert zu halten.«

Barrett war sicher, daß die Geschworenen ihren Spaß an dieser Geschichte haben würden, und daß ihm damit ein Pluspunkt sicher war. Andererseits wußte er aber auch, daß Duncan seinen Einspruch durchbringen würde, noch bevor die arme Frau vom Kamel gefallen war. Es hatte keinen Sinn, jetzt die Frau des Sultans zu strapazieren. Er sparte sich die Geschichte für sein Schlußwort auf.

Mit einem stillen Seufzer entschloß sich Barrett wohl oder übel, den geraden Weg streng juristischer Formulierungen zu wählen.

»Meine Damen und Herren! Wenn uns der Beweis gelingt, den wir anstreben, daß dieses Buch aus ehrlichem Bemühen geschrieben wurde, daß sein Inhalt nicht an Deutlichkeit die heute üblichen Normen überschreitet, daß die Fabel künstlerisch erzählt wird und daß dem Roman eine enorme gesellschaftspolitische Bedeutung zukommt, dann haben wir gleichzeitig auch bewiesen, daß der Roman keinen Verstoß gegen Paragraph 311, Absatz 2 des kalifornischen Strafgesetzes darstellt. Ist dieses Buch jedoch nicht obszön, dann ergibt sich von selbst, daß man Mr. Fremont nicht wegen des wissentlichen Vertriebs eines obszönen Werks anklagen kann. Um es anders auszudrücken: Wenn es uns gelingt, meine Damen und Herren, zu Ihrer vollen Zufriedenheit den Beweis zu erbringen, daß der Roman *Die sieben Minuten* nicht obszön ist, dann haben wir gleichzeitig bewiesen, daß Ben Fremont unschuldig ist.«

Mike Barrett zögerte. Er hatte eigentlich vor, seine Ausführungen etwas schwungvoller abzuschließen. Die letzten Sätze hatte er sogar noch an diesem Morgen, bevor er zur Verhandlung fuhr, auswendig gelernt:
»Richter Felix Frankfurter hat einmal vor dem obersten Gericht dieses Landes bei der Zurückweisung eines Zensurverlangens folgenden Grundsatz geprägt: ›Die Staatsanwaltschaft behauptet, ihre Macht für das Gemeinwohl einzusetzen, indem sie zum Schutz jugendlicher Unschuld erwachsenen Männern und Frauen eine Lektüre vorenthält, die für sie keineswegs zu hart ist. Aber das bedeutet doch, das Haus niederzubrennen, um in dem Feuer ein Schwein zu braten.‹
Meine Damen und Herren von der Jury, hier findet die Verteidigung das Motto, das sie während dieses Prozesses auf ihr Banner schreiben wird. Es soll uns auf einen Weg führen, den wir gehen müssen.
Wir lehnen es ab, unser Haus niederzubrennen – unser Haus und auch Ihr Haus –, nur um in dem Feuer ein Schwein zu braten.«
Sehr schön. Sehr wirkungsvoll. Aber jetzt, in dieser ausgesprochen sachlichen Atmosphäre, unmöglich.
Verdammt.
Was hatte er gerade zu den Geschworenen gesagt? Richtig. Wenn wir beweisen können, daß *Die sieben Minuten* nicht obszön ist, dann haben wir auch Ben Fremonts Unschuld bewiesen.
Es war besser, mit dieser schlichten Feststellung zu schließen als mit dem Mißton eines Einspruchs von seiten Duncans.
Barrett sah die Geschworenen nacheinander fest an.
»Sie haben gehört, was wir Ihnen versprochen haben. Bald werden die Beweise folgen.« Er machte eine kleine Pause. »Ich danke Ihnen vielmals, meine Damen und Herren Geschworenen.«
Barrett kehrte an seinen Platz hinter dem Tisch der Verteidigung zurück und hatte das Gefühl, sich vollkommen verausgabt zu haben. Er glaubte, nur noch aus Knochen zu bestehen. Er hatte seine Nerven, seine Muskeln, die letzte Fiber seines Körpers verbraucht. Aber als er Zelkin und Ben Fremont ansah, wußte er, daß sich die Anstrengung gelohnt hatte.
Ben Fremont wischte aufgeregt seine Brille sauber und beugte sich zu ihm herüber. »Jetzt geht's mir schon viel besser, Mr. Barrett«, flüsterte er.
»Schon gut.« Barrett sah Zelkin fragend an. »Wie war's wirklich, Abe?«
»Ausgezeichnet. Du hast sie doch gezwungen, dir zuzuhören. Ich glaube, du hast damit Duncans Vorsprung aufgeholt. Ich würde sagen, die erste Runde ging unentschieden aus. Damit bin ich mehr als zufrieden.«
»Ich auch«, murmelte Barrett und schüttelte den Kopf. »Aber ich fürchte, von nun an wird's steil bergab gehen, wenn nicht noch Manna vom Himmel fällt.«
»Immer schön eins nach dem anderen«, sagte Zelkin.
Barrett merkte, daß alle anderen im Saal verstummten.
Richter Upshaw hatte seine Aufzeichnungen beendet und wandte sich an den Bezirksstaatsanwalt.

»Bitte, rufen Sie Ihren ersten Zeugen auf«, ordnete der Richter an.
»Danke, Euer Ehren«, sagte Duncan und stand bereits. Er blickte suchend über die Zuschauer hinweg. »Die Staatsanwaltschaft ruft den Polizeibeamten Otto Kellog in den Zeugenstand.«
Ein paar Sekunden später schob sich Kolleg, ein untersetzter Mann in dunklem Anzug, durch die Öffnung in der Barriere und baute sich in strammer Haltung vor dem Zeugenstand auf. Der langhalsige Gerichtsschreiber trat ihm entgegen.
Mit einem Ruck hielt der Protokollführer dem ersten Zeugen die ledergebundene Bibel hin. »Legen Sie bitte Ihre linke Hand auf die Bibel und heben Sie die rechte.«
Kellog legte seine mächtige Pranke auf die Bibel.
Die trockene Stimme des Portokollführers klang wie ein Maschinengewehr. »Beschwören Sie, daß Sie bei Ihrer nun folgenden Zeugenaussage die Wahrheit, die reine Wahrheit und nichts als die Wahrheit sagen werden, so wahr Ihnen Gott helfe?«
»Ich schwöre es.«
»Nennen Sie bitte Ihren Namen.«
»Otto C. Kellog. K-e-l-l-o-g.
»Nehmen Sie bitte Platz.«
Kellog setzte sich und erwartete die erste Frage. Er hatte diese Rolle schon oft gespielt. Der Gerichtsangestellte war mit seiner Bibel unauffällig abgetreten. Seine Stelle nahm nun Bezirksstaatsanwalt Elmo Duncan ein.
»Mr. Kellog, nennen Sie uns bitte Ihren Beruf.«
»Ich bin Polizeibeamter, Sir, im Rang eines Sergeant, zugeteilt dem Sittendezernat des Sheriff's Office im County Los Angeles.«
»Sergeant, ist es üblich, daß Sie bei Ihrer Arbeit im Sittendezernat Zivil tragen?«
»Ja, Sir.«
»Gut. Hatten Sie am neunzehnten Mai dieses Jahres Veranlassung, das Ladengeschäft aufzusuchen, das in der North Third Street Nummer 1301 in Oakwood, im County Los Angeles, im Bundesstaat Kalifornien, untergebracht ist?«
»Ja, Sir.«
»Und trugen Sie bei dieser Gelegenheit, wie üblich, Zivil?«
»Das stimmt, Sir.«
»Können Sie mir das Gebäude genau beschreiben, das sich an der angegebenen Adresse befindet?«
»Es handelt sich um einen Laden, Sir. Mieter ist Ben Fremont, Besitzer der Firma Fremonts Büchermagazin.«
»Sie haben also dieses Geschäft aufgesucht. Waren Sie dabei allein?«
»Nein, Sir, ich war in Begleitung meiner Kollegen Izaak Iverson und Anthony Eubank. Oder wollten Sie fragen, ob ich das Geschäft allein betreten habe?«
»Nein, Sie haben meine Frage richtig beantwortet. Nun möchte ich gern wissen, ob Ihre Kollegen Sie in das Geschäft begleitet haben?«

»Das erstemal ging ich allein hinein.«
»Beim erstenmal waren Sie also allein. Aus welchem Grund gingen Sie allein hinein?«
»Ich wollte wie ein ganz normaler Kunde wirken, der für seine Frau ein Buch kaufen will.«
»Und haben Sie ein Buch gekauft?«
»Ja, Ben Fremont verkaufte mir ein Exemplar des Romans *Die sieben Minuten* von JJ Jadway.«
»Das war also beim erstenmal. Haben Sie den Laden noch einmal betreten?«
»Ja. Gleich nachdem ich das Buch gekauft hatte, ging ich hinaus und beriet mich einige Minuten lang mit meinem Kollegen Iverson, dann betraten wir die Buchhandlung noch einmal gemeinsam.«
»Was war der Zweck Ihres zweiten Besuchs?«
»Die Verhaftung Ben Fremonts wegen Verstoßes gegen Paragraph 311, Absatz 2, des kalifornischen Strafgesetzes.«
Mike Barrett hatte den ersten Antworten dieses Zeugen pflichtgemäß zugehört, aber nun begann seine Aufmerksamkeit nachzulassen. Das alles hatte er oft genug gehört und gelesen. Er hörte nur mit halbem Ohr zu und zeichnete Skizzen der Geschworenen auf seinen Block.
Nur einmal, etwa zwanzig Minuten später, war Barrett plötzlich hellwach. Duncan hatte den Zeugen gefragt, ob Ben Fremont eingestanden hätte, daß das von ihm vertriebene Buch obszön sei. Kellog berief sich auf seine Bandaufnahme von der Unterhaltung mit Fremont und behauptete, der Buchhändler hätte zugegeben, daß der Roman obszön sei.
»Er erklärte mir, es handle sich um das am häufigsten verbotene Buch aller Zeiten«, sagte Kellog. »Er sagte, es sei in allen Ländern der Welt verboten worden, weil man es als obszön betrachtete.«
Das machte Eindruck auf die Geschworenen, wie Barrett feststellte. Er begann sofort auf einem frischen Blatt zu schreiben, während Zelkin nach der Niederschrift der Aufnahme suchte, die Kellog mit seinem kleinen tragbaren Gerät gemacht hatte.
Dann schaltete Barrett wieder ab und konzentrierte sich auf den Kernpunkt, den er beim Kreuzverhör herausarbeiten mußte. Er folgte Zelkins Zeigefinger, der die Zeilen der Niederschrift entlangfuhr. Hier stand wortwörtlich, was vor der Verhaftung zwischen Ben Fremont und dem Polizeibeamten gesprochen worden war.
Hastig machte sich Barrett seine Notizen. Fremont hatte an jenem Maitag das Buch ausdrücklich als »Literatur« bezeichnet. Später hatte er noch hinzugefügt: »Wie man das Buch auch bezeichnet hat – ob obszön oder nicht – ein Meisterwerk ist es auf jeden Fall.« Als Kellog dann versucht hatte, Fremont das Zugeständnis zu entlocken, daß er *Die sieben Minuten* für anstößig hielt, war Fremont glücklicherweise nicht darauf hereingefallen. Er hatte geantwortet: »Wie soll ich das beurteilen? Das ist doch nur so ein Ausdruck. Es gibt Worte, die

halten manche Leute für schmutzig, andere für schön. Genau darum geht es. Manche Leute, vielleicht die meisten, werden sagen, dieses Buch ist schmutzig. Aber es wird auch viele geben, die es großartig finden.« Dann weiter: »Denen ist die Frage der Obszönität gleichgültig, wenn sie etwas so Großartiges lesen, das ihnen ein neues Verständnis der menschlichen Natur vermittelt.«
Leise lächelnd legte Barrett seinen Bleistift weg.
Er hob den Kopf. Kellog beschrieb unter Duncans Anleitung immer noch Schritt für Schritt, was er an jenem Vormittag getan hatte. Sein Ton wurde immer sicherer.
Warte nur, Kellog, dachte Barrett, dir besorgen wir's schon noch.
Eine halbe Stunde später war er an der Reihe.
Es gab nicht sehr viel, wonach Barrett den Zeugen beim Kreuzverhör fragen konnte. Er strich den falschen Vorwand heraus, unter dem der Beamte den Laden betreten hatte. Er wies nachdrücklich auf das versteckte Tonband hin. Er ritt auf den Versuchen des Polizisten herum, einen armen Buchhändler mit Suggestivfragen in die Falle zu locken.
Aber am wichtigsten war ihm die Tatsache, daß die Unterhaltung mit dem Buchhändler, wenn man sie im Zusammenhang las, eindeutig belegte, daß Fremont den Roman für ein literarisches Meisterwerk gehalten hatte, und daß er ihn selbst nicht ein einzigesmal als obszön bezeichnet hatte.
Ein kleiner Sieg. Nichts weiter als ausgleichende Gerechtigkeit. Ein Zurechtrücken, nicht mehr.
Bisher waren nur die Statisten präsentiert worden. Die eigentlichen Stars würden erst noch auftreten. Dann war kein Sieg mehr klein zu nennen. Auch keine Niederlage. Dann konnte jeder einzelne Zeuge für die Staatsanwaltschaft oder für die Verteidigung alles bedeuten.
Mike Barrett beendete seine Befragung. Duncan trat noch einmal vor und versuchte, die Punkte zu untermauern, die durch Barretts Kreuzverhör geschwächt worden waren. Der Versuch fiel kläglich aus, er wiederholte sich immer wieder. Barrett verzichtete auf sein Recht, wieder ins Kreuzverhör einzutreten. Er sparte seine Kräfte auf die wirklich wichtige Auseinandersetzung. Außerdem war er hungrig, an sich ein gutes Zeichen.
Dann schloß Bezirksstaatsanwalt Duncan die Vernehmung ab.
Richter Upshaw drehte sich zum Zeugenstand um. »Sie können nun den Zeugenstand verlassen, Mr. Kellog. Gehen Sie bitte an den Geschworenen vorbei.«
Während der erste Zeuge den Zeugenstand verließ, erteilte Richter Upshaw langsam und deutlich die übliche Ermahnung an die Geschworenen. »Wir werden nun unsere Mittagspause einlegen, meine Damen und Heren. Ich ermahne Sie, während dieser Pause weder untereinander noch zu Dritten über Dinge zu sprechen, die den vorliegenden Fall betreffen. Es ist Ihnen auch nicht gestattet, in diesem Zusammenhang eine Meinung zu äußern oder sich zu bilden, bevor die Verhandlung abgeschlossen ist.« Er klopfte leicht mit seinem Hammer auf den Tisch. »Ich vertage die Verhandlung bis zwei Uhr.«

Die Mittagspause war vorüber. Richter Upshaw, die Geschworenen und die an der Verhandlung Beteiligten hatten ihre Plätze wieder eingenommen. Presse und Zuschauer drängten sich hinter der Barriere.
Der Gerichtsdiener erhob sich und verkündete: »Behalten Sie bitte Platz. Die Hauptverhandlung tagt wieder.«
Richter Upshaw legte sich einige Papiere zurecht und sagte in sein Tischmikrofon: »Das Gericht ist bereit. Mr. Duncan, Sie können Ihren nächsten Zeugen aufrufen.«
Der nächste Zeuge war der Polizeibeamte Izaak Iverson, in dessen Gegenwart Kellog den Buchhändler Ben Fremont verhaftet hatte. Duncan schleuste ihn rasch durch die Vernehmung. Iversons Aussage bestätigte lediglich das, was sein Kollege über das Gespräch mit Fremont und die Verhaftung selbst bereits ausgesagt hatte.
Mike Barrett erkannte, daß Iversons Aussage nichts enthielt, womit die Verteidigung hätte etwas anfangen können. Er beschränkte sich im Kreuzverhör auf einige wenige Fragen. Er behandelte kurz den Werdegang des Kriminalbeamten und die Art seiner bisherigen Aufträge im Sittendezernat. Barrett verfolgte die Taktik, den Geschworenen vor Augen zu führen, daß der Staat den Buchhändler Fremont genauso behandelt hatte wie Prostituierte und Zuhälter.
Der dritte Zeuge der Anklage bot Barrett mehr Handhaben.
Dieser dritte Zeuge war Anthony Eubank, der in dem neutralen Polizeiwagen geblieben war, während Kellog das Buch kaufte und dann zusammen mit Iverson die Verhaftung vornahm. Eubanks Aufgabe hatte darin bestanden, das Aufnahmegerät zu bedienen, mit dem die drahtlos übertragene Unterhaltung zwischen Fremont und den Beamten aufgenommen wurde. Duncan wollte mit seinen Fragen lediglich zeigen, daß der Einsatz solcher Geräte üblich war und daß tatsächlich jedes einzelne Wort, das zwischen Ben Fremont und den beiden Beamten gefallen war, vollständig und lückenlos aufgenommen worden war.
Beim Kreuzverhör bewies Barrett eine hartnäckige Neugier, was die Funktionsweise des tragbaren Kleinsenders Fargo F-600 betraf. Er wollte wissen, wie man ihn unter der Kleidung versteckte, wie er die Unterhaltung aufnahm und was Eubank zu tun hatte, um das Gespräch festzuhalten. Barrett schlug sogar vor, den Apparat vorzuführen und den Geschworenen zu zeigen. Duncan erhob zwar den vorsichtigen Einwand, das sei unwesentlich, doch Richter Upshaw hatte nichts gegen die Vorführung einzuwenden.
Nach dem Kreuzverhör wußte Barrett, daß er kaum etwas erreicht hatte. Seine Absicht war es gewesen, den Geschworenen den Eindruck zu vermitteln, daß hier ein harmloser Bürger das Opfer polizeilicher Tricks geworden war. Er hatte es zwar nicht ausgesprochen, aber anzudeuten versucht, daß der arglose Ben Fremont, ein netter Familienvater wie viele der Geschworenen auch, einem Komplott dunkler Mächte erlegen war. Polizeibeamte verkleideten sich als Kunden, sie kamen mit verborgenen Kleinsendern in seinen Laden, draußen wartete in einem Wagen, der nicht als Dienstfahrzeug zu erkennen war, ein Experte für

elektronische Geräte. Aber er machte damit auf die Jury wenig Eindruck, weil Eubank für diese Rolle einfach die falsche Besetzung war. Er war nämlich in alles vernarrt, was mit Elektronik zu tun hatte. Auf sein F-600-Gerät war er genauso stolz wie ein kleiner Junge auf seinen neuen Baukasten, den er zu Weihnachten bekommen hat. Er war beflissen, liebenswert, offen. Kein Mensch hätte ihn mit einer düsteren Verschwörung in Zusammenhang gebracht. Die Verteidigung konnte mit ihm nichts anfangen.

Barrett kehrte an seinen Tisch zurück und sagte sich: Nun ja, noch ist weder etwas gewonnen oder verloren. Eubank war ein ebenso nebensächlicher Zeuge wie Kellog oder Iverson. Die Kriminalbeamten boten lediglich ein Vorspiel. Die Hauptvorstellung stand noch bevor.

Oder noch nicht? Würde Elmo Duncan unmittelbar zum Angriff schreiten? Barrett sah auf die Uhr. Es war einige Minuten nach vier Uhr nachmittags. Nein, so spät würde der Staatsanwalt nicht mehr zum großen Schlag ausholen. Die Wirksamkeit eines Kronzeugen konnte durch die drohende Vertagung des Gerichts abgeschwächt werden. Aber bei ihm konnte man niemals sicher sein.

»Mr. Duncan, Sie können jetzt Ihren nächsten Zeugen aufrufen«, sagte Richter Upshaw.

Elmo Duncan erhob sich. Er hielt ein Exemplar des Romans *Die sieben Minuten* in der Hand. »Euer Ehren, gestatten Sie jetzt ein Wort mit dem Vorsitzenden?«

Richter Upshaw nickte. »Selbstverständlich. Mr. Barrett. Herr Berichterstatter.«

Barrett und der Berichterstatter Alvin Cohen traten rasch zusammen mit Elmo Duncan an den Richtertisch heran. Barrett und Duncan standen dicht nebeneinander. Richter Upshaw hatte sich so weit wie möglich vorgebeugt, weil diese Besprechungen nach der Gerichtsordnung außer Hörweite der Geschworenen stattzufinden haben.

»Euer Ehren«, begann Duncan leise, »ich möchte beantragen, das Beweisstück Nummer drei der Anklage, das von Mr. Kellog erworbene Exemplar des Romans *Die sieben Minuten*, offiziell dem Beweismaterial einzuverleiben, allerdings mit einer kleinen Einschränkung. Wir lehnen es ab, den Schutzumschlag des Buches mit unter die Beweise aufzunehmen.«

»Einen Augenblick, Euer Ehren ...« protestierte Barrett sofort.

Richter Upshaw hob seine knochige Hand. »Mr. Barrett, lassen Sie den Staatsanwalt ausreden. Oder sind Sie fertig, Mr. Duncan?«

»Noch nicht ganz«, antwortete Duncan. »Wir halten es deshalb für wichtig, das Buch ohne den Schutzumschlag zum Beweis zu erheben, weil wir uns hier mit dem Inhalt des Buches selbst beschäftigen und nicht mit den Werbeankündigungen auf dem Umschlag, die nicht von Jadway stammen.« Er drehte das Buch um und zeigte die weiße Rückseite vor. »Wie Sie sehen, Euer Ehren, enthält die Rückseite neben einer Kurzbiographie des Autors einige Stellungnahmen zum Inhalt des Buches, die verschiedenen Zeitschriften entnommen wurden. Wir sind der Auffassung, daß sich hier verschiedene Schriftsteller, Kritiker und Redakteure vom Hörensagen äußern. Da wir keine Gelegenheit haben, diese Leute vorzuladen und sie einem Kreuzverhör zu unterziehen, sind ihre angeblichen Bemerkungen auf dem Schutzumschlag des Buches in einem Verfahren, bei dem die Frage beantwortet werden soll, ob der Inhalt obszön ist oder nicht, unzulässig.«

»Sind Sie nun fertig?« fragte Richter Upshaw. »Schön. Lassen Sie mich zusammenfassen, Mr. Duncan, damit wir uns richtig verstehen. Ihr Antrag geht dahin, den Roman *Die sieben Minuten* als Beweisstück der Anklage anzuerkennen, jedoch ohne den Schutzumschlag. Habe ich das richtig verstanden?«

»Richtig, Euer Ehren.«

Richter Upshaw wandte sich an Barrett: »Nun sind Sie an der Reihe, Mr. Barrett. Haben Sie gegen diesen Antrag etwas einzuwenden?«

»Ich habe gegen Mr. Duncans Antrag sogar sehr viel einzuwenden, Euer Ehren«, antwortete Barrett. »Mr. Duncans Anklage stützt sich auf den Kauf eines angeblich obszönen Werks. Wir bestreiten nicht, daß Mr. Kellog dieses Buch gekauft hat. Wir bestreiten auch nicht, daß er es in gültiger Währung bezahlt hat. Wir bestreiten nicht, daß dieses Buch, das Mr. Duncan in der Hand hält, das fragliche Streitobjekt ist. Der Roman kam zusammen mit dem Schutzumschlag aus der Buchbinderei des Verlags. Buch und Umschlag bilden eine Einheit. Es wurde zusammen mit dem Umschlag versandt und an die Buchhandlungen verteilt. Mr. Fremont hat es mit Umschlag zum Verkauf angeboten. Mr. Kellog hat es auch in dieser Form erworben. Ich neige zu der Auffassung, daß das hohe Gericht das Recht hat, das komplette Objekt vorgelegt zu bekommen. Ich bin dagegen, daß die Staatsanwaltschaft einen Teil des Beweisstückes entfernen darf, der ihr nicht zusagt, ebensowenig wie sie das Recht hat, Teile des Inhalts zu entfernen, die sie nicht interessieren, weil sie ihren Vorwurf nicht unterstützen. Würde das Gericht der Staatsanwaltschaft erlauben, einzelne Seiten herauszureißen?«

»Das ist doch lächerlich«, warf Duncan ein. »Der Herr Verteidiger weiß doch ...«

»Augenblick, Mr. Duncan«, unterbrach ihn der Richter. »Erlauben Sie doch Mr. Barrett, seinen Einwand vorzutragen. Fahren Sie fort, Mr. Barrett.«

»Nun zu der Frage, ob die Zitate auf der Rückseite des Schutzumschlages unwesentlich sind: Dort sind fünf Meinungen wiedergegeben, die in den dreißiger Jahren geschrieben wurden. Drei davon werden bestimmten Zeitschriften zugeschrieben. Sie sind nicht mit Namen versehen und stammen offenbar von anonymen Redaktionsmitgliedern der betreffenden Publikationen. Leider haben wir weder die Zeit noch das Geld, die Verfasser ausfindig zu machen und sie vorzuladen, aber das geht nun mal nicht. Wir können allerdings Fotokopien vorlegen, aus denen hervorgeht, daß die Zitate aus der Erstausgabe stammen und korrekt wiedergegeben wurden. Was die beiden anderen Äußerungen betrifft, die von bekannten Kritikern stammen, so ist der eine der Herren bereits tot, doch der andere lebt noch. Es handelt sich dabei um Sir Esmond Ingram, einen Engländer, der im Laufe dieser Verhandlung vor Gericht erscheinen wird. Nun zur Vorein-

genommenheit der Urteile. Wie Sie sich selbst überzeugen können, Euer Ehren, lauten einige Äußerungen günstig, andere sind zurückhaltend, wieder andere sollten der Anklagevertretung nicht ganz ungelegen kommen. Ich verweise dabei nur auf die Anmerkung der offiziellen Zeitung des Vatikans, nach der es sich bei dem Roman um das am häufigsten verbotene Buch handelt. Kurzum, es mischen sich Für und Wider. Wenn die Verteidigung nichts gegen das Wider einzuwenden hat, warum sollte sich die Anklage dann vor dem Für scheuen? Wir haben bereits zugegeben, daß ein Polizeibeamter einen Gegenstand erworben hat, der öffentlich zum Verkauf angeboten wurde, und daß dieser Gegenstand von seinem Vorgesetzten als obszön betrachtet wurde. Wenn dieser Gegenstand unter das Beweismaterial aufgenommen werden soll, so bestehen wir darauf, daß er in seiner Ganzheit aufgenommen wird und nicht nur Teile davon.«
Richter Upshaw sah Duncan an. »Sehr wohl – nun, Mr. Duncan, haben Sie dem noch etwas hinzuzufügen?«
»Ja, Euer Ehren. Wenn das Buch mitsamt dem Schutzumschlag ins Beweismaterial aufgenommen würde, so wäre das ähnlich, als wenn man das Fargo-Gerät mit Preisetikett und anhängender Garantierkarte oder mit einer beiliegenden Werbebroschüre ins Beweismaterial aufnehmen würde. In der Broschüre könnte dann ungefähr stehen: ›Nach Ansicht von hundert führenden Fachleuten das meistbenutzte Aufnahmegerät der Welt.‹ Mr. Barrett interessierte sich aber für das Gerät selbst und nicht für Verpackung und Broschüren, für das Drum und Dran. Ich möchte wiederholen, Euer Ehren, daß diese Äußerungen von fünf Autoren, drei davon gar noch anonym, auf der Rückseite des Schutzumschlags für den zur Verhandlung anstehenden Fall nebensächlich und ein Präjudiz sind, daß sie Aussagen vom Hörensagen beinhalten und in keinem unmittelbaren Zusammenhang zur zentralen Frage des Prozesses stehen, nämlich ob das Buch obszön ist oder nicht.«
Richter Upshaw legte beide Hände flach auf den Tisch. »Nun gut, meine Herren, dann lassen Sie mich in diesem Punkt eine Entscheidung treffen. Ich muß gestehen, daß es etwas ungewöhnlich ist, wenn die Vertretung der Anklage ein Beweisstück nur teilweise vorlegen will. Andererseits ist es keine unumstößliche Regel, daß Beweismaterial, das in einem Stück erworben wurde, auch ungeteilt vorgelegt werden muß. In dieser Hauptverhandlung geht es darum, ob der gesamte Inhalt eines Buches – in diesem Fall fortlaufend numeriert von Seite 1 bis 171 – obszön ist, wenn man die Erzählung als Ganzes betrachtet. Wenn man das betrachtet, was Jadway geschrieben hat, scheinen die Zitate auf dem Schutzumschlag, von denen keines von Jadway selbst stammt und die auch nicht Bestandteil des Romans sind, nicht unbedingt für die Frage eine Rolle zu spielen, ob dieses Buch obszön ist oder nicht. Deshalb lautet meine Entscheidung: Die Staatsanwaltschaft ist berechtigt, den Schutzumschlag von dem Roman *Die sieben Minuten* zu entfernen. Ich bestimme ferner, daß dieses hier vorliegende Exemplar des Romans ohne seinen Schutzumschlag zum Beweismaterial genommen wird.«

»Euer Ehren, ich bitte darum, meinen Einspruch zu Protokoll zu nehmen«, verlangte Barrett.

»Ist bereits geschehen«, sagte Richter Upshawe gelassen. Er sah Duncan an. »So. Mr. Duncan, steht nun Ihr nächster Zeuge bereit?«

Duncan nahm den Schutzumschlag von dem Buch und antwortete: »Danke, Euer Ehren. Mein nächster Zeuge ist sozusagen das Buch selbst. Wir möchten nunmehr den Inhalt des Romans ungekürzt verlesen lassen, damit sich die Geschworenen erstmals damit vertraut machen können. Ich habe einen Vorleser bereits gestellt, einen unparteiischen jungen Mann, einen gewissen Mr. Charles Wynter, der uns dafür empfohlen wurde. Ich kenne ihn persönlich nicht, er wurde uns von einer Bekannten meiner Frau empfohlen. Mr. Wynter ist von Beruf Lehrer und verbringt seine Freizeit damit, für Blinde Bandaufnahmen von literarischen Texten zu machen. Er hat deshalb Übung im Vorlesen, ohne dabei einzelne Passagen besonders zu betonen, wie es vielleicht ein Berufsschauspieler tun würde. Obgleich ich diesen jungen Mann mitgebracht habe, bin ich gern bereit, den Roman von einer Person vorlesen zu lassen, die Mr. Barrett auswählt. Aber das wird auf jeden Fall unser nächster Zeuge sein, Euer Ehren: Ein Vorleser, der den Roman *Die sieben Minuten* für die Jury verliest.«

»Schön, Mr. Duncan, nun wollen wir Mr. Barrett anhören«, sagte Richter Upshaw. »Haben Sie zu diesem Verfahren etwas zu bemerken, Mr. Barrett?«

»Ja, Euer Ehren«, antwortete Barrett. »Ich erhebe gegen die mündliche Verlesung dieses Buches ebenso entschieden Einspruch wie gegen die Aufnahme des Buches ohne seinen Umschlag ins amtliche Beweismaterial. Das Strafgesetz unterscheidet ausdrücklich zwischen Gedrucktem und öffentlichen Darbietungen. Bei dem Roman *Die sieben Minuten* handelt es sich um etwas Gedrucktes. Jadway hat ihn nicht als Spielstück oder zum Vorlesen geschrieben, sondern als einen Roman, der dazu bestimmt ist, von jeweils einem einzelnen Leser privat und im stillen genossen zu werden. Jadway verfolgte die Absicht, den einzelnen Leser unmittelbar anzusprechen und seine Empfindungen zu wecken. Zweifellos sollte jeder Leser nach Belieben die Möglichkeit haben, je nach seiner Vorstellung etwas wegzulassen oder hinzuzufügen, an einzelnen Stellen länger zu verweilen, sie noch einmal zu lesen, sie zu überfliegen oder auch wegzulassen. Kurzum, wie jemand es einmal ausgedrückt hat: Das Lesen ähnelt einer Ehe. Es sind daran nur zwei Personen beteiligt, nämlich der Autor und der Leser, und jeder Dritte, jeder Amateur, der vor einem Publikum als Schauspieler auftritt, würde nur stören, indem er die Aufmerksamkeit seiner Zuhörer unwillkürlich auf bestimmte Stellen lenkt, indem er sie, ohne es zu wollen, anders ausspricht, indem er Pausen einlegt und so weiter.

Euer Ehren, sobald *Die sieben Minuten* vor einem gemischten Publikum laut verlesen wird, muß unweigerlich gerade die Deutlichkeit der Darstellung, die bei der stillen Lektüre zur Freude wird, peinlich wirken. Was nach diesem ermüdenden, langwierigen Vorgang beurteilt wird, ist nicht der Roman selbst, sondern die Person, die diesen Roman vorgelesen hat. Euer Ehren, der Sanford-

Verlag hat mir zwölf Exemplare des Buches zur Verfügung gestellt. Ich möchte meinen, daß es zweckdienlicher wäre, diese Exemplare an die Geschworenen verteilen zu lassen, damit jeder den Roman für sich lesen kann. Vom Gesichtspunkt der Verteidigung aus wäre das ein gerechteres Verfahren.«

Richter Upshaw sah, tief in Gedanken versunken, über die beiden Anwälte hinweg. Nach einer ganzen Weile faßte er sie wieder ins Auge und gab seine Entscheidung bekannt.

»Meine Heren, das Buch wurde ins Beweismaterial aufgenommen. Es obliegt nun dem Gericht zu entscheiden, in welcher Form das Beweismaterial der Jury vorgelegt werden soll. Ich habe bei mehreren Prozessen den Vorsitz geführt, in denen Bücher laut verlesen wurden, und zwar stets betont neutral, und ich hatte ein anderes Verfahren, bei dem die Geschworenen, jeder für sich allein, ein Buch lasen. Ich machte dabei die Erfahrung, daß eine Jury in der Regel aufmerksamer zuhört als liest. Die hier anwesenden Geschworenen haben nun bereits den ganzen Tag über zugehört. Sie sind an das Zuhören gewöhnt und könnten das Lesen vielleicht schwieriger finden. Einige von ihnen lesen rasch, andere langsam. Manche sind geübte Bücherleser, andere nicht. Deshalb bin ich der Ansicht, daß die von Mr. Duncan vorgeschlagene Methode die einfachste und schnellste ist, die Geschworenen mit dem Inhalt des Buches vertraut zu machen. Ich gebe deshalb dem Antrag des Herrn Staatsanwalts statt. Hat die Verteidigung irgendwelche Einwände gegen den als Vorleser vorgeschlagenen Mr. Wynter?«

Barrett war enttäuscht darüber, daß nun schon die zweite Entscheidung zu seinen Ungunsten ausgefallen war. Er mußte sich bemühen, sich seinen Unwillen nicht anmerken zu lassen.

»Euer Ehren, mir ist es gleichgültig, wer das Buch vorliest. Ich erhebe lediglich den Einwand, daß man ein Werk, das nicht zum Vorlesen geschaffen wurde, nicht auf diese Weise präsentieren sollte.«

»Mr. Barrett, über diesen Einwand wurde bereits entschieden«, sagte Richter Upshaw. »*Die sieben Minuten* werden in der angegebenen Weise vorgelesen. Mr. Duncan, stellen Sie uns bitte Mr. Wynter vor, damit wir fortfahren können. Wir werden Mr. Wynter in den Zeugenstand bitten. Dort wird er den Roman vollständig vorlesen. Weisen Sie ihn bitte an, daß er deutlich und gleichmäßig vorliest, ohne besondere Betonung und Hervorhebungen. Die Verhandlung wird wieder fortgesetzt.«

Bis zum Ende dieses ersten Prozeßtages und während des ganzen zweiten Tages saß Charles Wynter, ein ernster, phlegmatischer junger Lehrer, im Zeugenstand und las mit einer angenehmen Baßstimme den Geschworenen laut jedes einzelne Wort vor, das Jadway geschrieben hatte.

Für Mike Barrett war es qualvoll zu erleben, wie diese schöne Erzählung aus der Zurückgezogenheit stiller Zwiesprache zwischen Autor und Leser herausgerissen und von einer fremden Stimme vorgetragen wurde. Es war, als hätte man Cathleen, die bisher in ihrer Nacktheit, mit ihrer Liebe und ihren geheimsten

Gefühlen in der stillen Kammer zwischen den beiden Bucheinbänden verborgen gelegen hatte, in die Öffentlichkeit hinausgezerrt, vor die lüsternen Augen eines Publikums, um sie zu erniedrigen und unanständig wirken zu lassen.
Barrett merkte, daß auch Zelkin neben ihm Qualen litt. Doch er verzichtete auf jeden Einspruch, auch wenn manche Worte ausgelassen oder falsch ausgesprochen wurden. Er wollte diese Tortur möglichst schnell hinter sich bringen.
Nur einmal erhob Barrett Einspruch, und zwar am Dienstagnachmittag kurz nach der Mittagspause. Er tat es nicht öffentlich, sondern vorn am Richtertisch.
»Euer Ehren«, sagte er, »ich bitte darum, meinen Einspruch gegen eine Gewohnheit des Vorlesers zu Protokoll zu nehmen. Mr. Wynter konzentriert sich beim Lesen ganz auf die vor ihm liegenden Seiten. Aber immer dann, wenn er eine Stelle erreicht, die man als sehr realistisch bezeichnen könnte oder die in einer sehr freien Sprache gehalten ist, hebt er den Kopf und wirft den Geschworenen einen Blick zu, ehe er weiterliest, als wollte er ihnen sagen: ›Paßt auf, jetzt kommt etwas!‹ Nach dieser kleinen Geste fährt er dann fort. Ich habe das bereits ein Dutzendmal beobachtet und bin sicher, daß es unbewußt geschieht. Dennoch bedeutet es eine Beeinflussung der Zuhörer, die der Erzählung abträglich ist. Ich wäre froh, wenn Euer Ehren den Vorleser ersuchen könnten, vor solchen realistischen Stellen nicht mehr den Blick vom Text zu erheben.«
Richter Upshaw sah den Staatsanwalt an. »Mr. Duncan?«
»Euer Ehren, ich habe den Vorleser ebenfalls beobachtet und bemerkt, daß er der Jury ab und zu einen Blick zugeworfen hat. Aber das ist doch ganz normal, wenn man jemandem etwas vorliest. Mir ist nicht aufgefallen, daß er nur bei obszönen – oder sagen wir lieber, bei gewagten – Passagen aufgeblickt hätte. Ich fürchte, ich kann Mr. Barrett in diesem Punkt nicht zustimmen. Ich halte seine Besorgnis für übertrieben.«
Richter Upshaw nickte und wandte sich an Barrett: »Mr. Barrett, ich stimme mit dem Herrn Staatsanwalt überein. Ich sitze dicht neben dem Vorleser und habe ihn genau beobachtet. Nach meiner Meinung liest er so neutral und unparteiisch vor, wie das eben menschenmöglich ist. Ich habe Verständnis dafür, daß Sie die Interessen des Angeklagten schützen wollen und werde berechtigten Einwänden Ihrerseits ein offenes Ohr leihen. Aber an der Art und Weise, wie vorgelesen wird, kann ich nichts Tadelnswertes finden. Ich muß Ihren Einspruch infolgedessen zurückweisen.«
Danach protestierte Barrett nicht mehr.
Am späten Nachmittag des Dienstag war Mr. Wynter mit der Verlesung fertig. Es sah fast aus, als erwarte er Applaus.
Gleich nachdem er entlassen worden war, vertagte sich das Gericht bis Mittwochmorgen. Mike Barrett war erleichtert wie ein Gefolterter, der soeben der Eisernen Jungfrau entronnen ist.
Während er und Zelkin ihre Aktentaschen packten, sagte er: »So, nun müssen wir die Trümmer auflesen. Morgen können wir uns wenigstens wieder wehren. Was meinst du, mit wem Duncan die Schlacht eröffnen wird?«

»Er wird sicher schwerstes Geschütz auffahren«, antwortete Zelkin. »Das heute war nur die Ruhe vor dem Sturm. Morgen wird er versuchen, Jadway und sein Buch mit einem Schlag zu vernichten.«

»Du meinst also, er wird mit Leroux kommen?«

»Sicher.«

»Weißt du das bestimmt, oder ist es nur eine Vermutung?«

»Mike, wenn Regenwetter droht, kriege ich Krämpfe in den Beinen. Wenn's ein Erdbeben geben soll, tun mir alle Knochen weh. Und wenn mir das Dach über dem Kopf zusammenbrechen will, schmerzt mein Arsch.« Er klappte seine Mappe zu. »Und im Augenblick tut mir der Arsch weh.«

Man wird sicher nie erfahren, woher die Leute wissen, daß etwas Wichtiges bevorsteht. Vielleicht liegt es in der Luft. Vielleicht überträgt sich auf geheimnisvolle Weise eine seelische Spannung. Jedenfalls war der Gerichtssaal schon an den beiden ersten Tagen der Hauptverhandlung bis auf den letzten Platz gefüllt, doch an diesem Mittwochmorgen schien er aus den Nähten zu platzen.

Der Richter hatte vor zwei Minuten Platz genommen. Nun rasselte der Gerichtsdiener mit seiner trockenen Stimme die Eidesformel herunter.

». . . die Wahrheit, die volle Wahrheit und nichts als die Wahrheit, so wahr Ihnen Gott helfe?«

»Ich schwöre es«, sagte der Zeuge.

»Nennen Sie bitte Ihren Namen.«

»Christian Leroux.«

»Buchstabieren Sie bitte Ihren Familiennamen.«

»L-e-r-o-u-x.«

Richter Upshaw rief: »Sie können jetzt Platz nehmen, Mr. Leroux.«

Barrett hatte während der Vereidigung Duncans Star nicht aus den Augen gelassen. Er stand noch unter dem Einfluß der Beschreibung, die ihm Quandt von dem französischen Verleger gegeben hatte. Danach hatte er mit einem etwas schäbigen und heruntergekommenen Typ gerechnet, etwa ähnlich einem zaristischen Adeligen, den die Verhältnisse gezwungen hatten, einen Job als Portier anzunehmen. Aber dem Auftreten und der Kleidung des Verlegers war nichts von Niederlage und Armut anzumerken. Im Gegenteil. Man sah ihm an, daß er kürzlich wieder zu Wohlstand gekommen war.

Christian Leroux war eine eindrucksvolle Erscheinung, wenn man davon absah, daß er etwas Ausweichendes an sich hatte wie so viele Männer, die sechzig Jahre lang alle Wechselfälle des Lebens hinter sich gebracht haben. Er hielt sich zwar nicht mehr ganz so gerade wie einst, wirkte aber immer noch groß. Sein Haar war gefärbt und wellig und sehr sorgfältig frisiert. Er hatte kleine, wasserhelle Augen, die unruhig hin und her huschten. Die Adlernase war mit dem Alter scharf geworden, mit vielen feinen Äderchen durchzogen. Sein schwächliches Kinn zeigte eine kleine Verletzung vom Rasieren. Er trug einen ultramarinblauen Anzug mit Nadelstreifen und aufgesetzten Taschen. Das Jackett war nach französischer Mode eng auf Taille geschnitten. Dazu trug er eine hübsche Fliege, Manschettenknöpfe aus Jade und handgearbeitete Schuhe. Sein Englisch war sehr gepflegt, aber ein schwacher Akzent erinnerte an Paris.

Als Leroux nun im Zeugenstand Platz nahm, bemerkte Barrett an ihm einen Zug, der gleichzeitig salbungsvoll und angeberisch wirkte. Ein solcher Zug würde vielleicht bei der Vernehmung durch den Staatsanwalt nicht zum Vorschein kommen. Aber vielleicht konnte ihn Barrett beim Kreuzverhör bloßlegen. Nach Lage der Dinge hielt Barrett trotz des Eides nicht allzuviel von Leroux' Wahrheitsliebe. Der Franzose war erst bereit gewesen, für die Verteidigung auszusagen, und nun hatte er sich ebenso bereitwillig der Anklagevertretung zur Verfügung gestellt. Er hatte sich gegen das höchste Gebot verkauft. Das machte es nach Barretts Ansicht doppelt schwierig, diesen Mann auseinanderzunehmen. Kein Mensch ist so moralisch, so sehr voller heiliger Vorsätze, wie eine bekehrte Hure.

Nun, sagte sich Barrett, irgendwo hat er seine schwachen Stellen, und auf die muß ich achten, um sie später aufdecken zu können.

»Okay«, hörte er neben sich Zelkin flüstern. »Damit beginnt der Mordanschlag auf JJ Jadway.«

Elmo Duncan trat vor den Zeugenstand und begrüßte seinen Besucher aus dem fernen Gallien mit einer respektvollen Verbeugung.

»Mr. Leroux, wo wohnen Sie zur Zeit?«

»Ich bin französischer Staatsbürger und habe immer in Paris gelebt. Meine Wohnung liegt in einem ehrwürdigen, ruhigen Stadtteil am Linken Ufer.«

»Was ist Ihr gegenwärtiger Beruf?«

»Ich bin Buchverleger.«

»In Paris?«

»Ja.«

»Haben Sie dort ein Geschäftslokal?«

»Ja. Mein Büro liegt in der Rue Sébastian Bottin. Das ist ganz in der Nähe des angesehenen Verlagshauses Gallimard.«

Diese Antwort belustigte Barrett. Der alte Pornograph schmückte sich also mit fremden Federn. Ob er selbst so klug war? Oder hatte ihn Duncan darauf gebracht?

»Mr. Leroux, beschreiben Sie uns bitte kurz Ihren Ausbildungsweg. Haben Sie studiert?«

»Ich habe mein Staatsexamen an der Sorbonne in Paris abgelegt. Mein Hauptfach war französische Literatur aus der Zeit eines Racine, La Fontaine, La Rochefoucault und Jean Poquelin, besser bekannt unter dem Namen Molière.«

Also nicht nur ein Angeber, sondern auch noch ein kleiner Snob, sagte sich Barrett. Sehr gut.

Duncan schien diese herablassende Antwort auch nicht ganz zu passen, denn er stellte rasch die nächste Frage: »Haben Sie auch modernere Schriftsteller studiert? Ich meine zum Beispiel . . .«

Barrett sprang sofort auf. »Einspruch, Euer Ehren! Der Herr Staatsanwalt stellt dem Zeugen Suggestivfragen.«
»Einspruch angenommen«, erklärte Richter Upshaw ohne zu zögern.
Duncan warf Barrett einen verärgerten Blick zu. Dann wandte er sich wieder dem Zeugen zu. »Mr. Leroux, haben Sie auch die moderneren Autoren verfolgt?«
»Aber sicher. Ich habe immer alles gelesen. Wie Valéry einmal gesagt hat, liest man besonders gründlich, wenn man dabei ein ganz persönliches Ziel verfolgt. Als Verleger habe ich stets besonders aufmerksam gelesen, weil ich bestrebt war, auf dem Gebiet der Literatur so beschlagen zu sein, daß ich einen guten Blick für junge Autoren bekäme, die es verdienten, im Interesse des Leserpublikums gefördert zu werden.«
»Mr. Leroux, Sie sagten uns, Ihr gegenwärtiger Beruf sei der eines Verlegers. Haben Sie auch andere Berufe ausgeübt?«
»Nein, ich war immer auf diesem Gebiet tätig, erst als Angestellter, dann als selbständiger Verleger.«
»Wann haben Sie sich als Verleger selbständig gemacht?«
»1933. Ich war noch sehr jung. Anfang dreißig. Mein Vater war gestorben und hatte mir ein bescheidenes Vermögen hinterlassen. Damit begründete ich einen eigenen Verlag.«
»Wie hieß diese Firma?«
»Étoile Press. Den Namen wählte ich, weil die Firma in der Rue de Berri lag, nicht weit von den Champs-Elysées entfernt, nur einen Steinwurf vom Étoile und Arc de Triomphe.«
»Étoile Press«, wiederholte Duncan. »Ist das der Verlag, der 1935 einen Roman von JJ Jadway unter dem Titel *Die sieben Minuten* herausbrachte?«
»Derselbe.«
Endlich! dachte Barrett. Er beugte sich vor und hörte aufmerksam zu.
»Mr. Leroux, ich habe die Erstausgabe des Buches gesehen. Dabei stellte ich fest, daß sie in englischer Sprache gedruckt war. Warum?«
»Weil die französischen Behörden eine Ausgabe in französischer Sprache nicht zuließen.«
»Und warum nicht?«
»Die französische Zensurstelle betrachtete das Buch als obszön.«
»Obszön? Aha. Wurde der Roman *Die sieben Minuten* jemals in einem anderen Land, in einer anderen Sprache herausgebracht?«
»Nein. Es gab kein Land auf der ganzen Welt, das dieses Buch geduldet hätte. Es wurde überall als zu obszön angesehen. Viele Kritiker aus mehreren Ländern haben es als das obszönste und unsittlichste Buch angesprochen, das es in der ganzen Literaturgeschichte gegeben hat.«
»Wie konnten Sie dann in Paris eine englische Ausgabe herausbringen?«
»Nun, weil sie eben englisch gedruckt wurde. Der durchschnittliche Franzose konnte das Buch nicht lesen und nicht davon verdorben werden. Außerdem hat

sich die französische Regierung bis kürzlich stets sehr liberal gegenüber Werken der Literatur gezeigt, insbesondere fremdsprachlichen. Ich brauche nur darauf hinzuweisen, daß *Ulysses* von James Joyce in Paris in englischer Sprache veröffentlicht wurde, obgleich das Buch weder in England noch in den Vereinigten Staaten erscheinen durfte. In Paris fanden Radclyffe Hall Verleger für *Well of Loneliness,* Wallace Smith für *Bessie Cotter.* Die französischen Behörden drückten ein Auge zu, weil diese Werke in englischer Sprache erschienen und bei Franzosen keinen Schaden anrichten konnten. Verdorben wurden nur die Touristen, und das betrachtete man bestenfalls als amüsant.«

»Unter diesen Umständen«, fuhr Duncan fort, »konnten Sie also die Zensurbestimmungen umgehen und ein Buch herausbringen, das man das schmutzigste Buch der Literaturgeschichte nannte?«

»Einspruch, Euer Ehren!« protestierte Barrett. »Hierbei handelt es sich um Information aus zweiter Hand.«

Richter Upshaw räusperte sich und wandte sich an Duncan. »Mr. Duncan, was Sie da behaupten, ist noch nicht bewiesen. Einspruch daher angenommen.«

Duncan entschuldigte sich sofort. »Sehr wohl, Euer Ehren.« Er wandte sich an seinen Zeugen. »Mr. Leroux, haben Sie schon immer überwiegend Pornographie verlegt?«

Christian Leroux erschien leicht indigniert. »Aber nein. In den ersten Jahren enthielt mein Verlagsprogramm überwiegend sehr gute und bildende Bücher – Geschichte, Biographien, Kunstbände, klassische Prosa.«

»Aber schon bald darauf umfaßte Ihr Verlagsprogramm doch größtenteils Titel, die dem Inhalt nach obszön oder pornographisch waren?«

»Das muß ich zu meinem Bedauern zugeben.«

»Warum haben Sie sich hauptsächlich solchen Objekten zugewandt?«

Leroux zuckte vielsagend die Achseln. »Wir werden eben oft zu Opfern der Verhältnisse. Lassen Sie es mich anders ausdrücken: *Sans argent l'honneur n'est qu'une maladie.* Verstehen Sie? Das stammt von Jean-Baptiste Racine. Ehre ohne Geld ist nur eine Krankheit. Das stimmt. Und ich wollte gesunden. Aber so einfach ist das auch nicht. Gestatten Sie mir, daß ich weiter aushole?«

»Bitte.«

»Ich wurde zur Änderung des Verlagsprogramms meiner Firma Étoile Press durch den aufsehenerregenden Erfolg eines anderen Pariser Verlags angeregt, und zwar der Obelisk Press. Das kam so: Der Besitzer von Obelisk Press war Mr. Jack Kahane, ein Geschäftsmann aus Manchester, ein sehr lebendiger Mann mit viel Geschmack. Mr. Kahane hatte bei der Kolonialtruppe in Bengalen gedient. Auch in der französischen Fremdenlegion. Geschäftlich war er nicht so erfolgreich. Nach einem Bankrott wanderte er 1931 nach Frankreich aus und gründete die Obelisk Press in der Absicht, Bücher zu verlegen, die in England nicht erscheinen durften. Er tat das nicht nur zur Sanierung seiner finanziellen Verhältnisse, sondern auch, um Zensur und Prüderie zu bekämpfen. Vor seinem Tod im Jahre 1939 hatte es Mr. Kahane gewagt, als erster Henry Millers *Wendekreis des Krebses* herauszugeben, einen Roman, von dem Ezra Pound sagt: ›Endlich ein nicht druckfähiges Buch, das man lesen kann.‹ Ich möchte noch einmal betonen, daß es Mr. Kahanes Erfolg war, der mich ermutigte, mich ganz auf Pornographie zu konzentrieren. Meine Motive waren dieselben: Erstens wollte ich natürlich meinen Lebensunterhalt verdienen. Aber zweitens wollte ich dafür sorgen, daß die besten Werke der verbotenen Literatur das Licht der Welt erblickten.«

»Ich möchte Sie nicht mißverstehen, Mr. Leroux. Wollen Sie damit sagen, daß alle von Ihnen veröffentlichten Bücher echte Literatur waren, die es verdienten zu erscheinen?«

»O nein, ganz und gar nicht. Ich brachte pro Jahr etwa ein Dutzend neuer Titel heraus, und mindestens die Hälfte davon verdienten die Bezeichnung Literatur nicht. Ich muß gestehen, daß viele dieser Bücher reine Auftragsarbeiten waren, die ich an Hintertreppenautoren vergab. Petronius hat bekanntlich sein *Satyricon* als Nervenkitzel für Nero geschrieben. Ich sagte mir: Warum sollen nicht andere Autoren die Nerven der Touristen kitzeln? Einige der schmutzigsten Bücher, die völlig ohne inneren Wert waren, gehörten allerdings nicht zu diesen Auftragsarbeiten. Ich bekam sie einfach auf meinen Schreibtisch. Aber sehen Sie – diese schmutzigen, unwürdigen Bücher ohne literarischen Wert waren nötig, um mich selbst und die besseren Werke zu finanzieren.«

»Können Sie uns einige dieser schmutzigen Bücher nennen, die man nicht mehr als Literatur bezeichnen kann?«

»Lassen Sie mich nachdenken. Wir hatten ein Buch mit dem Titel *Die hundert Peitschen*. Ein anderes hieß *Das Liebesleben der Anna Karenina*. Dann natürlich auch *Die sieben Minuten* – ich gebe allerdings nur meine persönliche Ansicht wieder, wenn ich sage, daß auch dieser Roman zur selben Kategorie zählte.«

»Die sieben Minuten«, wiederholte Duncan, halb zu den Geschworenen gewandt. »Handelt es sich dabei um das Buch gleichen Titels von JJ Jadway, gegen das vor diesem hohen Gericht verhandelt wird?«

»Es ist dasselbe Buch.«

»Und es gehörte nicht zu jenen pornographischen Büchern, von denen Sie glaubten, daß sie zu Unrecht verboten wurden?«

»Niemals.«

»Es war also – und jetzt äußern Sie wieder nur Ihre ganz persönliche Meinung – eines von jenen schmutzigen Büchern ohne literarischen Wert, die nur zum Geldverdienen veröffentlicht wurden?«

»Ja, genau. Ich sah auf den ersten Blick, daß es sich um ein geiles, schmieriges Buch handelte, aber die Geschmäcker sind verschieden, und ich versprach mir gute Umsätze. Für mich war es ein Geschäft. Außerdem brauchte der Verfasser dringend Geld. Ich veröffentlichte den Roman also und verdiente damit genug Geld, um *Under the Hill* von Aubry Beardsley herausbringen zu können, ein pornographisches Buch, das aber nicht obszön war.«

»Mr. Leroux, Sie sagten gerade, Sie wollten ein Werk herausbringen, das pornographisch, aber nicht obszön war. Die meisten Wörterbücher definieren beide Ausdrücke als Synonyme. Pornographie wird häufig als obszöne Literatur angeführt. In dieser Gerichtsverhandlung sehen wir beide Begriffe als auswechselbar an. Nach Ihrer Meinung besteht aber doch ein Unterschied?«

»Sicherlich. Auch wenn ich beide Worte synonym gebraucht habe, sehe ich doch einen feinen Unterschied. Ein pornographisches Buch stellt Sex natürlich, gesund und realistisch dar. Es mag zwar Lustgefühle wachrufen, doch der Hauptzweck besteht darin, ein umfassendes Bild von der menschlichen Natur und vom Leben zu zeichnen. Andererseits ist ein obszönes Buch ein Aphrodisiakum und nichts weiter. Es stellt nur Sex dar, keine andere Seite des Lebens – nur Sex und noch mehr Sex. Einziger Zweck ist die Anregung der niederen Instinkte des Lesers.«

»Dann haben Sie also nach Ihren eigenen literarischen Maßstäben den Roman *Die sieben Minuten* als ... Augenblick, lassen Sie mich meine Frage anders stellen: Haben Sie Jadways Buch als ehrliche Pornographie betrachtet?«

»Nein. Casanovas Memoiren und sogar ein Werk von Mark Twain waren ehrliche Pornographie. Jadways Roman erreichte diese Klasse nicht. Er war obszön und nichts weiter.«

»Sie halten also Jadways Buch für ein vollkommen obszönes Werk und nicht mehr?«

»Richtig. Es war nur obszön. Ein Reizmittel in Prosa. Nichts weiter. In diesem Punkt hege ich keine Zweifel, der Autor wußte es auch. Seine Geliebte, die gleichzeitig sein Manager war, wußte es. Ich wußte es. Für uns alle war es ein Geschäft ohne jeden sittlichen Wert. Heute schäme ich mich, wenn ich an diese Zeit zurückdenke. Vielleicht kann ich durch mein Geständnis vor diesem hohen Gericht eine Art Wiedergutmachung leisten und mein Gewissen reinigen.«

»Für diese Haltung habe ich volles Verständnis, Mr. Leroux.«

Am Tisch der Verteidigung raunte Zelkin seinem Kollegen zu: »Unser Zeuge ist ein salbaderndes Schwein. Und unser Staatsanwalt ebenfalls.«

Barrett war erstaunt über die derbe Ausdrucksweise seines sonst mit Ausdrücken so wählerischen Freundes. Daran erkannte er, wie wütend Zelkin sein mußte. Er nickte zustimmend und widmete seine Aufmerksamkeit widerwillig wieder dem Zeugenstand.

»Mr. Leroux«, fragte Duncan, »können Sie uns in Ihren eigenen Worten in schonungsloser Offenheit erzählen, wie Sie dazu kamen, *Die sieben Minuten* zu verlegen und wie sich das Verhältnis zwischen Ihnen und dem Autor beziehungsweise seiner Agentin abspielte?«

»Ja. Ich werde nur berichten, woran ich mich noch genau erinnere, die reine Wahrheit.« Leroux rieb sich die blaugeäderte Nase, blinzelte zur Decke empor und fuhr dann fort: »Ende 1934 erschien eine attraktive junge Dame in meinen Geschäftsräumen in der Rue de Berri und wies sich als Miß Cassie McGraw aus. Sie war Amerikanerin irischer Abstammung. Vor einigen Jahren war sie als Künstlerin aus dem mittleren Westen Amerikas nach Paris gekommen und hatte seitdem im Stadtteil St.-Germain-des-Près gelebt. Dort hatte sie weitere nach

Paris verschlagene Amerikaner kennengelernt, darunter auch JJ Jadway. Später gab sie mir gegenüber zu, seine Geliebte zu sein. Jadway hatte gegen seinen Vater, einen einflußreichen Katholiken aus Neuengland, und gegen seine strenge Erziehung rebelliert. Deshalb verließ er seine Eltern und zwei jüngere Schwestern und ging nach Paris. Er lebte als Bohemien und war entschlossen, mit seinem Werk nicht nur sich selbst, sondern die ganze Literatur zu befreien. Leider gehörte er zu jenen den Verlegern wohlbekannten Autoren, die immer nur reden und niemals schreiben. Er war charakterschwach und enttäuscht. Er trank und nahm Rauschgift . . .«

»Verzeihung, Mr. Leroux. Beruht das, wovon Sie jetzt sprechen, nicht auf Hörensagen? Ist das nicht Wissen aus zweiter Hand?«

»Nein, das habe ich aus erster Hand, und zwar von Jadway persönlich. Er erzählte es mir in einem Anfall von Verzweiflung, und ich hörte es noch einmal von Miß McGraw, als ich sie nach Jadways Tod wiedertraf.«

»Mr. Leroux, alles, was Sie von Cassie McGraw erfahren haben, dürfte auf Hörensagen beruhen und daher vor diesem Gericht als Beweis nicht zugelassen werden. Beschränken wir uns daher strikt auf die Dinge, die Sie von Jadway persönlich gehört haben. Wie oft haben Sie mit ihm gesprochen?«

»Viermal.«

»Sie haben Jadway viermal gesprochen? Waren es längere Unterhaltungen? Ich meine, länger, als nur wenige Minuten?«

»Es waren immer längere Gespräche. Als er einmal – wie er selbst zugab – sehr betrunken war, erzählte er mir die ganze Geschichte von seinem Verhältnis zu Cassie und dem Entstehen des Romans. Er sagte mir, Cassie hätte versucht, ihn zu bekehren, nachdem er sie als seine Geliebte zu sich genommen hatte. Sie hielt ihn für sehr begabt. Sie wollte, daß er zu schreiben begann, aber er wollte nicht. Dann, nach einem furchtbaren Winter – sie froren und hungerten und sollten aus ihrer Wohnung hinausgeworfen werden –, stellte ihn Cassie McGraw vor die Alternative: Wenn er sein Brot schon nicht mit Schreiben verdienen konnte, sollte er sich wenigstens eine andere Beschäftigung suchen, oder sie würde ihn verlassen. Da sagte Jadway, wie er mir gegenüber zugab, zu ihr: ›Schön, ich werde uns eine Stange Geld verdienen, viel Geld. Ich werde genau das tun, was auch Cleland getan hat. Ich werde das dreckigste Buch schreiben, das jemals geschrieben wurde, noch schmutziger als seins. Das müßte sich verkaufen lassen.‹ Dann setzte sich Jadway, wie er berichtete, hin und verfaßte, angetrieben von der Geldnot und beflügelt von Absynth, innerhalb von drei Wochen seine *Sieben Minuten*.«

Duncan hob die Hand. »Einen Augenblick, Mr. Leroux. Ich möchte Sie bitten, mir etwas zu erklären. Sie erwähnten den Namen Cleland. Jadway soll gesagt haben, er wolle es Cleland nachmachen und das schmutzigste Buch schreiben, das jemals geschrieben wurde. Können Sie uns sagen, wer dieser Cleland war?«

»John Cleland?« fragte Leroux überrascht. »Nun, das war der bedeutendste Verfasser obszöner Literatur, bis Jadway kam. Cleland war . . .«

Barrett sprang auf. »Einspruch, Euer Ehren! Diese Frage ist völlig nebensächlich.«
»Euer Ehren!« protestierte Duncan.
»Mr. Duncan«, fragte Richter Upshaw. »Sie möchten zu diesem Einspruch gehört werden?«
»Ja, Euer Ehren.«
»Dann treten Sie bitte vor das Gericht.«
Der Staatsanwalt versuchte zu erklären, warum seine Frage nach Cleland von Bedeutung für den Prozeß war. Der Zeuge Leroux sei mit Jadway, dem Verfasser des umstrittenen Buches, persönlich bekannt gewesen, erläuterte er. Da die Einschätzung der Motive eines Autors von Bedeutung für die Beantwortung der Frage sei, ob ein Buch gesellschaftlichen Wert hat oder nicht, sei es wichtig, das Eingeständnis des Autors zu vernehmen, er habe das Buch nur des Geldes wegen geschrieben, in der Absicht, ein schmutzigeres Buch zu schreiben, als Cleland es je verfaßt hatte. Da viele der Geschworenen vermutlich nicht wüßten, wer Cleland war, sei es von Bedeutung, einige Informationen über diesen Cleland zu erfragen, um darzutun, was Jadway vorschwebte, als er *Die sieben Minuten* vorbereitete.
Richter Upshaw erkundigte sich, was der Herr Staatsanwalt über Cleland zu erfragen hoffte? Duncan erwiderte, daß der sachkundige Zeuge zunächst etwas über Clelands Herkunft berichten werde. Cleland entstammte einer angesehenen englischen Familie und genoß eine gute Schulbildung. Danach wurde er britischer Konsul in Smyrna. Anschließend ging er für die Ostindiengesellschaft nach Bombay, überwarf sich aber mit seiner Firma und kehrte nach England zurück. Mit vierzig Jahren war Cleland bankrott und wurde in den Schuldturm geworfen. Um wieder aus dem Gefängnis herauszukommen, schrieb er die *Memoiren eines Freudenmädchens*, allgemein unter dem Titel *Fanny Hill* bekannt. Ein Verleger hatte ihm für das obszöne Buch zwanzig Guineen bezahlt. 1749 war das Buch bereits ein Bestseller, und Cleland wurde angeklagt. Glücklicherweise führte der Earl of Granville, ein Verwandter Clelands, den Vorsitz bei dem Gericht. Die Strafe wurde ausgesetzt, und Cleland erhielt von Granville eine jährliche Rente von einhundert Pfund, allerdings mit der Auflage, künftighin anständigere Bücher zu schreiben. Cleland verfaßte noch zwei weitere mäßig erotische Romane und einige gelehrte Abhandlungen über die englische Sprache, ehe er im Alter von zweiundachtzig Jahren in Frankreich starb. In der ganzen Geschichte sei Clelands Name gleichbedeutend mit Obszönität, erklärte Duncan. Da er seine *Fanny Hill* nur geschrieben habe, um aus dem Gefängnis herauszukommen, aus keinem anderen Beweggrund als dem Wunsch, seinen Kragen zu retten, sei es doch nützlich zu erfahren, daß Jadway einmal gegenüber Leroux gestanden habe, er wolle genau wie Cleland einen obszönen Roman fabrizieren.
Barrett gab eine sehr knappe Begründung seines Einspruchs. Er sagte, in dieser Hauptverhandlung gehe es einzig und allein um die Frage, ob ein Buchhändler

in Oakwood ein obszönes Buch verkauft habe oder nicht. Jadways Motive seien zugegebenermaßen für die Beurteilung der Obszönität von Belang, doch eine Diskussion über die Motive eines anderen Autors sei nichts weiter als bloßer Klatsch. Derlei Informationen seien für das Kernproblem der Hauptverhandlung völlig ohne Belang.

Richter Upshaw billigte ohne zu zögern Barretts Einspruch.

»Sie können mit Ihrer Befragung fortfahren«, sagte der Richter dann zu Duncan. »Aber beschränken Sie sich bitte auf die für den vorliegenden Fall wesentlichen Dinge.«

Nach Beendigung der Besprechung am Richtertisch kehrten Barrett und der Berichterstatter auf ihre Plätze zurück. Der so getadelte Elmo Duncan trat wieder vor Christian Leroux hin, der geduldig im Zeugenstand gewartet hatte.

»Mr. Leroux, verweilen wir noch eine Weile bei den Motiven, aus denen JJ Jadway den Roman *Die sieben Minuten* verfaßte. Er sagte zu Ihnen, er wolle das schmutzigste Buch schreiben, das es jemals gegeben hat. Aber hat der Verfasser jemals noch weitere Gründe genannt, die ihn bewogen haben, den Roman zu schreiben? Ich meine Gründe oder Motive, die über das rein Geschäftliche hinausgingen?«

»Nein, niemals. Jadways Muse, die ihn beflügelte, war eine klingelnde Registrierkasse.«

Im ganzen Saal wurde gelacht. Mehrere der Geschworenen lächelten verständnisinnig. Leroux schien geschmeichelt. Weniger belustigt zeigte sich Richter Upshaw. Er klopfte ein paarmal heftig auf den Tisch.

Als es wieder ruhig geworden war, fuhr Duncan fort: »Mr. Leroux, wie stand es um den geschäftlichen Erfolg des Romans *Die sieben Minuten* nach seiner Erstveröffentlichung im Jahre 1935?«

»Der Erfolg war nicht so groß wie erhofft«, antwortete Leroux. »Clelands Verleger soll angeblich zehntausend Pfund verdient haben. Ich fürchte, wir erzielten knapp ein Zwanzigstel dieser Summe. Zunächst bestand noch Anlaß für einigen Optimismus. Meine Erstauflage dieses Buches betrug fünftausend Exemplare. Sie waren innerhalb eines Jahres verkauft. Ich bestellte eine Neuauflage von weiteren fünftausend Stück. Aber der Umsatz verlangsamte sich und kam schließlich ganz zum Erliegen. Das war, soweit ich mich erinnere, nach der Indizierung des Romans durch den Vatikan. Die letzten Exemplare der zweiten Auflage konnte ich nie mehr verkaufen.«

»*Die sieben Minuten* wurden von der katholischen Kirche offiziell verurteilt?«

»Ja, ein Jahr nach der Veröffentlichung. Aber auch der protestantische Klerus in ganz Europa und in geringerem Maße auch in Amerika wandte sich einmütig gegen das Buch.«

»Mr. Leroux, fiel Jadways Tod nicht zeitlich mit der Verurteilung des Buches durch die Kirche zusammen?«

»Nicht genau. Das Buch wurde 1936 indiziert. Jadway starb Anfang 1937.«

»Wissen Sie, was zu Jadways Tod führte?«

»Ich weiß nur, was mir Miß McGraw berichtet hat, die Zeugin seines Todes wurde. Sie wollen wissen, wie es dazu kam? Ich werde ...«

Barrett legte energisch Einspruch ein, mit der Begründung, diese Frage sei irrelevant und fordere den Zeugen auf, vom Hörensagen zu berichten.

Ebenso energisch gab Richter Upshaw dem Einspruch statt.

Staatsanwalt Duncan nahm die Zurechtweisung stirnrunzelnd hin. Dann drehte er sich um und blickte sinnend über die Köpfe der Zuschauer hinweg.

Barrett warf einen Blick über die Schulter, weil er nicht recht wußte, ob sein Gegner nur tief in Gedanken versunken war, oder ob er im Gerichtssaal jemanden suchte. Bei dieser Gelegenheit sah er, wie sich eine massige Frau von ihrem Platz am Mittelgang erhob und dem Ausgang zustrebte. Es handelte sich um Mrs. Olivia St. Clair, die Vorsitzende des Vereins Kraft durch Anstand. Barrett wurde mißtrauisch. War ihr Aufbruch Zufall? Oder hatte sie von Duncan ein Zeichen bekommen? Vor kurzem hatte es Richter Upshaw abgelehnt, die Umstände behandeln zu lassen, die zu Jadways Tod führten. Beabsichtigten Duncan und Mrs. St. Clair, diese Tatsachen einem willfährigeren Publikum vorzutragen?

Barrett kehrte wieder zur Verhandlung zurück. Duncan setzte die Befragung fort.

»Mr. Leroux«, erkundigte sich Duncan, »besitzen Sie noch irgendwelche Rechte an dem Buch *Die sieben Minuten*?«

»Nein. Von dem Tag an, da Jadway Selbstmord beging, wollte ich die Rechte abstoßen. Ich konnte nur keinen Käufer finden. Dann besuchte mich vor einigen Jahren ein Amerikaner. Er hatte von dem Roman *Die sieben Minuten* gehört. Er betrieb in New York einen Verlag für obszöne Schriften. Als ich hörte, daß er mir die Rechte an dem Buch abkaufen wollte, überließ ich sie ihm sofort mit Freuden. Ich schenkte sie ihm praktisch. Ich war erleichtert, einen Strich darunter machen zu können. Solche Bücher besudeln jeden, der mit ihnen in Berührung kommt. Ich will nichts mehr damit zu tun haben.«

»Vielen Dank, Mr. Leroux«, sagte Duncan und blickte zum Richtertisch hinauf. »Keine weiteren Fragen, Euer Ehren.«

Der Staatsanwalt kehrte selbstzufrieden auf seinen Platz zurück. Richter Upshaw wandte sich an die Verteidigung.

»Sie können zum Kreuzverhör schreiten, Mr. Barrett.«

»Danke, Euer Ehren«, sagte Barrett. Er raffte die Notizen zusammen, die er und Zelkin sich gemacht hatten und sagte leise: »Abe, das wird nicht leicht werden. Ich weiß nicht, ob ich die Sache noch herausreißen kann.«

»Versuch's«, murmelte Zelkin nur.

Mit den Papieren in der Hand ging Barrett an den Geschworenen vorbei und trat vor den Zeugenstand. Der französische Verleger wartete gelassen, die Arme verschränkt. Im Licht der Leuchtröhren an der Decke glänzten seine Jademanschettenknöpfe.

»Mr. Leroux«, begann Barrett fast im Plauderton, »kehren wir noch einmal zu

dem Zeitpunkt zurück, zu dem Sie das Manuskript des Romans von Cassie McGraw erhielten. Sie haben auf Befragung durch den Herrn Staatsanwalt geantwortet, das sei Ende 1934 gewesen. Stimmt das?«
»Stimmt.«
»Können Sie das Datum nicht etwas genauer fixieren? Erinnern Sie sich wenigstens noch, in welcher Woche Miß McGraw mit dem Manuskript bei Ihnen erschien?«
»Aber gewiß. Es war in der letzten Novemberwoche 1934, an einem Freitagmorgen.«
»Sehr gut. Erinnern Sie sich noch an Miß McGraws Äußeres? Können Sie uns die Dame beschreiben?«
Leroux lächelte. »Ich erinnere mich noch genau daran. Sie war ungefähr einssechzig groß und trug einen glänzenden gelben Regenmantel. Sie hatte kurzgeschnittenes brünettes Haar, graue Augen, eine kleine Stubsnase und ein paar hübsche Sommersprossen. Etwas sinnliche Lippen, einen niedlichen Schmollmund. Alles in allem wirkte sie klug, witzig, amüsant. Aber wenn es um Jadway ging, konnte sie sehr ernst werden.«
Barrett nickte anerkennend. »Gut. Sie haben Miß McGraw also in Ihrem Büro empfangen. Wo war das doch?«
»Rue de Berri Nummer 18.«
»Richtig. Vielen Dank, Mr. Leroux. Es war mir entfallen. Und wo wohnten Sie damals?«
Leroux zögerte. »Ich überlege gerade. Ich bin so oft umgezogen. Verstehen Sie, der Krieg, und die Wirren der Nachkriegszeit . . .«
»Aber jetzt sind wir doch in der letzten Novemberwoche 1934. Das war lange vor Ausbruch des Krieges.«
»Ja, natürlich«, sagte Leroux. »Trotzdem bin ich mir nicht ganz sicher. Ich hatte eine Wohnung in Neuilly. Vielleicht war es auch . . .«
»Nun, wenn Sie sich nicht mehr genau erinnern . . .«
Leroux zuckte die Achseln. »Leider nein.«
»Vielleicht wäre es eine Gedankenstütze, wenn Sie sich noch an den Namen Ihres Hausbesitzers oder der Concierge erinnerten?«
»Leider auch nicht.«
»Aber Ihre Telefonnummer wissen Sie vielleicht noch?«
»Kaum. Nein, wirklich nicht. Tut mir leid.«
»Bestimmt aber Ihre Geschäftsnummer. Sie haben doch ständig Ihr Telefon benutzt. Können Sie mir nicht die Nummer Ihres Verlags sagen?«
Leroux zeigte sich leicht verärgert. »Natürlich nicht. Wie sollte ich, nach fast vierzig Jahren? Das war doch schon 1934, und es ist doch nicht zu erwarten, daß man sich an alles . . .«
»Da bin ich völlig Ihrer Meinung. Man kann von keinem Menschen erwarten, daß er sich noch an alles erinnert, was schon so weit zurückliegt.« Barrett machte eine Pause. Plötzlich wurde sein Ton hart. »Trotzdem, Mr. Leroux, haben wir so-

eben aus Ihrem eigenen Mund gehört, daß Sie sich noch an jedes einzelne Wort erinnern, das zwischen Ihnen und Jadway, zwischen Ihnen und Miß McGraw im Jahre 1934, also vor fast vierzig Jahren, gewechselt wurde. Ist das nicht . . .«

»Einspruch!« rief Duncan quer durch den Gerichtssaal. »Ich lege Einspruch ein, Euer Ehren. Der Herr Verteidiger stellt Suggestivfragen.«

»Stattgegeben«, sagte Richter Upshaw.

»Jawohl, Euer Ehren«, murmelte Barrett. Er war zufrieden. Durch den Hinweis auf die Fehlbarkeit des menschlichen Erinnerungsvermögens hatte er die Glaubwürdigkeit des Zeugen ins Wanken gebracht. Die Geschworenen hatten es gehört, trotz des Einspruchs. Nun mußte er dafür sorgen, daß es auch keinem Mitglied der Jury entgangen war.

»Mr. Leroux, Sie haben ausgesagt, aus erster Hand erfahren zu haben, daß JJ Jadway ein Trinker war, daß er Rauschgift nahm, daß er sein Buch einzig und allein des Geldes wegen herunterklopfte und so weiter. Eine Frage dazu: Wenn Sie es sich ganz genau überlegen, sind Sie sich dann immer noch absolut sicher, sich nach fast vierzig Jahren an jedes einzelne Wort zu erinnern, an jede dieser angeblichen Tatsachen, die Ihnen mitgeteilt wurden?«

»Euer Ehren, ich muß Einspruch erheben!« rief Duncan. »Der Zeuge hat bereits unter Eid über diese Gespräche ausgesagt. Dies ist eine Wiederholung.«

»Aus diesem Grunde stattgegeben«, sagte Richter Upshaw. Er sah Barrett streng an. »Das Gericht ermahnt außerdem die Verteidigung, nicht mit dem Zeugen zu argumentieren.«

Barrett machte ein zerknirschtes Gesicht. »Entschuldigung, Euer Ehren, es geschah unbeabsichtigt.« Er wandte sich wieder Christian Leroux zu. Der hatte die Arme nicht mehr selbstgefällig vor der Brust verschränkt, sondern er saß steif da, die Hände flach auf die Knie gepreßt. »Mr. Leroux, beschäftigen wir uns mit den Jahren 1934 und 1935. Nach Ihrer Aussage erinnern Sie sich an vier Gespräche mit Jadway. Stimmt das?«

»Ja.«

»Wo haben diese Unterhaltungen stattgefunden? Haben Sie Jadway in seiner Wohnung aufgesucht, ihn in Ihrem Büro empfangen, oder haben Sie sich in einem Lokal getroffen?«

Leroux zögerte. »Ich – ich habe niemals behauptet, mich mit ihm getroffen zu haben. Ich sagte nur, ich hätte mit ihm gesprochen.«

Barrett verhehlte sein Erstaunen nicht. »Sie haben Jadway niemals persönlich gesehen?«

»Nein. Ich habe nur viermal mit ihm telefoniert.«

»Soso. Und Sie waren ganz sicher, mit JJ Jadway zu sprechen?«

»Natürlich. Miß McGraw stellte die Verbindung her und gab den Hörer dann an Jadway weiter.«

»Ist das nicht ungewöhnlich, Mr. Leroux, wenn ein Verleger in derselben Stadt wie sein Autor lebt und die Verbindung trotzdem auf Telefongespräche beschränkt? Haben Sie denn nie versucht, ihn persönlich kennenzulernen?«

»Nein.«
»Niemals?«
»Nein, und dazu bestand auch gar kein Anlaß, sagte Leroux schnippisch. »Ich wußte von Cassi McGraw, daß er ein Einzelgänger war, ein Sonderling, oft betrunken oder unter dem Einfluß von Rauschgift. Da durfte ich kaum mit einem freundlichen Empfang rechnen.«
»Hat Jadway selbst Ihnen gegenüber erklärt, daß Sie ihm nicht willkommen seien?«
»Ich hab's gespürt. Eine Täuschung war kaum möglich.«
»Gab es noch andere Gründe dafür, daß Sie ihn niemals persönlich kennenlernen wollten?«
»Nein. Ich darf noch hinzufügen, daß es nicht üblich ist, wenn ein Verleger seinen Autor aufsucht, besonders wenn es sich um Autoren mit einem fragwürdigen Ruf handelt. Außerdem mußte ich mich Jahr für Jahr mit neuen Autoren befassen. Jadway war nur einer von vielen, und noch nicht einmal ein sehr vielversprechender.«
»Aha. Sie waren zu beschäftigt, um einem einzelnen kleinen Autor Ihre volle Aufmerksamkeit zu widmen. Nun . . .«
»Einspruch, Euer Ehren!« meldete sich Duncan. »Der Herr Verteidiger unterlegt der Aussage Schlüsse, die der Zeuge nicht gezogen hat.«
»Stattgegeben.«
»Gut«, sagte Barrett. »Sie standen also mit Jadway nur telefonisch und über Miß MacGraw in Verbindung. Ist das richtig?«
»Das ist richtig.«
»Und abgesehen von dem, was Sie über Miß McGraw erfuhren, stammte Ihr Wissen über Jadways Gewohnheiten, seine Einstellung zum Schreiben, seine Beweggründe für diesen Roman nur aus Telefongesprächen, nie von einem persönlichen Kontakt. Ist das auch richtig?«
»Nein, mir fällt da gerade noch etwas anderes ein.«
»So . . .«
»Es gab noch eine weitere Informationsquelle. Ich forderte für die Veröffentlichung biographisches Material beim Autor an. Ich schickte ihm einen Fragebogen zu. Er füllte ihn aber nicht aus, sondern schrieb mir statt dessen mehrere Briefe über sich selbst – erst einen grundsätzlichen, dann einen zweiten mit Nachbemerkungen, schließlich noch einige, die sich mit der Bearbeitung des Buches befaßten. Auf diese Weise erfuhr ich mehr als von Jadway direkt.«
»Was war es genau, das Sie durch diese Korrespondenz erfuhren?«
»Einzelheiten über seine Herkunft, seine Familie und allgemeine Bemerkungen über seinen Wunsch, zu schreiben.«
»Auch etwas über die Beweggründe für *Die sieben Minuten*?«
»Das weiß ich nicht mehr.«
»Diese Briefe könnten sehr nützlich für uns sein und vielleicht wichtige Informationen beisteuern. Befinden sich diese Briefe noch in Ihrem Besitz?«

»Nein.«
»Wissen Sie, was aus ihnen geworden ist?«
»Das kann ich nicht sagen. Vermutlich wurden sie zusammen mit tausenden anderer Briefe weggeworfen, als ich die Étoile Press schloß.«
»Könnte es nicht sein, daß Sie diese Briefe zusammen mit den Rechten an *Die sieben Minuten* verkauft haben?«
»Ich ...« Leroux hielt inne und wurde auf einmal sehr vorsichtig. »Das kann sein. Ich weiß es nicht mehr.«
»Es war nur so ein Gedanke«, sagte Barrett. »Kürzlich wurden nämlich Briefe Jadways, die genau die soeben von Ihnen beschriebenen hätten sein können, von einem Fachhändler in New York zum Kauf angeboten. Der Händler hatte sie von einem früheren Verleger erstanden. Er verkaufte sie an einen Unbekannten. Ich hätte gern gewußt, ob es sich tatsächlich um die Briefe handelte, die Sie erhielten. Halten Sie das für möglich?«
Leroux atmete erleichtert auf. »Keine Ahnung«, antwortete er fast fröhlich. »Aber ich bezweifle es.«
»Hat Ihnen Jadway die Briefe durch Cassie McGraw überbringen lassen?«
»Soviel ich weiß, schickte er einen oder zwei davon mit der Post. Die anderen brachte mir Miß McGraw persönlich.«
»Erinnern Sie sich noch, wie oft Sie mit Cassie McGraw zusammentrafen?«
Bevor Leroux antworten konnte, legte Duncan Einspruch ein. Diese Frage sei irrelevant, erklärte er. Dabei verschwieg er etwas: Ihm selbst war nicht gestattet worden, Cassie McGraw zur Sprache zu bringen, und nun sollte es der Verteidigung auch nicht gelingen.
Richter Upshaw gab dem Einspruch sofort statt.
Barrett hatte nichts anderes erwartet und hatte bereits die nächste Frage parat. »Mr. Leroux, befassen wir uns noch einmal mit dem Roman *Die sieben Minuten.* Sie haben dem hohen Gericht gesagt, Sie hätten die Rechte später an einen anderen Verleger veräußert. Erinnern Sie sich noch an seinen Namen?«
Der Staatsanwalt kam der Antwort mit seinem Einspruch zuvor. Barrett ersuchte um eine vertrauliche Unterredung. Sie fiel kurz aus: Barrett erklärte, mit seiner Frage wolle er die Ehrlichkeit und Unbestechlichkeit dieses Kronzeugen auf die Probe stellen. Nachdem sich Richter Upshaw die Argumente beider Parteien angehört hatte, wies er den Einspruch zurück und forderte Barrett auf, fortzufahren.
Barrett trat wieder vor den Zeugen und wiederholte seine Frage. »Sie verkauften Ihre Rechte an *Die sieben Minuten* also an einen anderen Verleger. Erinnern Sie sich noch an den Namen dieses Verlegers?«
»Ich erinnere mich nicht mehr.«
»Vielleicht kann ich Ihre Erinnerung etwas auffrischen. War der Verleger, dem Sie die Rechte verkauften, vielleicht ein gewisser Norman C. Quandt, im Bundesstaat New York wegen des Vertriebs unsittlicher Schrifterzeugnisse vorbestraft?«
»Quandt? Ja, ich glaube, so hieß er. Danke.«

»Warum verkauften Sie Mr. Quandt sämtliche Rechte an dem Roman *Die sieben Minuten*?«
»Über meine Gründe dafür habe ich bereits ausgesagt. Ich fürchtete die zersetzende Wirkung des Buches. Ich wollte es loswerden. Deshalb war ich froh, als ich es abgeben konnte.«
»Aber Sie machten sich keine Gedanken darüber, daß Sie gerade durch den Weiterverkauf der Rechte den zersetzenden Einfluß dieses Werkes am Leben erhielten?«
»Nein, darüber machte ich mir keine Sorgen – weil ich nicht glaubte, daß Quandt dieses Buch jemals würde veröffentlichen dürfen. Ich nahm an, er brauchte es mehr oder weniger zum Zweck einer steuerlichen Gewinnabschreibung. Ich habe das Buch verkauft, um ihm den Garaus zu machen – und um mich zu schützen.«
»Und sonst hat Sie absolut nichts zu dem Verkauf bewogen?«
»Nein, nichts.«
»Ich verstehe. Wann haben Sie die Étoile Press aufgegeben?«
»Vor vier Jahren.«
»Aus welchem Grunde?«
»Aus demselben Grunde, aus dem ich *Die sieben Minuten* verkaufte. Ich hatte endlich eingesehen, wie übel die Veröffentlichung von Pornographie war. Ich wollte alle Verbindungen zu diesem Gebiet abbrechen und ein neues Leben beginnen.«
»Das war Ihre einzige Absicht?«
»Ja.«
Barrett ging hinüber zum Schriftführer, suchte sich eine bestimmte Mappe aus dem Beweismaterial und trat damit wieder vor den Zeugenstand.
»Mr. Leroux, ich habe hier ein Interview, das als ›Beweis H‹ gekennzeichnet ist. Dieses Interview gaben Sie damals einem Reporter der Zeitung *L'Express*. Ich habe zwei Exemplare hier. Das eine werde ich Ihnen überreichen, damit Sie den Text verfolgen können, während ich ihn übersetze. Sollte mir dabei ein Fehler unterlaufen, so unterbrechen Sie mich bitte sofort und korrigieren Sie mich.« Er reichte Leroux den einen Zeitungsausschnitt und hielt den anderen vor sich hin. »In diesem Interview werden Sie von dem Reporter gefragt, weshalb Sie die Veröffentlichung von Pornographie aufgegeben hätten. Sie antworteten darauf: ›Aus demselben Grunde, aus dem es heutzutage weniger Prostituierte gibt. Sex ist überall leicht zugänglich geworden. Warum sollte man für etwas bezahlen, was man auch umsonst bekommen kann?‹ Dann, Mr. Leroux, wird noch folgende Äußerung von Ihnen zitiert: ›In früheren Jahren herrschte eine so strenge Zensur, es gab so viele verbotene Bücher, daß wir diesen Markt fast allein beherrschten. Aber seit angesehene Verlagshäuser in allen Ländern der Welt frei veröffentlichen dürfen, was einst verboten war, nehmen sie uns die Leser und den Markt weg, der einmal ausschließlich der Obelisk Press, der Olympia Press und der Étoile Press gehörte. Ich habe aufgegeben, weil ich mein Publikum verloren habe.‹« Barrett hob den Kopf. »Bekennen Sie sich zu diesen Äußerungen?«

Leroux schob nachdenklich die Lippen vor. Erst nach einer Weile antwortete er: »Ich gebe zu, dieses Interview gegeben zu haben; ich gebe zu, daß es erschienen ist. Damit sage ich jedoch nicht, daß ich korrekt zitiert worden bin.«

»Dann bestreiten Sie den Inhalt dieses Artikels?«

»Nicht ganz. Ich wehre mich gegen den Mangel an Genauigkeit, gegen verschiedene Auslassungen und die Überbetonung dieses einen Punktes. Ja, ich mag nebenbei erwähnt haben, daß einer der Gründe für die Aufgabe der Étoile Press in der gesteigerten Freizügigkeit der heutigen Zeit gelegen hat. Aber das war ein zweitrangiger Faktor. Der Hauptgrund für meinen Entschluß lag in der Erkenntnis der Gefahren grober Pornographie. Ich war älter und einsichtiger geworden und wollte nichts mehr tun, was meinen Mitmenschen schaden konnte.«

»Sehr schön und lobenswert«, sagte Barrett. »Nun betrachten Sie bitte die beiden letzten Absätze dieses Artikels. Sie finden dort ein Zitat von Maurice Girodias, der als Sohn von Jack Kahane angegeben wird. Kahane war Begründer der Obelisk Press, Girodias angeblich Besitzer der Olympia Press, eines anderen Konkurrenzunternehmens. Sehen Sie das?«

»Ja.«

»Der Reporter hält Ihnen ein Zitat von Girodias entgegen. Girodias soll demnach über seine eigene Karriere als Verleger gesagt haben: ›Obszönität und Pornographie sind häßliche Erscheinungen, die im hellen Licht des Morgens verschwinden werden, sobald wir Sex und Erotik rehabilitiert haben. Wir müssen erkennen, daß Liebe und Lust sich gegenseitig ergänzen und nicht unvereinbare Elemente sind. Wir müssen die Triebe als Quelle allen Handelns in unserem Leben erkennen und aufhören, uns gegen alle natürlichen Instinkte und gegen alles zu stemmen, was Freude spendet. Das wird einige seelische Schocks mit sich bringen.‹« Barrett machte eine Pause. »Der Reporter behauptet, er hätte Ihnen Girodias' Bemerkungen vorgelesen und Sie daraufhin um Ihre Stellungnahme gebeten. Hier Ihre Antwort: ›Ich bin völlig einer Meinung mit Monsieur Girodias. Diejenigen unter uns, die Pornographie und obszöne Schriften veröffentlicht haben, verdienen eine Ehrung. Wir haben damit Tabus zerschlagen. Wir haben die Menschen gelehrt, daß Lust und Liebe zusammengehören. Wir haben den Sex frei und gesund gemacht.‹« Barrett blickte auf. »Mr. Leroux, haben Sie diese Äußerungen getan, die Ihnen hier zugeschrieben werden? Ja oder nein?«

»Diese Wiedergabe ist irreführend.«

»Können Sie mit Ja oder Nein antworten? Haben Sie das gesagt?«

»Ja, aber . . .«

»Danke, Mr. Leroux.«

. . . aber damit meinte ich nur anständige Pornographie, die literarisch ist, und nicht Schmutz und Schund wie *Die sieben Minuten*!«

Barrett war nahe daran, Einspruch einzulegen, damit Leroux' letzte Worte aus dem Protokoll gestrichen wurden, aber er überlegte es sich anders. Auf manche der Geschworenen konnte jeder Protest gegen das Verhalten des Zeugen wie ein Einschüchterungsversuch wirken.

Dann überlegte Barrett, ob er das Kreuzverhör fortsetzen sollte. Er hatte einige Pluspunkte erzielt, aber vielleicht nicht genug. Möglich, daß Leroux der Anklage mehr eingebracht hatte. Trotzdem mochte bei drei oder vier Geschworenen der erste Zweifel aufgekommen sein. Wenn er mit einem so feindselig eingestellten Zeugen weitermachte, konnte er sich alles wieder verderben.

Barrett warf seinem Freund einen raschen Blick zu. Zelkin machte ein besorgtes Gesicht.

Rotes Licht.

Halt!

»Ich danke Ihnen, Mr. Leroux«, sagte er zu dem Zeugen. Er blickte zum Richtertisch empor. »Ich denke, das war alles, Euer Ehren.«

Er kehrte an seinen Platz zurück und ließ sich erschöpft auf seinen Stuhl sinken. »Ich hab' mein Bestes getan, Abe«, sagte er. »Ich hab's versucht. Aber sie haben einen Zaun um Jadways Leben gebaut und ein Schild herausgehängt: ›Eintritt verboten!‹ Was soll man da noch machen?«

Zelkin sagte: »Jetzt machen wir erst einmal eine kurze Pause.«

Während der Verhandlungspause sah Barrett seine dunkle Vorahnung bestätigt, daß Duncan zusammen mit Mrs. St. Clair versuchen würde, die Aussage des französischen Verlegers vor einem breiteren Publikum fortzusetzen.

Barrett, Zelkin und Fremont suchten in einem Privatbüro im sechsten Stock des Justizgebäudes Philip Sanford auf, der seinen kleinen Batteriefernseher eingeschaltet hatte. Der Schirm zeigte gerade in Großaufnahme das Gesicht von Christian Leroux.

»Irgendwo im Haus findet eine Pressekonferenz statt«, erklärte Sanford rasch. »Mrs. St. Clair von KDA hat sie arrangiert. Sie hat Reporter aus der ganzen Welt hier, die Leroux mit Fragen bombardieren. Sie hat ihn vorhin mit den Worten vorgestellt, Leroux hätte jetzt seine Aussage vor Gericht beendet und könne daher auch außerhalb des Gerichtssaals Fragen beantworten. Bis zum Urteilsspruch dürfe er allerdings nicht über das reden, was er bei der Verhandlung ...«

»Laß uns zuhören«, unterbrach ihn Barrett und zog sich einen Stuhl heran.

Die vier gruppierten sich um den winzigen Fernsehschirm. Leroux sonnte sich im Rampenlicht und beantwortete die nächste Frage.

»Nein, vor Gericht durfte ich nicht über Jadways Tod aussagen. Aber ich bin bereit, jetzt und hier der vollen Wahrheit die Ehre zu geben. Ich habe alles von Cassie McGraw erfahren, Jadways Mätresse. Sie wollen wissen, was zu Jadways Tod führte? Ich werde es Ihnen sagen. Im Endeffekt war es sein Buch *Die sieben Minuten*, das ihn umbrachte. Seine Angehörigen in Neuengland wußten nichts davon, daß er den Roman geschrieben hatte. Die ältere seiner beiden Schwestern erfuhr als erste davon. Er hatte ihr dummerweise ein Exemplar geschickt, angeblich weil er seine Schwestern davor bewahren wollte, alte Jungfern zu werden. Er wollte auch sie zur Rebellion aufrufen, und das gelang ihm. Das Buch erschütterte seine Schwester so sehr, daß sie zu trinken begann und Verhältnisse mit verschiedenen Männern anfing, bis sie schließlich in der Gosse landete. Was aus der anderen Schwester wurde, weiß ich nicht. Jadways Vater erfuhr von dem Roman durch ein Rundschreiben seiner Kirche, in dem es verdammt wurde. Nach Jadways Exkommunizierung konnte sein Vater die Schande nicht länger ertragen. Er wurde krank und erholte sich niemals wieder. Miß McGraw berichtete weiter, daß auch die Tochter von Jadways bestem Freund das Buch in die Hand bekam, als sie noch ein leicht beeinflußbares junges Ding war. Sie wurde so verdorben, daß sie die Heldin des Romans nachahmte und auf die schiefe Bahn geriet.«

»Schiefe Bahn?« fragte eine Stimme mit deutschem Akzent. »Können Sie nicht deutlicher werden?«

»Sie ließ sich mit einer Reihe von Männern ein. Bald war sie kaum noch besser als eine Straßendirne.«

»Wußte Jadway, was das Buch seinen Angehörigen und Freunden angetan hatte?« fragte derselbe Reporter.

»Gewiß. Er sprach mit Cassie – mit Miß McGraw darüber und war voller Reue. Er trank immer mehr und wurde schwermütig. Schließlich ging er im Februar 1937 in dem kleinen Haus in Vaucresson bei Paris eines Abends ins Bad und erschoß sich. In seinem Abschiedsbrief teilte er Miß McGraw mit: ›Ich mußte es tun, um die Sünde zu büßen, die ich mit diesem Buch begangen habe.‹«

»Haben Sie diesen Abschiedsbrief selbst gesehen, Mr. Leroux?« fragte eine andere Stimme.

»Nein, natürlich nicht. Miß McGraw erzählte mir davon bei der Beerdigung.«

»Wissen Sie, ob der Brief noch existiert?«

»Wenn Miß McGraw noch existiert, gibt es vielleicht auch den Brief noch.«

»Ich vertrete *Associated Press*, Mr. Leroux«, ertönte eine andere Stimme. »Wenn Sie gestatten, habe ich noch einige Fragen über Miß McGraw. Sie hat Jadway als seine Agentin vertreten?«

»Sie hat mir das Manuskript überreicht, in seinem Namen verhandelt und auch die Bearbeitung vermittelt.«

»Haben Sie sie nach seinem Tode noch einmal gesehen?«

»Danach sah ich Cassie McGraw noch zweimal – bei der Beerdigung und noch einmal mehrere Monate später, als sie mich in meinem Büro aufsuchte und sich als seine Erbin auswies. Sie wollte mir ihre Rechte an dem Roman für eine Pauschale verkaufen, da sie es in Paris nicht mehr aushielt und mit ihrer Tochter in die USA zurückkehren wollte.«

»Tochter?« Eine Nahaufnahme zeigte das erstaunte Gesicht des bekannten AP-Korrespondenten. »Cassie McGraw hatte ein Kind?«

»Jadways Tochter. Habe ich das noch nicht erwähnt? Sie hatte ein Kind von ihm. Es kam zwei Monate nach seinem Tod zur Welt.«

»Wissen Sie den Namen seiner Tochter?«

»Judith.«

Barrett bemerkte, daß Zelkin sich eifrig Notizen machte. Eine neue Spur. Jadways Tochter. In einem anderen Teil dieses Gebäudes saßen sicher Duncan und seine Helfer vor einem Fernsehschirm und schrieben ebenso eifrig – falls die Anklage nicht bereits informiert war.
»Mr. Leroux, hat Miß MacGraw Sie nur aufgesucht, weil sie Geld zur Rückkehr in die USA brauchte?« fragte ein italienischer Reporter.
»Ja. Sie bot mir ihre Rechte an *Die sieben Minuten* zum Preis der Passage an. Vom geschäftlichen Standpunkt aus war das Angebot uninteressant, weil das Buch nicht mehr gut lief. Aber da mir das Mädchen leid tat, kaufte ich ihr die Rechte für die verlangte Summe ab.«
»Danach haben Sie Cassi McGraw oder ihre Tochter nie wiedergesehen?« rief eine Stimme.
»Niemals.«
»Auch nichts von den beiden gehört?«
»Kein Wort.«
»Auch nicht von Jadways Familie oder von seinen Freunden?«
»Nein.«
Mehrere Stimmen riefen durcheinander. Die Kamera fuhr zurück und zeigte nun auch Mrs. St. Clair, die neben Leroux saß.
»Bitte, immer einer nach dem anderen!« rief sie. »Sie dort bitte. Würden Sie sich vorstellen?«
»Ich vertrete die *New York Times*. Im Gerichtssaal wollte die Verteidigung wissen, wie oft Sie Cassie McGraw insgesamt gesehen haben. Die Frage wurde nicht zugelassen. Könnten Sie sie jetzt beantworten?«
»Aber gern. Wie oft ich sie gesehen habe? Das kann ich nicht sagen. Zum erstenmal sah ich sie 1934, zuletzt 1937 nach Jadways Tod.«
»Waren es mehr als ein dutzendmal?« fragte der Mann hartnäckig.
»Schon möglich. Aber nicht viel häufiger. Nach der Veröffentlichung des Buches sah ich sie nur noch selten. Die beiden haben sich nicht immer in Paris aufgehalten. Ich glaube, sie machten eine Reise nach Italien. Sie wollte ihn durch eine Änderung der Umgebung wieder auf die rechte Bahn zurückführen. Danach übersiedelten sie in das kleine Dorf bei Paris.«
»Waren Sie mit Cassie McGraw gut befreundet?«
»Gut befreundet? Ich verstehe nicht ...«
»Ich will es deutlicher ausdrücken, Mr. Leroux. Sie haben Mr. Jadway als Schwächling, als unangenehmen Trunkenbold und Geschäftemacher bezeichnet. Daraus muß man schließen, daß Sie ihn verachteten. Über Cassie McGraw sprachen Sie mit einer gewissen Zuneigung. Sie hat Ihnen Einzelheiten aus Jadways Leben anvertraut. Wie standen Sie zu ihr? Waren es rein geschäftliche Beziehungen? Oder auch private?«
»Rein geschäftliche.«
Barrett mußte unwillkürlich lächeln. Dieser hartnäckige Reporter hätte einen ausgezeichneten Strafverteidiger abgegeben. Er ließ immer noch nicht locker.

»Und dennoch hat sie Ihnen ihre geheimsten Gefühle und Gedanken anvertraut, oder etwa nicht?«
»Sie lebte im Ausland und hatte keinen anderen Menschen, mit dem sie reden konnte. Sie war eine Fremde und brauchte eine vertrauenswürdige Person, eine mitfühlende Seele, einen Menschen, bei dem sie sich aussprechen konnte. Ich habe ihr zugehört, weil sie mir leid tat.«
»Haben Sie jemals mit ihr ein Café aufgesucht?«
Leroux lächelte dünn. »Wir Franzosen pflegen unsere Geschäfte in Cafés abzuwickeln. Deshalb muß ich Ihre Frage wohl bejahen.«
»Haben Sie Miß McGraw auch in Ihrer Wohnung empfangen?«
Leroux zwinkerte in die Kamera. »Sir, Sie haben doch sicher schon gehört, daß ein Franzose einen Amerikaner niemals in seine Wohnung einlädt.«
Einige der Presseleute zeigten sich belustigt. Leroux lächelte selbstgefällig wie ein Schauspieler, der den wohlverdienten Applaus entgegennimmt.
Aber der Fragesteller aus New York gab sich damit nicht zufrieden. »Mr. Leroux, Sie haben einige Fragen nicht beantwortet. Haben Sie Miß McGraw in Ihre Wohnung eingeladen?«
Leroux Lächeln verschwand. »Nein«, antwortete er leicht verärgert. »Wenn Sie damit andeuten wollen, daß meine Abneigung gegen Jadway einer Rivalität entsprang, so ist das eine unbegründete Unterstellung. Um es noch einmal ganz klar zu sagen: Mein Verhältnis zu Cassie McGraw war rein geschäftlicher Natur, wie es zwischen Verleger und Agent üblich ist. Nichts weiter. Noch irgendwelche Fragen?«
Zelkin schaltete den Apparat aus. »Ein schlauer Bursche, dieser Franzose. Von ihm haben wir nichts zu erwarten. Vor Gericht nicht, und außerhalb auch nicht. Aber wir müssen zur Verhandlung zurück. Wer zum Teufel wird wohl Duncans nächster Zeuge sein?«

Der nächste Zeuge der Anklage war, wie sich bald herausstellte, ein Besucher aus einem fernen Land und eine völlige Überraschung für Barrett und Zelkin.
Dieser nächste Zeuge war eine furchteinflößende Gestalt in der schwarzen Robe eines katholischen Priesters. Er erinnerte Barrett an das Basrelief eines Jesuitenmärtyrers, das er in den Grabgewölben unter dem Petersdom gesehen hatte. Er hatte die harten, kalten Züge eines Savonarola, stechende Augen, eine scharfe, gebogene Nase und ein spitzes Kinn und stellte eine wandelnde Zurechtweisung für alle Frivolen, Leichtfertigen, für alle Gotteslästerer dar. Er trat mit dem Selbstbewußtsein auf, ein Abgesandter des Allmächtigen zu sein. Auf den ersten Blick war klar, daß er keinen Unsinn dulden, sich nicht mit Alltäglichem abgeben würde. Er hatte eine heilige Mission zu erfüllen.
Er sprach die Eidesformel mit der Lässigkeit eines Mannes, der sie erfunden hat.
Der nächste Zeuge war Pater Sarfatti, Mitglied der Heiligen Kongregation für die Glaubenslehre, ein Diener des Heiligen Stuhls in Rom.

Während Duncans einleitende Fragen seine Position herausstellten, hielten Barrett und Zelkin flüsternd eine hastige Besprechung ab.

Das Auftreten eines Abgesandten des Vatikans im Zeugenstand traf sie unvorbereitet. Im Gegensatz zu Zivilprozessen erfuhr man bei Strafprozessen nichts über die Zeugen der Gegenseite. Trotzdem hatten die beiden nicht mit einer solchen Überraschung gerechnet. Über die beiden Kronzeugen der Anklage, Christian Leroux und Jerry Griffith, hatten alle Zeitungen geschrieben. Wer in einem Zensurprozeß sonst noch auftrat, wußte man aus Erfahrung: Psychiater, Pädagogen, Fachleute auf dem Gebiet der Literatur, Vertreter des öffentlichen Lebens und dergleichen. Weder Barrett noch Zelkin hatten damit gerechnet, daß der Staatsanwalt einen Vertreter des Vatikans als Experten für den *Index Librorum Expurgatorius* hinzuziehen würde.

Glücklicherweise war Barrett vor knapp einer Woche, als er sich auf das Schlimmste vorbereitete, eingefallen, daß *Die sieben Minuten* ein Jahr nach Veröffentlichung von der Kirche verurteilt und auf den Index der verbotenen Bücher gesetzt worden war. Aber der Index war doch ein Relikt aus ferner Vergangenheit, das an eine strenge, unbeugsame Kirche erinnerte, deren Denkweise den Einwohnern von Oakwood und Los Angeles so fern war wie nur möglich; Barrett hatte deshalb angenommen, daß Duncan die Indizierung höchstens beiläufig erwähnen würde. Dennoch hatte sich Barrett als gründlicher Mensch Material über die Vorgeschichte der Kirchenzensur und den Index selbst besorgt. Kimura hatte für ihn mehrere Theologen befragt. Die Ergebnisse waren in einem dünnen Schnellhefter zusammengefaßt.

Nun hatte Duncan schweres Geschütz aus dem Vatikan gegen die ohnehin schon geschwächten Reihen der Verteidigung aufgefahren. Barrett wußte, wie dringend er Verstärkung brauchte. Mit einem Ohr lauschte er dem Beginn der Zeugenaussage, mit dem anderen seinem Sozius. Was war zu tun? Innerhalb weniger Minuten einigten sie sich auf geeignete Gegenmaßnahmen. Zelkin sollte Donna anrufen und sie anweisen, durch den Büroboten das Aktenstück »Jadway – Index« herzuschicken. Außerdem sollte er Kimura noch einmal zu den katholischen Experten schicken, um für die Verteidigung weitere Informationen einzuholen. Sollte Barrett vorzeitig zum Kreuzverhör aufgerufen werden, mußte er versuchen, es bis zur Mittagspause hinzuziehen, damit sie dann am Nachmittag bei der Fortsetzung des Kreuzverhörs schon eventuelle telefonisch durchgegebene Informationen Kimuras auswerten konnten.

Nachdem Zelkin hinausgegangen war, um Donna anzurufen, konzentrierte sich Barrett auf die Aussage. Es fiel ihm schwer, Leroux' Verhör und das Kreuzverhör hatten seine Aufmerksamkeit auf eine harte Probe gestellt. Es kostete ihn einige Mühe, jeder Frage und jeder Antwort zu folgen. Er verließ sich jedoch auf seine Gabe, instinktiv an den wichtigen Stellen einzuschalten.

In den nun folgenden fünfundfünfzig Minuten fing Barretts Antenne etwa ein halbes Dutzend Stellen des Frage-und-Antwort-Spiels auf, die von Bedeutung waren. Dann drehte er jedesmal auf volle Lautstärke.

Die Prozedur der Heiligen Kongregation für die Glaubenslehre beim Verbot eines Buches.

Volle Lautstärke.

»Pater Sarfatti, können Sie uns das Verfahren der Kirche in einem solchen Fall näher erläutern, damit wir besser verstehen, warum die Kirche dieses Buch verurteilt hat?«

»Gewiß, Mr. Duncan. In letzter Zeit wurden verschiedene Ämter der Kurie umorganisiert und modernisiert. Wir müssen daher von dem Zustand ausgehen, wie er 1935 herrschte, als der Roman *Die sieben Minuten* in Paris veröffentlicht wurde. Damals unterstand die Überwachung anstößiger Schriften der Sektion für die Zensur von Büchern, einer Abteilung der Obersten Kongregation des Heiligen Offiziums. Wenn ein Bischof oder ein Priester in seiner Diözese in irgendeinem Land der Welt auf ein Buch stieß, das eine Lehre verbreitete, die der Moral- und Glaubenslehre der Kirche zuwiderlief, legte er es der Sektion für die Zensur von Büchern beim Heiligen Stuhl vor.«

»Der Morallehre?«

»Moral- und Glaubenslehre, Mr. Duncan. Ich will es Ihnen genauer erklären. Bücher, die *ex professo* vom Inhalt her unsittlich oder obszön sind, wurden schon immer verboten. Indiziert wurden auch alle Bücher, die Irrlehren oder Schismas verkünden. In der Vergangenheit wurde es so gehandhabt, daß ein dem Heiligen Offizium vorgelegtes verdächtiges Buch einem in Rom ansässigen Orden weitergeleitet wurde, dessen Mitglieder der Sprache mächtig waren, in der dieses Buch veröffentlicht wurde. Fachleute prüften es dann und legten ihr Urteil in lateinischer Sprache dem Heiligen Offizium vor. Gleichzeitig befaßte sich häufig ein Geistlicher der Zensurabteilung mit dem Lebenswandel des Autors und den Begleitumständen der Entstehung des betreffenden Buches. Dieses gesamte Material wurde auf einer Sitzung der Räte des Heiligen Offiziums vorgelegt. Dann wurde darüber beraten und abgestimmt. Sprach sich die Mehrheit für eine Verurteilung aus, wurde ein Bericht über das Buch auf einer Sitzung des Kardinalskollegiums vorgetragen. Schließlich legte der Kardinalpräfekt das Urteil des Kollegiums zusammen mit dem bisher gesammelten Material dem Papst vor. Wenn sich Seine Heiligkeit dem Spruch und den Empfehlungen der Kardinäle anschloß, ordnete er die Aufnahme des betreffenden Werks in den Index der verbotenen Bücher an.«

»Und nach diesem Verfahren wurde auch *Die sieben Minuten* verurteilt?«

»Genau.«

»Ich habe hier unter Beweis E ein Exemplar dieses *Index*, herausgegeben im Jahre 1940 . . .«

»Darf ich Ihnen ein Kompliment für Ihre Gründlichkeit machen?«

»Danke, Pater Sarfatti. Es war die früheste Ausgabe, in der ich *Die sieben Minuten* von J J Jadway entdecken konnte. Wenn ich recht verstanden habe, wurde das Buch jedoch schon 1937, also drei Jahre zuvor, indiziert. Können Sie uns das erklären?«

»Das ist ganz einfach, Mr. Duncan. Der Index wird in unregelmäßigen Abständen veröffentlicht. Als Jadways Buch 1937 verboten wurde, erschien das Verbotsdekret zuerst in den *Acta Apostolicae Sedis*, dem offiziellen Blatt des Vatikans. Durch diese Veröffentlichung wurden sämtliche katholischen Bischöfe auf der ganzen Welt von der Verurteilung unterrichtet. Daraufhin verkündeten alle Bischöfe und Priester, denen das Seelenheil ihrer Gemeinde anvertraut war, von den Kanzeln ihrer Kirchen den Bann. Das Buch wurde sodann in die nächste erreichbare Neuausgabe des Index aufgenommen, und diese erschien drei Jahre später. Ich darf zu meiner Freude hinzufügen, daß auch unsere protestantischen Brüder – insbesondere in Europa – aus eigener Initiative vor den Gefahren dieses Buches warnten.«

»Pater Sarfatti, ich möchte Ihnen gern, um den Ernst einer solchen Verurteilung herauszustellen, einige weitere Fragen zum *Index* selbst . . .«

Barrett schaltete ab und beschäftigte sich wieder mit seinen Notizen.

Zehn Minuten später fing seine Antenne wieder etwas auf: *Die Überprüfung von Jadways Lebenswandel.*

»Pater Sarfatti, wurden Sie persönlich mit diesen Ermittlungen betraut?«

»Ja. Oder besser gesagt, ich war daran beteiligt. Ich war damals noch ein junger Priester und übernahm in den darauffolgenden Jahren andere Aufgaben beim Vatikan. Aber kürzlich wurde ich wieder der Heiligen Kongregation für die Glaubenslehre zugeteilt, dem neuen Amt der Kurie, dem heute der Index untersteht. Als sich der Heilige Vater für den vorliegenden Fall interessierte, Mr. Duncan, wurde ich aufgrund meiner früheren Kenntnis des Falles Jadway und der entsprechenden Unterlagen beauftragt, Ihnen jede nur erdenkliche Unterstützung zuteil werden zu lassen. Vor meiner Abreise in die Vereinigten Staaten habe ich alle Dokumente des vatikanischen Archivs überprüft, die sich mit dem Verbot des Romans *Die sieben Minuten* befassen. Die inoffizielle Untersuchung und Überprüfung des Autors Jadway wurde in den Jahren 1935 und 1936 vom damaligen Erzbischof von Paris durchgeführt. Ich war dabei einer seiner Assistenten.«

»Pater Sarfatti, stützen sich Ihre Ergebnisse auf Informationen aus zweiter Hand oder auf persönlichen Kontakt zu dem Autor JJ Jadway?«

»Alle Informationen, die ich dem hohen Gericht vorgelegt habe, stammen aus erster Hand, wie Sie aus den Unterlagen entnehmen können.«

Duncan hielt drei Bogen Papier hoch. Einer davon war mit einem Siegel versehen. »Hier habe ich drei Unterlagen, die Sie mir überreicht haben. Erkennen Sie darin die Dokumente des Vatikans wieder?«

»Ja.«

Duncan trat an den Richtertisch. »Euer Ehren, ich möchte dem hohen Gericht hiermit neues Beweismaterial vorlegen und bitte Sie, diese Dokumente als offiziellen Beweis zuzulassen.«

Barrett und Zelkin wechselten einen raschen Blick. »Verdammt!« murmelte er und folgte dann dem Staatsanwalt und dem Berichterstatter zum Richtertisch.

Richter Upshaw und Barrett überflogen hastig die neuen Dokumente, dann wurden sie als offizielles Beweismaterial anerkannt. Der Gerichtsschreiber registrierte sie und versah sie mit Nummern. Von nun an gehörten sie zum Material in der Sache gegen Ben Fremont und *Die sieben Minuten.*

Als Barrett auf seinen Platz zurückkehrte, sah ihn Zelkin besorgt an.

»Nun?« fragte er.

»Wir stecken in der Tinte«, sagte Barrett.

Der Staatsanwalt hatte sich wieder vor dem Zeugenstand aufgebaut. »Pater Sarfatti, können Sie uns bitte mit Ihren eigenen Worten den Inhalt dieser Beweisstücke erläutern?«

»Ja. Beim ersten Dokument handelt es sich um die Niederschrift eines Telefongesprächs, das ich in Paris mit JJ Jadway führte. Ich hatte ihm von Rom aus schriftlich mitgeteilt, daß ich ihn gern sprechen würde, aber keine Antwort erhalten. Nach meiner Ankunft in Paris rief ich ihn mehrfach an. Endlich rief er zurück, und ich zeichnete unser Gespräch auf. Das zweite Dokument ist ein Brief, den mir Jadway geschrieben hat, und zwar nach dem Telefongespräch. Ein ziemlich respektloser Brief, wenn ich so sagen darf. Das dritte Dokument ist das Protokoll eines inzwischen verstorbenen Angehörigen der Kurie über eine Erklärung, die Jadway ihm gegenüber während eines Gesprächs in Italien abgegeben hat. Diese Erklärung wurde von Jadway unterzeichnet und notariell beglaubigt.«

»Bestätigt Jadways Erklärung die Aussage seines französischen Verlegers hinsichtlich seiner Haltung und seiner Motive für die Abfassung des Romans *Die sieben Minuten*?«

»Diese Frage würde ich bejahen. Die Ermittlungsergebnisse der Kirche einschließlich dieser drei Dokumente dürften insgesamt das bestätigen, was Mr. Leroux bereits ausgesagt hat. Unsere übrigen Aufzeichnungen sind ziemlich behutsam in der Formulierung, abgesehen von diesen drei Dokumenten. Wir verfügen über keine Unterlagen, die Jadways Angehörige oder seinen Lebenswandel in den USA betreffen. Aber aus diesen drei Schriftstücken geht hervor, daß Jadway ein vom Glauben abgefallener Katholik war. Wir wissen, daß sein literarischer Geschmack in eine unmoralische und atheistische Richtung tendierte. Wie er mir selbst sagte, enthielt seine Bücherei Werke von Bergson, Croce und Karl Pelz sowie Casanovas Memoiren, die allesamt Katholiken verboten sind. Er hatte einmal an einer antiklerikalen Demonstration vor Notre Dame teilgenommen. Sein Bekanntenkreis bestand aus notorischen Freidenkern aus den Cafés auf dem Linken Ufer. Er hatte sich mit Prostituierten eingelassen, ehe er in Sünde mit einer jungen Frau namens Cassie McGraw zusammenlebte. Ich bezweifle, daß die Verurteilung durch die Kirche bei seinem Selbstmord eine Rolle spielte. Das Fehlen jeglicher moralischer Grundsätze, wie es sich in seinem einzigen Buch zeigt, dürfte wohl zu seinem Selbstmord geführt haben. Er wurde nach seinem Tod verbrannt; angeblich führte Miß McGraw dabei seinen Wunsch aus. Seine Asche wurde aus einem Ballon über dem Montparnasse verstreut. Es ist eine sehr traurige Geschichte.«

Während Pater Sarfattis Vortrag, insbesondere während seiner letzten Sätze, war Barrett versucht, juristische Einwände zu erheben. Er hatte Anlaß genug, denn vieles von dem, was der Geistliche sagte, war unerheblich, manches wußte er nur vom Hörensagen. Aber er schwieg. All das war schon zuvor durch Leroux in anderem Zusammenhang innerhalb und außerhalb des Gerichts bekanntgegeben worden. Unter diesen Umständen hätte jeder Einspruch den Eindruck erweckt, als wollte Barrett einen Diener des Herrn mundtot machen. Also hielt Barrett den Mund und hörte aufmerksam zu.

»Pater Sarfatti, geht aus Ihren Unterlagen etwas über die Beweggründe hervor, die JJ Jadways veranlaßten, *Die sieben Minuten* zu verfassen?«

»Ein solcher Hinweis ist nur in seinem Brief an mich enthalten. Er schreibt darin, alle Religionen und gelehrten Institutionen täten so, als sei die ganze Welt eine einzige riesige Bonbonniere, während er mit seinem Buch beweisen wolle, daß sie – daß sie ein Misthaufen sei. Ein Misthaufen, der am Ende Dünger für die Wahrheit sein und Schönheit hervorbringen könne, wenn man nur aufhörte, sich etwas vorzumachen. Darüber hinaus zeugen seine gedruckte Aussage in dem Buch und sein Lebenswandel in Paris hinreichend von seinen Motiven. Er hatte in Paris nie irgendwelche rechtmäßigen Bindungen. Daraus mag jeder von Ihnen seine eigenen Schlüsse ziehen.«

»Geht aus Ihren Unterlagen etwas über Cassie McGraws Einfluß auf Jadway aus der Zeit hervor, als er an seinem Roman *Die sieben Minuten* arbeitete, oder überhaupt etwas über Cassie McGraw ...«

»Euer Ehren, ich erhebe Einspruch!« unterbrach ihn Barrett. Das durfte er nicht zulassen oder erst nachträglich streichen lassen. Aber Duncan war offenbar entschlossen, Cassie McGraw ins Gespräch zu bringen, denn er beantragte eine vertrauliche Unterredung am Richtertisch.

Während dieser Unterredung versuchte Duncan die nach seiner Kenntnis von Pater Sarfatti zu erwartenden Informationen so hinzubiegen, als stünden sie in unmittelbarem Zusammenhang mit obszönen Stellen des Romans. Schließlich sei Cassie McGraw doch das Vorbild für Jadways Heldin gewesen. In seinem Übereifer entstellte Duncan nicht nur die zu erwartenden Informationen, sondern er machte sie zunichte.

»Die Kirche besitzt eine Geburtsurkunde von dem Kind, das Cassie McGraw von Jadway bekam«, sagte Duncan. »Dieses Kind wurde Judith Jan Jadway getauft. Pater Sarfatti wird bekunden, daß Miß McGraw nach den neuesten Unterlagen des Vatikans im Jahre 1940 in Detroit heiratete und daß ihr Mann im Zweiten Weltkrieg bei Salerno fiel. Es ist zwar weder sein voller Name bekannt noch weiß man etwas über das weitere Schicksal von Cassie McGraw oder ihrer Tochter, aber was bekannt ist, wird nach meiner Überzeugung doch der Jury weiterhelfen ...« Er redete weiter und weiter. Als er endlich fertig war, mußte er von Richter Upshaw einen Tadel einstecken, weil er versuchte, Dinge zur Sprache zu bringen, die für den verhandelten Fall völlig irrelevant seien. »In dieser Sache hat Ihr Herr Zeuge den Geschworenen nichts von Bedeutung mitzuteilen«,

schloß Richter Upshaw. »Ich muß daher dem Einspruch der Verteidigung stattgeben.«
Barrett kehrte an seinen Tisch zurück und lauschte wieder Staatsanwalt Duncan, der seine Befragung fortsetzte.
»Nun, Pater Sarfatti, wollen wir noch einmal kurz auf die Methode der . . .«
Barrett schaltete ab.
Eine Viertelstunde später fing seine Antenne einen neuen Satzfetzen auf: *Gelegenheit gegeben, während seines Aufenthalts in Italien zu widerrufen.*
Sofort war Barrett wieder hellwach.
»Wollen Sie damit sagen, Pater Sarfatti, daß sich ein Mitglied der Kirche mit Jadway traf und ihm die Gelegenheit bot, seine Irrtümer zu widerrufen?«
»Genau. Das ist nicht ungewöhnlich, Mr. Duncan. Die Kirche geht gegen den Autor eines verbotenen Werkes behutsam und mit Nachsicht vor. Oft wendet sich ein solcher Autor an den Vatikan und bekennt, er habe sein Buch guten Glaubens geschrieben, ohne seinen Glaubensirrtum voll zu bekennen. In solchen Fällen kann die Kongregation des Heiligen Offiziums nach Veröffentlichung der Verdammung eine Notiz veröffentlichen, die folgendermaßen lautet: ›Der Autor hat sein Werk widerrufen und zurückgenommen.‹ Die Verurteilung bleibt zwar bestehen, aber sein Name und der Titel seines Werks können aus dem Index gestrichen werden. Ich werde Ihnen ein Beispiel nennen. Henry Lasserre, ein gläubiger Katholik und Verfasser eines ausgezeichneten Buches über die Wunder von Lourdes, unternahm eine Übersetzung der Evangelien ins Französische. Er hielt sich dabei nicht getreulich an die Vorlage, sondern ließ in der Übersetzung eigene Vorstellungen einfließen. Alsbald wurde seine Übersetzung verurteilt und verboten. Aber zum Glück sah Lasserre seinen Fehler ein. Er zog das Buch rasch aus dem Verkehr. Die Folge war, daß das Heilige Offizium sein Verbot aufhob und den Namen des Autors in den nachfolgenden Ausgaben des Index strich.«
»Wie war es bei JJ Jadway? Wollte er von sich aus widerrufen, oder wurde ihm die Gelegenheit dazu geboten?«
»Man bot ihm eine letzte Chance. Als er zusammen mit seiner Mätresse Venedig besuchte, wurde ein Vertreter der Kirche zu ihm gesandt. Er bekam die Gelegenheit angeboten – in sehr großzügiger Weise, wie ich sagen muß –, *Die sieben Minuten* zu widerrufen und aus dem Verkehr zu ziehen. Aber er weigerte sich. Sie haben das diesbezügliche Dokument mit Jadways Unterschrift vorliegen. Somit blieb der Kirche keine andere Wahl, als das fragliche Buch wegen seines obszönen und gotteslästerlichen Inhalts zu verdammen.«
Barrett schaltete wieder ab.
Nach Abschluß der Befragung durch Duncan verkündete Richter Upshaw eine zweistündige Verhandlungspause. Abe Zelkin hatte bereits die Index-Akte von Donna besorgt und sich bei einem Telefonat mit Kimura vor wenigen Minuten mehrere Seiten Notizen gemacht. Barrett und Zelkin ließen sich aus der Halle des Gerichtsgebäudes ein paar Sandwiches holen und verbrachten die Mittagspause damit, eine geeignete Strategie für das Kreuzverhör zu entwerfen.

Barrett hatte gute Lust, zum Gegenangriff überzugehen. Die Kirche, die Pater Sarfatti vertrat, durfte nicht angetastet werden. Barrett wußte jedoch, daß sie – wie jedes andere Glaubensbekennnis auch – einige sehr wunde Punkte aufzuweisen hatte. Im Mittelalter, als der Index eingerichtet wurde, war diese Kirche eine Herde von recht sexbesessenen Schäflein. Der heilige Augustin hatte bekannt, daß ihn vor seiner Bekehrung ein »unersättlicher Appetit« nach Sex beherrscht hatte und daß er »in Unzucht schwelgte«. Augustin hatte diese fleischliche Schwäche zwar bezwungen, doch seine gesalbten Nachfolger waren oft weniger hart gegen sich selbst. Der Bischof von Liège hatte bekanntlich fünfundsechzig illegitime Kinder. Ein spanischer Abt in St. Pelayo hielt sich angeblich im Laufe seines Lebens siebzig Mätressen. In der Schweiz sahen sich die Ehemänner gezwungen, ihre Frauen vor den Nachstellungen der Geistlichen zu schützen, indem sie bei den Behörden vorstellig wurden und baten, den Priestern nur eine Mätresse pro Kopf zuzugestehen. Was den Heiligen Stuhl selbst betraf, so stand Papst Sergius III. unter dem Pantoffel seiner Geliebten Marozia, einer Tochter eines päpstlichen Beamten; 931 erreichte sie, daß ihr unehelicher Sohn Papst Johannes XI. wurde. Papst Leo VIII. war während eines Schäferstündchens einem Herzschlag erlegen. Papst Alexander VI., der niemals abstritt, Vater der Borgias zu sein, hielt sich im Vatikan ebenfalls zwei Mätressen, darunter die siebzehnjährige Giulia Farnese. Das war kaum fünfzig Jahre bevor der Heilige Stuhl damit begonnen hatte, Autoren wegen ihrer Unmoral zu indizieren.

Was hätte wohl Christus davon gehalten? Hätte er nicht dieselben Ermahnungen gesprochen wie zu den Pharisäern, als sie ihm eine Ehebrecherin brachten, die gesteinigt werden sollte? Er sagte zu ihnen: »Wer unter euch ohne Sünde ist, der werfe den ersten Stein.«

Nun mußte sich Barrett vor den Schranken des Gerichts mit einem Kirchenmann messen, der als Schützer der Moral gekommen war.

Die Versuchung war groß. Aber dann sagte er sich, daß ein solcher Angriff nicht in Frage kam. Man würde ihn falsch auslegen. Außerdem würde Elmo Duncan sofort protestieren: Irrelevant!

Als Mike Barrett um zwei Uhr dem furchterweckenden Pater Sarfatti gegenüberstand, wußte er, daß er ihm nicht gewachsen war. Was die Kirchengeschichte und die Bücherzensur betraf, so bewegte sich der Geistliche auf vertrautem Terrain, während Barrett tasten mußte. Aber er konnte seiner Aufgabe nicht ausweichen und nahm das Kreuzverhör auf.

»Pater Sarfatti, berichtigen Sie mich bitte, wenn ich etwas falsch verstanden haben sollte. Sie bemerkten vorhin, die Ämter der Kurie seien seit dem Erscheinen von Jadways Roman im Jahre 1935 umorganisiert und modernisiert worden. Können Sie diese Veränderungen, soweit sie sich auf die Zensur von Büchern beziehen, etwas näher erläutern?«

»Um es kurz zu machen . . .«

»Verzeihen Sie, Pater, es besteht kein Anlaß, sich kurz zu fassen. Es wäre sehr nützlich, hier jede Einzelheit zu erfahren, die Bezug auf diesen Prozeß hat.«

»Danke, sehr freundlich, Sir. Lassen Sie mich damit beginnen, daß Papst Paul VI. im Jahre 1966 gemäß dem neuen Geist, der mit dem ökumenischen Konzil in die Kirche eingekehrt ist, die Bezeichnung ›Oberste Kongregation des Heiligen Offiziums‹ abgeschafft hat, weil dieser Name seit langem bei Protestanten Anstoß erregte und mit scheinbaren Verfolgungen in der frühen Kirchengeschichte in Verbindung gebracht wurde. Zusammen mit dem Heiligen Offizium wurde auch die Sektion für die Zensur von Büchern abgeschafft.«
»Warum geschah das?«
»Wie gesagt, entsprach das dem neuen Geist der Einheit unter den verschiedenen christlichen Glaubensbekenntnissen.«
»Ich verstehe. Es würde mich interessieren, ob es nicht noch andere Beweggründe dafür gab. Trifft es nicht zu, daß während des ökumenischen Konzils in Rom zahlreiche Bischöfe gegen das Heilige Offizium protestierten, gegen jenes Kirchenamt also, das JJ Jadway verurteilte, weil die betreffenden Autoren nicht in fairer Weise angehört wurden? Vertraten diese Kritiker nicht die Meinung, daß der Index völlig abgeschafft werden sollte?«
»Nun, eine Minderheit vertrat diese Auffassung, das stimmt.«
»Und trifft nicht auch zu, Pater Sarfatti, was unser AP-Korrespondent seinerzeit aus dem Vatikan berichtete, daß der ›Papst durch die Abschaffung der Abteilung für die Bücherzensur mit einer dramatischen Geste eine Abkehr von der einstigen Index-Mentalität signalisieren‹ wollte?«
»Wir müssen uns leider damit abfinden, daß Presseberichte häufig zu gröblichen Verallgemeinerungen und Übertreibungen neigen. Ich würde es so ausdrücken: Es wurde angestrebt, jene Funktionen des Heiligen Offiziums abzuwerten, die für Nichtkatholiken ein Anstoß waren.«
»Könnte man nicht angesichts dieser neuen liberalen Haltung der Kirche annehmen, daß die Kirche heute nicht mehr verdammen und verbieten würde, was sie noch 1935 verboten hat?«
»Sir, das ist eine hypothetische Frage, zu deren Beantwortung ich weder qualifiziert noch befugt bin. Ich kann Ihnen gewisse Tatsachen nennen, die gewisse Schlüsse zulassen. Erstens überprüft die neue Kongregation für die Glaubenslehre, der ich angehöre, auch weiterhin Schriftwerke, denen vorgeworfen wird, daß sie den Lehren der Kirche zuwiderlaufen. Zweitens wurde der Index nicht abgeschafft. Er existiert immer noch. Der Heilige Vater kann nach freiem Ermessen jedes Schriftwerk auf den Index setzen. Drittens stehe ich als Vertreter der Kirche hier vor Ihnen, weil die Veröffentlichung und Verbreitung des unsittlichen und gotteslästerlichen Romans *Die sieben Minuten* die Kirche heute mit ebenso großer Sorge erfüllt wie 1935.«
Damit ließ Barrett die Frage des Zensurapparats ruhen. Dieser Versuch war danebengegangen. Er mußte es anders versuchen.
Die Unfehlbarkeit des Index.
»Pater Sarfatti, ich habe, wie auch der ehrenwerte Herr Staatsanwalt, das Exemplar des Index studiert, in dem Jadways Buch erstmals aufgeführt wird,

darüber hinaus auch einige Veröffentlichungen über den Index. Ich würde Ihnen gern einige Fragen zu diesem Handbuch der Zensur stellen. Ich fand darin zu meiner Überraschung folgende Werke als immer noch verboten aufgeführt: *Niedergang und Fall des Römischen Reichs* von Gibbon, Pascals *Gedanken*, Mills *Prinzipien der Politischen Ökonomie*, Sternes *A Sentimental Journey through France and Italy* sowie sämtliche Werke von Emile Zola. Warum wurden sie verurteilt? Weil sie obszön oder weil sie antiklerikal waren?«

»Weil sie antiklerikal waren.«

»Nicht weil sie der Moral schaden konnten?«

»Weil sie dem Glauben schaden konnten.«

»Und *Die sieben Minuten*, Pater Sarfatti? Ich darf Sie daran erinnern, daß es in diesem Verfahren nur um die Frage geht, ob der Roman obszön ist. Es ist hier ohne Bedeutung, ob er dem Glauben zuwiderlief oder antiklerikale Ansichten vertrat. Können Sie mir im Hinblick darauf offiziell mitteilen, ob der Roman *Die sieben Minuten* wegen seines angeblich unsittlichen Inhalts indiziert wurde, oder weil er eine Irrlehre enthielt?«

»Er wurde aus beiden Gründen verboten.«

»Schön, Pater. Was die brennende Frage betrifft, was obszön ist und was nicht, so handelt es sich offensichtlich um ein Werturteil. Sind Sie der Meinung, daß Sie ein obszönes Werk als solches erkennen würden, wenn Sie es lesen oder vorgelesen bekommen?«

»Ich für meine Person ja. Für die Kirche kann ich keine Aussage machen.«

»Wenn ich Ihnen einen kurzen Abschnitt aus einem Roman vorlese – könnten Sie mir dann sagen, ob er obszön oder unmoralisch oder keines von beiden ist?«

»Ich könnte es versuchen, aber es wäre nur meine private Meinung.«

»Aber doch wohl Ihre Meinung als Experte für obszöne Literatur?«

»Na schön. Als Experte.«

»Ich werde Ihnen zwei Auszüge aus einem bekannten Roman vorlesen und bitte Sie um Ihr Fachurteil. Erstes Zitat: ›Ich fühlte seine Hand an meinem Busen. Als meine Angst mich zu mir kommen ließ, war ich bereit zu sterben, und ich seufzte und schrie auf und die Sinne schwanden mir.‹ Zweiter Auszug: ›Doch er küßte mich mit erschreckender Leidenschaft; dann hüllte mich seine Stimme wie ein Donnerschlag ein. Jetzt ... sagte er, ist die schreckliche Stunde der Abrechnung gekommen, die ich so fürchtete – ich stieß einen Schrei aus, wie ihn noch nie eines Menschen Ohr vernommen. Aber es war niemand nahe, der mir hätte helfen können, und mir waren beide Hände gebunden, wie ich schon sagte. Es hat wohl noch niemals eine arme Seele solche Qualen durchlitten wie ich. Böser Mann! sagte ich ... O Gott! Mein Gott! Nur diesmal. Nur dieses eine Mal erlöse mich von dieser Pein!‹«

»Hat Gott sie erlöst, Mr. Barrett?«

»Ja. Pater Sarfatti, betrachten Sie diese beiden Auszüge als obszön?«

»Ich betrachte sie als unreif und anzüglich, aber nach heutigen Maßstäben nicht als obszön. Doch das Heilige Offizium hat sie als obszön betrachtet und 1755 zusammen mit dem ganzen Roman *Pamela* von Samuel Richardson auf den Index gesetzt. Tut mir leid, wenn ich Ihnen den Spaß verderben muß, Mr. Barrett, aber ich bin nicht bereit, die Weisheit der Heiligen Kirche anzuzweifeln, die 1755 *Pamela* indizierte, wie sie 1937 *Die sieben Minuten* verbot. Die moderne Neigung zu einer hemmungslosen Unmoral mag diese alten Urteile lächerlich erscheinen lassen, aber vielleicht wären die heutigen Maßstäbe für Moral und Gesellschaft besser, wenn man diesen Urteilen mehr Beachtung geschenkt hätte.«

»Wollen Sie damit sagen, Pater Sarfatti, daß die Zensoren des Index frei von menschlicher Fehlbarkeit sind, daß sie sich in ihren Urteilen niemals geirrt haben?«

Duncan legte Einspruch ein. Die Verteidigung argumentierte. Einspruch stattgegeben.

Barrett bemühte sich um eine andere Formulierung. »Pater Sarfatti, weisen irgendwelche Tatsachen darauf hin, daß die für den Index tätigen Zensoren im Laufe der Zeit jemals einen Irrtum eingestanden haben?«

»Natürlich hat es Irrtümer gegeben«, erklärte Pater Sarfatti ruhig. »Wenn die Mitglieder des Heiligen Offiziums nach reiflicher Überlegung zu dem Schluß gelangten, daß im Hinblick auf ein bestimmtes Druckwerk Irrtümer vorgekommen waren, haben sie niemals gezögert, diese einzugestehen und richtigzustellen. Galileis Werke wurden auf den Index gesetzt. Als sich diese Maßnahme später als ungerechtfertigt erwies, hoben unsere Zensoren das Verbot von Galileis Schriften auf. Aber ich kann mir nicht vorstellen, daß die Kirche jemals ihren Bann von Jadways Buch nehmen wird.«

Barrett wollte sich schon geschlagen geben und den Zeugen entlassen. Aber nein – noch ein letzter Versuch.

Die Zusammenkunft mit JJ Jadway in Venedig.

»Pater Sarfatti, Sie haben ausgesagt, daß sich ein Beauftragter des Vatikans in Venedig mit JJ Jadway traf und ihn aufforderte, den Roman zu widerrufen. Geht aus Ihren Unterlagen hervor, wo diese Zusammenkunft stattfand?«

»Im Dogenpalast, in der Sala del Consiglio dei Dieci.«

»Wie lang dauerte die Unterredung?«

»Fünfzehn Minuten.«

»Gibt Jadway in der von ihm unterzeichneten Erklärung einen Grund für seine Weigerung an, *Die sieben Minuten* zurückzuziehen?«

»Über seine Gründe wird nichts gesagt.«

»Nach Mr. Leroux' Aussage war Jadway damals auf einem Tiefpunkt seines Lebens angelangt. Er bereute es, das Buch jemals verfaßt zu haben, und wenige Monate danach nahm er sich deshalb das Leben. Wenn das stimmt, wäre es dann nicht zu erwarten gewesen, daß Jadway widerrief und bereute?«

»Mir ist nichts darüber bekannt, was seinerzeit zu erwarten gewesen wäre und was nicht. Ich kann nur wiederholen, daß er sich halsstarrig zeigte und sich weigerte zu widerrufen.«

»Enthält der Bericht über dieses Treffen auch eine Beschreibung der Person Jadways?«
»Nein.«
Barrett zögerte. Sollte er damit abschließen? Aber er konnte der nächsten Frage nicht widerstehen.
»Pater Sarfatti, sagen die Unterlagen des Vatikans etwas darüber, ob Jadway betrunken zu diesem Treffen erschien?«
»Es steht nichts darüber verzeichnet, daß er betrunken war. Andererseits wurde auch nicht gesagt, daß er nüchtern war.«
Barrett lächelte. »*Touché.*« Das geschah ihm recht. Er hatte es herausgefordert, und nun war aus der Frage ein Bumerang geworden. Er hatte gegen die goldene Regel des Kreuzverhörs verstoßen: Niemals eine wichtige Frage stellen, wenn man nicht genau weiß, was der Zeuge darauf antworten wird. Man hört rechtzeitig auf. Man tut nie diesen Schritt, der ins Unbekannte führt.
Barrett entließ den Zeugen mit einer Verbeugung. »Ich danke Ihnen, Pater Sarfatti. – Keine weiteren Fragen, Euer Ehren.«

Nach dem Priester aus Italien rief Bezirksstaatsanwalt Duncan einen soeben aus London eingetroffenen, bekannten englischen Literaturagenten in den Zeugenstand. Dieser Ian Ashcroft sollte zu der Frage aussagen, ob das Buch obszön war oder nicht. Der Mann roch nach Zizanie de Fragonard. Er war aalglatt, witzig und amüsant; er behielt immer das letzte Wort und verstand es, versteckte Stiche und Seitenhiebe auszuteilen. Barrett beschloß, sein Kreuzverhör auf ein paar Minuten zu beschränken.
Als junger Angestellter einer Londoner Literaturagentur war Ashcroft 1935 mit dem Vertrieb der Lizenzrechte für Jadways Roman beauftragt und hatte, wie er aussagte, Exemplare des Buches Verlagen in Großbritannien, Holland, Skandinavien, Deutschland, Frankreich, Italien, Spanien und Portugal angeboten. Vorübergehend interessierte sich ein deutscher Verleger für den Nachdruck (»dort war die allgemeine Moral ohnehin zusammengebrochen, und in Hamburg oder Frankfurt gab es mehr Bordells als Wohnungen«), aber die Verhandlungen zerschlugen sich dann ebenfalls. Das Buch wurde von sämtlichen ausländischen Verlegern abgelehnt.
Duncan wollte wissen, warum *Die sieben Minuten* so einmütig abgelehnt worden war.
»Ich denke, das liegt doch auf der Hand«, antwortete Ashcroft. »Es war ein schreckliches Buch, unsittlich und unanständig, absoluter Schund. Niederländische, italienische und spanische Verleger schickten es mit fast gleichlautenden Bemerkungen zurück: ›Mr. Jadway genießt den zweifelhaften Ruhm, das schmutzigste und obszönste Buch der Literaturgeschichte geschrieben zu haben.‹«
Beim Kreuzverhör behandelte Barrett den Londoner Agenten sehr vorsichtig. Wenn Mr. Ashcroft eine so niedrige Meinung von dem Buch hatte – warum beschmutzte er sich dann überhaupt, indem er es anbot?

»Mr. Barrett, ich war ein grüner Junge, unerfahren und so ehrgeizig, daß ich selbst die Rechte von *Mein Kampf* vertrieben hätte.«
Ob Mr. Ashcroft nicht auch der Meinung sei, daß damals nur wenige amerikanische Romane in Übersetzungen größere Verbreitung in Europa fanden?
»Ich hatte einige amerikanische Romane, deren Rechte ich an ein Dutzend Verleger weitergab.«
Aber das Erstlingswerk eines Unbekannten: War denn zu erhoffen, daß es gleich in Schweden, Deutschland, Frankreich, Italien oder Spanien verkauft würde?
»Nein, Mr. Barrett. Ich hatte nicht damit gerechnet, daß der Roman für diese Länder übersetzt werden würde, aber doch zumindest in Großbritannien. Zumindest dort hätte man ihn im Original verkaufen müssen.«
Was fand Mr. Ashcroft dann so ungewöhnlich an der Tatsache, daß Jadways erster Roman keinen ausländischen Verleger fand?
»Nun, Mr. Barrett, *Die sieben Minuten* ist der einzige Roman, von dem ich weiß, daß er nicht ein einzigesmal nachgedruckt wurde, weder in England selbst noch auf dem Kontinent.«
Die nächste halbe Stunde verging wie im Fluge. Inzwischen schloß bereits der nächste Zeuge der Anklage seine Aussage ab.
Dieser nächste Zeuge, aalglatt und präzise funktionierend wie ein Computer, war Harvey Underwood, der bekannte amerikanische Meinungsforscher.
Sein Auftreten hatte Barrett und Zelkin ebenso überrascht wie das von Pater Sarfatti. Zuerst waren sie sich nicht im klaren darüber, was Elmo Duncan mit diesem Zeugen bezweckte. Als Barrett endlich ein Licht aufging, mußte er unwillkürlich Duncan für seine Schlauheit ein Kompliment machen.
Harvey Underwood sollte die Behauptung der Anklagevertretung untermauern, daß *Die sieben Minuten* nach Auffassung des Durchschnittslesers niedere Instinkte weckte. In solchen Fällen pflegte die Anklage ansonsten angesehene Persönlichkeiten des öffentlichen Lebens aufzurufen – einen Pfarrer, Lehrer oder Kommunalpolitiker –, Leute also, die ständigen Kontakt zu Durchschnittsmenschen hatten und kraft ihrer Autorität etwas über die verderbliche Wirkung eines solchen Buches auf die Gesellschaft aussagen konnten. Aber Duncan gab sich nicht damit zufrieden, auf die übliche Weise die Durchschnittsmeinung zu präsentieren. Im Zeitalter der Elektronik und des Computers hatte Duncan den hervorragendsten Fachmann des Landes damit beauftragt, den Durchschnittsbürger zu ermitteln, um ihn fein säuberlich verpackt dem Gericht vorstellen zu können. Das war verrückt, das war entwürdigend und lächerlich. Es war ein weiterer Beweis für die traurige Verfassung einer Konsumentengesellschaft, die sich von Zahlen, Ausschüssen und Durchschnitten beherrschen ließ.
Aber die Jury war begeistert.
Eine halbe Stunde lang beschrieb Harvey Underwood mit wahrhaft missionarischem Eifer die Methoden der Repräsentativbefragung und ihrer Auswertung. Er hatte sich für diesen Auftritt vor Gericht mit Ergebnissen von Massenuntersuchungen über Besitz, Verhaltensweise und Lebensgewohnheiten gewappnet.

»Das alles ist sehr verwickelt«, erklärte Underwood den Geschworenen. »Neben den eigenen Untersuchungsergebnissen haben wir auch diejenigen des Amerikanischen Buchhändlerverbandes, des Internationalen Presseverbandes sowie die Volkszählung des Statistischen Bundesamtes aus dem Jahre 1966 mit verwertet. All diese statistischen Angaben haben wir in unsere Computer eingegeben und als Ergebnis das exakte Bild des Durchschnittsamerikaners erhalten. So besitzen wir nun zum erstenmal ein lückenloses Porträt des Durchschnittsbürgers einer amerikanischen Durchschnittsgemeinde, und zum erstenmal, Mr. Duncan, können wir einen oder mehrere Zeugen vorstellen, die gemäß dem kalifornischen Strafgesetz etwas darüber aussagen können, was nach ›Auffassung des Durchschnittsbürgers unter Anlegung zeitgemäßer Maßstäbe als überwiegend die niederen Instinkte ansprechend‹ bezeichnet werden kann.«

»Mr. Underwood, können Sie uns dieses wissenschaftlich erarbeitete Persönlichkeitsprofil des Durchschnittsbürgers erläutern?«

Inzwischen hatte sich Mike Barrett wieder von seiner anfänglichen Verblüffung erholt und legte Einspruch ein, bevor die Geschworenen völlig überfahren waren.

»Wenn das hohe Gericht erlaubt, erhebe ich Einspruch, da hier Spekulationen über den Zeugen vorgetragen werden.«

Richter Upshaw winkte Staatsanwalt und Verteidiger und dann auch den Berichterstatter zu sich.

Barrett wurde aufgefordert, seinen Einspruch näher zu erläutern.

Barrett erklärte, es könne kein Profil des Durchschnittsbürgers geben, weder ein wissenschaftliches noch ein anderes. »Der Begriff ›Durchschnitt‹ bezieht sich üblicherweise auf ein arithmetisches Mittel. Er läßt sich mit einiger Genauigkeit nur bei Zahlenwerten anwenden. Ein Durchschnittsmensch kann bestenfalls ein normaler, gewöhnlicher, alltäglicher Mensch sein, jedoch nicht ein wandelnder ›Mittelwert‹, das Ergebnis der Addition unterschiedlicher Faktoren. Richard Scammon, der frühere Direktor des US-Amtes für Volkszählungen, und Ben Wattenberg stellten in der Zeitschrift *This* USA fest: ›Kleinbauern aus Mississippi und Angestellte aus einem kalifornischen Ballungsgebiet ergeben im Durchschnitt nicht einen Fabrikarbeiter aus Toledo. Wenn man einen Direktor der Physik und einen geschaßten Oberschüler zusammenrechnet, kommen als Ergebnis nicht zwei mittelmäßige Universitätsstudenten dabei heraus. Wenn ein Mann hunderttausend Dollar pro Jahr verdient und fünf Männer verdienen je viertausend im Jahr, so bedeutet das nicht, daß sechs Männer im Jahr je zwanzigtausend verdienen. Der Begriff des Durchschnittsbürgers mag praktisch sein, er ist in der Regel jedoch sinnwidrig.‹«

Richter Upshaw wartete auf Duncans Erwiderung.

»Euer Ehren, erlauben Sie mir, daß ich dieselbe Quelle zitiere, die der Herr Verteidiger herangezogen hat«, begann Duncan. »Scammon und Wattenberg sagen auch: ›Wir können zu Recht von einem Durchschnittsmenschen sprechen ... da alle ihn betreffenden Fakten für die *Mehrzahl* der amerikanischen Familien Geltung haben ... So verfügen beispielsweise über neunzig Prozent aller amerikanischen Haushalte über ein Radiogerät. Man kann daher zu Recht sagen, der typische oder durchschnittliche amerikanische Haushalt verfüge über ein Radiogerät.‹ Hierzu kommt noch, Euer Ehren, daß beim Zusammentragen derartiger Statistiken wissenschaftliche Methoden angewandt werden. Es existieren bereits statistische Unterlagen über den Durchschnittsmenschen, und mein Herr Zeuge ist ein anerkannter Experte auf diesem Gebiet.«

Richter Upshaw überdachte gründlich beide Argumente und wandte sich dann an Barrett.

»Mr. Barrett, im vorliegenden Fall ist ›Durchschnitt‹ Bestandteil des einschlägigen Gesetzes. Es geht lediglich um die richtige Definition. Ich habe mich ausgiebig mit diesem Problem befaßt und bin dabei auf eine nützliche Definition gestoßen.« Er öffnete einen vor ihm liegenden Schnellhefter und suchte in seinen Notizen, bis er die gewünschte Stelle gefunden hatte. »Richter Vincent A. Carroll vom Countygericht in Philadelphia gab in einem ähnlichen Fall folgende Definition: ›Wir haben jetzt eine Sache daraufhin zu untersuchen, welche Wirkung sie auf den Durchschnittsbürger ausübt. Um diesen Begriff zu spezifizieren, möchte ich sagen, daß der Durchschnittsbürger durchaus ein Kompositum aller Geschworenen darstellen könnte, die dieses Gericht im Verlauf vieler Jahre gesehen hat. Eine solche Person ist weder ein Heiliger noch ein notorischer Sünder, weder ein Literaturkritiker noch ein Bücherstürmer, sondern eben ein Durchschnittsmensch mit durchschnittlichem Begeisterungsvermögen, durchschnittlichen Vorurteilen, einem durchschnittlichen Geschlechtsleben (das zum Glück überwiegend zur Erhaltung der Art geübt wird), der aber bei entsprechenden erotischen Stimulantien durchaus auch zu einem abnormen oder gesetzwidrigen Sexualverhalten veranlaßt werden kann. Das also ist der Durchschnittsbürger, an dem wir den derzeit gültigen Maßstab anlegen.‹ Vieles davon ist nach meiner Meinung auch hier anwendbar. Falls der Herr Staatsanwalt imstande ist, den ›Durchschnittsbürger‹ wissenschaftlich zu belegen, sollte er dazu Gelegenheit erhalten. Ihr Einspruch, Mr. Barrett, ist hiermit abgelehnt. Mr. Duncan mag mit seiner Befragung fortfahren. Ihnen, Mr. Barrett, würde ich empfehlen, die Gültigkeit des Begriffes ›Durchschnittsbürger‹, falls Sie ihn immer noch anzweifeln, später im Kreuzverhör weiter auf die Probe zu stellen. – Fahren Sie fort, Mr. Duncan.«

»Danke, Euer Ehren.«

Voller Freude über seinen Sieg kehrte Elmo Duncan zum Zeugenstand zurück. Barrett nahm enttäuscht am Tisch der Verteidigung Platz.

»Mr. Underwood«, widerholte Duncan seine Frage, »können Sie uns aufgrund Ihrer wissenschaftlichen Untersuchungen ein genaues und zuverlässiges Persönlichkeitsprofil des Durchschnittsbürgers anbieten?«

»Ja, das kann ich.«

Harvey Underwood brauchte seine Notizen nicht zu Rate zu ziehen. Wie ein Uhrwerk rasselte er seine Angaben herunter.

»Da wir es hier mit einem Buch zu tun haben, suchten wir unter den Durchschnittsbürgern den Durchschnittsleser heraus und ermittelten, daß er weiblichen Geschlechts ist. Deshalb werde ich mich jetzt vorerst mit der Durchschnittsamerikanerin befassen. Sie ist Angehörige der kaukasischen Rasse, Protestantin und hat eine zwölfjährige Schulbildung genossen. Noch vor einem Jahrzehnt hatte die Durchschnittsfrau nur zehn Jahre Schule aufzuweisen. Sie ist einen Meter dreiundsechzig groß und wiegt einhundertsiebzehn Pfund. Sie ist vierundzwanzig Jahre alt und hat im Alter von zwanzig Jahren einen um zwei Jahre älteren Mann geheiratet. Sie ist Mutter von zwei Kindern. Sie und ihr Mann besitzen ein gemeinsames Auto und gehören demselben religiösen Bekenntnis an. Sie geht zweimal im Monat zur Kirche. Ihr Mann ist in einem handwerklichen Beruf oder im Dienstleistungsgewerbe tätig und verdient im Jahr 7114 Dollar. Das Haus der Familie ist zu 50 Prozent mit einer Hypothek belastet, es liegt in einer Stadt mit weniger als hunderttausend Einwohnern – also kann die betreffende Frau auch aus Oakwood stammen. Dieses Haus hat fünf Zimmer und einen Verkaufswert von 11 900 Dollar, Bad oder Dusche, Toilette mit Wasserspülung, elektrischen Strom, Telefon, Fernseher, Waschmaschine, aber keine Klimaanlage und keine Tiefkühltruhe. Die Durchschnittsfrau verbringt täglich sieben Stunden mit ihren Pflichten im Haushalt, drei davon in der Küche. Das ist sie, Sir – da haben Sie ihr genaues Persönlichkeitsprofil.«

»Mr. Underwood, ist Ihnen tatsächlich eine Person bekannt, auf die diese Beschreibung ungefähr passen würde?«

»Ich kenne viele solcher Personen und habe eine Frau aus Oakwood ausgewählt, die genau diesen statistischen Werten entspricht. Sie hat sich bereit erklärt, im vorliegenden Fall als Zeugin auszusagen.«

»Danke, Mr. Underwood. Kehren wir noch für einen Augenblick zu Ihrer Statistik zurück . . .«

Barrett schaltete ab und beschäftigte sich mit seinen Notizen.

Zehn Minuten später erhob er sich zum Kreuzverhör.

»Mr. Underwood, kehren wir zum Gesetzestext im kalifornischen Strafgesetz zurück. Dort ist doch die Rede von Durchschnitts*person*, nicht wahr?«

»Stimmt.«

»Und Sie meinen, die Durchschnittsperson ließe sich annähernd auf statistischem Wege ermitteln?«

»Ja.«

»Gut, Mr. Underwood. Ich möchte über diese Durchschnittsperson noch etwas mehr erfahren. Ihre Statistik führt mich nämlich zu einem seltsamen Ergebnis. Wenn ich richtig informiert bin, besteht die Bevölkerung der Vereinigten Staaten zu einundfünfzig Prozent aus Frauen, zu neunundvierzig Prozent aus Männern. Nach Ihrer Aussage wäre der Durchschnittsamerikaner demnach eine Frau. Stimmt das?«

Underwood legte die Stirn in Falten. »Natürlich nicht. Man kann aus zwei Absoluten keinen Durchschnitt ermitteln.«

»Ach – das kann man nicht?«
»Ich sprach vorhin von Daten, die sich statistisch verwerten lassen, wie beispielsweise das Alter oder Einkommen – von Daten also, bei denen man eine Gesamtsumme durch die Anzahl der getesteten Personen teilen kann, um zu einem Durchschnitt oder zu einem Mittelwert zu gelangen.«
»Mr. Underwood, ich verstehe recht gut, daß Sie über Zahlen sprechen möchten – aber ich möchte über Menschen reden. Vor allem über jenen Durchschnittsbürger, der im Gesetz erwähnt wird. Lassen Sie mich so fragen: genau fünfzig Prozent aller Amerikaner wären Männer, die anderen fünfzig Prozent Frauen. Wäre der Durchschnittsamerikaner dann ein Zwitter?«
»Einspruch, Euer Ehren!«
»Ich nehme diese Frage zurück, Euer Ehren«, sagte Barrett mit gespieltem Ernst. »Fahren wir fort, Mr. Underwood . . .«

Um drei Uhr fünfundvierzig nachmittags stellte Staatsanwalt Elmo Duncan als nächste Zeugin seine Durchschnittsfrau vor.
Sie hieß Anne Lou White und wohnte mit ihrem zwei Jahre älteren Ehemann und ihren beiden Kindern in einem Fünfzimmerhaus in der Gemeinde Oakwood im Bundesstaat Kalifornien.
Sie hatte das leere, puppenhaft hübsche Gesicht einer Reklameanzeige für Augentropfen und eine süße, dünne Sopranstimme. So saß sie lächelnd und mit großen Augen da und gab sich Mühe, möglichst echt zu wirken.
Sehr höflich und gewinnend entlockte ihr Elmo Duncan die auswendig gelernten Antworten. Es war eine glatte, kurze, gelungene Vorstellung.
Nachdem in einem Dialog von zwanzig Minuten Dauer Mrs. Whites absolute Durchschnittlichkeit hinreichend dargetan worden war, kam Duncan zu seinen entscheidenden Fragen.
»Mrs. White, haben Sie den Roman *Die sieben Minuten* von JJ Jadway gelesen?«
»Ja. Es fiel mir schwer. Ich zwang mich, das Buch von Anfang bis Ende zu lesen.«
»Wie war Ihre Reaktion als Durchschnittsbürgerin mit heutigen Moralbegriffen?«
»Ich fand das Buch ekelerregend obszön.«
»Hatten Sie den Eindruck, daß es bei der Beschreibung von Nacktheit, Sex und Ausschweifungen das übliche Maß an Deutlichkeit in der Darstellung überschritt?«
»Es ging weit darüber hinaus. Ich bin eine offene, realistische Sprache durchaus gewöhnt, aber dieser Roman gehört in den Mülleimer.«
»Mrs. White, haben Sie in dem Roman etwas gefunden, was von gesellschaftlichem Wert sein könnte?«
»Es ging nur um Sex und gar nichts anderes. Nachdem ich das Buch gelesen hatte, war mir nach Händewaschen zumute. Ich habe noch nie in meinem Leben etwas Obszöneres gelesen.«

»Ich danke Ihnen, Mrs. White.«
Mike Barrett kochte innerlich vor Wut. Dieses Durchschnittsprodukt aus Underwoods Computermühle regte ihn aus unerfindlichen Gründen mehr auf als irgendein anderer Zeuge, den er bisher angehört hatte. Das lag vielleicht daran, daß sie ihn an Faye Osborn erinnerte. Dieses Computergeschöpf und Faye waren zwar denkbar verschieden, aber in manchen Punkten ähnelten sie einander. Wie Faye nahm diese Anne Lou White gegenüber dem Roman eine antiseptische Haltung ein; sie war päpstlicher als der Papst selbst. Noch aufreizender war ihre verdammte Selbstgerechtigkeit.
Zelkin rüttelte ihn am Arm. »Du bist dran, Mike.«
»Die mach' ich fertig«, knurrte Barrett.
»Vorsicht«, warnte ihn Zelkin. »Die Geschworenen identifizieren sich mit ihr. Sie ist eine von ihnen. Mach sie dir nicht zu Feinden.«
Barrett stand auf und schritt, beide Hände tief in den Hosentaschen, hinüber zum Zeugenstand. Dort thronte Mrs. Anne Lou White und strahlte Selbstzufriedenheit aus.
»Mrs. White«, begann Barrett, »Sie sind die erste Durchschnittsfrau, deren Bekanntschaft ich machen darf. Daher möchte ich gern etwas über Ihren Geschmack wissen. Nicht hinsichtlich Speisen oder Wohnungseinrichtung, sondern in bezug auf Bücher. Ich möchte gern wissen, ob auch Ihre Lesegewohnheiten durchschnittlich sind.«
»Aber sicher«, sagte Mrs. White.
»Woher wissen Sie das?«
»Weil – nun, ich lese eben viel, all die Dinger, die als Taschenbuch herauskommen, nichts von dem schweren Zeug, weil ich das doch nicht verstehe. Ich bin sicher, daß mein Geschmack als Leserin durchschnittlich ist.«
»Haben Sie *Peyton Place* von Grace Metalious gelesen?«
»Natürlich nicht!«
»Oder *Gottes kleiner Acker* von Erskine Caldwell?«
»Nein.«
»Haben Sie *Lady Chatterley* von D. H. Lawrence gelesen?«
»Nein, da würde ich mich ja schämen.«
»Haben Sie *In His Steps* von Charles Sheldon gelesen?«
»Nein, nie gehört.«
»Gut, Mr. White. Dann sind Ihre Lesegewohnheiten nach Mr. Underwoods Maßstäben alles andere als durchschnittlich. Von den vier Romanen, die ich eben aufgezählt habe, wurden nämlich in unserem Land insgesamt dreißig Millionen Exemplare verkauft. Es sind vier der fünf erfolgreichsten Bestseller aller Zeiten.«
Anne Lou White lächelte nicht mehr. »Aber – das ist entsetzlich! Ich bin sicher, daß die Durchschnittsamerikanerin diese vier Bücher nicht gelesen hat.«
»Mrs. White, würde die Durchschnittsamerikanerin den Roman *Die sieben Minuten* lesen?«

»Ganz gewiß nicht!«
»Aber Sie als Durchschnittsfrau haben ihn doch gelesen?«
»Ich – man hat mich ersucht, ihn für diese Gerichtsverhandlung zu lesen.«
»Sonst hätten Sie ihn nicht gelesen?«
»Ganz bestimmt nicht. Ich vergeude doch nicht meine Zeit mit obszönem Lesestoff.«
»Aber wie wollen Sie wissen, ob der Lesestoff obszön ist, wenn Sie die betreffenden Bücher gar nicht lesen, Mrs. White?«
»Man muß doch nicht Gift trinken, um zu wissen, daß es auch wirklich Gift ist.«
Barrett mußte daran denken, daß ihm Faye Osborn vor Beginn des Prozesses mit fast demselben Vergleich gekommen war. Wenn sich diese Zeugin als eine ebenso fanatische Vorkämpferin der Reinheit entpuppte, wie Faye eine war, dann stand ihm einiges bevor. Er beschloß, es herauszufinden.
»Wenn Sie gestatten, möchte ich Ihr Urteilsvermögen über obszön und nicht obszön auf die Probe stellen.«
»Tun Sie's ruhig.«
Er kehrte an seinen Tisch zurück und ließ sich von Zelkin vier Fotokopien überreichen. Während er sie betrachtete, kehrte er wieder zum Zeugenstand zurück.
»Mrs. White, gestatten Sie mir, daß ich Ihnen Übersetzungen oder Auszüge aus vier bekannten Büchern vorlese, die durchweg von berühmten Autoren stammen. Am Ende eines jeden Auszugs wollen Sie mir bitte sagen, ob Sie den Text als obszön betrachten oder nicht. Sind Sie bereit?«
»Lesen Sie!« sagte sie unsicher.
Er begann mit dem ersten Zitat: »›Nur ein Punkt war in der Abmachung vergessen worden: Wie die Dame und ich uns entkleiden und ins Bett gelangen sollte ...‹«
Barrett hob den Kopf: »Mrs. White, war das obszön oder nicht?«
»Nicht obszön«, sagte sie erleichtert.
»Sehr gut. Und nun der zweite Auszug.«
Er blätterte um und las: »›Sie entkleidete sich hastig und riß sich den dünnen Stoff ihres Mieders so heftig vom Leib, daß er sich um ihre Hüften ringelte, als häute sich eine Schlange. Dann schlich sie barfuß auf Zehenspitzen zur Tür und überzeugte sich davon, daß abgeschlossen war. Mit einer einzigen Bewegung ließ sie sodann ihre Kleider fallen und warf sich ihm mit einem langen Seufzer an die Brust, blaß, ernst, wortlos.‹«
Wieder sah er die Zeugin fragend an. »Obszön oder nicht?«
»Nicht obszön.«
»Danke, Mrs. White. Jetzt Auszug Nummer drei.«
Bedächtig las er das dritte Zitat vor: »›Der Direktor betrachtete seinen lieblichen Preis, so schön, so gewinnend und doch so schwer zu erringen, und faßte einen seltsamen Entschluß. Seine Leidenschaft hatte inzwischen einen Punkt erreicht, an dem sie nicht mehr durch Vernunft getrübt war. Angesicht von soviel Lieb-

lichkeit kümmerten ihn kleine Hindernisse nicht mehr. Er war bereit, sich mit der Lage abzufinden, trotz aller Schwierigkeiten; er wollte nicht die Einwände hören, die ihm die kalte Wahrheit ins Gesicht schleuderte. Er war bereit, alles und jedes zu versprechen und sich auf sein Glück zu verlassen, um aus der Sache wieder herauszukommen. Er wollte nach dem Paradies greifen . . .‹«

Barrett hob den Kopf. »Mrs. White, sagen Sie uns – war das obszön oder nicht obszön?«

»Das war ganz und gar nicht obszön.«

»Und nun den vierten und letzten Auszug. Er ist etwas zu lang, um ganz vorgelesen zu werden. Wenn Sie gestatten, werde ich die betreffende Stelle etwas raffen. Aber ich zeige Ihnen anschließend die Originalzitate in den Büchern.«

Er sah in das Blatt, das er in der Hand hielt. »Wir haben es hier mit einem jungen Mann zu tun, der geheiratet hat, aber unfähig ist, die Ehe zu vollziehen. Der junge Mann stirbt und läßt seine Frau als Witwe zurück. Nun erscheint der Bruder des Toten bei der Witwe und ist entschlossen, sie zu schwängern. Während des Geschlechtsaktes oder kurz davor kommen ihm aber doch Bedenken. Er enthält ihr seinen Samen vor und masturbiert statt dessen. Dann folgt noch ein weiteres Abenteuer der jungen Witwe. Sie ist zornig auf ihren Schwiegervater und will dessen Geilheit bloßstellen. Also verkleidet sie sich eines Tages als Prostituierte, läßt sich von ihrem Schwiegervater mitnehmen und begeht mit ihm Unzucht. Wie der Schwiegervater erfährt, daß seine verwitwete Schwiegertochter schwanger ist, will er sie bestrafen, wird aber selbst entlarvt.«

Nun begann Barrett damit, einzelne Worte und Satzfetzen aus dem Buch vorzulesen. Hier »giert ein jeder nach der Frau des Nachbarn«. Es gab »Hurerei« und »Kuppler«, dann folgte die Beschreibung einer Vergewaltigung durch mehrere Männer. Es war von »Brüsten« und »Brustwarzen« die Rede, von »bloßem Hintern, »Mist« und »Pisse«, von »Bettgefährten» und »Geilheit«.

Barrett hielt inne. »Soweit die Auszüge. Sagen Sie mir, Mrs. White, betrachten Sie dieses Buch als obszön?«

»Es ist obszön«, sagte sie. »Durch und durch obszön.«

»Vielleicht möchten Sie die Fotokopien der vier Bücher sehen, in der vorgelesenen Reihenfolge numeriert.« Er legte die Blätter auf den Rand des Zeugenstandes, aber sie berührte sie nicht, sondern wartete nur ab.

Barrett betrachtete kurz die Geschworenen und wandte sich dann wieder der Zeugin zu. »Mrs. White, der erste Auszug, den ich Ihnen vorgelesen habe, war die gewagteste Stelle, die ich in *A Sentimental Journey* von Sterne finden konnte. Sie erklärten, die Textstelle sei nicht obszön. Aber 1819 wurde das Buch als unsittlich vom Vatikan verdammt und auf der ganzen Welt verboten. Das zweite Zitat war eine der umstrittensten Stellen aus *Madame Bovary* von Flaubert. In Ihren Augen war die Stelle nicht obszön. Aber als Flauberts Buch 1856 in Frankreich erschien, mußte er sich wegen seines obszönen Inhalts vor Gericht verantworten, und noch 1954 setzten gewisse Anstandsvereine in den USA das Buch auf ihre schwarze Liste. Das dritte Zitat war eine der anzüglichsten Stellen aus Dreisers *Schwester Carrie.* Auch diesen Auszug empfanden Sie als nicht obszön. Doch als das Buch 1900 erschien, wurde es in Boston verboten. Zur Vermeidung weiterer Anzeigen und Gerichtsverhandlungen zog man es aus dem Verkehr. Der vierte und letzte Auszug, den ich Ihnen vorlas und den Sie als ›durch und durch obszön‹ bezeichneten, stammte aus der Heiligen Schrift, aus einer modernen Übersetzung des Alten Testaments.«

Das versetzte Mrs. White einen Schock. Mühsam fand sie die Sprache wieder und stammelte: »Da ... das ist ein billiger Trick!«

Barrett ignorierte ihre Verwirrung. »Mrs. White, würden Sie jetzt immer noch behaupten, mit Sicherheit zwischen obszön und nicht obszön unterscheiden zu können?«

Um Mrs. Whites Fassung war es geschehen. »Das ist nicht dasselbe – Sie haben das Zeug aus der Bibel zusammengesucht – diese ganzen Worte – aus vielen verschiedenen Bibelstellen ...«

Richter Upshaw unterbrach sie. »Mrs. White, Sie haben die Frage der Verteidigung zu beantworten ... Herr Berichterstatter, diese Antwort wird als ungültig gestrichen. Lesen Sie bitte noch einmal die Frage vor.«

Die Frage wurde noch einmal vorgelesen.

»Natürlich weiß ich, was obszön ist und was nicht!« rief sie. »Ich will damit nur sagen, daß die Bibel nicht obszön ist. Das weiß doch jeder. Jedermann weiß, daß die Bibel ein *heiliges* Buch ist. Wenn man sie nicht andächtig und im Zusammenhang liest, wenn man gewisse Worte heraussucht oder bestimmte Sitten modern ausdrückt, kann man es natürlich so drehen, daß es schrecklich klingt. Wie gesagt, das ist ein Trick ...«

Barrett sah zum Richtertisch empor. »Euer Ehren, ich möchte in keiner Weise argumentieren. Aber da die Zeugin meine Beweggründe angreift, darf ich wohl diesen Punkt im Kreuzverhör klarstellen?«

»Bitte«, sagte Richter Upshaw kurz.

Barrett sah wieder die Zeugin an. »Mrs. White, im Jahre 1895 wurde ein Mann in Clay Center im Bundesstaat Kansas verhaftet und für schuldig befunden, obszöne Sprüche durch die Post versendet zu haben. Die Vertretung der Anklage mußte später beschämt feststellen, daß es sich lediglich um Auszüge aus der Bibel handelte. Wie Sie schon selbst sagten, kann jeder Text obszön klingen, wenn man ihn aus dem Zusammenhang reißt. 1928 veröffentlichte Radclyffe Hall eine traurige und zärtliche Geschichte über zwei Lesbierinnen. Dieser Roman hieß *Quelle der Einsamkeit.* Er enthielt weder anstößige Ausdrücke noch freizügige Beschreibungen sexueller Szenen. Er war ein seriöser Aufruf an die Öffentlichkeit, weiblichen Homosexuellen mit mehr Toleranz zu begegnen. Aber nach der veralteten Definition von Obszönität, wie Richter Cockburn sie 1868 festlegte, genügte eine Redewendung aus dem Buch, um es zu verbieten. Dieser entscheidende Satz lautete: ›Und in dieser Nacht wurden sie nicht getrennt.‹ Ein Satz genügte zur Verurteilung eines ganzen Buches. Erst als Richter Woolsey in seiner Urteilsbegründung im Fall *Ulysses* festlegte, daß ein Buch ›in seiner Ganzheit‹

beurteilt werden müsse, setzte sich eine neue und bessere Methode bei den Entscheidungen in derartigen Prozessen durch.
Mrs. White, in diesem Punkt sind wir beide durchaus derselben Meinung. Kein Werk sollte nach aus dem Zusammenhang gerissenen Textstellen beurteilt werden. Jedes Buch, auch die Bibel, muß insgesamt geprüft werden. Wenn ich vorhin Auszüge vorlas, wollte ich nur zeigen, wie schwierig es selbst für den wissenschaftlich ermittelten Durchschnittsbürger ist, herauszufinden, was auf einen anderen Menschen obszön wirkt und was nicht. Was die Bibel betrifft, stimme ich natürlich vollkommen mit Ihnen überein. Ich käme nicht auf den Gedanken, die Bibel als obszön zu bezeichnen. Aber auch hier gibt es andere Auffassungen. Havelock Ellis hat einmal gesagt: ›Es dürfte wohl keine Definition des Begriffs obszön geben, nach der die Bibel nicht verurteilt würde.‹ Ellis stellte sogar bei an Kindern vorgenommenen Untersuchungen fest, daß viele Heranwachsende durch gewisse Abschnitte der Bibel verwirrt oder gar sexuell erregt werden. Nehmen wir als Beispiel die Stelle, die ich Ihnen vorhin zusammengefaßt vortrug: Die Erzählung von dem Mann, der die Frau seines toten Bruders aufsucht, um ihr beizuschlafen und der dann masturbiert. Natürlich handelt es sich dabei um das achtunddreißigste Kapitel der Genesis, wo Onan seinen Samen auf die Erde fallen ließ. Dadurch wurde unser Vokabular um das Wort ›onanieren‹ für ›masturbieren‹ bereichert. Und doch halten wir beide die Bibel für lesenswert, weil sie nicht nur die harte Wirklichkeit des Lebens mit allem Häßlichen und Bösen wiedergibt, sondern auch das Schöne, die Wunder des Lebens. Wenn sich die Bibel mit Sex beschäftigt, dann mögen diese Darstellungen zwar im Leser lustvolle Vorstellungen und sexuelle Wünsche wecken, aber das wird doch nicht als schädlich betrachtet, weil es die Wahrheit ist. Richter Jerome Frank sagte einmal, kein vernünftiger Mensch könne es als sozial schädlich betrachten, wenn sexuelle Wünsche zu einem normalen Sexualverhalten führen, da ohne ein solches Verhalten die menschliche Art bald vom Erdboden verschwunden wäre. Daher, Mrs. White ...«
Mrs. White wurde immer wütender. »Aber Sie haben Bibelstellen so vorgelesen, daß sie schmutzig klangen, nur um mich zu verwirren!«
»Das wäre mir gar nicht möglich gewesen, weil die Bibel einfach nicht schmutzig *ist*, wie ich noch einmal feststellen möchte. Auch damals wurde geliebt. Man pflanzte sich fort ...«
Elmo Duncan sprang auf. »Einspruch, Euer Ehren! Der Herr Verteidiger geht nach meiner Meinung zu weit. Ich erhebe Einspruch mit der Begründung, daß er die Zeugin zu beeinflussen sucht.«
»Dem Einspruch wird stattgegeben.«
»Verzeihung, Euer Ehren«, sagte Barrett.
Aber Mrs. White war noch nicht fertig. Sie wischte die Fotokopien vom Tisch und begann Barrett Vorwürfe zu machen. »Dann die drei anderen Auszüge aus Büchern von Flaubert, Dreiser und – und Sterne. Mir ist egal, was früher mal aus ihren Büchern wurde, ob man sie obszön nannte oder nicht. Ich behaupte

nach wie vor, daß sie heute nicht obszön sind, weil wir von den heute üblichen Maßstäben ausgehen ...«

»Genau, und diese Maßstäbe ändern sich auch weiterhin. Daher ...«

»... und wir reden doch über den Roman *Die sieben Minuten,* darum geht es doch! Darin spiegelt sich nicht das Leben wie in der Bibel, sondern nur die kranke Phantasie eines Pornographen.«

Barrett sah, daß der Richter der Zeugin eine Ermahnung erteilen wollte, aber davon absah, als er merkte, daß Barrett fortfahren wollte. Er nickte ihm nur zu.

»Gut, Mrs. White, kehren wir zu *Die sieben Minuten* zurück.«

Er beantragte offiziell die Aushändigung des Beweisstückes Nummer drei der Anklage, den Jadway-Roman. Dann markierte er ziemlich weit vorn eine Stelle mit einem Lesezeichen und ganz zum Schluß eine zweite Stelle und reichte das Buch Mrs. White.

»Wie Sie sehen, Mrs. White, habe ich zwei Szenen des Romans gekennzeichnet. Keine ist länger als eine Seite. Ich bitte Sie, die beiden Stellen dem hohen Gericht vorzulesen.«

Mrs. White hatte das Buch aufgeschlagen auf dem Schoß liegen. Sie überflog die beiden Stellen, klappte das Buch zu und gab es Barrett zurück. »Ich weigere mich, das laut vorzulesen. Warum sollte ich auch?«

»Nur zu einem Zweck«, erklärte Barrett. »Die beiden Stellen sollen der Jury ins Gedächtnis zurückgerufen werden, bevor wir darüber diskutieren.«

Richter Upshaw beugte sich zu der Zeugin vor. »Mrs. White, die Bitte des Herrn Verteidigers ist durchaus vertretbar. Aber wenn Sie nicht wollen, brauchen Sie den Text natürlich nicht vorzulesen.«

»Ich will nicht. Soll sie doch der Verteidiger selbst vorlesen.«

Barrett zuckte die Achseln. »Ich verzichte auf die Verlesung. Die Geschworenen dürften mit den beiden fraglichen Stellen ohnehin vertraut sein. Wenn ich darf, möchte ich jetzt die Zeugin dazu befragen.«

»Fahren Sie fort«, sagte Richter Upshaw.

Barrett wandte sich wieder der Zeugin zu. Ihr Apfelgesicht wirkte nicht mehr niedlich. »Mrs. White, was haben Sie als Durchschnittsamerikanerin gegen diese beiden Stellen einzuwenden?«

»Erstens die Sprache, die dreckigen Ausdrücke.«

Barrett zögerte. Die Warnung zweier Psychiater schoß ihm durch den Kopf: Wenn man einen Patienten, der ein tabuisiertes Wort nicht auszusprechen wagt, dazu ermuntert, ohne ihm gleichzeitig das Gefühl der Schuld zu nehmen, kann man ihm mehr schaden als nützen. Ein solches Unterfangen wäre ebenso falsch, als würde man einer sexuell gehemmten Person sagen, sie solle sich geschlechtlich betätigen, während sie noch von Gefühlen der Reue und Scham geplagt wird. Hat man einen Patienten erst einmal von seinen Schuldkomplexen befreit, dann ist es besser, bisher unerträgliche Worte und Ideen offen auszusprechen, als sie zu unterdrücken. Aber wie überwindet man bei einem Durchschnittsmenschen das Schamgefühl? Barrett sah ein, daß über die Sprache des Romans

offen diskutiert werden mußte, aber er mußte die Zeugin behutsam dazu hinleiten.
Mrs. White hatte sich gegen Jadways offene Ausdrucksweise, gegen seine drekkigen Ausdrücke gewehrt.
»Mrs. White, der große chinesische Philosoph Konfuzius hat einmal geschrieben: ›Wenn Sprache unrichtig benutzt wird, dann meint man nicht, was man sagt. Wenn man nicht sagt, was man meint, bleibt das, was getan werden müßte, ungetan; bleibt es ungetan, werden Moral und Kunst verdorben; wenn Moral und Kunst verdorben werden, gerät die Gerechtigkeit ins Schwanken, und wenn die Gerechtigkeit schwankt, werden die Menschen hilflos dastehen.‹ Würden Sie dem zustimmen?«
Sie war vorsichtig geworden. »Ich bin auch der Ansicht, daß man sagen sollte, was man meint.«
»Glauben Sie, daß Schriftsteller, wenn sie über Sex schreiben, auch das sagen sollten, was sie meinen?«
»Ja. Aber sie brauchen dabei keine unanständigen Worte zu gebrauchen wie in diesem Buch.«
»Könnten Sie mir nicht genauer sagen, Mrs. White, an welchen Ausdrücken in *Die sieben Minuten* Sie sich stoßen?«
»Ich werde diese Worte auf gar keinen Fall in den Mund nehmen.«
»Dann zeigen Sie mir die Worte, an denen Sie Anstoß nehmen.« Er hielt ihr das Buch aufgeschlagen hin. Sie beugte sich vor, überflog die Seiten und deutete auf bestimmte Worte.
»Schön, Mrs. White«, sagte Barrett. »Ich bin Ihnen sehr dankbar. Ihnen widerstrebt also zum Beispiel das Wort ›ficken‹, wie ich sehe?«
»Es ist ein schmutziges Wort.«
»Wäre es Ihnen lieber, Mrs. White, wenn der Autor Umschreibungen gewählt hätte – zum Beispiel ›miteinander schlafen‹ oder ›intim sein‹ oder ›sich lieben‹?«
»Das wäre besser gewesen. Ich hätte auch so verstanden, was damit gemeint war.«
»Es hätte jedoch irreführend sein können. Wenn Cathleen und ihr Mann miteinander schliefen, intim waren oder sich liebten, konnte manches andere damit gemeint sein als schlichtweg ›ficken‹.« Barrett hielt inne. »Mrs. White, für diesen Vorgang ist ›ficken‹ die einzige präzise Bezeichnung. Es ist unmißverständlich. Wenn Sie bei beschönigenden Umschreibungen dieselbe Vorstellung haben, warum halten Sie dann die präzise Bezeichnung für obszön?«
»Weil kein anständiger Mensch das Wort gebraucht.« Sie fügte triumphierend hinzu: »Es steht nicht einmal in den Wörterbüchern.«
Da Barrett die Geschworenen für sich gewinnen wollte, gab er ihr in diesem Punkt recht. »Stimmt, Mrs. White. Angefangen von Dr. Johnsons *Dictionary of the English Language* bis zum *Oxford English Dictionary* und dem bekannten *Random House Dictionary* wurde das Wort ›ficken‹ als ein Tabu weggelassen. Selbst *Webster's New International Dictionary* führt das Wort nicht auf,

weil die Herausgeber freimütig zugeben, ein solches Wort könnte bei gewissen Lesern Ärgernis erregen und dem Nachschlagewerk geschäftlich schaden. Aber die Menschheit wird gebildeter, das Tempo des Lebens beschleunigt sich, und die Kommunikationen müssen exakter werden; daher werden heute dieses und ähnliche Worte immer mehr akzeptiert. Eric Partridge definiert es beispielsweise in seinem *Dictionary of Slang and Unconventional English*. Wissen Sie eigentlich, Mrs. White, woher sich dieses Wort ableitet?«

»Nein.«

»Das Wort besitzt eine ehrwürdige Geschichte. Nach Partridge stammt es von einem deutschen Wort mit der Bedeutung schlagen, stoßen, jemanden zusammenstoßen. Daher wurde es als Mundartausdruck für ›Geschlechtsverkehr‹ benutzt. Lord Kennet, der unter dem Pseudonym Wayland Young schreibt, erklärt, dieser Ausdruck leite sich wiederum von griechischen, lateinischen und französischen Worten her, die etwas mit ›Früchte tragen‹, mit ›Fötus‹ und Glück zu tun haben. Es bedeutet demnach ungefähr: ›Wir erfreuen uns aneinander und tragen Früchte – wir schaffen aus Glück einen Fötus, werden fruchtbar.‹ Wenn Sie Shakespeare gelesen hätten, Mrs. White, oder Burns, Joyce oder D. H. Lawrence, dann wäre Ihnen dieses Wort nicht erst in *Die sieben Minuten begegnet*. Bei der Verhandlung, die 1960 in England gegen *Lady Chatterley* von D. H. Lawrence stattfand, stellte der Anklagevertreter Griffith-Jones offiziell fest, ›das Wort *ficken* kommt in dem Werk nicht weniger als dreißigmal vor‹. Das Gericht fand das vertretbar und gelangte zu einem Freispruch. In der Berichterstattung über den Prozeß gebrauchten die beiden Londoner Zeitungen *Guardian* und *Observer* das Wort ›ficken‹ ganz offen und ehrlich und konnten nicht feststellen, daß dadurch irgendwelche Leser verdorben worden wären.«

»Die wollten doch nur ihre Zeitungen verkaufen, genau wie Jadway sein Buch an den Mann bringen wollte«, sagte Mrs. White überzeugt. »Ich behaupte trotzdem, daß es falsch und unmoralisch ist.«

»Kommen wir auf andere Worte zurück, Mrs. White, an denen Sie ebenfalls Anstoß nehmen. Dazu gehört offenbar auch ›cock‹. Dieses Wort bedeutet Gokkel, Hahn oder auch Penis. Die beiden großen Theaterdichter Beaumont und Fletcher gebrauchen es in ihrem Stück *The Custom of the Country*. Ich stimme mit Ihnen darin überein, daß es sich um einen Ausdruck aus der Vulgärsprache handelt, aber ich bezweifle, ob man es deshalb schon als obszön bezeichnen kann.«

»Ich bezeichne es als obszön.«

»Und Sie nehmen Anstoß an dem Wort ›Kondom‹, stimmt das?«

»Ich glaube schon. Ja, das stimmt.«

»›Kondom ist laut Definition eine dünne, üblicherweise aus Gummi hergestellte Schutzhaut, die während des Geschlechtsverkehrs oder Koitus über den Penis gezogen wird, um sowohl eine Empfängnis als auch die Übertragung von Geschlechtskrankheiten zu verhindern. Ich begreife nicht, was an einem solchen Wort anstößig sein soll. Es hat eine lange und achtbare Vorgeschichte. Schon

1506 erfand Dr. Fallopia ein Kondom, wenn auch in sehr primitiver Form. Im achtzehnten Jahrhundert brachte dann der englische Arzt Dr. Conton eine verbesserte Ausführung aus Fischblase und Pergament auf den Markt. Von diesem Namen leitet sich der heutige Begriff ›Kondom‹ ab. Natürlich mußte Jadway in seinem Buch ein Kondom einführen, weil es 1934 noch keine Pille oder empfängnisverhütende Injektion gab.«
Mrs. Whites Lippen waren zu einem schmalen Strich geworden. Barrett überlegte, ob er auch das nächste von ihr angedeutete Wort besprechen sollte. Aber er durfte jetzt nicht aufhören.
»Schließlich noch das letzte Wort, das Sie mir gezeigt haben, Mrs. White: das Wort ›cunt‹. Auch diesen Vulgärausdruck hat Jadway in ganz aufrichtiger und ehrlicher Form gebraucht. Das Wort stammt aus dem mittelalterlichen Englisch. Es wird von dem lateinischen ›cuneus‹ abgeleitet, das soviel wie ›Keil‹ bedeutet. Schon 1387 gebrauchte es Chaucer in der Zeile ›Er packte sie beim *cunt*‹. Bei Shakespeare kommt es in *Zwölfte Nacht* vor. Fletcher sagt in einem seiner Stücke: ›Sie schreiben *sunt* mit C, das finde ich scheußlich.‹ Nun, Jadway schrieb das Wort mit einem C, genau wie Piertro Aretion, ein italienischer Satiriker und Schützling der Päpste es zu Beginn des sechzehnten Jahrhunderts mit C schrieb und verärgert hinzufügte: ›Wenn man außerhalb der Universität von einem Menschen verstanden werden will, muß man sich klar ausdrücken und Ficken, Schwanz, Cunt und Arsch sagen. Ihr mit eurem Fadeneinfädeln, mit eurem Schlüssel-ins-Schloß-Stecken! Warum sagt ihr nicht ja, wenn ihr ja meint und nein, wenn es nein heißen soll?‹ Mrs. White, sehen Sie nicht ein, wie wertvoll es für die Literatur ist, wenn im sexuellen Realismus jemand, der ja meint, auch wirklich ja sagt?«
»Wenn ich nein sage, meine ich auch nein«, fauchte sie.
Gelächter ging durch den Gerichtssaal. Barrett betrachtete die Zeugin mit neuem Respekt. Sie war doch nicht ganz so unbedarft, wie sie aussah.
»Mrs. White, Sie dürfen meine Fragestellung nicht mißverstehen. Ich befürworte keinesfalls die grobe und derbe Sprache, die allgemein eingerissen ist. Ich will damit auch nicht sagen, daß man solche Ausdrücke gebrauchen oder sich anhören soll. Ich selbst habe Hemmungen, sie in gemischter Gesellschaft zu gebrauchen. Nicht, weil ich an den Worten selbst etwas falsch finde, sondern weil ich eben in einer Kultur erzogen wurde, die diese Ausdrücke ablehnt. Ich will nur sagen, daß man den Schriftstellern von Chaucer bis Jadway die Freiheit gewähren sollte, ehrlich und aufrichtig die genau treffenden Worte zu gebrauchen, wenn sie zu ihren Figuren passen, noch dazu in der privaten Sphäre eines Buches, das man nach Belieben in die Hand nehmen oder wieder weglegen kann. Nach dieser Freiheit strebte Jadway. Große Autoren vor ihm besaßen sie. Ich erhoffe mir Ihre Zustimmung, Mrs. White, wenn ich sage, daß Jadway in seinem Bemühen, offen, realistisch, wahrhaftig und ohne Scham zu schreiben, historische Vorbilder im Rücken hat.«
»Die Vergangenheit interessiert mich nicht, Mr. Barrett. Ich bin nur daran in-

teressiert, die Moral in der Gegenwart zu schützen, insbesondere die Moral unserer Jugend.«

»Mrs. White, glauben Sie als Vertreterin des Durchschnitts, daß der Durchschnittsschüler, der Durchschnittsstudent geschädigt oder gar verdorben wird, wenn er solche Ausdrücke liest?«

»Ganz gewiß. Was mit unserer Jugend gemacht wird, ist schrecklich. Sie gebrauchen schmutzige Worte, sie sprechen sie ganz offen aus, sie kritzeln sie an die Wände und schmieren sie in diese entsetzlichen kleinen Wochenblätter, die sie unter sich herausgeben. Daher wird die nächste Generation keine Achtung vor Sitte und Anstand mehr aufbringen und die Moral nur noch verlachen. Und warum tun sie das? Wer trägt die Schuld? Ich will es Ihnen sagen. Sie tun es, weil sie diese Ausdrücke in Büchern wie *Die sieben Minuten* gelesen haben, weil sie im Bann übler Propheten vom Schlage eines Jadway stehen.« Sie funkelte Barrett triumphierend an und fügte dann herausfordernd hinzu: »Was könnte sie sonst zu einer so schmutzigen Ausdrucksweise veranlassen?«

»Mrs. White, eigentlich sollte es so sein, daß ich die Fragen stelle und Sie sie beantworten, aber ich will Ihnen diese Frage nur zu gern beantworten, wenn es mir gestattet wird.« Er sah hinauf zu Richter Upshaw, doch der verzog keine Miene. Der erwartete Einspruch von Elmo Duncan blieb aus. Barrett fuhr fort: »Mrs. White, viele gelehrte Fachleute sind nicht der Meinung, daß unsere jungen Leute von heute sich deshalb vulgärer Ausdrücke bedienen, weil sie von Büchern beeinflußt oder verdorben wurden. Diese Experten vertreten vielmehr die Überzeugung, daß die Jugend sich dieser vulgären Sprache bedient, um zu schockieren und sich gegen das Establishment aufzulehnen, gegen die ältere Generation, die ihnen Grundsätze und eine Lebensweise aufgezwungen haben, die oft bedrückend, zynisch und heuchlerisch ist. Das mag die Jugend nicht. Diese Art von Sprache ist ein Schlachtruf jener, die das Alte mitsamt allen Schuldkomplexen, mit Ängsten, Schamgefühlen und Hemmungen hinwegfegen und für eine neue Gesellschaft Platz machen wollen, von der sie sich erhoffen, daß sie besser und gesünder sein wird. Worte sind nur ein kleines Symptom für eine um sich greifende Revolution der Gefühle und der Vorstellungen von einem glücklicheren Zusammenleben reifer Menschen. Ich würde sagen, daß es eher dieses Streben nach einer besseren Welt und nicht so sehr die realistische Literatur war, die den Gebrauch vulgärer Ausdrücke heute alltäglich gemacht hat, wie er seit der fröhlichen elisabethanischen Zeit nicht mehr war. Ist damit Ihre Frage beantwortet, Mrs. White?«

»Nein. Die meisten jungen Leute würden diese Worte gar nicht kennen, wenn es die Schundliteratur nicht gäbe.«

»Nicht kennen? Aber die meisten dieser alten angelsächsischen Worte waren doch längst in Gebrauch, bevor die ersten gedruckten Bücher auf den Markt kamen. Aber das nur nebenbei. Fahren wir fort.« Barrett hielt das Buch hoch. »Mrs. White, wenn man von den altehrwürdigen, unkonventionellen Ausdrükken absieht – was stört Sie sonst noch an den beiden gekennzeichneten Szenen?«

»Das, worum es geht. Was die Frau da tut.«

»Wollen sehen, was Cathleen in der ersten Szene tut. Sie erinnert sich daran, wie sie sich mit achtzehn Jahren nach einem Mann sehnte, sich aber gleichzeitig vor ihm fürchtete. Trotzdem braucht sie die sexuelle Entspannung. Ich lese die Stelle einmal laut vor: ›Schließlich war sie nackt und wußte jetzt, daß es nicht die Kleider waren, die sie so in Hitze gebracht hatten – ihre Haut war es, ihre glühende Haut, und am schlimmsten war das gnadenlose Feuer, das zwischen ihren Schenkeln brannte. Wenn das nicht aufhörte, müßte sie sterben. Sie wiegte sich auf der Bettkante vor und zurück und preßte die Schenkeln zusammen, um den Brand zu ersticken, sie lockerte die Muskeln und preßte sie noch fester zusammen, sie rieb die Schenkeln aneinander, bis die Qual unerträglich wurde. Das tat sie minutenlang, mit geschlossenen Augen schüttelte sie den Kopf und stöhnte, bis sie schließlich aufs Bett zurücksank und starr dalag. Ihre Hand tastete nach ihrem Leib und rieb ihn, dann glitt sie tiefer hinab, bis ihre Finger das seidige Schamhaar berührten und dann die winzige vorstehende Knospe. Sie strich darüber, erst sanft, dann immer schneller und schneller . . .« Barrett sah die Zeugin an. »Sie masturbiert ganz einfach, Mrs. White, und wie das beschrieben wird . . .«

»Das ist obszön! Das kann doch nur einem Zweck dienen: abartige und kranke Menschen zu erregen!«

»Aber für den gesamten Zusammenhang des Buches ist diese Szene von großer Bedeutung, wie Literaturexperten der Verteidigung noch bezeugen werden. Dann die zweite Szene. Es handelt sich um ein schlichtes Vorspiel mit nachfolgendem Koitus, wobei die Frau ihre Stellung auf dem Mann einnimmt. Halten Sie das für obszön?«

»Für durch und durch obszön.«

»Nach Ihrer Meinung überschreiten diese Stellen die in Ihrer Umgebung üblichen Verhaltensweisen?«

»Ja.«

»Dann sagen Sie mir bitte als Durchschnittsbürgerin aus Oakwood, auf welche Weise sich das durchschnittliche unverheiratete Mädchen sexuelle Entspannung besorgt, wenn sie nicht vor der Ehe mit einem Mann Verkehr haben will – und was die verheiratete Durchschnittsfrau mit ihrem Mann im Bett tut.«

»Einspruch, Euer Ehren!« brüllte Duncan. »Die Zeugin hat keine unmittelbare Kenntnis vom Verhalten unverheirateter Mädchen oder anderer verheirateter Frauen.«

»Einspruch angenommen.«

Barrett nickte. »Gut, Mrs. White, bleiben wir bei Ihnen. Wie uns mitgeteilt wurde, sind Sie eine durchschnittliche junge Ehefrau. Vielleicht würden Sie uns aus Ihrer eigenen sexuellen Erfahrung . . .«

»Einspruch, Euer Ehren. Die Frage ist nebensächlich.«

»Stattgegeben.«

»Mrs. White, wußten Sie, daß ein Durchschnittsmädchen in den Vereinigten

Staaten sich tatsächlich selbst befriedigt, und daß die durchschnittliche verheiratete Frau beim Verkehr mit ihrem Mann häufig die hier erwähnte Stellung einnimmt? Nach den Ermittlungen von Dr. Alfred C. Kinsey masturbieren sechzig Prozent aller Frauen irgendwann im Laufe ihres Lebens, und fünfundvierzig Prozent von diesen gelangen innerhalb von drei Minuten oder weniger zum Orgasmus; beim ehelichen Vorspiel berühren einundneunzig Prozent aller Frauen die männlichen Genitalien mit der Hand, und vierundfünfzig Prozent aller Frauen gestatten die Berührung ihrer eigenen Genitalien mit dem Mund des Partners, zweiundfünfzig Prozent der befragten Frauen berichteten von einem Koitus, bei dem sie auf ihrem . . .«

»Euer Ehren!« schrie Duncan. »Ich erhebe Einspruch! Das ist keine Befragung mehr und außerdem unerheblich.«

»Dem Einspruch wird stattgegeben. Der Vortrag des Herrn Verteidigers ist unerheblich für den vorliegenden Fall.«

Barrett sah erst Mrs. White an, dann Duncan, schließlich den Richter.

»Ich bin mit Ihrer Durchschnittszeugin fertig, Euer Ehren.«

Nachdem Barrett wieder neben Zelkin Platz genommen hatte, wurde ihm klar, daß er beim Kreuzverhör von Mrs. White sein eigenes Mütchen gekühlt, sich aber bei den Geschworenen nicht beliebter gemacht hatte. Er hatte außer acht gelassen, was ihm schon auf der Universität eingehämmert worden war: Bei der Befragung eines Zeugen spricht man eigentlich die Geschworenen an. Er hatte sich von seinem Eifer hinreißen lassen, anstatt darauf zu achten, welchen Eindruck er auf die Jury machte. Er hatte seinem Zorn auf spießbürgerliche Selbstgerechtigkeit und Prüderie nachgegeben und dabei vermutlich jene Geschworenen vor den Kopf gestoßen, die selbst Spießbürger waren. Er hatte Themen angeschnitten, über die einmal gesprochen werden mußte, und dabei in seinem Eifer ganz vergessen, daß er hier nicht in einem Hörsaal, sondern einem Gerichtssaal stand. Nachträglich tat es ihm nun leid, daß er nicht an seinen Klienten gedacht, sondern die Zeugin in die Enge getrieben hatte. Sein Engagement für eine gute Sache hatte seiner Objektivität Abbruch getan. Seine Nerven machten sich bemerkbar.

Entmutigt und geistig erschöpft, gab sich nun Barrett alle Mühe, Duncan aufmerksam zu lauschen, der gerade geschickt und routiniert seinen letzten Zeugen dieses Tages vernahm.

Mit diesem Zeugen namens Paul Van Fleet war die Anklage endlich in die konventionelle Phase der Beweisführung eingetreten, indem sie »die Fachmeinung qualifizierter Experten« zum besten gab – Meinungen von Experten, die beweisen sollten, daß der Roman *Die sieben Minuten* ein Stück obszöner Literatur ohne jegliche gesellschaftliche Bedeutung war.

Duncans Fragen und Van Fleets Antworten machten deutlich, daß kaum ein anderer amerikanischer Literaturkritiker besser qualifiziert war, ein Urteil über das Buch abzugeben. Der noch ziemlich junge Kritiker mit den schläfrigen Augen und der näselnden Stimme drückte sich zwar so geschwollen aus, daß ihn bestimmt nicht alle Geschworenen verstanden, aber Barrett mußte sich eingestehen, daß er dennoch eine gewisse Wirkung erzielte.

Die offenkundige Tatsache, daß Van Fleet ein Homosexueller war – einem Gerücht zufolge hatte er einmal eine Witwe von schlichten Geistesgaben geheiratet, um sich ungestörter mit ihrem hübschen heranwachsenden Sohn abgeben zu können –, schien die Geschworenen nicht zu stören. Barrett war außerdem klar, daß die Geschworenen etwas nie begreifen würden: daß Van Fleet automatisch einen Roman ablehnen mußte, der zumindest ein Lobgesang auf gesunde heterosexuelle Gefühle war. Sie würden Van Fleets Eigenheiten sicherlich genauso beurteilen, wie sie die Heuchelei vieler in den Künsten erfolgreicher Homosexueller eingestuft hatten: als Beweis für ein gewisses Mysterium, das sein überlegenes Wissen oder sein unfehlbares Urteil garantierte. Darüber hinaus hatte Van Fleet einwandfreie literarische Empfehlungen vorzuweisen. Er hatte drei Sammlungen gelehrter Aufsätze über Ellen Glasgow, Lytton Strachey, den Tod der Freudschen Novelle, Hart Crane, Ronald Firbank und die Polemik des Künstlers veröffentlicht; von ihm stammten kritische Artikel in *Partisan Review*, *New York Review of Books*, *Encounter*, *Commentary* und gelegentlich sogar ein besser bezahlter Beitrag in *The New Yorker*. Er fungierte häufig im Auswahlgremium für den Nationalen Buchpreis.

Seine Ansicht über *Die sieben Minuten*?

»Es ist nicht ungewöhnlich, Mr. Duncan, daß der hehre Schild der Literatur gelegentlich befleckt wird – durch unbedeutende Eintagsfliegen, Bücher, die auf dem Markt erscheinen und ebenso schnell wieder verschwinden. Der Roman *Die sieben Minuten* ist eine solche Pestbeule, die durch dieses Gerichtsverfahren zu gefährlicher Größe angeschwollen ist. Es ist meine Pflicht als einer der Hüter der Literatur, diese Pestbeule aufzustechen, damit der ekelerregende Eiter ausfließt und die Literatur wieder gesunden kann. In Beantwortung Ihrer Frage ist es mir nicht nur Vergnügen, sondern auch Pflicht als Hüter des amerikanischen Geschmacks, Ihnen zu versichern, daß der Roman *Die sieben Minuten* des verstorbenen Mr. Jadway jeglichen gesellschaftlichen oder literarischen Wertes ermangelt. Er ist für die Literatur das, was eine schmutzige Postkarte für die Kunst ist. Das Buch ist obszön im übelsten Sinne des Wortes.«

Später kam die Frage, ob JJ Jadway nach Mr. Van Fleets versucht habe, dem Leser Verständnis für die Liebe zu vermitteln.

»Das soll doch wohl sicher ein Witz sein, Mr. Duncan? Mr. Jadway hatte keine Ahnung von Liebe. Es existiert eine sehr bezeichnende Anekdote über die Einstellung des Autors zur Liebe. Der Gelehrte, der sie veröffentlichte, hat sie anscheinend direkt aus erster Hand. Gestatten Sie, daß ich zitiere. Dr. Hiram Eberhart, der angesehene Professor an der Columbia Universität, schreibt in einer bewunderungswürdigen, unter dem Titel *Neben der Hauptstraße* erschienenen Studie: ›Eines Abends hörte sich Jadway gemeinsam mit Freunden am Radio die Übertragung des Boxkampfes an, in dem Joe Louis den Meistertitel im

Schwergewicht von James Braddock gewann. Er sagte zu seinen Freunden, die Liebe zwischen einem Mann und einer Frau spielte sich zumeist wie ein Boxkampf ab: Herumtänzeln, Finten, Schlag und Konterschlag, Zorn, Brutalität, das Ringen um physische Überlegenheit. Doch die so seltene wahre Liebe, fuhr Jadway fort, habe nichts Streitbares an sich. Auf die Frage, welche Bücher denn die üblichere Haßliebe darstellten, führte Jadway als Beispiel Henry Millers *Wendekreis des Steinbocks* an, den er gerade gelesen hatte. Seltsamerweise schien Jadway wohl die verschiedensten Aspekte der Liebe und ihre Behandlung in den Büchern anderer zu erkennen, aber er verschloß die Augen vor dem, was er in seinem einzigen je veröffentlichten Roman *Die sieben Minuten* zu Papier gebracht hatte. Abgesehen von einigen wenigen Irregeleiteten sehen nämlich alle in diesem Roman eine Art der Liebe, in der sich der Haß gegen alles Weibliche ausdrückt. Indem Jadway das Bild seiner Heldin, ihr Tun und Denken in unerhört rüder und pornographischer Sprache schildert, hat er unbewußt die Haltung eines Boxkämpfers eingenommen, der das andere Geschlecht niederringen und demütigen will.‹ Ich stimme völlig mit Dr. Eberhart überein.«

Während dieser Aussage war Barrett etwas Seltsames aufgefallen, eine Unstimmigkeit, die ihn veranlaßte, alles zu notieren, was er soeben gehört hatte.

Dann hatte Elmo Duncan die Vernehmung Van Fleets beendet, und die Verteidigung war an der Reihe.

Barrett erhob sich und war versucht, diese eigenartige Unstimmigkeit zur Sprache zu bringen, darauf hinzuweisen, daß offenbar die Zeit aus den Fugen geraten war. Aber als dann im Kreuzverhör der geeignete Augenblick gekommen war, hielt ihn etwas davon ab, das zu erwähnen, was ihn so sehr beschäftigte. Erstens war er seiner Sache nicht ganz sicher, und falls er sich irrte, würde ihn der hochnäsige Van Fleet zweifellos blamieren. Zweitens hatte die Verteidigung, falls er sich nicht irrte, eine Trumpfkarte im Ärmel, die sie der Gegenseite in diesem Stadium des Prozesses noch nicht zeigen durfte.

Barrett verbannte seine unausgesprochene Frage in den hintersten Winkel seines Gedächtnisses. Am Abend würde er sie wieder hervorholen und versuchen, eine Antwort darauf zu finden. Wenn er recht behielt, dann gab es eine neue, aussichtsreiche Spur für die Verteidigung, eine neue Hoffnung.

Um neun Uhr abends saß Mike Barrett an seinem Schreibtisch. Neben ihm standen, immer noch unberührt, ein Sandwich und ein Becher Kaffee. Plötzlich klappte er das internationale Jahrbuch, das er gewälzt hatte, zu und rief durch die offene Tür Abe Zelkin zu sich herüber.

Zelkin kam eilig gerannt, in der einen Hand ein Glas mit Gurken, in der anderen einen Papierbecher mit Kaffee.

»Was ist los, Mike?«

»Abe, kannst du mir erklären, was ein Anachronismus ist?«

»Anachronismus? Na klar. Wenn etwas zeitlich nicht übereinstimmt.«

»Bei Webster steht: ›Ein Irrtum in der zeitlichen Abfolge, durch den Ereignisse ins falsche Verhältnis zueinander geraten.‹ Beispiele: ›Die zeitliche Vorverlegung eines Ereignisses oder etwas, das zeitlich nicht in den Zusammenhang paßt.‹ Abe, ich habe in Van Fleets Aussage nicht nur einen auffallenden Anachronismus entdeckt, sondern gleich deren zwei. Während der Verhandlung war ich meiner Sache nicht ganz sicher, aber ich habe inzwischen alles nachgeprüft.« Er klopfte auf das Jahrbuch.

»Anachronismen. Und was ist daran so aufregend?«

Barrett sprang auf. »Paß auf, Abe, das ist keine Haarspalterei. Vielleicht ist es wirklich ein Grund zur Aufregung.« Er wartete, bis sich Zelkin gesetzt hatte und an seiner Gurke knabberte. Dann lief er vor ihm auf und ab. »Erinnerst du dich, wie Van Fleet in seiner Aussage eine Anekdote aus Dr. Eberharts Buch *Neben der Hauptstraße* zitiert hat?«

»Ja.«

»Dann erinnerst du dich auch daran, daß Jadway zusammen mit Freunden den Titelkampf der beiden Schwergewichtler Louis und Braddock anhörte und die Liebe mit einem Boxkampf verglich? Und daß er Henry Millers *Wendekreis des Steinbocks* als Beispiel für den Kampf der Geschlechter anführte?«

»Ja, ich erinnere mich, aber . . .«

»Okay, Abe. Da liegt der Anachronismus, der mir vor Gericht aufgefallen ist. Fangen wir von vorn an. Wann starb JJ Jadway?«

»Im Februar 1937.«

»Genau. Jadway beging im Februar 1937 Selbstmord und wurde unmittelbar darauf verbrannt. Aber Dr. Eberhart berichtet uns, wie er mit Freunden über Millers *Wendekreis des Steinbocks* diskutiert. Dieses Buch wurde aber erst 1939 von Obelisk Press herausgebracht. Kurz gesagt: Jadway diskutierte über ein Buch, das erst zwei Jahre nach seinem Tod erschien. Wie gefällt dir das?«

Zelkin schluckte seine Gurke hinunter. »Fadenscheinig. Van Fleet hat vielleicht falsch zitiert.«

»Nein. Meine Bibliothekarin, Rachel Hoyt aus Oakwood, hat es für mich nachgeschlagen. Das Zitat war Wort für Wort korrekt.«

»Immer noch sehr mager«, sagte Zelkin. »Dann ist Dr. Eberhart ein verzeihlicher Fehler unterlaufen. Er hat Millers *Wendekreis des Steinbocks* mit dem bereits 1934 erschienenen *Wendekreis des Krebses* verwechselt, und damals war Jadway noch sehr lebendig.«

»Ich bin bereits einen Schritt weiter, Abe. Eine solche Verwechslung habe ich auch vorhergesehen. Er ist wegen des zweiten Anachronismus sogar wahrscheinlich. Hör dir das mal an: Jadway starb im Februar 1937 und wurde verbrannt. Nach Angabe des hochgeschätzten Dr. Eberhart hörte er sich aber den Titelkampf zwischen Louis und Braddock an. Weißt du, wann Louis Braddock geschlagen hat? Im Juni 1937. Hörst du? Im *Juni*! Er schlug Braddock in Chicago in der achten Runde k. o. Das bedeutet, daß sich Jadway vier Monate nach seinem vermeintlichen Tod einen Boxkampf angehört hat. Was sagst du dazu?«

Zelkin stellte seinen Kaffeebecher hin. »Das gefällt mir schon besser.«

»Ich weiß – der verehrte Dr. Eberhart kann sich ein zweitesmal geirrt haben.

Aber zweimal in einem Absatz? Bei einem angesehenen Gelehrten, der alles doppelt und dreifach überprüft? Höchst unwahrscheinlich. Nehmen wir also an, Dr. Eberhart hätte sich im zweiten Fall nicht geirrt. Was ergibt sich daraus? Daß Jadway nicht, wie Cassie McGraw, Christian Leroux und Pater Sarfatti behauptet haben, im Februar 1937 gestorben ist, sondern daß er vier Monate später noch durchaus am Leben war. Vielleicht hat er sogar vier Jahre später über Millers Roman gesprochen. Damit würden alle bisherigen Aussagen über Jadway hinfällig. Und wir sind wieder im Geschäft.«

»Klar – falls Dr. Eberharts Anekdote wenigstens zur Hälfte stimmt. Lebt dieser Dr. Eberhart noch?«

»Er lehrt immer noch an der Columbia-Universität und wohnt in Morningside Heights. Wir brauchen ihn also nur aufzuwecken, hoffen, daß er nicht über das Wochenende weggefahren ist und ihm sagen, daß es um seinen Ruf als Wissenschaftler geht.«

»Das sollte ihn schon wachmachen.«

»Und wir müßten der Wahrheit ein Stück näherkommen. Ich weiß, daß die Würfel bisher gegen uns gefallen sind. Aber wir wollen noch einmal würfeln. Was meinst du dazu, Abe?«

»Was soll ich schon dazu meinen? Ich habe eben einen reiselustigen Sozius, aber fahr nur ruhig hin. Wenn man ertrinkt, dann klammert man sich an den dünnsten Strohhalm. Gut, ich vertrete dich morgen vor Gericht. Du mußt wieder zurück sein, wenn Jerry Griffith in den Zeugenstand gerufen wird.«

»Keine Sorge. Danke, Abe.« Nachdenklich murmelte er: »Wenn Jadway 1937 nicht gestorben wäre – Junge, das wäre toll!«

8

Als Mike Barrett gegenüber Dr. Hiram Eberhart Platz genommen hatte, ging er an seine Aufgabe mit derselben Gelassenheit und stoischen Ruhe heran wie ein Scharfrichter, der im achtzehnten Jahrhundert den Kopf eines französischen Aristokraten unter die Guillotine legte.

Barrett hatte keine Angst davor, weich zu werden. Ihn interessierte nur die Wahrheit – die Wahrheit und die Gerechtigkeit.

Aber nun war der Gnadenstoß ausgeführt, Dr. Eberharts Kopf war in den Korb gerollt, und er machte den Eindruck eines schwer geschlagenen Mannes. Nun empfand Barrett Mitleid und fast so etwas wie Reue.

Sie saßen an einem kleinen Tisch im Obergeschoß des exklusiven New Yorker Century Club in der 43. Straße, nicht weit von der Fifth Avenue entfernt. Barretts mitternächtlicher Anruf hatte Dr. Eberhart nicht geweckt. Es stellte sich heraus, daß er eine Leseratte war. Barretts geheimnisvoller Appell an Dr. Eberharts Gelehrsamkeit hatte ihm rasch eine Verabredung eingetragen. Barrett war unmittelbar vom Flughafen zum Century Club gefahren und hatte sich dort kurz vor eins mit Dr. Eberhart getroffen.

Barrett war sofort zur Sache gekommen. Er hatte seinem Gastgeber den Grund seines Besuchs erklärt und ihm dann seine eigene Anekdote über Jadway vorgelesen. Er hatte berichtet, wie Van Fleet diesen Abschnitt am gestrigen Nachmittag vor Gericht zitiert hatte. Und dann hatte Barrett gnadenlos das Fallbeil sausen lassen. Zwei überraschende Anachronismen, Dr. Eberhart. Wußte der Professor, wann Jadway gestorben war? Nein, das wußte er nicht, denn es spielte für das, was er schrieb, keine Rolle. Nun gut, Dr. Eberhart, aber es würde wohl jetzt eine Rolle spielen. Jadway ist im Februar 1937 gestorben. Aber Sie schreiben, daß er über den Boxkampf zwischen Louis und Braddock gesprochen hat, der erst vier Monate später stattfand. Und er soll auch über *Wendekreis des Steinbocks* diskutiert haben, ein Buch, das erst zwei Jahre nach seinem Tod erschien. Was halten Sie davon, Dr. Eberhart?

Barrett hatte einmal gehört, daß eine Guillotine zehn Sekunden brauchte, um das Opfer zu köpfen. Nach sorgfältiger Vorbereitung brauchte Barrett auch nicht länger, um Dr. Eberhart in höchste Verwirrung zu stürzen.

Dr. Hiram Eberhart wirkte wie ein Gnom, ein typischer penibler Gelehrter, für den außerhalb seiner Literatur keine Welt existierte. Über die Dinge, die draußen vorgingen, wußte er fast gar nichts, dafür aber alles über sein Fachgebiet. Er war kein Snob, er war nicht überheblich, sondern eine echte Autorität, pedantisch, ordnungsliebend, selbstzufrieden, ein alternder Junggeselle, der schon bald emeritiert werden sollte. Er hatte strähniges stumpfgraues Haar, er war kurzsichtig, und seine leuchtend rote Knopfnase deutete auf jahrzehntelangen Genuß von Sherry als Medizin hin. Er trug einen altmodischen, langweiligen anthrazitfarbenen Anzug. Was er wußte, das wußte er ganz bestimmt, und noch nie hatte ihn jemand widerlegt. Er war es gewohnt, zitiert zu werden, aber Widersprüche kannte er nicht.

Jetzt war er fassungslos.

Die kurzsichtigen Äuglein blinzelten. »Sind Sie sicher, Mr. Barrett, ganz sicher? Lassen Sie mich mal sehen. Das muß ich selbst sehen. Das kann nicht sein.«

Er griff nach Barretts Notizen und erschrak.

»Mr. Barrett, so etwas ist mir noch nicht geschehen. In meinem langen Leben, das ganz der Wissenschaft geweiht war, ist mir noch nie ein solcher Widerspruch in meinen Angaben vorgekommen. Ich will damit keineswegs andeuten, daß es einen Menschen gäbe, der unfehlbar ist, aber ich habe immer peinlich genau darauf geachtet, daß meine Unterlagen stimmen. Ich habe vier Lehrbücher geschrieben, die auf den Universitäten in Verwendung sind. Dieses letzte Werk von mir ist erst im vorvorigen Jahr erschienen. Ich habe zehn Jahre daran gearbeitet. Trotz der dringenden Bitten meines Verlegers habe ich den Veröffentlichungstermin dreimal verschoben, um gewisse Tatsachen noch einmal überprüfen zu können. Und nun dieser schreckliche Irrtum! Ich hätte das Datum von Jadways Tod nicht übersehen dürfen. Dann hätte sich der gräßliche Fehler vermeiden lassen. Aber dieses Datum kam mir so unwichtig vor. Ich hatte die Informationen aus erster Hand bekommen – die Angaben über Jadways Bemerkung über *Wendekreis des Steinbocks* und sein Vergleich zwischen Boxkampf und Liebe. Was ich erfahren hatte, habe ich sofort auf Tonband aufgenommen. Der Fehler kann sich nur bei der Quelle eingeschlichen haben. Die Schuld trifft meinen Informanten.«

»Ihren Informanten?« fragte Barrett. »Ich dachte, Sie seien die Originalquelle. Jedenfalls habe ich keine Fußnote entdeckt, mit der Sie die Anekdote einem anderen zugeschrieben hätten. Ich nahm an, daß Sie dabei waren, als Jadway...«

»Nein, ich war nicht dabei. Ich weiß es wieder ganz genau. Ich habe das Material unter der Bedingung bekommen, keine Quellenangabe zu nennen. Mein Informant war einer von Jadways engsten Freunden im Paris der dreißiger Jahre. Vollkommen vertrauenswürdig. Er war mit Jadway zusammen, als sich diese Anekdote abspielte.«

»Und wer war Ihre Quelle?«

»Nun, da ich so irregeführt wurde, sehe ich mich nicht mehr veranlaßt, keine Namen zu nennen. Ich erhielt die Information von Sean O'Flanagan, einem Dichter, der mit Jadway in Paris bekannt war.«

»Sean O'Flanagan«, murmelte Barrett. »Den Namen habe ich schon gehört.« Er überlegte krampfhaft, wo und bei welcher Gelegenheit, und dann fiel ihm Olin Adams, der Handschriftenhändler aus New York, ein. Er fuhr fort: »Ja, ich wollte mich kürzlich selbst mit O'Flanagan verabreden, aber er hat kein Telefon und keine Anschrift und läßt sich seine Briefe nur postlagernd schicken. Wie und wann haben Sie mit ihm Verbindung aufgenommen, Dr. Eberhart?«

»Das war vor drei Jahren, als ich immer noch an meinem Buch *Neben der Hauptstraße* schrieb. Durch einen Glückszufall – damals erschien es mir noch so – fiel mir eine wenig bekannte poetische Vierteljahresschrift in die Hände, die in Greenwich Village erscheint. Sie enthielt ein anonymes Gedicht über Jadway. Nach dem Impressum war Sean O'Flanagan Herausgeber und Redakteur der Zeitschrift. Ich begab mich nach Greenwich Village, um ihn zu suchen. An der angegebenen Adresse erfuhr ich, daß die Zeitschrift schon vor Wochen den Gläubigern zum Opfer gefallen war, zum Beispiel dem Drucker und dem Vermieter. Man sagte mir jedoch, daß O'Flanagan ganz in der Nähe seit Jahren ein Stammlokal hätte.«

»Und dort haben Sie ihn gefunden?«

»Nicht bei meinem ersten Besuch, sondern erst beim dritten. In der Ecke stand ein runder Tisch, den O'Flanagan seit einem Jahrzehnt als seinen Stammplatz beanspruchte. Der Besitzer der Kneipe duldete ihn sozusagen als Original, das schon mit zur Einrichtung gehörte. Er stand im Ruf, ein Alkoholiker zu sein, der von einem kargen Privateinkommen lebte und sich hauptsächlich mit seinen Erinnerungen an jene Tage beschäftigte, die er im Exil in Paris und Rapallo zubrachte. Außerdem erteilte er den jüngeren Dichtern, die sich um ihn sammelten, gute Ratschläge.«

»Vielleicht war der Alkohol an der falschen Information schuld.«
»Das glaube ich nicht«, entgegnete Dr. Eberhart. »An dem Spätnachmittag, als er mich empfing, war er – zumindest in meinen Augen – stocknüchtern und sehr penibel hinsichtlich der Informationen, die er mir gab. Er sprach mit mir nur unter der Bedingung, daß ich ihm keine privaten, persönlichen Fragen nach Jadway stellte. Ich hielt mein Versprechen und beschränkte mich auf die literarischen Aspekte. O'Flanagan steuerte gegen Ende unserer Unterhaltung freiwillig jene Anekdote bei, in der Sie die Anachronismen entdeckt haben.«
»Was war dieser O'Flanagan für ein Mensch?«
»Ich erinnere mich heute kaum noch an ihn. Er war ein rheumatischer, schlecht gekleideter Mann – nach Jahren vielleicht noch jünger als ich, aber dem Aussehen nach ein Greis. Er kann wahrscheinlich sehr unangenehm werden, wenn er der Flasche zuspricht. In meiner Gegenwart enthielt er sich bewußt des Alkohols. Soviel ich weiß, trank er nur ein Bier, nicht mehr. Ich bemerkte, daß er bei klarem Verstand bleiben und einen guten Eindruck machen wollte. Ein ziemlich egoistischer, alter Mann, der sich von der Welt mißverstanden und verkannt glaubt. Aus Mangel an Erfolg flüchtete er sich in die Selbsttäuschung. Aber ich habe seine Gedichte gelesen. Vorausgesetzt, daß er noch lebt ...«
»Er lebt noch«, unterbrach ihn Barrett. »Zumindest war er vor zwei Wochen noch am Leben.«
»Nun, dann werden Sie ihn zweifellos sprechen und nach den Hintergründen jener unglücklichen Anekdote fragen wollen. Ich bin sicher, daß er immer noch jeden Tag diese Kneipe in Greenwich Village frequentiert, und zwar etwa um fünf Uhr nachmittags. Er nimmt dort seinen Ehrenplatz am Tisch unter dem Fenster ein und hängt seinen Erinnerungen an glücklichere Zeiten nach. Sollten Sie ihn ausfindig machen und die zeitlichen Differenzen zwischen Jadways Tod und seiner Wiederaufstehung klären können, wäre ich Ihnen dankbar, wenn Sie sich wieder mit mir in Verbindung setzen würden. Ich muß in der nächsten Ausgabe meines Buches diesen leidigen Fehler korrigieren oder die Anekdote völlig weglassen.«
»Ich bin Ihnen sehr verbunden, Dr. Eberhart, und ich verspreche Ihnen, daß ich mich wieder melde. Wie heißt die Kneipe in Greenwich Village?«
»O'Flanagans Stammlokal? Ein schrecklicher Name: ›Appropoet‹. Kein Orchester, kein Tanz, keine Vorführungen, nur jeweils zur Cocktailstunde eine Dichterlesung. Hoffnungsvolle junge Amateure werden aufgefordert, ihre Machwerke einem betrunkenen Publikum vorzulesen. Es geht dabei manchmal sehr laut zu. Diese neue Dichtkunst mit ihrem Mangel an Form und ihren beklagenswerten sprachlichen Verdrehungen kann einen Menschen aber auch zum Alkohol treiben. Das ist es wahrscheinlich. Was wurde aus Sara Teasdale? Ein guter Titel, nicht wahr? Jedenfalls wünsche ich Ihnen viel Glück mit dem Bewahrer von Jadways Geheimnis.«

Das Lokal war im New Yorker Telefonbuch nicht verzeichnet. Wieder ein neuer Aspekt: Nonkonformismus, Kampf dem Kommerzialismus und dem Establishment. Aber hat das Märchenland schon eine Adresse? fragte sich Barrett. Hat der Garten Eden eine Adresse?
Am Spätnachmittag war Barrett mit seiner Aktenmappe unter dem Arm in einem Taxi nach Greenwich Village gefahren. In der Nähe des Washington Square stieg er aus und kaufte sich ein Exemplar der Zeitschrift *The Village Voice*. Auch hier weder eine Werbung noch die Adresse des Clubs. Schließlich ging er auf ein Pärchen zu – es stellte sich gleich heraus, daß es sich um zwei Mädchen in Lederjacke und Leinenhose handelte – und die zeigten ihm den Weg.
Nachdem Barrett vier Straßen weit gewandert war, stand er nun vor seinem Ziel. Den Bürgersteig überspannte eine gestreifte Markise. Darüber prangte ein Schild:

THE APPROPOET – BAR – RESTAURANT

GEÖFFNET 10 UHR MORGENS BIS 3 UHR NACHTS

An der Seite in Zierbuchstaben ein kaum leserlicher irischer Vers. Zwei ausgetretene Steinstufen mit schmiedeeisernem Geländer führten hinunter zum Eingang. Barrett betrat einen engen, vollbesetzten Raum, in dem sich Rauchwolken unter der niedrigen Decke wälzten. Entgegen der Auffassung des Professors gab es hier doch Musik: die Töne einer Sologitarre schwebten über dem leisen Stimmengewirr. An der dem Eingang gegenüberliegenden Ziegelmauer lehnte ein langhaariger, bärtiger junger Mann und las von einem gelben Blatt Papier ein Gedicht ab. »Mal mich nach der Ziffer – loch mich für die Maschine.« Wieder eine Stimme in der Wildnis, dachte Barrett und ging auf die Bartheke zu, die unmittelbar vor ihm lag.
Der Barmixer trug eine schwarze Augenklappe und spülte gerade Gläser. Barrett machte durch leises Husten auf sich aufmerksam. »Vielleicht könnten Sie mir helfen. Ich bin hier mit Sean O'Flanagan verabredet.«
»Sitzt an seinem Stammtisch.«
Barrett sah sich verwirrt um. Der Barmixer deutete über Barretts Schulter hinweg.
»Drüben am Fenster. Der alte Knabe mit dem Barett.«
»Danke«, sagte Barrett und drehte sich um. Er ließ ein paar neue Gäste vorbeigehen, dann schob er sich zwischen den Tischen hindurch. Nach ein paar Schritten konnte er O'Flanagans Gesicht deutlicher erkennen. Das schmuddelige Käppchen war einstens blau und wurde auf dem Hinterkopf getragen. Die Augen blickten verschwommen und waren von tiefen Falten umgeben, als würde hier die Haut mit ein paar flüchtigen Stichen zusammengehalten. An dem vorstehenden Kinn wucherten graue Bartstoppeln. Eine abgewetzte Cordjacke hing über den klapperdürren Schultern, und von dem faltigen Hals hing eine Kette mit Holzperlen. Alles in allem erinnerte der Dichter an einen heruntergekommenen André Gide.

»Mr. Sean O'Flanagan?«
Der Dichter hatte bisher ins Leere gestarrt. Nun hob er langsam den Blick und tat, als sei er es gewohnt, daß sich Fremde ihm vorstellen. »Ja, junger Mann?« fragte er.
»Ich bin Mike Barrett aus Los Angeles. Ein gemeinsamer Bekannter hat mir empfohlen, mich mit Ihnen in Verbindung zu setzen. Ich hätte etwas mit Ihnen zu besprechen. Darf ich mich setzen?«
O'Flanagans Stimme war rauh vom Whisky und merklich zurückhaltend. »Kommt drauf an. Was wollen Sie mit mir besprechen?«
»Hauptsächlich Ihren Aufenthalt in Paris.«
»Sie sind kein Dichter?«
»Nein, ich . . .«
»Heutzutage weiß man das nicht mehr genau. Manche Dichter tragen jetzt Schlipse und arbeiten als Friseure.«
»Ich hätte ein paar Fragen. Darf ich Sie zu einem Drink einladen?«
O'Flanagan betrachtete sein beinahe leeres Glas, dann hob er den Kopf und verzog den Mund zu einem brüderlichen Lächeln. »Das hat zumindest wie ein Gedicht geklungen, Mr. Banner. Sie sind wirklich ein Verseschmied. Schnappen Sie sich einen Stuhl.«
Barrett besorgte sich einen Stuhl und setzte sich gegenüber O'Flanagan an den runden Tisch. O'Flanagan hatte bereits den Kellner herbeigewinkt. »Chuck, ich bekomme noch einen Brandy mit Wasser. Aber einen Doppelten – der Brandy, nicht das Wasser.«
»Einen Whisky on the rocks«, rief Barrett.
O'Flanagan setzte zu einer umständlichen, aber amüsanten Anekdote an, bei der es um einen Bernhardiner und ein Schnapsfäßchen ging. Als er fertig war, lachte er leise in sich hinein, und Barrett fühlte sich schon viel wohler. Die Getränke wurden gebracht. O'Flanagans Hand zitterte, als er das Glas an die Lippen führte. Er schluckte, schmatzte mit den Lippen und schluckte noch einmal. Das Glas war halb leer.
Er zwinkerte Barrett zu. »Ich hab's gebraucht, das Auftanken, Mr. . . .« Er schüttelte verwirrt den Kopf. »Hab' das Namengedächtnis verloren.«
»Mike Barrett.«
»Barrett – Barrett. Okay. Also, was wollten Sie mich über Paris fragen?«
»Zu welcher Zeit waren Sie dort?«
»Ja, wann war das? Warten Sie mal, ich bin als ganz grüner Junge 1929 hingekommen und bis 1938 geblieben, glaube ich. Ungefähr zehn Jahre. Es war die schönste Zeit meines Lebens. ›Paris räkelt sich erwachend, grelle Sonne auf seinen Zitronenstraßen!‹ Das ist von Joyce. Ich hab ihn gekannt. Auch Sylvia Beach. Und Gert Stein. Aber unsere Stammkneipe war der Dôme. Sie kennen Paris? Das Café auf dem Mont Parnasse, ich glaube, es steht immer noch da an seiner Ecke. Das war das echte Paris der Bohemiens. Das hier ist alles nachgemacht, künstlich.« Er machte eine weit ausholende Handbewegung.

»Waren Sie nachher noch einmal in Paris?« fragte Barrett.
»Später? Nein, wollte mir meinen Traum nicht zerstören. Jeder Mensch braucht etwas, wovon er in seinen letzten Jahren zehren kann. Ich zehre von meinem alten Traum. Es war unglaublich – jeder Schriftsteller seiner Zeit weit voraus, es wurde gedichtet, gemalt, geliebt. Mein Gott, was für ein Harem für einen jungen Mann, der auf Mädchen scharf war. Da muß ich Ihnen was erzählen. Eines Abends hatte ich so eine alte Schabracke im Bett. Stellte sich heraus, daß sie früher einmal Modell bei Modigliani war. Und eines anderen Abends – Herr im Himmel, muß ich besoffen gewesen sein –, da habe ich mich von einer anderen Schrulle einwickeln lassen. Wissen Sie warum? Weil ich gehört hatte, daß sie es mit Rimbaud oder Verlaine trieb. Weiß nicht mehr, mit welchem.«
Er trank aus.
»Trinken Sie noch einen?« sagte Barrett.
O'Flanagan winkte den Kellner herbei und nickte Barrett dankbar zu. »Mein alter Freund Wilson Miznor sagte immer: ›Als Schriftsteller bin ich sehr für guten Stil. Der schönste Satz, den ich je gehört habe, lautet: Die nächste Runde geht auf Kosten des Hauses.‹ Haha!« Er mußte laut lachen und bekam daraufhin einen Hustenkrampf. Schließlich wischte er sich mit dem Jackettärmel über die Lippen. »Wo waren wir stehengeblieben?«
»In Paris.«
»Paris – richtig.«
Barrett wartete, bis die neue Runde serviert war. Dann fragte er Mr. O'Flanagan: »Wann haben Sie eigentlich Mr. Jadway kennengelernt?«
Als der Dichter den Namen Jadway hörte, stellte er sein Glas hin. »Wie kommen Sie darauf, daß ich Jadway kannte?«
»Das weiß ich von mehreren Leuten. Heute morgen hat es mir noch jemand erzählt, der auch einmal mit Ihnen beisammen war, ein Dr. Hiram Eberhart.«
»Wer?«
»Er ist Professor an der Columbia-Universität und schrieb ein Buch mit dem Titel *Neben der Hauptstraße*. Darin wird Jadway erwähnt. Eberhart sagte, Sie hätten ihm hier in diesem Lokal ein Interview gegeben.«
»War das so ein kleiner, vertrockneter Zwerg? Jetzt weiß ich es wieder. Warum interessieren Sie sich für Jadway? Schreiben Sie etwa auch ein Buch?«
»Ich will Ihnen die Wahrheit sagen. Ich bin Rechtsanwalt und verteidige Jadways Buch *Die sieben Minuten* in dem Prozeß in Los Angeles.«
O'Flanagan machte ein besorgtes Gesicht. »Dieser Prozeß. Hab darüber gelesen. Sie sind also der Verteidiger? Wie ich es sehe, werden die anderen Hackfleisch aus Ihnen machen – aus Ihnen und dem armen Jad.«
»Deshalb bin ich ja hier. Ich suche Material. Ich habe erfahren, daß Sie einer der engsten Freunde Jadways waren.«
»Das ist genau der Grund, weshalb ich nicht über ihn sprechen werde, Barrett. Das habe ich geschworen, nachdem er weg war. Er wurde – er wurde in den Tod getrieben. Jetzt soll er wenigstens in Frieden ruhen.«

»Die Zensoren lassen ihn aber nicht in Ruhe. Ich verteidige ihn, nicht nur, weil ich sein Buch retten möchte, sondern auch, damit sein ehrenhaftes Andenken gewahrt bleibt. Ich fürchte, ich bin dabei in eine Sackgasse geraten. Ich brauche Ihre Hilfe.« Barrett sah O'Flanagan eindringlich an. Der trank aus seinem Glas. »Mr. O'Flanagan, Sie waren doch sein Freund, nicht wahr?«
»Der einzige neben Cassie McGraw, dem er vertraute. So viel gebe ich zu, und ich bin stolz darauf. Ja, ich habe ihn gekannt. Ich war mit Jadway und Cassie befreundet. Ich habe die beiden in Sylvia Beachs Bücherladen kennengelernt, in der Rue de l'Odéon Nr. 12. Hemingway, Pound, Fitzgerald – die alle und auch James Joyce gingen dort aus und ein. Ich kam eines Tages hin und traf Jadway und Cassie.«
»Wann war das?«
»Im Sommer 1934, als er an seinem Buch schrieb.«
»Christian Leroux hat ausgesagt, daß er sein Buch innerhalb von drei Wochen geschrieben hat.«
»Leroux ist ein Lump. Für einen Dollar kriegt man von ihm jede Aussage, die man will.«
Barretts Herz machte einen Satz. »Sie meinen, daß er gelogen hat?«
O'Flanagan trank weiter. »Das habe ich nicht gesagt. Ich habe nur gesagt, daß er es mit der Wahrheit nicht immer genau nahm. Ich mag ihn nicht, ich habe ihn nie gemocht. Und ich will auch nicht über ihn reden.«
»Aber stimmte denn der Hauptteil seiner Aussage?«
»Im großen und ganzen ja.«
»Auch das über Jadways Tod?«
»In großen Zügen. Das Buch erschien. Und die Tochter eines anderen Freundes von Jadway kam in Schwierigkeiten, und der Freund gab ihm die Schuld. Jadway hatte auch Ärger mit seinen Eltern. Er war sehr empfindsam. In seiner Depression hat er sich umgebracht. Das alles steht bereits im Protokoll.«
»Wann hat er sich getötet?«
»Im Februar 1937.«
»Das war im Februar 1937? Na schön, genau deshalb bin ich hergekommen.«
Barrett fühlte den mißtrauischen Blick des Dichters auf sich ruhen, als er seine Aktenmappe öffnete und Dr. Eberharts Buch auf den Tisch legte. Er klappte es am Lesezeichen auf und zeigte O'Flanagan die angestrichene Stelle.
O'Flanagan las den Absatz und hob den Kopf. »Na und?«
»Dr. Eberhart behauptet, Sie hätten ihm erzählt, wie Jadway über den Boxkampf zwischen Louis und Braddock sprach und auch über den 1939 erschienenen Roman *Wendekreis des Steinbocks*.«
»Habe ich vielleicht.«
»Und wie erklären Sie folgendes: Jadway starb im Februar 1937. Woher wußte er über einen Boxkampf, der vier Monate später stattfand? Oder über ein Buch von Miller, das zwei Jahre später erschien?«
O'Flanagan antwortete nicht. Er starrte Barrett ausdruckslos an, griff nach dessen

Glas und trank es bedächtig leer. Dann stellte er es hin. »Vielleicht hat sich Eberhart etwas Falsches notiert. Oder er hat mich falsch verstanden.«
»Dann müßte auch Dr. Eberharts Tonbandgerät Sie falsch verstanden haben. Er hat das Interview mit Ihnen auf Band aufgenommen und mir vor zwei Stunden am Telefon dieses Band vorgespielt.«
»Dann liegt der Fehler vielleicht bei mir. Kann sein, daß ich an dem Abend gesoffen habe.«
»Eberhart sagt, Sie seien stocknüchtern gewesen.«
»Wie zum Teufel will er das wissen?«
»Auf dem Tonband klingt auch Ihre Stimme nüchtern.«
O'Flanagan knurrte. »Vielleicht sind gerade die Nüchternen die Trunkenbolde dieser Welt und umgekehrt.« Er richtete sich auf. »Wahrscheinlich habe ich die Zeiten durcheinandergebracht. Mein Gedächtnis läßt mich im Stich. Ich möchte noch einen trinken.«
Barrett erwischte den Kellner beim Arm und bestellte den dritten doppelten Brandy für O'Flanagan und einen zweiten Whisky für sich. »Mr. O'Flanagan, könnten Sie sich nicht auch hinsichtlich des Termins von Jadways Tod irren? Vielleicht ist er nicht 1937 gestorben, sondern erst später, zum Beispiel 1939 oder 1940.«
»Nein, daran erinnere ich mich noch ganz genau. Zum Beispiel an den Gedenkgottesdienst. Ich war in der ganzen Zeit danach mit Cassie zusammen.«
Die Getränke kamen. O'Flanagan griff nach seinem Glas. Barrett beschloß, es von einer anderen Seite her zu versuchen. »Sie waren also bei Cassie«, wiederholte er. »Was ist aus ihr geworden?«
»Sie ging aus Paris weg, weil sie dort nichts mehr hielt.« O'Flanagans Stimme wurde immer verschwommener. »Sie ging nach Amerika zurück. Irgendwo in den Mittleren Westen, glaube ich.«
»Und was wurde aus ihrem Kind?«
»Aus Judith? Von der habe ich einmal eine Postkarte bekommen. Das war etwa von zehn Jahren. Sie hat nach Kalifornien geheiratet. Seitdem habe ich nichts mehr von ihr gehört.«
»Keine Ahnung, wohin in Kalifornien?«
»Woher soll ich das wissen?«
»Vor Gericht wurde ausgesagt, daß Cassie McGraw später selbst heiratete und in Detroit lebte. Wissen Sie darüber etwas?«
»Ich weiß nur, daß sie heiratete und kurz darauf Witwe wurde. Aber ich habe seitdem nichts mehr von ihr gehört. Ich weiß nicht, was aus ihr geworden ist. Wahrscheinlich ist sie schon seit Jahren tot. Nach Jadway hat für sie das Leben aufgehört.« Er schüttelte betrunken den Kopf. »Waren schon großartig, die zwei. Er groß und gewaltig wie Robert Louis Stevenson. Sie war eine Schönheit und sehr fraulich. Genau wie in seinem Buch. War eine schöne gemeinsame Zeit, wenn wir Arm in Arm die Seine entlang gingen und Gedichte deklamierten. Die beiden hatten ein paar Lieblingsgedichte. An eins erinnere ich mich noch genau.«

O'Flanagan lehnte den Kopf an die Wand zurück und schloß die Augen. »Es stammt von Pietro Aretino, dem Renaissancedichter.« Er hielt inne, dann rezitierte er mit weicher Stimme: »Könnt' man post mortem *fotter*, würd' ich sagen/ Laßt uns zu Tode *fotter* und erwachen/Mit Adam und Eva ihren Tod beklagen/ Sie starben an dem *fotter* Apfel, ihrem *fotter* Pech.«
Er öffnete die Augen. »*Fotter* ist ein italienisches Wort, und ich weiß die genauen Formen nicht mehr. Man kann es mit ›ficken‹ übersetzen, aber das ist weniger elegant. Dieses Gedicht hat Aretino vor ungefähr vierhundert Jahren geschrieben. Es war ihr Lieblingsgedicht.«
»Wessen Lieblingsgedicht? Jadways?«
»Nein, Cassies.«
Barrett merkte, daß O'Flanagan nicht mehr lang bei Sinnen sein würde. Er mußte sich beeilen.
»Mr. O'Flanagan, wären Sie eventuell bereit, als Zeuge der Verteidigung vor Gericht zu erscheinen? Wir würden Ihnen für Ihren Zeitaufwand und für Ihre Mühe eine ansehnliche Entschädigung bezahlen.«
»So viel können Sie mir gar nicht bezahlen, Barrett. Auf der ganzen Welt gibt es nicht so viel Geld, daß es mich veranlassen könnte, über Jadway zu sprechen.«
»Sie wissen doch, daß man Sie vorladen könnte?«
»Und ich würde dann unter Gedächtnisschwund leiden. Drohen Sie mir nicht, Barrett. Jadway und Cassie sind die schönsten Erinnerungen aus meiner Vergangenheit. Ich werde nicht für noch so viel Geld ihre Gräber und meine Träume plündern.«
»Entschuldigung«, sagte Barrett, »ich werde Sie damit nicht wieder belästigen. Nur noch eine letzte Frage: Vor kurzem bekam Olin Adams, ein Handschriftenhändler in New York, einige Briefe von Jadway in die Hand. Wie er mir sagte, hat er sie Ihnen angeboten. Sie hatten nicht genug Geld zur Verfügung und lehnten ab. Kurz danach riefen Sie Adams an und sagten, Sie hätten Geld bekommen und wollten die Briefe kaufen. Warum?«
O'Flanagan knurrte. »Warum? Ich will Ihnen sagen warum. Ich wollte sie für die O'Flanagan-Manuskriptsammlung in der Bibliothek des Park Town College haben. Das ist eine kleine Universität kurz vor Boston. Sie hat mir mal den Ehrendoktor verliehen, als ich meine Zeitschrift noch herausgab. Als Gegenleistung habe ich den Leuten alle meine persönlichen Andenken und Papiere geschenkt. Wollte schon immer etwas von Jadway in der Sammlung haben. Aber ich hatte nichts. Die wenigen Sachen, die Jadway hinterlassen hatte, waren bei Cassie. Weiß nicht, ob sie die Papiere verbrannt hat. Aber als die paar Briefe zum Verkauf standen, wollte ich sie haben. Konnte sie mir nicht leisten. Dann konnte ich mir ein bißchen Geld pumpen. Aber es war zu spät.« Er seufzte. »Schade, ich hätte sie gern in meiner Sammlung in Park Town gehabt. Wirklich schade.«
»Glauben Sie, ich könnte mir diese Sammlung einmal ansehen?« fragte Barrett nachdenklich.

»Sie ist für die Öffentlichkeit da. Jeder kann sie sehen, der zum Park Town College fährt. Aber Sie wären vermutlich der erste, der danach fragt. Die haben dort einen jungen Curator, einen gewissen Vergil Crawford. Ich glaube, der fällt in Ohnmacht, wenn jemand die O'Flanagan-Sammlung sehen will.«

»Ich möchte jedenfalls nach Park Town fahren und mich einmal umsehen. Vergil Crawford? Kann ich mich da auf Sie berufen?«

O'Flanagan wollte sich mit beiden Ellbogen auf den Tisch stützen, rutschte aber auf einer Seite ab und wäre aufs Gesicht gefallen, wenn Barrett nicht rasch zugegriffen hätte. »Danke«, murmelte der Dichter.

»Darf ich mich bei Crawford auf Sie berufen?« fragte Barrett noch einmal.

»Berufen Sie sich doch, auf wen Sie wollen.«

Barrett bezahlte die Rechnung, griff nach seiner Aktenmappe und stand auf. »Vielen Dank für die Unterredung. Ich will jetzt lieber gehen.«

»Und bestellen Sie mir unterwegs noch einen Drink.«

»Klar.«

»Und hören Sie auf mich, Barrett, Sie verschwenden Ihre Zeit. Sie werden nirgendwo etwas über Jadway herausbekommen. Zumindest nichts, was ihm gegen diese Hexenjäger helfen kann. Jadway war damals schon seiner Zeit voraus, und er ist ihr immer noch voraus, und die Zeit für sein Buch wird erst kommen, wenn die Welt auf seine Auferstehung vorbereitet ist. Bis dahin lassen Sie seine armen Gebeine ruhen, lassen Sie ihn in Frieden schlafen, bis die neue Welt anbricht.«

Barrett erwiderte leise: »Für mich gibt's nur die alte Welt, die Welt von heute. Vielleicht kommt einmal eine bessere Welt, aber ich kann es mir nicht leisten, darauf zu warten, Mr. O'Flanagan.«

Barrett fuhr mit einem Taxi von Greenwich Village zurück zum Plaza Hotel und rief von seinem Zimmer aus die Bibliothek des Park Town College an. Wegen der Tageszeit hatte er wenig Hoffnung, Vergil Crawford zu erreichen, den Curator der O'Flanagan-Sammlung. Eine Angestellte teilte ihm mit, Mr. Crawford sei bereits nach Hause gefahren und erst am Montag wieder erreichbar. Als Barrett der Dame sagte, er müsse Crawford in einer dringenden geschäftlichen Angelegenheit sprechen, gab sie ihm ohne Zögern seine Privatnummer. Vermutlich nahm sie an, bei einem Ferngespräch müßte es sich tatsächlich um eine sehr dringende Sache handeln.

Wenige Minuten später bekam Barrett Verbindung mit dem liebenswürdigen Vergil Crawford. Der war sofort begeistert, als Barrett erwähnte, welche Rolle er bei dem Zensurprozeß in Los Angeles spielte. Als Barrett dann von seinem Interview mit Sean O'Flanagan berichtete und dem Wunsch Ausdruck gab, die O'Flanagan-Sammlung in Park Town nach eventuellem Entlastungsmaterial abzusuchen, zeigte sich Crawford ebenso geschmeichelt wie hilfsbereit. Sie verabredeten sich für zehn Uhr morgens im Saal der Bibliothek.

Nach einem gemütlichen Abendessen im Oak Room rief Barrett noch Mrs. Zelkin an (Abe war noch irgendwo geschäftlich unterwegs), teilte mit, wo er zu erreichen sei, und verließ das Plaza Hotel. Er flog mit der nächsten Maschine nach Boston und bezog für die Nacht ein Zimmer im Ritz-Carlton-Hotel.

Am nächsten Morgen, einem sonnigen Freitagmorgen, mietete er sich einen Mustang und fuhr nach Park Town, einem Städtchen achtzig Kilometer außerhalb von Boston auf der Straße nach Worcester. Er war neugierig auf die O'Flanagan-Sammlung und wäre am liebsten mit Höchstgeschwindigkeit dahingebraust, aber er wußte, daß er genug Zeit hatte. So genoß er die Fahrt. Es war einer jener seltenen Tage, an denen sich die Natur von ihrer liebenswertesten Seite zeigte. Die Landschaft von Massachusetts mit ihren Wiesen und Seen und Teichen rollte an ihm vorüber.

Park Town College war moderner und größer, als er erwartet hatte. Er ließ den Wagen auf dem Parkplatz stehen, erkundigte sich bei einem Angestellten nach dem Weg und ging an einem Springbrunnen vorbei hinüber zu dem zweistöckigen Bibliotheksgebäude.

Genau zwei Minuten vor zehn schüttelte er Vergil Crawford die Hand.

Auch dieser Crawford war eine Überraschung für Barrett: Er war ein lebhafter, schlanker junger Mann, begeistert und hilfsbereit.

Während er Barrett zum zweiten Stock hinaufführte, erklärte er: »Die meisten kleineren Schulen haben keine besonderen Sammlungen. Dazu gehört Geld, nicht so sehr für den Raum oder das Personal, sondern für sinnvolle Neuerwerbungen. Wir haben insofern Glück, als es in Park Town eine sehr aktive Gruppe von Förderern gibt, die unermüdlich Geld für die Bibliothek auftreibt. Wir sind sehr stolz auf unsere Sammlung von Schriftstellern und Dichtern aus Neuengland. Im vergangenen Monat haben wir zwei Posten Papiere von John Greenleafe Whittier gekauft – Gedichtentwürfe, Korrespondenz, Tagebücher –, und ich darf Ihnen verraten, daß wir kurz davor stehen, eine unschätzbare Sammlung von Papieren verschiedener Vorkämpfer der Gleichberechtigung zu bekommen – Wendell Phillips, Charles Sumner und andere Gegner der Sklaverei.«

»Und wie paßt O'Flanagan in diese Sammlung?« fragte Barrett.

»O'Flanagan hat vermutlich kaum mehr als ein oder zwei Jahre in Neuengland gelebt, aber das spielt keine Rolle. Wichtig ist, daß er als Dichter zur Avantgarde gehört. Da sammeln wir auf ziemlich breiter Grundlage. Wir haben einige Briefe von Burns und Swinburne sowie verschiedene Manuskripte von Apollinaire.«

Sie betraten einen geräumigen Saal mit riesigen Tischen und glasbedeckten Bücherschränken.

»Da wären wir«, sagte Crawford. Er deutete auf eine Tür neben dem Schreibtisch des Bibliothekars. »Dahinter liegt unsere Sondersammlung. Sie haben vermutlich nicht genug Zeit, sich ein paar unserer besten Stücke anzusehen?«

»Ich fürchte, nein.«

»Schön, dann bleiben wir bei der O'Flanagan-Sammlung. Sie ist Stück für Stück im Katalog verzeichnet. Sind Sie an etwas Besonderem interessiert?«

»Eigentlich geht es mir weniger um O'Flanagan selbst. Er war in Paris mit Jadway befreundet. Ich bin nur wegen Jadway hier.«

»Jadway«, sagte Crawford überrascht. »Sie interessieren sich für Jadway?«

»Richtig.«

»Da muß ich Sie am Telefon mißverstanden haben, Mr. Barrett. Ich dachte, Sie wollten O'Flanagan in dem Prozeß ...« Er schüttelte traurig den Kopf. »Aber wenn's nur um Jadway geht, so fürchte ich, daß wir Sie enttäuschen müssen. Jadway ist zu jung gestorben und hat nicht viel hinterlassen. Wenn ich recht unterrichtet bin, sind auch seine Originalunterlagen, die sich auf *Die sieben Minuten* beziehen, nicht erhaltengeblieben. Zu unserem Leidwesen stellen wir immer wieder fest, daß Arbeitsmaterial eines vielversprechenden Autors vernichtet wird. Ich glaube kaum, daß Sie in der O'Flanagan-Sammlung etwas über Jadway finden werden. Wenn Sie sich einen Augenblick gedulden wollen, werde ich im Katalog nachsehen.«

»Ich drücke Ihnen die Daumen.«

Crawford zog eine Schublade mit Bücherkarten heraus, während Barrett ziellos an den Bücherschränken vorbeischlenderte.

»Mr. Barrett!« Crawford kam ihm nachgelaufen. »Tut mir schrecklich leid. Es ist genau, wie ich befürchtet hatte: Nicht ein einziges Stück von Jadway.«

»Aber vielleicht gibt es irgendwelches Material *über* Jadway. Schließlich behauptet O'Flanagan doch, Jadways bester Freund gewesen zu sein.«

»Es mag schon sein, daß sich in O'Flanagans Notizen oder in seiner Korrespondenz ein oder zwei Hinweise auf Jadway finden. Aber dazu müßten Sie die gesamte Sammlung durchsehen. Sehr viel Zeit würde das auch nicht in Anspruch nehmen. Abgesehen von der von O'Flanagan herausgegebenen Vierteljahresschrift und den Büchern mit Widmung, die er uns vermacht hat, sind nur drei Kartons mit Handschriften da. Möchten Sie die sehen?«

»Natürlich.«

»Dann machen Sie es sich an einem dieser Tische bequem. Ich hole Ihnen die Kartons.«

Fünf Minuten später saß Barrett an einem langen Tisch und hatte drei graue Manuskriptkartons vor sich stehen. Crawford hatte ihn allein gelassen, aber versprochen, in Reichweite zu bleiben.

Barrett öffnete den ersten Karton und fand darin numerierte Mappen, die verschiedene Entwürfe zu O'Flanagans Gedichten enthielt. Er überflog erst sehr sorgfältig, dann immer ungeduldiger diese Manuskripte und suchte nach Hinweisen auf Jadway oder auf die Pariser Zeit von 1934 bis 1937. Aber er fand in den Manuskripten nichts als unverständliche Verse.

Barrett packte alles wieder ein, schob den ersten Karton zur Seite und griff nach dem zweiten. Der Inhalt war größtenteils derselbe: handgeschriebene und getippte Gedichtentwürfe, schließlich drei Mappen mit Korrespondenz. Seine neu aufflackernde Hoffnung wurde bald enttäuscht. Die Briefe stammten durchweg aus späterer Zeit. Es handelte sich fast ausschließlich um Korrespondenz zwischen O'Flanagan und Mitarbeitern seiner Zeitschrift. Nirgendwo auch nur ein beiläufiger Hinweis auf Jadway.

Entmutigt öffnete Barrett den dritten und letzten Kasten. Er war nur zur Hälfte mit Mappen gefüllt. Drei davon enthielten Zeitungsausschnitte, in denen O'Flanagan und seine Zeitschrift erwähnt waren. Dann folgte eine Mappe mit losen Zetteln, auf denen O'Flanagan im Laufe vieler Jahre Ideen für Gedichte, einzelne Zeilen sowie Lieblingszitate notiert hatte.

Zwei Mappen blieben noch, aber Barretts Mut war fast auf den Nullpunkt gesunken.

Die erste Mappe enthielt Fotos von O'Flanagans Eltern und aus seiner Jugendzeit, dann aus späteren Jahren in Greenwich Village. Fotos von T. S. Elliot und Cummings – und schließlich ein letztes verblaßtes, zerknittertes Bild, bei dessen Anblick Barrett fast das Herz stehenblieb.

Es war ein vergilbter Schnappschuß mit dem Eiffelturm im Hintergrund. Er zeigte drei Personen: von links nach rechts einen um über dreißig Jahren jüngeren, noch aufrechten Sean O'Flanagan, dann ein kleines, recht üppiges, in die Sonne blinzelndes Mädchen und schließlich eine schlaksige Männergestalt in verbeulter Hose und Pullover. Diese Gestalt war kopflos. Die Ecke des Fotos mitsamt Kopf und Gesicht war abgerissen.

Rasch drehte Barrett den Schnappschuß herum. Auf der Rückseite stand in sehr schräger, zarter weiblicher Handschrift die Widmung: »Lieber Sean, ich dachte, Du möchtest gern die Erinnerung an uns drei für Dein Album haben. Jad meint, Du siehst wie der Schriftsteller aus und er wie der Dichter. Was hältst Du davon? Herzlichen Gruß, Cassie.«

Cassie McGraw – endlich! Und Jadway – oder beinahe. Verdammt nochmal!

Barrett betrachtete wieder das Foto. Die Cathleen dieses Schnappschusses hatte nichts gemeinsam mit der nackten, sinnlichen Heldin des Romans. Aber was kann man auf einem vergilbten, alten Foto schon erkennen? Was von dem kopflosen Jadway zu sehen war, erinnerte in nichts an den verkommenen, verzweifelten Rebellen und Pornographen, als den Leroux und Pater Sarfatti ihn beschrieben hatten. Aber vielleicht war das Foto vor seinem Buch und seinem Sündenfall aufgenommen.

Diese Entdeckung war für Barrett erregend. Alle seine Gedanken waren mit Fragezeichen versehen. Wann war das Foto aufgenommen worden. Wann hatte Cassie es O'Flanagan geschenkt? Wer hatte Jadways Gesicht abgerissen? War das O'Flanagan? Oder Cassie? Oder Jadway selbst?

Barrett hatte keine Ahnung, ob der Schnappschuß von Wert sein würde, aber warum er ihn so erregte, war ihm schon klar. Seit Wochen hatte er weder Cassie McGraw noch JJ Jadway zu fassen bekommen, sie waren immer mehr zu unwirklichen Schemen geworden, zu bloßen Romanfiguren. Nun war ihre Realität durch die Entdeckung des Fotos Gott sei Dank gesichert. Sie waren Menschen mit schlagenden Herzen, fließendem Blut und nicht nur Schatten – sie waren Menschen, die zu verteidigen es sich lohnte.

Er war nicht länger der Anwalt eines Mysteriums. Aber was hatte er wirklich in der Hand? Ein Foto, das zeigte, wie Cassie McGraw als Twen ausgesehen hatte. Ein Abbild von Jadways Körper aus seinen Pariser Jahren. Ein Schriftmuster von Cassie. Ob das den weniger romantisch angehauchten Abe Zelkin auch so aufregen würde? Ob man damit Elmo Duncans Attacken entgegentreten konnte? Barrett wußte die Antwort im voraus. Trotzdem schob er das Foto nicht in die Mappe zurück, sondern legte es behutsam zur Seite.

Nun blieb von der Privatsammlung Sean O'Flanagans nur noch eine einzige Mappe übrig.

Barrett schlug sie auf. Sie trug die Bezeichnung ›Verschiedenes‹. Der Inhalt war auch sehr gemischt: Visitenkarten, Einladungen, Adreßbücher, Postkarten. Er blätterte die Sachen hastig, aber gründlich durch. Nichts von Jadway, nichts von Cassie, nichts aus Paris. Insgesamt sechs Postkarten. Barrett wollte sie schon beiseite legen, da nahm er die fünfte noch einmal in die Hand. Ein Name stand darauf, der ihm bekannt vorkam.

Es war keine Ansichtskarte, sondern eine ganz gewöhnliche Postkarte, wie man sie auf jedem Postamt erstehen kann. Die Rückseite trug eine kurze Mitteilung, mit roter Tinte geschrieben: ›Lieber Onkel Sean, morgen heirate ich. Meine neue Adresse: 215 e. Alhambra Road, Alhambra, Kalifornien. Ich bin sehr glücklich, was ich auch von Dir hoffe. Alles Liebe, Judith.‹

Judith!

Er hatte endlich das illegitime Kind der Liebe gefunden, das Cassie McGraw ihrem Freund Jadway geboren hatte. Judith Jadway oder Judith McGraw – auch wenn sie jetzt einen anderen Namen trug. Judith mußte der Schlüssel zu Jadways Vergangenheit werden – durch sie würde Barrett erfahren, was aus Cassie McGraw geworden war.

Barrett betrachtete noch einmal die Vorderseite der Postkarte. Marke und Stempel waren verwischt, aber das Datum war noch zu lesen: 1956. Rasch stellte Barrett einige überschlägige Berechnungen an. Als Jadways Tochter diese Karte aufgegeben hatte, war sie neunzehn Jahre alt und stand kurz vor ihrer Heirat. Heute mußte sie dreiunddreißig sein. Vierzehn Jahre waren vergangen, seit sie diese Adresse in Alhambra in Kalifornien angegeben hatte. Plötzlich wurde sie wieder zu einem Trugbild. In Südkalifornien leben nur die wenigsten Menschen vierzehn Jahre lang an derselben Adresse. Aber eine Möglichkeit bestand noch: Vielleicht konnte er in der Alhambra Road eine Spur aufnehmen, die ihn zu einer Zeugin führte, die alles in den Schatten stellen würde, was der Staatsanwalt bisher aufgeboten hatte oder noch aufbieten würde.

Barrett legte die kostbare Postkarte auf den Schnappschuß und schob die Mappen wieder in den Karton zurück.

Er wollte Vergil Crawford um Fotokopien beider Seiten des Schnappschusses und der Postkarte ersuchen. Er war noch nicht sicher, was er damit anfangen würde, aber als Rechtsanwalt mußte er gründlich vorgehen.

Auch der nächste Schritt stand schon fest: Er mußte auf schnellstem Wege nach

Los Angeles zurückkehren und zur Alhambra Road hinausfahren, um dort die Suche nach Jadways Tochter aufzunehmen.
Er stand auf und sah auf seine Armbanduhr. Am Spätnachmittag konnte er wieder in Los Angeles sein.
Er griff nach der Postkarte und dem Foto. Mit einem letzten Blick auf die drei Kartons sprach er der Sean O'Flanagan-Sammlung seinen Dank aus. Dann machte er sich in beinahe fröhlicher Stimmung auf die Suche nach Vergil Crawford.
Er war jetzt wieder voller Optimismus.

Wieder in Los Angeles.
Mike Barrett hatte sich nach der Landkarte des Automobil-Clubs gerichtet und in seinem Cabrio vom Flughafen bis zu seinem Bestimmungsort eine Dreiviertelstunde gebraucht. Einmal hatte er sich verfahren, einmal war er durch eine Umleitung aufgehalten worden, aber jetzt fuhr er durch die East Alhambra Road.
Er wurde immer unsicherer.
Es handelte sich um eine Straße mit alten Wohnhäusern, beschattet von gewaltigen Eichen und Palmen, und die gesuchte Adresse war das einzige Haus, das gegenüber von der Stelle lag, an der er geparkt hatte.
Er blinzelte durch sein Seitenfenster und las zum zweitenmal das Metallschild an der Wand:

215 CARMELITERINNEN DER HL. THERESA

Hinter diesem Schild erhob sich eine Kapelle mit schmalen, hohen Buntglasfenstern. Links schloß sich an die Kapelle ein rotes Backsteingebäude mit vergitterten, zellenartigen Fenstern an, über dem ein Glockenturm in viktorianischem Stil aufragte.
Barrett kannte sich überhaupt nicht mehr aus. Vor vierzehn Jahren hatte Jadways Tochter die Alhambra Road Nr. 215 als Anschrift ihres jungen Eheglücks angegeben. Nun sollte sich an dieser Adresse eine Kirche und eine Art Kloster befinden?
Barrett hatte genug von Geheimnissen. Er wollte die Lösung wissen. Rasch stieg er aus, überquerte die Straße und trat an das solide Eichentor in der eineinhalb Meter hohen Mauer. Genau gegenüber hatte er den Zugang zur Kapelle. Links führte ein asphaltierter Weg zu dem roten Backsteinbau. Barrett folgte ihm, ging um die Kapelle herum und stand vor einem hohen Torbogen.
Er läutete. Einen Augenblick später ging die Tür auf. Vor ihm stand eine junge Nonne in knöchellangem, braunem Gewand.
»Ja?« fragte sie leise.
Völlig verwirrt stammelte Barrett: »Ich – äh – ich wollte – äh – ich möchte hier jemanden besuchen. Aber das ist wohl kein Privathaus?«
»Sie müssen sich in der Anschrift geirrt haben. Hier befindet sich ein Kloster der Carmeliterinnen.«

»Nein, ich glaube schon, daß ich die richtige Adresse habe. Vielleicht stimmt nur die Zeit nicht. Wissen Sie zufällig, ob sich hier vor vierzehn Jahren noch ein Privathaus befand?«

»In den letzten vierzehn Jahren hat sich hier nichts verändert.«

»Sind Sie ganz sicher?« Aber Barrett wußte schon im voraus, wie die Antwort ausfallen würde. Ein Verdacht kam ihm. »Ich suche jemanden, der mir einmal diese Adresse hier genannt hat. Ist hier vielleicht jemand, der mir weiterhelfen könnte?«

»Vielleicht die Mutter Priorin.«

»Könnte ich sie sprechen?«

»Wenn Sie bitte warten wollen.« Sie deutete auf eine steinerne Bank in dem überdeckten Eingang. »Ich werde sie suchen.«

Barrett ging hinüber zu der Bank, holte seine Pfeife hervor und steckte sie gleich wieder ein. Dann setzte er sich. Er sah an der Säule zu seiner Rechten vorbei und bemerkte, daß das Grundstück zur Straße hin durch einen hohen Drahtzaun und eine Hecke abgegrenzt war. Dahinter lag eine grüne Rasenfläche.

Er hörte eine Tür quietschen und sah eine rundliche Frau in Nonnentracht mit raschen Schritten auf ihn zukommen. Er sprang auf.

»Ich bin Schwester Arilda«, erklärte sie. »Kann ich Ihnen helfen?«

Unter der Haube und dem Schleier entdeckte Barrett ein volles, rundes, strenges Gesicht, wächsern und alterslos, in sich ruhend und zufrieden wie bei allen Nonnen, die er bisher gesehen hatte. Diese Gesichter beunruhigten ihn immer auf unerklärliche Weise. Vielleicht war es ihre Hingabe an Gottes Werk, ihr Teilhaben an einem letzten Mysterium, die sein eigenes Wissen und sein Vorhaben klein und nebensächlich erscheinen ließen. Vielleicht war es auch etwas anders: die unnatürliche Lebensferne, eine Verlängerung der Kindheit ins Unendliche. Manche von ihnen waren vermutlich Heilige, manche vermutlich auch Sünderinnen, aber trotzdem machte ihre Gegenwart ihn immer verlegen.

Die Mutter Priorin wartete geduldig auf seine Antwort.

Barrett stellte sich vor und fuhr dann fort: »Ich arbeite als Rechtsanwalt in Los Angeles. Ich suche eine junge Dame, die ich in einer dringenden Angelegenheit sprechen müßte. Die letzte Adresse, die ich von ihr weiß, ist schon vierzehn Jahre alt – es ist diese Anschrift hier. Die Schwester sagte mir vorhin, das Kloster bestehe schon länger. Könnte sie sich vielleicht irren?«

»Sie irrt sich nicht«, antwortete die Mutter Priorin. »Die Schwestern Unserer Lieben Frau Vom Berg Carmel und das Carmeliterkloster waren auch schon vor vierzehn Jahren hier.« Sie hielt inne und fragte dann: »Die junge Dame, die Ihnen die Anschrift gegeben hat – können Sie mir mehr darüber sagen?«

»Ich fürchte, viel weiß ich auch nicht.« Barrett griff in seine Brusttasche und holte die Fotokopien der Postkarte hervor, die Jadways Tochter vor vierzehn Jahren an O'Flanagan geschickt hatte. Er faltete die beiden Bogen auseinander und überreichte sie der Mutter Priorin. »Hier sind Fotokopien beider Seiten einer Postkarte. Wie Sie sehen, hat sie diese Anschrift angegeben.«

Die Mutter Priorin nahm die Fotokopien und setzte sich auf die Steinbank. »Nehmen Sie Platz, Mr. Barrett«, sagte sie. Während er sich neben ihr niederließ, betrachtete sie die Fotokopien.

Barrett sagte: »Viel habe ich dem leider auch nicht hinzuzufügen. Wie Sie sehen, unterschreibt sie einfach mit Judith. Ich habe keine Ahnung, welchen Familiennamen sie vor vierzehn Jahren benutzte. Sie wurde in Paris als uneheliche Tochter einer gewissen Cassie McGraw und eines J J Jadway geboren. Sie kann sich also entweder Judith Jan Jadway oder Judith Jan McGraw genannt haben. Später hat ihre Mutter in den Vereinigten Staaten geheiratet, und es wäre durchaus möglich, daß Judiths Stiefvater sie adoptierte, obgleich wir auf dem Standesamt von Detroit nichts darüber finden konnten. Ich weiß also nicht, ob sie seinen Namen angenommen hat. Kurz nach Cassie McGraws Heirat fiel Judiths Stiefvater im Zweiten Weltkrieg. Was danach bis zu dem Zeitpunkt geschah, als Judith diese Postkarte aufgab, wissen wir nicht. Sie kann sich natürlich in der Adresse geirrt haben. Wenn sich hier damals schon ein Kloster befand, dann kann es doch nicht sein, daß sie am nächsten Tag heiraten und hier einziehen wollte.«

Die Mutter Priorin gab die Fotokopien zurück. Sie faltete ihre glatten Hände im Schoß und sah Barrett gelassen ins Gesicht.

»Sie hat am folgenden Tag die Ehe geschlossen, und sie hat auch die richtige Adresse genannt«, sagte die Mutter Priorin. »Sie und fünf weitere Schwestern wurden in jenem Jahr unserem Herrn Jesus Christus vermählt.«

Trotz seines vagen Verdachts war Barrett sprachlos.

»Nach einer Ausbildungszeit hat sie entsprechend den schlichten Regeln, die Albert von Jerusalem im Jahre 1207 den Einsiedlern vom Berg Carmel gab, und gemäß den Regeln der heiligen Theresa ihre Zeit als Novizin abgeschlossen und ein vorläufiges Gelübde abgelegt. Das endgültige Gelübde legte sie dann 1956 ab und wurde für alle Zeiten Gott geweiht.«

Barrett gab sich Mühe, seine Fassung wiederzugewinnen und fragte: »Soll das heißen, daß Judith sich jetzt hier im Kloster befindet?«

»Es gibt keine Judith mehr, Mr. Barrett. Nur noch eine Schwester Francesca.«

»Wie sie auch heißen mag, ich muß sie dringend sprechen. Wenigstens für einen Augenblick.«

Die Mutter Priorin tastete nach dem Skapular über ihrem Gewand und sah einem Schwarm Spatzen zu, die sich auf dem Rasen tummelten. Erst nach einer ganzen Weile sprach sie wieder. »Eine Schwester, die das Gelübde dieses Ordens ablegt und eine Karmeliterin wird, hat sich ganz Gott verschrieben. Im Geiste der heiligen Theresa führt sie von da an ein Leben der Betrachtung, strebt die Verbindung mit dem Ewigen an, umarmt die gesamte Welt durch ihr Apostolat von Beten und Büßen. Erst die Nähe Gottes läßt ihre Gebete machtvoll werden. Um eine wahre Mitstreiterin am Erlösungswerk Christi zu werden, muß eine Karmeliterin der Welt draußen ganz entsagen. In ihrer Kutte und barfuß verbringt sie ihre Tage mit Fasten und Beten, mit der Arbeit ihrer Hände, mit geist-

lichen Lesungen und ihrem Brevier in lateinischer Sprache. Wer einmal so geweiht wurde, gerät nicht mehr in Versuchung – und darf es auch nicht mehr –, sich mit den weltlichen Dingen zu beschäftigen, die Sie für so wichtig erachten. Es tut mir leid, Mr. Barrett.«
»Aber ich will doch von ihr nur etwas über ihren Vater und vielleicht über den Verbleib ihrer Mutter erfahren, falls diese noch am Leben ist. Können denn nicht in besonderen Fällen Ausnahmen gemacht werden?«
»Es gibt Ausnahmen, aber darüber kann ich nicht entscheiden. Sie müßten ein Gesuch an Kardinal MacManus richten, den Erzbischof der Diözese Los Angeles. Ich bezweifle aber, daß Sie bei Seiner Eminenz Erfolg haben würden.«
»Darf ich fragen, warum Sie das bezweifeln?«
Er glaubte hinter dem Schleier ein kühles Lächeln zu entdecken. »Mr. Barrett, dies hier ist ein geschlossener Orden, aber in meiner Eigenschaft als Leiterin des Klosters komme ich mit der Welt draußen häufiger in Berührung als die anderen Schwestern. Ich muß ebenso gut unterrichtet sein wie die Schwestern unseres Dritten Ordens, die im Missionshaus wohnen und zur Sozialarbeit hinausgehen. Ich verfolge die weltlichen Ereignisse. Ich hatte zuweilen Anlaß, mich des *Index Librorum Prohibitorum* zu bedienen. Ich bin über Pater Sarfattis Aussage vor Gericht unterrichtet. Mir ist der Name Jadway bekannt, übrigens auch Ihr Name, Mr. Barrett. In Anbetracht dieser Umstände bezweifle ich sehr, ob man in Ihrem Fall eine Ausnahme machen würde. Ich bezweifle es wirklich, Mr. Barrett.«
Barrett lächelte. »Ja, ich bezweifle es auch.« Er erhob sich. »Ich danke Ihnen.«
Sie stand auf. »Viel Glück kann ich Ihnen nicht wünschen. Ich kann nur beten, daß Sie Gottes Pfad finden mögen.«
Er zögerte. »Weiß Judith – Schwester Francesca – etwas von dem Prozeß?«
»Sie durchleidet ihren eigenen Prozeß«, antwortete die Mutter Oberin vielsagend. »Ihr geht es nur um die Einswerdung mit dem Göttlichen. Guten Tag, Mr. Barrett.«
Er ging langsam zur Straße zurück. Als er sich umblickte, war die Oberin schon wieder im Kloster verschwunden. Drüben an der Straße sah er an einem Nebeneingang drei Schwestern, die Kartons ins Haus trugen. Er blieb stehen und sah ihnen zu.
War vielleicht eine von ihnen die Tochter Jadways und Cassie McGraws?
Dann verließ er mit raschen Schritten dieses Haus Gottes und der Schwestern, die sich dem Göttlichen verschrieben hatten. Er betrat wieder die rauhe Welt draußen, in der die meisten Menschen keine Zeit haben, sich um den Himmel zu kümmern, weil sie gegen die Hölle auf Erden ringen müssen.

Mike Barrett aß eine Kleinigkeit im Vincente Food Market und kehrte in seine Wohnung zurück. Mit dem letzten Sandwich in der Hand klemmte er sich den Telefonhörer zwischen Ohr und Schulter und versuchte Abe Zelkin zu erreichen.
Im Büro meldete sich niemand. Er hinterließ beim Auftragsdienst eine Mittei-

lung für Zelkin, daß er ihn anrufen sollte, sobald er sich wieder meldete. Dann versuchte er es mit der Privatnummer und erfuhr vom Babysitter, daß Mr. Zelkin seine Frau und seinen Sohn irgendwohin gefahren habe. Auch dort hinterließ Barrett die Bitte um Rückruf.
Barrett blieb zu Hause und konzentrierte sich auf die Niederschrift, die Donna nach den Bandaufnahmen von seinen und Zelkins vorbereitenden Gesprächen mit den verschiedenen Zeugen angefertigt hatte. Die Zeit verging im Fluge. Es war schon Viertel nach neun abends, als das Telefon läutete.
Endlich Abe Zelkin.
»Wo hast du denn gesteckt, Abe?« fragte Barrett. »Ich bin neugierig, was gestern in der Verhandlung passiert ist. Die Zeitungen scheinen vieles von den Aussagen zu verschleiern.«
»Weil das nichts für das Familienprogramm ist. Aber wichtiger ist jetzt, was du erreicht hast, Mike. Wahrscheinlich nicht viel, sonst hättest du von dir hören lassen.«
»Nicht viel, stimmt.«
»Wenn du jetzt Zeit hast, können wir das alles nachholen. Ich mußte meine Frau und meinen Jungen zur Griffith-Sternwarte fahren. Danach habe ich mit Leo gegessen und das neu hinzugekommene Material durchgesprochen. Dabei müssen wir die Uhr vergessen haben. Aber hier bin ich. In einer halben Stunde muß ich Frau und Kind abholen – so lange dauert die Fahrt. Wie wär's, wenn ich dich vorher abhole, dann können wir uns unterwegs unterhalten? Leo und ich sind ganz in der Nähe. Wir können uns gegenseitig aufs laufende bringen.«
»Ich warte unten.«
Eine halbe Stunde später fuhren sie die Serpentinen zum Mount Wilson hinauf. Zelkin saß am Steuer seines Kombiwagens, Barrett neben ihm, Kimura auf dem Rücksitz. Durch die Windschutzscheibe erkannte Barrett schon die Kuppeln der Sternwarte und des Planetariums.
Barrett hatte über seine Erlebnisse mit Dr. Hiram Eberhart und Sean O'Flanagan in New York, mit Vergil Crawford in Parktown und mit der Mutter Priorin vom Karmeliterinnenkloster in Alhambra berichtet. Abschließend sagte er: »Eine endlose Reise und große Hoffnungen – und was hab' ich erreicht? Fotokopien von einem lausigen Schnappschuß und einer Postkarte, nichts mehr. Dafür bin ich jetzt Experte für Dichtkunst, abwegige Privatsammlungen und Nonnen. Aber über Jadway, Cassie, Judith und Anachronismen weiß ich nichts. Mir sind die Ideen ausgegangen. Ich bin mit meinem Latein am Ende. Die einzige, die uns jetzt noch weiterhelfen könnte, wäre Cassie McGraw, und die liegt wahrscheinlich sechs Fuß tief unter der Erde. Und wenn nicht – wo in drei Teufels Namen steckt sie? Bis heute nachmittag hatte ich noch Hoffnung, aber jetzt nicht mehr.«
Kimura regte sich hinter ihm. »Hoffnung ist nicht alles. Vielleicht sollten wir das englische Sprichwort nicht vergessen: Wer von der Hoffnung lebt, wird eines Tages verhungern. Vielleicht haben wir genug, ohne auf etwas Neues hoffen zu müssen.«

»Klar«, sagte Zelkin. »Wir müssen uns mit dem abfinden, was wir in der Hand haben. Aber da wären wir. Die Griffith-Sternwarte. Übrigens kein Verwandter von Frank.« Er parkte den Kombiwagen. »Die Vorführung im Planetarium dürfte noch nicht vorbei sein. Warst du schon einmal drin? Verrückt. Die Innenseite der Kuppel ist die Leinwand. Als ich mir das einmal ansah, haben sie den Stern von Bethlehem so auf den Himmel projiziert, wie er ausgesehen haben muß, als ihm die drei Weisen aus dem Morgenland folgten.«
»Und die drei Weisen in diesem Wagen?« fragte Barrett.
»Nach welchem Stern können wir uns richten?«
»Sieht fast so aus, als hätte Elmo Duncan den Markt für Stars und Sterne geplündert«, sagte Zelkin. »Gestern hat er sich hauptsächlich damit beschäftigt, für seinen zweiten Star den Weg zu bereiten.«
»Ich warte schon die ganze Zeit darauf, daß du mir endlich erzählst, was gestern geschehen ist«, sagte Barrett.
»Und ich warte darauf, es dir erzählen zu können«, erwiderte Zelkin. »Aber du hörst ja nicht auf zu reden.«
Plötzlich mußte Barrett grinsen. »Hast recht, Abe. Schieß los.«
»Warte, erst mal meine Notizen«, brummte Zelkin. Als er sie gefunden hatte, überflog er sie rasch. »Wie die Zeitungen schon berichteten: Keine Spitzenleistungen. Hauptsächlich Vorbereitung. Duncan hat zwei weitere Literaturexperten vorgestellt, einen Professor Dr. Dean Woodcourt aus Colorado und den Buchkritiker Ted Taylor. Sie erklärten das Buch für obszön und verdammten es, weil es die niederen Instinkte anspricht. Ich konnte nicht viel dagegen tun. Es war eben ihre Meinung. Ich habe ihre Autorität und Unbefangenheit in Zweifel gezogen, aber ich glaube kaum, daß ich bei den Geschworenen viel Eindruck damit gemacht habe. In einer Richtung hat Duncan wirklich Pluspunkte gesammelt, und darüber haben die Zeitungen nicht berichtet: Als er aus seinem Zeugen Ted Taylor Fälle herausfragte, in denen bestimmte Bücher tatsächlich einzelne Personen zu Gewalttaten verleitet haben sollen. Alles nur Vorbereitung für ...«
»Welche konkreten Beispiele hat der Zeuge denn angeführt?« fragte Barrett dazwischen.
Zelkin hielt seine Notizen unter die Beleuchtung am Armaturenbrett und blinzelte. »Zwei Beispiele von sogenannten Pornographen. Der erste davon war die alte römische Klatschbase Suetonius mit seinem Buch *Das Leben der zwölf Caesaren.* Paradebeispiele: Kaiserin Valeria Messalina fordert die Zunft der Prostituierten in Rom heraus: Sie sollten eine Frau ausfindig machen, die in einer einzigen Nacht so viele Liebhaber zufriedenstellen könnte wie sie selbst. Herausforderung angenommen. Wettbewerb fand statt. Messalina gewann. Sie hatte innerhalb von vierundzwanzig Stunden Verkehr mit fünfundzwanzig Männern. Und der böse Einfluß von Suetonius' Buch? Der Zeuge behauptete, es hätte Gilles de Rais verdorben. Schon einmal von ihm gehört?«
»Der Original-Blaubart.«
»Richtig. Ein Mann von ausgezeichnetem Ruf. Wohlhabender Marschall von

Frankreich, der an der Seite von Jeanne d'Arc kämpfte. 1440 wurde Rais angeklagt, mit fünfzig oder noch mehr Jungen und Mädchen Unzucht getrieben und sie anschließend ermordet zu haben. Bei der Verhandlung behauptete Gilles de Rais, er hätte Suetonius gelesen und sei von ihm verdorben worden. Sehr eindrucksvoll. Was konnte ich im Kreuzverhör schon vorbringen? Daß Gilles de Rais höchstwahrscheinlich weder Unzucht begangen noch jemanden ermordet hatte, sondern aller Wahrscheinlichkeit nach, wie die modernen Historiker übereinstimmend erklären, einer Intrige des Klerus zum Opfer fiel, der seinen ansehnlichen Besitz kassieren wollte? Ich fürchte, das hat mir die Jury nicht abgekauft. Dann befragte Duncan den Zeugen über Marquis de Sade.«

Barrett stöhnte. »Darauf hab' ich nur gewartet!«

»Duncan ließ den Zeugen ein paar Daten aus de Sades Leben aufzählen: Angesehene Familie. Kavallerieoffizier. Verheiratet. Dann die Sache, wo de Sade eine sechsunddreißigjährige Frau in seine Wohnung lockte, sie auf seinem Bett festband, auspeitschte, mit einem Messer bearbeitete und anschließend ihre Wunden mit heißem Wachs ausgoß. Dann sein Sturz in Marseilles, wie er sich mit vier Huren traf und Pralinen verteilte, die mit einer Überdosis eines Aphrodisiakums gefüllt waren; die Mädchen drehten durch, und es wurde eine profane Orgie daraus. 1772 wurde der Marquis verurteilt. Er verbrachte zwölf Jahre im Gefängnis und endete in einer Irrenanstalt. Dazwischen schrieb er jedoch seine Enzyklopädie sexueller Perversionen, und zwar aufgrund eigener Erfahrung: *Justine, Die 120 Tage von Sodom, Verbrechen der Liebe* und so weiter. Der Zeuge behauptete, diese Bücher und ihr Verfasser seien für zahlreiche Gewaltverbrechen verantwortlich, die nach seinem Beispiel verübt wurden. Beispiel! So diese jugendlichen Ungeheuer, die mindestens zwei unschuldige Kinder ermordeten – der Fall Moors. Bei der Verhandlung erklärten die Angeklagten, sie hätten unter dem Einfluß des Marquis de Sade gestanden. Ich habe im Kreuzverhör versucht, Taylor zu dem Zugeständnis zu bewegen, daß neben de Sade noch andere Einflüsse zu diesen Morden geführt haben könnten und daß die Morde auch dann passiert wären, wenn es keinen Sade gegeben hätte, aber davon wollte der Zeuge nichts wissen, und ich fürchte, die Geschworenen auch nicht.«

»Schlimm.«

Zelkin legte seine Notizen beiseite. »Nach der Mittagspause bereitete Duncan erst richtig die Szene für seinen nächsten Zeugen vor. Du hast vermutlich gelesen, daß er nacheinander die beiden Polizisten vorführte, die Darlene Nelson nach dem Vergehen an Sheri Moore in die Wohnung rief. Sie sagten über das aus, was sie vorfanden. Sheris Zustand, ihre Ohnmacht und Darlene Nelsons Erklärung, Sheri habe ihr gesagt, sie sei vergewaltigt worden. Dann berichtete der Gerichtsarzt über die Untersuchung, die er kurz danach an Sheri Moore vornahm. Einzelheiten ihrer Kopfverletzungen. Einzelheiten der Untersuchungen des Innern ihrer Vagina. Beweis für noch lebende Spermatozoen – also der Beweis für einen erst kürzlich stattgefundenen Verkehr. So etwas rüttelt die Geschworenen immer auf.«

»Und du, Abe, hast du nichts gegen diese Gruselgeschichte unternommen?«
»Gleich am Anfang hatten Duncan und ich einen heftigen Wortwechsel vorn bei Richter Upshaw. Ich erklärte, die Vergewaltigung des Mädchens hätte nichts mit dem Prozeß zu tun. Duncan hielt dagegen, die Aussagen der Polizeibeamten seien die Grundlage für das Auftreten seines nächsten Zeugen Jerry Griffith und sowohl wesentlich als auch einschlägig, weil dieser Jerry Griffith durch die Lektüre des Jadway-Romans zu dieser Gewalttat verleitet worden sei – gegen seinen Willen. Ich habe protestiert, bis mir die Luft ausging. Einspruch abgelehnt. Aber er steht wenigstens im Protokoll, falls wir später in die Berufung gehen. Vorläufig ist das Buch allerdings an der Vergewaltigung schuld, Mike, und wir können nichts dagegen unternehmen. Dann kam noch ein unangenehmer Zeuge.«
»Mr. Howard Moore«, sagte Kimura. »Sheris Vater.«
»War das erheblich?«
»Einspruch abgewiesen«, sagte Zelkin. »Auch Moore gehörte mit zur Vorbereitung, also war seine Aussage wesentlich. Seine Tochter war die Reinheit und Unschuld in Person. Eine vestalische Jungfrau. Bis das gottverdammte Buch via Jerry Griffith sie befleckte und ruinierte. Glaub mir, ich hab' den Mann im Kreuzverhör mit Samthandschuhen angefaßt. Erstens fürchtete ich, daß er mir eine langen würde, wie dir vor dem Krankenhaus, zweitens war er der Vater des Mädchens, das noch immer im Koma liegt, und die Jury hätte mich gelyncht, wenn ich ihn hart angefaßt hätte. Also habe ich nur versucht, in aller Sympathie das, was seiner Tochter zugestoßen ist, von Jadways Buch zu trennen. Dabei wurde ich mit Einsprüchen bombardiert. Nach zehn Minuten zog ich den Schwanz ein und mich zurück hinter unseren Tisch. Bin froh, daß du wieder hier bist, Mike. Am Montag kannst du den Satan spielen. Da fällt mir gerade ein, daß ich mich mit meinen beiden Lieben drin am Foucault-Pendel treffen wollte. Komm mit, Mike, Leo und ich haben dir noch mehr zu erzählen.«
Sie stiegen aus und gingen gemeinsam auf den Eingang der Sternwarte zu.
»Darf dein Junge denn so lange aufbleiben?« fragte Barrett.
»Ach, ist doch Freitagabend, und morgen ist keine Schule. Außerdem ist er ein begeisterter Sterngucker, und Sarah macht's ihm bald nach. Sie sind mindestens schon ein dutzendmal hier oben gewesen. Sie beklagt sich, daß sie mich so selten zu sehen bekommt, da will sie wenigstens zusammen mit dem Jungen einige Abwechslung haben.«
Sie betraten das Observatorium und gelangten an eine gewaltige Grube; über einem Abbild der Erde schwang ein gewaltiges Pendel langsam hin und her. Vom Rande der Grube aus versuchten die drei, die Eigenbewegung der Erde auszumachen. Barrett war wie hypnotisiert, bis ihn Zelkin am Ärmel zupfte.
»Bevor Weib und Kind auftauchen«, sagte er, »solltest du dir anhören, was Leo und ich beim Essen besprochen haben. Wir wissen definitiv, was Duncan für Montag vorhat. Er wollte eigentlich mit Darlene Nelson beginnen, aber nun liegt Darlene im gleichen Krankenhaus wie Sheri. Blinddarmdurchbruch. Es ist alles gutgegangen, aber im Augenblick kann sie Gott sei Dank nicht vor Gericht er-

scheinen. Der Staatsanwalt wird also mit Dr. Roger Trimble beginnen, dem früheren Präsidenten des amerikanischen Psychiaterverbandes. Leo hat einiges von Trimbles Arbeiten gelesen. Er gehört zur selben Schule wie Dr. Fredric Wertham und glaubt, daß Bücher, Comicstrips, Magazine und Filme ein Klima der Gewalttätigkeit schaffen und zur Jugendkriminalität beitragen. Das ist also Duncans Ouverture. Dr. Trimble behandelt Jerry seit der Vergewaltigung und wird bekunden, daß der wichtigste auslösende Faktor der Roman *Die sieben Minuten* war. Dann, nach dieser Einleitung, hebt sich der Vorhang für Jerry Griffith selbst. Duncan wird Jerry am Montagmorgen in den Zeugenstand rufen.«

»Weißt du das sicher?«

»Ja. Darüber haben Leo und ich die Köpfe zusammengesteckt, bevor wir dich abholten. Vielleicht kommt nun unsere letzte große Chance, den Fall doch noch herauszureißen. Wir müssen unbedingt Duncans zweiten Kronzeugen fertigmachen. Bei Christian Leroux ist es uns nicht gelungen. Bei Jerry dürfen wir nicht wieder versagen. Es liegt an dir, Mike. Du mußt den Jungen auseinandernehmen, bis ihn kein Mensch mehr mit dem Buch in Verbindung bringt.«

Barrett runzelte die Stirn. »Womit soll ich ihn denn auseinandernehmen? Mit einer Axt? Ich habe doch keine Beweise in der Hand, mit denen ich ihn widerlegen könnte.«

»Du nicht, aber wir. Während deiner Abwesenheit haben wir ein gewaltiges Beweisstück an Land gezogen, das du benutzen kannst, und zwar erst heute nachmittag. Erinnerst du dich, daß wir eine Detektei beauftragt haben, sich die Familie Griffith einmal näher anzusehen?«

»Die hatte ich schon abgeschrieben. Sollten diese Leute am Ende doch etwas gefunden haben?«

»Gottes Mühlen mahlen langsam, aber fein.« Zelkin griff hinter sich, ließ sich von Kimura einen Briefumschlag geben und reichte ihn an Barrett weiter. »Hier hast du eine Kopie vom Bericht der Detektei. Hier etwas und da etwas, aber ein dicker Hund ist dabei. Es reicht jedenfalls, den Star der Anklage zu Staub zu zermahlen. Genau das müssen wir machen, Mike. Wir müssen rücksichtslos vorgehen. Noch einmal: Es ist unsere letzte Chance, etwas zu erreichen.« Barrett wollte den Umschlag aufreißen, aber Zelkin legte ihm die Hand auf den Arm. »Nicht jetzt, Mike. Du hast heute nacht und den ganzen morgigen Tag Zeit, das zu lesen und dir zu überlegen, wie du das Material einsetzen kannst.«

»Worum geht es denn, Abe?«

»Im wesentlichen läuft es auf ein explosives Detail hinaus. Ein halbes Jahr bevor Jerry zum erstenmal von dem Roman *Die sieben Minuten* gehört hatte, wurde er heimlich zu einem Arzt nach San Francisco gebracht. Was für ein Arzt? Ein Psychoanalytiker. Und warum? Weil er kurz zuvor einen Selbstmordversuch unternommen hatte. Hast du das gehört? Er wollte sich das Leben nehmen. Wie die Agentur dahintergekommen ist? Sie stellte fest, daß Jerry längere Zeit bei den Vorlesungen fehlte. Wegen Krankheit. Nervenzusammenbruch, behauptete eine Quelle, die ungenannt bleiben möchte. Dieser Zusammenbruch veranlaßte

Jerry, eine Überdosis Schlaftabletten einzunehmen. Deshalb wurde er zu einem Psychiater in Behandlung gegeben.«

»Wer hat ihn hingebracht?«

»Seine Cousine. Seit kurzem deine ständige Begleiterin, Maggie Russell. Sollte sie dir gegenüber nie auch nur etwas angedeutet haben?«

»Das würde ich nicht von ihr erwarten, Abe.«

»Nein, da hast du recht. Aber ist das nicht für den Anfang schon ganz schön? Der Junge war seelisch unausgeglichen, schon lange bevor er das Buch las. Es müssen demnach noch andere Faktoren zu seiner Gewalttat geführt haben.«

»Stimmt.«

»Jerry neigt zu Selbstmordversuchen. Tolle Entdeckung, wie?«

»Eigentlich nicht neu«, entgegnete Barrett. »Von seinem ersten Versuch wußte ich zwar nichts, aber mir war völlig klar, daß er zur Selbstaufgabe neigte.«

»Dir war das klar?« fragte Zelkin überrascht. »Woher hast du das gewußt?«

»Maggie Russell hat mich darauf hingewiesen. Der Junge redet ihr gegenüber ständig davon, daß er Schluß machen will. Und bevor ich es von ihr wußte, habe ich es mit eigenen Augen gesehen. Ich war dabei, als Jerry den zweiten Selbstmordversuch unternahm. Ich habe sogar geholfen, ihn zu retten. Dadurch sind Maggie und ich erst zusammengekommen.«

Zelkin und Kimura waren wie vor den Kopf gestoßen. »Er hat einen zweiten Selbstmordversuch unternommen? Und du warst dabei?« fragte Zelkin fassungslos. »Was soll das heißen?«

Rasch berichtete Barrett den beiden, was sich in der ›Underground Railroad‹ und danach auf dem Parkplatz zugetragen hatte.

Er merkte, daß Zelkin noch immer außer sich war.

»Mike, warum hast du uns das verschwiegen?« fragte er bedächtig.

»Ja – warum?« Barrett überlegte seine Antwort. »Wahrscheinlich, weil ich mir sagte, daß es sich dabei um eine private Angelegenheit handelte, die nichts mit dem Prozeß zu tun hatte. Weil ich mir sagte, daß ich den Jungen noch mehr in Mißkredit bringen würde, wenn ich es dir und Leo sagte. Ich war der Meinung, daß eine solche Enthüllung uns und unserem Fall nur geschadet hätte. Dieser zweite Selbstmordversuch, den ich zufällig entdeckte, geschah schließlich, nachdem der Junge *Die sieben Minuten* gelesen hatte. Duncan hätte behaupten können, Jadway hätte ihn dazu verleitet, und die Geschworenen hätten es vermutlich sogar geglaubt.«

Damit gab sich Zelkin zufrieden. »Einverstanden – was den zweiten Versuch betrifft.« Er klopfte an den Umschlag in Barretts Hand. »Aber dieser erste Selbstmordversuch passierte, *bevor* er das Buch gelesen hatte. Daher ist er Dynamit. Er wird die Aussage des Zeugen untergraben und Duncans Beweiskette ins Schwanken bringen. Meinst du nicht auch?«

»Da bin ich nicht so sicher.« Barrett biß sich auf die Lippen. »Ja, es würde wohl den endgültigen Trennstrich zwischen dem Jungen und dem Buch bedeuten. Aber zu welchem Preis, Abe! Wir würden den Jungen ruinieren.«

»Sieh mal, Mike, mir tut der Junge ebenso leid wie dir, und ich habe durchaus auch ein Herz für die Jugend und ihre Probleme. Nur sind wir im Krieg, Mike. Da geht es nicht ohne Wunden ab. Bildlich gesprochen, kann unser Zeuge seine Beine verlieren, oder wir könnten unser Leben einbüßen. Wir müssen ein paar von Duncans Leuten umlegen, ehe sie uns massakrieren. Jerrys Aussage am Montag kann der letzte Nagel für unseren Sarg sein. Und weißt du, Mike, wer in dem Sarg liegt? Nicht nur wir beide, nicht nur Sanford und Fremont. Die Freiheit soll darin begraben werden, Mike. Glaub mir, das ist keine Übertreibung. Wir dürfen nicht zulassen, daß der Junge den Deckel endgültig zunagelt. Vorher müssen wir ihn festnageln. Wir sind Rechtsanwälte, Mike. Wir haben eine Verpflichtung gegenüber unserem Klienten. Und gegenüber der Wahrheit.«
Barrett seufzte. »Vermutlich hast du recht.«
»Ich weiß, daß ich recht habe«, sagte Zelkin mit Nachdruck. »Wenn wir mit zugkräftigen Zeugen reich gesegnet wären, wenn wir Cassie und Jadway auftreten lassen könnten, wenn Judith über die Klostermauer kletterte, um uns zu helfen, wenn uns Leroux und Mrs. Vogler nicht sitzengelassen hätten und wenn auch Sean O'Flanagan mitspielen würde – dann, Mike, dann würde ich auch sagen, zum Teufel mit dem Kreuzverhör, warum sollen wir ihn auseinandernehmen, er ist ein armes Kind reicher Leute und muß mit liebevollem Sanftmut angefaßt werden. Ich würde sagen, leben und leben lassen. Aber es ist nun einmal anders. Duncan hat die Zeugen auf seiner Seite, und wir sind arme Schlukker. Wenn wir wirklich etwas in der Hand halten, dann müssen wir es auch einsetzen, koste es, was es wolle.«
Barrett lächelte Zelkin, so schwer es ihm auch fiel, aufmunternd zu. »Okay, Kollege. Ich sehe mir dieses Gift morgen an. Aber da kommen deine bessere Hälfte und der junge Mann. Vielleicht können die uns etwas über Leben und Tod eines Sterns am Himmel erzählen.«

Später, auf der Rückfahrt nach West Los Angeles, mußte Barrett immer wieder an Maggie Russell denken.
Aber erst viel später – es war schon lange nach Mitternacht – hörte er ihre Stimme, als er schon müde im Bett lag und noch zu lesen versuchte.
Um diese Stunde ließ ihn das Läuten des Telefons zusammenfahren.
»Mike, habe ich Sie aufgeweckt?« Maggie Russells Stimme klang gedämpft.
»Nein.«
»Ich habe schon gestern abend versucht, Sie zu erreichen. Aber es hat sich niemand gemeldet.«
»Ich war verreist. Mußte ein paar Spuren nachgehen.« Er hielt inne. »Weshalb rufen Sie mich an? Ist etwas passiert?«
»Eigentlich nicht. Ich wollte nur – aber das hat Zeit. Ich sterbe vor Neugier. Haben Sie etwas Neues herausgefunden?«
»Schon möglich. Ich dachte es zumindest. Ich zog aus wie Napoleon gegen Rußland. Und ich kam genauso nach Hause wie er. Erledigt, geschlagen und mit

leeren Händen. Maggie, ich habe mit Gott und der Welt gesprochen. Und was glauben Sie, wo ich schließlich gelandet bin? In einem Nonnenkloster!«
»In einem Kloster?«
»Ich werde es Ihnen gelegentlich erzählen. Aber nun sagen Sie ...«
»Mike, spannen Sie mich nicht auf die Folter. Ich kann angefangene Geschichten nicht ausstehen.«
»Wie Sie wollen.« Mit knappen Worten erzählte er ihr, wie er über Dr. Eberhart zu Sean O'Flanagan gelangt war und von dort in die Privatsammlung des Parktown College, und wie von dort aus eine Spur zu Judith führte, Cassie McGraws Tochter. Und Jadways Tochter. Aber diese Judith, so schloß er, gehöre nun einem Orden an und sei für ihn nicht mehr erreichbar.
»Eine Nonne, Mike? Sie ist eine richtige Nonne geworden?« fragte Maggie fast ehrfürchtig.
»Völlig. Nur noch Gotteswerk. Das bringt nicht viel ein, aber man hat so manche Vergünstigungen. Und wie geht es Ihnen? Weshalb wollten Sie mich gestern anrufen? Und warum flüstern Sie?«
»Ich möchte nicht, daß mir jemand zuhört. Mike, ich kann jetzt nicht viel sagen, aber ich muß Sie sehen. Deshalb habe ich angerufen.«
»Wann Sie wollen.«
»Ich kann erst morgen abend weg. Geht das?«
»Natürlich. Zum Essen?«
»Gut. Würde Ihnen halb neun vor dem Westwood Village Theatre passen?«
»Ich hole Sie dort pünktlich um halb neun ab.«
Ihre Stimme wurde noch leiser. »Wir sollten nachher an einen abgelegenen Ort fahren. Vielleicht an einen Strand.«
»Meinetwegen auch an einen Strand.« Er war neugierig geworden. »Maggie, können Sie jetzt wirklich nicht darüber reden?«
»Morgen, Mike. Morgen abend.«
»Ich freue mich schon darauf.«
Aber als er dann aufgelegt hatte, wußte er, daß er sich gar nicht darauf freute. Jetzt nicht. Nicht nach der Unterhaltung mit Abe Zelkin. Ihm fiel wieder ein, was er am Montag tun mußte, und er kam sich vor wie Judas vor dem Abendmahl. Es würde das letzte Abendmahl mit Maggie werden, bevor er das verraten mußte, was sie liebte. Danach würde es für ihn keine Maggie mehr geben.
Dann stellte er zu seinem Erstaunen fest, daß er etwas töten mußte, das auch er liebte. Jetzt sah er es ganz klar. Er hatte sich verliebt. Und in wen? Ausgerechnet in sein nächstes Opfer.
Das Leben kann einem schon verteufelt mitspielen.

Samstagabend.
Chez Jay war ein abgelegenes Restaurant am Strand, an der Ocean Avenue in Santa Monica. Wenn man nicht genau hinsah, konnte man glatt daran vorbeifahren. Falls man es nicht hörte.

Chez Jay gehörte zu einer bestimmten Sorte von Lokalen. Klein wie eine Puppenstube. Heimelig, schummrig, überfüllt. Überall laute Musik. Leute, die sich in Zweierreihen an der Bar drängten. Tische in Nischen, mit brennenden Wachskerzen darauf. Sägemehl. Erdnüsse. Schalen, die man einfach auf den Boden werfen konnte. Hervorragende Küche. Berühmte Leute. Überall Mädchen auf dem Weg nach oben. Und relative Ruhe, falls man die große Nische ganz hinten erwischte.

Mike Barrett und Maggie Russell hatten die große Nische ganz hinten bekommen.

Als sie zu ihrem Tisch geführt wurden, sagte Barrett zu Maggie: »Sie wollten ein ruhiges, abgelegenes Lokal haben. Ich glaube kaum, daß sich jemand aus der Clique Griffith–Yerkes hierher verirren wird.«

»Das war nicht der Grund, weshalb ich ein abgelegenes Lokal wollte«, sagte Maggie. Sie nahmen Platz und bestellten etwas zu trinken, dann fuhr sie fort: »Ich wollte einfach irgendwo mit Ihnen allein sein.«

Sie war schön. Er hätte gern die Lider ihrer graugrünen Augen geküßt, auch ihre roten Lippen, den tiefen Einschnitt zwischen ihren Brüsten und so weiter.

»Ich bin froh darüber«, sagte er.

»Außerdem weiß Onkel Frank, daß ich mich mit Ihnen getroffen habe. Nachdem uns dieser Irwin Blair in der Scala gesehen hatte, muß er es brühwarm Luther Yerkes berichtet haben, und der hat es sofort an Onkel Frank weitergegeben. Am nächsten Morgen kam Onkel Frank ganz beiläufig darauf zu sprechen. Er wollte wissen, wo wir uns kennengelernt hätten. Natürlich konnte ich ihm nicht erzählen, was Jerry versucht hatte, wie Sie ihn gerettet haben und so weiter. Ich antwortete schlicht und einfach, Faye Osborn hätte uns bei einem Vortrag miteinander bekannt gemacht, was ja auch stimmt. Seine einzige Sorge war, Sie könnten versuchen, mich auszuhorchen. Ich versicherte ihm, das sei nicht der Fall. Ich sagte, Sie seien nur auf mich hereingefallen, weil ich so sexy bin.« Sie lächelte schüchtern. »Das war nicht ernst gemeint.«

»Aber ich meine es ernst«, sagte Barrett. »Ich habe mich tatsächlich in Sie verliebt. Und Sie sind sexy. Neben vielem anderen, was ich ebenso anziehend finde.«

»Mike, ich wollte nicht auf den Busch klopfen. Andererseits möchte ich eines Tages doch einmal etwas über diese anderen Dinge hören.«

Barrett dachte an das, was ihm am Montag bevorstand und sagte ohne rechte Überzeugung: »Gut. Eines Tages. Schon bald.«

»Aber zurück zum lieben Onkel Griffith. Er meinte, er wollte sich nicht in mein Privatleben einmischen, und es sei ihm auch einerlei, mit wem ich mich träfe, so lange ich Diskretion übe. Das war so gar nicht seine Art und so durchsichtig. Ich konnte mir gut vorstellen, wie er zusammen mit Duncan und Yerkes beraten hatte, wie man das Problem Mike–Maggie am besten anpacken sollte. Dazu Underwood mit seinen Computern. Das Ergebnis: Am besten nutzte man Maggie aus, indem man zuließ, daß sie Mike ausnutzte. So muß es gewesen sein, denn in den letzten Tagen hat mich Onkel Frank immer wieder gefragt, ob ich

Sie getroffen hätte. Einmal erkundigte er sich sogar, worüber wir uns unterhalten hätten, und was Sie vom derzeitigen Stand des Prozesses hielten. Sie müssen auf der Hut sein, Mike. Vielleicht nutze ich Sie nur aus ...«
»Von Ihnen lasse ich mich gern ausnutzen.«
»Und zwar für die Mächte des Bösen. Und sie sind böse. Am schlimmsten ist Onkel Frank. Davon bin ich jetzt fest überzeugt.« Sie brach ab. »Ich will jetzt nicht davon sprechen, sonst schmeckt mir nichts mehr.«
Die bestellten Getränke kamen, ein Gibson für sie, ein Scotch für ihn. Sie hoben die Gläser und tranken einander zu.
Inzwischen war der Besitzer des Lokals, ein Bekannter von Barrett, auf den Gedanken verfallen, sich einen kleinen Spaß mit Barrett zu leisten. Er hatte eine Platte von Tom Lehrer aufgelegt. Ein Song mit dem Titel »Schmutz« röhrte aus den Lautsprechern:

Ich will
Ein Buch wie »Fanny Hill«,
Das find' ich einfach schau-
Und sehr erbau-lich.
Wer braucht schon ein Hobby wie Philatelie?
Mein Hobby heißt Lady Chatterley!
Das alles will man uns jetzt nehmen,
Die sollten sich was schämen!
Drum kämpfen wir Hand in Hand
Für Pressefreiheit im ganzen Land.
Wir wollen Schmutz und Schund
Abenteuer, Schweinehund.
Bei mir wird man das alles los,
Ich lese Schundromane bloß,
Hipp-hipp-hurrah!
Soll das Gericht sich schämen,
Wir lassen's uns nicht nehmen!

Maggie und Barrett lachten und tranken weiter.
Dann folgten mehr als zwei Stunden, drei weitere Drinks, Salate, eine Flasche Wein, ein herrliches Stroganoff, eine Scheibe Käsekuchen, ein vertrauensvoller Austausch von Biographien; sie waren einander näher als je zuvor. Sie saßen dicht nebeneinander, ihre Hüften berührten sich, ihre Hand streifte die seine, beide waren sehr still und nachdenklich geworden.
Plötzlich seufzte sie, ließ seine Hand los und rückte von ihm ab. Er sah sie an. Sie saß steif aufgerichtet da, voll innerer Spannung und Besorgnis.
»Mike, bevor ich wieder völlig nüchtern werde, möchte ich etwas mit dir besprechen. Ich hab's schon gestern am Telefon angedeutet.«
»Madame, ich erteile Ihnen das Wort.«
»Ich habe vorhin von den Mächten des Bösen gesprochen und gesagt, mein Onkel sei der Übelste von allen. Das stimmt. Er ist ein Scheusal. Falls in mir noch

Reste von Zuneigung oder Vertrauen vorhanden waren, so haben sie sich inzwischen ganz verflüchtigt. Du hast keine Ahnung von den Konflikten, die in diesem Haus herrschen.«

»Wegen Jerry?«

»Ja, wegen Jerry. Weil er am Montag in den Zeugenstand treten soll.«

»Widersetzt sich der Junge immer noch?«

»Heftiger denn je. Und Onkel Frank besteht unerbittlicher denn je darauf, daß Jerry vor das Gericht hintreten und Jadways Buch verdammen soll, weil es ihm das angetan hat. Onkel Frank schreit immer wieder, er denke ja nur an seinen Sohn und an dessen Zukunft. Es ist die reine Hölle. Dabei denkt er nur an sich selbst und daran, was die Leute über ihn sagen werden. Wenn ihm auch nur im geringsten an Jerry gelegen wäre, würde er sich nicht darum scheren, was die öffentliche Meinung sagt. Er würde seinem Sohn diese Qual nicht zumuten. Er hat Yerkes herangeholt, damit er den Jungen einseift und überredet. Er hatte Elmo Duncan da, der ihn davon überzeugen sollte, wie rasch und leicht alles ablaufen wird. Und gestern kam es zu einer schrecklichen Szene zwischen Onkel Frank und Tante Ethel. Es war eine der seltenen Gelegenheiten, wo sie einmal ihre Meinung sagte. Jerry sei auch ihr Sohn, sagte sie, sie habe ihn geboren und großgezogen, und deshalb habe sie auch ein Recht, etwas dazu zu sagen. Sie wolle nicht dasitzen und zusehen, wie all die anderen Jerry zu etwas drängen, was ihm zutiefst widerstrebt. Man solle die Entscheidung Jerry allein überlassen. Nun, Onkel Frank war außer sich. Er schrie sie an, Jerry müsse sich allmählich daran gewöhnen, Dinge zu tun, die seiner Natur widerstrebten – falls es in seiner Natur liege, Mädchen zu vögeln – das war sein Ausdruck. Gegen ihren Willen umzulegen. Außerdem, schrie er, hätte sie kaum etwas für die Erziehung ihres Sohnes getan, weil sie zu sehr mit sich selbst und mit ihrer Krankheit beschäftigt gewesen sei, und gerade das sei zum guten Teil an all dem Übel schuld. Sie habe kein Recht, sich einzumischen, weil sie immer zu egoistisch und nachgiebig gewesen sei, und nun müsse sich endlich jemand einschalten, für den Jungen denken und ihn wieder zur Raison bringen. Ich dachte schon, Tante Ethel würde in ihrem Rollstuhl sterben. Sie bekam einen Hustenanfall, und ich holte sie heraus. Sie liegt immer noch im Bett. Schrecklich, nicht wahr?«

»Ja, schrecklich.«

»So ist das Leben in einer Familie, die gar nicht so atypisch für die amerikanische Oberschicht ist. Ich bin auch nicht ganz schuldlos daran. Als wir uns zuletzt trafen, sagte ich, ich wollte entweder mit Onkel Frank oder mit Dr. Trimble darüber reden. Ich habe nur den Mut zu einem Gespräch mit Dr. Trimble aufgebracht. Ich sagte ihm, was mir Jerry täglich erzählt. Daß er sich das Leben nehmen wolle, falls man ihn zwingen würde, in aller Öffentlichkeit auszusagen – wenn nicht schon vorher, dann doch unmittelbar nach dem Verhör. Ich habe Dr. Trimble angefleht, bei Onkel Frank vorstellig zu werden. Aber Trimble lehnte ab. Es sei nicht nötig, Frank Griffith damit zu belästigen. Er sagte, Jerry sei – wie die meisten Jugendlichen – widerstandsfähiger, als es den Anschein habe, und er werde sein Auftreten vor Gericht sehr wohl verkraften können. Dr. Trimble war sogar der Ansicht, das sei eine sehr gesunde Erfahrung für Jerry – eine Art öffentlicher Beichte und Reinigung. Und was den Selbstmord angehe, das sei nur Gerede. Die meisten Leute, die dauernd über Selbstmord reden, versuchen es nie, sagte er. Jerry benutze das nur als Drohung, um seine Umgebung unter Druck zu setzen. Ich war wütend. Ich hätte diesen Strohkopf am liebsten gepackt und durchgeschüttelt und ihm das gesagt, was Jerry außer mir keinem Menschen eingestanden hat – daß er wenige Tage zuvor tatsächlich einen Selbstmordversuch unternommen hat, daß er es wieder tun würde, und daß es ihm beim nächstenmal wahrscheinlich gelingen würde. Aber ich brachte es nicht fertig. Ich konnte unser Geheimnis nicht preisgeben und damit Jerry verraten. Aber ich wußte auch, daß es nun sinnlos war, noch mit Onkel Frank zu reden. Er umschmeichelt mich zwar ein wenig, weil er herausfinden will, worüber wir reden, aber ansonsten nimmt er mich überhaupt nicht zur Kenntnis. Ich bin ihm genauso unwichtig wie irgendein Möbelstück. Du warst der einzige Mensch, Mike, mit dem ich darüber reden konnte, der einzige, der mich verstehen würde. Glaubst du mir, wenn ich sage, daß Jerry sich das Leben nehmen wird? Du weißt doch, daß er es schon einmal versucht hat.«

Sie sah ihn fragend an, und er hielt ihren Blicken stand. Dann sagte er ganz ruhig: »Nicht einmal, Maggie, zweimal.«

Ihre Augen weiteten sich, dann schlug sie die Hand vor den Mund. Sie murmelte etwas, das er nicht verstehen konnte. Dann sank ihre Hand herab. Sie fragte: »Woher weißt du das?«

»Staatsanwalt und Verteidigung sind gleichermaßen bestrebt, alles zu wissen, alles zu erfahren. Mein Sozius hat eine Detektei beauftragt, weil uns nicht die Polizei zur Verfügung steht wie dem Staatsanwalt. Die Detektive stellten Jerrys Fehlen bei den Vorlesungen fest und gingen ihm nach. Dabei erfuhren sie, daß er bereits vor Monaten einen Selbstmordversuch unternommen hatte – lange bevor er das Buch gelesen hatte –, und daß man ihn nach San Francisco zu einem Psychiater gebracht hatte.«

Er sah ihr die innere Pein an. Am liebsten hätte er sie in die Arme genommen, sie getröstet und ihr versprochen, daß niemand jemals etwas davon erfahren sollte. Aber das konnte er nicht. Es wäre eine Lüge gewesen. Damit war es heraus, und es stand zwischen ihnen.

»Was weißt du sonst noch?« fragte sie leise.

»Nur das.«

»Und du wirst es vor Gericht verwenden?«

»Ich muß.«

»Mike, bitte tu's nicht.«

»Maggie, mir bleibt doch nichts anderes übrig. Aber etwas möchte ich gern wissen. Ich begreife Jerrys Verfassung, ich weiß, daß er dicht vor einer Neurose steht. Aber warum hat er solche Angst davor, als Zeuge auftreten zu müssen? Ich sehe ein, das ist nicht angenehm für ihn, aber es weiß doch ohnehin jedermann über seine Tat und seinen Gesundheitszustand Bescheid. Warum ist das Auftreten vor Gericht für ihn eine Frage von Leben und Tod? Das verstehe ich nicht.«

Sie legte die Stirn in Falten und antwortete nicht gleich. Dann sah sie Barrett in die Augen. »Vielleicht hat es etwas mit dem Grund zu tun, aus dem ich dich heute abend sprechen mußte, Mike. Ich weiß, du denkst menschlich, du hast Verständnis für andere Menschen, du bist durch und durch anständig. Ich will es dir sagen. Jerry hat eigentlich keine Angst davor, sich in den Zeugenstand zu setzen und von Elmo Duncan ausfragen zu lassen. Er weiß, daß er Duncans Zeuge ist und daß er ihn behutsam behandeln wird, damit er nicht zu Schaden kommt. Er hat vor dir Angst, Mike. Vor dem Kreuzverhör hat er eine panische Angst. Er spürt doch, daß du ihn unglaubwürdig machen, vielleicht sogar vernichten mußt, wenn du den Prozeß noch gewinnen willst. Das ist die Wahrheit. Er hat Angst vor dem, was ihm die Verteidigung antun wird.«

»Aber die Frage nach dem Warum hast du mir immer noch nicht beantwortet. Abgesehen von dem Eingeständnis jenes ersten Selbstmordversuchs – was könnte ich denn aus ihm herausholen, das die Öffentlichkeit nicht schon längst wüßte? Und was ist an diesem Eingeständnis denn so schrecklich – verglichen mit allem anderen, mit dem Notzuchtverbrechen samt allen Folgen? Vielleicht gewinnt er dadurch sogar Sympathien. Ich möchte genau wissen, warum er eine so unvernünftige Angst vor einem Kreuzverhör hat.«

Sie zögerte immer noch. »Ich – ich kann's dir nicht erklären. Vermutlich gehört das mit zu seiner Neurose. Wenn man immer geduckt, stets von einem herrschsüchtigen Vater niedergehalten wurde, dann verliert man die Selbstsicherheit, dann kennt man seinen eigenen Wert nicht mehr. Wenn man immer wieder gesagt bekommt, wie minderwertig man ist, geht es irgendwann einmal nicht mehr weiter. Dann kommt noch jemand und versetzt einem im Kreuzverhör weitere Peitschenhiebe, entblößt einen bis zur hilflosen Nacktheit, demütigt einen – ich glaube, das ist dann ganz einfach zuviel. Man kann daran zerbrechen.« Sie hielt inne. »Deine Fragen würden ihn doch demütigen, nicht wahr?«

»Maggie, ein Kreuzverhör ist für keinen Zeugen einfach. Dennoch überstehen es die meisten Menschen unbeschadet, auch wenn sie noch so empfindlich sind. Was Jerry betrifft, so weiß ich es nicht. Nur eines kann ich dir versprechen: Da ich ihn kenne – durch dich kenne –, werde ich weder bösartig noch grausam sein, nicht den Großinquisitor spielen. Aber ich werde ihn befragen, und er wird mir antworten müssen, da er unter Eid steht.«

Sie schwieg wieder. In ihre Augen trat ein neuer Ausdruck. »Mike, mußt du ihn denn wirklich ins Kreuzverhör nehmen?«

»Wenn Duncan ihn nicht vorgeladen hätte, brauchte ich es nicht zu tun. Aber Duncan wird ihn befragen. Deshalb muß ich ihn ins Kreuzverhör nehmen.«

»Aber du *mußt* doch nicht, wie? Ich meine, rein juristisch könntest du doch auf ein Kreuzverhör verzichten?«

»Die Verteidigung kann natürlich auf ein Kreuzverhör verzichten, aber ...«

Sie packte mit beiden Händen seinen Arm. »Dann tu's bitte. Darum wollte ich dich heute abend bitten. Nimm Jerry nicht ins Kreuzverhör. Ich konnte es nicht verhindern, daß er vor Gericht zitiert wird. Aber er ist immer noch zu retten, wenn du ihn in Ruhe läßt. Ich werde nicht sagen: Tu's für mich. Dazu habe ich kein Recht. Aber bitte denk an den Jungen und verzichte seinetwegen auf das Kreuzverhör.«

Sie zog ihre Hände zurück, preßte sie zusammen und wartete.

Es war hart. Es fiel ihm schwer. Aber er schüttelte langsam den Kopf. »Nein, Maggie, das kann ich nicht. Ich kann doch nicht die Leute hintergehen, in deren Auftrag ich arbeite, die mir vertrauen. Ich kann nicht Jadway und sein Buch, die Ideale der Freiheit hintergehen, an die ich glaube. Liebes, hör mir zu und sei bitte vernünftig. Der Staatsanwalt hat bisher auf der ganzen Linie sein Konzept durchgesetzt. Er hat eine eindrucksvolle Beweiskette gegen Jadway und sein Buch aufgebaut. Jeder unserer Versuche, zu kontern oder die Angriffe abzuwehren, wurde vereitelt. Nun will er den gefährlichen Einfluß dieses Romans beweisen, indem er uns Jerry Griffith hinstellt. Dies ist unsere erste Chance, ihm in den Arm zu fallen. Wenn wir uns hier nicht verteidigen, werden wir verlieren, und die Zensoren gewinnen die Oberhand. Falls Duncan Jerry als Zeugen vernimmt, muß ich ihn unter allen Umständen ins Kreuzverhör nehmen. Es ist unsere letzte, die allerletzte Hoffnung. Wenn bisher alles ein wenig anders verlaufen wäre, könnte ich dir vielleicht deine Bitte erfüllen und auf das Kreuzverhör verzichten, weil es dann für uns nicht so entscheidend wäre. Aber so . . .«

Sie rückte näher an ihn heran. »Wie meinst du das: Wenn alles anders verlaufen wäre? Was?«

Ihm fiel wieder Zelkins Argument vom vorigen Abend ein. Er brachte es ihr gegenüber vor. »Nun, wenn wir Leroux auf unserer Seite gehabt hätten, wenn die Vogler nicht abgesprungen wäre, schon das hätte ausgereicht, eventuell auf Jerrys Kreuzverhör zu verzichten, weil es dann, wie ich schon sagte, nicht mehr ganz so wichtig wäre. Selbst jetzt noch – wenn wir einen echten Kronzeugen hätten, der Leroux widerlegen und für Jadway und seinen Roman eintreten würde, dann brauchte ich Jerry nicht unbedingt zu belästigen. Aber diesen einen Kronzeugen habe ich leider nicht. Auch nicht einen Zeugen, der nur annähernd . . .«

»Mike.«

Er hob mit einem Ruck den Kopf, weil der Ton ihrer Stimme so verändert, so entschlossen geklungen hatte.

»Du sagst, du würdest einen Zeugen brauchen. Wäre ein solcher Zeuge denn – so sehr wichtig für dich? Wer könnte das sein?«

»Wer? Nun, ich würde sagen, es bleibt nur noch ein Zeuge von einiger Bedeutung übrig. Eine Zeugin, die alles ändern könnte. Ich spreche von Cassie McGraw. Wenn ich sie hätte, dann . . .«

»Du kannst sie haben, Mike.«

Das kam so plötzlich, daß er nicht gleich kapierte und Maggie Russell nur verständnislos anstarrte.

Sie blieb kühl und ruhig und fuhr gelassen fort: »Ich mache dir ein faires Angebot, Mike. Du versprichst mir, Jerry Griffith nicht ins Kreuzverhör zu nehmen, und ich verspreche dir dafür Cassie McGraw – Cassie McGraw persönlich als deine Zeugin.«

9

»Bitte legen Sie Ihre linke Hand auf die Bibel und erheben Sie die Rechte. Schwören Sie, daß Sie bei Ihrer Aussage vor Gericht die Wahrheit sagen werden, die reine Wahrheit und nichts als die Wahrheit, so wahr Ihnen Gott helfe?«
»Ich schwöre es.«
»Geben Sie bitte Ihren Namen an.«
»Jerry – Jerome Griffith.«
»Buchstabieren Sie bitte den Familiennamen.«
»Grif . . . äh, Griffith – G-r-i-f-f-i-t-h-.«
»Bitte nehmen Sie im Zeugenstand Platz, Mr. Griffith.«
Von seinem Eckplatz am Tisch der Verteidigung aus beobachtete Mike Barrett den schmalen jungen Mann, wie er zum Zeugenstand hinüberging und sich nervös niederließ. Sein kastanienbraunes Haar war frisch geschnitten, im linken Auge hatte er ein ständiges Zucken. Sein Blick irrte hierhin und dorthin, nur dem Mikrofon auf seinem Tisch wich er aus. Er war blaß und zog den Kopf zwischen die Schultern wie eine Schildkröte, die gleich in ihrem Gehäuse verschwinden will. Er fuhr sich mit der Zungenspitze dauernd über die trockenen Lippen und wartete auf den Fährmann, der ihn über den Styx bringen sollte.
Barrett überblickte den überfüllten Zuschauerraum hinter sich. Er wußte, dort unter dem Meer von Gesichtern mußte auch irgendwo das von Maggie Russell sein, die nicht nur Jerry, sondern auch ihn, Mike, aufmerksam beobachtete. Auch Philip Sanford saß gleich hinter ihm unter den Zuschauern. Neben sich wußte er einen grimmig-entschlossenen Abe Zelkin und einen sehr besorgten Ben Fremont.
Er mußte an gestern denken, keinen Ruhetag, sondern einen Tag rastloser Hektik.
Er war alles durchgegangen, was ihm Maggie Russell gesagt hatte, jedes Detail davon, wieder und immer wieder.
Es war unfaßbar – oder auch wieder nicht –, daß die legendäre Cassie McGraw, Jadways Mätresse und das Vorbild seiner Romanheldin, irgendwo im Mittleren Westen noch lebte. Sie hatte von der Verhandlung gelesen. Sie hatte Jadway in einem Brief an Jerry Griffith verteidigt. Als Gesellschafterin und Sekretärin von Mrs. Griffith bekam Maggie die Morgenpost immer zuerst zu sehen. Sie hatte Cassie McGraws Mitteilung abgefangen und zwei Wochen lang vor Griffith versteckt. Da der Brief günstig für die Verteidigung lautete, hatte ihn Maggie

als Tauschmittel behalten. Ursprünglich wollte sie es nicht gegen Barrett, sondern gegen Frank Griffith verwenden. Aber dann befürchtete sie, daß Frank Griffith inzwischen zu fanatisch eingestellt war, um mit sich handeln zu lassen, zu stur, um Jerry die Zeugenaussage zu ersparen, wenn dafür Cassie McGraws Brief vernichtet wurde; sie hatte auch gefürchtet, er könnte davon erfahren und ihr das Schreiben gewaltsam abnehmen. Daher hatte sie beschlossen, es in einem letzten Versuch, Jerry zu retten, Barrett anzubieten.

Am Samstag hatte Barrett ihr noch keine endgültige Entscheidung mitgeteilt.

Während des ganzen Sonntags hatte er das Für und Wider dieses Tauschhandels erwogen.

Für: Die lebendige Cassie McGraw als Zeugin der Verteidigung wäre eine Sensation gewesen. Die Mitteilung sprach für Jadways ehrenhafte Motive bei der Abfassung des Romans *Die sieben Minuten.* Die Aussagen von Christian Leroux, Pater Sarfatti und anderer würden vom Tisch gewischt, denn Cassie war Jadways zweites Ich, sie kannte ihn in- und auswendig, und ihre Aussage über ihn mußte die unwiderlegbare Wahrheit sein. Cassie McGraw konnte den Schmutz wegwaschen, der auf Jadway gehäuft worden war, sie konnte den schlechten Eindruck mildern, den sein Abgang von dieser Welt hinterlassen hatte. Schon das Auftreten Cassie McGraws, die jetzt eine ältere Frau war, mußte der lebendige Beweis dafür sein, daß das Verhalten der Heldin, die ihr nachempfunden war, weder pornographisch noch obszön war. Wer kam schon beim Anblick einer alten Matrone auf unsaubere Gedanken?

Aber es sprachen auch gewichtige Gründe dagegen, und diese Gründe waren in mancher Weise noch zwingender.

Wider: Wenn Cassie McGraw das Buch in einer für Frank Griffith bestimmten Mitteilung verteidigt hatte, warum hatte sie sich dann nicht freiwillig als Zeugin zur Verfügung gestellt? War sie vielleicht doch nicht uneingeschränkt für Jadways Lebensart und seinen Roman? Und was geschah, wenn sie unter Eid gezwungen wurde, die vernichtenden Aussagen zu bestätigen, die der Verleger aus Frankreich und der Geistliche aus Italien gemacht hatten? Und was war, wenn das Auftreten der alternden Frau nicht Duncans Bild von einer Gestrauchelten, von einer lockeren Frau ohne Moral, Lügen strafte, sondern es noch bestätigte? Mit anderen Worten: Was war, wenn aus ihr eine jener widerlichen, saufenden, ungepflegten, gackernden alten Frauen geworden war, die man mit ihrem wasserstoffsuperoxydblonden Haar nicht nur auf den Straßen, sondern auch bei exklusiven Wohltätigkeitsveranstaltungen zu sehen bekommt? Was war – und das war der gewichtigste Grund dagegen –, wenn das ganze Tauschgeschäft selbst nur im Interesse der Familie Griffith eingefädelt war? Maggie hatte sich über Griffith' ungeschickten Versuch, sie gegen Barrett auszuspielen, lustig gemacht – oder war das vielleicht nur ein Täuschungsmanöver? Warum hatte sie ihm nicht wenigstens den Brief gezeigt und Cassie McGraws Aufenthaltsort verraten? Konnte sie wirklich nicht an das Beweisstück heran, weil Frank Griffith, wie sie sagte, sonntags zu Hause war? Oder war auch sie mißtrauisch geworden?

Glaubte sie, Barrett könnte sie ausnutzen, wie sie ihn jetzt vielleicht ausnutzte? Nahm sie an, er würde seinen Teil des Geschäfts nicht erfüllen, wenn er erst einmal Cassies Aufenthalt kannte? Oder war das der Beweis dafür, daß es die lebende Cassie McGraw nicht mehr gab? Für und Wider. Wider und Für.
Er mußte sich Maggie Russells Bedingungen beugen. Zuerst mußte Barrett seinen Teil der Vereinbarung erfüllen. Kein Kreuzverhör mit Jerry Griffith. Dann wollte Maggie innerhalb weniger Stunden auch ihren Teil einhalten. Sie würde Cassie McGraw ausliefern.
Wenn beide Teile ihre Versprechen hielten, so bedeutete das für die Verteidigung mehr als nur einen neuen Hoffnungsschimmer. Er hatte dann eigentlich schon den Sieg in der Tasche. Aber wenn er mitspielte und Maggie nicht, dann hatte er das Vertrauen seines Klienten mißbraucht. Das wäre nicht nur für die Verteidigung, sondern auch für ihn persönlich die bitterste Niederlage gewesen.
Gestern war er noch zu keinem Entschluß gelangt.
Auch an diesem Morgen nicht.
Vor ungefähr einer Stunde, als die Verhandlung eröffnet wurde und Dr. Roger Trimble über das schwere Trauma aussagte, das Jerry Griffith infolge der Lektüre des Romans erlitten hatte, war Barrett einmal versucht gewesen, mit Abe Zelkin über Maggies Angebot zu sprechen. Aber er hatte es nicht über sich gebracht, weil er instinktiv wußte, wie Abes Entscheidung ausfallen würde. Es war die Sache mit dem Spatz in der Hand – Zelkin kannte Maggie Russell ja nicht, und alles hing von ihrer Ehrlichkeit und Vertrauenswürdigkeit ab. Zelkin kannte sie nicht und würde einem Angehörigen der Familie Griffith von vornherein mißtrauen. Barrett mußte also die Entscheidung allein treffen. Diese Entscheidung hing von seiner persönlichen Einschätzung des Mädchens ab – und das machte sie doppelt schwierig. Bisher hatte sich seine Frauenkenntnis stets als mangelhaft erwiesen. Es ging nun um folgendes: War Maggie Russell genau wie all die anderen Frauen, die er bisher gekannt hatte, oder gehörte sie ihm, war sie die erste wirkliche Frau, der er bisher begegnet war?
Er fand keine Antwort. Er gelangte zu keiner Entscheidung.
Aber dann wurde ihm bewußt, daß er nun sehr bald gezwungen sein würde, diese Entscheidung zu treffen. Noch vor wenigen Minuten hatte er den letzten Versuch unternommen, Jerrys Vernehmung zu vereiteln. Er hatte gegen den Aufruf dieses Zeugen Einspruch eingelegt, weil seine Vernehmung nebensächlich sei. Vor dem Richtertisch hatte er mit Duncan darüber diskutiert. Richter Upshaw hatte seine Entscheidung gemäß Paragraph 36 der Gerichtsordnung getroffen, der den Richter verpflichtete, die Gerichtsverhandlung so zu führen, daß der Ernst des Anlasses und die Wahrheitsfindung gewahrt bleiben. Da die Anklage behauptete, ein Buchhändler habe ein für die Öffentlichkeit schädliches Buch verkauft, und da ein Angehöriger dieser Öffentlichkeit gestanden hatte, durch dieses Buch zu einem Verbrechen getrieben worden zu sein, mußte es im Interesse der Wahrheitsfindung liegen, diesen Zeugen anzuhören. Der Einspruch der Verteidigung ist abzulehnen; der Zeuge zu vereidigen und anzuhören.

Damit war das letzte Hintertürchen zugefallen, das Barrett vielleicht die Entscheidung über Maggies Ehrlichkeit erspart hätte. Er stand immer noch vor der schrecklichen Wahl. Er mußte mit seinen bohrenden Zweifeln fertigwerden und rasch eine Entscheidung treffen – allzu rasch. Vor ihm stand Elmo Duncan in seinem angenehmsten und unaufdringlichsten Anzug und legte seine behutsamste, verständnisvollste, liebenswerteste Art an den Tag. Blond und gewinnend stand er da, der Bezirksstaatsanwalt von Los Angeles, der künftige Senator der Vereinigten Staaten.

Duncan lächelte Jerry Griffith freundlich an und begann mit sanfter Stimme die Vernehmung seines Kronzeugen.

»Jerry Griffith, darf ich nach Ihrem derzeitigen oder letzten Beruf fragen?«

»Student.«

»Würden Sie bitte etwas lauter sprechen? Sie sagten . . .«

»Ich bin Student.«

»Können Sie uns sagen, wo?«

»An der Universität von Kalifornien in Los Angeles.«

»In Westwood?«

»Ja.«

»Seit wann studieren Sie an dieser Universität?«

»Seit fast drei Jahren.«

»Und davor haben Sie eine Oberschule besucht?«

»Die Palisade High School. Nur im ersten Jahr war ich in Webb, dann wurde ich versetzt.«

»Warum?«

»Mein Vater wollte, daß ich eine gemischte Schule besuche.«

»Die Palisade High School wird von Jungen und Mädchen besucht? Die Universität in Kalifornien auch?«

»Ja, Sir.«

»Wie oft sind Sie im letzten Jahr der High School und in den beiden ersten Jahren auf der Universität mit Mädchen ausgegangen?«

»Das weiß ich nicht mehr genau. Ich . . .«

»Können Sie es uns nicht ungefähr sagen?«

Barrett erhob sich. »Einspruch, Euer Ehren. Der Zeuge hat ausgesagt, er wisse es nicht mehr genau. Ich lege Einspruch ein, weil diese Frage bereits beantwortet wurde. Außerdem fordert sie zu Spekulationen heraus.«

Richter Upshaw nickte. »Einspruch angenommen.«

Barrett setzte sich wieder und bemerkte, daß ihn der Junge zum erstenmal ansah. Jerry hatte Angst. Er schien im Zeugenstand eingeschrumpft zu sein. Diesen Blick hatte Barrett einmal in den Augen eines Hundes gesehen, dessen Herr ihn schlagen wollte. Es tat ihm leid, daß er sich zu diesem Einspruch gezwungen gesehen hatte. In Zukunft wollte er lieber etwas durchgehen lassen als den Zeugen noch mehr zu verängstigen.

Anscheinend machte sich auch Staatsanwalt Elmo Duncan Sorgen um das

Durchhaltevermögen seines Zeugen. Er kam nun rasch zum Kernpunkt der erwarteten Aussage.

»Mr. Griffith, welches ist Ihr Hauptfach an der Universität?«

»Englische Literatur.«

»Erfordert Ihr Studium umfängliche Lektüre – sagen wir, drei Bücher pro Woche?«

»Ja, Sir.«

»Lesen Sie auch viel aus eigenem Antrieb? Bücher, die Sie für Ihr Studium nicht unbedingt lesen müßten?«

»Ja, Sir.«

»Wie viele Bücher lesen Sie pro Woche nebenbei?«

»Zwei bis drei.«

»Handelt es sich dabei hauptsächlich um Belletristik?«

»Ja, Sir.«

»Können Sie sich an Bücher erinnern, die Sie in den vergangenen sechs Monaten gelesen haben? Titel und Autoren?«

»Ich habe den *Steppenwolf* von Hesse gelesen, auch sein *Siddhartha*. Dann *Der Menschen Hörigkeit* von Maugham. Dann *Rot und Schwarz* von Stendhal und von F. Scott Fitzgerald *Zärtlich ist die Nacht*. Dann ... Es ist wirklich nicht leicht, sich an alle Titel zu erinnern. Zum Beispiel *Kontrapunkt des Lebens* von Aldous Huxley und *Eine Reise nach Indien* von E. M. Forster. Dann alles von Kafka und Camus. Lassen Sie mich überlegen ...«

»Das ist schon eine recht gute Auswahl. Sagen Sie, halten Sie eines dieser Bücher für obszön oder für Pornographie?«

»Nein, Sir.«

»Haben Sie diese Bücher aus einem bestimmten Grund gelesen?«

»Ich wollte – ich wollte mehr über mich selbst erfahren. Wie ich mich zu den Dingen einzustellen habe.«

»Beschäftigt Sie das sehr, was Sie lesen? Ich meine, reagieren Sie sehr darauf?«

»Ja, Sir.«

»Haben Sie schon einmal *Justine* vom Marquis de Sade gelesen?«

»Nein, Sir.«

»Haben Sie eine Übersetzung des pornographischen orientalischen Buches *Kamasutra* gelesen?«

»Nein, Sir.«

Barrett meldete sich zu Wort. »Einspruch, Euer Ehren. Diese Frage weicht vom Thema ab.«

Richter Upshaw beugte sich zu seinem Tischmikrofon. »Einspruch abgewiesen. Fahren Sie fort, Mr. Duncan.«

Elmo Duncan wandte sich wieder an seinen Zeugen. »Mr. Griffith, haben Sie schon *Mein Leben und meine Lieben* von Frank Harris gelesen?«

»Nein, Sir.«

»Oder *Lady Chatterley*?«

»Nein, Sir.«
»Oder *Sexus* von Henry Miller?«
»Nein, Sir.«
»Haben Sie *Fanny Hill* ganz oder teilweise gelesen?«
»Nein, Sir.«
Duncan schenkte Jerry ein wohlwollendes Lächeln, streifte die Geschworenen mit einem langen Blick und wandte sich wieder dem Zeugenstand zu.
»Kürzlich wurde der Versuch unternommen ... Nein, das betreffende Buch wurde sogar veröffentlicht, zum erstenmal offen publiziert; ich spreche von einem Buch desselben Genre, aus dem die übrigen Titel stammen, nach denen ich Sie eben fragte. Ich möchte wissen, ob Sie den Roman *Die sieben Minuten* von JJ Jadway gelesen haben.«
»Ja, Sir, den habe ich gelesen.«
»Hatten Sie von diesem Buch jemals etwas gehört, bevor es in den USA vom Verlagshaus Sanford verlegt wurde?«
»Nur beiläufig. Es wurde in einer Vorlesung am Rande erwähnt.«
»Wurde dabei angeregt, es zu lesen?«
»Nein, Sir. Es wäre auch nicht greifbar gewesen. Das war schon vor Monaten.«
»Aber wenn das Buch zu bekommen gewesen wäre, hätte die Vorlesung Sie dann veranlaßt, sich das Buch zu beschaffen?«
Barrett sprang auf. »Einspruch, Euer Ehren. Die Frage ist spekulativ.«
»Dem Einspruch wird stattgegeben.«
Duncan formulierte neu: »Hat die Vorlesung Ihres Professors in Ihnen den Wunsch wachgerufen, *Die sieben Minuten* zu lesen?«
»Nein, Sir.«
»Können Sie uns erklären, was Sie schließlich dazu brachte, diesen Roman doch zu lesen?«
»Ich hatte etwas darüber gelesen, und zwar in einer Buchhandlung, in der Protestschriften und diese avantgardistischen Wochenschriften und Magazine verkauft werden. Ich blätterte eine der Zeitschriften durch ...«
»Erinnern Sie sich noch, welche?«
»Nein. Aber es war eine Zeitschrift, die in New York erscheint. Es wurden rund hundert solcher Magazine angeboten. In der bewußten Zeitschrift fand ich einen Artikel über die Veröffentlichung des Buches.«
»Handelte es sich bei dem bewußten Artikel um eine Kritik, um eine Vorbesprechung oder nur um einen Hinweis?«
»Ich glaube, um eine Vorbesprechung. Teile des Inhalts wurden kurz wiedergegeben.«
»Und diese Zusammenfassung hat Sie veranlaßt, das Buch zu lesen?«
»Sie hat mich neugierig gemacht.«
»Warum?«
»Ich – ich weiß nicht – vielleicht – ich glaube, weil ich mir nie vorstellen konnte, daß Frauen so an Sex interessiert sind.«

»Nun, Mr. Griffith, was hatten Sie sich denn bis dahin gedacht, aus welchen Gründen Frauen am Geschlechtsakt teilnehmen?«

»Ich – ich dachte, weil es eben alle tun... Um in Schwung zu bleiben. Ich meine, damit ihre Freunde nicht abspringen.«

»Und die Lektüre von Jadways Roman hat Ihnen von diesen Dingen einen vollkommen anderen Eindruck vermittelt?«

»Ja, danach glaubte ich, daß die Frauen – daß sie das tatsächlich auch selbst wollen.«

»Aha. Und nachdem Sie das ganze Buch gelesen hatten, behielten Sie diesen Eindruck?«

»Ja.«

»Obgleich Sie wußten, daß ein Roman Erfindung ist?«

»Das vergaß ich ganz. Ich glaubte daran.«

»Sie glaubten, daß alle Frauen, oder doch die meisten von ihnen, ebenso nach Sex und nach Perversionen hungerten wie Cathleen, die Heldin aus *Die sieben Minuten*?«

»Ja, Sir.«

»Glauben Sie das auch heute noch?«

»Nein, Sir.«

»Fühlen Sie sich von dem Buch irregeführt?«

»Einspruch, Euer Ehren! Mr. Duncan stellt dem Zeugen Suggestivfragen.«

»Einspruch angenommen.«

»Also, Mr. Griffith: Ist nach Ihrer Meinung Jadways Darstellung der jungen Cathleen in dem Roman wirklichkeitsnah, das wahre Bild eines jungen Mädchens, oder ist es ein ungewöhnliches und verdrehtes Bild?«

»Ungewöhnlich und verdreht.«

»Nachdem Sie den Artikel über *Die sieben Minuten* gelesen hatten, lasen Sie also das Buch selbst?«

»Nicht gleich danach. Es war noch nicht erschienen. Ich vergaß den Artikel wieder, bis eine große Anzeige in der Zeitung das Buch ankündigte. Da kaufte ich mir ein Exemplar und las es.«

»Wann war das?«

»Am Abend des achtzehnten Mai.«

Barrett konzentrierte sich ganz auf die Aussage, aber dann spürte er, daß ihn Zelkin beim Arm rüttelte. Er schob ihm einen Zettel zu: »Schlauer Bursche, unser guter Elmo. Hat ihn nicht gefragt, woher er das Buch hat. Frage nachher nicht vergessen.«

Barrett nickte zerstreut und konzentrierte sich wieder auf den Zeugen.

»Sie haben *Die sieben Minuten* von Anfang bis Ende gelesen, jedes einzelne Wort?«

»Ja, Sir.«

»Wie war Ihre Reaktion darauf?«

»Ich war durcheinander.«

»Wie meinen Sie das – durcheinander?«
»Ich war innerlich zerwühlt und konnte nicht schlafen.«
»Haben Sie am darauffolgenden Tag die Schule besucht?«
»Ja. Aber ich habe ein paar Vorlesungen am Nachmittag ausgelassen.«
»Warum?«
»Ich war noch mit dem Buch beschäftigt. Ich ging zu meinem Wagen. Dort hatte ich es aufbewahrt . . .«
»Warum in Ihrem Wagen?«
»Ich wollte nicht, daß Vater es findet.«
»Hatten Sie Angst, daß Ihr Vater gegen diese Art von Lektüre Einwände erheben würde?«
»Ja, Sir.«
»War Ihr Vater immer schon gegen pornographische Bücher?«
»Ja, Sir. Er duldete sie nicht in seinem Haus. Er sagte, sie seien ungesund.«
»Sind Sie auch dieser Ansicht?«
»Jetzt schon, Sir.«
»Sie gingen also zu Ihrem Wagen. Und was taten Sie dort?«
»Ich stieg ein und fuhr eine Weile in der Gegend herum. Dann fand ich eine einsame Seitenstraße oberhalb von Hollywood. Dort parkte ich und las einzelne Stellen des Buches noch einmal.«
»Erinnern Sie sich noch, welche Stellen Sie noch einmal lasen?«
»Nicht genau. Ein paar Stellen aus dem ersten Kapitel habe ich mehrmals gelesen.«
»Was stand auf diesen Seiten?«
»Sie lag da und wartete auf ihn. Sie dachte dabei, daß er wie eine von diesen griechischen Statuen aussah. Ich glaube, das war der Anfang . . .«
»Vielleicht darf ich Ihrem Gedächtnis etwas nachhelfen, Mr. Griffith. Sie liegt nackt da und denkt an die Priamusstatuen, die auf manchen Straßen Griechenlands standen, Büsten eines bärtigen Mannes auf einem Sockel, aus dem ein erigierter Penis ragte. Dann schweifen Cathleens Gedanken zu einer griechischen Vase, die sie einmal in einem Museum gesehen hat. Auf der Vase war die Abbildung einer einsamen Frau eingeritzt, die einen *olisbos* in der Hand hält, einen künstlichen Penis aus hartem Leder. Dabei fällt Cathleen ein, wie Lysistrata sich einmal darüber beklagte, daß sie und ihre Schwestern keine solchen Reizmittel zur Hand hätten, um sich damit zu trösten. Da wird Cathleen bewußt, wie glücklich sie doch ist. Sie starrt den ungenannten Helden des Romans an – nein, nicht ihn, sondern seinen – wie waren doch Jadways eigene Worte? Seinen ›dicken braunen angeschwollenen Schwanz‹. Sie denkt dabei ›mein eigener *olisbos*‹ und beginnt Fellatio auszuüben. Dann sinkt sie zurück und breitet die Beine aus. Die erste ihrer sieben Minuten beginnt. Mr. Griffith, ist das eine der Stellen, die Sie mehrmals gelesen haben?«
»Ja, Sir.«
»Hatten Sie damals das Gefühl, daß es sich um Kunst handelte?«

»Darüber, wie es geschrieben war, habe ich gar nicht nachgedacht.«
»Oder hatten Sie damals das Gefühl, daß der Autor etwas anderes bezweckte, als den Leser zu erregen?«
»Nein.«
»Haben diese und andere Stellen Sie erregt?«
»Ja, Sir.«
»Worin zeigte sich Ihre Erregung?«
»Physisch. Ich wollte ein Mädchen haben.«
»Meinen Sie damit, Sie wollten mit einem Mädchen Geschlechtsverkehr ausüben?«
»Ja, Sir.«
»Mit einem bestimmten Mädchen, oder mit irgendeinem Mädchen?«
»Mit irgendeinem Mädchen.«
»Und was taten Sie dann?«
»Ich wollte ein Mädchen auftreiben und fuhr hinunter nach Melrose. Es war Nacht. Ich fuhr in einen Club, den ich manchmal aufsuchte. Die ›Underground Railroad‹. Ich sah mich nach den Mädchen um und trank eine oder zwei Flaschen Coke. Da wollte gerade ein Mädchen nach Hause. Sie sah genauso aus, wie ich mir Cathleen vorstellte . . .«
»Sie meinen damit die Heldin des Romans *Die sieben Minuten*?«
»Ja. Ich bot ihr an, sie nach Hause zu fahren –.«
»Mit ›ihr‹ meinen Sie Sheri Moore?«
»Damals kannte ich ihren Namen noch nicht. Ich fuhr sie also nach Hause. Ich begleitete sie in ihre Wohnung. Als sie die Tür aufgeschlossen hatte, stieß ich sie hinein und sagte ihr, sie solle ins Schlafzimmer gehen und sich ausziehen.«
»Sie haben sie dazu überredet? Wie?«
»Ich hatte ein Messer.«
»Hat sie sich ausgezogen?«
»Sie hatte Angst. Ja.«
»Haben Sie sich auch entkleidet?«
»Ja.«
»Was geschah dann?«
»Das weiß ich nicht mehr. Ich war wie wahnsinnig. Ich war nicht mehr bei Verstand . . .«
»Aus Ihnen sprach Jadway . . .«
Barrett sprang sofort auf. »Einspruch, Euer Ehren!« rief er zornig. »Der Herr Staatsanwalt . . .«
Duncan entschuldigte sich sofort. »Ich ziehe diese Bemerkung zurück. Verzeihen Sie, Euer Ehren.«
Richter Upshaws Verärgerung zeigte sich in dem brüsken Ton, mit dem er den Gerichtsschreiber anwies, die letzte Bemerkung aus dem Protokoll zu streichen. Dann sagte er mit schneidender Stimme zu Duncan: »Mr. Duncan, Ihre Bemerkung war eines Anwalts des Staates unwürdig und Ihrer Sache nicht zuträglich.

Ich bin sicher, daß Sie sie bereits bedauern und sehe daher von einem weiteren Tadel ab.«

Duncan schluckte hart, murmelte noch eine Entschuldigung und wandte sich zerknirscht wieder seinem Zeugen zu. Er formulierte seine nächsten Fragen betont vorsichtig. »Sie haben ausgesagt, Mr. Griffith, daß sich dieses Mädchen, diese Sheri Moore, auszog und daß Sie dasselbe taten, und daß Sie dann unzurechnungsfähig wurden – nicht mehr bei Verstand, wie Sie es ausdrückten. Können Sie uns sagen, was Sie anschließend taten, Mr. Griffith?«

»Ich habe sie mißbraucht.«

»Leistete sie Widerstand?«

»Ja.«

»Sie haben sie trotzdem mißbraucht?«

»Ich wußte nicht mehr, was ich tat.«

»Dachten Sie dabei an *Die sieben Minuten*?«

»Als sie sich nackt ausgezogen hatte, ja. Was dann kam, weiß ich nicht mehr. Ich tat es einfach. Ich konnte nicht anders.«

»Und im Verlauf dieses Geschlechtsverkehrs wurde Miß Moore verletzt?«

»Das war später, als ich mich wieder anziehen wollte. Sie wollte nach mir schlagen oder an mein Messer herankommen, ich weiß nicht mehr genau, wie es war. Ich glaube ... irgendwie ... sie muß ausgerutscht sein. Es war ein Unfall.«

»Wußten Sie denn, daß Miß Moore ohnmächtig war?«

»Daran erinnere ich mich nicht mehr. Ich wußte nur, daß sie mit einem anderen Mädchen zusammen wohnte, das bald nach Hause kommen mußte. Also ging ich. Mir war elend zumute. Ich wollte mir das Leben nehmen. Ich war nicht mehr ich selbst ... Was ich da getan habe ... Das war nicht meine Schuld, ich wußte ja nicht mehr, was ich tat.«

»Jerry Griffith, sind Sie der Ansicht, daß der Roman *Die sieben Minuten* von JJ Jadway für Ihre Gewalttat verantwortlich ist?«

»Ja.«

»Haben Sie sich jemals zuvor ähnlich verhalten?«

»Nein, Sir.«

»Sie glauben ganz bestimmt, daß die obszönen Stellen in dem Buch Sie aufreizten, bis Sie unter diesem Zwang eine kriminelle Handlung begingen?«

»Ja, Sir. Anders kann ich es mir nicht erklären.«

»Sie wissen, daß Mr. Roger Trimble vor Ihnen ausgesagt hat. Haben Sie seine Darlegungen verfolgt?«

»Ja, Sir.«

»Dr. Trimble zitierte eine Feststellung von Ernest van den Haag, in der behauptet wird, daß Pornographie einen Teil der Persönlichkeit verführt und ›Sex aus dem menschlichen Zusammenhang löst (das Id vom Ich und vom Über-Ich trennt), die ganze Welt auf Öffnungen und Organe reduziert und alle Handlungen auf eine Kombination davon.‹ Stimmen Sie damit überein?«

»Ich denke schon. Ja, Sir.«

»Dr. Trimble sprach über den Zusammenhang zwischen Pornographie und Gewaltverbrechen. Er erläuterte ausführlich den schrecklichen Fall Moors aus England, bei dem ein zehnjähriges Mädchen und ein zwölfjähriger Junge von Ian Brady und Myra Hindley gefoltert und getötet wurden. Dabei stellte sich heraus, daß Ian Brady durch die Schriften des Marquis de Sade über sexuelle Gewaltakte beeinflußt war. Glauben Sie nach Ihrer eigenen Erfahrung, daß es einen ursächlichen Zusammenhang zwischen pornographischen Büchern und Verbrechen gibt?«

»Ich weiß nur ... weiß nur ... was geschehen ist – mit mir geschehen ist.«

Plötzlich schlug Jerry die Hände vors Gesicht, als wollte er Tränen verbergen.

Elmo Duncan wandte sich von dieser Bekundung einer Gefühlsregung ab und sah zum Richter hinauf. »Ich habe keine weiteren Fragen, Euer Ehren.«

Mike Barrett starrte Jerry an. Den Bezirksstaatsanwalt nahm er nicht mehr wahr, nur noch den Jungen. Der erwiderte den Blick aus nassen Augen wie der zwölfjährige Junge, der von Moors' Hand den Tod erwartet.

Jetzt war es soweit.

Den Jungen erledigen. Ihn und die angeblichen Beweise erledigen, nach denen Jadways Buch für die menschliche Seele eine tödliche Waffe darstellte.

Oder mit Cassie McGraws Hilfe Leroux und all die anderen vernichten, die zu beweisen suchten, daß Jadways Roman nur das bewußt obszöne Werk eines Pornographen war.

Jerry Griffith?

Oder Cassie McGraw?

Aus weiter Ferne hörte er die Stimme des Richters. »Sie können mit Ihrem Kreuzverhör beginnen, Mr. Barrett.«

Er hörte neben sich Zelkin eindringlich flüstern: »Jetzt, Mike! Gib's ihnen!«

Die Entscheidung.

Er stand langsam auf. Mit einiger Mühe fand er seine Stimme wieder.

»Euer Ehren, die Verteidigung hat keine Fragen.«

Der Richter schien seinen Ohren nicht zu trauen. »Mr. Barrett, soll das heißen, daß Sie Ihr Kreuzverhör auf später verschieben möchten?«

»Nein, Euer Ehren, das meine ich nicht damit. Die Verteidigung wird an diesen Zeugen keine Fragen stellen.«

Maggie hatte sich erhoben. Sie tupfte sich mit ihrem Taschentuch an die Augen und trat auf den Mittelgang heraus. Er sah sie an. Auf ihrer Miene standen Erleichterung und Dankbarkeit geschrieben. Sie nickte ihm kurz zu, dann war sie verschwunden.

Er hörte, wie Richter Upshaw verkündete: »Meine Damen und Herren Geschworenen, wir unterbrechen jetzt die Verhandlung zur Mittagspause. Ich ermahne Sie noch einmal, während dieser Pause weder untereinander noch mit Dritten über den vorliegenden Fall zu sprechen und sich auch keine Meinung darüber zu bilden oder auszusprechen, bis Ihnen die Frage endgültig zur Entscheidung vorgelegt wird. Das Gericht vertagt sich bis zwei Uhr.«

Abe Zelkin war verwirrt und wütend. »Verdammt, jetzt sind wir erledigt. Was war denn los? Hast du den Verstand verloren? Bist du übergeschnappt – oder was ist?«

War er übergeschnappt Oder was war los?
Er war nicht imstande gewesen, die schwierige Frage seines Sozius gleich zu beantworten. Auch in den nachfolgenden zwanzig Minuten fiel ihm keine Antwort darauf ein. Das Gericht hatte sich zwar vertagt, aber sie bekamen keine Gelegenheit, sich unter vier Augen zu sprechen. Vor dem Gerichtssaal wurden sie von Reportern umringt, die wissen wollten, warum die Verteidigung auf ein Kreuzverhör von Jerry Griffith verzichtet hatte. Auf dem Korridor, im Aufzug, in der Eingangshalle des Gerichtsgebäudes, überall wurden sie von Fernseh-, Rundfunk- und Presseleuten umringt.
Kein Kommentar. Kein Kommentar. Kein Kommentar.
Unten auf der Straße holte sie keuchend Phil Sanford ein. Aber selbst hier wurden sie noch von einem halben Dutzend Reportern gejagt.
Kein Kommentar. Kein Kommentar.
Unterwegs zum Redwood Restaurant, wo sie sich mit Leo Kimura verabredet hatten, klebte ihnen immer noch der Fernsehkommentator Merle Reid hartnäckig an den Fersen. Er stellte sich ihnen am Eingang zu dem Restaurant in den Weg und verlangte eine Auskunft.
Kein Kommentar.
»Aber vielleicht habe *ich* ein Kommentar dazu«, fauchte Reid und sah Barrett von der Seite an. »Wir alle haben den Eindruck, daß Luther Yerkes eine Neuerwerbung geglückt ist. Die Staatsanwaltschaft hat er schon in der Tasche. Vielleicht hat er jetzt auch die Verteidigung gekauft. Haben Sie dazu vielleicht noch etwas zu bemerken?«
Im ersten Augenblick hätte ihn Barrett am liebsten niedergeschlagen, aber die Verteidigung hatte schon genug Kummer, auch ohne sich noch zusätzlich eine Strafanzeige wegen Körperverletzung an den Hals zu laden. Er atmete einmal tief durch und wartete, bis sich der erste Zorn gelegt hatte. Dann antwortete er halbwegs ruhig: »Dazu habe ich nur eines zu bemerken: Hau ab, du Angeber!«
Er schob Reid beiseite und betrat das Restaurant, gefolgt von Zelkin und Sanford. Der liebenswürdige Geschäftsführer erwartete sie bereits und geleitete sie rasch zu einem weißgedeckten Tisch im rückwärtigen Speisesaal, an dem Kimura in einem rotgepolsterten Sessel saß und in seinen Akten blätterte. Erst als sie Platz genommen hatten und die schwarzäugige Kellnerin ihnen die Speisekarten gebracht hatte, konnten sie ungestört einige Worte wechseln.
Mike Barrett gab sich Mühe, mitten im Auge des Hurrikans seine Ruhe zu bewahren. Er stopfte seine Pfeife, während sich Phil Sanford zu Kimura hinüberlehnte und ihm etwas zuflüsterte. Er bemerkte auch, daß ihn Abe Zelkin immer noch wütend anfunkelte.

»Verdammt, Mike, du hast mir meine Frage noch nicht beantwortet«, fauchte er nach einer Weile. »Was zum Teufel war denn im Gericht los? Sollen wir uns ungestraft von Duncan und dem Kleinen einseifen lassen? Hast du durchgedreht, oder was war los?«
Barrett nahm die Pfeife aus dem Mund. »Ich wollte es dir, Phil und Leo erklären, sobald wir unter uns waren. Deshalb habe ich Ben Fremont in ein anderes Lokal essen geschickt.«
»Da mußt du dir aber schon etwas Gutes einfallen lassen!« knurrte Zelkin.
»Ich habe ein Tauschgeschäft gemacht«, sagte Barrett knapp. »Das Kreuzverhör Jerry Griffith' gegen die Zeugenaussage von Cassie McGraw.«
»Cassie McGraw?« fragte Sanford erstaunt. »Lebt die denn überhaupt noch?«
»Ja, sie lebt. Sie steht auf unserer Seite, und wir können sie als Zeugin bekommen. Dann haben wir endlich auch einen Kronzeugen.«
»Puh!« machte Sanford. »Jadways Mätresse, Cathleens Vorbild soll leibhaftig bei uns erscheinen! Ich muß schon sagen, das läßt die Sache in einem völlig neuen Licht ...«
»Lassen Sie das, Phil«, unterbrach ihn Zelkin hart. Seine schmalen Augen hinter den dicken Brillengläsern ließen Barrett nicht los. »Okay, Mike, du hast einen Tausch gemacht.« Er hielt inne. »Mit wem?«
Barrett rutschte unruhig auf seinem Stuhl hin und her. Das war der Augenblick, den er am meisten gefürchtet hatte. »Mit Maggie Russell.«
»Habe ich mir fast gedacht«, murmelte Zelkin.
»Nun laß mich doch einmal ausreden ...«
»Erst läßt du mich ausreden«, fiel ihm Zelkin mit erhobener Stimme ins Wort. »Wenn du schon vor Gericht kein Kreuzverhör durchführen willst, dann laß es mich wenigstens hier tun. Also ein Tauschgeschäft mit dieser Russell. Zunächst scheint es bei dir allmählich eine Gewohnheit zu werden, alles auf eigene Faust zu machen. Was hast du vor? Willst du eine Ein-Mann-Schau abziehen? Wenn ja, dann bin ich ...«
»Laß den Quatsch, Abe! Du müßtest mich doch besser kennen. Wir sind Partner und werden diese Sache gemeinsam ausfechten. Nur ...«
»Warum hast du mich dann nicht gefragt oder mir zumindest Bescheid gesagt, bevor du irgendwelche Tauschgeschäfte machst?«
»Weil ich gewußt habe, daß du – bei nüchterner, kalter Betrachtung aller Umstände – abgelehnt hättest. Ich hätte dir das nicht klarmachen können, was nicht aus kalten Fakten hervorgeht. Was man fühlt, wenn man einen Menschen so gut kennt wie ich Maggie Russell. Ein Gefühl, das sich nicht auf Fakten stützt, sondern mehr auf einen Instinkt, eine Ahnung. Gerade weil ich Maggie kenne, war ich schließlich bereit, auf ihr Angebot einzugehen. Es gibt Entscheidungen, die kann man nur ganz allein treffen.«
Damit gab sich Zelkin nicht zufrieden. »Du verteidigst nicht dich selbst, Mike. Wir haben gemeinsam die Aufgabe übernommen, nicht nur Ben Fremont zu verteidigen, sondern jeden einzelnen Buchhändler in Amerika, Phil Sanford und

jeden Verleger auf der Welt. Und schließlich auch ein Stück Menschenrechte. Keiner von uns hat das Recht, einseitig etwas zu unternehmen oder auf eigene Faust loszuziehen, nur weil irgendein Gefühl . . .«
Sanford warf den Löffel beiseite, mit dem er gespielt hatte. »Augenblick, Abe. Ich meine, wir sollten Mike zumindest Gelegenheit geben, alles zu erklären.«
»Okay«, sagte Zelkin. »Raus mit der Sprache. Erzähl uns von dem Geschäft, das du auf eigene Faust abgeschlossen hast.«
Bevor Barrett antworten konnte, kam die Kellnerin mit den vorhin bestellten Getränken. Sie wollte die Bestellung aufnehmen. Keiner von ihnen hatte bisher einen Blick in die Speisekarte geworfen, aber sie holten es nun hastig nach. Zweimal Reuben-Sandwich und eins mit warmem Truthahn. Barrett hatte gar keinen Appetit, bestellte aber Rostbraten auf Toast, nur um zu beweisen, daß seine Nerven in Ordnung waren.
Die Kellnerin ging wieder. Entschlossen nahm Barrett den Handschuh auf, den ihm Zelkin hingeworfen hatte. »Schön, wenn ihr mir zuhören wollt, werde ich euch erklären, was geschehen ist und worauf sich meine Entscheidung stützt. Zunächst wißt ihr ja, daß ich mich privat mit Maggie Russell getroffen habe. Durch sie habe ich ein besseres Bild von Jerrys Zustand bekommen.«
»Wir haben auch zuvor genug über Jerrys Zustand gewußt«, sagte Zelkin. »Und ich hatte immer den offenbar irrigen Eindruck, daß wir ehrliche, anständige Anwälte waren, die seinen Zustand vor Gericht bloßstellen sollten – keine Ärzte, die ihn privat zu behandeln hatten.«
Barrett nahm sich zusammen, weil Ärger, Gekränktsein und Skepsis seines Freundes nicht unberechtigt waren. »Gut, Abe, du weißt also, was mit dem Jungen los ist. Er ging mit Selbstmordgedanken um und hatte eine panische Angst vor einer hochnotpeinlichen Befragung. Aber darum geht es nicht in erster Linie. Ich muß dir erklären, wie Maggie Russell zu dem Jungen und zu Frank Griffith steht, damit du begreifst, warum sie mir ein Geschäft angeboten hat, das den Jungen retten und die Clique Duncan – Yerkes – Osborn – Griffith zerschlagen könnte. Danach werde ich dir genau erzählen, was vorgestern abend geschehen ist.«
Er berichtete. Nur einmal, als die Kellnerin die bestellten Sandwiches brachte, wurde er unterbrochen. Er erzählte ihnen, was er über Maggie und Jerry, Ethel und Frank Griffith erfahren hatte. Er begann mit ihrem ersten Zusammentreffen bei dem Duncan-Vortrag und endete mit ihrem letzten Beisammensein am Samstagabend im Lokal Chez Jay in Santa Monica. Er erklärte ihnen genau, was ihm Maggie angeboten hatte.
»Frank Griffith hat für die Geschäftspost in der Werbeagentur natürlich seine eigenen Sekretärinnen, aber die private Post, die bei ihm zu Hause ankommt, wird von Maggie Russell geöffnet. Sie ist nicht nur eine Verwandte und die Gesellschafterin von Ethel Griffith, sondern auch eine Art Privatsekretärin für die Familie. Nach all dem Rummel kamen dort natürlich eine ganze Menge Briefe an, die meisten dafür pro Frank Griffith und kontra Jadway. Vor etwas mehr als

zwei Wochen ging Maggie Russell wieder einmal am Schreibtisch ihres Onkels die Post durch und fand plötzlich eine Postkarte, die mit ›Cassie McGraw‹ unterschrieben war.«

»Nur eine Postkarte?« fragte Sanford.

»Nur eine Postkarte«, wiederholte Barrett. »Verdammt, man kann doch auch die Zehn Gebote auf einer simplen Postkarte unterbringen! Maggie traute ihren Augen nicht, aber sie war tatsächlich da, die Karte, aufgegeben in Chicago, versehen mit einem Absender. Cassie schrieb an Frank Griffith, sie habe in den Zeitungen über den Prozeß gelesen. Anscheinend hatte sie einige harte Worte von Frank Griffith gelesen, mit denen er Jadway und *Die sieben Minuten* angegriffen hat. Jedenfalls fühlte sich Cassie veranlaßt, sich zu melden und Griffith mitzuteilen, daß niemand Jadway genauer gekannt hätte als sie, und daß sie bereit sei, beim Leben ihrer Tochter zu schwören, daß Jadway den Roman aus den reinsten Motiven heraus geschrieben hätte, in der Hoffnung, künftige Generationen von Tabus zu befreien – und daß Leroux vor Gericht Lügen erzählt hätte.«

»Das alles auf einer Postkarte?« fragte Zelkin ironisch.

»Warum nicht? Ich hab' zu Hause ein Vaterunser, das auf eine Briefmarke geschrieben wurde.«

»Woher will sie wissen, daß die Karte wirklich von Cassie McGraw stammte?« fragte Zelkin weiter. »Vielleicht hat sie irgendein Irrer geschrieben.«

»Darauf wollte ich gerade kommen. Maggie war zuerst auch nicht sicher. Der Text hörte sich echt an, konnte aber gefälscht sein. Auf jeden Fall brachte sie die Karte beiseite und versteckte sie vor Griffith. Sie sagte sich, wenn die Karte wirklich echt war, konnte sie uns – die Verteidigung – zu Cassie führen; das wäre ein vernichtender Schlag gegen Duncans Beweisführung, und dadurch wiederum würde auch Jerry geholfen. Zuerst wollte sie Griffith mit dieser Karte in der Hand zwingen, Jerry nicht als Zeuge auftreten zu lassen. Aber dann sagte sie sich, daß ihr Onkel Vernunftgründen nicht mehr zugänglich sei. So kam sie zu mir. Den letzten Ausschlag gab etwas, das ich ihr gesagt hatte und das die Echtheit der Postkarte bestätigte.«

»Was?« wollte Sanford wissen.

»Bei einem Telefongespräch sagte ich Maggie, ich hätte Judith Jan gefunden, die Tochter Cassies und Jadways, und ich beschrieb ihr unser Pech: daß sie als Nonne bei den Karmeliterinnen lebte. Jeder weiß über die Tochter Bescheid, aber wie viele Leute wissen, daß sie Nonne geworden ist? Maggie wußte es von mir, und wir hier wissen es. Sean O'Flanagan weiß es. Einige Kirchenleute wissen es. Aber wer sonst noch? Doch nur jemand, der Jadway sehr nahestand – Cassie McGraw selbst. Nun, Maggie sagte mir, das hätte auch auf der Postkarte aus Chicago gestanden. Judith, Jadways eigene Tochter, sei Nonne geworden, nicht um für die Sünden ihres Vaters zu büßen, sondern um Gott zu dienen, wie ihr Vater der Menschheit gedient hatte. Da wußte ich, daß der Absender die echte Cassie McGraw sein mußte.«

Er sah die anderen an, aber sie zeigten weder Zustimmung noch Ablehnung.

Barrett fuhr fort. »Darin bestand das Angebot: Wir sollten Cassie bekommen, wenn wir Jerry in der Öffentlichkeit ungeschoren ließen. Es war für mich eine schwere Entscheidung. Ausschlaggebend waren zuletzt juristische Erwägungen. Jerry hat überzeugend für Duncan ausgesagt. Wenn ich für ein Kreuzverhör mit ihm Cassie McGraw aufgab, konnte ich bestenfalls mit ein paar kleinen Pluspunkten rechnen – mit einem negativen Gewinn. Es würde mir wohl gelingen, einige Aussagen von Jerry Griffith in Zweifel zu ziehen, aber selbst das war fragwürdig, denn wenn ich bekanntgab, daß ich Jerry nach einem mißglückten Selbstmordversuch in seinem Auto fand, würde das nur den Eindruck verstärken, daß der Junge krank, gehetzt war. Die meisten Geschworenen würden die Schuld Jadways Buch zuschieben. Sie würden Mitleid mit ihm empfinden und sich daher gegen uns wenden. Wenn ich andererseits auf Jerry verzichtete, konnte ich einen ausgesprochenen Sensationszeugen bekommen, eine dramatische, unwiderlegbare Aussage aus erster Hand. Damit waren Leroux' Lügen vom Tisch gewischt. Damit war widerlegt, was Dr. Trimble über die Wirkung des Buches auf Jerry ausgesagt hatte. Dem Buch würde Ehrlichkeit und Anständigkeit nachgewiesen – und in einem Zensurprozeß geht es doch in erster Linie um das betreffende Buch. Daher beschloß ich, Jerry für Cassie zu opfern – für Cassie und für Jadways Roman. Das, meine Herren, sind die Fakten. Ich habe ihnen nichts mehr hinzuzufügen.«

Zelkin putzte mit der Serviette seine Brille. Er war jetzt nicht mehr so wütend, sondern nur noch sauer. »Okay, Mike. Aber etwas hast du uns noch nicht erzählt.«

»Was?«

»Hast du diese Postkarte gesehen, die Cassie McGraw angeblich geschickt hat?«

»Gesehen? Du meinst, selbst vor Augen gehabt? Nein. Maggie konnte gestern nicht an Griffith' Schreibtisch heran. Sie arbeitet normalerweise an dem Schreibtisch in seinem Arbeitszimmer. Dort hat sie die Postkarte unter der Auskleidung der untersten Schublade versteckt, weil ihr das sicherer erschien als ihr eigenes Zimmer. In letzter Zeit vermutete sie, daß er in ihren Sachen herumschnüffelt, besonders seit er weiß, daß sie sich mit mir trifft. Es war Sonntag, und Griffith hielt sich den ganzen Tag in seinem Zimmer auf. Als ich mich heute morgen immer noch nicht endgültig entschieden hatte, sagte sie, daß sie abwarten wolle, wie ich mich verhalten würde. Wenn ich auf Jerrys Kreuzverhör verzichtete, würde sie mir heute nachmittag die Postkarte übergeben.«

»Falls eine solche Postkarte existiert«, sagte Zelkin ruhig.

»Wie meinst du das?«

»Ich meine, daß es durchaus möglich wäre, daß diese Karte nur in der Phantasie deiner lieben Freundin existiert. Du hast doch selbst gesagt, daß sie für den Jungen so gut wie alles tun würde. Schön – das wäre fast alles.«

»Abe, vieles im Leben erreichen wir nur, wenn wir anderen vertrauen.«

»Wirklich?« fragte Zelkin. »Wenn du recht hast, dann hast du soeben sämtliche amerikanischen Rechtsanwälte arbeitslos gemacht. Vielleicht vertraue ich meiner

Mutter und meiner Frau, ein wenig auch meinen Kindern und meinem besten Freund. Aber echtes Vertrauen habe ich nur in einen schriftlichen Vertrag. Seien wir doch nicht romantisch. Als Jurist kann ich nur in etwas Vertrauen setzen, was gesetzlich erzwingbar ist. Ich muß es anfassen können. Ich bezahle dafür und habe es dann in der Hand. Aber schön, Mike, Geschehenes läßt sich nicht ungeschehen machen, und wir kennen uns zu gut, als daß ich dir noch böse sein könnte. Vielleicht hab' ich noch einen Rest Wut im Bauch, aber ich werde gemeinsam mit dir durchkommen oder untergehen. Vermutlich untergehen.«

Philip Sanford zog seinen Stuhl näher heran. Aus seinem kalkweißen Gesicht schien jeder Blutstropfen gewichen zu sein. »Ich bin nicht sicher, ob ich dir das so ohne weiteres verzeihen kann, Mike. Vielleicht macht es Abe nichts aus, mit dir unterzugehen, aber ich will dir sagen, daß ich nicht dazu bereit bin. Mike, meine ganze berufliche Zukunft, meine Familie, mein Leben hängen von deinem Urteilsvermögen, von deinem Können ab. In meinen Augen hast du dir einen gewaltigen Schnitzer geleistet. Ich werde es dir auch nicht nachtragen, aber seien wir doch ehrlich, legen wir die Karten auf den Tisch. Ich hoffe, daß du es in diesem Sinne auffassen wirst.«

»Selbstverständlich kannst du offen reden«, sagte Barrett, erstaunt über Sanfords ungewohnt heftigen Ausbruch.

»Ich glaube, daß du dir eines nicht klarmachst: daß nämlich Luther Yerkes und Frank Griffith das Mädchen dazu benutzt haben, dich zu überreden. Sie ist von ihnen abhängig, zumindest von Griffith, und sie wissen, daß du dich in sie verliebt hast. Deshalb haben sie dafür gesorgt, daß sie dich hereinlegt. Sie haben dich zum Narren gehalten, Mike, und mir tun nur die vielen Leute leid, die jetzt unter deinem Fehler zu leiden haben. Ich bin Abes Ansicht. Ich bin nicht davon überzeugt, daß diese Postkarte überhaupt existiert. Und wenn es sie gibt, dann wirst du sie vermutlich erst zu sehen bekommen, wenn die anderen den Prozeß gewonnen haben und wir alle miteinander im Armenhaus gelandet sind. Ob das etwas nützt, weiß ich nicht, aber ich mußte es einmal aussprechen.«

Barrett ließ sich nicht beirren. Er zündete seine Pfeife wieder an und nickte gelassen. »Ja, Phil, an diese Möglichkeiten habe ich auch gedacht. Über unbewußte Regungen kann ich keine Rechenschaft ablegen, aber ich glaube doch, daß ich auch kühl und objektiv gehandelt habe. Vielleicht wird sich herausstellen, daß ich ein Narr war. Vielleicht auch ein Prophet. Es steht viel auf dem Spiel. Ich habe alles auf Maggie gesetzt, weil ich fühle und glaube, daß sie ehrlich ist. Wie gesagt: Es gibt Augenblicke, da muß man anderen vertrauen.«

»So wie wir auch Christian Leroux vertraut haben?« fragte Sanford. »Wie wir Isabel Vogler vertraut haben? Wie wir uns in den vergangenen Wochen auf die Zuverlässigkeit unserer Telefone und die Anständigkeit der Gegenseite verlassen haben?«

Barrett zuckte die Achseln und wandte sich an Kimura, der seine Gabel gehoben hatte. »Leo, Sie haben noch nichts dazu gesagt – halten Sie mich auch für einen Narren? Wie stehen Sie dazu?« fragte Barrett.

Kimura spielte weiter mit seiner Gabel. Sein düsteres Gesicht blieb unbewegt. »Ich kann mich nicht dazu äußern, was richtig oder was falsch war, Mr. Barrett. Ich kann Ihnen allerdings auf der Grundlage meiner Ermittlungen meine Meinung darüber sagen, was das vermutliche Ergebnis Ihrer Entscheidung sein wird. Ich halte mich dabei nur an Fakten. Da ist zunächst die Tatsache, daß Miß Russell soundso viele Jahre im Hause Griffith lebte und nie Anlaß hatte, es zu verlassen. Ich weiß ferner, daß Miß Russell in diesen Jahren niemals etwas getan hat, was den Interessen von Frank und Ethel Griffith zuwiderlief. Dann die Tatsache, daß im Fall Cassie McGraw enorm viel Zeit und Geld aufgewandt wurden, ohne daß auch nur die Spur eines Beweises dafür auftauchte, daß sie noch am Leben ist. Es ist eine Tatsache, daß Tigerinnen höchst gefährlich werden können, wenn sie gereizt werde, weil ihre Männchen angegriffen werden. Selbst alte Tigerinnen wie Cassie McGraw kommen dann aus ihrem Versteck. Ich weiß auch, daß Ermittlungen niemals lückenlos sind, daß man niemals sämtliche Fakten erfährt und daß auch Fakten oft falsch interpretiert werden können. Daher möchte ich, was das Ergebnis betrifft, lieber keine Ansicht äußern, Mr. Barrett. In diesem Fall möchte ich nicht einmal etwas über Wahrscheinlichkeiten sagen.«
»Ich werde dir sagen, was ich für wahrscheinlich halte, Mike«, warf Sanford ein. »Wann soll Maggie die Postkarte mit Cassie McGraws Anschrift abliefern?«
»Sie kommt damit heute nachmittag um fünf Uhr in mein Büro.«
»Dann will ich mit dir eine Wette abschließen«, sagte Sanford. »Eins zu zwanzig, daß sie nicht kommt oder anruft. Eins zu zehn für die Möglichkeit, daß sie zwar anruft, aber irgendeine Ausrede vorbringt – daß die Karte verlorengegangen sei oder dergleichen. Eins zu fünf für die Möglichkeit, daß sie mit der Karte kommt, daß es sich aber um eine Fälschung oder das Machwerk eines Irren handelt. Wer hält die Wette?«
Barrett schüttelte den Kopf. »Nein. Wenn du recht behältst, sind wir beide pleite.«
Zelkin sah auf die Uhr. »Es hat keinen Sinn, damit fortzufahren. In dreieinhalb Stunden weiß Mike Bescheid – so oder so. Essen wir und gehn wir ins Gericht zurück. Ich glaube, Duncan ist mit seinen Zeugen fertig. Um zwei Uhr sind wir mit unseren an der Reihe. Wir sollten uns lieber noch ein paar Minuten mit Ben Fremont unterhalten, bevor wir ihn aufrufen.«
Er sah Barrett an. »Wer übernimmt heute die Verteidigung?«
»Mach du das lieber heute nachmittag«, sagte Barrett. »Ich muß doch um Viertel nach vier weg, um mich mit Maggie im Büro zu treffen.«
»Du glaubst immer noch daran?« fragte Zelkin.
»Ich glaube immer noch daran«, sagte Barrett.

Um Punkt zwei Uhr war der Gerichtssaal wieder gefüllt. Der Gerichtsdiener hatte sich erhoben.
Der Vorhang hinter dem Richtersitz teilte sich, Richter Upshaw trat in seiner

schwarzen Robe hervor, warf einen Blick über sein Reich und ging auf seinen Platz zu.
»Bitte, nehmen Sie Ihre Plätze ein«, befahl der Gerichtsdiener Zuschauern und Beteiligten. »Die Verhandlung wird jetzt fortgesetzt.«
Richter Upshaw räusperte sich. »Das Gericht ist anwesend. Mr. Duncan, Sie können Ihren nächsten Zeugen aufrufen.«
Der Bezirksstaatsanwalt erhob sich. »Euer Ehren, ich habe keine weiteren Zeugen. Mr. Jerry Griffith war der letzte Zeuge der Anklage. Die Staatsanwaltschaft betrachtet ihre Beweiserhebung für beendet.«
Duncan setzte sich. Richter Upshaw wandte sich an die Verteidigung. »Falls die Verteidigung bereit ist, darf ich die Frage stellen, welcher der Herren heute für die Verteidigung auftreten wird?«
Zelkin sprang auf. »Abraham Zelkin, Euer Ehren.«
»Gut, Mr. Zelkin. Sie können Ihren ersten Zeugen aufrufen.«
»Danke, Euer Ehren. Ich möchte als ersten Zeugen der Verteidigung den Angeklagten Ben Fremont in den Zeugenstand rufen.«
»Schön«, sagte Richter Upshaw. »Mr. Fremont, treten Sie bitte vor und erheben Sie zur Vereidigung die rechte Hand.«
Mit trotziger Miene erhob sich der kahlköpfige, kurzsichtige Buchhändler und schritt mit seinem seltsamen, hahnenartigen Gang zum Zeugenstand. Mike Barrett sagte sich, daß es besser gewesen wäre, wenn er Fremont zuvor noch zum Friseur geschleppt hätte. Seine Koteletten und das Haar im Nacken waren zu lang und buschig geworden. Einige ältere Geschworene mochten das für einen Ausdruck der Rebellion halten und gleich mit einem Vorurteil an den Angeklagten herangehen. Aber gleich darauf schämte sich Mike Barrett dieser Gedanken. Sie waren ein Überbleibsel aus seiner Osborn-Zeit, seinem bisherigen Streben nach Konformität, nach Vorankommen, Anpassen. Wenn etwas gestutzt werden mußte, sagte er sich beschämt, dann waren es seine eigenen Gedanken.
Fremont stand nun vor dem Gerichtsdiener. Er schüttelte abwehrend den Kopf, als dieser ihm die Bibel hinhielt. Die Frage des Gerichtsangestellten konnte Barrett nicht hören, wohl aber Fremonts Antwort: »Ich bin Atheist.« Barrett zuckte zusammen und fragte sich, ob wohl einige der Juroren das überhört haben mochten. Er drehte sich halb um. Manche der Geschworenen machten ein finsteres Gesicht. Der Gerichtsdiener ließ die Bibel sinken und leierte die konfessionsfreie Eidesformel herunter: »Schwören Sie, daß Sie bei Ihrer nun folgenden Aussage die Wahrheit sagen werden, die reine Wahrheit und nichts als die Wahrheit.«
Ohne Gottes Hilfe sagte Fremont laut: »Ich schwöre es.«
Während Fremont in den Zeugenstand kletterte, murmelte Abe Zelkin vor sich hin: »Los geht's!«
Dann rollte er wie ein Gummiball nach vorn und blieb vor dem Zeugenstand stehen.
Verstört zog Barrett einen Block Schreibpapier zu sich heran. Er war weniger des Zeugens wegen beunruhigt, sondern wegen der einmütigen Meinung, die sie

während des Essens über seinen Handel mit Maggie Russell geäußert hatten. Er vertraute Maggie, aber ein einsamer Gefolgsmann hat es immer schwer. Zelkin, Sanford und selbst Kimura hatten bezweifelt, ob das Geschäft klug war. Sie hatten Maggies Beweggründe angezweifelt und waren so wenig von der Existenz der Postkarte überzeugt, daß auch Barrett nun Zweifel ankamen.
Für den Zeugen der Verteidigung brachte er jetzt keine Geduld auf. Er war mit seinen Gedanken nur bei der Uhr, deren Zeiger so langsam dahinkrochen, als müßten sie sich durch zähflüssigen Sirup hindurcharbeiten. Mit jeder Minute kam er der Wahrheit über Maggie Russell und Cassie McGraw näher.
Inzwischen notierte er sich die wichtigsten Punkte der Verhandlung. Man konnte zwar am folgenden Tag das offizielle Protokoll gegen Entrichtung eines bestimmten Preises erhalten, aber Barrett bevorzugte stets eigene Anmerkungen. Er brauchte einen Anhaltspunkt, eine Art Chronik, weil er genau wußte, daß er sich nur noch mit der Suche nach Cassie McGraw beschäftigen würde, sobald er nachher den Gerichtssaal verlassen hatte.
Hinter ihm beschrieb der große Zeiger der Gerichtsuhr quälend langsam seine Runden. Vor ihm spulten die steif und fremd wie Mannequins wirkenden Zeugen ihr wohlvorbereitetes Garn vor einem aufnahmebereiten Zelkin und dem kritischen Duncan ab. Zeugen kamen und gingen. Die Zeit verstrich. Plötzlich wurde ihm bewußt, daß es bereits nach vier Uhr war. In einer Viertelstunde mußte er den Gerichtssaal verlassen, um einer schweren Prüfung entgegenzugehen.
Er blickte auf den Block, den er vor sich liegen hatte. Die Seiten hatten sich unversehens mit seiner lockeren Handschrift gefüllt. Er überflog noch einmal seine privaten Aufzeichnungen vom Tauziehen der beiden letzten Stunden.
Dann sah er über die Schulter auf die Uhr. Wenn er sich beeilte, schaffte er gerade noch die Verabredung mit Maggie Russell in seinem Büro.
Er steckte seine Notizen ein und raunte Zelkin zu: »Ich gehe, Abe.«
Zelkin schloß die Augen und schüttelte traurig den Kopf. »Bring uns Cassie McGraw mit«, sagte er. »Wir brauchen sie, Mike. Ohne sie sind wir tot und begraben.«
»Ich werde sie finden«, versprach Barrett. »Ohne sie komme ich nicht zurück.«
Dann schob er sich leise aus seinem Platz und verließ das Schlachtfeld. Er war fest entschlossen, nur mit dem einzigen noch lebenden Zeugen zurückzukehren, der den Fall noch retten konnte.

Für Maggie Russell war es ein wundervoller Nachmittag gewesen.
Sie war so erleichtert gewesen, daß Mike Barrett Jerry das Kreuzverhör erspart hatte, daß sie in überschwenglicher Stimmung aus Los Angeles zurückfuhr.
Ihr war danach, diesen Anlaß irgendwie zu feiern. Sie machte in Beverly Hills Pause und genoß in Leons Restaurant einen Martini, ein viel zu kalorienhaltiges Mittagessen und rosarote Zukunftsträume. Danach kaufte sie sich bei Sak ein neues Kleid. Der Preis dieses Kleides ernüchterte sie so weit, daß sie sich jetzt,

um fünf Uhr, schon wieder Sorgen machte, Mike könnte seinen Verzicht auf das Kreuzverhör mit Jerry schon bereuen, unabhängig davon, was er dafür bekommen sollte. Einen Mann besänftigt man am leichtesten, indem man ihm zeigt, daß er mehr gewonnen als aufgegeben hat. Das kurze, tief ausgeschnittene Kleid konnte ein wenig dazu beitragen. Maggie haßte weibliche Tricks. Sie war von Natur aus offen und direkt. Aber die Situation erforderte eine besondere Anstrengung. Er sollte sehen, daß er zwar auf etwas Wichtiges verzichtet hatte, daß er aber andererseits etwas Besseres und Dauerhafteres dafür eintauschen konnte. Das hieß – falls er überhaupt noch an ihr interessiert war.

Zu ihrer Überraschung traf sie Frank Griffith zu Hause an. Er telefonierte gerade in seinem Arbeitszimmer. Seine Stimme klang laut und fröhlich, und sie hörte Luther hin, Luther her. Schon wieder dieser schreckliche Yerkes! Tante machte oben ein Nickerchen, und Jerry hatte sich in seinem Zimmer eingeschlossen. Aber Maggie hörte durch die Tür seinen Plattenspieler. Sie zog rasch das tolle neue Kleid an, bürstete ihr Haar und erneuerte ihr Make-up.

Sie kam gerade die Treppe heruntergelaufen, als Frank Griffith aus seinem Zimmer auftauchte, das breite Gesicht glühend vor Zufriedenheit.

Er sah sie und blieb am Fuß der Treppe stehen.

»Hello, Maggie. Hab' gehört, du warst bei der Verhandlung.«

Sie kam unten an. »So? Woher?«

»Das war eben Luther Yerkes am Telefon. Ein paar von seinen Leuten haben dich gesehen. Ich habe jetzt erst erfahren, wie wir heute morgen abgeschnitten haben. Ich wollte selbst dabeisein, um Jerry notfalls den Rücken stärken zu können, aber Dr. Trimble war dagegen. Er meinte, meine Anwesenheit würde Jerry zu verlegen machen. Also hab' ich's gelassen – wie der Arzt es wollte. Außerdem hatte ich dringend in San Diego zu tun. Nach der Besprechung bin ich geradewegs zurückgefahren und kurz nach Jerry angekommen, aber dieser Lümmel wollte mir nichts erzählen. Hat sich einfach eingeschlossen. Hältst du das für dankbar – nach allem, was wir für ihn getan haben? Wenn dieser Prozeß erst einmal vorbei ist und auch sein eigenes Verfahren geregelt ist, dann werde ich ihm schon Respekt beibringen!«

»Was soll das heißen?«

»Das heißt, daß wir ihn verzogen haben. Du siehst ja selbst, wohin das führt. Aber laß mal. Dem werde ich schon noch Mores lehren.«

Sein breites, grobes Gesicht wurde häßlich, aber diese Verwandlung hielt nicht lange vor. Das Bewußtsein des Triumphes war zu vorherrschend.

Herr im Himmel, wie ich diesen Mann hasse! dachte Maggie.

Er strahlte. »Aber immer schön eins nach dem andern. Wir haben gewonnen, und das ist im Augenblick wichtiger. Luther hat mir eingehend berichtet, was heute morgen passiert ist. Ich hab' ja gleich gewußt, daß diese Dummköpfe von der Verteidigung vor uns aufgeben werden, und genauso ist's auch gekommen. Komm Maggie.« Er legte ihr einen Arm um die Schultern und führte sie zum Wohnzimmer. »Du warst doch dabei. Ich möchte wissen, wie du darüber denkst.«

Seine Berührung ekelte Maggie an, aber sie konnte sich erst mitten im Wohnzimmer von ihm befreien.
»Was möchtest du denn hören?« fragte sie.
»Wie Elmo sie dazu gebracht hat, den Schwanz einzuziehen und nach Mama zu schreien. Und wie sich Jerry benommen hat. Wurde mein Name erwähnt?«
»Das weiß ich nicht mehr. Jerry hat sich prächtig verhalten. Ich war stolz auf ihn.«
»Das hab' ich dir ja gleich gesagt. Von jetzt an wirst du wohl auf mich hören. Du und Ethel, ihr habt wochenlang ein Geschrei angestimmt, er hält's nicht aus, wir sollen ihm die Aussage ersparen, ihn wie einen Kranken behandeln. Aber ich hab' immer gewußt, daß mehr in ihm steckt, daß er wenigstens etwas von seinem Alten mitbekommen hat. Nun mußt du doch zugeben, daß ich recht hatte, nicht wahr?«
»Nichts gebe ich zu, Onkel Frank. Es war qualvoll für Jerry. Du hättest ihn sehen sollen. Er hat es nur überstanden, weil ihn Mr. Barrett nicht ins Kreuzverhör genommen hat.«
»Quatsch! Er hätte deinen lieben Freund Barrett auch erledigt. Was glaubst du wohl, warum Barrett es aufgegeben hat? Weil er wußte, daß er geschlagen war, daß wir Jerry gut vorbereitet hatten, daß er nichts erreichen konnte. Deshalb hat er auf das Kreuzverhör verzichtet und damit an die öffentliche Sympathie appelliert, wie Yerkes es nennt. Aber Tatsache ist – und du wirst auch noch früh genug dahinterkommen, mein Mädchen, so leid es mir für dich tut – Tatsache ist doch, daß dein Freund Barrett feige ist, daß er Angst hat. Deshalb schreckte er vor dem Kreuzverhör zurück.«
Sie hörte ihm fassungslos zu. Für einen Mann in seiner Position bewies er ein geradezu unglaubliches Maß an Dummheit und Begriffsstutzigkeit. Der Haß schnürte ihr fast die Kehle zu. All die vielen Wochen aufgestauter Wut machten sich bemerkbar, drängten nach außen. Was hatte er da gesagt? Daß Mike feige war? Daß er Angst hatte?
Sie fand endlich die Stimme wieder. »Wenn Mr. Barrett auf das Kreuzverhör verzichtet hat, so lag es nicht daran, daß er Angst hatte, sondern – weil er eben anständig ist.«
»Anständig?« Griffith warf den Kopf zurück und brüllte vor Lachen. »Selten einen besseren Witz gehört! Ein popeliger Anwalt, der für ein Honorar arbeitet, soll auf seinen Vorteil verzichten – weil er *anständig* ist! Maggie, du weißt so wenig über die Menschen wie deine Mutter. Jetzt hör mir mal gut zu und werde endlich erwachsen. Es ist schließlich mein Beruf, die Menschen zu kennen. Du wirst mir eines Tages dankbar sein, daß ich dich rechtzeitig gewarnt habe. Dein Freund, dieser Winkeladvokat, hat nicht eine einzige Unze Courage im Leib!«
»Er hat mehr Mut als du!« fauchte sie zurück. Es war einfach zuviel. Sie hatte genug. Sie mußte es loswerden. »Wenn du schon die Wahrheit hören willst: Mike Barrett hat Jerry nicht ins Verhör genommen, weil ich ihn gebeten hatte, es nicht zu tun. Es gibt noch andere Gründe. Er kennt deinen Sohn zum Beispiel

besser als du selbst. Er war bereit, seinen Prozeß aufs Spiel zu setzen, weil er mit mir der Meinung war, daß Jerrys Zukunft auf dem Spiel stand. Aber das wirst du wohl nie verstehen.«

Frank Griffith' Gesicht wurde wieder häßlich. »Hör mal, mein Fräulein, so kannst du mir nicht kommen. Du willst mich doch wohl nicht mit deinem miesen Freund vergleichen. Er hat Jerry nicht verhört, weil du ihn darum gebeten hast? Das soll ich glauben? Warum sollte er auf dich hören, wo doch seine ganze Karriere auf dem Spiel steht? Aber vielleicht – jetzt komme ich erst darauf – vielleicht hast du gewisse Mittel, ihn dir hörig zu machen, wie? Manche Männer tun wohl alles für ein Schäferstündchen, wie?«

Maggie hätte ihn am liebsten geohrfeigt. Wenn sie ein Mann gewesen wäre, dann hätte sie ihn bei der Gurgel gepackt. Aber gerade weil sie eine Frau war, hatte er versucht, sie herabzuwürdigen.

»Das ist gemein von dir«, sagte sie. »Richtig gemein.«

Er war noch nicht fertig. »Ich kann zwar nicht einsehen, was Barrett davon haben sollte. Aber ich will wissen, was du dir davon versprichst, Maggie.«

Ihre Stimme bebte. »Wie soll ich dir das begreiflich machen? Du würdest es doch nicht verstehen. Mike und mir geht es in erster Linie darum, mit unserem Gewissen in Frieden zu leben. Was ich Mike auch sonst geboten haben könnte – seine Entscheidung hätte sich immer auf das gestützt, was ich hier in letzter Zeit völlig vermisse: Anstand. Willst du wissen, wie das gekommen ist? Du kannst es hören. Ich bin zu Barrett gegangen und habe ihm gesagt, daß du und deine sauberen Freunde von der großkotzigen Mafia Jerry gegen seinen Willen dazu zwingen wollen, in den Zeugenstand zu treten. Ich sagte Barrett, was er ohnehin schon wußte: daß Jerry krank ist, ein Selbstmordkandidat, und daß er den Verhandlungstag niemals überleben würde, wenn es zu einem Kreuzverhör käme. Ich erinnerte Mike daran, daß er selbst Zeuge eines Selbstmordversuchs bei Jerry war, und daß er sich schon vor Erscheinen dieses Buches einmal das Leben nehmen wollte – auch das wußte die Verteidigung bereits. Diesmal könnte ein solcher Versuch Erfolg haben.«

Frank Griffith war dunkel angelaufen. »Was für ein verdammter Blödsinn ist das denn schon wieder? Scheißdreck! Wo hast du das her? Hat dir das dieser Pornograph aufgebunden, dein Freund?«

»Kannst du denn nicht wenigstens einmal der Wahrheit ins Auge sehen? Wir reden nicht über die Märchen, die deine Werbeagentur verbreitet. Die Verteidigung hat herausgefunden, daß sich Jerry letztes Jahr nach einem Nervenzusammenbruch das Leben nehmen wollte. Und vor zwei Wochen hat Jerry in seinem Wagen eine Überdosis Schlaftabletten genommen. Mike Barrett kam zufällig dazu und konnte ihn noch retten.«

»So ist das also. Du hast den ganzen Scheißdreck von diesem Winkeladvokaten. Hätte es mir denken sollen. Ich hätte wissen müssen, daß dieser Kerl vor nichts zurückschreckt. Nicht einmal davor, die Selbstmordgeschichte zu erfinden und dir einzutrichtern. Er will Jerry gerettet haben? Er? Haha! Du solltest ihn dafür wohl erhören, wie? Was für ein hinterhältiger Trick, nur damit du dich hinter Ethel steckst, damit sie mich bearbeitet – damit ich Jerry vom Zeugenstand fernhalten sollte, nur damit Barrett den Prozeß gewinnen konnte. Und du bist natürlich darauf hereingefallen.«

Nun war der Augenblick der Wahrheit gekommen. Sie mußte ihm sagen, daß sie selbst Jerry nach dem ersten Selbstmordversuch gerettet hatte, daß sie selbst ihn nach dem zweiten beim Arzt abgeholt und nach Hause gebracht hatte – aber sie brachte es nicht fertig, diese letzte Wahrheit auszusprechen. Griffith würde es ihr doch nicht glauben. Er konnte es sich gar nicht leisten, ihr zu glauben. Schlimmer noch: Er würde sofort über seinen Sohn herfallen und ihn zwingen, das zu widerlegen, was sie gesagt hatte – oder es gestehen. Zuletzt würde Frank Griffith ja doch nur das glauben, was er glauben wollte, und der Verlierer war nur Jerry.

»Ich habe dir die Wahrheit gesagt, aber du willst sie nicht hören. Das ist schade. Schade für dich und für Jerry.«

Griffith funkelte sie an. »Wenn ich gescheit wäre, würde ich dich jetzt auf der Stelle hinausschmeißen. Aber ich sehe ein, daß dein übles Betragen und deine freche Zunge auf den schlechten Einfluß zurückzuführen sind, unter dem du stehst. Du selbst kannst nichts dafür, du wirst manipuliert. Du weißt selbst nicht mehr, was du sagst und was wahr ist oder nicht. Vielleicht gebe ich dir noch eine letzte Chance, meine Liebe. Nur vielleicht. Ich mache mir nämlich nicht um den Zustand meines Sohnes Sorgen, sondern um deine Verfassung. Du könntest uns alle in Schwierigkeiten bringen, weil wir schließlich für dich verantwortlich sind.«

Um mich machst du dir Sorgen, alter Heuchler? dachte Maggie. Du machst dir doch nur darum Gedanken, daß du dir eine weitere Feindin machen könntest, sonst würdest du mich doch unbedenklich auf die Straße setzen.

Aber sie sagte nichts. Sie wartete ab.

»Andererseits kommst du mir nicht so leicht davon – nicht nach dem, was du dir jetzt hier geleistet hast«, fuhr Griffith fort. »Du solltest dir lieber überlegen, auf wessen Seite du stehst, wem gegenüber du loyal zu sein hast. Vergiß nicht, daß ich es bin, der dich unterhält, der deine Rechnungen bezahlt und der dafür mehr einsteckt, als ein anderer Verwandter sich jemals gefallen lassen würde. Das solltest du schätzen und dich entscheiden, ob du auf meiner Seite stehst.«

»Ich stehe weder auf deiner Seite noch auf der Seite Mike Barretts«, sagte sie. »Ich stehe nur auf Jerrys Seite. Ich trete nur für das ein, was für ihn gut ist.«

»Also nur für Jerry, wie? Das kaufe ich dir auch nicht ab, Verehrteste. Endlich sehe ich klarer. Es ging dir niemals um Jerry. Du sagst das nur, damit du dir es hier im gemachten Nest gutgehen lassen kannst. Aber gleichzeitig bist du geil auf diesen Winkeladvokaten, diesen großen kühnen Sexritter, der dich besoffen macht und der dich nach einer hübschen Gehirnwäsche allabendlich wieder als trojanisches Pferdchen in dieses Haus zurückschickt. Aber ich will dir etwas sagen: Davon hab' ich jetzt genug. Ich dulde es nicht mehr, daß du auf beiden

Schultern Wasser trägst, von jetzt an nicht mehr, wo so viel auf dem Spiel steht. Entweder du stehst auf meiner Seite oder du gehst. Du hast die Wahl, und ich finde, daß ich dabei noch verdammt sportlich und anständig bin. Ich will es anders ausdrücken. Du willst ein Dach über dem Kopf haben, du willst zu essen und zu trinken haben, und du willst bei deinen Verwandten, bei Jerry sein. Das sagst du jedenfalls. Stimmt's? Okay, dann wirst du von jetzt an brav das tun, was ich dir sage. Also Schluß mit dem verdammten Winkeladvokaten. Wenn du dich noch einmal mit ihm triffst, ist es aus. Sense, kaputt, Feierabend, verstehst du? Dann fliegst du hochkant hinaus. Ich befehle dir, ihn von jetzt an nicht mehr zu sehen. Wenn du es trotzdem tust, kannst du gleich fortbleiben. Das wär's.«

Maggie spürte, wie sie bebte. »Was ich privat mache, hast du mir nicht zu befehlen. Ich bin nicht deine Sklavin! Ich bin auch keine Fürsorgeempfängerin. Ich arbeite hart für mein Geld, und ich habe ein Recht auf Freizeit, die ich so verbringen kann, wie es mir paßt. Mich kannst du nicht herumkommandieren wie deine Frau und deinen Sohn. Ich bin ich, und ich kann mich treffen, mit wem ich will. Auch mit Mike Barrett, wenn mir das paßt. Übrigens bin ich noch mit ihm verabredet.«

»Mir ist es scheißegal, was du verabredet hast! In meinem Haus passiert das, was ich befehle. Wenn du mit Barrett verabredet bist, dann sag ihm lieber schleunigst ab. Und sag ihm gleich, daß es aus ist – falls du in diesem Haus bleiben willst. Aber wenn du dich trotzdem mit Barrett treffen willst, dann kannst du vorher deine Koffer packen. Nun entscheide, Maggie. Ich will eine Entscheidung hören, jetzt, auf der Stelle. Gehst du, oder bleibst du?«

Sie wollte ihm ins Gesicht spucken. Davonrennen. Für immer von diesem Unterdrücker befreit sein.

Sie wollte Mike Barrett haben – falls er sie nach dem heutigen Tag noch wollte.

Aber dann gingen ihre Gedanken nach oben, zu Jerry. Für ihn konnten die nächsten Tage die schlimmsten werden.

Wie konnte sie ihn gerade jetzt hilflos diesem Ungeheuer ausliefern?

Sie steckte in einem Dilemma.

Wie sollte sie sich entscheiden?

Erst um Viertel nach fünf begann sich Mike Barrett ernsthafte Sorgen zu machen.

Er war noch vor fünf in seinem Büro angekommen, hatte aber gar nicht mit einer Nachricht von Maggie gerechnet. Er rechnete auch nicht mit ihrem persönlichen Erscheinen, da es die meisten Frauen (und gerade die weiblichsten) mit der Zeit nicht so genau nehmen.

Er hatte versucht, sich die Zeit mit den Akten der restlichen Zeugen zu vertreiben – einer schwachen Streitmacht, die auch nichts mehr retten konnte. Dann hatte er nach der Akte Cassie McGraw gegriffen. Das war seine Göttin, das unerwartete Wunder, die Pallas Athene der Verteidigung. Er bereitete sich auf das Zusammentreffen mit ihr vor. Jetzt, wo nur noch zwei oder drei Verhandlungstage verblieben, hing alles von Cassie ab. Er konnte sich aber nicht auf die Cassie der Vergangenheit konzentrieren, weil sich seine Gedanken zu sehr mit der Cassie der Gegenwart beschäftigten. Er sah immer wieder zur Tür und hoffte, daß Maggie Russell hereinkommen und ihm die Fahrkarte zur lebenden Cassie McGraw bringen würde.

Fünf Minuten. Zehn Minuten. Ewigkeiten.

Keine Maggie.

In der sechzehnten Minute warf er den Ordner beiseite und stand auf. Er lief hin und her, leerte Aschenbecher, rückte ein Sofakissen zurecht, stieß gegen die Möbel und lauschte dem Summen der elektrischen Tischuhr. Zwanzig Minuten. Dann eine halbe Stunde.

Immer noch keine Maggie.

Erregt holte er die Pfeife hervor, stopfte sie und zündete sie an. Dann ärgerte er sich, weil der Pfeifenkopf wegen seines hastigen Rauchens zu schnell heiß wurde. Er ging nicht mehr auf und ab. Er rannte.

Er fürchtete sich vor der Uhr.

Fünf Minuten vor sechs.

Vom hohen Fenster aus beobachtete er den Strom käferkleiner Autos und noch winzigerer Fußgänger – keine Maggie dabei.

Er dachte sich Gründe für ihre Verspätung aus. Aber da gab es so viele Möglichkeiten. Ein Mißverständnis hinsichtlich der Zeit. Er war sicher, daß sie fünf Uhr gesagt hatte. Oder war es sechs? Hatte er sich doch geirrt?

Ein Unfall. In Los Angeles gibt es andauernd Autounfälle. Allein in den letzten zwölf Monaten waren in dieser Stadt bei Autounfällen zweiundfünfzigtausend Personen getötet oder verletzt worden.

Oder Krankheit. Am Morgen im Gerichtssaal hatte sie gesund und munter ausgesehen. Aber das Fleisch ist schwach. Vielleicht war sie angefahren worden, oder sie lag mit einem plötzlichen Fieber im Bett.

Tausend Möglichkeiten. Aber dann hätte sie doch angerufen oder anrufen lassen. In der letzten Stunde hatte das Telefon nicht geklingelt. Er drehte sich um und sah hinüber zu Zelkins Bürotür. Wann würde Abe von der Verhandlung zurückkommen? Und was würde er wohl sagen, wenn er dann immer noch vergeblich auf Maggie Russell wartete?

Jetzt, zwanzig Minuten nach sechs, mußte er sich wohl damit abfinden. Die anderen hatten recht behalten. Zelkin, Sanford und Kimura hatten ihm vorausgesagt, daß es so kommen würde. »Glaubst du immer noch daran?« hatte ihn Zelkin gefragt.

Nun antwortete zum erstenmal eine grausame Stimme in ihm: Abe, ich weiß es nicht.

Jemand stand in der Tür. Er hob rasch den Kopf – und wurde enttäuscht. Es war nur Donna Novik mit ihrem Mantel über dem Arm.

»Wenn Sie mich nicht mehr brauchen, Chef, möchte ich jetzt gehen.«

»Danke, Donna. Ich brauche...« Doch, etwas mußte er noch erledigen. Er mußte

Maggie wissen lassen, was sie ihm angetan hatte, was er nun von ihr dachte.
»Doch, eine Bitte habe ich noch, Donna. Sie haben doch Miß Russells Privatnummer? Verbinden Sie mich mit ihr, dann können Sie gehen. Noch etwas: Wenn sich ein anderer meldet – das ist unwahrscheinlich, aber immerhin möglich –, dann melden Sie sich nicht mit unserer Firma. Klar?«
»Kapiert.«
Donna ging. Er trat wieder ans Fenster und starrte auf die Straße hinunter. Er betete darum, daß es ein kleiner Unfall, eine ungefährliche Krankheit sein möge und nicht das Andere, – nicht ein Verrat.
Er hörte Donnas Stimme gedämpft aus dem Vorraum.
Er ging hinüber zu seinem Schreibtisch und streckte schon die Hand nach dem Hörer aus. Er wartete auf den Summton, aber plötzlich ging das rote Lichtchen aus, und es kam kein Summton.
Donna kam herein, den Block in der Hand.
»Was war los?« fragte er.
»Ich habe Miß Russells Nummer gewählt, und der Ruf ging endlos lang hinaus – bis sich dann doch jemand meldete.«
»Wer?«
»Frank Griffith.«
»Verdammt!«
»Ich sagte, ich wollte Miß Russell sprechen. Er antwortete nur« – sie blickte auf ihren Block – »›Miß Russell ist nicht mehr bei uns. Sie ist heute nachmittag nach New York gefahren. Sie wird jetzt dort wohnen.‹ Bevor ich nach der neuen Anschrift fragen konnte, legte er auf. Soll ich es noch einmal versuchen und . . .«
»Nein«, sagte er fast unhörbar. »Nein, das ist nicht nötig. Danke, Donna. Sie können jetzt gehen.«
»Bis morgen, Chef.«
»Ja, bis morgen.«
Regungslos stand er da. Nach einer ganzen Weile gab er sich einen Ruck und schleppte das ausgebrannte Wrack Mike Barrett ins Besprechungszimmer. Zerstreut tat er Eiswürfel in ein Glas und goß einen ordentlichen Schluck Scotch darüber. Dann trank er verbittert zwei Frauen zu: der nie vorhandenen lebenden Cassie McGraw und Maggie Russell, die seinen Glauben an die Treulosigkeit der Frauen wiederhergestellt hatte.
Er holte seinen Mantel und wollte schon gehen, da läutete das Telefon auf Donnas Schreibtisch. Sein Herz machte einen Satz. Mit zwei Schritten stand er am Apparat und hob ab.
»Hallo?«
»Mike, ich bin's.«
Maggie.
»Zum Teufel, Maggie – wo steckst du?«
»In einer Telefonzelle an der Tankstelle nicht weit von uns entfernt. Ich konnte nicht früher anrufen.«

»Dein Onkel hat gesagt . . .«
»Du hast mit ihm gesprochen?«
»Meine Sekretärin hat angerufen.«
»Ja, ich bin gegangen. Es kam zum Krach, und ich habe das Haus verlassen.«
»Hast du Cassies Postkarte?« Er hörte sein Herz pochen und wartete gespannt.
»Mike, ich möchte . . .«
»Hast du sie?« fragte er.
»Nein.«
»Nein?«
»Ich erkläre dir alles später. Komm bitte her, ich brauche deine Hilfe. Wenn du kommst, erkläre ich dir alles. Ich warte an der Tankstelle. Kommst du, Mike?«
»Ich weiß nicht«, sagte er.
Dann legte er auf.
Aber eine halbe Stunde später fuhr er doch durch Pacific Palisades und sah sie vor der Texaco-Tankstelle stehen. Sie kehrte ihm den Rücken zu, hatte die rechte Hand zum Schutz gegen die Sonne über die Augen gelegt und sah hinauf zu dem Hügel, auf dem Frank Griffith' Haus thronte.
Als er das Büro verlassen hatte, wußte er noch nicht, was ihn dazu trieb, trotz allem zu kommen.
Als er sie nun da stehen sah, Haar und Kleid im Wind flatternd, da wußte er es wieder. Er war gekommen, weil er sie liebte und weil er wissen mußte, warum sie diese Liebe verraten hatte. Er war hier, weil alle Liebenden Narren sind und weil er der größte aller Narren war. Er war hier, weil dies für ihn die Endstation war, als Rechtsanwalt und als Mann.
Er ließ seinen Wagen in die Tankstelle rollen, hielt an der Zapfsäule, stieg aus und wies den Tankwart an, aufzutanken.
Er stand schon fast hinter Maggie, als sie ihn erblickte.
Sie stand mit zitternden Lippen da. Dann preßte sie die Faust vor den Mund, und er glaubte schon, sie würde zu weinen beginnen.
»Ach, Mike«, stieß sie hervor. »Ich habe nicht geglaubt, daß du kommst.« Sie schlang ihre Arme um ihn und lehnte den Kopf an seine Brust. »Du hast keine Ahnung, wie sehr ich dich herbeigewünscht habe. Gott sei Dank bist du doch gekommen.«
Er schob sie von sich und packte sie so fest an den Schultern, daß sie zusammenzuckte. »Was ist eigentlich los mit dir?« fragte er hart. »Warum hast du mich versetzt?«
»Sei mir nicht böse, Mike, ich kann nichts dafür. Ich wollte dich nicht versetzen, es ist nur alles schiefgegangen. Du kannst dir nicht vorstellen, was sich in den beiden letzten Stunden zwischen Frank Griffith und mir abgespielt hat. Vorhin konnte ich es dir nicht erklären, weil ich das Haus im Auge behalten wollte und von der Telefonzelle aus die Zufuhr nicht sehen konnte. Die sieht man nur von hier aus. Also mußte ich mich wieder hierherstellen, weil ich wissen wollte, ob es noch eine Chance gibt.«

»Verdammt, Maggie, du redest konfuses Zeug. Willst du mir nicht endlich erzählen, was passiert ist? Wo hast du Cassies Adresse?«
»Ich hab' sie nicht«, anwortete sie verzweifelt. »Ich will es dir erklären . . .«
»Dann erkläre es mir!«
Sie sah an ihm vorbei, den Hügel hinauf. »Ich habe dich nicht hintergangen, falls du das denken solltest. Ich bin aus dem Gericht nicht gleich nach Hause gefahren. Ich war so stolz auf dich, Mike. Als ich dann nach Hause kam, war Onkel Frank schon da. Sonst kommt er immer erst später von der Arbeit zurück. Aber er war in San Diego und beschloß, anschließend gleich nach Hause zu fahren. Er telefonierte von seinem Arbeitszimmer aus, deshalb konnte ich nicht an den Schreibtisch heran. Du weißt doch – dort habe ich die Postkarte in der untersten Schublade versteckt, unter einem Haufen Post, die ich beantworten sollte. Also zog ich mich um und vertrödelte die Zeit, bis er fertig war. Dann ging ich die Treppe herunter, und er kam gerade aus seinem Zimmer. Er war außer sich vor Freude, weil heute morgen alles so glatt gegangen war, weil du auf das Kreuzverhör verzichtet hast . . .«
»Kann ich mir vorstellen«, sagte Barrett bitter.
»Aber ich konnte immer noch nicht hinein, weil er mit mir über die Verhandlung reden wollte. Ein Wort ergab das andere. Er sprach so übel von Jerry – und auch von dir –, daß ich explodiert bin. Ich konnte mich einfach nicht mehr beherrschen und sagte ihm die ganze Wahrheit. Nein – nicht alles, nichts über unsere Vereinbarung, aber darüber, daß du es teils für mich und teils für Jerry getan hast. Ich sagte ihm, daß er Jerry niemals verstehen würde und daß Jerry zwei Selbstmordversuche . . .«
»Und was meint er dazu?«
»Er hat es einfach nicht geglaubt. Er sagte, das hättest du mir alles nur eingeredet, um mich auf deine Seite zu bringen, damit Jerry nicht als Zeuge vor Gericht auftreten sollte. Es kam zu einem entsetzlichen Krach. Er stellte mir ein Ultimatum. Wenn ich in seinem Haus bleiben, weiter für ihn arbeiten und in Jerrys Nähe bleiben wollte, dürfte ich mich nie mehr mit dir treffen. Er blieb hart. Nie mehr, auch nicht heute. Wenn ich darauf bestünde, dich trotzdem zu sehen, könnte ich gleich meine Koffer packen. Ich wußte nicht, was ich machen sollte. Entweder lieferte ich Jerry seinem Vater aus – oder ich verlor dich. In diesem Augenblick habe ich nicht an Cassies Karte gedacht, Mike. Wenn ich mich Onkel Franks Bedingungen fügte, konnte ich bleiben, die Postkarte holen und dir schicken. Aber darum ging es dann auch nicht mehr. Ich – ich konnte einfach den Gedanken nicht ertragen, dich nie mehr wiederzusehen.«
Er war tief gerührt. Die Gefühle waren stärker als alle Worte. Er zog sie wieder an sich, fühlte ihre Nähe, ihre Wärme, ihre Liebe. »Ich bin froh darüber, Maggie«, flüsterte er. »Mir geht es nämlich genauso.«
Sekundenlang dauerte das wunderbare Vergessen, aber dann öffnete sie plötzlich die Augen. »Das hätte ich fast vergessen, Mike. Es hängt doch viel davon ab – von der Karte, meine ich?«

»Ja, alles.«
Sie trat zurück. »Mike, ich fürchte, ich habe alles verpfuscht. Als ich nämlich Onkel Frank sagte, ich hätte meine Entscheidung getroffen und würde dich heute abend auf jeden Fall sehen, da wurde er noch wütender. Er befahl mir, sofort sein Haus zu verlassen und mich nie wieder blicken zu lassen. Ich sollte ein paar Sachen packen, alles andere würde er mir an meine neue Anschrift nachschicken. Am schlimmsten war aber, daß er mich nicht für eine einzige Sekunde aus den Augen ließ. Ich hab's versucht. Ich sagte, ich wollte mir noch einige persönliche Dinge aus dem Schreibtisch holen, aber ich durfte ihn nicht mehr anrühren. Er ging auch mit nach oben und blieb an der Tür stehen, während ich die nötigsten Sachen in den Koffer warf. Dann ging er wieder mit hinunter. Ich mußte ihm den Schlüssel zurückgeben. Er wartete, bis ich draußen in der Einfahrt stand, dann schlug er die Tür hinter mir zu. Ich habe alles hierhergeschleppt – die Sachen stehen da drüben . . .«
»Und Cassie McGraws Postkarte liegt noch in seinem Schreibtisch?«
»Tut mir leid – ja. Mir ist das furchtbar. Ich hab' dich nicht gleich angerufen, weil ich von hier aus gerade noch Onkel Franks Einfahrt sehen konnte. Ich habe gehofft, er würde noch einmal wegfahren. Dann wollte ich zurücklaufen und die Postkarte stehlen.«
»Maggie, du mußt heute abend noch einmal in dieses Haus zurück. Läßt sich das machen? Du hast gesagt, daß du deinen Schlüssel . . .«
Sie kramte in ihrer Handtasche. »Den Haustürschlüssel – ja.« Sie zog einen anderen Schlüssel hervor. »Aber den vom Lieferanteneingang hab' ich noch. An den hat er nicht gedacht. Aber wie soll ich das machen, solange Onkel Frank zu Hause ist?«
»Das geht nicht. Du mußt ihn herauslocken.«
»Und wie?«
Barrett überlegte. Auf einmal lächelte er. »Ich hab's! Vielleicht geht das. Einen Versuch ist es jedenfalls wert. Ist Luther Yerkes in der Stadt?«
»Ja. Er hat Onkel Frank kurz vor unserem Krach angerufen.«
»Wo wohnt Yerkes?«
»Überall. Zuletzt in seinem Haus in Bel-Air.«
»Hat er dort eine Privatsekretärin bei sich?«
»Ja. Ich habe oft mit ihr gesprochen. Sie nimmt die Anrufe an und verbindet . . .«
»Gut. Wir werden es versuchen.« Er nahm Maggies Arm und schob sie in die Tankstelle zurück.
»Was wollen wir versuchen, Mike?«
Er streckte die Hand aus. »Siehst du die kleine Rothaarige, die da drin eine Zeitschrift liest? Das ist Yerkes' Sekretärin.«
Sie betraten das Büro der Tankstelle. Der sommersprossige Rotschopf blätterte in einem Filmmagazin, kaute auf einem Gummi und begrüßte die beiden mit einem undeutlichen Murmeln.

»Sie arbeiten hier?« erkundigte sich Barrett.
Das Mädchen erschrak. »Nein, ich warte nur auf Mac. Das ist mein Freund.«
Barrett griff nach seiner Brieftasche. »Wie wär's mit einem leichtverdienten Fünfer?«
Der Rotschopf sah erst Barrett, dann Maggie an. Vorsichtig kam die Frage: »Was muß ich dafür tun?«
»Einmal telefonieren. Wir geben Ihnen die Nummer. Sie verlangen einfach Mr. Frank Griffith, und wenn er sich meldet, sagen Sie zu ihm: ›Hier spricht Mr. Luther Yerkes' Sekretärin. Ich soll Sie anrufen und Ihnen sagen, daß sich etwas Wichtiges ergeben hat. Sie möchten sofort nach Bel-Air kommen.‹ Sie beantworten keine Fragen, sondern legen gleich wieder auf.«
Das Mädchen hörte zu kauen auf. »Und bloß dafür krieg' ich fünf Dollar?«
»Ja.«
Er hielt ihr einen Fünfdollarschein hin. Sie griff schon danach, dann zog sie die Hand wieder zurück. »Das ist doch nichts Verbotenes?«
»Alles vollkommen sauber«, versicherte ihr Barrett mit gewinnendem Lächeln. »Wir wollen nur einem guten Freund einen kleinen Streich spielen.«
Sie nahm den Geldschein. »In Ordnung. Ich möchte mir genau aufschreiben, was ich zu sagen habe.«
Sie suchte im Schreibtisch herum, bis sie einen Block und einen Bleistiftstummel entdeckt hatte. Barrett diktierte ihr den Wortlaut der Durchsage. Dann gab ihr Maggie die richtige Telefonnummer.
»Soll ich es gleich tun?« fragte das Mädchen.
»Jetzt gleich.«
»Wollen Sie bitte draußen warten? Sonst werde ich verlegen.«
Sie gingen. Er führte Maggie zu den Zapfsäulen und sagte: »Du wartest hier, Maggie, und behältst sie im Auge. Ich lade inzwischen alles in den Wagen.«
Er warf sich Maggies Kleidersack über den Arm, griff mit jeder Hand nach einem Koffer und schleppte alles hinüber zu seinem Kofferraum. Nachdem er den Dekkel wieder geschlossen hatte, sah er, wie ihm Maggie zuwinkte. Der Rotschopf kam gerade aus dem Büro. Er ging rasch auf die beiden zu.
»Alles klar?«
»Ich hab's genauso gemacht, wie Sie mir gesagt haben. Ein Mann hat sich als Mr. Griffith gemeldet. Ich habe vorgelesen, was Sie mir aufgetragen haben. Seine Stimme klang ziemlich besorgt: ›Sagen Sie Mr. Yerkes, ich sei schon unterwegs.‹ Dann legte er auf.«
Barrett grinste. »Danke, gut gemacht.«
Sie grinste zurück und verschwand wieder im Büro.
Maggie nahm Barretts Arm. »Mike, wenn er wirklich auf den Trick hereinfällt, muß er in einer Minute hier vorbeikommen. Ich möchte nicht, daß er uns sieht.«
»Gut.« Er ging auf seinen Wagen zu.
An der Tür hielt sie inne. »Hier im Licht könnte er mich vielleicht erkennen.«

»Schön, dann geh in den Waschraum, bis ich zweimal hupe. Ich bleibe im Wagen sitzen und behalte den Rückspiegel im Auge. Was fährt er?«
»Einen Bentley. Blaues Sportmodell S 3. Nicht zu übersehen.«
Barrett lehnte sich zurück und sah in den Rückspiegel. Ein alter Buick kam vorbei. Dann blieb die Straße hinter ihm für eine volle Minute leer, nur die Ampel sprang um. Plötzlich tauchte im Rückspiegel der blitzende Kühler mit dem majestätischen B auf. Als der Bentley nach links in den Sunset Boulevard einbog, drehte sich Barrett rasch um und sah gerade noch Griffith' grimmiges Profil. Dann war der Wagen bald aus seinem Blickfeld verschwunden.
Barrett hupte zweimal. Maggie und der Tankwart erschienen fast gleichzeitig. Barrett zeichnete die Rechnung ab, Maggie stieg neben ihm ein.
Sie sah ihn fragend an.
Er war guter Dinge. »Den blauen Bentley können wir streichen. Sturmfreie Bude! Und nun holen wir uns Cassie McGraw!«
Maggie sah ihn besorgt an. »Mike, wir müssen uns beeilen. Wir haben Onkel Frank doch zu Yerkes' Haus in Bel-Air geschickt, nicht wahr?«
»Ja. Und?«
»Verflixt, wir hätten ihn nach Malibu schicken sollen. Bel-Air ist praktisch um die nächste Ecke. Yerkes wohnt in der Stone Canyon Road, das ist gleich hinter der Universität. Onkel Frank braucht bis dorthin höchstens zehn bis zwölf Minuten. Sobald er dort ankommt, erfährt er, daß er angeführt worden ist. Ich wette, dann schafft er den Rückweg in höchstens acht Minuten. Wir haben also bestenfalls zwanzig Minuten Zeit.«
Barrett hatte den Motor schon angelassen. »Du kannst es doch in zehn Minuten schaffen, oder nicht?«
»Wenn nichts schiefgeht, schon. Bitte, beeil dich, Mike.«
Barrett wendete in der Tankstelle und fuhr nach Norden, auf Griffith' Wohnsitz zu. Über dem Eingang brannte schon Licht, aber vom Fahrweg her war nur ein Teil des Gebäudes zu sehen. Das übrige Haus lag hinter Hecken und Bäumen versteckt.
Als sich Barrett der Einfahrt näherte, fragte er: »Du hast den Schlüssel zum Lieferanteneingang hinten, wie?«
»Ja.«
»Dann laß' ich dir hier aussteigen.« Er bremste. »Ich setze da vorn an der Hecke zurück. So kann ich dich gleich sehen, wenn du vom Hof kommst, und gleichzeitig behalte ich die Straße im Auge. Ich achte darauf, wann Griffith den Sunset Boulevard entlangkommt.«
Sie öffnete den Wagenschlag und stieg aus.
»Wieviel Zeit bleibt uns jetzt noch, Mike?«
Er blinzelte auf seine Armbanduhr. »Um ganz sicherzugehen, richte dich auf neun Minuten ein, höchstens zehn. Und jetzt los. Viel Glück!«
Er sah sie die Einfahrt hinauflaufen und dann quer über den Rasen zu dem Fußweg hinübergehen, der um das Haus herum zum Lieferanteneingang führte. Als

sie aus seinem Blickfeld verschwunden war, setzte er den Wagen langsam zurück bis an die geschwungene Hecke. Er schaltete Zündung und Scheinwerfer aus.

Es kann nicht schwierig sein, sagte er sich. Ein paar Minuten nur, dann hatte er, was er wollte. Dann konnte er Zelkin und Sanford beweisen, daß sich Vertrauen doch noch lohnte, daß er sich nicht getäuscht hatte, daß er doch den Weg zu dem einzigen Zeugen gefunden hatte, der den schwankenden Untergrund der Verteidigung wieder festigen konnte.

Er legte den linken Arm aufs Steuerrad, um die Uhr ständig im Auge zu behalten. In kurzen Abständen hob er den Blick und sah den Sunset Boulevard entlang. Einmal die Uhr, dann wieder die Straße.

Maggie war vor sechs Minuten gegangen.

Dann waren es acht Minuten.

Schließlich waren volle zehn Minuten verstrichen, und sie war immer noch nicht zurück. Jede Minute, die von nun an verstrich, schien nur noch aus sechs und nicht mehr aus sechzig Sekunden zu bestehen.

Der Sekundenzeiger raste.

Dreizehn Minuten. Vierzehn. Fünfzehn.

Barrett blinzelte. Es war inzwischen dunkel geworden. Er sah ein grelles Scheinwerferpaar den Sunset Boulevard heranrasen. Er spürte, wie auf seiner Stirn der Schweiß ausbrach.

Großer Gott – wenn das Griffith war ...

Es war tatsächlich Griffith.

In der Steigung kam der Wagen unter einer hellen Straßenlampe vorbei. Das Chrom des Kühlers, das satte Blau der Motorhaube leuchtete auf. Der Bentley. Er kam schnell die Straße herauf, immer schneller.

Barrett reagierte instinktiv. Was er tat, war nicht von bewußtem Denken bestimmt. Zündung an. Starter. Handbremse los. Fuß aufs Gaspedal.

Als der blaue Bentley voll in Sicht kam und gerade in den Fahrweg einbog, machte Barretts Kabrio einen Satz nach vorn und versperrte ihm den Weg zur Einfahrt.

Barrett packte das Steuerrad fester und wartete auf den Zusammenprall, auf das Kreischen von verbeultem Blech, aber es folgte nur das Quietschen von Reifen. Griffith riß den Bentley blitzschnell zur Seite. Die Pneus des anderen Wagens rutschten über den Asphalt, Barrett kam ins Schleudern, und dann erst prallte Metall auf Metall.

Beide Fahrzeuge waren auf der Straße vor der Einfahrt zum Stehen gekommen. Griffith' Bentley stand fast parallel zu Barretts Wagen, aber ein Stück weiter vorn. Barrett hatte ihn mit dem linken Teil der Stoßstange in der Flanke erwischt.

Auf der Fahrerseite flog die Tür des Bentley auf. Ein großer, breitschultriger Mann sprang heraus und kam auf Barrett zugelaufen. Es war Frank Griffith.

Sein Gesicht war vor Wut dunkelrot angelaufen.

»Was ist das denn für eine idiotische Fahrerei?« schrie er schon von weitem. »Wir hätten alle beide draufgehen können! Wie kann man nur so fahren! Schauen Sie denn an einer Kreuzung nicht nach links?«

»Entschuldigen Sie«, sagte Barrett und machte ein möglichst zerknischtes Gesicht. »Ich muß wohl mit meinen Gedanken woanders gewesen sein. Es war allein meine Schuld. Tut mir wirklich leid. Haben Sie sich verletzt?«

»Leute wie Sie sollte man nicht frei herumlaufen lassen«, grollte Griffith. »Natürlich bin ich nicht verletzt. Ihr Glück. Aber was Sie an meinem Wagen angerichtet haben, weiß ich nicht. Setzen Sie zurück, damit ich nachsehen kann. Und hauen Sie ja nicht ab.«

Sehr gut, dachte Barrett. Zeit gewinnen. Hinauszögern. Er darf Maggie nicht im Haus erwischen, sonst sitzt sie in der Falle.

Er fummelte an der Zündung herum, versuchte mehrmals vergeblich, den Motor anzulassen und würgte ihn bewußt immer wieder ab.

»Verdammt!« brüllte Griffith. »Wollen Sie jetzt endlich zurücksetzen oder nicht?«

Endlich lief Barretts Motor. Er legte den Rückwärtsgang ein und setzte ein paar Meter zurück. Dann stieg er aus und schlenderte auf Griffith zu, der breitbeinig und angriffslustig dastand und mit geballten Fäusten auf ihn wartete.

Barrett bemerkte die Beule in seiner Stoßstange.

»Da, sehen Sie, was Sie angerichtet haben!« sagte Griffith.

Barrett betrachtete den Schaden. Ein langer Kratzer reichte von der Tür des Bentley bis zum Kotflügel.

»Da muß die ganze Kiste neu gesprizt werden, damit sie farblich paßt«, knurrte Griffith. »Das kostet Ihre Versicherung mindestens achthundert Dollar. Sie sind doch hoffentlich versichert?«

»Ja, natürlich.«

Griffith holte einen Kugelschreiber und ein kleines Adreßbuch aus der Tasche. »Holen Sie Ihre Versicherungskarte, ich schreibe mir inzwischen die Anschrift vom Führerschein ab.«

Griffith ging nach vorn, um sich zunächst die Autonummer zu notieren. Barrett suchte in seiner Brieftasche nach der Versicherungskarte und schickte dabei ein Stoßgebet für Maggie zum Himmel.

Er fand die Karte, als Frank Griffith zu ihm zurückkam. Vom Führerschein war nicht mehr die Rede. Aber in dem Augenblick, als Griffith ihm die Karte aus der Hand riß, fiel Barrett ein, daß ja auch sein Name, seine Anschrift und seine Telefonnummer auf der Karte standen.

Er hielt die Luft an.

Griffith schrieb sich zuerst die Anschrift der Versicherungsgesellschaft auf. Dann fiel sein Blick auf den Namen des Fahrzeughalters. Sekundenlang stand er regungslos da, dann hob er langsam den massigen Kopf und starrte Barrett an. Seine Hände stopften Adreßbuch, Kugelschreiber und die Karte in die Rocktasche. Als sie wieder zum Vorschein kamen, waren sie zu Fäusten geballt. Er

trat näher. Automatisch zog sich Barrett zurück, bis er mit dem Rücken am Bentley stand. Noch nie in seinem Leben hatte Barrett so viel Haß im Gesicht eines anderen Menschen gesehen.
»Ich hätte Sie gleich erkennen müssen, Sie Schweinehund«, stieß Griffith hervor. »Was zum Teufel haben Sie hier zu suchen?«
»Wir leben hier in einem freien Land«, antwortete Barrett wenig geistreich.
»In einem freien Land, so? Aber nicht für Ihresgleichen. Was wollen Sie hier? Mir und meinem Sohn nachspionieren?«
»Ich bin an Ihnen und Ihrem Sohn nicht mehr interessiert.«
»Da bin ich nicht so sicher. Heute morgen vor Gericht, da hatten Sie die Hose voll. Aber vielleicht wollen Sie das nachträglich noch wettmachen.«
Barrett hatte in Erwartung von Griffith' Angriff den linken Arm ein wenig gehoben.
Griffith schnaubte verächtlich. »Ich würde Sie gern zusammenschlagen, aber ich denke gar nicht daran, Ihnen noch mehr Publicity zu verschaffen. Dazu bringen Sie mich nicht. Aber etwas anderes werde ich machen. Ich erteile Ihnen eine letzte Warnung. Hauen Sie ab. Verschwinden Sie, so schnell Sie können. Ich gehe jetzt hinein. Aber in fünf Minuten komme ich wieder heraus. Wenn Sie dann immer noch hier herumschnüffeln, schlage ich Sie zusammen und übergebe Sie der Polizei. Ist das klar?«
Er wandte sich ab, ging um seinen Wagen herum und setzte sich ans Steuer. Barrett warf einen Blick hinüber zum Haus. Keine Maggie. Er bestieg sein Kabrio, setzte noch ein Stück zurück und wartete mit laufendem Motor. Griffith' Bentley verschwand mit einem Satz in der Einfahrt. Barrett schloß die Augen und betete wieder für Maggie. Dann öffnete er sie und ließ den Wagen ein Stück nach vorn rollen, weil er von dort aus einen besseren Überblick hatte.
Er sah Griffith aus der Garage kommen. Er sah Griffith die Haustür öffnen. Dann sah er Griffith nicht mehr.
Arme Maggie.
Aber er konnte ihr nicht helfen. Zu spät.
Aber dann gewahrte er neben dem Fahrweg eine Bewegung. Jemand schlich eilig am Haus vorbei, dann rannte eine Frauengestalt über die Wiese. Es war Maggie.
Atemlos stand sie neben dem Wagen. »O Gott, hatte ich eine Angst!«
»Steig ein!« befahl er.
Sie saß schon neben ihm. »Ich bin glatt hineingekommen, Mike, aber dann mußte ich mich vor einer Pflegerin verstecken, die als meine Nachfolgerin gekommen war. Sie brachte gerade Tante Ethel herunter. Endlich konnte ich mich ins Arbeitszimmer schleichen. Aber als ich herauskam, sah mich Tante Ethel. Sie wußte, daß ich geflogen war. Ich mußte mich damit herausreden, daß ich mir noch einige persönliche Dinge holen wollte. Sie wollte mit mir reden. Sie hat geredet und geredet! Ich hätte mich nicht gegen ihren Mann auflehnen sollen, und es täte ihr leid, daß es ihr nicht gelungen sei, seinen Entschluß rückgängig

zu machen. Die Zeit verging, und ich wäre fast gestorben. Dann hörte ich draußen das Geräusch – die beiden Autos krachten zusammen. Ich sagte, ich wollte nachsehen, was geschehen war. Ich lief zum Hinterausgang hinaus und um das Haus herum – da sah ich dich bei Onkel Frank stehen. Ich versteckte mich wieder hinter dem Haus. Als ich ihn herauffahren hörte, schlich ich nach vorn, und nachdem die Haustür zugefallen war, rannte ich über den Rasen. Puh! Und da bin ich nun!«

Barrett hatte inzwischen gewendet und preschte den Berg hinunter. Als er sich der Tankstelle näherte, hielt er am Straßenrand.

Er streckte die Hand aus. »Hast du's, Maggie?«

Sie holte lächelnd eine Postkarte aus ihrer Handtasche und legte sie ihm behutsam in die Hand. »Da hast du sie, die Schlüssel zum Königreich!«

Er betrachtete das Farbfoto des Sunnyside Sanatoriums auf der Vorderseite, dann drehte er die Karte um. Auf der rechten Hälfte stand Frank Griffith' Anschrift. Die linke Hälfte war bis zum allerletzten Millimeter mit einer winzigen, pedantischen Handschrift bedeckt. Nur die Unterschrift war klar leserlich: »Cassie McGraw.«

»Text und Unterschrift stammen von verschiedener Hand«, sagte Barrett. »Wollen mal sehen, ob die Unterschrift echt ist.«

Er holte die beiden Fotokopien aus dem Parktown College hervor und faltete sie auseinander. Dann legte er die Fotokopie der Rückseite des Schnappschusses von O'Flanagan, Cassie und Jadway in Paris neben die Postkarte aus dem Sanatorium und verglich die beiden Unterschriften.

»Na?« fragte Maggie gespannt.

»Die erste Unterschrift stammt von einer sicheren Hand, die zweite ist zittrig wie ein Kardiogramm, aber beide weisen dieselben flachen, kopflastigen ›r‹ auf, dieselben pfeilähnlichen i-Punkte, denselben sicheren Abstrich, dieselben . . .«

Er hob den Kopf und lächelte. »Ja, die Unterschriften stammen von derselben Person. Wir haben Cassie McGraw gefunden.«

»Gott sei Dank.«

»Und dir sei auch Dank.« Er ließ den Motor wieder an. »Wohin soll ich dich bringen?«

»Ich hatte gehofft, nach Hause.«

»Nach Hause?«

»Mit dir nach Hause.«

Er löste die Handbremse.

»Aber ich habe nur ein Bett, Maggie«, sagte er leicht beklommen. »Ein Doppelbett.«

»In einem Doppelbett ist doch Platz für zwei, nicht wahr?«

Er legte seine Hand auf ihre beiden Hände, die gefaltet in ihrem Schoß lagen. »Hab' ich dir schon gesagt, daß ich dich liebe?«

»Das kannst du mir ja heute abend noch sagen, später.«

»Ich muß heute abend eigentlich nach Chicago fliegen.«

Maggie saß jetzt ganz dicht neben ihm. Ihre Lippen öffneten sich. Sie gaben sich einen langen Kuß, und ihre Zungenspitzen berührten sich. Dann flüsterte sie: »Kann Cassie nicht bis morgen warten?«
Barrett ließ sie los. »Sie wird bis morgen warten müssen.« Dann gab er Gas. Leicht und frei rollten sie dahin.

10

Chicago ist nicht ein Mittelding zwischen Los Angeles und New York, stellte Barrett fest. Es hat eine eigene Persönlichkeit.
Viele unfreundlich gesonnene Beobachter haben Chicago als häßlich gesehen. Carl Sandburg bezeichnete es als ›Schlachthof der Welt‹. Rudyard Kipling als einen ›Ort des Drecks und der Wilden‹.
Aber für andere, die Chicago besser kannten, war es mehr: *Chicago Tribune* und Vachel Lindsay, die Everleigh Sisters und Jane Addams, Al Capone und Edgar Lee Masters, Samuel Insull und Marshall Field. Wieder für andere war Chicago der Loop, die Hochbahn, die Universität, der Centralpark, die Uferpromenade. Eine lebendige, attraktive Stadt, eine triste Stadt, die einem noch viele Jahre in den Knochen steckte, wenn man sie als junger Mensch verließ.
Ja, diese Stadt vereinigte Gutes und Böses in sich wie die meisten Städte und die meisten Menschen. Aber eines war Chicago nicht, wie Barrett bei einem Blick aus dem Taxifenster feststellte: Es war nicht eine Stadt, in der man eine Miß McGraw, eine frühere Bewohnerin des Mont Parnasse in Paris vermuten würde.
Aber nun war er einmal hier, und in wenigen Minuten würden sie einander gegenüberstehen. Und diese Stadt, in der er geboren war, die für ihn nur ein Alptraum aus frühester Kindheit geblieben war – diese Stadt erschien ihm plötzlich wunderschön.
Bei Tagesanbruch hatte er seine Wohnung und Maggie verlassen, war in Los Angeles gestartet und am frühen Nachmittag in Chicago gelandet. Am Himmel trug eine matte Sonne einen kurzen Ringkampf mit dunklen Wolkenballen aus und verlor ihn. Der Tag war grau, windig, unangenehm. Barrett hatte bereits einen guten Teil der Strecke vom Ambassador Hotel zum Sunnyside-Sanatorium im Norden Chicagos zurückgelegt. Er war voller Erwartung.
Er kurbelte das Autofenster wieder hoch, verscheuchte die Stadt aus seinen Gedanken und bat innerlich auch Maggie um etwas Geduld (sie würde ihn schon verstehen), gab sich Mühe, nicht an Abe Zelkins fruchtlose Tagesarbeit im Gerichtssaal zu denken, und konzentrierte sich voll und ganz auf das bevorstehende Zusammentreffen mit Cassie McGraw.
Mit einer schon beinahe automatisch gewordenen Bewegung holte er noch einmal die Postkarte aus der Rocktasche und las erneut die an Frank Griffith gerichteten Worte:

Habe hier in Zeitg. über Ihren Sohn + Prozeß + Vorwürfe gg. 7 *Minuten* + Autor gelesen. War mit Mr. Jadway befreundet. Anregg. zu Roman von mir. Schwöre beim Leben meiner Tochter Judith – die jetzt dem Herrn als Nonne dient, wie ihr Vater der menschl. Freiheit diente – daß Mr. Jadway Roman als Künstler schrieb, aus Liebe, mit dem Wunsch Jugend von morgen frei zu machen. Buch konnte Ihrem Sohn nicht schaden höchstens nützen + f. Zukunft retten. Leroux + andere kennen Wahrheit nicht. Glauben Sie mir. Seien Sie menschlich.

Ihre
Cassie McGraw

Ich glaub' dir, Cassie, wie die Wahrheit auch lauten mag, dachte er. Und er würde es ihr sagen. Aber wirst du mir glauben, daß die tote Vergangenheit nicht länger tot und begraben bleiben darf? Wirst du den Mut haben, die Anonymität abzulegen, einen Skandal zu riskieren, ins Rampenlicht zu treten und die Lebenden zu retten?

Wirst du uns helfen, Cassie?

Der Wagen hielt. Der Taxifahrer schaltete seine Uhr zurück und nannte die Summe.

Während Mike Barrett nach seiner Geldtasche tastete, bückte er sich und sah durchs Fenster hinaus. Pflegeheime waren für ihn kein ungewohnter Anblick. Seine eigene Mutter hatte in ihren letzten Wochen in drei verschiedenen Sanatorien dahinvegetiert. Was er hier zu sehen bekam, bestätigte nur seinen Eindruck: Alle diese Heime hatten dieselbe Fassade, sie waren einstöckig, weiß gekalkt, wirkten wie Gefängnisse – nur schien dieses Heim hier vornehmer und teurer als der Durchschnitt zu sein, und zu beiden Seiten der hohen Glastür rankten sich buntfarbene Geranien.

Barrett zahlte den Taxifahrer, gab ihm ein Trinkgeld und stieg dann rasch aus. Er ging den kurzen, asphaltierten Fußweg entlang und betrat das Sunnyside-Sanatorium.

Aus alter Erinnerung rechnete er damit, von der unvermeidlichen Duftmischung aus Urin und Desinfektionsmitteln empfangen zu werden. Aber zu seiner freudigen Überraschung begrüßte ihn ein Duft frischer Lilien. Über einen Teppich gelangte er zu dem breiten Hauptkorridor, und vor ihm lagen die Glastüren zum Innenhof. Der Patio war mit blühenden Blumen in Kästen umgeben, und in der Mitte dieses Blütenmeeres sprossen aus einem Gewirr kleinerer Metalltische große bunte Sonnenschirme. Bis auf einen älteren Herrn in Hut, Pullover und ausgebeulter Hose, der in einem Sessel döste, war der Innenhof leer.

Hinter einem Tisch links von der Tür zum Innenhof betrachtete ihn neugierig eine sehr gepflegte, etwas untersetzte Empfangsdame.

Mike Barrett ging zu ihr hinüber, stellte sich vor und erklärte, er sei gerade mit der Maschine aus Los Angeles eingetroffen und wolle den Direktor sprechen. Es folgten einige Erkundigungen über die Wechselsprechanlage, dann wurde er am Therapieraum vorbeigeführt, durch den riesigen Aufenthaltsraum mit dröhnen-

den Fernsehgeräten, vorbei am Schwarzen Brett in das winzige Büro des Geschäftsführers Hollyday.
Wäre unser Heiland jemals Buchhalter gewesen, so hätte dieser Mr. Hollyday mit seinem glattrasierten Christusgesicht große Ähnlichkeit mit ihm gehabt. Er sah Barrett mit einem starren, reservierten Lächeln an, das er offenbar gegenüber Besuchern aufsetzte, die unangemeldet kamen, aber möglicherweise Verwandte von potentiellen Patienten waren. Während er sprach, spielten seine Finger mit dem Abzeichen des Rotary Club.
»Sie sind aus Los Angeles hergekommen, nur, um mich zu sprechen? Oder sollte ich das mißverstanden haben? Haben Sie Verwandte hier bei uns?«
»Ich wollte sowohl Sie als auch eine Ihrer Patientinnen sprechen.«
»Los Angeles. Dort war ich einmal vor fünf Jahren auf einem Kongreß«, sagte Mr. Hollyday in so verträumtem Ton, daß Barrett sofort merkte, daß er ohne seine Frau dort gewesen war. »Ich hatte nicht viel Zeit und konnte mir außer Disneyland kaum etwas ansehen. Eine großartige Stadt. Überall Sanatorien.«
»Ich glaube, von dieser Seite habe ich Los Angeles noch nie betrachtet«, sagte Barrett lächelnd.
»Nun ja.« Mr. Hollyday leerte seinen Aschenbecher in den Papierkorb. »Also, Mr. Barrett, was kann ich für Sie tun?«
»Ich möchte eine Frau sprechen, die als Patientin oder vielleicht auch als Pflegerin bei ihnen ist.«
Mr. Hollyday griff nach einem Bleistift. »Der Name?«
»Cassie McGraw.«
Mr. Hollyday runzelte die Stirn. »Weiße?«
»Ja.«
»Bis auf die beiden Oberschwestern haben wir nämlich nur farbige Pflegerinnen. Die kommen also nicht in Frage. Es muß eine Patientin sein, nur kommt mir der Name gar nicht bekannt vor.« Er nahm eine Liste von der Wand. »Warten Sie mal. McGraw sagten Sie?« Er fuhr mit dem Bleistift die Liste entlang. »Wir haben im Augenblick über einhundert Patienten hier, aber leider niemanden mit Namen McGraw. Vielleicht ist diese Frau nicht mehr bei uns. Sie wissen ja, daß die Insassen solcher Sanatorien dauernd wechseln. Alte Leute werden hergebracht, es gefällt ihnen nicht, sie fühlen sich verlassen und eingeschlossen, und wenn ihre Verwandten kommen, was üblicherweise ein- oder zweimal in der Woche der Fall ist, müssen sie sich dauernd Klagen anhören, bis ihre Schuldgefühle überhandnehmen und sie ihren Vater oder ihre Mutter oder wer es auch sein mag, in ein anderes Sanatorium überführen, wo sie dieselben Klagen wieder zu hören bekommen – bis endlich der Groschen fällt. Es liegt nicht an uns. Es ist sozusagen das Alterssyndrom. Es kann durchaus sein, daß Ihre Cassie McGraw ...«
»Mr. Hollyday, sie war vor zweieinhalb Wochen noch hier.«
»Wirklich? Dann werde ich einmal die Abgänge des letzten Monats überprüfen.« Er zog eine Schublade auf, dann eine zweite, bis er die richtigen Papiere

gefunden hatte. Nachdem er das oberste Blatt sorgfältig gelesen hatte, verstaute er alles wieder in der Schublade. »Im ganzen vergangenen Monat war niemand mit Namen McGraw hier im Sanatorium. Tut mir leid, Mr. Barrett. Vielleicht haben Sie sich in der Anschrift geirrt.«
Barrett holte die Postkarte und die Fotokopien aus dem Park Town College hervor. Er reichte sie dem Geschäftsführer. »Stammt diese Karte von Ihnen?«
Mr. Hollyday warf einen Blick auf die Ansichtskarte. »Ja, das ist von uns. Wir stellen sie unseren Insassen zur Verfügung und geben sie auch Besuchern als Werbung mit.«
»Drehen Sie bitte um.« Mr. Hollyday tat es. Barrett fuhr fort. »Cassie McGraw hat eine Ihrer Postkarten unterschrieben – die Unterschrift ist zweifellos echt – und es geht deutlich daraus hervor, daß sie zu dieser Zeit hier war.«
»Schwer zu lesen«, murmelte Mr. Hollyday. »Ja, offenbar ist sie eine Patientin.«
»Der Text stammt von einer anderen Handschrift. Können Sie mir das erklären?«
Mr. Hollyday hob den Kopf. »Ja, das ist gar nicht ungewöhnlich. Die meisten unserer älteren Patienten haben Arthritis oder zittrige Hände und bitten daher Besucher, Briefe und Karten für sie zu schreiben. Es kommen auch regelmäßig Mitglieder verschiedener Organisationen hierher, um den ältesten unter unseren Bürgern in solchen Dingen beizustehen. Sie schreiben Briefe, lesen ihnen etwas vor, unterhalten sie, und so wurde vermutlich auch diese Karte von fremder Hand geschrieben.«
»Kommen diese Freiwilligen aus einer bestimmten Organisation, wo ich . . .«
»Ganz aussichtslos, noch festzustellen, wer die Karte geschrieben hat. Es gibt Dutzende karitativer Verbände und Hunderte von Freiwilligen.«
»Kann man nicht nach dem Datum etwas herausfinden?«
»Ich verstehe. Ich werde die Oberschwester danach fragen – Jadway, Jadway«, murmelte er. »Jetzt fällt's mir wieder ein! Der Name steht dauernd in den Zeitungen. Der Zensurprozeß.«
»Ich bin der Verteidiger«, sagte Barrett.
Mr. Hollyday war plötzlich die Hochachtung und Hilfsbereitschaft in Person. »Warum haben Sie das nicht gleich gesagt? Wir werden nicht jeden Tag von so berühmten Leuten besucht. Natürlich werde ich alles in meiner Macht Stehende tun, um Ihnen zu helfen. Hat diese Karte etwas mit dem Prozeß zu tun?«
»Alles«, antwortete Barrett.
Er erklärte Mr. Hollyday mit wenigen Worten den Zusammenhang zwischen Cassie McGraw und Jadway und die Bedeutung ihrer Aussage für die Verteidigung.
Mr. Hollyday hörte Barrett so gespannt zu wie etwa einem Kriminalfilm im Fernsehen. Als Barrett geendet hatte, fragte der Geschäftsführer:
»Muß eine eindrucksvolle Frau gewesen sein, wie? Aber ich fürchte, eine solche Berühmtheit hatten wir noch nie hier.«

»Warum nicht? Alte Menschen sind einsam, gleichgültig, wie berühmt oder berüchtigt sie in ihrer Jugend auch waren. Cassie muß jetzt über sechzig sein. Vielleicht ist sie leidend. Manches weist darauf hin, daß sie niemanden hat, der sich um sie kümmert. Warum sollte sie nicht hier sein?«

»Na, das wäre aber etwas«, murmelte Mr. Hollyday. »Ich werde sofort die Liste meiner gegenwärtigen und früheren Patienten noch einmal durchsehen.«

Fünf Minuten später mußte er zugeben, daß die Liste keinen Namen enthielt, der auch nur ähnlich wie McGraw klang.

»Nichts«, sagte er bedauernd. »Bleibt nur noch die Möglichkeit, daß sie unter ihrem Mädchennamen hier eingetragen ist.«

»McGraw ist ihr Mädchenname«, sagte Barrett. »Aber nach Jadways Tod war sie einmal für kurze Zeit verheiratet.«

»Das kann es sein. Wie hieß ihr Mann?«

»Das weiß ich nicht«, gab Barrett zu. »Können wir sie nicht nach dem Vornamen finden?«

»Ich sehe noch einmal nach.« Der Geschäftsführer fuhr mit dem Zeigefinger die Liste entlang, schüttelte dann aber doch wieder bedauernd den Kopf.

»Dann müssen wir es anders versuchen«, sagte Barrett und gab dem Geschäftsführer eine der Fotokopien. »Hier haben Sie ein Muster von Cassies Handschrift und Unterschrift aus den dreißiger Jahren. Sie sehen, daß eine gewisse Ähnlichkeit mit der Unterschrift auf der Postkarte vorhanden ist. Könnte man sie nicht mit den Unterschriften Ihrer Patienten vergleichen? Eine Unterschrift ist schließlich fast wie ein Fingerabdruck.«

»Ausgeschlossen«, antwortete Mr. Hollyday. »Nur wenige Patienten unterschreiben noch selbst, und wenn, dann sieht ihre Handschrift heute vielleicht ganz anders aus. Ich kann schließlich auch nicht den ganzen Nachmittag herumlaufen und alle alten Damen um ihr Autogramm bitten. Das wäre peinlich für die Patienten, die nicht mehr schreiben können. Aber wenn Sie mir ein paar Wochen Zeit lassen ...«

»Soviel Zeit habe ich nicht, Mr. Hollyday. Höchstens einige Tage. Aber könnte nicht eine Schwester herumgehen und diese Unterschrift den weiblichen Patienten zeigen? Ich möchte Ihren Betrieb nicht stören, aber ...«

»Ich werde es selbst übernehmen«, unterbrach ihn Mr. Hollyday und stand auf. »Ich werde noch mehr tun: Ich werde jeden einzelnen Patienten fragen, ob er diese Unterschrift erkennt und ob ihm der Name Cassie McGraw bekannt vorkommt. Wenn Sie vielleicht eine halbe Stunde warten wollen?«

»Aber gern. Ich kann Ihnen nicht sagen, wie dankbar ich Ihnen bin. Das kann ich nicht wiedergutmachen.«

Mr. Hollyday blieb an der Tür stehen. »Doch, können Sie. Schicken Sie mir ein Exemplar von *Die sieben Minuten* mit Ihrem Autogramm, wenn ich Cassie McGraw finde.«

Barrett stand auf. »Wenn Sie sie finden, werde ich Ihnen zehn Exemplare schikken. Ansonsten fürchte ich, daß es das Buch nicht mehr geben wird.«

»Wenn Sie wollen, können Sie sich in den Aufenthaltsraum setzen.«
»Ich gehe lieber ein Stück spazieren. Ich bin in einer halben Stunde wieder hier.«
Auf dem Korridor herrschte jetzt mehr Betrieb. Ein paar alte Damen schoben sich mit Hilfe kleiner Gerüste auf Rädern voran. Zwei saßen in Rollstühlen. In den Innenhof fielen endlich ein paar Sonnenstrahlen. Barrett erblickte ein halbes Dutzend Frauen, in Mäntel und Schals eingemummelt, und ein paar ältere Männer mit Stöcken.
Wieder überkam Barrett das Gefühl, daß doch alles vergebens sei. Eine dieser Frauen mußte Cassie McGraw sein.
Aber welche?
Wenn sie nicht beschlossen hatte, sich vor der Welt zu verbergen, dann würde sie sich dem Geschäftsführer zu erkennen geben. Eine kleine Hoffnung. Er nahm sie mit hinaus in den Nachmittag von Chicago.
Er lief umher und vergaß die Zeit. Als er dann vor einer elektrischen Uhr stand, machte er kehrt und marschierte rasch zurück zum Sunnyside Sanatorium.
Er war fast eine Stunde weggewesen. Mr. Hollyday erwartete ihn schon vor seinem Büro.
»Genau wie ich erwartet hatte, Mr. Barrett«, sagte er. »Niemand kennt den Namen Cassie McGraw. Entweder ist keine von ihnen Mrs. McGraw, oder die echte Miß McGraw will es nicht zugeben. Ich fürchte, das wär's, Mr. Barrett.«
»So ungern ich es zugeben mag – Sie haben wahrscheinlich recht«, sagte Barrett.
Er ließ sich die Postkarte und die Fotokopie wieder geben und wollte sie schon in die Tasche schieben, da spürte er die anderen Fotokopien. Er zog sie hervor, betrachtete eine davon und überreichte sie Mr. Hollyday. »Das habe ich Ihnen noch nicht gezeigt, wie? Es ist ein altes Foto, das Cassie in den dreißiger Jahren in Paris zeigt. Ob es wohl Sinn hat, das unter den Patienten herumzureichen?«
»Höchst unwahrscheinlich, Mr. Barrett. Es ist das Foto eines zwanzig- bis fünfundzwanzigjährigen Mädchens, ich zweifle daran, daß es noch die leiseste Ähnlichkeit zwischen diesem Mädchen und einer kranken Frau von sechzig oder siebzig geben könnte.«
Als letzte Verzweiflungsmaßnahme bot Barrett eine Belohnung von hundert Dollar für diejenige Krankenschwester oder Pflegerin, die eine Auskunft zu der Postkarte oder zu dem Foto geben konnte.
Mr. Hollyday war skeptisch. »Ich werde es jedenfalls versuchen. Es wäre für uns keine schlechte Werbung, wenn Sie Cassie McGraw hier fänden. Aber ich glaube trotzdem nicht, daß Sie etwas erreichen. Ich werde Postkarte und Foto ans Schwarze Brett hängen und die von Ihnen ausgesetzte Belohnung bekanntgeben. Was halten Sie davon?«
»Mehr kann ich nicht verlangen.«
»Ich werde selbst nicht im Hause sein, wenn um vier Uhr Schichtwechsel ist. Aber ich schaue abends um acht noch einmal herein. Sollte ich bis dahin etwas

erfahren, werde ich mich selbst mit Ihnen in Verbindung setzen. Um ganz ehrlich zu sein, Mr. Barrett, ich glaube, Sie sollten es aufgeben.«

»Ich weiß. Ich werde um acht Uhr im Hotel sein, Mr. Hollyday. Wenn ich bis dahin nichts von Ihnen gehört habe, fahre ich wieder nach Hause.«

»Und ohne Cassie McGraw können Sie den Prozeß nicht gewinnen?«

»Nein«, antwortete Barrett kurz und ging.

Um halb sechs Uhr nachmittags war er soweit, daß er einen Drink nötig hatte. Er hatte den ganzen Nachmittag in einem Einzelzimmer verbracht, das Telefonbuch von Chicago auf den Knien, und jedes größere Sanatorium und Pflegeheim weit und breit angerufen. Überall dieselbe Frage: Gab es eine Patientin namens Cassie McGraw?

Es gab sie nicht. Nirgendwo.

Danach hatte er Donna in Los Angeles angerufen, damit sie Zelkin über seinen Mißerfolg berichten und ihn fragen konnte, wie er mit den Zeugen der Verteidigung heute zurechtgekommen war. Zelkin hatte sich während der Mittagspause schon einmal kurz nach Barrett erkundigt und bei dieser Gelegenheit darüber geklagt, daß die Zeugen der Verteidigung durchweg keinen Eindruck machten, daß sie unfähig waren und bei Duncans Kreuzverhör sofort umfielen.

Barrett legte auf und war so niedergeschlagen, daß er am liebsten bei sich angerufen hätte, um wenigstens einmal Maggies Stimme zu hören. Aber es war bereits nach vier Uhr, und er mußte die Leitung für eventuelle Anrufe freihalten.

Er hatte seinen Tabak fast aufgeraucht, aber das Telefon war stumm geblieben.

So hatte er bei der Telefonistin eine Nachricht hinterlassen, wo er zu finden war, und von der Halle aus seinen Rückflug nach Los Angeles reserviert. Danach war er in die Bar gegangen, um etwas zu trinken.

Er machte sich Gedanken darüber, ob ein glückloser, beruflich erledigter Rechtsanwalt in mittleren Jahren noch das Recht hatte, ein Mädchen wie Maggie Russell zu bitten, das Leben an seiner Seite zu verbringen. Sie erschien ihm in der Erinnerung großartig, und beim Gedanken an sie durchglühte ihn wieder die herrliche Wärme, die er in der letzten Nacht empfunden hatte. Es wurde ihm klar, daß er zum erstenmal seit vielen, vielen Jahren das völlige Einssein mit einer Frau erlebt hatte, die tatsächlich von innen heraus Frau war.

Die Zeit mit Faye hatte keine richtige Bindung bedeutet. Es war eine einseitige Affäre. Er war für sie nicht der Mann, der Geliebte, gewesen, sondern eine Schaufensterpuppe, die ihr die Illusion eines normalen Lebens vorgaukelte. Und bei den anderen Mädchen vor Faye war es nicht viel besser gewesen.

Jahrelang hatte er mit der Empfindung gelebt, keinen rechten Kontakt finden zu können. Er hatte immer wieder in Romanen von herrlichen, vollkommenen Liebesverhältnissen gelesen und niedergeschlagen festgestellt, daß es wohl an ihm liegen müßte, daß er nicht in der Lage war, eine Frau voll zufriedenzustellen. Die meisten dieser Romane hatten ihm das Gefühl vermittelt, daß die Beziehungen zu einer Frau hauptsächlich auf Sex beruhten.

Aber nun wußte er, daß diese Bücher ihn getäuscht hatten.
Er hatte erfahren, was in den Beziehungen zwischen einem Mann und einer Frau echt war. In der letzten Nacht hatte er die Wahrheit kennengelernt.
Der Prozeß wiederum hatte ihn genau gelehrt, was an den meisten pornographischen Büchern Lüge und Täuschung war. So trank er still seinen Whisky und dankte innerlich seinen Lehrern.
Ich danke dir, Professor Ernest Van den Haag, daß du mir die Illusion der Pornographie enthüllt hast: »Der Sex wütet in einer liebeleeren Welt, in der die Menschen einander wie Hüllen oder Gefäße benutzen, ohne Liebe und Haß, ohne Gedanken und Gefühl, reduziert auf bloße Empfindungen des Schmerzes und Vergnügens, Menschen, die nur durch (und für) ständige Kopulationen ohne Verständnis und ohne Konflikt und ohne innere Beziehung leben.«
Vielen Dank auch Jacques Barzun, Lehrer Nummer zwei: »Der genormte Geschlechtsakt in der Literatur beginnt mit einer kurzen Unterhaltung, setzt sich dann auf einer Couch oder im Bett fort, befaßt sich kurz mit einigen Details ihres Körperbaus und widmet sich dann mit militärischer Knappheit dem Vorgang selbst. In den meisten Fällen verläuft das Unternehmen selbst trotz des Mangels an Vorbereitungen erfolgreich, wie es die Theorie verlangt. In den meisten Fällen wird kein Gedanke an die Folgen verschwendet, und in den meisten Fällen kommt es zu keiner Wiederholung, zu keinem künstlerischen Abschluß, falls man nicht den Orgasmus selbst und das hastige Wiederankleiden als solchen betrachten will. Der moderne Geschlechtsakt in der Literatur ist nichts weiter als eine Fabel, die diesen oder jenen Mangel in unserer Beziehung oder Kultur korrigieren soll.«
Vielen Dank auch Professor Steven Marcus, Lehrer Nummer drei: In »Pornotopia«, der pornographischen Utopie der Bücher, besteht die Landschaft aus »zwei gewaltigen, schneeweißen Hügeln ... Weiter unten wird das Gelände schmaler, die Perspektive ändert sich. Rechts und links erheben sich zwei glatte beschneite Bergrücken, dazwischen ein dunkles Gehölz, manchmal auch Dickicht genannt, von dreieckiger Form. Es gleicht auch einem Zedernhain mit einer dunklen, romantischen Schlucht in der Mitte. In dieser Schlucht sind alle Wunder der Natur vereint ... Hier ist der Mittelpunkt der Erde, hier ist das Zuhause der Menschen.«
Das also war das Märchen über Mann und Frau – als Märchen entlarvt. Man muß es verteidigen, aber niemals daran glauben.
Die Realität war im Leben wie in der Literatur – der ehrlichen Literatur – ganz anders. Sie bestand, wie Professor Marcus erklärte, darin, daß Menschen miteinander lebten, Menschen mit wechselnden Gefühlen und Regungen, mit komplizierten Motiven und Konflikten. Die Wirklichkeit war nach Barzun die Zärtlichkeit und das Zögern, die Empfindungen und Phantasien der Liebe. Die Wirklichkeit war genau das, woran Jadways Cathleen sich erinnerte.
In der vergangenen Nacht hatte Barrett zum erstenmal in seinem Leben die echten gegenseitigen Beziehungen zwischen Mann und Frau erlebt und erlitten.

Doch obgleich er sich seiner Gefühle ihr gegenüber ganz sicher war, obgleich er wußte, daß sie zusammengehörten, machte er sich Gedanken über ihre Empfindungen ihm gegenüber. Sie hatte schon zuviel an Ungewißheit und Einsamkeit erlebt, um den Rest ihrer Liebe, ihrer Vitalität, ihrer Fruchtbarkeit, ihrer Sicherheit, ihrer Jahre auf Erden an einen Mann zu verschwenden, der ein Versager war. In dieser Gesellschaft gilt ein Versager nur als halber Mann, und Maggie brauchte einen ganzen Mann. Wenn er in diesem Prozeß versagte, dann wußte er, daß er sie nie auffordern durfte, seine Lebensgefährtin zu werden, und selbst wenn er den Mut aufbrachte, würde sie wahrscheinlich klug genug sein, um abzulehnen.

Er drehte sich auf seinem Hocker um und wollte Whisky bestellen.

»Mr. Michael Barrett!«

Der Oberkellner kam auf ihn zu. Barrett meldete sich.

»Mr. Barrett, ein Telefongespräch für Sie.«

Er bezahlte rasch und lief dem Oberkellner nach. In der Telefonzelle hob er den Hörer ab und nannte seinen Namen.

Es war ein Ortsgespräch.

Eine weibliche Stimme sagte: »Ach, Mr. Barrett – ich rufe wegen der Belohnung an.«

Er war sofort wach. »Ja? Wer ist denn da?«

»Mein Name ist Avis Jefferson. Ich bin Krankenschwester im Sunnyside-Sanatorium und habe Nachtdienst. Deshalb habe ich gerade erst den Anschlag am Schwarzen Brett gesehen. Mr. Hollyday ist nicht da, deshalb wollte ich Sie gleich selbst anrufen. Es ist, wie ich höre, eine Belohnung von hundert Dollar für denjenigen ausgesetzt, der etwas über eine bestimmte Postkarte und über ein Foto aussagen kann.«

»Stimmt.«

»Da kann ich Ihnen helfen. Ich meine mit dem Foto.«

»Sie haben die Frau auf der Fotokopie wiedererkannt, Miß Jefferson? Das Foto wurde vor fast vierzig Jahren aufgenommen.«

»Ich habe es schon einmal gesehen, Mr. Barrett.«

»Wo?«

»Hier im Sanatorium. Ich kann es Ihnen sogar zeigen, falls Sie daran interessiert sind.«

Er schwebte himmelhoch in den Wolken. »Und ob ich interessiert bin! Ich komme sofort. Warten Sie auf mich. In zwanzig Minuten bin ich da. Wir treffen uns am Empfang.«

Avis Jefferson erwartete ihn schon am Empfangstisch des Sunnyside-Sanatoriums. Sie war gut einen halben Kopf größer als er, und ihre tintenschwarze Haut stand in krassem Gegensatz zu den schneeweißen Zähnen und ihrer Schwesterntracht. Sie war so freundlich und offen, daß Barrett sofort Vertrauen zu ihr faßte.

»Kommen Sie mit«, sagte sie und führte ihn den Korridor entlang. Verlegen wie ein Schuljunge vor dem ersten Rendezvous hielt er die langstieligen Rosen in der Hand, mit denen er Cassie McGraw zu becircen hoffte – falls es tatsächlich eine Cassie McGraw gab.

Miß Jefferson erklärte ihm unterwegs: »In dem Augenblick, wo ich die Postkarte am Anschlagbrett sah, habe ich mir gesagt: das hast du schon mal gesehen. Dann ist es mir auch gleich eingefallen. Es war vor einem Jahr beim Hausputz im Zimmer 34 A. Ich bin die Koffer der Patientin durchgegangen, habe ein Inhaltsverzeichnis gemacht und alles in Ordnung gebracht. Dabei ist mir ein altes Fotoalbum in die Hände gefallen. Aus reiner Neugier wollte ich wissen, wie sie in jungen Jahren ausgesehen hat. Ein paar Schnappschüsse waren in Paris aufgenommen. Sie hatte mir schon erzählt, daß sie im Ausland war, aber ich hab's ihr nie so recht geglaubt. Auf einem Bild hat sie zwischen den zwei jungen Herren vor dem Eiffelturm gestanden. Dann habe ich heute das Foto wiedergesehen – an unserem Anschlagbrett. Auch von dem Foto in ihrem Album ist eine Ecke abgerissen. Deshalb war ich ganz sicher.«

»Jadways Gesicht war abgerissen?«

»Ich weiß nicht, wem das Gesicht gehört.«

»Den Namen Jadway haben Sie nie gehört?«

»Nicht, daß ich wüßte. Übrigens hat Katie auch nie den Namen Cassie McGraw erwähnt.«

»Wie heißt sie jetzt?«

»Katie? Offiziell nennt sie sich Mrs. Katherine Sullivan.«

»Sullivan.« Endlich erfuhr Barrett den Familiennamen. »Das muß der Name ihres Ehemannes sein, der im Zweiten Weltkrieg fiel. Hat sie je von ihm gesprochen?«

»Den Namen Sullivan habe ich nie gehört. Sie hat ein paarmal erzählt, daß sie nun Witwe ist und daß ihre Tochter sich dem Herrn geweiht hat.«

»Aha, also Katherine Sullivan«, murmelte er.

Miß Jefferson war vor einer offenen Tür stehengeblieben und deutete hinein. »Hier ist es.« Über der Tür stand ›34 A – 34 B‹.

Er folgte ihr in das Zimmer. Die beiden ordentlich gerichteten Einzelbetten mit roten Tagesdecken waren durch einen weißen Paravent getrennt. Auf der anderen Seite führten Glastüren zum Innenhof.

Miß Jefferson legte die Hand auf das Kopfende des einen Bettes. »Hier schläft Katie«, sagte sie. »Nach dem Essen darf sie immer eine Weile aufstehen, dann packen wir sie wieder ins Bett.«

Barrett betrachtete Cassies Bleibe, die so gar nicht an Mont Parnasse und Paris erinnerte. Über das Fußende ragte ein fahrbares Tischchen mit einem halbvollen Glas Orangensaft und einem Papierbecher mit rosa Pillen. Neben dem Kopfende standen auf dem metallenen Bettisch eine Karaffe Wasser, ein Glas, ein Transistorradio und eine Brille.

Miß Jefferson kniete gerade vor dem weißlackierten Einbauschrank. Sie hatte einen braunen, alten Koffer herausgenommen und geöffnet. Mit einem leisen Ausruf hielt sie das rechteckige Fotoalbum im marineblauen Kunstledereinband hoch.

»Also habe ich mich doch recht erinnert«, rief Miß Jefferson und stand auf.

Nach so vielen Enttäuschungen zweifelte Barrett immer noch. »Miß Jefferson, hat die Katherine Sullivan, die Besitzerin des Fotoalbums, irgendeine noch so entfernte Ähnlichkeit mit der Cassie McGraw von dem alten Foto vor dem Eiffelturm?«

»Natürlich nicht, doch nicht nach so langer Zeit. Ich sehe ja auch nicht mehr aus wie damals als Schulmädchen. Ganz und gar nicht.«

»Woher wollen wir dann wissen, daß dieses Foto in Mrs. Sullivans Album wirklich von ihr ist? Vielleicht war die echte Cassie McGraw eine Freundin von Mrs. Sullivan und hat ihr das Foto als Andenken geschickt.«

Avis Jefferson entblößte ihre weißen Zähne in einem breiten Lächeln. »Sie stekken auch voller Fragezeichen. Aber keine Sorge. In dem Album sind noch andere Bilder von ihr. Unter manchen steht: ›Ich in Paris 1935.‹ Diese Bilder zeigen dieselbe Frau wie der Schnappschuß vor dem Eiffelturm. Sie werden schon sehen.«

Miß Jefferson blätterte in dem Album, dann hielt sie inne und reichte es Barrett.

Die beiden gegenüberliegenden Seiten zeigten vier Schnappschüsse, zwei davon vergilbt. Ganz links oben entdeckte er dasselbe Foto, das er in der O'Flanagan-Sammlung gefunden hatte: O'Flanagan, Cassie und der kopflose Jadway. Der Schnapschuß darunter zeigte Cassie vor einem mittelalterlichen Gebäude mit der Bildunterschrift: ›Am Museum von Cluny, Oktober 1936.‹ Es war dieselbe Handschrift wie auf der Fotokopie auf der Rückseite des anderen Schnappschusses, die er in seiner Rocktasche trug. Die Bilder auf der rechten Seite zeigten Cassie allein: auf dem einen mit der Seine im Hintergrund, auf dem anderen unter einem Straßenschild mit der Bezeichnung ›Boulevard St.-Michel‹.

Barrett vergaß vollkommen die Krankenschwester, die ihm bequem über die Schulter blicken konnte, und blätterte das ganze Album hastig durch, von der ersten Seite bis zur letzten. Die meisten Seiten waren leer. Das Album enthielt nur noch etwa ein Dutzend weiterer Bilder. Ein steifwirkendes Paar zeigte vermutlich Cassies Eltern. Einige Erinnerungen an ihre Kindheit, dann ein Foto des jungen Sean O'Flanagan in Paris. Ein paar Schnappschüsse von Cassie in Zürich, ein Bild, wie sie die Tauben auf dem Marcusplatz in Venedig füttert. Dann ein einzelner Schnappschuß von einem lockigen, ernsten Mädchen von etwa vierzehn Jahren, unter dem lediglich der Name ›Judith‹ stand. Es folgte ein streifiges, überbelichtetes Bild eines recht klobigen Mannes in amerikanischer Uniform. Das war zweifellos ihr Ehemann Sullivan kurz vor der Heirat. Auf dem letzten Bild waren keine Menschen zu sehen, sondern es zeigte nur einen Eingang mit den deutlich leserlichen Buchstaben, ›Étoile Press – 18 Rue de Berri‹. Als Barrett dieses Foto erblickte, zitterte das Album in seinen Händen. Er klappte es zu. Endlich die echte Cassie McGraw.

Er wartete, bis Avis Jefferson das Album in den Koffer zurückgelegt und den Koffer in dem Schrank verstaut hatte. Sie machte die Schranktür zu und drehte sich zu ihm um.

»Wo ist sie?« fragte Barrett ungeduldig.

»Im Aufenthaltsraum«, antwortete Miß Jefferson. »Nach dem Essen lasse ich sie immer in ihrem Rollstuhl dort. Sie soll vor dem Schlafengehen ein bißchen Gesellschaft haben.«

Barrett hob den Rosenstrauß vom Bett auf. »Gehen wir«, sagte er.

Miß Jefferson führte ihn den Korridor entlang und warf ihm einen anerkennenden Blick zu. »Nett von Ihnen, daß Sie die Rosen mitgebracht haben. Als ich die Notiz las, dachte ich, Sie wären ein entfernter Verwandter. Sonst kommt ja niemand sie besuchen.«

»Sie hat niemanden mehr bis auf eine Tochter in einem Kloster.«

»Dann habe ich mich nach Ihnen erkundigt und erfahren, daß Sie der Rechtsanwalt sind, der mit diesem Sexbuch in Kalifornien zu tun hat. Unsere Katie Sullivan soll auch etwas damit zu tun haben.«

»Sie war die Geliebte des Autors.«

»Tatsächlich? Unsere Katie? Diese nette, alte Dame? Herr im Himmel, wie wenig man doch die Menschen kennt. Wenn man die Omas so im Rollstuhl sitzen sieht, würde man es nie glauben.«

Der Rollstuhl! Er fragte: »Warum muß sie einen Rollstuhl benutzen, Miß Jefferson? Sie kann doch noch gehen?«

»Jetzt nicht mehr. Als ich vor ein paar Jahren herkam, hatte sie sich gerade die Hüfte gebrochen und mußte wieder gehen lernen. Aber kurz danach ist sie wieder gestürzt, und zwar auf dieselbe Hüftseite. Nach der Operation starb sie fast an Lungenentzündung. Aber sie hat eine kräftige Natur, sie ist durchgekommen. Nur gehen kann sie nicht mehr. Das ist schade, denn wenn die alten Leute immer nur herumsitzen, dann verwelken sie einfach.«

»Ja, es ist schade«, murmelte er. Dabei überlegte er bereits, wie schwierig es sein würde, Cassie McGraw nach Los Angeles und in den Gerichtssaal zu transportieren – aber möglich war alles. Vielleicht würde ihm Mr. Hollyday gegen eine entsprechende Entschädigung Avis Jefferson als Pflegerin ausleihen. Mit jedem Schritt kam er Cassie McGraw näher. Er fragte: »Was macht sie so den ganzen Tag? Was macht sie zum Beispiel jetzt? Fernsehen?«

»Nein, das tut sie nie lange. Sie sitzt einfach da und träumt, wie die meisten von ihnen. Manchmal frage ich mich, woran sie denkt. Ich habe sie einmal selbst gefragt, aber da hat sie mich nur angelächelt und nichts geantwortet.«

»Vermutlich denkt sie an ihre Jugend und die Vergangenheit. Das ist doch für die alten Leute das einzige Vergnügen.«

»Das glaube ich nicht«, sagte Miß Jefferson. »An die Vergangenheit denken, das sollte ihr schwerfallen.« Sie standen an der Pendeltür zum Aufenthaltsraum. »Es ist zwar traurig, aber Katie – oder Cassie, wie Sie sie nennen – hat inzwischen so ziemlich ihr Gedächtnis verloren.«

»Gedächtnis verloren?« Barrett blieb wie angewurzelt stehen. Dieser Gedanke war ihm noch nie gekommen. Er überfiel ihn wie ein Schock. »Sie meinen – Sie meinen, sie kann sich an nichts mehr erinnern?«
»Sie ist senil geworden«, sagte Miß Jefferson. Dann fiel ihr Barretts Gesichtsausdruck auf. Sie öffnete die Tür. »Was ist denn los?«
»Gerade auf ihr Gedächtnis habe ich mich bei der Verhandlung verlassen.«
»Schade. Soll das heißen, daß es Ihnen jetzt nichts mehr nützt, wenn Sie sie gefunden haben?«
»Jedenfalls dann nicht, wenn sie sich nicht mehr an die Vergangenheit erinnert.«
»So ein Pech. Dann will ich die Belohnung besser nicht annehmen.«
»Nein, nein, Sie haben sie gefunden, und das Geld gehört Ihnen. Aber niemand hat erwähnt, daß sie senil ist. Ich hätte es mir denken sollen, als Mr. Hollyday die Postkarte und das Foto jedem weiblichen Patienten zeigte und niemand sich erkannte. Trotzdem ... Sagen Sie, Miß Jefferson: Auf der Postkarte nach Los Angeles, die sie selbst unterschrieben hat, erinnert sie sich doch an Jadway und *Die sieben Minuten*. Sie verteidigt das Buch und nennt sich Jadways Freundin. Das heißt doch, daß sie sich vierzig Jahre weit zurückerinnert. Wie erklären Sie sich das?«
»Das ist in vielen Fällen von Senilität so, Mr. Barrett. Die meisten sind wie Ihre Cassie. Arterienverkalkung im Gehirn. Sie setzt nur langsam ein, aber sie schreitet fort. Zuerst ist der Patient verwirrt und verliert das Zeitgefühl. Allmählich schwindet sein Erinnerungsvermögen, bis es eines Tages ganz weg ist und die Leute ihren Namen nicht mehr wissen. Natürlich ist es mit Katie noch nicht ganz soweit, aber dicht davor. An manchen Tagen erinnern sich diese Leute an Dinge, die vierzig oder fünfzig Jahre zurückliegen, aber sie wissen nicht mehr, was sie vor fünf Minuten gegessen haben. Dann wieder erinnern sie sich, was unmittelbar davor liegt, aber sie wissen nichts mehr aus der Vergangenheit. In den meisten Fällen dämmern sie nur so dahin, wie unsere Katie.«
»Aber die Postkarte, Miß Jefferson.«
»Nun, ich hab's ja schon gesagt: Das muß an einem guten Tag gewesen sein. Zweimal oder dreimal im Monat kommt es vor, daß sie eine helle Stunde hat. Ich kann Ihnen ziemlich genau sagen, wie das mit der Postkarte war. Wenn ich oder eine Kollegin bemerken, daß sie bei sich ist und alles wach verfolgt, dann setzen wir uns hin und lesen ihr etwas aus der Zeitung oder aus einer Zeitschrift vor. Sie soll ja schließlich etwas über die Welt draußen erfahren. Wann wurde die Postkarte geschrieben?«
»Vor ungefähr zweieinhalb Wochen.«
»Dann war vermutlich an diesem einen Tage der Nebel bei ihr weg, und sie war für kurze Zeit wirklich bei sich. Eine von uns hat ihr die Titelseite der Zeitung vorgelesen, dieses und jenes, ein bißchen Politik, ein Mord oder etwas Unterhaltsames wie ein Sexprozeß. Dabei müssen ihr Jadway und das Buch eingefallen sein. Es laufen hier immer freiwillige Helfer herum und fragen die Patien-

ten, ob sie ihnen irgendeinen Gefallen tun könnten. Vermutlich hat Katie einen von diesen Helfern aufgefordert, die Postkarte zu schreiben. So war das.«
Jetzt begriff Barrett. Seine Hoffnungen schwanden ebenso dahin wie Cassies Gedächtnis. Aber wenn sie wenigstens zweimal im Monat lichte Augenblicke hatte, bestand immer noch Hoffnung.
»Wie geht es ihr heute?« fragte er.
»Das weiß ich nicht. Ich habe noch nicht mit ihr gesprochen. Aber das werden wir gleich sehen. Sie sitzt dort drüben in dem Rollstuhl neben dem letzten Tisch an der Tür. Kommen Sie, ich stelle Sie vor.«
Sie führte Barrett durch den Aufenthaltsraum, vorbei an dem dröhnenden Fernseher. Zum erstenmal bekam Barrett die legendäre Cassie McGraw in Lebensgröße zu sehen.
Er war auf alles Mögliche vorbereitet, nur auf das nicht. Natürlich war ihm klar, daß sie nicht mehr das flotte, attraktive Mädchen der dreißiger Jahre sein konnte, aber er hatte zumindest mit irgendeinem Überrest aus vergangenen Tagen gerechnet. Vielleicht mit einer reizenden alten Dame, an der immer noch gewisse Züge an die verblichene Schönheit erinnerten.
Aber was da vor ihm saß, war nur noch das Abziehbild einer Frau. Eine vorzeitig gealterte Greisin mit stumpfweißem, wirrem Haar, trüben Augen, eingefallenen Wangen und ein paar grauen Stoppeln am Kinn, mit einem rundlichen, dürren Hals und blaugeäderten, hageren Händen, mit geschwollenen Füßen und in einen zu großen blaß-blauen Bademantel gewickelt. So saß sie an dem runden Holztisch und sah ins Leere.
Das also war Jadways Geliebte, die lebensvolle, freudenspendende Heldin des gewagtesten Romans der Weltliteratur.
Cassie McGraw.
Barrett ließ die sinnlos gewordenen roten Rosen auf einen Stuhl fallen und trat vor Cassie McGraw hin.
»Na, Katie, wie geht's«, fragte Miß Jefferson und zog Barrett näher. »Katie, sehen Sie mal, was ich Ihnen da für einen netten Besuch gebracht habe. Das ist Mr. Barrett aus Los Angeles. Ist es nicht nett, daß er Sie von so weit her besuchen kommt?«
Barrett trat zögernd vor. »Freut mich, Sie kennenzulernen, Miß McGraw.«
Cassie hob unendlich langsam den Kopf, und erst allmählich richtete sich der Blick aus ihren trüben Augen auf den Besucher. Ein paar Sekunden lang sah sie ihn an, dann nickte sie kaum merklich und um ihre Lippen spielte ein freundliches Lächeln. Gleich darauf widmete sie sich aber wieder dem zerknüllten Papiertaschentuch, das sie auf ihrem Schoß zerrupfte.
Miß Jefferson war begeistert. »Haben Sie gesehen?« rief sie. »Sie hat gelächelt, das bedeutet, daß Katie Sie gern hier hat. Nehmen Sie Platz, Mr. Barrett, reden Sie mit ihr. Stellen Sie ihr Fragen.«
Barrett zog seinen Stuhl näher und setzte sich. Avis Jefferson nahm auf der anderen Seite Platz.

»Miß McGraw«, begann Barrett ernsthaft, »erinnern Sie sich noch an einen Mann, mit dem Sie vor Jahren gut befreundet waren? An einen JJ Jadway oder auch Jad, wie Sie ihn vielleicht genannt haben?«
Ihr Blick hing an seinen Lippen, aber sie schien nicht zu begreifen und schwieg.
»Vielleicht erinnern Sie sich an das Buch, das Jadway geschrieben hat, Miß McGraw. Sie haben noch dafür gesorgt, daß es in Paris veröffentlicht wurde. Der Roman hieß *Die sieben Minuten*. Wissen Sie das noch?«
Aufmerksam runzelte sie die Stirn, aber seine Worte schienen sie ein wenig zu verwirren.
»Miß McGraw, sagen Ihnen die Namen Christian Leroux und Sean O'Flanagan nichts?«
Sie schwieg und kaute auf etwas herum.
»Ihr Gebiß ist locker«, erklärte Miß Jefferson. Sie drohte Cassie McGraw mit dem Finger. »Katie, seien Sie nicht so unartig. Ich weiß doch, daß Sie viel schlauer sind. Dieser Mann bittet Sie um Ihre Hilfe bei einem Prozeß wegen des Buches. Ich habe mit eigenen Augen die Postkarte gesehen, die Sie vor zwei Wochen diktiert und unterschrieben haben. Sie werden sich doch wohl noch erinnern?«
Die alte Dame lächelte die Krankenschwester freundlich an, aber sie sagte immer noch nichts.
»Katie, Sie erinnern sich doch an Ihre Tochter?« fragte Miß Jefferson.
Lächeln – Schweigen.
Avis Jefferson sah Barrett traurig an und zuckte die Achseln. »Ich glaube, Sie haben kein Glück, Mr. Barrett. Ich hatte Sie ja gewarnt: das ist ihr Normalzustand, es hat keinen Zweck.«
Barrett seufzte. »Ich fürchte, Sie haben recht, Miß Jefferson. Ich bin nur enttäuscht, weil sie so viel über Jadway weiß und nichts sagen kann. Aber so ist das Leben nun einmal.«
Er schob schon den Stuhl zurück, da hörte er einen seltsamen Laut, fast ein Krächzen. Dann fragte eine belegte Stimme: »Wie geht's Mr. Jadway?«
Barrett war so überrascht, daß er wieder auf den Stuhl plumpste und unwillkürlich vor sich hin fluchte. Er starrte auf ihre Lippen, die sich mit Worten abmühten.
»Wie geht es Mr. Jadway?« fragte sie noch einmal.
»Es ging ihm gut, als ich zuletzt von ihm hörte«, antwortete Barrett rasch. »Es ging ihm sehr gut. Und wie ging es ihm, als Sie ihn zuletzt sahen?«
»Er war unglücklich, daß er aus Paris weg mußte«, sagte Cassie McGraw mühsam. »Wir waren beide unglücklich. Aber er mußte nach Hause.«
»Er mußte nach Hause? Soll das heißen, daß er in die Vereinigten Staaten zurückgekehrt ist?«
»Zu seiner Familie nach Con . . . Con . . .«
»Nach Connecticut?«
»Er ist wegen seinem Vater zurück. Ich war mit Judy in New York. Ich dachte

mir, vielleicht . . .« Ihre Worte wurden undeutlich. Sie kaute auf ihrem Gebiß und dachte angestrengt nach, aber dann schüttelte sie langsam den Kopf. »Nein, ich konnte nicht bleiben, mußte ihn verlassen. Ich mußte.« Sie blinzelte, dann zupfte sie wieder an dem zerknüllten Papiertaschentuch.

Mit Mühe beherrschte sich Barrett. Er streckte die Hand aus und legte sie auf ihre alte, schmale Hand, die sich anfühlte wie Pergament. »Miß McGraw.«

Cassie McGraw hob den Kopf, aber ihr Blick hatte sich wieder getrübt. »Was wollten Sie mir da gerade erzählen?« drängte Barrett. »Daß Sie zusammen mit Jadway Paris verlassen hatten und endgültig in die Vereinigten Staaten zurückkehrten? Daß er sich nicht getötet hat? Daß er zu seiner Familie nach Connecticut zurückkehrte und Sie in New York blieben? Wollten Sie mir das erzählen?«

Cassie McGraw sah ihn völlig verwirrt an. Ihre Lippen regten sich nicht mehr.

»Cassie, Cassie!« flehte er sie an. »Wir waren doch so dicht dran. Bitte, versuchen Sie, sich zu erinnern. Erklären Sie mir wenigstens, was Sie da eben sagen wollten. Stimmt es, daß Jadway in Paris Selbstmord begangen hat? Oder war das eine Lüge? Ist er gesund in seine Heimat zurückgekehrt? Bitte, erinnern Sie sich doch!«

Sie folgte fasziniert Barretts eindringlichen Worten, aber ihr liebes Lächeln sprach von keinerlei Verständnis.

»Versuchen Sie es«, flehte er. »Sagen Sie mir nur, ob Jadway am Leben geblieben ist. Oder lebt er heute noch?«

Ihr Blick war leer geworden, und auch der Rest ihres Verstandes kehrte wieder in sein finsteres Gehäuse zurück.

Barrett wußte, daß er nichts mehr erreichen würde. Zuerst hatte es nach Blitz und Donner ausgesehen, aber nun folgte nur senibles Schweigen. Das Schweigen des Todes, nur noch schlimmer.

Er schob seinen Stuhl zurück und erhob sich gleichzeitig mit Avis Jefferson.

»Sie wollte Ihnen etwas sagen«, murmelte die Krankenschwester. »Aber sie konnte wohl nicht. Sie muß den Faden verloren haben. Oder hat sie Ihnen doch etwas gesagt?«

»Eigentlich war es nicht genug. Nicht zuverlässig genug für ihren Zustand.«

»Vielleicht könnten Sie ein oder zwei Wochen hier bleiben, dann erwischen Sie unter Umständen einen ihrer hellen Augenblicke.«

Barrett lächelte matt. »Wenn ich Historiker wäre, könnte ich das vielleicht. Aber ich muß einen Prozeß führen und habe wenig Zeit. Übermorgen ist er vielleicht schon vorbei.« Er sah auf die alte Dame herunter. »Sie war so nett, sie hat sich bemüht, sehr sogar. Als junge Frau muß sie bemerkenswert gewesen sein.«

Er holte den Strauß rote Rosen. »Das hat sie zumindest verdient.«

Er bückte sich und legte die Blumen sanft in Cassies Schoß. Sie hob überrascht den Kopf, betrachtete die Blüten, berührte sie und sah ihn zum erstenmal mit einem beinahe schüchternen Lächeln an.

»Blumen«, murmelte sie. »Habe ich Geburtstag?«

Miß Jefferson lachte fröhlich, und Barrett lachte mit. Schließlich begann Cassie McGraw, die Blütenblätter abzuzupfen.
Miß Jefferson lachte immer noch und schüttelte den Kopf. »Haben Sie das gehört? ›Habe ich Geburtstag?‹ fragt sie. Sie sehen aber, daß sie sich an manches noch erinnert. Einmal im Jahr bekommt sie zum Geburtstag Blumen. Ein einziges Mal – daran muß sie sich jetzt bei den Rosen erinnert haben.«
Barrett horchte auf. »Ich dachte, sie hätte niemanden mehr. Sie sagen gerade, daß sie zu jedem Geburtstag Blumen bekommt? Von wem?« Ein weiterer Gedanke kam ihm. »Wer bezahlt übrigens die Rechnung hier?«
»Danach habe ich Mr. Hollyday gefragt. Er sagt, das Geld stammt aus ihrem restlichen Vermögen.«
»Und die Geburtstagsblumen? Von ihrer Tochter? Oder von Sean O'Flanagan? Steht kein Name auf der Karte?«
»Mr. Barrett, die Blumen kommen ohne Karte.«
Sie standen wieder draußen auf dem Flur.
Barrett ließ nicht locker. »Aber jemand muß die Blumen doch schicken.«
»Ich weiß nicht, wer das tut, Mr. Barrett. Ich weiß nur, daß sie jedes Jahr am Morgen ihres Geburtstags vom Blumengeschäft Milton abgeliefert werden.«
»Wo ist das Geschäft?«
»Hier in Chicago in der State Street.«
»Sind Sie ganz sicher?«
»Ja, ich kenne den Jungen, der sie immer herbringt. Er albert mit mir herum und besteht darauf, daß er sie Katie persönlich überreicht und ihr ›Happy Birthday‹ vorsingt.«
Barrett zog fünf Zwanzig-Dollar-Scheine aus seiner Brieftasche und steckte sie Miß Jefferson zu. »Ihre Belohnung«, sagte er.
»Sehr nett von Ihnen, aber das war doch nicht nötig, zumal . . .«
Er hielt eine weitere Zwanzig-Dollar-Note hoch. »Möchten Sie die auch noch verdienen? Sie brauchen nur den Jungen bei Milton anzurufen, der die Blumen abliefert, und ihn zu fragen, woher sie in jedem Jahr geschickt werden. Tun Sie das für mich?«
Miß Jefferson zupfte ihm den Geldschein aus der Hand. »Warten Sie hier, Mr. Barrett.«
Barrett blieb stehen und war so aufgeregt, daß er nicht einmal an seine Pfeife dachte.
Nach kaum fünf Minuten kam Avis Jefferson atemlos zurückgelaufen. »Ich habe meinen Bekannten noch am Telefon, weil ich etwas rückfragen muß.«
»Was hat er Ihnen erzählt?«
»Er hat nachgesehen. Die Blumen für Katie Sullivan sind ein Dauerauftrag von der Firma ›Capitol Hill Florists‹ in Washington. Aber davon wissen wir leider immer noch nicht, wer sie schickt.«
»Und genau das muß ich wissen. Wer bezahlt den Dauerauftrag in Washington?«

»Habe ich mir gedacht, aber er wußte es nicht. Da Sie so großzügig sind, dachte ich mir, Sie würden vielleicht das Ferngespräch bezahlen, falls er die Firma ›Capitol Hill Florists‹ in Washington anruft. Im Augenblick ist er allein im Laden und könnte es tun. Soll er es versuchen?«
Rasch drückte ihr Barrett einen Zehn-Dollar-Schein in die Hand. »Sagen Sie Ihrem Freund, er soll sofort Washington anrufen.«
»Das kann aber zehn Minuten dauern.«
»Ich warte hier.«
Wieder verschwand sie. Und wieder mußte er warten.
Nach knapp zehn Minuten kam Avis Jefferson triumphierend auf ihn zugesegelt.
»Ich hab's Mr. Barrett! Er hat so getan, als wäre er der Boß und hat den Leuten in Washington so etwas von Gegengeschäft erzählt. Da haben sie im Buch nachgesehen. Sie wissen nur die Anschrift, an die einmal im Jahr die Rechnung geschickt werden soll. Hier, ich habe sie Ihnen aufgeschrieben.«
Sie reichte ihm einen Zettel.
Auf dem Zettel stand: ›Miß Xavier, US-Senat, Altbau, Washington D. C. Telefon Nr. 224–3121, Nebenapparat 4989.‹
Er faltete den Zettel zusammen und steckte ihn ein.
»Miß Jefferson, dafür könnte ich Ihnen einen Kuß geben.«
»Wagen Sie es!«
»Wo kann ich ein Taxi bekommen?«
Dann war er schon unterwegs.
Fünfundzwanzig Minuten später saß er am Telefon in seinem Hotelzimmer und hatte die Telefonzentrale des Capitols in Washington in der Leitung.
Er wußte jetzt genug – ein Teil von Cassie McGraw, den anderen Teil hatte er über die Blumen erfahren.
Barrett verlangte die Nebenstelle 4989 im Altbau des Senats.
»Einen Augenblick bitte, ich verbinde.«
Es folgten endlose Summtöne, aber niemand meldete sich.
Dann schaltete sich die Telefonistin wieder ein. »Tut mir leid, Sir, Miß Xavier muß schon gegangen sein. In Senator Bainbridges Büro scheint niemand mehr da zu sein.«
Also Senator Bainbridge?
»Aber wenn es dringend ist? Könnte ich vielleicht versuchen, Miß Xavier oder den Senator zu Hause zu erreichen? Eigentlich möchte ich den Senator selbst sprechen, und es ist sehr, sehr dringend.«
»Ich will es versuchen. Welchen Namen darf ich ihm angeben?«
Er überlegte rasch, dann sagte er so sachlich wie möglich: »Sagen Sie ihm bitte, Michael Barrett sei am Apparat. Michael Barrett, ein Freund von Miß Cassie McGraw aus Chicago.«
»Michael Barrett, ein Freund von Cassie McGraw«, wiederholte sie.
»Schön, bleiben Sie bitte am Apparat, ich will sehen, was sich machen läßt.«

Dann war außer Knistergeräuschen nichts mehr zu hören. Barrett hielt den Hörer ans Ohr und hoffte. Es war seine letzte Hoffnung.
Die Telefonistin meldete sich wieder. »Mr. Barrett?«
»Ich bin noch hier.«
»Ich habe Senator Bainbridge erreicht. Ich verbinde jetzt mit ihm. Sprechen Sie bitte.«
Es blieb einen Augenblick still, dann sagte eine mürrische Stimme am anderen Ende: »Hallo?«
»Senator Bainbridge? Hier Michael Barrett. Ich bin der Verteidiger des Jadway-Romans in dem Prozeß in Los Angeles.«
Es entstand eine lange Pause.
Dann klang die Stimme am anderen Ende der Leitung nicht mehr mürrisch.
Sie klang nur noch bekümmert. »Ja, Mr. Barrett, wir haben uns schon gefragt, wie lange Sie wohl brauchen würden. Jadway und ich rechnen schon seit langem damit, von Ihnen zu hören.«

Miß Xavier war eine kleine, kompakte, reservierte Frau von über Dreißig mit leuchtend schwarzem Haar, das ihr bis auf die Schultern herabhing, und einem bronzefarbenen Teint, der an indische Vorfahren erinnerte. Sie trug keinen Lippenstift, als sie neben dem Aufzug im Capitol auf ihn wartete.
Als der Chauffeur des Senators zum Wagen zurückgegangen war, sagte sie: »Senator Bainbridge war gestern abend nicht ganz sicher, ob er Sie hier oder in seinem Büro im Altbau empfangen würde. Er mußte erst zwei Verabredungen verschieben. Ich bringe Sie jetzt in sein Büro, Sie haben zwanzig Minuten Zeit.«
»Danke«, sagte Mike Barrett.
»Wir fahren mit der Lauftreppe hinunter zur Verbindungsbahn.«
»Nach Ihnen, Miß Xavier.«
Sie trat auf die Treppe, und Barrett stellte sich hinter sie.
Er dachte zurück an seine kurze Unterhaltung mit Senator Bainbridge am vergangenen Abend. Dabei hatte er eigentlich nur erfahren, daß ihn um 10 Uhr 45 morgens ein Chauffeur vor dem Mayflower Hotel abholen würde. Aber was er vor seinem Anruf bei dem Senator erfahren hatte, genügte. Sein ständig zunehmender Verdacht, der mit Dr. Hiram Eberharts zeitlichen Unstimmigkeiten begonnen hatte, war nun bestätigt worden.
Die Dunkelheit war grellem Licht gewichen.
JJ Jadway lebte.
Danach hatte er von Chicago aus ein Konferenzgespräch mit seinen Mitarbeitern in Los Angeles angemeldet und Zelkin, Sandford und Kimura gleichzeitig seine erstaunliche Entdeckung mitgeteilt. Die drei waren erst sprachlos gewesen und dann in wilde Begeisterung ausgebrochen.
»Heiliger Strohsack!« rief Zelkin. »Da ist dir tatsächlich das Unternehmen Lazarus geglückt.« Jubel lag in seiner Stimme. »Du hast gerufen ›Jadway tritt hervor!‹ und der Tote kam aus der Gruft.«

Und die beiden anderen, die sich vor Freude kaum fassen konnten, riefen im Chor: »Amen.«
Dreißig Minuten lang hatten sie noch einmal jeden einzelnen Schritt von Barretts Jagd besprochen, jedes Wort überlegt, das mit der Entdeckung zu tun hatte, und sich die Folgen von Jadways Auferstehung auszumalen versucht. Erst nach einer ganzen Weile war es Barrett geglückt, seine Kollegen halbwegs zu beruhigen.
Er hatte Zelkin gebeten, ihn über den Prozeßverlauf zu unterrichten, damit er genau wußte, wie die Lage war, wenn er in wenigen Stunden Bainbridge und Jadway gegenübertrat.

Zelkin hatte berichtet, daß die Zeugen der Verteidigung im Laufe des Nachmittags mehr erreicht hätten. Der Start war nicht vielversprechend gewesen. Die Contessa Daphne Orsoni, die als Zeugin für Jadways guten Charakter und Leumund von der Costa Brava herbeigeholt worden war, sah sich in Duncans Kreuzverhör gezwungen, einzugestehen, daß sie Jadway nur auf dem Maskenball begegnet war, den sie seinerzeit in Venedig gegeben hatte. Und daß Jadway seine Maske nicht ein einziges Mal vom Gesicht genommen hatte. Nein, unter Eid konnte sie nicht aussagen, daß ihr Gast tatsächlich Jadway war oder daß sie ihn ›gesehen‹ hatte. Danach hielt der schwedische Sexualforscher Dr. Rolf Lagergren ein hervorragendes Referat über die derzeitigen Moralbegriffe und die Einstellung des Durchschnittsmenschen zum Sex. Aber danach im Kreuzverhör hatte ihm Duncan hart zugesetzt.
Nachdem er Dr. Lagergren die Feststellung entlockt hatte, *Die sieben Minuten* sei, wenn auch in dichterischer Form, eine genaue Darstellung der Gefühle und des Verhaltens der Mehrzahl aller Frauen, hielt ihm Duncan ein Zitat aus der neuesten Umfrage des Sexualforschers entgegen. Bei dieser Befragung von tausend verheirateten und unverheirateten Frauen hatte Dr. Lagergren entdeckt, daß Dreiviertel von ihnen, also eine große Mehrheit, den Orgasmus nicht in sieben Minuten erreichten, sondern in einer bis sechs Minuten, und daß nur jede vierte Frau sieben Minuten oder länger brauchte – in Einzelfällen bis zu zwanzig Minuten. Dr. Lagergren hatte den Widerspruch in seinen Feststellungen über den Orgasmus erkannt und für kurze Zeit seine kühle Selbstsicherheit verloren. Er gab rasch zu, daß Jadway bei seinem Roman von früheren und weniger umfassenden Forschungen ausgegangen war und sich wohl auch ein gewisses Maß an dichterischer Freiheit erlaubt hätte. Dann erlangte Dr. Lagergren rasch die frühere Sicherheit wieder und erklärte mit aller Entschiedenheit, daß Jadways Porträt der sexuellen Gefühle einer Frau mit denen der Mehrzahl aller Frauen übereinstimme, selbst wenn Jadways Heldin nach dem Zeitplan des Orgasmus nicht genau den Durchschnitt repräsentiere. Nach dem schwedischen Experten trat die Bibliothekarin Rachel Hoyt in den Zeugenstand und bekannte sich in überzeugender Weise zur Sauberkeit und dem literarischen Wert des Buches.

Morgen sollten sich noch weitere Zeugen für *Die sieben Minuten* aussprechen, darunter auch Berühmtheiten wie der Romancier Guy Collins. Der nächste Tag sollte einzig und allein Dr. Yale Finegood und seinem Versuch vorbehalten bleiben, zu beweisen, daß es nicht eine bestimmte Lektüre war, die bei jungen Leuten wie Jerry Griffith die Neigung zu Gewalttätigkeit wachrief.

»Damit wären wir aber auch am Ende«, hatte Zelkin am Telefon gesagt. »Danach müssen wir unsere Beweisaufnahme abschließen, ohne die Geschworenen überzeugt zu haben. Wir haben zwar etwas Boden gutgemacht, aber Duncan längst nicht eingeholt. Wie die Dinge jetzt stehen, werden Ben Fremont im Gefängnis und *Die sieben Minuten* auf dem Scheiterhaufen landen. Wir brauchen einen eindrucksvollen Zeugen – nur einen einzigen –, der uns herausreißt. Und wenn dieser Zeuge Jadway persönlich ist, dann haben wir es geschafft. Du hast bewiesen, daß er noch lebt. Aber kannst du ihn als Zeugen hierher bringen?«

»Das weiß ich nicht«, hatte Mike geantwortet, »aber das wird sich ja herausstellen. Ich wüßte keinen Grund, aus dem er sich weigern sollte.«

»Hast du eine Ahnung, ob Jadway bei der Besprechung mit dem Senator morgen dabei sein wird?«

»Keine Ahnung. Auch das müssen wir abwarten. Was Bainbridge betrifft, so weiß ich noch nicht, welche Rolle er spielt, aber anscheinend regelt er für Jadway gewisse Angelegenheiten. Seltsam – er ist Senator, und ich weiß so gut wie gar nichts über ihn. Ich möchte vor dem Gespräch wenigstens einiges erfahren.«

Sie waren übereingekommen, daß Kimura sofort zur Bibliothek von Los Angeles fahren und dann im Zeitungsarchiv der *Los Angeles Times* stöbern sollte. Was immer er an Material dabei zutage förderte, sollte Barrett am späten Abend noch telefonisch durchgegeben werden.

Nach der Konferenzschaltung hatte Barrett seine Wohnung angerufen und ausführlich mit Maggie Russell telefoniert. Sie war elektrisiert von dem Gedanken, daß ihr Hinweis auf Cassie McGraw wiederum zur Entdeckung Jadways geführt hatte. Und sie war stolz auf Barrett, wie sie ihn liebevoll wissen ließ. Sie versprach, auf ihn zu warten, wenn er zurückkam.

Zwei Stunden später hatte Zelkin zurückgerufen und ihm die spärlichen Notizen durchgegeben, die Kimura gesammelt hatte.

»Daß du bisher kaum etwas über Senator Thomas Bainbridge gehört hast, liegt daran, daß er erst seit kurzem in der Politik tätig ist«, hatte Zelkin berichtet. »Einer der Senatoren aus Connecticut starb – ich erinnere mich jetzt auch wieder daran, es war erst vor vier Monaten –, und der Gouverneur ernannte Thomas Bainbridge für den Rest der Legislaturperiode zum Senator. Bainbridge war damals Dekan der Juristischen Fakultät von Yale, war an einem Anwaltsbüro in Washington beteiligt und hatte dort auch eine zweite Wohnung. Davor war er – Augenblick mal – Richter beim Appellationsgericht seines Staates. Und davor wiederum Präsident einer großen Herstellerfirma. Was hergestellt wurde, konnte Kimura nicht herausfinden. Es macht aber auch nichts. Nun zu seiner Ausbil-

dung: Studium in Yale, 1932 Doktor der Jurisprudenz an der Juristischen Fakultät.«
Noch vor Mitternacht war Barrett dann von Chicago nach Washington geflogen und mit dem Taxi vom National-Flughafen zum Mayflower Hotel gefahren.
Heute morgen stand pünktlich um Viertel vor elf ein livrierter Chauffeur an der Hoteleinfahrt und brachte ihn über die Pennsylvania Avenue zum Capitol. Dort übergab er ihn an Miß Xavier.
Miß Xaviers Stimme rief ihn in die Gegenwart zurück. Sie befanden sich jetzt unterhalb des Capitols in der privaten U-Bahn für die Mitglieder des Kongresses. Miß Xavier deutete auf den Miniaturzug und erklärte: »Mit der Bahn hier fahren wir jetzt die zweihundert Meter zum alten Senat.«
Eine halbe Minute später verließen sie die Spielzeugbahn und fuhren mit einem Lift nach oben. Bis zu den Büros des Senators war es nicht weit.
Im Empfangsraum standen die Schreibtische zweier Sekretärinnen, und die Wände waren mit Landschaftsaufnahmen und einer riesigen Reliefkarte von Connecticut geschmückt. Auf der rechten Seite erblickte Barrett zwei weitere Büros mit Schreibtischen und Aktenschränken, in denen schwarze und weiße, männliche und weibliche Angestellte arbeiteten. Vor der Reliefkarte blieb Barrett einen Augenblick stehen und überlegte, ob der Senator ihn wohl allein oder in Jadways Gegenwart empfangen würde. Er hörte, wie Miß Xavier ihn am Telefon anmeldete. Er gab sich Mühe, seine Erregtheit zu kaschieren.
»Gut, Senator, ich schicke ihn sofort hinein«, sagte sie und nickte Barrett zu. »Hier entlang, Sir.«
Sie öffnete eine polierte Eichentür.
In diesen Sekunden zögerte Barrett. Er hatte eine lange, verzweifelte Jagd hinter sich, über viele Gipfel und Täler, durch viele strahlende Träume und Alpträume, und es war ihm manches Greifbare begegnet, manches blieb jedoch Fata Morgana. Und während seiner ganzen Odyssee in die Vergangenheit hatte er immer das Gefühl behalten, dem Schatten Jadways, der hinter der nächsten Biegung auf ihn warten mußte, näher und näher zu kommen. Aber obgleich Jadway für Barrett Gestalt angenommen hatte, erst zu einem Wesen, dann zu einer Person, schließlich zu einem Wegbegleiter geworden war, den man retten mußte und der wiederum sie alle retten konnte, hatte sich Barrett bis vor kurzem damit abgefunden, daß Jadway nicht mehr existierte, daß er buchstäblich Asche und Staub war und nicht eine Person, ein Kamerad oder gar ein Retter. Aber nun gab es doch den echten J J Jadway oder, wie Abe es ausgedrückt hatte, einen Lazarus, aus der über die Seine verstreuten Asche wiederauferstandenen. Nur noch einige wenige Schritte, dann würde er diesen Jadway berühren, ihn hören, mit ihm sprechen können – diesen seltsamen und geheimnisvollen Autor eines einzigen Buches, des umstrittensten und meist verbotenen Buches, das jemals aus der Feder eines Menschen gekommen war. Er würde vor ihm stehen, der Liebhaber Cassies, der Vater Judiths, der Schöpfer Cathleens, dieser Dichter

eines Lobgesangs auf die Liebe, der die Vokabel ›ficken‹ zu einem Wort gemacht hatte, das man ohne Schamgefühl drucken und als Symbol für etwas Schönes ansehen konnte. Jadway – ein magischer Name, in dem Duncan und Yerkes das Sesam-öffne-dich zur Macht sahen, der Name eines Basilisken, unter dem Tausende von Fanatikern Bücher verbrannt und die Meinungsfreiheit verbannt hatten.

Barrett wurde von einer Erregung ergriffen, die er selbst kaum verstand. Es war die Art von Erregung, die wohl der Reporter Henry Morton Stanley damals empfunden haben mußte, als er nach zweimonatiger Suche in Zentralafrika in das Dorf Ujiji gelangte und den vielgesuchten schottischen Forscher und Missionar noch lebend antraf. »Ich hätte auf ihn zulaufen mögen, aber vor so vielen Leuten war ich feige – ich hätte ihn umarmen mögen, aber ich wußte nicht, wie er das auffassen würde; so tat ich das, was mir moralische Feigheit und falscher Stolz vorschrieben: ich ging gelassen auf ihn zu, zog den Hut und fragte ihn: ›Dr. Livingstone, nehme ich an?‹«

Stanley hatte mit den Worten geschlossen: *»Finis coronat opus«*. Barrett begriff: der Ausgang krönt das Werk.

Nun wäre er am liebsten auf Jadway zugerannt, um ihn zu umarmen, aber auch er ging gelassen durch die polierte Eichentür, die Miß Xavier für ihn offenhielt.

Nur ein Mann befand sich in dem Büro: Senator Bainbridge. Kein JJ Jadway. Nur Bainbridge, der Freund und Mittelsmann.

Senator Bainbridge stand hochaufgerichtet da, als sei sein Rückgrat aus einer Stahlfeder geschnitten. Er stand neben seinem Schreibtisch, steif, blutlos, erhaben, unantastbar, mehr ein Porträt von Gilbert Stuart oder Thomas Sully als ein lebendiger und atmender Mensch des zwanzigsten Jahrhunderts. Enttäuscht erkannte Barrett, daß er den Porträts der alten amerikanischen Richter ähnelte. Seine Gesichtszüge waren noch schärfer als die von Oberrichter John Marshal. Es war ein Caesarenkopf, die personifizierte Autorität. Das glatte, stahlgraue Haar war an der Seite gescheitelt. Er hatte eine hohe Stirn, durchdringende Augen, gerade, römische Nase, sehr schmale Lippen. Er war groß, schlank und mit einem hervorragend geschnittenen, konservativen grauen Anzug bekleidet. Das Ideal des strengen Yankee aus Connecticut.

Barrett war fast überrascht, als Bainbridge sich bewegte. Er streckte ihm die Hand entgegen. »Mr. Barrett, nehme ich an?«

Barrett zuckte im ersten Augenblick zusammen und mußte wieder an Stanley und Livingstone denken. Sein Gastgeber hatte ihm die Worte aus dem Mund genommen. War das Ironie? Humor? Oder keines von beidem? Barrett wußte es nicht. Er spürte einen festen, männlichen Händedruck.

Als Barrett die Hand wieder losließ, schweifte sein Blick automatisch durch das Büro.

»Nein«, sagte Bainbridge trocken, »ich hielt es für besser, Sie allein zu empfangen. Nehmen Sie Platz, Mr. Barrett.«

Vor dem kunstvoll geschnitzten Schreibtisch stand ein dunkelgrün gepolsterter Sessel. Barrett setzte sich. Während der Senator sich hinter seinem mächtigen Schreibtisch niederließ, betrachtete Barrett mit einem prüfenden – nicht mehr suchenden – Blick das Büro: ein Konferenztisch, ein bequemes Ledersofa, eine niedrige moderne Sitzgruppe aus Ledersesseln und Couch, mehrere Bücherregale, eine Skulptur von Giacometti auf dem Lampentisch, zahlreiche Diplome und Urkunden an den Wänden, und drüben auf der anderen Straßenseite, gegenüber dem Fenster des Büros, das Carroll Arms Hotel.

Der Senator hatte Platz genommen. Sein Patriziergesicht zeigte keinerlei Entgegenkommen.

Barrett entschloß sich zu einem persönlichen Wort. »Ich habe gehört, daß Sie erst kürzlich in den Senat berufen wurden. Herzlichen Glückwunsch.«

»Ich habe dieses Amt weder angestrebt noch gewünscht. Es war für mich eine Pflicht. Haben Sie Toqueville gelesen? Er nannte unseren Bundesstaat Connecticut einen kleinen Fleck, der Amerika den Uhrmacher, den Schulmeister und den Senator beschert. ›Der erste schenkt euch die Zeit, der zweite sagt euch, was ihr damit tun müßt, der dritte macht eure Gesetze und eure Zivilisation.‹ Irgend jemand muß die Gesetze machen. Vielleicht bin ich dafür nicht schlechter geeignet als die meisten anderen.«

»Ich bin überzeugt, Senator, daß Sie mit Ihrer Erfahrung der beste Mann für das Amt sind.« Aber Barrett fiel ein, daß er nur zwanzig Minuten zur Verfügung hatte und das Beste daraus machen mußte. »Ich weiß nur wenig über Ihren Werdegang, Senator, aber es überrascht mich doch, daß eine Gestalt wie Jadway in Ihrer Vergangenheit eine Rolle spielt.«

Bainbridge sah ihn unverwandt an. »Das Leben ist voller Zufälle, Mr. Barrett. Ich bin mit Jadway aufgewachsen. Wir waren in Yale in derselben Verbindung.«

»Und Sie hatten die ganzen Jahre über Kontakt mit ihm?«

»Mehr oder weniger.«

»Es kommt mir seltsam vor, daß Sie den Kontakt zu Cassie McGraw aufrechterhalten haben, er jedoch nicht.«

»So? Sie vertreten doch als Anwalt den Roman *Die sieben Minuten*, Sie wissen, mit wieviel Schmutz das Buch und der Autor beworfen wurden. Finden Sie es überraschend, daß er sich im Alter nicht mit einer Vergangenheit belasten will, die seine gegenwärtige Stellung im Leben unhaltbar machen könnte?«

»Sie haben den Prozeß verfolgt?«

»Ja, Sir.«

»Dann wissen Sie auch, daß meine Kollegen und ich das Buch, für das wir kämpfen, als Kunstwerk betrachten, als die Schöpfung eines Genies, als ein Buch, dessen Verteidigung auch dem Autor am Herzen liegen sollte.«

»Ich fürchte, Sie sind ein Romantiker, Mr. Barrett«, sagte der Senator. »Das Leben ist es weniger. Jadway mußte das sehr früh erfahren.«

»Er brach also den persönlichen Kontakt zu Miß McGraw ab, weil er Angst hatte, sich zu exponieren?«

»Richtig. In Angelegenheiten, die seine längst begrabene Vergangenheit betreffen, habe ich ihn aus Respekt für seinen Wunsch nach Anonymität vertreten. Zum Beispiel habe ich ihm Kleinigkeiten abgenommen wie den jährlichen Geburtstagsgruß für Miß McGraw. Und manches andere – sehr wenig.«
Ein schwieriger Mann, das merkte Barrett sofort. Er hätte jetzt gern Cassie McGraw, Abe Zelkin und Maggie an seiner Seite gehabt, aber die Sekunden und Minuten tickten dahin, und er mußte rasch zur Sache kommen.
»Senator, JJ Jadway lebt doch noch, nicht wahr?«
»Das wußten Sie, bevor Sie mich gestern abend anriefen. Ich sah keine Veranlassung, es abzustreiten.«
»Ich wollte nur aus Ihrem Mund die Bestätigung hören. Sie haben gestern abend eine seltsame Bemerkung gemacht: Sie und Jadway hätten sich Gedanken darüber gemacht, wie lange ich wohl brauchen würde, herauszubekommen, daß er noch lebt, und Sie deuteten an, früher oder später mit meinem Besuch gerechnet zu haben. Wie kam Jadway darauf, daß ich ihn eines Tages finden würde?«
Bainbridge lehnte sich vor, stützte die Ellbogen auf den Schreibtisch und verschränkte die Finger. »Von dem Augenblick an, wo Sie die Jadway-Briefe bei Olin Adams kaufen wollten, rechneten wir damit, von Ihnen entdeckt zu werden.«
»Sie wissen also von diesen Briefen?«
»Natürlich, Mr. Barrett. Wie hätte ich sie sonst erwerben sollen? Ich habe sie in Jadways Auftrag zurückgekauft.«
Barrett richtete sich erstaunt auf. »Sie waren der Käufer? Ich hätte schwören können, daß es der Staatsanwalt von Los Angeles war, der mir zuvorkam. Mein Telefon war damals angezapft, und zwar von Luther Yerkes, einem Industriellen, der die politische Karriere eines Bezirksstaatsanwalts unterstützt.«
»Yerkes mag vielleicht mehr Macht als ich besitzen, aber vielleicht verfüge ich über die besseren Verbindungen.«
»Die besseren Verbindungen, Senator?«
»Zum Beispiel Sean O'Flanagan. Ihm wurden die Briefe zunächst angeboten. Er hielt es für richtig, Jadway davon zu unterrichten. Deshalb rief er mich an, und ich ermächtigte ihn, sofort die Briefe zu kaufen. Aber als er es versuchte, kam er zu spät. Ein gewisser Michael Barrett hatte sie bereits erworben und wollte sie am nächsten Morgen abholen. Deshalb flog ich nach New York und ließ mir die Briefe in Mr. Barretts Namen aushändigen. Verzeihen Sie, Mr. Barrett, Sie dürfen auch hierbei nicht vergessen, daß ich verpflichtet bin, Jadway bei der Wahrung seiner Anonymität zu helfen.«
»Selbst wenn dadurch Jadways Name besudelt wird?«
»Sie vergessen, daß Jadway tot ist. Tot und begraben. Für die Vergangenheit interessiert sich nur die Geschichte. Jadway hat sich eine neue und bessere Gegenwart aufgebaut.«
Barrett hielt sich an der Tischkante fest. »Senator, so lange Cassie McGraw und

Sean O'Flanagan leben und so lange es das Buch *Die sieben Minuten* gibt, kann Jadway seiner Vergangenheit niemals den Rücken kehren.«

Bainbridge legte die Hände auf den Tisch und setzte sich auf. »Für Cassie McGraw und O'Flanagan hat Jadway gesorgt – ich habe das für ihn übernommen. Ich habe O'Flanagan zuerst bei seiner Vierteljahresschrift unterstützt und später, als er damit Schiffbruch erlitt, erhielt er eine jährliche Leibrente, die für ein Dach über dem Kopf, für Essen und Trinken ausreicht.«

»Und sein Schweigen bezahlt.«

»Das natürlich auch. Was Cassie betrifft, so hatten wir O'Flanagan gebeten, sie im Auge zu behalten. Als sie nicht mehr für sich selbst sorgen konnte, weder körperlich noch finanziell, bekam O'Flanagan Vollmacht, für ihre Pflege zu sorgen. So blieb es bis vor kurzem – bis er durch den übermäßigen Alkoholgenuß nicht mehr sehr zuverlässig war. In letzter Zeit stellte Miß Xavier die Schecks an Mr. Hollyday und das Blumengeschäft aus. Wie Sie sehen, hat Jadway für seine beiden alten Freunde aus der Vergangenheit gesorgt. Schon bald werden sie tot und begraben sein, wie Jadways alter Name in Paris. Dann bleiben nur noch *Die sieben Minuten.* Aber auch das Buch wird sterben, sobald Ihre Jury in Los Angeles ihr Urteil spricht.«

»Und Jadway wäre bereit, das Buch sterben zu lassen?«

»Ja.«

»Warum? Weil er sich schämt?«

»Nein, Mr. Barrett, er schämt sich nicht. Ich habe oft sogar das Gefühl, daß er sehr stolz darauf ist. In seinen Augen war es ein offenes, ehrliches Buch, das manchen Lesern etwas gegeben hat. Ganz gewiß wurde es aus Liebe geschaffen, das kann ich Ihnen versichern. Aber schließlich gehen auch einmal Bücher den Weg alles Vergänglichen.«

»Es ist ja nicht nur ein Buch, das sterben wird, Senator. Sie sollen nicht glauben, daß ich übertreibe, aber mein ganzes Herz hängt daran. Wenn dieses Buch an einer Unterdrückung durch die Justiz stirbt, dann stirbt auch die menschliche Freiheit in unserer Gesellschaft.«

Zum erstenmal war bei Bainbridge das Anzeichen einer Gefühlsregung zu bemerken. Er runzelte die Stirn. »Was sagen Sie da, Mr. Barrett?«

»Ich sage, daß mehr auf dem Spiel steht als lediglich ein Buch«, erklärte Barrett leidenschaftlich. »Ich behaupte, daß die Meinungsfreiheit vor Gericht steht. Gegen sie wurde schon häufig vorgegangen, aber noch nie zuvor haben sich so viele Feinde gesammelt wie diesmal. Die letzten Jahre der Großzügigkeit hinsichtlich der Schönen Künste haben die Verfechter der Freiheit selbstzufrieden und blind werden lassen. Sie haben nicht gemerkt, daß die Verteidiger der Zensur starke Kräfte um sich sammeln. Wir sind an einem Scheideweg angekommen. Wenn Jadways Buch unterdrückt wird, sehe ich den Beginn des dunklen Zeitalters voraus.«

»Über die Freiheit brauchen Sie mir keinen Vortrag zu halten, Mr. Barrett. Sie sollen mir nur sagen, was Sie damit meinen.«

»Was ich damit meine? Jetzt, wo wir erfahren haben, daß Jadway noch lebt, wo wir wissen, daß er der Wahrheit über sich und das Buch zum Sieg verhelfen kann, jetzt flehen wir ihn an, das zu tun. Wir halten es für unbedingt erforderlich, selbst wenn er private Opfer auf sich nehmen muß. Der Eindruck seines Erscheinens vor Gericht, die Sensation seiner Zeugenaussage, die erstmalige Enthüllung der vollen Wahrheit – das alles wird die Beweiskette der Anklage durchlöchern und für uns den Freispruch bedeuten. Es wäre eine Niederlage für die Zensoren und die Freiheit für *Die sieben Minuten*. Senator, Jadway soll erfahren, was ich zu Ihnen sage . . .«

»Ich verspreche Ihnen, daß er es erfährt.«

». . . und ich beschwöre Sie, ihn zu bitten, persönlich als Zeuge der Verteidigung morgen vor dem Gericht in Los Angeles zu erscheinen.«

»Ich kann ihn ja fragen, aber ich weiß seine Antwort schon im voraus: Er wird ablehnen.«

»Sind Sie ganz sicher?«

»Vollkommen sicher.«

Barrett sprang erregt auf. »Das kann ich nicht begreifen. Ich verstehe es einfach nicht, wie ein Mann, der früher einmal für die Freiheit eingetreten ist, dieses Werk jetzt verleugnen kann! Wie ist das nur möglich? Was für eine Feigheit, was für ein Egoismus müssen dahinterstecken? Was für ein Mensch ist dieser Jadway überhaupt?«

Er war sich wohl bewußt, daß Brainbridge ihm aufmerksam zuhörte, und nun merkte er, daß der Senator ihm eine Antwort geben wollte. Barrett hielt inne.

Senator Brainbridge wählte seine Worte sehr sorgfältig. »Ich will Ihnen sagen, was Jadway für ein Mensch ist, dann werden Sie seine Gründe verstehen, daß er nicht in die Öffentlichkeit treten möchte. Wenn Jadway in seiner Jugend ein Idealist war, dann ist er jetzt in reiferen Jahren ein Pragmatiker geworden. Er weiß, was für die Masse am besten ist, für das Gemeinwohl und schließlich auch für ihn selbst – denn er ist ja ein Teil dieser Gemeinschaft. Alles andere wäre Selbsttäuschung. Klingt das zu rätselhaft? Ich will das Rätsel für Sie auflösen. Jadway hat zusammen mit mir sein juristisches Staatsexamen gemacht. Aber er hatte für die Juristerei nichts übrig. Er glaubte, zum Schreiben berufen zu sein. Deshalb ging er nach Paris. Er versuchte zu schreiben und schaffte es unter dem Einfluß von Miß McGraw auch. Zufrieden stellte er fest, daß er auf diese Weise mehr für die Sache der Freiheit, für die Befreiung der menschlichen Seele tun konnte, als durch eine Anwaltspraxis. Aber dann kamen andere Umstände dazwischen – fragen Sie mich nicht nach Einzelheiten, die kann ich Ihnen nicht sagen – und Jadway mußte seine Laufbahn als Schriftsteller aufgeben, er mußte auch auf eine Praxis als Anwalt verzichten. Als sich einige Jahre später eine neue Möglichkeit für ihn ergab, hatte er sein Interesse an der Schriftstellerei verloren, aber die Jurisprudenz stand ihm noch offen. Also versuchte er, ihr nach besten Kräften zu dienen. Er hat es weit gebracht. Nun wird er es noch weiter bringen. In wenigen Wochen, das kann ich Ihnen vertraulich mitteilen, wird ein

Sitz im Obersten Gericht der Vereinigten Staaten frei. Der Präsident hat sich bei Jadway privat erkundigt, ob er eine Berufung in den Obersten Gerichtshof annehmen würde.«

»Das Oberste Gericht?« stieß Barrett hervor. Er war sprachlos. »Ich – ich stelle mir Jadway auch heute noch als einen Bohemien vor, so wie damals in Paris, so wie er vor Gericht beschrieben wurde. Das würde bedeuten, daß er ein Mann von solchem Ansehen geworden ist, daß sogar eine Ernennung zum Oberrichter der Vereinigten Staaten in Frage kommt?«

»Eine solche Ernennung steht unmittelbar bevor.«

Erst allmählich begriff Barrett die volle Bedeutung dieser Enthüllung.

»Senator, wissen Sie, was das bedeutet?« fragte Barrett drängend. »Das bedeutet, daß Jadway – wie immer er sich heute auch nennen mag – ein weitaus wertvollerer Zeuge ist, als ich mir jemals vorgestellt habe. Und nun ist es noch hundertmal wichtiger, daß er aussagt – wichtiger für ihn und für uns.«

Bainbridge wollte widersprechen, aber Barrett ließ ihn nicht zu Wort kommen und fuhr mit zunehmendem Eifer fort: »Stellen Sie sich nur einmal vor, wie das Auftreten eines solchen Mannes vor Gericht die gegen ihn vorgebrachten Beschuldigungen verschlagen würde! Ich will Ihnen sagen, was das zumindest vom Standpunkt der Verteidigung aus wäre: Es wäre eine jener ans Wunderbare grenzenden Wenden, wie – nun, wie sie zum Beispiel im Fall Lizzie Borden vorkam. Sie erinnern sich sicher daran. Lizzies Vater und ihre Stiefmutter waren auf brutale Weise erschlagen worden. Alle Hinweise sprachen gegen Lizzie Borden. Dennoch rief sie ihr Verteidiger in den Zeugenstand. Es war ein gewagter Schachzug und – wie sich herausstellte – ein brillanter. Da saß Lizzie nun, wohlerzogen, gepflegt, zart, von Kopf bis Fuß eine Dame. Der Verteidiger zeigte nur auf sie und wandte sich an die Geschworenen: ›Wenn Sie diese Frau schuldig sprechen wollen, müssen Sie in ihr ein Scheusal sehen. Gentleman, sieht sie so aus?‹ Ob sie so aussah? Nein, sie sah nicht so aus. Ein Scheusal war diese feine Dame bestimmt nicht. Unausdenklich. Damit zerflatterte die gesamte Beweiskette. Lizzie wurde freigesprochen.«

Barrett holte tief Luft und fuhr dann fort: »Senator Bainbridge, wenn es schon undenkbar war, Lizzie Borden ein solches Verbrechen zuzutrauen, glauben Sie dann, daß man einem Kandidaten für das höchste amerikanische Gericht, einem hochgeehrten Mann, einem Gelehrten die Verbreitung schmutziger Pornographie zutrauen würde? Lassen Sie Jadway als meinen letzten, als meinen Kronzeugen auftreten, dann haben wir gewonnen. Ich brauche nur auf ihn zu zeigen, und die Geschworenen werden wissen, daß ein solcher Mann niemals ein schmutziges Buch geschrieben haben kann, das die Jugend verdirbt. Sie werden wissen, daß er aus edelsten Motiven gehandelt haben muß, noch bevor ich eine einzige Frage an ihn stelle. Sie werden seiner Moral und seiner Aussage Glauben schenken. Senator, wir werden einen Freispruch für Ben Fremont, für *Die sieben Minuten* und auch für Jadway selbst bekommen, wie auch Lizzie Borden . . .«

»Mr. Barrett«, unterbrach ihn der Senator, »Sie können mir die juristische Taktik im Fall Borden wirklich ersparen.« Ein wenig bissig fügte er hinzu: »Schließlich war ich Dekan der Juristischen Fakultät in Yale.«
»Verzeihen Sie, Sir«, sagte Barrett zerknirscht. »Nur stolpert man selten über einen solchen Zeugen . . .«
»Wenn Sie gestatten, Mr. Barrett, möchte ich gern beenden, was ich vorhin sagen wollte.«
»Bitte.«
»Ich zweifle nicht daran, daß Jadway ein vollkommener Zeuge für die Verteidigung wäre. Aber in dieser Angelegenheit steht erheblich mehr auf dem Spiel als nur Ihr Prozeß. Es geht beispielsweise um die Ernennung zum höchsten Richteramt. Diese Ernennung wird schon bald veröffentlicht, und Sie werden dann wissen, wer Jadway ist, obgleich sonst außer der lieben senilen Cassie und unserem ebenfalls geistig verwirrten Freund O'Flanagan niemand ahnen wird, daß der neue Richter am Obersten Gerichtshof einmal den Roman *Die sieben Minuten* geschrieben hat. Und nun seien Sie einmal ganz vernünftig, Mr. Barrett: Wenn Sie Jadway wären, würden Sie dann diese einmalige Gelegenheit opfern und nach Kalifornien fliegen, nur um in einem simplen Prozeß für ein Buch einzutreten, das Sie in Ihrer Jugend einmal geschrieben haben? Ich würde das für Wahnsinn halten. Ich kann Ihnen nämlich versichern, daß es Jadways Ruf kosten würde, wenn er im Zeugenstand seine Vergangenheit enthüllen und Ihren Zensurprozeß retten wollte. Die Ernennung würde augenblicklich zurückgezogen. Ihr gestriger Anruf wurde Jadway sofort zur Kenntnis gegeben. Er hat es sich nicht leicht gemacht und sein Gewissen erforscht. Es war nicht der Schaden für seinen Ruf oder der Ehrgeiz oder das gesellschaftliche Ansehen oder seine Familie – es waren andere Gründe, die seine Entscheidung beeinflußten. Er kann weitaus mehr für die Sache der Freiheit tun, wenn er im höchsten Gericht dieses Landes sitzt, als wenn er diese Gelegenheit aufopfert, um in einem einzigen Prozeß für eine Tat aus seiner Vergangenheit einzustehen. Diese Möglichkeit war es, viele Freiheiten zu verteidigen statt nur dieser einen, die ihn zu seinem Entschluß bewog. Ich sage Ihnen, es ist nicht die Entscheidung eines Egoisten, sondern eines Mannes, dem das Gemeinwohl am Herzen liegt. Nicht die Entscheidung eines Feiglings, sondern die eines mutigen Mannes. So ist dieser JJ Jadway. Und deshalb wird er bei Ihrem Prozeß nicht erscheinen.«
Barrett war sehr still geworden. Er ging hinüber zum Fenster, starrte geistesabwesend hinunter auf die Straße und kehrte wieder zum Schreibtisch zurück.
»Senator Bainbridge«, sagte er sehr beherrscht, »ich glaube trotzdem, daß Mr. Jadway sich irrt. Ich weiß, daß ich Sie nicht überzeugen kann und auch nicht ihn über Sie, aber ich muß Ihnen dennoch sagen, was ich glaube: daß er sich irrt. Ich glaube, daß es noch andere große Juristen gibt, die den Platz im Obersten Gericht ebenso würdig ausfüllen können wie Mr. Jadway, die ebenso weise und gerecht urteilen werden wie er. Aber es gibt auf der ganzen Erde nur einen einzigen Mann, der dieses eine Buch retten kann – das Buch und alles, wofür es

steht, alles, was es für die Zukunft bedeutet. Das ist der Platz, an dem Mr. Jadway kämpfen sollte, unten im Fußvolk, wo er allein uns retten kann, wo er auch sich retten kann, indem er sich zur Vergangenheit bekennt. Ich glaube, daß diese Vergangenheit für seine und unsere Gegenwart mehr bedeutet als seine Zukunft. Das ist meine Überzeugung. Und es kommt noch etwas hinzu. Wenn wir diesen Prozeß verlieren, wird ein Präzedenzfall geschaffen, und alle Gerichte in diesem Land werden der Auffassung zuneigen, daß ein Mensch durch ein Werk der Literatur zu Gewalttätigkeiten veranlaßt werden kann, wie die Anklagevertretung im Fall Jerry Griffith behauptet. Sollte dieser verhängnisvolle Irrtum nicht widerlegt werden, sollte er für unsere Gegenwart zum Gesetz werden, dann bedeutet es das Todesurteil für jedes Wort, das von jetzt an gesprochen oder geschrieben wird. Und die wahren Übel in unserer Gesellschaft, aus denen Gewalttätigkeiten erwachsen, werden sich ausbreiten und an unserer Niederlage mästen, bis all das, was uns und unseren Nachfahren heilig ist, zerstört ist. Danke, daß Sie mir zugehört haben, Senator Bainbridge, und sagen Sie Mr. Jadway, daß ich ihm für heute nacht einen ruhigen Schlaf wünsche.«

Er stand schon an der Tür, da hörte er noch einmal Bainbridges Stimme.

»Mr. Barrett.«

Er blieb stehen.

Bainbridge stand hinter seinem Schreibtisch. »Ich werde dafür sorgen, daß Mr. Jadway alles überdenkt, was Sie eben gesagt haben. Sollte er seine Meinung doch noch ändern, weiß er, wo er Sie erreichen kann.«

Barrett versuchte zu lächeln. »Aber Sie wissen doch wohl, daß er seine Ansicht nicht ändern wird, wie?«

Der Senator gab ihm keine Antwort. Nachdenklich sagte er: »Es wird Sie vielleicht interessieren, daß Christian Leroux nicht wissentlich gelogen hat, was Jadways Buch, sein Leben und die Gründe für seinen Selbstmord betrifft. Er hat nur einfach nicht die Wahrheit gesagt, weil er die Wahrheit nicht kannte. Er kannte nur diese Lüge, genau wie auch Pater Sarfatti nur die Lüge wußte. Jadways und Cassies Lüge. Kann sein, daß das von Wichtigkeit ist. Ich weiß es nicht. Eines tut mir leid: daß sich die Überzeugung durchsetzen wird, daß ein Buch einen Jugendlichen zu einem Notzuchtverbrechen, zu gewaltsamem Verhalten verleiten kann. Das ist ein sehr bedauerlicher Aspekt dieses Prozesses. Aber vielleicht wird Mr. Jadway in der Lage sein, diese Perspektive zurechtzurücken – später, auf eine andere Weise.«

»Senator, diese Gelegenheit wird niemals kommen. Morgen ist die letzte Chance. Leben Sie wohl.«

Er trat hinaus auf die Straße und wußte, daß er den absoluten Tiefpunkt erreicht hatte. Wie oft hatte er nun schon geglaubt, den Abgrund der Verzweiflung erreicht zu haben? Es ließ sich kaum noch zählen. Aber diesmal war es der Nullpunkt. Der allerletzte Hoffnungsschimmer war erloschen.

Niedergeschlagen ging er die Treppe zur Straße hinunter und sah sich nach einem Taxi um.

An der nächsten Ecke rief ein Junge die neueste Zeitung aus: »Neueste Meldung! Die neueste Sensation im Pornographieprozeß aus Los Angeles!«
Die neueste? Was zum Teufel konnte das denn sein?
Barrett rannte hinüber zur Straßenecke, reichte dem Jungen eine Münze und faltete die Zeitung auseinander. Die dicke Schlagzeile fuhr ihm wie ein Peitschenhieb ins Gesicht:

SHERI MOORE IST TOT!
NOTZUCHTOPFER IM FALL JADWAY
UNVERHOFFT GESTORBEN.
MORGEN URTEIL ÜBER UMSTRITTENES
PORNOGRAPHISCHES BUCH.

Er fuhr zurück.
Sein erster Gedanke galt dem armen Kind, das so elend im Krankenhaus gestorben war. Dann dachte er an ihren Vater Howard Moore, an Jerry Griffith, an Maggie und schließlich an Abe und sich selbst.
Noch vor Minuten hatte er geglaubt, den Tiefpunkt erreicht zu haben, aber es war ein doppelter Boden, denn nun sank er noch tiefer hinab in einen Abgrund, wo es nur noch Schwärze gab.
Es war der schwärzeste Tag seines Lebens.

In Los Angeles war es später Vormittag. In Barretts Schlafzimmer hatte Maggie Russell gerade geduscht und sich abgetrocknet. Als sie sich anziehen wollte, läutete das Telefon zum zweitenmal innerhalb der letzten Stunde. Nur mit Slip und BH bekleidet, rannte sie hinüber ins Wohnzimmer.
Zu ihrer Erleichterung war es Mike Barrett aus Washington.
»Mike, ich habe darum gebetet, daß du es bist«, sagte sie ins Telefon. »Ich wollte dich anrufen, aber ich wußte ja, daß du nicht im Hotel bist. Hast du schon gehört? Ich meine über Sheri Moore? Sie ist letzte Nacht gestorben.«
»Ja, ich habe vor einer halben Stunde die Schlagzeile gelesen.«
»Ist das nicht schrecklich? Sie war noch so jung. Mir ist ganz elend zumute. Jerry ist verzweifelt. Du bist auch erledigt, das höre ich deiner Stimme an.«
»Ja, ich bin erledigt. Die arme Sheri. Ich habe sie ja nie gekannt, aber wenn so etwas passiert, kommt einem alles andere unwichtig vor.«
»Ja, das stimmt. Ich muß immer wieder an sie denken. Aber ich bin egoistisch genug, auch an Jerry zu denken. Ich mache mir Sorgen, wie das auf ihn wirken wird.« Sie hielt inne. »Und um dich mache ich mir Sorgen, Mike.«
»Das ist nicht so wichtig. Natürlich bin ich am Ende. Es war ein rundherum scheußlicher Vormittag, aber ich lebe wenigstens noch einigermaßen.«
»Was soll das heißen? Ich hatte gehofft, wenigstens von dir eine gute Nachricht zu bekommen. Du warst doch mit Senator Bainbridge und Jadway verabredet, nicht wahr?«
»Ich habe Bainbridge gesprochen. Ich komme gerade von ihm.«
»Was ist los, Mike? Soll das heißen, daß er nicht ...?«

»Er will nicht, es hat keinen Zweck.«
»Mike, das tut mir aber leid. Nachdem du herausgefunden hattest, daß Jadway noch am Leben ist und sie das auch wußten, dachte ich . . .«
»So einfach ist das nicht. Bainbridge bleibt dabei, daß Jadway tot sein muß. Einen kleinen Happen hat er mir hingeworfen: Er will dafür sorgen, daß Jadway sich alles noch einmal überlegt, was ich gesagt habe. Aber dabei wird auch nichts herauskommen.«
»Kannst du nicht Jadway vorladen lassen?«
»Wie denn? Kann man einen Geist vorladen?«
»Das war vermutlich ein dummer Vorschlag, aber ich mache mir solche Sorgen und – versuche, mir etwas auszudenken.« Ein weiterer Gedanke kam ihr. »Mike, was war eigentlich zwischen dir und Bainbridge? Was hat er denn gesagt? Willst du nicht darüber sprechen?« Seine Stimme klang so entmutigt, daß sie mit ihm litt, aber sie brachte ihn doch zum Reden. Er erzählte ihr alles, was zwischen seiner Begegnung mit Miß Xavier im Capitol und seinem Abschied von Senator Bainbridge geschehen war.
Dann fuhr er fort. Nach dem Fehlschlag seines Versuchs, mit Jadway in Berührung zu kommen, hatte er von Sheris Tod erfahren. Er war ins Hotel zurückgekehrt und hatte wegen der zeitlichen Differenz Zelkin noch erreicht, bevor dieser zum Gericht ging. Auch Zelkin war über Sheris Tod erschüttert, und die Weigerung von Bainbridge und Jadway nahmen ihn sehr mit.
»Abe meinte, wenn schon der Autor nicht bereit ist, sein eigenes Buch und sein Leben zu verteidigen, sollen wir dann noch auf einen Erfolg hoffen?« sagte Barrett. »Und Sheri Moores Tod war auch ein harter Schlag für Abe. Das arme Kind tut ihm genauso leid wie uns. Aber ganz abgesehen davon erhebt sich die Frage, wie sich Sheris Tod auf den Prozeß auswirken wird. Abe mußte zugeben, daß ihr Tod zwar juristisch nichts mit dem Fall zu tun hat, daß er aber eine gefühlsmäßige Wirkung auf die Geschworenen ausüben wird. Du kannst sicher sein, daß einer von ihnen trotz ihrer Abgeschlossenheit davon erfahren wird. Die Wirkung auf die Verhandlung heute und morgen wird verheerend sein. Es ist das abschließende Ausrufezeichen hinter Duncans Behauptung, daß Jadways Buch Jerry dazu verleitet hat, Sheri Gewalt anzutun und sie in den Tod zu treiben. Jadway ist jetzt kein Sexualverbrecher mehr, jetzt ist er ein Mörder – er und jeder andere, der sich zu einem freien Wort bekennt.«
»Und du kannst nichts dagegen tun?« fragte sie langsam.
»Niemand kann daran etwas ändern, Maggie, nur Jadway selbst. Wenn er sich bereit erklärt hätte aufzutreten, wäre selbst das Aufsehen um Sheris Tod zu überwinden gewesen. Sein Auftreten im Zeugenstand hätte alles wieder ins rechte Licht gerückt. Das Buch hätte wieder im Mittelpunkt gestanden. Auf diese Weise hätten wir eine Chance bekommen, schlagend zu beweisen, daß ein solcher Autor und ein solches Buch bei Jerry unmöglich einen Schaden anrichten konnten, und daß beide daher nicht schuld an Sheris Tod sind. Aber was hat es für einen Zweck zu spekulieren, es ist alles vorbei. Für uns ist Jadway

genauso tot wie zu Beginn der Hauptverhandlung. Und alle, die unserer Meinung sind, werden darunter zu leiden haben. Die Zensoren sitzen jetzt fest im Sattel. Die Hexenjäger haben wieder Oberwasser. Das Recht auf freie Meinungsäußerung, auf Widerspruch, auf Protest – das alles wird zusammen mit der Freiheit der Literatur ausgerottet. Warum soll man auch weitermachen? Ich komme am besten zu Sheris Beerdigung zurück.«

»Mike.«

»Ja.«

Sie hatte ihm aufmerksam zugehört und rasch nachgedacht. Etwas wollte sie noch wissen.

»Ganz abgesehen von den Folgen für den Prozeß, wird diese letzte Entwicklung doch alles für Jerry noch schlimmer machen, nicht wahr?«

Er zögerte mit der Antwort. »Ja, ich fürchte, Maggie.«

»Was wird geschehen?«

»Darüber können wir uns unterhalten, sobald ich wieder zurück bin.«

»Ich will es jetzt wissen, Mike. Ich bin erwachsen, ich kann's ertragen.«

»Nun gut, bis jetzt war das Opfer noch am Leben. Das Urteil konnte zwischen drei Jahren bis lebenslänglich lauten, aber da Jerry sich der Staatsanwaltschaft als Kronzeuge zur Verfügung stellte, da er durch die Aussage des Psychiaters mildernde Umstände bekommt und so weiter, wäre er wahrscheinlich mit höchstens drei Jahren davongekommen. Aber jetzt ist Sheri tot, jetzt geht es nicht mehr um Vergewaltigung, sondern es kommt noch Totschlag hinzu. Höchstwahrscheinlich wird er lebenslänglich bekommen.«

»Lebenslänglich?« Maggie zitterte. »Das ist ausgeschlossen, das ist ungerecht. Sie kennen Jerry nicht.«

»Maggie, das Gesetz kennt nur, was es sieht und hört.«

Nur was es sieht und hört, dachte sie.

»Mike, Jerry hat mich durch Donna gefunden. Ich habe heute morgen von ihm gehört.«

Barrett fragte ungläubig: »So? Ist er denn noch nicht im Gefängnis?«

»Gefängnis? Was soll das heißen?«

»Ist dir das nicht klar? So lange Sheri noch lebte, konnte man ihn gegen Kaution noch frei lassen. Jetzt ist ein Kapitalverbrechen daraus geworden, und Jerry muß ins Untersuchungsgefängnis.«

»Dann ist mir alles klar. Er hat mich gerade angerufen, weil er sonst mit niemandem sprechen kann. Wir haben uns über alles unterhalten, und ich versuchte, ihn zu beruhigen. Schließlich fragte ich ihn, ob er nicht herkommen könnte, und er sagte, er wollte es versuchen, aber er müßte gleich wieder zurück. Der Staatsanwalt wollte während der Mittagspause hinkommen und . . . Mike, wird Duncan ihn verhaften?«

»Ja, normalerweise müßte Jerry längst im Gefängnis sitzen. Aber da sein Vater gute Beziehungen zum Staatsanwalt hat . . . Heute nachmittag wird es ihn bestimmt erwischen.«

»Dann bin ich froh, daß er hierher kommt. Ich wollte ihn nur beruhigen, aber jetzt – lassen wir das. Ich ziehe mich lieber an. Kommst du heute noch?«
»Ich habe schon den Rückflug reserviert. Falls die Verhandlung dann noch im Gange ist, fahre ich direkt zum Gericht. Wenn nicht, muß ich zuerst ins Büro. Bis heute abend.«
»Bis heute abend«, sagte sie unsicher und fügte hinzu: »Mike, gib nicht auf, vielleicht geschieht noch etwas.«
»Liebling, ich glaube, der alte Mann da oben hat für jedes seiner Kinder nur eine gewisse Anzahl Wunder bereit, und meine Quote ist voll.«
Vielleicht deine, so wollte sie ihm sagen, aber meine nicht. Doch sie verabschiedete sich nur.
Nachdem sie aufgelegt hatte, blieb sie neben dem Telefon stehen und dachte über Mikes Worte nach.
Wie hatte er gesagt? ›Das Gesetz kennt nur, was es sieht und hört‹! Wenn es aber noch nicht alles gesehen und gehört hat?
Er hatte weiterhin gesagt: ›Kann man einen Geist vorladen?‹ Warum soll man es nicht wenigstens versuchen?
Und er hatte gesagt: ›Der alte Mann da oben hat für jedes seiner Kinder nur eine gewisse Anzahl Wunder bereit.‹ Stimmt, Mike, aber vielleicht ist mein Konto noch nicht überzogen.
Und wie hieß die Eidesformel im Gericht? Die Wahrheit, die ganze Wahrheit, nichts als die Wahrheit, so wahr mir Gott helfe.
Nun gut – dann soll mir Gott helfen. Jetzt war der Augenblick für die ganze Wahrheit gekommen.
Allmählich wurde sie sich über vieles klar, und sie begann zu handeln.
Zunächst das Ferngespräch nach Washington.
Nach knapp einer Minute hatte sie die Verbindung.
»Miß Xavier, Senator Bainbridges Sekretärin?«
»Ja.«
»Hier spricht Maggie Russell aus Los Angeles.« Nun folgte eine krasse Lüge. »Ich gehöre zur Werbeagentur Griffith. Es ist außerordentlich wichtig, daß ich Senator Bainbridge morgen geschäftlich sprechen kann. Könnten Sie mir einen Termin geben?«
»Ich fürchte, morgen wird es nicht gehen, Miß Russell. Der Senator ist verreist.«
»Bleibt er lange weg?«
»Das kann ich nicht sagen, Miß Russell. Ich weiß nur, daß er am Morgen abreist. Natürlich besteht die Möglichkeit, daß er noch am selben Tag aus Chicago zurückkommt. Wenn Sie mir sagen könnten, worum es geht, würde ich vielleicht . . .«
»Nein, macht nichts, vielen Dank. Ich melde mich nächste Woche wieder.«
Sie ließ den Hörer auf die Gabel fallen.
Also doch Chicago! Senator Bainbridge wollte nach Chicago, eigentlich war sie gar nicht überrascht.

Das war der erste Schritt.
Und nun der zweite: Jerry Griffith. Er konnte jeden Augenblick kommen, und sie wollte dann fertig sein. Er brauchte eine Schulter, an der er sich ausweinen konnte, die übliche Beruhigungspille. Aber diesmal nicht, Jerry. Diesmal gibt es keine Pillen, kein langes Fackeln. Auch keine Schulter, denn diesmal wollte sie ihm reinen Wein einschenken.
Dann der dritte Schritt: Howard Moore. Trotz der Trauer um seine Tochter – oder gerade deswegen – würde er sie empfangen, das wußte sie.
Und der letzte Schritt: Der Anruf beim Internationalen Flughafen.
Eine Reservierung im Abend-Jet nach Chicago.
Das war es – falls man noch an Wunder glaubte.

II

Am folgenden Morgen, dem Donnerstag, 2. Juli, wartete vor dem Sunnyside-Sanatorium in Chicago eine am Flughafen gemietete Limousine mit Chauffeur. Im Sanatorium herrschte reges Treiben. Das Frühstücksgeschirr wurde aus den Zimmern in die Küche gebracht, zwei Putzfrauen wischten den Korridor mit einer desinfizierenden Lösung, die Tür zum Büro öffnete sich.
Erst tauchte Senator Thomas Bainbridge auf, dicht hinter ihm folgte strahlend und unterwürfig Mr. Hollyday.
»Aber nein, Senator«, wiederholte Dr. Hollyday noch einmal. »Ich versichere Ihnen, Sie stören keineswegs, nicht im geringsten. Unsere Besuchszeit ist immer sehr flexibel.«
»Vielen Dank, Mr. Hollyday. Ich bleibe nicht sehr lang.«
»Es ist uns eine Ehre, ein Vergnügen, Senator Bainbridge. Ich weiß, daß Miß McGraw – ich sollte wohl sagen Mrs. Sullivan – ich weiß, wie erfreut sie sein wird. Das ist schon der zweite prominente Besuch innerhalb von zwei Tagen. Gestern aus Los Angeles . . .«
»Ich weiß, Mr. Hollyday.«
Sie hatten den Eingang zum Aufenthaltsraum erreicht. »Natürlich muß ich Sie darauf vorbereiten, Senator Bainbridge, daß sie nicht immer mitteilsam ist. Manchmal spricht sie ganz vernünftig, aber meistens neigen diese Patienten dazu, ein wenig – nun, ein wenig verwirrt zu reden. Aber falls sie heute ihren guten Tag hat . . .«
»Ich verstehe, Mr. Hollyday.«
»Sie hat gerade gefrühstückt. Um diese Zeit werden Sie ziemlich ungestört sein.«
Bainbridge betrat den Aufenthaltsraum. Mr. Hollyday blieb bei ihm.
»Welche ist es?« fragte Bainbridge.
»Da drüben am Tisch neben dem Fenster zum Innenhof«, sagte Mr. Hollyday.

»Im Rollstuhl. Die Frau mit dem rosa Morgenmantel. Die Krankenschwester richtet sie gerade her. Ach, Miß Jefferson, kann ich Sie sprechen?«
Die schlacksige, dunkelhäutige Krankenschwester kam rasch zu ihm herüber. »Ich habe sie hübsch gemacht, Mr. Hollyday.«
»Ganz ausgezeichnet. Miß Jefferson, ich habe dem Senator versprochen, daß er nicht gestört wird. Sorgen Sie bitte dafür.«
»Ich werde schon aufpassen, Mr. Hollyday.«
»Nun, Senator«, begann der Manager.
Bainbridge unterbrach ihn: »Wenn Sie nichts dagegen haben, möchte ich jetzt gern mit ihr unter vier Augen sprechen.«
»Aber natürlich, aber natürlich«, entschuldigte sich Mr. Hollyday, zog sich zurück und nahm Miß Jefferson mit.
Bainbridge blieb stehen.
Er wappnete sich. Es gibt Dinge im Leben, um die kommt man nicht herum. Er mußte es tun. Jetzt. Auf der Stelle.
Rasch ging er mit seiner großen Pralinenschachtel auf sie zu.
Als er sie schon fast erreicht hatte, verlangsamte sich sein Schritt. Er ging um den Rollstuhl herum, um sie nicht zu erschrecken.
Sie starrte auf das Obst in der Mitte des Tisches. Aber dann merkte sie, daß jemand in der Nähe war, wandte ihm ihr eingefallenes Gesicht zu und musterte ihn von Kopf bis Fuß, aber ohne sichtbare Reaktion.
»Cassie McGraw«, sagte er.
Weder der Name noch seine Gegenwart schienen ihr etwas zu bedeuten.
»Darf ich Platz nehmen?«
Ohne auf die Antwort zu warten, legte Bainbridge die Pralinenschachtel auf den Tisch, warf seinen leichten Regenmantel über die Stuhllehne und nahm ihr gegenüber Platz.
»Ich bin Thomas Bainbridge«, sagte er. »Sie erinnern sich doch an meinen Namen?«
Sie interessierte sich plötzlich für das gelbe Schmuckband der Geschenkpackung. Sie streckte die Hand danach aus. Er nahm den Karton und bot ihn ihr an. Sie strich über die Schleife, griff aber nicht nach der Schachtel.
»Das ist für Sie«, sagte er. »Soll ich sie aufmachen?«
Sie lächelte freundlich.
Er entfernte das Band und riß die Verpackung auf. Dann öffnete er den Karton und hielt ihn ihr hin. »Möchten Sie eine?«
Sie sah hinunter auf die Pralinen, rührte sich aber nicht.
»Welche soll's denn sein?« fragte er. »Eine weiche?«
Sie nickte.
Er suchte eine Praline mit Cremefüllung aus und legte sie ihr in die Hand. Sie führte die Praline zum Mund und kaute geistesabwesend darauf herum. Dabei lächelte sie ihn immer noch an.
Jetzt, sagte er sich, jetzt muß es sein.

»Cassie«, begann er. »Ich bin mit einem besonderen Auftrag hier, wie man so schön sagt. Ein Mann hat mich geschickt, den Sie einmal geliebt haben und der Sie geliebt hat und der Sie auch heute noch liebt. Ich bin für JJ Jadway hier.«
Sie schien den Namen nicht einmal gehört zu haben, sondern starrte fasziniert auf seine goldene Schlipsnadel. Dabei kaute sie ihre Praline.
»Cassie«, fuhr er eindringlich fort, »ich weiß, daß Ihnen manchmal aus der Zeitung vorgelesen wird und daß Sie manchmal auch die Nachrichten im Fernsehen mitbekommen. Ich bin sicher, daß Sie über den Prozeß in Los Angeles Bescheid wissen, wo es um Jadways Buch geht – Sie erinnern sich doch an das Buch, an den Roman *Die sieben Minuten*? Und Sie wissen sicher auch, daß Jadway noch lebt . . .«
Aber er war seiner Sache nicht sicher. Vergeblich wartete er auf eine Reaktion von ihr. Es kam keine, und als ihr starrer Blick schließlich von der Schlipsnadel abglitt, hoffte er, doch noch zu ihr durchzudringen.
»Sie wissen doch noch, wie Sie damals in Paris zurückgeblieben sind und das getan haben, worum er sie gebeten hat«, sagte er. »Und Sie wissen, wie er Sie in Cherbourg abgeholt hat und wie Sie beide gemeinsam nach New York zurückkehrten? Sie haben mit ihm gemeinsam alles arrangiert. Er sollte für tot erklärt werden. Aber Sie und ich und Sean, wir wußten, daß er nicht wirklich tot war. Das war unser Geheimnis. Aber nun hat der Rechtsanwalt aus Los Angeles, der Sie gestern besucht hat, herausgefunden, daß Jadway noch lebt. Er möchte, daß Jadway als Zeuge in dem Prozeß auftritt. Es war eine sehr schwere Entscheidung für Jadway. Aber er hat sie getroffen: Er kann in dem Prozeß nicht in Erscheinung treten, Cassie. Der Jadway, den Sie und ich einmal kannten, den gibt es nämlich nicht mehr. Und er hielt es nicht für richtig, die Gegenwart zu vernichten, nur um ein Stück Vergangenheit zu retten. Nur eine Sorge machte ihm seine Entscheidung noch: das waren Sie. Daß Sie eines Tages erfahren könnten, daß der Prozeß verlorenging und daß er nicht da war, um die Vergangenheit – seine und Ihre – und alles, was sie bedeutet hat, zu verteidigen. Sie sollten wissen, daß man die Vergangenheit nicht ins Leben zurückrufen kann und daß man einen Teil davon immer im Herzen trägt, aber man darf nicht zulassen, daß sie die Gegenwart aufzehrt. Er wollte, daß Sie das wissen, Cassie, und daß Sie das verstehen.« Bainbridge hielt inne. »Das soll ich Ihnen sagen, damit Sie begreifen und Jadway verzeihen.«
Sie hatte die Praline hinuntergeschluckt. Ihre Lippen bewegten sich.
»Wer ist Jadway?« fragte sie.
Er saß starr und regungslos da, dann sackten seine Schultern ein wenig nach vorn. So bricht ein tapferes Herz, dachte er. Gute Nacht, meine schöne Prinzessin.
Wer ist Jadway?
»Richtig, Cassie, wer ist Jadway schon? Er ist tot, nicht wahr? Vor langer Zeit in Paris gestorben. Sie haben recht und er hat recht. Man soll die Vergangenheit ruhen lassen.«

Sie nickte und lächelte leer.
Bainbridge stand auf und nahm seinen Regenmantel von der Stuhllehne.
»Leb wohl, Cassie«, sagte er sanft.
Er wußte nicht, ob sie ihn gehört hatte. Ihre hagere Hand spielte bereits mit dem Band der Pralinenschachtel.
Schnell wandte er sich ab.
Als er den Korridor erreicht hatte, war er froh, daß Mr. Hollyday nirgendwo zu sehen war. Er ging zum Empfangspult, zog einen länglichen Umschlag aus der Tasche und reichte ihn der Angestellten.
»Das ist ein Scheck«, sagte er. »Schreiben Sie ihn bitte Mrs. Sullivans Konto für den Rest des Jahres gut«, sagte er.
Dann ging er.
Die Limousine wartete, und der Chauffeur sprang auf. Er lief um den Wagen herum und öffnete ihm den Wagenschlag.
Da merkte er, daß sich noch eine zweite Autotür öffnete – die Tür eines Taxis, das unmittelbar hinter seiner vornehmen Limousine parkte. Ein hübsches junges Mädchen mit pechschwarzem Haar und graugrünen Augen, lebhaft und frisch, wie Cassie einmal gewesen war, stieg aus und lief auf ihn zu.
Zwei Schritte vor der Limousine vertrat sie ihm den Weg.
»Senator Thomas Bainbridge«, sagte sie, und es klang nicht wie eine Frage.
Verstört nickte er. »Ja, ich bin Senator Bainbridge.«
»Ich warte hier seit einer Viertelstunde auf Sie«, erklärte sie. »Mein Name ist Margaret Russell. Ich komme direkt aus Los Angeles, um Sie zu sprechen. Es geht um den Zensurprozeß, der heute nachmittag in Los Angeles zu Ende geht. Nein, Mike Barrett hat mich nicht hergeschickt. Jerry Griffith schickt mich her.«
»Jerry?«
»Das ist der Junge, der ausgesagt hat, daß Jadways Roman ihn dazu verleitete ... das Mädchen zu verletzen, das gestern gestorben ist. Sie wissen doch Bescheid?«
»Ja, natürlich.«
»Nun, ich bin Jerrys wegen hergekommen, da Sie der einzige Mensch sind, der ihm noch helfen kann.«
»Hören Sie, junge Dame, wie sollte ich ihm helfen?«
»Indem Sie dafür sorgen, daß Jadway heute noch nach Los Angeles kommt, sich mit Jerry trifft und dann ...«
»Hören Sie, ich habe nicht die geringste Ahnung, wer Sie sind. Ich sehe auch gar keinen Anlaß, Mr. Jadway zu überreden ...«
»Wollen Sie mich nicht wenigstens anhören, Senator? Nicht nur um Jerrys willen, sondern auch um Cassie? Bitte Senator, wollen Sie nicht wenigstens zuhören?«
Er starrte sie an. In ihrem Gesicht sah er dieselbe Begeisterungsfähigkeit und Hingabe, die Jadway einst bei Cassie erblickt haben mochte.
»Nun gut«, sagte er mürrisch. »Sie können mit mir zum Flugplatz fahren. Aber

was immer Sie mir auch sagen mögen – ich kann Ihnen jetzt schon versprechen, daß Sie sich umsonst bemühen. Steigen Sie ein. Die Maschine wartet nicht.«

In Los Angeles war die Verhandlung für die Mittagspause unterbrochen worden.

Im sechsten Stock des Justizgebäudes hatten sie sich zu viert im Besprechungsraum des Bezirksstaatsanwalts neben seinem Büro versammelt. Luther Yerkes hatte ein großzügiges Mittagessen auffahren lassen.

Yerkes war frühzeitig gekommen, noch vor der Pause und bevor Presse und Zuschauer aus dem Gerichtssaal strömten. Nun thronte Luther Yerkes mit seinem neuen, braunen Haarteil, seinen blau gefärbten Gläsern, einer lässigen, hellblauen Sportjacke mit goldenen Knöpfen und einer marineblauen Sommerhose wie ein festlich gestimmter Buddha auf dem graubezogenen Sofa und widmete sich genüßlich den Lammkoteletts mit Krabbenfleisch. In den Sesseln zu beiden Seiten lehnten mit den Tellern auf ihrem Schoß Harvey Underwood und Irwin Blair. Nur Elmo Duncan saß nicht. Er hatte lediglich eine kleine Portion hinuntergewürgt und war dann voll innerer Unruhe zu seinen Notizen auf dem Musikschrank aus Walnußholz zurückgekehrt.

Kauend beobachtete Yerkes den Staatsanwalt, der sich auf seine Notizen konzentrierte. »Elmo, Sie sollten fertig essen.«

Duncan hob den Kopf. »Reichliches Essen macht mich träge«, sagte er. »Wir haben einen großen Nachmittag vor uns.«

»Nun, ich glaube, Sie brauchen sich keine Sorgen zu machen«, sagte Yerkes. »Sie waren großartig. Es ist alles schon gelaufen.«

Duncan stellte sich mitten ins Zimmer. »Gelaufen ist die Sache erst, wenn der Sprecher der Geschworenen sein ›schuldig‹ verkündet.« Dann lächelte er. »Aber ich glaube, es läuft ganz gut. Der Gegenseite dürften die Zeugen ausgegangen sein. Ich bin sicher, daß Barrett heute nachmittag die Beweisaufnahme abschließt. Dann muß ich mein Plädoyer bereit haben.« Er klopfte auf seine Notizen. »Ich weiß, daß Sie alle sich schon einige Proben davon angehört haben . . .«

»Vier«, verbesserte Irwin Blair grinsend.

Duncan ignorierte ihn. »Es gibt da noch ein paar Punkte, die ich mit hineinarbeiten möchte. Wollen wir einen Versuch machen?«

»Ich höre gern zu«, sagte Yerkes und tupfte sich mit der Serviette an die Lippen. »Jede Silbe ist das reine Gold für mich. Sprechen Sie, Demosthenes.«

»Zunächst die Stelle, wo ich auf Dr. Trimbles Aussage über die Beziehungen zwischen Pornographie und asozialem Verhalten zurückkomme. Ich möchte diesen Teil aufbessern, indem ich mindestens noch eine weitere Autorität zitiere. So ungefähr.« Duncan räusperte sich und nahm automatisch Rednerpose ein. »Die Forschungsergebnisse zahlreicher anderer Psychiater unterstützen die Ansicht von Dr. Roger Trimble. Zu den angesehensten dieser Wissenschaftler zählt Dr. Nicholas G. Frignito, Chefpsychiater beim Gericht von Philadelphia. Dr. Frignito erklärte einmal gegenüber einem Regierungsausschuß, daß fünfzig Prozent aller jugendlichen Kriminellen Zugang zu unsittlicher Literatur oder ähnlichem Material haben. Er führte aus: ›Asoziales Verhalten, Straffälligkeit und verbrecherische Tätigkeit resultieren häufig aus der sexuellen Stimulation durch Pornographie. Diese unnormale sexuelle Anregung schafft ein solches Verlangen nach Ausdruck, daß eine Befriedigung durch heftige Reaktion erfolgt. Mädchen laufen von zu Hause weg und geraten in die Fänge der Prostitution. Jungen und junge Männer werden sexuell aggressiv und normalerweise nicht mehr resozialisierbar.‹ Hier vor diesem Gericht haben Sie einen jungen Mann gesehen und gehört, einen anständigen jungen Mann, der durch ein Buch, nämlich durch den Roman *Die sieben Minuten* in ein sexuell aggressives, wildes Tier verwandelt wurde.« Duncan hielt inne und fuhr dann im Plauderton fort: »Was danach folgt, haben Sie bereits gehört. Ich werde besonders hervorheben, was das Buch bei Jerry Griffith angerichtet hat.«

»Gut«, lobte Yerkes.

»Außerdem möchte ich gern Barrett zuvorkommen und ihm den Boden unter den Füßen wegziehen, bevor er zu quatschen beginnt. Sicher läßt er sich über die Garantien des Ersten Zusatzes zur Verfassung aus und wird behaupten, wir suchten die Redefreiheit zu unterdrücken. So ungefähr.« Duncan ging wieder in Rednerpose. »Wenn wir *Die sieben Minuten* verdammen, so streben wir keine Einschränkung der im Ersten Zusatz garantierten Freiheiten an. Ich möchte hier klarstellen, daß dieser Schundroman nicht den Schutz der Verfassung genießt. Es bleibt die Tatsache bestehen, daß die Mehrheitsmeinung des Obersten Gerichts im berühmten Fall Samuel Roth von 1957 von Richter Brennan zwar ausgedrückt wurde, wenn er sagte, der Erste Zusatz garantiere nicht eine Meinungsfreiheit für die Verbreiter obszöner Literatur. ›Wenn der freien Rede und Presse ein Schutz garantiert wurde, so sollte er den ungehinderten Meinungsaustausch sichern, um die vom Volk erwünschten und sozialen Veränderungen herbeizuführen . . . Alle Gedanken von auch noch so geringem gesellschaftlichem Wert, und seien sie noch so unorthodox und umstritten oder selbst im Widerspruch zur vorherrschenden Meinung, genießen den vollen Schutz dieser Garantien. Aber . . .‹«

Duncan legte eine dramatische Pause ein. Das letzte Wort hing über seinen Zuhörern wie ein drohender Zeigefinger. Dann griff er es wieder auf und fuhr fort: »›Aber‹, so führt Richter Brennan weiter aus, ›von der ganzen Vorgeschichte her ist dieser ganze Erste Zusatz zur Verfassung auf die Ablehnung der Obszönität gerichtet, da sie von keinerlei gesellschaftlicher Bedeutung ist. Diese ablehnende Haltung spiegelt sich in der allgemeinen Einstellung, daß Obszönität unterdrückt werden muß, wie man auch aus einer internationalen Vereinbarung von mehr als fünfzig Ländern erkennt. Der Kongreß hat in den Jahren 1842 bis 1956 zwanzig Gesetze gegen Schmutz und Schund verabschiedet. Nach unserer Auffassung fällt Obszönität nicht unter die verfassungsmäßig garantierte Meinungsfreiheit.‹

Meine Damen und Herren Geschworenen, in diesen letzten Tagen haben wir im

Laufe der Verhandlung versucht, Ihnen zu zeigen, daß dieser Roman *Die sieben Minuten* von A bis Z obszön und ohne jegliche gesellschaftliche Bedeutung ist und daher außerhalb des Schutzes steht, der vom Ersten Zusatz unserer Verfassung garantiert wird. Wir haben wohl hinlänglich bewiesen, daß dieses Buch zensiert und verboten werden muß, daß es für immer aus der zivilisierten Gesellschaft verschwinden muß.« Er sah die anderen an. »Wie war das?«

»Ein glatter K. o.«, schnaubte Blair. »Der Schiedsrichter kann bis zehntausend zählen, und Barrett wird nicht wieder aufstehen.«

»Hervorragend«, stellte Underwood fest.

Yerkes verbarg seinen goldenen Zahnstocher hinter der hohlen Hand. »Mich interessiert mehr die Schlußphase. Sie wollten sie doch noch lebhafter gestalten.«

»Habe ich«, antwortete Duncan. Er ging zum Schrank hinüber, legte seine Notizblätter aus der Hand, kehrte wieder in die Mitte des Raums zurück und rieb sich die Hände. »Fertig, fangen wir an.« Er richtete sich auf und wandte sich an die nicht vorhandenen Geschworenen.

»Meine Damen und Herren von der Jury, die Staatsanwaltschaft ist der Auffassung, daß dieses Buch das Machwerk eines geilen, professionellen, nur auf Profit bedachten Pornographen ist. Zum Beweis dafür haben wir den Zynismus und die krankhafte Einstellung, den Sadismus dieses und aller anderen Pornographen bloßgestellt. Wir haben Sie durch die Unterwelt geführt, in der ein solcher Verstand haust, und Ihnen gezeigt, daß dieser Mann ein Pornograph ist, dem es lediglich darum ging, zu überleben und gar reich zu werden, der sich ein Vergnügen daraus macht, die Liebe zu degradieren, indem er die Sünde vergißt und unschuldige Seelen mit geiler Lust erfüllt. Das ist die Einstellung der Jugendverderber, die Christi Warnung verspotten: ›Wenn jemand den Kleinen schadet, die an mich glauben, so wäre es besser, er wäre in den Tiefen des Meeres ertrunken mit einem Mühlstein um den Hals.‹ Ein solcher Mensch ist der Pornograph, der, wenn man ihn gewähren läßt, unsere Gesellschaft in eine Welt verwandeln wird, die nach Ansicht der angesehensten Autoritäten noch rauher, noch brutaler, noch gleichgültiger, unzivilisierter und freizügiger wird. Aus den Aussagen unseres berühmten Zeugen aus Frankreich, Christian Leroux, und unseres verehrungswürdigen Zeugen aus dem Vatikan, Pater Sarfatti, wissen wir, daß J J Jadway tatsächlich ein solcher Pornograph war, der es bewußt darauf anlegte, unsere Welt noch böser und brutaler zu machen. Wir wissen, daß er eines der ersten Opfer seines eigenen verabscheuungswürdigen Werkes wurde. Heute geht es uns darum, daß der von Jadway geschaffene Schund und Schmutz nicht noch weitere Opfer fordern darf. Wir haben mit Betrübnis zur Kenntnis genommen, daß dieses Buch erst kürzlich zwei neue Opfer forderte, indem es Jerry Griffith gegen seinen Willen zu einem Sexualverbrecher machte, und ein unschuldiges Mädchen, Sheri Moore, in den Tod führte. Wollen Sie zulassen, daß dieses Monstrum an Obszönität, dieses geile Buch, dieser Roman von Jadway noch weitere Opfer fordert? Ich beschwöre Sie, Ihre Kinder und Ihre Familien zu retten, indem Sie diesem Monstrum die Gurgel umdrehen.

Meine Damen und Herren Geschworenen, in Ihre Hände befehle ich jetzt die Gerechtigkeit, und ich weiß, daß Sie nach Ihrem Urteil wieder ruhiger schlafen werden, weil die Welt danach sicherer sein wird. Meine Damen und Herren, ich danke Ihnen.«

Yerkes sprang auf, Underwood und Blair folgten ihm, und die drei applaudierten kräftig.

Duncan lächelte verlegen. Dann begegnete er ihrem Blick und sagte: »Sie wissen, daß ich es ernst meine, jedes einzelne Wort. – Sonst noch Vorschläge?«

»Nur einen«, sagte Yerkes. »Daß wir jetzt unseren Nachtisch essen.«

In einem anderen Raum im sechsten Stock des Justizgebäudes, den die Verteidigung häufig für die Mittagspause reserviert hatte, saßen die fünf mutlos um einen Tisch herum.

Keiner von ihnen hatte Appetit.

Düster betrachtete Barrett sein noch unberührtes Sandwich, dann sah er hinüber zu Zelkin und Kimura, zu Sanford und Fremont, die an ihren Broten herumkauten und dazu den letzten Schluck lauwarmen Kaffee tranken.

Zelkin schob seinen Teller beiseite. »Das ist nicht gerade die optimistischste Siegesfeier, die ich bisher erlebt habe.«

»Worüber sollten wir uns denn freuen?« fragte Sanford.

Zelkin zog seinen schwarzen Kassettenrecorder näher heran. »Zum Beispiel über das Schlußplädoyer, das Mike in den blauen Stunden heute morgen diktiert hat. Ich finde es großartig.« Er sah seinen Sozius an. »Hast du etwas dagegen, wenn ich da weitermache, wo wir aufgehört haben? Vielleicht muntert es uns auf.«

»Was nützt das schon?« murmelte Barrett. »Operation gelungen, Patient gestorben.«

»Hören wir es uns trotzdem an«, forderte Zelkin. »Vielleicht bekommen wir ein paar neue Ideen.«

Er drückte auf einen Knopf. Das Tonband begann sich zu drehen und Barretts Schlußworte drangen blechern aus dem kleinen Lautsprecher.

»Die Verteidigung hat sich in dieser Verhandlung von der Weisheit der führenden Juristen dieses Landes leiten lassen«, verkündete Barretts Stimme vom Tonband. »Richter Douglas vom Obersten Gericht schrieb einmal: ›Es ist gefährlich, mit Hilfe von Zensoren jeden Gedanken an Sex zu verbannen. Ein Mensch ohne solche Gedanken ist abnormal. Es sind Gedanken, die zu besseren ehelichen Beziehungen führen können. Der Sex macht die Liebe attraktiver und sollte deshalb nicht aus unserem Leben verbannt werden. Wenn darunter auch verbotene Sexualpraktiken fallen, so darf das verfassungsmäßig nichts ändern. Gerade eine Erziehung auf diesem Gebiet könnte die Menschen anregen, ihre Erfahrungen mehr in der Ehe als außerhalb zu suchen.‹

Das sagte ein Mitglied des Obersten Gerichtshofes der Vereinigten Staaten. Ein Mensch ohne sexuelle Gedanken ist abnormal. Wer sie hat, ist ein normaler

Mensch. Solche Gedanken mit Hilfe von Gesetzen zu verbannen, ist gefährlich. Ein Kunstwerk verbannen, weil es dazu anregt, über Sex nachzudenken, bedroht die Gesundheit unserer Gesellschaft. Genau das hat die Verteidigung in dieser Verhandlung immer wieder ausgeführt.
Aber nicht allein Richter Douglas sprach in unserem Sinne. 1957 erklärte uns ein andere Richter des Obersten Gerichtshofs, nämlich Richter Brennan im Anschluß an den berühmten Fall Roth: ›Sex und Obszönität sind nicht dasselbe. Obszöne Dinge befassen sich mit Sex auf eine Weise, die die niederen Instinkte anspricht. Die Darstellung des Geschlechtlichen in Kunst, Literatur und Wissenschaft ist für sich noch kein hinreichender Grund, diesen Dingen den verfassungsmäßigen Schutz zu versagen, den die Pressefreiheit garantiert. Der Sex ist eine große und geheimnisvolle Triebkraft im menschlichen Leben und war zweifelsohne während der ganzen bisherigen Geschichte von gewaltigem Interesse für die Menschheit. Er ist eines der Zentralprobleme für den einzelnen und die Öffentlichkeit.‹«
Es tat Barrett weh, seine eigene Generalprobe anhören zu müssen, aber Zelkin war nach wie vor fasziniert. Er ließ das Tonband ein Stück durchlaufen und hielt es an. »Da sind noch ein paar andere Stellen . . . Augenblick, jetzt habe ich es. Das möchte ich noch einmal hören, Mike. Wo du über die Phantasien sprichst, die ein pornographisches Buch wachruft. Hört mal alle zu.«
Barretts Tonbandstimme erfüllte das Zimmer.
»Meine Damen und Herren Geschworenen. Sie haben den bekannten Psychiater Dr. Yale Finegood im Zeugenstand erlebt und aus seinem Munde etwas über die harmlosen Auswirkungen der Pornographie gehört. Noch der schlimmste Effekt solcher Literatur besteht, wie Sie gehört haben, darin, daß sie im Leser Phantasien wachruft. Dazu haben zwei englische Psychologen die Frage aufgeworfen: Was ist eigentlich so schrecklich daran, wenn erotische Phantasien durch Lesestoff entstehen – selbst schockierenden Lesestoff –, der das Verlangen des sexuell unreifen Lesers nach solchen Dingen befriedigt? Das ist eine sehr wichtige Frage. Bevor wir sie beantworten, sollten wir uns vergegenwärtigen, welche Verhaltensweise solche Halluzinationen hervorrufen. Wir wissen von dem Tagebuchschreiber Samuel Pepys, daß er im Jahre 1668 ein pornographisches Buch las und davon stark erregt wurde. Es handelte sich um das drei Jahre zuvor erschienene Buch *L'Escole des filles* von Michael Millilot. Zwei Frauen unterhalten sich, eine Jungfrau und eine im Verkehr mit Männern erfahrene Frau. Pepys nannte es ein ›arg geiles Buch‹, aber er las es trotzdem durch und berichtete später, er hätte dabei eine Erektion erlebt und anschließend masturbiert. Diese gelegentlich auftretende Nebenwirkung der Lektüre eines erotischen Buchs wurde von einer anderen Berühmtheit der Weltliteratur sehr wohl verstanden, nämlich dem Comte de Mirabeau, einem Staatsmann, der in der Französischen Revolution eine Rolle spielte und 1791 Präsident der Nationalversammlung wurde. Als Mirabeau verhaftet wurde, weil er mit der neunzehnjährigen Ehefrau eines Siebzigjährigen durchgebrannt war, versuchte er sich das harte Los

der Gefangenschaft dadurch zu erleichtern, daß er sowohl Gesellschaftstraktate als auch pornographische Schriften verfaßte. Dazu zählte auch ein Werk mit dem Titel *Ma Conversion*, zu dem Mirabeau in gesunder Offenheit im Vorwort schrieb: ›Und nun leset, verschlinget, masturbieret!‹«

Zelkin kicherte. »Prächtig, Mike! Die Geschworenen werden dir förmlich an den Lippen hängen. Hören wir uns auch den Rest an.«

Barretts Stimme drang weiter aus dem kleinen Lautsprecher. »Vielleicht werden manche bei dem Wort ›masturbieren‹ unruhig. Ganz gewiß will die Verteidigung nicht diesen Vorgang befürworten – obgleich Mark Twain ihn verschmitzt in seinem als Privatdruck erschienenen Artikel *Einige Gedanken über die Wissenschaft der Onamie* durchaus pries. Die Verteidigung möchte damit nur dartun, daß die Lektüre eines erotischen Buchs schlimmstenfalls zum Masturbieren führen kann, einem Akt, der niemandem Schaden zufügt, während der Leser eines Kriminalromans kein so harmloses Ventil für seine aufgestauten Aggressionen findet – er könnte höchstens Amoklaufen und einen anderen zusammenschlagen oder gar ermorden.

Damit komme ich zu einem anderen Punkt, den die Verteidigung durch ihre Beweiserhebung zu bekräftigen suchte. Es existiert ein paradoxer Widerspruch, der einmal von Gershon Legmann, einem Kenner des Zensurproblems, so ausgedrückt wurde: ›Mord ist ein Verbrechen. Die Beschreibung eines Mordes ist es nicht. Sex ist kein Verbrechen. Aber die Beschreibung von Sex ist eins.‹ Hierzu könnte man noch manches andere sagen. Der bekannte britische Anthropologe Geoffrey Gorer hat sich einmal mit der Frage beschäftigt, warum die Zensoren der Auffassung huldigen, die Lektüre eines Buches über Sex könnte den Leser verderben, ihn korrumpieren und zu sexueller Gewalttätigkeit verleiten, während die Lektüre eines Buches über Mord und Totschlag niemanden dazu verleiten soll, ein solches Verbrechen zu begehen. Darauf gibt es pysiologisch fundierte Antworten, die Sie im Verlauf der Verhandlung vernommen haben.

Die Verteidigung hat Beweise für zwei Behauptungen vorgelegt, von denen die eine von einem Psychiater, die andere von einem Zeitungskorrespondenten stammt. Der Psychiater Dr. Robert Lindner schrieb einmal: ›Wenn sämtliche sogenannten anstößigen Bücher vom Erdboden verschwänden, so würde das nach meiner festen Überzeugung die Statistik der Verbrechen, des unmoralischen und asozialen Verhaltens und persönlicher Leiden in keiner Weise beeinflussen. Dieselbe unerfreuliche und negierende Gesellschaft würde weiterbestehen, und Kinder wie Erwachsene würden sich weiterhin dagegen auflehnen. Diese Probleme lassen sich nur lösen, wenn wir den Mut finden, die fundamentalen sozialen Fragen und menschlichen Unzulänglichkeiten, die zu solchem Verhalten führen, an der Wurzel anzupacken.‹

Der Zeitungskorrespondent Sydney J. Harris drückte es so aus: ›Ich glaube nicht daran, daß Obszönität in irgendeiner Form so schädlich ist, wie die Leute offenbar annehmen. Die wirkliche Unmoral unserer Zeit liegt in Grausamkeit, Gleichgültigkeit, Ungerechtigkeit und dem Mißbrauch anderer zur Erreichung egoistischer Ziele begründet. Wenn über Nacht alles beseitigt würde, was als unanständig oder obszön betrachtet wird, so würde das nicht eine bessere Welt und eine höhere Moral ihrer Bürger bewirken.‹«

Zelkin hielt den Apparat an und ließ ihn wieder ein Stück vorlaufen.

Barrett protestierte: »Abe, wir haben jetzt wirklich genug gehört!«

»Nur noch die eine Stelle, Mike. Wo du mit Plato kommst.« Er suchte auf dem Band danach und fragte dabei: »Woher weißt du überhaupt, daß er in seinem Schlußplädoyer von Plato reden wird?«

»Ich habe einen Vortrag von ihm bei den KDA-Leuten gehört«, antwortete Barrett. »Sicher kann er nicht widerstehen, diese Sache noch einmal zu bringen. Er wird seine Behauptung durch klassische Zitate untermauern wollen.«

»Da, ich hab's!« rief Zelkin. »Ruhe jetzt. Achtung. Die Stimme des Herrn.«

Barrett hörte noch einmal seine Stimme vom Tonband und schloß die Augen, da er schon nicht die Ohren zustopfen konnte.

»Der ehrenwerte Herr Staatsanwalt hat Ihnen berichtet, daß der Philosoph Plato eine Zensur des Lesestoffes befürwortete. Das stimmt. Er wollte sogar Homers *Odyssee* für die Jugend verbieten. Aber etwas hat Ihnen der verehrte Herr Staatsanwalt nicht gesagt: Plato wollte auch die Musik der Zensur unterwerfen und beispielsweise das Flötenspielen untersagen. Als Bewohner von Platos Republik wäre mir das nicht recht gewesen. Ich mag nämlich die Flöte. Aber Plato mochte sie nicht. Das ist der Grund, warum man es in seiner Idealgesellschaft nicht gestattet hätte, eine Flöte zu kaufen, zu spielen oder ihren süßen Tönen zu lauschen – weil ein Zensor mir klarmachen wollte, die Flöte verderbe meinen Charakter. Kurzum: Welcher Mensch weiß schon, was für jedermann verboten werden müßte? Wer weiß schon, was für jeden anderen obszön ist?

Der Herr Staatsanwalt glaubt genau zu wissen, was obszön ist. Aus diesem Selbstvertrauen heraus weiß er nicht nur über das Tun, sondern auch über die Motive zweier anderer Menschen genau Bescheid – des Pornographen und des Buchhändlers. Aber den dritten Mann in diesem Trio hat mein verehrter Herr Kollege ausgelassen: Nämlich den Zensor selbst. Ich behaupte nun, wenn in dieser Verhandlung die Kenntnis der Psyche des Pornographen bedeutsam war, dann ist es auch die Psyche des Zensors, des Mannes, der uns vorschreibt, was obszön ist und was nicht.

Ein Zug ist allen Zensoren anscheinend gemeinsam, der sie von normalen Menschen unterscheidet. Nur die Angehörigen dieser Zunft sind absolut selbstsicher, unerschütterlich davon überzeugt, genau zu wissen, was für uns andere gut ist und was schlecht ist. Ein Roman wie *Die sieben Minuten* sei schlecht für uns und könne uns schaden, sagen die Zensoren. Ein solches Buch könne uns sogar zu Gewalttaten treiben. Aber warum müssen immer nur wir geschützt werden und niemals sie? Warum wird der Zensor, der doch derselben gefährlichen Literatur ausgesetzt ist wie wir, niemals dadurch gefährdet oder verdorben, warum wird er nach der Lektüre nie zum Sexualverbrecher? Woher bezieht der Zensor – und nur er allein – diese Immunität?

Das bringt uns auf eine artverwandte Frage: Was ist mit jenen Tausenden anständiger und angesehener Leute, die im Laufe der Geschichte pornographische Bücher gesammelt und gelesen haben, ohne jemals von ihnen verdorben, korrumpiert oder zu Gewaltverbrechen getrieben worden zu sein? Was ist mit Richard Monckton Milnes, dem ersten Baron Houghton, einem hochkultivierten Mann, der Pornographie sammelte? Was ist mit Coventry Patmore, dem katholischen Dichter und Pornographiesammler? Mit J. Pierpont Morgan und Henry E. Huntington, unseren amerikanischen Vorbildern als Erfolgsmenschen, die beide eifrige Sammler von Pornographie waren, mit Dr. Alfred Kinsey, dem Sexualforscher, der solche Schriften für die Wissenschaft zusammentrug? Wie steht es um die Bibliothekare des Britischen Museums in London, die sich um zwanzigtausend sogenannter pornographischer Bücher zu kümmern haben, um die hohen Prälaten der Vatikanischen Bibliothek, unter deren Obhut fünfundzwanzigtausend Bände Erotika stehen? Wo bleiben die Beweise dafür, daß Pornographie jemals einen dieser Männer verdorben hätte?
Aber forschen wir weiter. Die beiden bekanntesten Zensoren der englischsprechenden Welt waren Thomas Bowdler, 1825 in England gestorben, und Antony Comstock, 1915 in den USA gestorben. Beide wurden einundsiebzig Jahre alt, beide beschäftigten sich viele Jahre ihres Lebens mit der Zensur pornographischer Schriften, und keiner der beiden beging jemals ein Sexualverbrechen, einen Mord.
Heute noch sind Bowdler und Comstock lebendig. Ihr Geist wird immer dann wach, wenn ein einzelner oder eine Gruppe uns vorschreiben möchten, was wir zu lesen haben und was nicht. Wir sitzen hier in diesem Gerichtssaal, weil man uns gesagt hat, wir dürften den Roman *Die sieben Minuten* nicht lesen, ob wir das nun wollen oder nicht. Einige wenige stimmen darin überein, daß dieses Buch obszön, gefährlich und ohne jeden Wert sei. Mein Kollege und ich behaupten dagegen, daß für den einen Menschen das obszön und unmoralisch sein kann, was dem anderen als moralisch und wertvoll erscheint.«
Barrett konnte seine eigene Stimme nun endgültig nicht mehr hören. »Herrgott, Abe, nun schalte endlich den verdammten Kasten aus!« rief er.
Erschrocken drückte Zelkin auf den Knopf. Der Apparat verstummte.
»Entschuldige, Abe«, sagte Barrett ruhiger. »Aber wenn ich mich da sagen höre, dem einen kann das als obszön erscheinen, was für den anderen nicht obszön ist, dann wird mir unsere mißliche Lage erst so richtig klar. Ich weiß, was die Zensoren dabei denken werden: Für wen sollen *Die sieben Minuten* denn gut und moralisch sein? werden sie sich fragen. Für die tote Sheri Moore vielleicht? Oder für den armen Jerry Griffith? Nein, Abe, so geht das nicht.«
»Es ist aber ein zugkräftiges Schlußargument«, erklärte Zelkin ernst.
»Es genügt nicht«, sagte Barrett.
Zelkin und die anderen verstummten. Barrett wollte allein mit seinen Gedanken sein und schloß die Augen. Er dachte an die vergangenen Tage der Gerichtsverhandlung zurück – und sah den Tod vor sich, der nun auf sie wartete.

Die Verteidigung hatte am Morgen ihren letzten Zeugen vorgestellt, und die Anklage würde gleich nach der Mittagspause ein kurzes Kreuzverhör durchführen. Dann war es aus. Barrett wußte, daß sie am Ende waren, ohne der Beweiskette der Anklage nur eine einzige Scharte zugefügt zu haben. Diese Beweiskette besagte so überzeugend wie am ersten Verhandlungstag: Jadway war ein verkommener, nur auf seinen Profit bedachter Pornograph, der aus Reue über sein Buch Selbstmord begangen hatte. Dieser Roman hatte eine Gewalttat zur Folge, wie das Beispiel des armen Jerry Griffith bewies – und das Mädchen, das unschuldig hatte sterben müssen. Und es würde auch weiterhin Anlaß zu ähnlichen Ausschreitungen geben.

Genau das hatte Barrett am Vormittag auf den Gesichtern der zwölf Geschworenen gelesen. Die meisten von ihnen wichen bereits seinem Blick aus, weil sie wußten, was sie ihm und dem Angeklagten antun mußten. Die wenigen anderen Geschworenen, die ihn noch ab und zu verstohlen beobachteten, sahen in ihm allenfalls einen advocatus diaboli, der sich dem Bösen verschrieben hatte.

Die Geschworenen waren in dieser Hinsicht etwa genauso objektiv und unbeeinflußt, wie es die Trauergemeinde morgen an Sheri Moores Grab sein würde. Barrett schloß seine brennenden Augen und versuchte sich die Gesichter und Reaktionen der Geschworenen vorzustellen – wenn sie die Wahrheit gewußt hätten, die er nun nicht beweisen konnte. Wie erstaunt, wie schockiert würden sie sein; plötzlich würden sie ihn und Jadway in einem ganz anderen Licht sehen.

Er dachte an Cassie McGraw. Ob sie wohl jemals wieder einen ihrer klaren Tage haben würde? Und was würde sie dann von diesem Verrat an ihrer gesunden, ehrlichen Liebe, an ihrer Vergangenheit und an dem endgültig begrabenen Buch halten? An einem Buch, das zu einem Monument, zu einem wegweisenden Leuchtturm für alle gehemmten und ängstlichen Frauen werden sollte?

Seine Gedanken gingen zurück nach Washington und von dort aus zu dem geheimen Ort, an dem sich der alternde Jadway mit seinem sicher gewahrten Geheimnis versteckte. Jadway würde das Urteil mit einer Mischung von Besorgnis und Erleichterung vernehmen – war er ein Mann, den das höchste Richteramt der Vereinigten Staaten dann noch froh machen konnte?

Aber die Geschworenen ahnten nicht, daß sie die Hauptdarsteller dieses Dramas gar nicht gehört hatten, daß sie überhaupt nicht Zeugen der Wahrheit geworden waren. Schon bald würden sie sich die Schlußworte Duncans und anschließend sein eigenes Plädoyer anhören. Nach den Instruktionen durch Richter Upshaw würde man sie in ihr Besprechungszimmer hinaufführen, zu einer Scheinberatung über ein Urteil, das sie in Wirklichkeit längst gefällt hatten. Nach einer angemessenen Zeit (um die Ernsthaftigkeit ihrer Bemühungen zu dokumentieren) würden sie wieder erscheinen und ihr abschließendes Urteil bekanntgeben. Dann durften sie nach Hause zurückkehren, in ihre Wohnzimmer und Küchen und Schlafzimmer, und sie würden die feste Überzeugung mitnehmen, der Gerechtigkeit, der Demokratie, der Verfassung einen Dienst erwiesen, Wahrheit und Freiheit beschützt zu haben.

Barrett fiel wieder ein Wort Egglestons ein, das er während seines Studiums einmal gelesen hatte: »Ich glaube nicht zu übertreiben, wenn ich behaupte, daß das Beweismaterial nur kaleidoskopartige Facetten der Wahrheit darstellt. Es ist, als hielte man ein schachbrettähnliches Muster von Weiß und Schwarz über alle Wirklichkeit. Nur die weißen Felder schlagen sich im Protokoll nieder.«
Diese pflichtbewußten Geschworenen würden, wenn sie zufrieden mit sich selbst nach Hause gingen, nie das erfahren, was Barrett wußte: Was hinter den schwarzen Feldern steckte.
Und selbst ihm waren noch einige dieser schwarzen Felder ein Geheimnis. Er wußte mehr als die Geschworenen, mehr als der Staatsanwalt, und dennoch wußte er nicht alles, bei weitem nicht genug. Unvermittelt mußte er dann an Maggie Russell denken, die er gestern bei seiner Heimkehr nicht in der Wohnung angetroffen hatte. Am Telefon lehnte nur eine geheimnisvolle Notiz: »Mußte dringend weg. Bis morgen.« Morgen, das war heute. Aber wo steckte sie?
Zum Teufel mit Faye Osborn. Sie hatte den Ausgang des Prozesses richtig vorhergesagt. Sie irrte sich, wenn sie ihre Sache für falsch hielt, aber sie behielt recht, wenn sie behauptet hatte, sie würden dieses Verfahren niemals gewinnen können. Noch in einem weiteren Punkt behielt sie recht: Hinsichtlich der verheerenden Folgen dieser Niederlage für seinen Ruf und seine Moral.
Wenn nur schon alles vorüber wäre. Er verspürte keine Lust, in den Gerichtssaal, nach Golgatha zurückzukehren.
Ein alter Refrain aus seiner Kindheit verfolgte ihn unablässig. Er wurde ihn auch den ganzen Nachmittag über nicht los, nachdem er ihn nachts nicht hatte schlafen lassen. In der Highschool war einmal ein Gedicht von E. L. Thayer vorgetragen worden, und immer wenn die Baseballmannschaft seiner Schule vor einer Niederlage stand, waren ihm die beiden letzten Zeilen durch den Kopf gegangen.

Irgendwo in diesem Land
Scheint strahlendhell die Sonne.
Ein Herz ist außer Rand und Band,
Musik spielt voller Wonne.
Die Menschen lachen und im Sand
Spielt eine Kinderschar.
Nur in Mudwille gibt's keine Freud' –
Wo der mächtige Casey war.

Bei den freien Menschen gibt's keine Freud' – wo der arme Barrett war.
Er kehrte wieder in die Gegenwart zurück.
Zelkin sagte gerade zu Sanford: »So, Phil, wenn die Verhandlung in einer halben Stunde fortgesetzt wird, schließt Duncan erst einmal sein Kreuzverhör mit unserem Dr. Finegood ab. Dann wird man uns auffordern, den nächsten Zeugen

aufzurufen. Da wir keinen haben, werde ich unsere Beweisaufnahme abschließen. Anschließend hält Duncan sein Schlußplädoyer, und Mike plädiert für uns. Wie Sie wissen, ist sein Plädoyer insgesamt noch besser als die Ausschnitte, die Sie gerade vom Band gehört haben. Richter Upshaw gibt den Geschworenen seine Anweisungen, sie ziehen sich zurück und kommen wieder. Ja, ich glaube schon, daß wir noch heute nachmittag mit dem Urteil rechnen können.«
Ben Fremont hörte auf, seine Brille zu putzen, und sagte zynisch: »Ich kann's kaum erwarten.«
»Sie sind nicht der einzige, der in der Patsche sitzt«, sagte Sanford zu ihm. »Vielleicht denken Sie gelegentlich auch einmal daran, was aus mir wird.«
Zelkin blinzelte zu Barrett hinüber. »Bist du bereit, Mike?«
»Nein«, sagte Barrett dumpf und mutlos. »Aber ich werde es schon schaffen.«
»Vielleicht können Sie den Geschworenen doch noch ein kleines Licht aufstekken«, sagte Ben Fremont.
»Ohne Streichholz?« fragte Barrett.
Lustlos brach er eine Ecke von dem Sandwich ab und begann darauf herumzukauen. Zum erstenmal stellte er fest, daß Brot eigentlich wie Asche schmeckte.
An der Tür hinter ihm wurde dreimal energisch geklopft. Er drehte sich halb um und rief: »Herein!«
Die Tür ging auf. Ein Polizeibeamter steckte den Kopf herein. »Eine Dame fragt nach Mr. Barrett«, meldete er.
»Eine Dame? Wer ist es denn?«
Der Beamte trat beiseite. Maggie Russell trat ein. Ihre Augen leuchteten, und ihr Gesicht spiegelte ihre innere Erregung wider.
»Maggie!« rief Barrett und erhob sich halb. »Wo . . .?«
»Ich war in Chicago«, sagte sie rasch. »Ich bin zwar allein hingeflogen, aber ich habe euch jemanden mitgebracht. Du kennst ihn bereits, Mike, aber mit den übrigen Herren möchte ich ihn jetzt bekannt machen.« Sie stieß die Tür weit auf und rief in den Korridor hinaus: »Sie sind alle hier drin!«
Eine hochgewachsene, würdige Gestalt erschien im Türrahmen, betrachtete die Anwesenden kurz, trat dann ein und schloß die Tür hinter sich.
»Meine Herren, ich möchte Sie mit Senator Thomas Bainbridge bekannt machen«, sagte Maggie.
Barrett stieß beim Aufstehen fast seinen Stuhl um. Fassungslos starrte er Bainbridge an.
»Senator!« stieß er hervor. Da hörte er, wie sich die anderen hinter ihm ebenfalls aufrappelten.
Senator Bainbridge trat gemessenen Schrittes näher und blieb vor Barrett stehen. Dann sah Barrett zu seinem Erstaunen ein Lächeln auf dem Gesicht des ernsten Mannes. Es war ein etwas gezwungenes Lächeln – aber immerhin lächelte er.
»Mr. Barrett, Sie haben gestern all Ihre Überredungskünste aufgewandt. Aber richtig überzeugt hat mich erst diese junge Dame hier. Sie und – und eine andere einstmals junge Dame in Chicago haben mich sozusagen umgestimmt. Die

Verantwortung eines Mannes für seine Vergangenheit erinnerte mich daran, welche Verantwortung ein anderer für seine Zukunft trägt.« Dann fragte er unvermittelt: »Lesen Sie Gedichte, Mr. Barrett?«

Die alten Verse von Thayer gingen Barrett im Kopf herum, aber jetzt schämte er sich ihrer und schwieg.

Senator Bainbridge wartete seine Antwort gar nicht erst ab. »Mr. Jadway hat sich schon immer für Gedichte interessiert. Ein ganz bestimmter Vers von James Russell Lowell drückte Mr. Jadways Gefühle besonders klar aus. Lowell sagt sinngemäß, es ehre den Mann, der bereit ist, unterzugehen und die Hälfte seiner Tage für das Recht zu denken zu opfern; ob die Sache, die dieser Mann verficht, stark sei oder schwach, er sei jedenfalls bereit, die andere Hälfte seiner Tage für sein Recht zu sprechen zu opfern.«

Er hielt inne, ohne jede Spur von Verlegenheit. Barrett und die anderen hatten sich immer noch nicht von ihrer Verblüffung erholt.

Bainbridge räusperte sich. »Vom Reim her ist das Gedicht nicht sonderlich gut, aber es gibt gewisse Empfindungen klar wieder.« Er musterte die anderen, dann kehrte sein Blick zu Barrett zurück. »Da haben Sie Ihre Antwort, Sir. Ja, Sie sollen Ihren Kronzeugen bekommen. Ich werde sein Auftreten selbst vorbereiten. Und dann sollen Sie – falls Sie es immer noch wollen – JJ Jadway in den Zeugenstand rufen – heute noch!«

»Sie können Ihren nächsten Zeugen aufrufen, Mr. Barrett.«

»Vielen Dank, Euer Ehren.«

Er hörte das Rascheln und Raunen im Gerichtssaal und rief den nächsten Zeugen auf.

Der Protokollführer eilte mit der Bibel zum Zeugenstand, der Zeuge trat ihm entgegen. Barrett stand unterdessen neben dem Berichterstatter und blickte auf die Silben, die auf der Papierrolle des Stenografen erschienen. Wie hypnotisiert starrte er die Zeichen an, die in der endgültigen Niederschrift des Protokolls lauten würden:

> SENATOR THOMAS BAINBRIDGE
> Als Zeuge der Verteidigung aufgerufen, ordnungsgemäß belehrt und vereidigt, sagt wie folgt aus:
> GERICHT: Bitte, nennen Sie Ihren Namen.
> ZEUGE: Senator Thomas Bainbridge.
> GERICHT: Buchstabieren Sie bitte den Familiennamen.
> ZEUGE: B-a-i-n-b-r-i-d-g-e.
> GERICHT: Nehmen Sie Platz, Senator.

Barrett trat vor den Zeugenstand.

Er wußte, daß sich jetzt die ganze Aufmerksamkeit der Geschworenen, des Richters und aller anderen im überfüllten Saal auf ihn richtete. Er hatte den rätsel-

haftesten und gleichzeitig angesehensten Zeugen vor sich, der in diesem Prozeß bisher aufgetreten war.
»Senator Bainbridge, welchen Beruf üben Sie zur Zeit aus?«
»Ich bin Mitglied des US-Senats in Washington. Vor kurzem ernannte mich der Gouverneur von Connecticut zum Nachfolger des verstorbenen Senators Mawson bis zum Ende dieser Legislaturperiode.«
»Welchen Beruf übten Sie unmittelbar vor dieser Ernennung aus?«
»Ich war Dekan der Juristischen Fakultät an der Yale-Universität.«
»Und davor?«
»Richter am Appellationsgericht des Bundesstaates Connecticut.«
»Haben Sie jemals einen Beruf ausgeübt, der nichts mit Jurisprudenz zu tun hatte?«
»Ja. In jüngeren Jahren war ich zehn Jahre lang Präsident einer von meinem Vater ererbten Herstellerfirma, die sich seit langem im Familienbesitz befindet.«
»Und nach diesen zehn Jahren wurden Sie Richter?«
»Ja.«
»Darf ich fragen, warum Sie die Privatindustrie verließen und sich dem Recht widmeten?«
»Der Familienbetrieb brauchte mich nicht länger. Ich war der Ansicht, meine etwaigen Fähigkeiten besser im Dienste meines Landes einsetzen zu können.«
»Haben Sie als Professor und Rechtsgelehrter oder danach als Senator jemals Bücher geschrieben oder veröffentlicht?«
»Ja.«
»Romane?«
»Kaum. Es handelte sich um Sachbücher. Ich habe zwei juristische Lehrbücher veröffentlicht.«
»Sind Sie auch mit der klassischen oder modernen Belletristik vertraut?«
»Als Leser schon. Ich lese klassische und moderne Belletristik und finde, daß man sich bei der Lektüre eines Romans am besten entspannen kann.«
»Haben Sie jemals den Roman *Die sieben Minuten* von JJ Jadway gelesen?«
»Ja, Sir.«
»Haben Sie den Roman öfter als nur einmal gelesen?«
»Ich habe ihn viele Male gelesen.«
»Wann haben Sie das Buch zuletzt vollständig gelesen?«
»Erst letzte Nacht.«
»Kennen Sie den Wortlaut von Paragraph 311, Absatz 2 des kalifornischen Strafgesetzes?«
»Ja.«
»Ist Ihnen bekannt, daß *Die sieben Minuten* im Sinne dieses Paragraphen als obszön unter Anklage steht?«
»Das ist mir bekannt.«
»Senator Bainbridge, halten Sie *Die sieben Minuten* für ein obszönes Buch?«

»Nein. In meinen Augen ist es ein höchst moralisches Buch.«
»Glauben Sie, daß es der Autor dieses Romans auf die niederen Instinkte abgesehen hatte, auf ein schändliches Interesse an Nacktheit, Sex und Ausschweifungen?«
»Ich glaube nicht nur, daß er mit diesem Buch nicht die niederen Instinkte seiner Leser ansprechen wollte, sondern ich weiß das sogar ganz bestimmt.«
»Sie wissen also mit Sicherheit, daß dieses Buch nicht aus gemeinen Motiven heraus geschrieben wurde. Woher wissen Sie das so genau, Senator?«
»Weil ich mit den Begleitumständen des Entstehens und der Veröffentlichung dieses Buches bestens vertraut bin.«
Erstauntes Raunen bei den Pressevertretern und den Zuschauern. Bevor Richter Upshaw nach seinem Hammer greifen konnte, setzte Barrett die Befragung fort. Augenblicklich wurde es wieder still im Saal.
»Würden Sie bitte dem hohen Gericht und den Geschworenen erklären, wie Sie zu dieser genauen Kenntnis gelangt sind?«
Barrett sah, wie sich die Geschworenen gespannt vorbeugten. Unter den Zuschauern wurde geflüstert. Dann herrschte wieder atemlose Stille.
»Das will ich gern tun, Herr Verteidiger. Kein noch lebender Mensch, nicht einmal die geschätzte Miß McGraw, war mit dem Schriftsteller JJ Jadway näher bekannt als ich.«
»Senator, wollen Sie damit sagen, daß Sie zu der Zeit, als Jadway seinen Roman *Die sieben Minuten* verfaßte, in Paris weilten?«
»Ja, ich war in Paris, als er das Buch schrieb.«
»Kennen Sie die Beweggründe, die ihn zu diesem Buch veranlaßt haben?«
»Ich kenne sie.«
»Wissen Sie auch, wie er lebte, während er an dem Buch arbeitete?«
»Auch das.«
»Wissen Sie auch, was aus dem Schriftsteller Jadway nach der ersten Veröffentlichung des Buches wurde?«
»Ja.«
»Werden die bisher in diesem Gerichtssaal gemachten Aussagen der Zeugen der Anklage durch Ihre genaue Kenntnis Jadways und seines Romans *Die sieben Minuten* bestätigt oder widerlegt?«
»Alles, was ich über den wahren Jadway und seine wahren Absichten bei der Abfassung und Veröffentlichung des genannten Romans weiß, steht in direktem Gegensatz zu den bislang vorgetragenen Zeugenaussagen.«
Barrett hörte, wie es hinter ihm wieder laut wurde. Er wartete auf den mahnenden Hammer des Richters, dann nutzte er sofort die rasch eintretende Stille aus.
»Senator Bainbridge, ist Ihnen bewußt, daß die bisherigen Zeugen ihre Aussagen unter Eid machten, daß sie eine Anklage wegen Meineides riskierten, falls sie wissentlich die Unwahrheit sagten – daß sie ebenso unter Eid standen wie Sie jetzt?«
»Sie haben nicht gelogen. Sie haben nur einfach nicht die Wahrheit gesprochen.

Alles, was in diesem Gerichtssaal bisher über JJ Jadway, über die Entstehungsgeschichte seines Buches, über seine Meinung dazu, seine Absichten und Beweggründe, über seinen Charakter, seine Lebensgewohnheiten und sein Ende ausgesagt wurde, ist reine Erfindung. Es wurde von Jadway selbst erfunden, und zwar aus rein privaten Gründen.«

»Senator, sind Sie bereit, uns Ihre Version von Jadways Lebensweise und die Umstände zu geben, die zur Veröffentlichung des Romans *Die sieben Minuten* führten?«

»Ich bin bereit.«

»Bevor Sie damit beginnen, Senator Bainbridge, wird das hohe Gericht sicher hören wollen, warum Sie sich jetzt bereit gefunden haben, dieses Zeugnis abzulegen.«

»Warum ich dazu bereit war? Meine Antwort auf diese Frage hat John Milton bereits vor dreihundert Jahren vorweggenommen. ›Ein gutes Buch zu töten, das ist fast so, als töte man einen Menschen; wer einen Menschen tötet, der tötet ein vernunftbegabtes Geschöpf, ein Ebenbild Gottes; wer jedoch ein gutes Buch vernichtet, tötet die Vernunft selbst, tötet das Ebenbild Gottes.‹ Deshalb bin ich hier, Herr Rechtsanwalt.«

»Um *Die sieben Minuten* zu retten?«

»Um alle Bücher zu retten. Um das in den Büchern gesammelte Wissen, die Erfahrung und das Vergnügen zu bewahren, um denen zu helfen, die daraus profitieren könnten.«

»Senator Bainbridge, würden Sie uns bitte jetzt berichten, was Sie persönlich über JJ Jadway und sein Buch wissen – und was der bisherigen Beweiserhebung so kraß widerspricht.«

»Ja, das werde ich.«

»Senator Bainbridge, dann sagen Sie uns die Wahrheit und widerlegen Sie, was bisher an Irrtümern in Umlauf gesetzt wurde – von Leute, die es nicht besser wußten. Und bedenken Sie bitte, daß Sie unter Eid stehen.«

»Ich werde mich streng an die Wahrheit halten. Jadway hat seinen Roman nicht des Geldes wegen geschrieben. Er war ein vermögender Mann. Er stammte aus einer wohlhabenden Familie. Er war kein Trinker, und er nahm auch kein Rauschgift. Er war in keiner Weise verkommen. Er hatte eine strenge Erziehung genossen, gehörte jedoch keinem religiösen Bekenntnis an. In seiner Jugend hatte er Disziplin und eine gute Ausbildung genossen. Er rebellierte wie alle jungen Leute gegen die elterliche Autorität; die Jugend muß rebellieren, wenn sie sich eines Tages durchsetzen und auf eigenen Beinen stehen will. Jadway hatte seine Familie und sein Heim in Neuengland verlassen, um in Paris zu sich selbst zu finden. Er wollte sein eigener Herr sein und nicht nur der Sohn seines Vaters. In Paris lernte er Cassie McGraw kennen. Sie befreite ihn von den Fesseln, die ihm seine Erziehung und seine Umwelt angelegt hatten. Sie brachte ihm bei, was Liebe heißt. Sie ließ ihn auch sexuell gesunden. Er wollte trotz seiner Herkunft ein erfolgreicher Schriftsteller werden. Sie ermutigte ihn bei seiner schöpferischen Arbeit. So verfaßte er *Die sieben Minuten* als ein Denkmal für Miß McGraw und ihre gemeinsame Liebe, denn das war die einzige ganz und gar eigene Erfahrung, die er bisher gemacht hatte. Er schrieb das Buch zur Feier seiner eigenen Befreiung von sexueller Angst und Scham, von einem Leiden, das daraus und aus seinen Schuldgefühlen . . .«

»Wenn ich Sie unterbrechen darf, Senator Bainbridge – meinen Sie das Leiden wörtlich?«

»Ja, ich meine es wörtlich – ein seelisches Leiden, das die Hälfte der zivilisierten Menschheit befällt. In Jadways Fall war es eine sexuelle Verkrampfung, die Miß McGraw heilte. Darüber schreibt Jadway in *Die sieben Minuten.* Er dichtete diese Krankheit einem seiner drei Helden an, nämlich dem Mann, den Cathleen zu sich genommen hatte und der in seinen sieben Minuten schließlich doch lieben konnte. Die Idee zu diesem Roman hatte Jadway aus einer Stelle im Alten Testament. Aber dem Inhalt nach war es sein Bericht über die Freiheit, wie Cassie sie kannte und ihn gelehrt hatte. JJ Jadway schrieb sein Buch, damit es auch andere von Angst und Scham und Schuld befreien sollte. Das gelang ihm, denn seine Worte haben anderen Menschen Freiheit geschenkt.«

»Einen Augenblick, Senator Bainbridge! Wollen Sie damit sagen, daß der Roman *Die sieben Minuten* bestimmte Leser von sexueller Angst, Scham und Schuldkomplexen befreit hat?«

»Das Buch hat erst heute einen jungen Mann frei gemacht und in die Lage versetzt, mir die Wahrheit über sich selbst anzuvertrauen, eine Wahrheit, über die er bisher noch mit keinem anderen Menschen gesprochen hatte. Jerry Griffith wurde nicht durch das Buch zu einer Vergewaltigung verleitet. Das war unmöglich, denn Jerry Griffith war außerstande, zu einer Erektion zu gelangen. Er hat Sheri Moore nicht gegen ihren Willen besessen. Als sie ihn zu Intimitäten aufforderte, versuchte er es, aber vergeblich – wie stets zuvor. Denn Jerry Griffith ist, war und bleibt impotent.«

Der Gerichtssaal schien zu explodieren. Richter Upshaw mußte wiederholt seinen Hammer benutzen, bis sich der Aufruhr so weit gelegt hatte, daß der Bezirksstaatsanwalt mit seinem Einspruch durchdringen konnte.

»Einspruch, Euer Ehren! Einspruch!« schrie Elmo Duncan.

»Mit welcher Begründung, Mr. Duncan?«

»Der Herr Verteidiger veranlaßt den Zeugen mit seinen Fragen, ausschließlich Dinge bekanntzugeben, die er nur vom Hörensagen kennt. Der Zeuge kann davon keine persönliche Kenntnis haben, und außerdem liegen seine Aussagen neben der Sache.«

»Sie erheben Einspruch, weil es sich um Hörensagen und nebensächliche Äußerungen handelt?«

»Um Hörensagen, Euer Ehren.«

»Einspruch angenommen. Mr. Barrett, ich muß Sie darauf hinweisen, daß Sie bei Ihrer Befragung des Zeugen die Grenze des Zulässigen fast erreicht haben und daß man seine Antworten so betrachten könnte, als gründeten sie sich ausschließlich auf Hörensagen. Ich beziehe mich insbesondere auf die Fragen und Antworten, die JJ Jadway betreffen. Was Jerry Griffith betrifft, so handelt es sich absolut um Informationen aus zweiter Hand, es sei denn, Sie können einen entsprechenden Beweis erbringen.«

»Danke, Euer Ehren«, sagte Barrett respektvoll. »Ich werde mich bemühen, das ordentlich zu begründen, was dem Gericht bereits vorgelegt wurde und was noch kommen soll.«

»Dann fahren Sie in der Befragung fort.«

Barrett trat näher an Senator Bainbridge heran, der ruhig und gelassen im Zeugenstand saß.

»Senator, Sie haben vorhin ausgesagt, daß Sie zwei juristische Lehrbücher geschrieben und veröffentlicht haben. Unter welchem Namen sind diese beiden Bücher erschienen?«

»Unter dem Namen Thomas Bainbridge.«

»Hatten Sie schon vor Ihrer Tätigkeit als Richter jemals ein anderes Buch veröffentlicht?«

»Ja.«

»Ebenfalls unter dem Namen Thomas Bainbridge?«

»Nein, sondern unter einem Pseudonym.«

»Können Sie uns den Titel des Buches und das von Ihnen benutzte Pseudonym angeben?«

»Das Buch trug den Titel *Die sieben Minuten*. Es erschien unter meinem Pseudonym JJ Jadway.«

Sekunden später glich der Gerichtssaal einem Irrenhaus. Einige der Geschworenen waren aufgesprungen. Die Presseleute rannten hinaus. Das Gesicht des Bezirksstaatsanwalts war eine starre Totenmaske. Und der Richter saß mit offenem Munde da und vergaß, mit seinem Hammer Ordnung zu schaffen.

Der einzige Gelassene war JJ Jadway. Er hatte seine Gewissenskrise schon hinter sich und konnte sich frei fühlen.

Alles andere ging blitzschnell.

Nachdem Bainbridge sein Vorleben bekannt hatte, begnügte sich Elmo Duncan mit einem oberflächlichen Kreuzverhör. Die Aussagen Leroux' und so gut wie aller anderen Zeugen waren widerlegt, Jerrys Aussage war in den Bereich der Erfindung und der Lüge verwiesen worden, die Integrität des Romans *Die sieben Minuten* war wiederhergestellt.

Nur eine letzte Frage blieb noch offen. Duncan stellte sie in seinem verzagten Schlußplädoyer.

War das Buch im Sinne der Anklage obszön?

Aber als sich die Geschworenen nach der Belehrung durch Richter Upshaw zur Beratung zurückzogen, wußte Barrett, daß sie eine andere Frage mit hinausnahmen. War Senator Bainbridge, diese Säule der Gesellschaft, der aus seiner Anonymität herausgetreten war, um hier auszusagen – war dieser Mann ein Pornograph? Hatte das Buch dem armen Jerry Griffith, der lieber eine Verurtei-

lung wegen Notzucht und Totschlages hinnahm als sich wegen seiner Impotenz dem Gespött auszusetzen, geschadet oder letztlich doch geholfen? Konnte ein solches Buch wirklich nur die niederen Instinkte ansprechen?
Dann wurde die Verhandlung fortgesetzt.
Richter Upshaw sah den Sprecher der Geschworenen an. »Sind Sie zu einem Urteil gelangt?«
»Ja, Euer Ehren.«
»Dann überreichen Sie Ihr Urteil bitte dem Gerichtsdiener.«
Der Gerichtsdiener nahm einen Zettel in Empfang und brachte ihn dem Richter. Nach einem kurzen Blick gab ihn Richter Upshaw wieder zurück.
Der Gerichtsdiener baute sich mitten im Saal auf und verkündete: »Wir, die Geschworenen, erkennen in der Verhandlung gegen Ben Fremont wegen Vertriebs obszöner Gegenstände auf *nicht schuldig*!«
»Ist das ein einstimmiges Urteil?« fragte der Richter.
»Ja, Euer Ehren!« antworteten die Geschworenen einstimmig.

Aber ihre Stimmen gingen im allgemeinen Tumult unter.
Eine halbe Stunde später hatte sich das Durcheinander gelegt, die Sitzung war geschlossen, die Jury verabschiedet worden. Zelkin, Sanford, Kimura und Fremont hatten Barrett umarmt, die Reporter ihn umschwärmt. Dann endlich war der Sitzungssaal Nummer 803 bis auf zwei Personen leer.
Mike Barrett saß allein am Tisch der Verteidigung und sammelte bedächtig seine Unterlagen ein. Draußen hielt Bainbridge alias Jadway vor den Fernsehkameras eine Pressekonferenz ab. Barrett hörte kaum, was draußen vorging. Noch gelang es ihm nicht, sich seines Triumphes zu freuen. Aus der drohenden Niederlage war durch das unverhoffte Auftreten von Senator Bainbridge ein strahlender Sieg geworden – noch war ihm dieser Gedanke ein wenig fremd. Es war alles zu schnell gegangen.
Als er seine Aktentasche zuklappte, wurde ihm bewußt, daß einige kleine Geheimnisse ungeklärt geblieben waren. Manches war durch Senator Bainbridge aufgedeckt worden, vieles andere durch die nochmalige Vernehmung von Jerry Griffith, durch die Aussage der wiedergenesenen Darlene Nelson und den trauernden Howard Moore. Es reichte für einen Freispruch. Aber Mike Barrett sah immer noch dunkle Felder, unter denen manches unklar war.
Er hörte seinen Namen und fuhr herum. Er hatte geglaubt, allein zu sein – und war froh darüber, daß er sich getäuscht hatte. Maggie Russell kam auf ihn zugerannt.
Sie flog ihm in die Arme. »Mike, du warst großartig! Jetzt ist alles vorüber. Ich bin so stolz auf dich, und so glücklich.«
»Das habe ich dir zu verdanken.«
»Ich habe nur ganz zuletzt mitgeholfen, aber du warst von Anfang an dabei. In diesen letzten Wochen hatte ich oft den Eindruck, als sei die Welt stehengeblieben. Aber jetzt dreht sie sich wieder, jetzt geht die Sonne wieder auf und unter.«

Er ließ sie los. »Maggie, was war denn nun?«
»Das hast du doch selbst gehört.«
»Aber ich will es genauer wissen.«
Er holte ihr einen Stuhl herbei, setzte sich neben sie und wartete gespannt.
»Ja.« Sie war tief in Gedanken versunken. »Jerry steckte voller Probleme, aber das schlimmste davon war seine Angst vor Mädchen. Wir haben oft darüber gesprochen, und ich habe mich bemüht, ihm ein wenig Selbstvertrauen zu geben. Allmählich begann er mit Verabredungen. Er war selbst überrascht, daß sich die Mädchen nicht nur von seinem Geld und seinem flotten Wagen angezogen fühlten, sondern auch von ihm selbst.«
Barrett fragte: »Hat Jerry denn mit irgendeinem dieser Mädchen geschlafen? Oder . . .«
»Nie«, antwortete sie. »Er war unberührt und wußte es zunächst selbst nicht. Er kam erst später dahinter – ich auch. Irgendwann stellte er fest, daß der Gutenachtkuß in der Tür nicht unbedingt der Schlußpunkt war, sondern der Anfang. Einmal mußte er es auch durchstehen. Ja, er ging mit ihnen ins Bett. Einmal, zweimal, dreimal, und jedesmal versagte er. Er war impotent. Irgendwie kam Jerry trotzdem darüber hinweg, weil ihn diese Mädchen anscheinend sehr nett behandelten. Aber dann stieß er auf ein junges Ding, das ganz anders war – grausam. Jerry kam verzweifelt nach Hause, krank vor Verzweiflung und Scham. Er war fest entschlossen, nicht als Eunuch weiterzuleben.«
»Und das führte zu seinem ersten Selbstmordversuch?«
»Ja, glücklicherweise habe ich ihn noch rechtzeitig gefunden. Er war krank von dem Medikament und vor Scham, und da sagte er mir alles. Von da an war ich bis heute die einzige, die sein Geheimnis kannte – außer seinen jeweiligen Freundinnen natürlich.«
»Damals hast du ihn nach San Francisco gebracht?«
»Nun, es mußte doch etwas geschehen. Hier konnte ich keinen Menschen um Rat fragen, schon gar nicht Onkel Frank oder Tante Ethel. Ich mußte Jerrys Geheimnis wahren. Ich nahm daher die Sache selbst in die Hand und ließ mir zweite gute Ärzte empfehlen, einen praktischen Arzt und einen Psychiater. Onkel Frank war gerade auf Geschäftsreise, das erleichterte alles. Wir schlichen uns unter einem Vorwand aus dem Haus, und ich fuhr mit Jerry für eine Woche nach San Francisco. Die erste ärztliche Untersuchung ergab, daß die Impotenz keine physische, sondern nur eine seelische Ursache hatte. Das bestätigte auch der Psychiater nach zwei langen Sitzungen. Jerry durfte mit Heilung rechnen, wenn man ihm Zeit ließ und ihn behandelte. Ihm konnten weder Hormonspritzen noch eine Medizin helfen, sondern nur die Behandlung durch einen guten Psychiater, der ihn von seinen inneren Widerständen gegenüber Mädchen befreite und ihm sein Selbstbewußtsein wiedergab.«
»Und dann hast du hier einen Psychiater gesucht?«
»Mike, wie sollte ich? Jerry war wieder auf den Beinen und mußte selbst entscheiden. Ich durfte ihn mir nicht entfremden. Er wußte, was nötig war, aber

dann fehlten ihm der Mut, das Durchhaltevermögen, das Selbstbewußtsein. Er wußte genau, daß er vor allen Dingen aus dem Elternhaus ausziehen mußte. Einmal hat er seinem Vater gegenüber die Frage einer psychiatrischen Behandlung angedeutet, aber die Antwort war nur eine Schimpfkanonade auf alle Klugscheißer, und Jerry ist nie wieder darauf zu sprechen gekommen. Ihm blieb nur noch ein Weg. Er mußte versuchen, sich normal zu verhalten.«

Barrett schüttelte den Kopf. »Herr im Himmel, das ist ja, als wollte man ohne Beine Olympiasieger werden! Wie ging es weiter?«

»Wie es weiterging? In dem Bemühen, normal zu sein, legte sich Jerry erst einmal ›normale‹ Freunde zu. Einer von ihnen war George Perkins, ein ganz natürlicher Junge, dem jede Eroberung leicht fiel. Er sorgte dafür, daß sie sich eines Abends an Sheri Moore heranmachten – und mit ihr nach Hause gingen.«

»Und sie entpuppte sich als kleines Luder«, sagte Barrett. »Das habe ich schon vermutet, als ich die ersten Erkundigungen über sie einholte. Ich weiß auch nicht, warum ich dieser Ahnung nicht nachgegangen bin. Ich glaube, ich habe mich von den anderen und ihrer Propaganda überfahren lassen.«

»Du bist auf deine eigene Propaganda hereingefallen«, sagte Maggie mit leisem Lächeln. »Du stammst aus einer Generation, der man noch beigebracht hat, daß alle Mädchen unschuldig sind oder es doch sein sollten. Du wolltest einfach glauben, daß die liebe kleine Sheri die süße Unschuld in Person war – wie deine Mutter und deren Mutter. Ich spreche jetzt nicht vom klugen Rechtsanwalt Mike Barrett, sondern von dem Sohn Mike.«

»Möglich«, gab Barrett zu und lächelte ebenfalls. »Darüber unterhalten wir uns ausführlicher, sobald wir irgendwo eine bequeme Couch finden. Sheri war also willig. George nahm sie zuerst. Scheingefecht. Aber nicht ernst. Dann war Jerry an der Reihe. Darüber hat er sich ausgeschwiegen. Was ist dann tatsächlich geschehen?«

Maggie erzählte es ihm. Barrett schloß die Augen und sah eine Reihe von Dias an sich vorüberziehen.

Maggies leise Stimme, dazu die farbenprächtigen Dias . . .

Nachdem George fertig war, ging Jerry zu Sheri ins Schlafzimmer, zog sich aus und kroch zu ihr ins Bett. Sheri, dieses geistig beschränkte Sextierchen, amüsierte sich zunächst über sein Unvermögen, dann betrachtete sie es als Herausforderung. So etwas war ihr noch nie begegnet. Bei Sheri wurden alle Männer stark, sie war eine *femme fatale.* Daß Jerry nicht auf sie reagierte, war eine Beleidigung. Sie traktierte ihn mit allen möglichen raffinierten Künsten des Vorspiels, aber erfolglos. Da wurde sie ungeduldig, ärgerlich, zuletzt wütend. Das war eine Beleidigung ihrer Sexualität. Eine Gemeinheit. Vielleicht suchte sie die Schuld mehr bei sich als bei ihm, und das konnte sie nicht ertragen. Sie neckte ihn, machte sich über ihn lustig.

Blind vor Wut und Verzweiflung wollte Jerry sich anziehen und entfliehen. Aber so leicht sollte er ihr nicht davonkommen. Sie rannte ihm nach, er wehrte sie ab, sie schlug nach ihm, traf aber nicht und glitt aus. Dabei schlug sie mit

dem Kopf gegen die Tischkante. Schädelbruch. Sie verlor das Bewußtsein. Jerry wollte Hilfe holen, aber George wollte mit der ganzen Geschichte nichts zu tun haben.
Als Darlene Nelson kurz danach heimkam, fand ihre Zimmerkollegin für Sekunden das Bewußtsein wieder. Sheri flüsterte ihr die Wahrheit zu, bat ihre Freundin aber nur um eines: Ihr Vater durfte nichts über ihren losen Lebenswandel erfahren. Sag ihnen, es war eine Vergewaltigung, bettelte sie. Genau das sagte Darlene dann aus, als die Polizei kam.
Jerry wurde geschnappt. Der Ehrenkodex verbot es ihm, einen Freund zu verpfeifen. Eine Vergewaltigung? Ja, dahinter konnte man die Schande verbergen, impotent zu sein. Vergewaltigung, das klingt so männlich. Man bekundete damit die Fähigkeit der Erektion, groß einzusteigen. Zwar ein Verbrechen, aber man war doch immerhin ein Mann. Die Wahrheit hätte ihn für immer lächerlich gemacht.
Die Dias verschwanden. Barrett öffnete die Augen. Nur Maggie war noch da.
»Also mußte es Notzucht sein«, sagte sie.
»Und plötzlich war das Buch schuld daran«, sagte Barrett. »Über Nacht wurde Jadway mit seinen *Sieben Minuten* zum Verbrecher. Eins ist mir bei der Aussage nicht klargeworden, Maggie: Woher hatte Jerry eigentlich das Buch?«
»Von mir.«
Er riß die Augen auf. Hatte er richtig gehört? »Von dir, Maggie?«
Sie hob den Kopf. »Ja, ich kaufte es mir, weil ich es lesen wollte, und auch Tante Ethel wollte es lesen.«
Er hörte ihr fassungslos zu.
So erfuhr er, daß Tante Ethel solche Bücher liebte und verschlang, weil sie ihr eine Welt vorgaukelten, die sie selbst niemals erleben durfte. Maggie kaufte diese Bücher deshalb immer angeblich für sich und steckte sie dann ihrer Tante zu, wenn Frank Griffith einmal nicht zu Hause war.
Aber *Die sieben Minuten* bekam Tante Ethel nie zu Gesicht. Als Maggie den Roman ausgelesen hatte, gab sie ihn an Jerry weiter. Er interessierte sich nicht dafür, aber Maggie bestand darauf, daß er ihn lesen sollte. Er sollte erfahren, daß andere unter denselben Schwierigkeiten litten wie er, daß sie davon geheilt wurden und sogar noch offen und ehrlich darüber schreiben konnten.
»Verstehst du nun, warum ich Jerry das Buch gab?« fragte sie.
Allmählich wurde es ihm klar, Jadways Cathleen lag da und dachte an die drei Männer, die sie begehrten. Sie versuchte sich auszumalen, wie es mit jedem einzelnen von ihnen sein würde. Der erste war ein erfahrener, egoistischer Casanova, ein geschickter Liebhaber. Der zweite ein ganz gewöhnlicher Jedermann, der sich mehr um seinen beruflichen Erfolg als um Frauen kümmerte, der ihr dafür aber ein bequemes, sorgenfreies Leben garantierte. Von dem dritten wußte sie, daß er vorübergehend impotent war, aber empfindsam, schöpferisch veranlagt, intelligent und faszinierend. Diesem Mann gab sie sich dann ganz hin, doch das enthüllte Jadway erst auf der allerletzten Seite. Erst dann erfuhr der

Leser, daß sie mit diesem dritten Mann ihre denkwürdigen sieben Minuten erlebt hatte. Durch ihre eigene Wärme und Zärtlichkeit hatte sie ihn zum echten Mann gemacht und dabei ihre Erfüllung als Frau in höchster Vollendung gefunden. Dieser dritte Mann war natürlich Jadway selbst. Es war ein offenkundig autobiographisches Buch, deshalb wollte Maggie auch, daß Jerry es las.

»Und du hast Jerry tatsächlich dazu überredet?«

»Ja. Er hat das Buch sogar zweimal gelesen. Manches an dem Roman beunruhigte ihn zwar, aber andererseits verstand er danach die Frauen besser und hegte wieder etwas Hoffnung für sich selbst. Aber das genügte nicht. Ohne entsprechende Anleitung durch einen Psychiater oder den Autor selbst konnte Jerry die Erfahrungen Jadways nicht auf sich selbst übertragen. Jerry brauchte von dem Autor mehr als nur ermutigende Worte – aber der Autor war ja tot. Was blieb? Ein Lebender mußte an seine Stelle treten, jemand, der sich mit Frauen auskannte, wie zum Beispiel dieser George Perkins. Aber Jerry war nicht George. Jerry war Jadways impotenter Held, aber Sheri war keine Cathleen.«

»So war das also«, murmelte Barrett. »Jerry nahm die Schuld für George auf sich, wurde erwischt, und dann das Buch . . .«

Nun wurde ihm alles klar.

Maggies Buch war da gefunden worden, wo sie es vor Frank Griffith versteckt hatte, nämlich in ihrem gemeinsamen Wagen. Frank Griffith war wohl gewillt, in dem Buch den eigentlichen Sünder zu sehen. Angetrieben von Duncan und Yerkes beschuldigte er den Roman, seinen Sohn verdorben und verführt zu haben. Jerry wiederum wagte es nicht, seinem Vater oder dem Gesetz zu widersprechen. Vielleicht wollte er sogar selbst an diese Version glauben. Daher griff er sie auf und erhoffte sich mildernde Umstände.

»Und was steckte hinter seinem zweiten Selbstmordversuch?« fragte Barrett.

»Sheris Zustand deprimierte ihn. Er erhoffte sich ein paar freundliche Worte von George, und er wollte Darlene sprechen, nicht um ihr die volle Wahrheit zu gestehen, sondern nur um die Sache abzumildern, ihr zu erklären, daß es überwiegend ein Unfall gewesen war. Aber George wollte, wie du ja gesehen hast, nichts mit ihm zu schaffen haben, deshalb zeigte er ihm Darlene Nelson. Von ihr erhoffte er sich Vergebung, ein tröstendes Wort, eine gewisse Erleichterung seines Schuldgefühls, aber statt dessen beschimpfte sie ihn und sagte ihm ins Gesicht, sie wisse, daß er impotent sei. Das war gefühllos und roh.« Maggie zuckte die Achseln. »Aber wir alle können manchmal sehr grausam sein. Jerry ertrug es nicht und drehte durch. Er fürchtete, die halbe Welt würde nun bald über seinen Zustand Bescheid wissen, und diesen Gedanken ertrug er nicht. Deshalb wollte er sich das Leben nehmen, und deshalb drohte er auch mit Selbstmord, falls man ihn vor Gericht verhören sollte. Er hatte nicht einmal vor dir persönlich Angst, sondern nur vor dem Kreuzverhör, vor der Gefahr, daß etwas über seine Impotenz herauskommen könnte.«

Noch eine Frage bohrte in Barrett: »Maggie, wenn du gewußt hast, daß er im-

potent ist, warum hast du dann nichts gesagt? Du hättest ihm doch die Anklage ersparen können.«
»Weil ich nicht sicher war, ob Jerry am Abend der sogenannten Vergewaltigung wirklich impotent war. Sicher wußte ich es nur vom Abend zuvor. Dann dachte ich, daß er in allerletzter Verzweiflung die Vergewaltigung versucht hatte. Bei Anwendung von Gewalt sollen ja solche Männer manchmal potent werden, habe ich gehört. Ich dachte, diese Erregung hätte Jerry seine erste Erektion und damit einen gräßlichen Erfolg beschert.«
Barrett nickte. »Ja, das verstehe ich.«
»Aber gestern, nach Sheris Tod, fiel mir dann so manches auf. Ihr Vater sagte zum Beispiel trotz aller Trauer und Empörung nicht ein einziges Wort gegen Jerry oder *Die sieben Minuten*. Da ich Jerry genau kannte, dämmerte mir allmählich, daß damals an dem Abend mit Sheri etwas anderes geschehen sein mußte. Noch etwas fiel mir ein: Als Jerry das Buch gelesen hatte, sagte er zu mir, er wünschte sich, der Autor wäre noch am Leben, damit er mit ihm sprechen könnte. Warum? Weil der Autor als einziger Jerrys Problem verstehen würde. Mehr sagte er mir nicht. Vielleicht glaubte er sogar, durch die Vergewaltigung in meinen Augen wieder an Ansehen gewonnen zu haben. Verdreht, aber so war es nun einmal. Jerry wollte darüber nur mit einem Menschen reden, der dasselbe durchgemacht hatte wie er selbst. Dann ...«
Sie hielt inne und überlegte.
»Was dann?« drängte Barrett.
»Dann wurde bekannt, daß Jadway tatsächlich noch lebte. Nach deinem Telefonanruf aus Washington beschloß ich, den lebenden Jadway und den sterbenden Jerry zusammenzubringen. Ich rief in Washington an und hörte, Bainbridge sei nach Chicago gefahren – wo du erst kurz zuvor bei Cassie McGraw gewesen warst. Da ließ mich ein Gedanke nicht mehr los: daß Bainbridge vielleicht nach Chicago zu Cassie geflogen war, weil er selbst Jadway war. Mike, hast du nicht auch damit gerechnet?«
»Ich bin von diesem Gedanken rasch wieder abgekommen, weil Bainbridge so gar nicht meiner Vorstellung von Jadway entsprach. Und – über Jerry wußte ich nichts.«
»Konntest du auch nicht. Laß dir noch rasch erzählen, was geschah, als Jerry gestern morgen in deine Wohnung kam.«

Jerry hatte sie aufgesucht, bevor er ins Gefängnis mußte. Sie hatte das Wagnis unternommen, so zu tun, als wüßte sie über Jerrys Abend mit Sheri Moore Bescheid, als hätte sie es von Howard Moore erfahren. Da brach Jerry zusammen und gestand seine Lügen ein. Aber er weigerte sich, ein öffentliches Geständnis abzulegen, selbst wenn es ihm lebenslanges Gefängnis erspart hätte. Erst die Mitteilung, daß Jadway noch lebte, rief bei Jerry eine auffällige Wirkung hervor. Maggie mußte ihm versprechen, alles zu tun, um ihm eine Zusammenkunft mit Jadway zu ermöglichen.

Aber erst suchte sie Howard Moore auf. Er gab zu, daß Darlene ihm gleich nach dem Tod seiner Tochter die Wahrheit gestanden hatte. Ja, er wußte, daß Sheri schuld war und nicht Jerry. Nein, er würde nicht darüber reden, wenn der Junge schwieg. Aber falls Jerry bereit war, die Wahrheit zu bekennen, würde er sie vor Gericht bestätigen.
Für Maggie hing also alles von einem Menschen ab.
Sie flog nach Chicago und redete auf Bainbridge ein. Erst auf dem Flughafen rang er sich zu einem Entschluß durch: Wenn es ihm gelang, Jerry zu einer Aussage zu bewegen, dann würde er vielleicht den Mut finden, ebenfalls die Wahrheit zu bekennen.
Sie waren zusammen nach Los Angeles geflogen. Bainbridge durfte sich eine Stunde lang unter vier Augen mit Jerry im Gefängnis unterhalten. Als er dann wiederkam, war er nicht mehr Bainbridge, sondern Jadway. Er sagte nur: »Jerry ist bereit, die Wahrheit kundzutun, und Thomas Bainbridge ist es auch. Alle sollen es erfahren. Dann wird vielleicht der Junge gerettet, und das Buch – und wir beide sind wieder frei.«
Damit war Maggie am Ende ihres Berichts angelangt. »Das war's. Sonst noch Fragen?«
»Nein«, sagte er leise. Draußen vor den hohen Fenstern sank bereits die Nacht herab. »Gehen wir, Maggie. Wie möchtest du den heutigen Abend feiern?«
»Mit dir.«
»Zunächst gehen wir essen«, schlug er vor.
Als sie dann zusammen den Saal verließen, sagte sie: »Für ein anständiges Dinner ist es schon reichlich spät. Als Jerry entlassen wurde, habe ich mich mit ihm in der Bar des Wilshire Hotel verabredet. Senator Bainbridge kommt auch, sobald er die Fernsehleute los wird. Jerry muß dieses Haus verlassen und auf eigenen Beinen stehen. Dein Dr. Finegood soll ihn behandeln. Ich kann vorerst die Rechnungen bezahlen.«
»Ob er das tun wird?«
»Das weiß ich nicht, Mike. Vielleicht nicht sofort. An die Freiheit muß man sich erst langsam gewöhnen, aber dann empfindet man sie als wunderbar. Ich weiß es aus eigener Erfahrung. Hoffentlich wird es Jerry auch begreifen.«
Sie standen auf dem Korridor.
»Ich habe hier noch eine Weile zu tun«, sagte er. »Da sind ein paar Fragen, die ich Brainbridge stellen möchte, falls er sich noch im Haus aufhält.«
»Du mußt immer alles wissen, wie?«
»Sieben Minuten sind es«, sagte er lächelnd. »Mit sechs gebe ich mich nicht zufrieden.«
»Bis bald«, sagte sie und wandte sich zum Gehen.
»Noch rascher«, rief er ihr nach.
Dann erfuhr Barrett, daß oben im sechsten Stock schon wieder das nächste Interview mit Senator Bainbridge begann.

Zimmer 603 war die Pressezentrale des Justizgebäudes.
Drei Mahagonitische standen im Raum. Der Korrespondent der *Los Angeles Times* hatte den mittleren Tisch für Bainbridge geräumt. Bis auf den Platz für die Kamera war das Zimmer voller Neugieriger.
Senator Bainbridge saß gelassen wartend an seinem Tisch.
Jemand rief: »Wir fahren ab, Senator. Sie können beginnen!«
Der Senator begann bedächtig, mit ruhiger Stimme, zu sprechen.
»Wie ich bereits vor knapp einer Stunde vor Gericht bekundet habe, schrieb ich 1934 den Roman *Die sieben Minuten* unter dem Pseudonym JJ Jadway. Ich werde nun für Sie die wesentlichen Punkte meiner Aussage zusammenfassen und vielleicht noch ein paar persönliche Details hinzufügen. Denn sehen Sie, meine Freunde, wenn ich schon für die Redefreiheit eintrete, dann will ich sie auch nutzen – jetzt, wo ich ein Buch zu verkaufen habe.«
Barrett fiel in das allgemeine Gelächter ein und freute sich, daß jetzt auch der Senator lächeln konnte.
Dann wurde sein schmales Patriziergesicht wieder ernst. »Ich bin in einem strengen Haus in Neuengland aufgewachsen. Mein Vater war ein wohlmeinender, aber sehr beherrschender Mann, Mutter seine schüchterne Dienerin. Ich hatte noch zwei jüngere Schwestern, die Vater fürchteten und ihm in jeder Weise gehorchten. Mich, seinen Erben, betrachtete mein Vater als jüngere Ausgabe seiner selbst, geboren nur zu dem Zweck, sein Nachfolger zu werden.
Ich studierte Rechtswissenschaften, weil sich das gut machte. Bevor ich ganz in dieser Familie unterging, unternahm ich einen letzten Versuch, zu mir selbst zu finden. Ich nahm allen Mut zusammen und verlangte ein Jahr im Ausland. Weil das gut für meine Bildung war, wurde es mir genehmigt. 1934 zog ich aus, mich selbst zu entdecken. Mein Ziel war Paris, wo solche Entdeckungsreisen stets zu beginnen pflegen.
Ich mußte mich erst als Mann und dann als Individuum finden. Bis dahin war ich kein richtiger Mann gewesen. Ich fürchtete die Selbständigkeit ebenso wie alles Sexuelle. In meinem Buch schrieb ich die Wahrheit: Ich war impotent, sowohl sexuell als auch schöpferisch. Ich wollte lieben, vermochte es aber nicht. Ich wollte eine eigene Persönlichkeit sein und nicht nur eine Fußnote im Lebenslauf meines Vaters.
Während der ersten Monate fühlte ich mich in Paris hilflos und verloren. Dann lernte ich eine junge Amerikanerin kennen, eine Künstlerin, die wie ich nach Paris gekommen war, um die Freiheit zu finden. Sie hatte sie schon entdeckt, ich noch nicht. Cassie McGraw. Wir liebten einander. Vielleicht sah sie hinter meiner leeren Fassade schon den echten Menschen, der nach außen drängte. Sie befreite ihn – Jadway kam zum Vorschein.
Cassie und ich lebten zusammen. Sie inspirierte mich nicht nur zu dem, was ich mir am meisten wünschte: zum Schreiben, sondern sie lehrte mich auch das Leben mit anderen Augen sehen. Die Vögel in den Zweigen, die Freude eines guten Gesprächs, den Blick für Kunst, vor allem aber das Wissen um eine Liebe.

Cassie und unserer Liebe habe ich in *Die sieben Minuten* ein Denkmal gesetzt. Aber mein Jahr ging zu Ende. Ich verlängerte meinen Auslandsaufenthalt mit Hilfe von Ausreden. Vater sperrte mir alle Zuwendungen, und meine Mutter und die beiden Schwestern halfen mir insgeheim. Da schrieb ich meinen Roman. Leroux hat unrecht, wenn er behauptet, ich hätte ihn in drei Wochen hingeschrieben. Für den ersten Entwurf brauchte ich drei Monate, drei weitere Monate dann zur Ausführung. Ich schrieb ihn nicht, um aus dem Schuldturm entlassen zu werden, denn ich verfügte über genügend Geld.

Was die Sprache des Buches betrifft, ließ ich mich durch Lawrence beraten: Harte Worte schockierten zuerst, sagte er, aber dann gewöhnt sich der Leser daran. Es folgt beim Leser ein Gefühl der Erleichterung.

Ich verwarf alle unehrlichen Andeutungen und Umschreibungen und schrieb einfach die Wahrheit. Den Rahmen habe ich aus dem Alten Testament, aus Kapitel sieben des Hohenliedes: ›Deine Lenden stehen gleich aneinander wie zwei Spangen, die des Meisters Hand gemacht hat. Dein Schoß ist wie ein runder Becher, dem nimmer Getränke mangelt. Dein Leib ist wie ein Weizenhaufen, umsteckt mit Rosen. Deine zwei Brüste sind wie Rehzwillinge.‹ Wenn Sie sich erinnern, ist dann von der Liebe die Rede.

Der Roman wurde veröffentlicht. Ich blieb anonym und traf mich nicht einmal mit meinem Verleger, weil meine Angehörigen noch nichts von meinem Tun erfahren durften. Wegen der geringen Auflage und der Zensur verdiente ich mit meinem Buch nicht viel Geld. Aber es gab mir den Mut, weiterzumachen. Erst viel später sollten Leroux und andere annehmen, ich hätte mein Buch widerrufen – so entstand dieses Märchen.

Doch dann mußte ich mich entscheiden. Cassie war schwanger. Ich hatte mich gefunden und trug mich mit weiteren Buchideen. Ich kehrte allein nach Connecticut zurück – zur endgültigen Auseinandersetzung mit meinem Vater. Aber er war schwer krank geworden. Die Rückkehr in seine Kirche gab ihm und der ganzen Familie Halt. Damals erfuhr ich, daß diese Kirche gegen meinen Roman ermittelte und daß er auf den Index kommen würde. Das wäre ein tödlicher Schlag für meinen Vater gewesen. Deshalb durfte niemand erfahren, wer J J Jadway wirklich war.

Ich schrieb sofort nach Paris, an Cassie und O'Flanagan. Ich schickte ihnen Geld und genaue Instruktionen. Jadway sollte als schlechter Charakter hingestellt werden und schließlich Selbstmord begehen, dann würden keine weiteren Fragen aufkommen. Als Pater Sarfatti nach mir fragte, war es O'Flanagan, der in meinem Namen mit ihm telefonierte. Sean begleitete Cassie auch nach Venedig und gab sich für Jadway aus. Dann wurde das Gerücht meines Todes ausgestreut, Sean setzte einen Nachruf in die Zeitung, Cassie arrangierte eine Andacht. Jadway war tot.

Inzwischen erfuhr ich von der Geburt meiner Tochter Judith. Ich holte Cassie und Judith in Cherbourg ab, und wir fuhren zusammen nach New York zurück. Cassie wollte mich erst heiraten, wenn mein Vater sich erholt hatte und ich

wieder der Mann sein durfte, den sie kannte und liebte. Sie wartete in New York, ich in Neuengland.
Doch Vater erholte sich nicht mehr. Er starb eines gräßlichen Todes, und ich hatte nicht mit ihm gebrochen, ich war sein Schatten, sein Nachfolger geworden. Die Firma meines Vaters geriet ins Schwanken und brauchte eine starke Hand, meine Mutter brach zusammen, die Schwestern waren völlig hilflos. Das alles brach über mich herein. Konnte ich meine Angehörigen im Stich lassen? Cassie hatte mir viel geholfen, aber ihre Zeit war zu knapp gewesen. Ich war immer noch das Opfer meiner Vergangenheit.
Ich bat Cassie, meine Frau zu werden. Später, wenn alles geregelt war, wollte ich wieder der alte Jadway werden, versprach ich ihr. Aber sie sagte nur: ›Jadway ist tot, und ich habe Jadway geliebt.‹ Dann war sie verschwunden. Nur Sean kannte ihren Aufenthaltsort, und der hatte ihr versprochen, nichts zu verraten. Über Sean unterstützte ich unsere Tochter, bis ich erfuhr, daß Cassie geheiratet hatte. Später, als Cassie erkrankte, ließ ich sie in ein Heim bringen.
Dann vergingen die Jahre, ich kehrte zur Jurisprudenz zurück, heiratete und begann eine neue Karriere. Erst heute morgen mußte ich erkennen, daß der alte Jadway doch nicht tot ist. Aber vorher habe ich mit Frau und Kindern telefoniert. Sie billigten meine Entscheidung. Ich habe auch mit dem Präsidenten gesprochen. Er bedauert, daß ich die Berufung ins Oberste Gericht nicht annehmen kann, zeigte sich aber verständnisvoll. Die First Lady der USA fände mich jetzt interessanter, teilte er mir mit. Cassie McGraw ließ ich, sobald sie wieder einmal einen guten Tag hat, nur bestellen: Jadway lebt. Sie weiß dann schon Bescheid.«
Barrett atmete auf und verließ das Zimmer – und Jadway.

Draußen war es Nacht geworden. Die Luft war rein und klar.
Als er das Parkhaus in der Temple Street betrat, um sein Kabrio zu holen, merkte er, daß ihm jemand folgte.
Er blieb unschlüssig stehen und erkannte in dem blonden Mann Staatsanwalt Elmo Duncan.
Duncan holte ihn ein und sagte: »Ich weiß nicht, ob Sie es in dem Krach nach der Urteilsverkündigung gehört haben, aber ich habe Sie beglückwünscht, Mike.«
»Danke, Elmo.«
»Kommen Sie, ich begleite Sie zu Ihrem Wagen.« Sie gingen eine Weile schweigend nebeneinander her, dann fuhr Duncan fort – nicht in bitterem Ton, sondern mehr als Selbstgespräch: »Als Junge hatte ich ein Idol, den Boxer Babe Ruth. Der sagte einmal einen Satz, den ich mir gemerkt habe – in dem mehr Weisheit liegt, als in allem, was ich von Sokrates oder Spinoza oder Kant gelesen habe. ›An einem Tag bist du ein Held, am nächsten schon untendurch – also was soll's‹.« Duncan fügte mit jungenhaftem Grinsen hinzu: »Das möchte ich jetzt auch sagen, Mike.«
In diesem Augenblick war er Barrett sympathischer als jemals zuvor während

der ganzen Verhandlung. Er wußte auch warum. Jener andere Duncan war nicht dieser Elmo Duncan, sondern nichts weiter als eine von Luther Yerkes dirigierte Marionette, ein Werkzeug von Frank Griffith und Williard Osborne, geschoben von Harvey Underwood und Irwin Blair. Das hier war der echte, der wahre Duncan.

»Sie hätten uns beinahe geschafft, Elmo«, sagte Barrett. »Sie haben uns bis heute in die Ecke gedrängt – und dann konnten wir einen großen Glückstreffer landen.«

»Das war es nicht«, sagte Duncan. »Sie haben Ihren Sieg ebenso verdient wie ich meine Niederlage. Ich habe mir Mühe gegeben, aber Sie haben sich eben noch mehr angestrengt. Von einem bestimmten Punkt an wurde ich zu selbstsicher. Ich habe mich auf andere verlassen und dachte schon weiter, während der Prozeß noch im Gange war. Wenn ich allein gewesen wäre und hätte um mein Leben kämpfen müssen, dann hätte ich Cassie und Jadway vielleicht vor Ihnen gefunden und unter Umständen sogar die Wahrheit über Jerry Griffith erfahren. Aber es soll mir eine Lehre sein. Ich werde das nie vergessen.«

»Ich wette, Sie werden eines Tages doch noch Senator.«

Duncan schnaubte verächtlich. »Ich bin schon froh, wenn ich wieder zum Bezirksstaatsanwalt gewählt werde.«

Sie hatten Barretts Wagen erreicht. »Noch einmal vielen Dank, Elmo«, sagte Barrett.

»Da wäre noch etwas«, sagte Duncan. »Sie müssen mir glauben, ich sage das nicht, weil ich beleidigt bin.«

»Und was wäre das?«

»Ich halte *Die sieben Minuten* immer noch für obszön. Als Sie mich das erstemal in meinem Büro aufsuchten, hatte ich das Buch noch nicht gelesen und war meiner Sache noch nicht sicher. Aber jetzt glaube ich daran, daß dieses Buch obszön und schädlich ist und daß man es hätte verbieten sollen – mit oder ohne Jadway, mit oder ohne Jerry. Sie haben einen Freispruch erwirkt, weil Sie beweisen konnten, daß einer meiner Zeugen wissentlich und ein anderer unwissentlich logen. Aber eines haben Sie zumindest mir nicht bewiesen, Mike: daß dieses Buch in ein anständiges Haus gehört. Vielleicht liegt das an mir und meiner Erziehung, an meiner übertriebenen Sorge für meine Familie, aber ich behaupte immer noch, daß solche Bücher gefährlich sind und nicht erscheinen sollten. Sie können Jugendlichen und auch unsicheren Erwachsenen schaden. Schlimmer noch: ich glaube, sie können ein Kind während der Pubertätszeit zu sehr erregen, bevor sexuelle Vorstellungen eine Selbstverständlichkeit geworden sind. Diese Bücher schaffen Phantasien, lenken ein Kind von der normalen Entwicklung ab und von den echten Erfahrungen, bis die Phantasien in den Vordergrund treten und alles andere verdrängen.«

»Mit anderen Worten, Elmo: Sie sind der Meinung, daß alle Literatur und alle Ideen so beschaffen sein sollten, daß sie sich für einen zwölfjährigen Leser eignen? In diesem Fall hätten wir über kurz oder lang eine Nation, die nur aus zwölfjährigen Erwachsenen besteht. Nein, damit finde ich mich nicht ab. Die ganz jungen Leute sind überhaupt nicht so scharf auf die Sexwelt der Erwachsenen, und wenn sie sich dafür interessieren, sind sie meistens auch schon alt genug, um damit fertigzuwerden. Außerdem stellen die Bücher nur einen ganz kleinen Teil der sexuellen Umwelt der Jugendlichen dar. Erinnern Sie sich noch an die Umfrage, die vor vielen Jahren unter vierhundert Studentinnen gemacht wurde? Die Mädchen wurden gefragt, wodurch sie sexuell am meisten angeregt würden, durch ein Theaterstück, ein Kino, ein Foto oder ein Buch. Die überwältigende Mehrheit antwortete: durch einen Mann. Und wenn es schon eine Zensur geben muß, dann sollte sie nicht von Ihnen und nicht vom Staat kommen, sondern durch die Eltern, durch Vater und Mutter zu Hause ausgeübt werden. Jede Familie soll selbst entscheiden können, wie sie ihre Kinder erziehen will und was die Kinder lesen dürfen und was nicht.«

Duncan starrte zu Boden. Dann schüttelte er den Kopf.

»Nein, Mike, das ist mir zu unsicher. Ich glaube an die Zensur in der Form, wie sie das Gesetz heute vorschreibt, nicht nur, weil das ein Gesetz ist, sondern auch, weil sie die Freiheit schützt und uns vor Strauchrittern bewahrt. Irgendwelche Regeln muß es geben. Ich erinnere mich noch an einen Zensurprozeß, bei dem es vor einigen Jahren um den Roman *Wendekreis des Krebses* ging. Ein Zeuge der Anklage, ein Englischprofessor namens Dexter, sprach das sehr deutlich aus, und ich bin immer noch seiner Meinung. Er gab zu, daß die Zensur ihm Unbehagen bereitet, weil er den Gedanken haßt, daß Zensoren ihre Meinung und ihren Willen anderen aufdrängen dürfen. Dennoch, so sagte er, müsse man in einer so komplexen Gesellschaft wie der unseren nach gewissen Regeln leben. Eine Regel schreibt vor, daß man auf der Straße rechts fahren muß. Dadurch wird zwar die Freiheit des Autofahrers eingeschränkt, aber die Regel muß eingehalten werden. Dann sagte er: ›Wir wissen, daß nicht jeder Quacksalber ungestraft Heilmittel gegen Krebs mit der Post verschicken kann. Wir wissen, daß man auf dem Schulhof keine pornographischen Postkarten verkaufen darf. Es gibt jedenfalls ein Gebiet, um das sich die Zensur trotz aller Schwierigkeiten kümmern muß. Es ist die Grenzlinie, die niemand ohne Gefährdung der Gesellschaft und Gesundheit des Volkes überschreiten darf.‹«

Barrett nickte. »Einverstanden, Elmo. Jetzt haben wir den Kreis fast vollendet. Regeln – wer setzt sie fest? Sie? Ich? Frank Griffith? Oder Senator Bainbridge? Ich richte mich nach den Ansichten von Richter Stewart: ›Die Verfassung schützt rüde Ausdrücke ebenso wie vornehme, sie schützt Vulgarität und Eleganz. Ein Buch, das mir wertlos erscheint, kann meinem Nachbarn etwas sagen. In der freien Gesellschaft, der unsere Verfassung verpflichtet ist, muß jeder für sich selbst wählen dürfen.‹«

Der Staatsanwalt schwieg für einen Augenblick. Dann sagte er ernst: »Mike, die meisten von uns wissen, was sexy ist und was nicht. Wir wissen auch, was schmutzig ist und was nicht. Und ich glaube, die meisten von uns halten Bücher wie *Die sieben Minuten* für schmutzig und obszön und sie glauben, man sollte sie aus dem Verkehr ziehen. So lange es diese Bücher geben wird, Mike, werde ich dagegen ankämpfen.«

Barrett nickte. »Gut, Elmo, und so lange Sie dagegen kämpfen, werde ich mich wehren.« Nach einem Augenblick fügte er hinzu: »Und ich werde auch die Dinge bekämpfen, in denen ich die wahren Obszönitäten von heute sehe.«

»Welche?«

»Zum Beispiel dagegen, daß man einen schwarzen Mann ›Nigger‹ nennt oder jemanden, den man nicht mag, als ›Kommunisten‹ abtut. Wahrhaft obszön ist es, einen Menschen zu verfolgen, weil er anders denkt, oder wenn man junge Männer dazu zwingt, die Jugend in anderen Ländern zu ermorden, und das noch Notwehr nennt; oder, wie ein Geistlicher es ausdrückte, wenn man zusieht, wie ›ein vollbekleideter Mann sich windet und zuckt, während in unserem Staatsgefängnis der elektrische Strom durch seinen Körper fährt‹. Wahrhaft obszön ist es, unseren Studenten Lügen beizubringen, augenzwinkernd die Heuchelei und Unehrlichkeit zu fördern, materielle Ziele zum Lebenszweck zu erheben, die Armut in einem reichen Land einfach zu übersehen, sich mit Ungerechtigkeit und Ungleichheit abzufinden, während man sich hinstellt und die Nationalhymne singt. Das sind die Obszönitäten, die mir Sorge machen.«

»Mir auch«, sagte Duncan. »Und diese Dinge werde ich Seite an Seite mit Ihnen bekämpfen. Aber hinsichtlich der Meinungsfreiheit trennen sich unsere Wege. Ich bin gegen alle, die aus egoistischen Gründen unseren Familien und unserer Nation schaden wollen.« Er hielt inne und sah Barrett an. »Schön, was die Pornographie angeht, sind wir verschiedener Meinung. Aber Sie sind doch auch für ein bißchen Zensur, nicht wahr?«

»Sobald Sie mir beweisen, daß ein Mädchen ein bißchen schwanger werden kann, werde ich auch an ein bißchen Zensur glauben. Und selbst das wäre in meinen Augen noch zuviel, wenn man bedenkt, wohin es führen könnte. George Bernard Shaw hat es einmal ausgesprochen: ›Mord ist die extreme Form der Zensur‹, sagte er. Das kann ich nie vergessen. Aber ich will Ihnen etwas sagen, Elmo: Sobald die Wissenschaft beweist, daß Obszönitäten in Büchern schädlich sind, sobald die Gerichte wirklich zwischen obszön und nicht-obszön unterscheiden können, und sobald wir Schiedsrichter finden, die weiser sind als andere Menschen und die entscheiden können, was zensiert werden soll und was nicht, ohne die Freiheiten anderer einzuschränken – dann werde ich aufhören, gegen Sie zu sein. Einverstanden?«

»Vielleicht kommt das eines Tages, Mike, dann wollen wir beide dafür beten.«

Knapp eine Stunde später fand Mike Barrett bei der Rückkehr in seine Wohnung eine riesige Geschenkpackung Mumm-Champagner vor. Er suchte nach der Karte des edlen Spenders. Aber im Zimmer war es dunkel, was wohl bedeutete, daß Maggie noch nicht hier war. Er mußte das Licht einschalten und noch einmal nach der Karte suchen. Endlich hatte er sie gefunden. Er las:

An Michael Barrett:
Ich beglückwünsche Sie zu Ihrem verdienten Sieg. Und ich empfehle Ihnen einen weisen Spruch von Charles Lamb: ›Der ist kein guter Anwalt, der nicht auf beiden Seiten stehen kann.‹ Wenn Sie einmal Zeit haben, möchte ich Sie gern für meine Seite interessieren. Sie werden sie vielleicht gar nicht so unangenehm und mit Sicherheit lohnend finden.
Beste Grüße Luther Yerkes

Barrett zerriß die Karte und warf sie in den Papierkorb. Er betrachtete den Champagner. Die Beute des Siegers. Er wollte sie behalten.
Das Telefon läutete. Er griff rasch nach dem Hörer. Mit dieser Stimme hatte er jetzt nicht gerechnet.
»Hallo, Sieger«, sagte Faye Osborn. »Ich habe gerade ein großes Dinner mit fünf Gängen hinter mir. Ich wollte es dir nur sagen.«
»Nett von dir, Faye.«
»Du hast dich zu einem verdammt guten Verteidiger entwickelt. Selbst Dad sagt das. Wer es fertigbringt, dieses dreckige kleine Buch so rein wie weißen Schnee erscheinen zu lassen, der verdient die Bewunderung der Osborns und den Nobelpreis. Dad war so beeindruckt, daß er fast bereit ist, sich seine Entscheidung wegen deiner Anstellung noch einmal zu überlegen.«
»Das wäre großzügig.«
»Mike, ich will dir sagen, weshalb ich anrufe: Wir beide sind doch alt genug, um das vergessen zu können, was wir im Zorn zueinander gesagt haben. Ich wollte erst eine kleine Party für dich geben, aber dann dachte ich, warum auf eine offizielle Gelegenheit warten? Warum nicht heute abend? Du bist doch sicher in der Stimmung zum Feiern. Ich hoffe, daß du noch nichts vor hast.«
Barrett hörte einen Schlüssel im Schloß und sah, wie die Wohnungstür aufging. Maggies strahlendes Gesicht erschien.
Er sagte halblaut ins Telefon: »Tut mir leid, Faye, ich habe schon etwas vor. Ich fürchte, von jetzt an werde ich ziemlich beschäftigt sein.«
»So ist das also. Nun, dann weiß ich es wenigstens. Au revoir, Mike. Und vielleicht führt uns der Zufall einmal wieder zusammen.«
»Schon möglich«, sagte er. »Leb wohl, Faye.«
Er hob den Kopf.
»Hallo, Maggie«, rief er.

Zuerst kam der Champagner, und danach waren sie beide viel zu müde und glücklich, um noch groß auszugehen. Sie aßen in einem kleinen, bescheidenen Restaurant und fuhren dann wieder zurück nach West Los Angeles.
Auf dem Center Boulevard fuhr Mike Barrett langsamer, bog in die Third Street ein und suchte die erste freie Parklücke.
Er stieg aus und half Maggie aus dem Wagen. Er sagte: »Gehen wir noch ein Stück spazieren.«

Er führte sie zum Schaufenster eines Möbelgeschäfts und dann schlenderten sie Hand in Hand an den übrigen Schaufenstern vorbei.
Vor Ben Fremonts Büchermagazin blieben sie stehen. Im mittleren Schaufenster standen wieder hohe Stapel des Romans *Die sieben Minuten*, und in dem hellerleuchteten Laden stand Ben Fremont wie üblich hinter seiner Registrierkasse. Im Laden herrschte eine Menge Betrieb.
Er fühlte Maggies Hand auf seinem Arm.
»Möchtest du hineingehen?« fragte sie.
»Heute nicht«, antwortete er. »Ich glaube, jetzt brauche ich mich nicht mehr um Cathleen und ihr Bett zu kümmern. Von jetzt an kümmere ich mich lieber um Maggie.«
Sie gingen zurück zum Wagen.
»Weißt du, Maggie«, sagte er, »unsere sieben Minuten haben wir gehabt. Ich frage mich nur, was danach kommt.«
»Die achte Minute?«
»Und die neunte und die zehnte und all die Millionen von Minuten, die ein Mensch zu leben hat. Die alle zählen. Mehr noch vielleicht als die sieben Minuten.«
»Ja, das stimmt.«
»Möchtest du nicht herausfinden, wie diese Millionen von Minuten für dich und jemanden sein könnten, der dich liebt?«
»Das möchte ich gern, aber es müßte schon jemand sein, der mich ebenso liebt wie ich ihn, ebenso wie Cassie und Jadway einander geliebt haben. Nur müßten in meinem Fall nicht Minuten dabei herauskommen, sondern eine Ewigkeit.«
»Ein schwieriger Fall, Maggie. Ich glaube, ich übernehme ihn.«
»Willst du das wirklich?«
Er sah lächelnd zu ihr herunter.
»Maggie«, sagte er, »damit hast du deinen Anwalt.«